Oriana Fallaci:
Wenn die Sonne stirbt

Deutscher
Taschenbuch
Verlag

Aus dem Italienischen von Rosemarie Winterberg,
bearbeitet von Michael Paul Kroker

Ungekürzte, durchgesehene Ausgabe
Juli 1993
Deutscher Taschenbuch Verlag GmbH & Co.KG,
München
© 1965, 1981 RCS Rizzoli Libri SPA, Mailand
Titel der Originalausgabe:
Se il Sole muore
Die deutsche Ausgabe erschien erstmals im
Econ Verlag, Düsseldorf 1966
© der Taschenbuchausgabe:
1993 Deutscher Taschenbuch Verlag GmbH & Co.KG,
München
Umschlaggestaltung: Klaus Meyer
Gesamtherstellung: C. H. Beck'sche Buchdruckerei,
Nördlingen
Printed in Germany · ISBN 3-423-30364-6

Inhalt

Erster Teil

Zweiter Teil

1. Kapitel

Man sah den Stein nicht, so dicht und üppig war das Gras:
Ich trat mit dem Fuß hinein und fiel der Länge nach hin,
parallel zur Straße. Niemand kam mir zu Hilfe. Und wer
auch? Niemand war auf dieser Straße und vielleicht auch auf
keiner andern Straße der Stadt. Niemand außer mir. Niemand existierte, niemand mit zwei Füßen und zwei Beinen,
einem Körper auf den zwei Beinen, einem Kopf auf dem
Körper: Nur Autos existierten, die ölig vorüberglitten, ordentlich, immer mit derselben Geschwindigkeit, im selben
Abstand, und nicht ein Mann darin, nicht eine Frau. Zwar
saßen menschliche Figuren am Steuer, aber so still und unbeweglich, daß es sich bestimmt nicht um Menschen handelte,
sondern um Automaten, um Roboter. Oder ist die moderne
Technik etwa nicht in der Lage, Roboter herzustellen, die
mit uns identisch sind? Heißt das oberste Gesetz der Roboter etwa nicht: »Denk dran, daß du nicht in die Handlungen
der Menschen eingreifen darfst, außer die Menschen ersu-
chen um dein Eingreifen.« Ersuchte ich vielleicht um irgendein Eingreifen? Im Gegenteil. Im Gras längs der Straße hin-
gestreckt, die Wangen vor Verlegenheit brennend, hoffte ich
bloß, daß niemand mich entdecken, mich auslachen möge.
Und die Roboter gehorchten: Sie glitten ölig, ordentlich,
immer mit derselben Geschwindigkeit, immer im selben Abstand vorüber, ohne ihr Elektronengehirn auch nur zu fragen, ob die Frau dort drüben tot oder lebendig war und
warum sie, falls lebendig, nicht wieder aufstand. Ich stand
darum nicht wieder auf, weil ich etwas Absurdes, etwas
Scheußliches bemerkt hatte: Dieses Gras roch nicht nach
Gras.
　Ich tauchte die Nase hinein, atmete ein. Nein, es roch
nicht nach Gras, es roch überhaupt nach nichts. Ich griff mit
Daumen und Zeigefinger einen Halm, zog daran. Nein, er
ließ sich nicht herausreißen, zerriß nicht einmal. Ich kratzte
mit dem Fingernagel am Boden, suchte ein Körnchen Erde.

Nein, nicht ein einziges Körnchen Erde fand sich: wie seltsam. Und doch war es Erde, hatte die Farbe von Erde, die Beschaffenheit von Erde. Und das Gras, das hineingepflanzt war, war Gras, hatte die Farbe von Gras, die Beschaffenheit von Gras, weichem, frischem Gras, das sogar durch ein raffiniertes Sprühsystem bewässert wurde, damit es grün blieb und wuchs, mein Gott, ich phantasierte doch nicht, ich träumte doch nicht, diese Wiese war eine Wiese, ja, sicher, es war eine Wiese ... War es eine Wiese? Von neuem tauchte ich die Nase hinein, atmete ein. Von neuem griff ich mit Daumen und Zeigefinger einen Halm, zog daran. Von neuem kratzte ich mit dem Fingernagel am Boden, suchte ein Körnchen Erde, und da wurde – es durchzuckte mein Gehirn – der Verdacht zur Gewißheit. Es war eine Wiese aus Plastik. Jawohl, aus Plastik. Und alle Wiesen, die ich in diesen Tagen gesehen hatte, die Wiesen längs den Alleen, die Wiesen längs den Autobahnen, die Wiesen vor den Häusern, Kirchen, Schulen, die Wiesen, die von Gärtnern gepflegt, begossen und behandelt werden wie lebende, echte Wiesen, die keimen und verdorren, sie alle waren also aus Plastik. Ein riesiges Leichentuch aus Plastik, aus nie gekeimtem und nie verdorrendem Grase, eine Spottgeburt.

Wie von der Tarantel gestochen fuhr ich auf, rannte ins Hotel zurück, riß die Tür meines Appartements auf und fiel geradezu über den Kaktus her, der das Wohnzimmer schmückte. Es war ein großer Kaktus, grün und saftig, von Stacheln starrend und oben mit einer Blume. Ich betastete zuerst die Blume, knickte sie, verdrehte sie: sie blieb ganz. Ich steckte einen Finger zwischen die Stacheln, bohrte ihn ins Pflanzenfleisch, flehte um einen Tropfen Flüssigkeit: mir antwortete weicher Gummi. Ich preßte beide Hände auf die Stacheln und betete verzweifelt, sie möchten mich durchlöchern und mir beweisen, du hast dich geirrt: sie schenkten mir lediglich ein sanftes Kitzeln, die Stacheln waren aus Aluminium und hatten abgerundete Spitzen. Und der Gummibaum in der Diele? Künstlich auch er, versteht sich. Und die Hecke da im Garten? Künstlich auch sie, versteht sich. Und vielleicht waren auch die Bäume künstlich, in denen sich weder Mücken noch Vögel tummelten: Jeder Grashalm, jeder Zweig, jedes Blatt war künstlich in dieser Stadt, in der nichts Grünes keimte wuchs verwelkte. Künstlich die Margeriten, die Azaleen, die Rhododendren. Künstlich die Rosen in der Vase dort, künstlich ... Die Vase stand auf dem Fernseher, und ich hatte keine Hoffnung und keinen Zweifel mehr. Vorsichtig zog ich eine Rose heraus, hob sie an mein Gesicht, ließ sie fallen, und die Rose machte klick! und zerplatzte auf dem Fußboden in tausend Splitter von allerfeinstem Glas. Auf dem Boden blieb Rauhreif zurück, ein Tropfen Licht. Ich war in Los Angeles angelangt, der ersten Etappe meiner Reise in die Zukunft und in mich selbst.

Das Ganze hatte übrigens mit einem Lichttropfen angefangen – weißt du noch, Vater? Der Lichttropfen lief quer über den Bildschirm, so klein und schwerelos, daß ich ihn mit der Kuppe meines kleinen Fingers hätte auffangen, auf meine Handfläche legen und stehlen können. Er glänzte nicht einmal sehr, erinnerst du dich? Er schimmerte bloß schwach und zitternd, wie die Glühwürmchen, die in Augustnächten in den Hecken aufleuchten und verlöschen und von den Kindern gefangen und in Einmachgläser gesteckt werden. Oft verschwand er, verflüchtigte sich im Dunkeln genau wie ein Glühwürmchen, und der Fernseher wurde zur Hecke, die ihn verschluckt hatte und nicht mehr hergeben wollte. Voller Verlangen und Ärger hätte ich hinter dem glatten Glas, im Apparat, in den Blättern herumwühlen mögen, um ihn wiederzuhaben und in ein Glas zu sperren. Aber da war er wieder, leuchtete hartnäckig aus dem Nichts auf und war so viel mehr als nur ein Tropfen Licht: Es war ein Stern. Der erste von Menschen erschaffene Stern. Plump, wenn wir ihn aus der Nähe gesehen hätten, Vater, kaum größer als eine Korbflasche und mit einem lächerlichen, zornigen Namen: Sputnik. Aber immerhin ein Stern, ein Stern, und die Menschheit hatte eine Milliarde Jahre gebraucht, um diesen Stern zu bauen, und aus diesem Stern würden weitere Sterne entstehen, größere, stärkere, die noch höher steigen, die uns mitnehmen könnten: bis auch wir imstande wären, die Erde zu verlassen, ins Unendliche einzutauchen, schwerelose Glühwürmchen zu werden. »Vater! Ist es nicht phantastisch?« rief ich dir zu.

Du last die Zeitung. Mit aufreizender Bedächtigkeit ließest

du die Zeitung sinken, so daß zwei blaue, alte Erdenaugen und ein skeptisches, altes Erdengesicht zum Vorschein kamen, und brummtest: »Was ist da phantastisch?«

»Zum Mond zu fahren, denk doch, Vater! Begreifst du denn nicht, was dieser Lichttropfen bedeutet? Daß wir zum Mond fahren werden, zu den andern Planeten!«

Mit noch aufreizenderer Bedächtigkeit faltetest du die Zeitung zusammen, legtest sie auf den Tisch. »Der bloße Gedanke bereitet mir Übelkeit. Auf den Mond fahren, was soll das? Die Menschen werden stets die gleichen Probleme haben, auf der Erde wie auf dem Mond; sie werden stets krank und böse sein, auf der Erde wie auf dem Mond. Außerdem hat man mir gesagt, daß es auf dem Mond weder Meere noch Flüsse noch Fische gibt, weder Wälder noch Felder noch Vögel: Ich könnte dort nicht einmal auf die Jagd oder fischen gehen.«

Ja: du liebst ausschließlich die Dinge, die in dieser unserer Erde verwurzelt sind, und begreifst nicht die Geschichte von der Raupe, die nur darauf wartet, ein Schmetterling zu werden. Ich hab dich nie dazu gebracht, in ein Flugzeug zu steigen, ein einziges Mal nur war ich nahe daran, dich zu überzeugen: als du den Botanischen Garten in London sehen wolltest. Ich brachte dir den Prospekt des Botanischen Gartens samt dem Flugticket, und du blättertest selig in dem Prospekt, das Ticket gabst du mir zurück: »Und die Bahn, kann man denn nicht mit der Bahn fahren?« – »Das dauert zu lange, Vater.« – »Dann komme ich nicht mit.« An deiner Stelle flog Mutter, die während der ganzen Reise den Sicherheitsgürtel angeschnallt ließ, in der Meinung, es sei ein Fallschirm, und mehrmals sagte: »Dein Vater hat recht, was soll diese Hast?« Geschwindigkeit ist für euch Hast, und Flugzeuge gefallen euch nicht. Im stillen, möchte ich wetten, denkt ihr darüber wie Großvater, für den Flugzeuge böse Vögel waren, die man mit dem Stock traktieren muß. Als wir bombardiert wurden, flüchtete Großvater nicht in den Keller, entsinnst du dich? Er setzte den Hut auf, ging auf die Straße, und während er den Stock dem Himmel entgegenstreckte, schrie er: »Ihr Flegel! Ihr Flegel!« Ich gab dir also keine Antwort, sondern beobachtete weiterhin meinen Lichttropfen, der unvermittelt erstarb, verdrängt von einem Gesicht, das die Umlaufbahn, die Route beschrieb, und da war ich so enttäuscht wie in meiner Kindheit, wenn ich morgens erwachte und gleich zu meinem Glühwürmchen im Glas ging, aber das war nicht mehr da, und stattdessen fand ich einen Groschen, und eine Stimme sagte: Hast du gesehn, das Glühwürmchen hat sich in einen Groschen verwandelt, so daß ich wütend zurückgab: Ich will das Glühwürmchen, nicht den Groschen! und alle lachten. Auch der Groschen schien zu lachen, wenn ich ihn zornig auf den Boden schmiß, er klimperte hämisch, und ich kam mir unverstanden und lächerlich vor, suchte nach Worten und fand sie nicht, und wenn ich sie fand, schämte ich mich, sie auszusprechen. Habe ich mich nicht auch in all diesen Jahren geschämt, sie auszusprechen, jedesmal, wenn ein neuer Stern die Erde verließ, zusammen mit einem Mann, der Gagarin hieß oder Shepard oder Titow oder Glenn oder Popowitsch oder Cooper? Er flog los und ich mit ihm. Er schwamm im Weltall und ich mit ihm. Er kam zurück und ich mit ihm. Wie aber kann man gewisse Dinge sagen, Vater? Nichts hält einen so sehr zurück wie die Scheu, die Angst, Phrasen zu dreschen. Ironie ist einfach, Glaube schwer, und niemand macht sich über dich lustig, wenn du ironisch bist, alle aber sind bereit, dich zu verhöhnen, wenn du ein Glaubensbekenntnis abgibst. Auf der einen Seite war ich, das Kind, das an die Sterne glaubt, und auf der anderen Seite da warst du, der Erwachsene, der an die Erde glaubt.

»Oh! Er ist weg, Vater!«

»Wer?«

»Der Sputnik.«

»Sei nicht albern. Laß mich in Ruhe.«

»Aber Vater ...«

»Ich hab dir schon gesagt, es interessiert mich nicht, es geht mich nichts an.«

»Daß es dich nicht interessiert, kann ich noch verstehen. Daß es dich aber nichts angeht, stimmt nicht. Es geht dich was an, und wie! Es geht auch die Blinden was an, die Tauben, die ...«

»Ach was, blind und taub! Ich liebe die Erde, verstehst du? Ich liebe die Blätter und die Vögel, die Fische und das Meer, den Schnee und den Wind! Und ich liebe das Grün und das Blau und die Farben und die Gerüche, und nichts anderes, verstehst du? Wir haben nichts anderes, und ich will das nicht verlieren wegen eurer Raketen, verstehst du?«

Du warst wütend, warst ganz bleich. Und dein ganzes Gesicht sagte mir, still zu sein, nicht weiter auf meinen Dummheiten zu beharren. Aber ich konnte nicht mehr still bleiben: zwischen uns hatten sich Abgründe aufgetan, ein Krieg stand uns bevor. Und ich sagte zu dir – ich weiß nicht, ob mit diesen Worten – auch ich liebe die Erde, Vater. Sie ist mein Zuhause, und ich liebe sie. Aber ein Zuhause, aus dem man unmöglich weggehen kann, ist kein Zuhause, sondern ein Gefängnis: und gerade du hast mir immer erklärt, der Mensch sei nicht dafür geschaffen, im Gefängnis zu sein, sondern dafür auszubrechen, selbst auf die Gefahr hin, dabei getötet zu werden. Ich sagte zu dir, wenn die Legende wahr sei, daß der Mensch aus dem Meer stamme, wo er einstmals ein Fisch war, dann sei auch das Meer für ihn ein Gefängnis gewesen, aus dem auszubrechen eine Tollheit schien. Und doch brach er aus, stieg langsam geduldig schmerzgeplagt ans Ufer, wurde von der Luft besiegt. Er konnte ja nicht atmen in der Luft, Vater. Seine Kiemen schrien nach Wasser, Wasser, Wasser, in diesem leeren Raum ohne Wasser mußte er ertrinken ersticken sterben, die Erde war für ihn eine Hölle, ein weißer Alptraum aus Licht, das ihn blendete, sie hielt ihn fest wie ein Schröpfkopf, doch langsam geduldig schmerzgeplagt, durch Millionen von Jahren immer von neuem versuchend von neuem sterbend und wieder versuchend, gelang es ihm, in der Luft nicht zu ertrinken, in der Helligkeit nicht blind zu werden, am Ufer nicht kleben zu bleiben. Er schuf sich geeignete Lungen und lernte, in der Luft zu atmen. Er schuf sich geeignete Augen und lernte, in der Helligkeit zu sehen. Er schuf sich geeignete Pfoten und lernte, sich auf der Erde fortzubewegen. Er schuf sich eine geeignete Wirbelsäule und lernte, aufrecht zu stehen. Er schuf sich geeignete Hände und Finger und lernte, die Dinge anzufassen. Und eines Tages bemerkte er, daß er noch mehr konnte: daß er denken konnte. Und beim Denken wurde ihm bewußt, ein Mensch zu sein. Und das Menschsein gefiel ihm so sehr, daß er als Mensch all das erfand, was die Natur noch nicht erfunden hatte. Er rieb flink zwei Steine aneinander und entzündete ein Feuer. Er schnitt einen Baumstamm in Scheiben und machte Räder. Er tat Feuer und Räder zu-

14

sammen und baute die Eisenbahn. Auf der Eisenbahn stellte er fest, daß er schnell und weit vorwärtskommen konnte wie die Vögel, daß er fliegen konnte wie die Vögel: Er wurde eifersüchtig auf die Vögel, raubte ihnen die Flügel, setzte sie an die Eisenbahn und flog. Höher, immer höher, bis er eifersüchtig wurde auf die Sterne, plumpe Nachahmungen der Sterne herstellte und mit ihnen wegflog, um hinter die geschlossene Pforte des Himmels zu schauen. Und ist es nicht normal bei einer geschlossenen Tür? Packt dann nicht auch dich der Drang, sie aufzumachen und nachzusehen, was dahinter ist, Vater? Ist denn die Geschichte der Menschheit etwas anderes als die Geschichte von geschlossenen und geöffneten Türen? Antworte, Vater!

Du schütteltest den Kopf. »Du kannst sie öffnen, sicherlich. Du bist imstande, sie zu öffnen, und öffnest sie. Wenn diese Tür aber die letzte Tür ist, wohin führt sie dich? Ich will dir sagen, wohin: kopfüber ins Leere. Die Zukunft, die ihr euch erträumt, ist nichts anderes als ein Sprung kopfüber ins Leere. Beim ersten Schritt werdet ihr stürzen, und nur gut, daß ich nicht dabeisein muß, um zuzusehen und zu weinen.«

So antwortetest du, dann standest du auf, und im Flur verloren sich deine schleppenden Schritte. Es war ein Herbstnachmittag, erinnerst du dich, und wir waren in unserem Haus auf dem Lande. Durch die Fenster drang der Duft von Pilzen und Harz herein, der Wald flammte von roter und violetter Erika, in den Weinbergen hingen die Reben voll saftiger Trauben. Bald würde Weinlese sein, die Trauben würden in den Bottichen gären, und in diesem berauschenden Frieden würden die Kastanien leicht und rund herunterplumpsen, in der Küche machte Mutter Brombeerkonfitüre ein. »Um Gottes willen, sie brennt an!« – »Darf ich kosten, Mutter?« – »Hinaus, habe ich gesagt!« Hast du je bemerkt, wie schön unsere Zypressen vom Küchenfenster aus sind? Man möchte sie streicheln, wenn man einen Finger ausstreckt, glaubt man, ihre pinselartigen, samtglatten Spitzen zu fühlen. Ich weiß wirklich nicht, warum ich gerade an jenem Tage beschloß, diese Reise zu den Männern zu unternehmen, die die Weichen für die Zukunft stellten. Vielleicht war es dein Satz über die Leere: »Ein Sprung kopfüber ins Leere.« Man ist ja von der Leere stets fasziniert. Je tiefer, je dunkler, desto mehr zieht sie uns an: ein mysteriöser Liebes-ruf. Es hilft auch nichts, die Abreise aufzuschieben: Ich hatte sie jahrelang aufgeschoben, und jetzt war ich also hier, inmitten von Plastikwiesen, Gummipflanzen, Glasrosen und Robotern, mit einem Körper auf zwei Beinen, einem Kopf auf dem Körper, um die Antwort auf deine Antwort zu suchen, Vater.

Ruhig und entschlossen bückte ich mich, um den Rauhreif aufzusammeln, der eine Rose gewesen war. Da stach mich ein Splitter, aus dem Finger erblühte ein Tropfen Blut, und mich erfaßte die gleiche Verwirrung wie Kinder, die immer vom Durchbrennen träumen, die dann aber, einmal durchgebrannt, wünschen, sie hätten es nie getan. Fliehen ist schön, wenn es dir richtig erscheint und du es wirklich willst: Während du die Tür hinter dir zumachst, fühlst du dich lebendiger als sonst, die Straße wird zur unbegrenzten Wiese, die Bahn zu einem großen Versprechen. Sobald jedoch der Zug anfährt, verwandelt sich der Waggon in einen Käfig ohne Luft, das Morgen in einen Tunnel, von dem du nicht weißt, wohin er dich führen wird. Plötzlich fühlst du dich krank, tausend Bedrohungen ausgesetzt, du sehnst dich nach deinem Bett zurück, das weich und warm war, nach deinem Zuhause, das behaglich und schön war, und du weißt nicht mehr, was du willst. Wir fürchten uns alle vor der Zukunft und trauern alle um die Vergangenheit und sind alle unsicher am Anfang, Vater. Darum wird dieses Buch oft ein beängstigendes Schaukeln zwischen dem Gestern und dem Morgen sein: den beiden Welten, die uns geradezu entzweireißen in dieser Zeit ohne Zeit. Das ist der Grund, warum ich mich in diesem Buch sehr oft an dich wenden werde. Ob es dich amüsiert oder irritiert, lies es und denk darüber nach, Vater: Alles, was es von der ersten bis zur letzten Seite enthält, ist mir wirklich zugestoßen, habe ich wirklich gesehen oder gespürt oder gedacht. Wahr sind die Namen der Personen und Orte. Wahr sind die Daten, und wahr sind die Gespräche, die ich darin wiedergebe. Wahr sind meine Zweifel, meine Schwärmereien und meine Feigheiten; nichts in diesem Buch ist erfunden, sehr wenig wird verschwiegen. Dieses Buch ist ein Tagebuch, Vater, das Tagebuch von einem Jahr meines Lebens: Und ich biete es dir an, um das Gespräch weiterzuführen, das wir über jenen Tropfen Licht begannen.

Los Angeles war eine Nebelbank, und die Sonne ein gelblich verschwommener Fleck. Der Himmel war schlammfarben, und es war sehr heiß. Ich rief den meteorologischen Informationsdienst an und fragte, wann es regnen werde. Eine metallene Stimme antwortete, daß für die nächsten zweiundsiebzig Stunden und sechsundfünfzig Minuten keine atmosphärischen Niederschläge zu erwarten seien. Aber nein, nichts von einer Nebelbank: die Dame war offenbar fremd hier, die Dame wußte nicht, daß der Nebel in Los Angeles kein Nebel, sondern Rauch ist, aus den Auspuffrohren der Autos. Nein, kein gelblich verschwommener Fleck: die Dame war offenbar ziemlich ungebildet, die Dame ignorierte, daß in Los Angeles die Sonne ... Wie die Sonne wohl aussieht hinter diesem Azur, das man Himmel nennt. Muß viel viel schöner sein, sagen das nicht alle, wenn sie dort oben sind? Auf russisch, auf amerikanisch: »Idivitelni! Wonderful! Phantastisch!« Wie man sich wohl fühlt, so schwerelos im freien Raum zu schweben: Edward White wollte nicht wieder in die Kapsel zurück, als er's wußte. Schluß jetzt, sagte McDivitt zu ihm, Schluß jetzt, Eddie, rein mit dir. Nur'n bißchen noch, antwortete Edward White, nur'n bißchen noch, es macht so'n Spaß. Rein, Eddie, rein. Nein, es macht so'n Spaß. Ein kleiner Junge, der das erste Mal im Meer planscht, im Meer da kannst du alles vergessen, ohne hinzufallen. In vierunddreißig Jahren, Millionen und Abermillionen Jahren, in all den Jahren seines Lebens, unseres Lebens, war er ein Stein, der beim kleinsten Hopser hinfiel, ein Körper aus Blei, der dabei gleich kaputtging: Nun aber fühlte er sich ohne Blei, ohne Körper, ohne Angst, eine Feder, ein silbernes Stäubchen, das schneller fliegt als unsere Gedanken, so schnell, das es still zu stehen scheint, und das ist keine Magie, das ist Wirklichkeit, und aus dieser Wirklichkeit erblickst du die Sonne, die idivitelni, wonderful, phantastisch ist. Jedoch was war der Preis dafür, der Preis, das zu wissen, zu sehen, zu erleben? Der Preis, den ich schon bezahlte: Plastikwiesen, Gummipflanzen, Glasrosen? Und noch mehr? Und wieviel, wieviel mehr? Und was, was noch? Ich lutschte an meinem Finger, aus dem noch immer ein Blutstropfen kam, legte den Hörer auf und ging zu Cesare. Du erinnerst dich doch an Cesare, nicht? Ja, er lebt seit vielen Jahren in Los Angeles, er ist Schauspieler hier und hat

17

sogar die Staatsbürgerschaft. Ob er sich verändert hat? Ach, weißt du, wenn man etwas vom Mond oder vom Mars zu ihm sagt, zuckt er die Achseln. Er sagt, Mars sei ein griechischer Gott und der Mond ein hübscher Lampion, bei dem man naive Frauen betören und verführen könne.

2. Kapitel

»Du also auch. Alle kommen nur darum her. Kein Schwanz kommt mehr wegen uns Schauspielern. Früher dachte man, wenn man Kalifornien sagte, an Hollywood. Heute denkt man an die Apollo-Raumkapsel. Natürlich! Was ist schon ein Film gegen den Start einer Rakete? Was ist schon Darryl Zanuck gegen von Braun? Doris Day gegen John Glenn? Wir sind nicht mehr Mode, uns will man nicht mehr.«

»Nimm's nicht so schwer, Cesare. Die Welt verändert sich, ist doch so.«

»Schön einfach, ich soll's nicht so schwer nehmen. Aber wenn eine Frau sagt, du gefällst mir, weil du Gordon Cooper ähnlich siehst, nimmt dich das doch mit, oder? Ich versteh's nicht – heutzutage muß einer Astronaut sein, um Frauen zu haben. Und überhaupt: Ist das hier vielleicht noch Los Angeles? Früher war das ein großer Spaß und verrückt, lauter Neonreklame und Nachtclubs; heute sieht's hier aus wie im Vorzimmer zu einem Elektronengehirn. Tot, langweilig, wenn du wo Leben finden willst, mußt du bis nach Downey fahren, wo die verfluchte Kapsel gebaut wird. Oder nach Redondo Beach, wo sich die Laboratorien der Raumfahrttechnik befinden. Ist das etwa richtig?«

»Nein, aber man muß sich damit abfinden.«

»Kann ich nicht. Die sind alle krank vor lauter Technologie und Fortschritt: Ich bleibe einer vom alten Schrot und Korn. Ich bin Italiener, Mailänder: Gewisse Dinge berühren mich einfach nicht. Sieh dir mal dieses Wunderwerk da an, der neue Freeway! Vor sechs Monaten gab es ihn noch nicht, weißt du? Dort standen Berge. Aber wir haben die Berge mit Riesenmessern zack-zack-zack wie Brot abgeschnitten. Grandios nicht, einfach großartig?«

18

Von den abgeschnittenen und dann geteerten Bergen her kam ein übler Pechgestank. Sogar die Erde, die gequälte und gekränkte, hatte ihren Geruch verändert.

»Grandios, Cesare, großartig.«

»Und dann diese Manie, zum Mond zu fliegen, zum Mars! Diese Automatisierung um jeden Preis. Aber ich, ich lasse mich nicht korrumpieren. Ich bin Italiener, Mailänder: Gewisse Dinge berühren mich einfach nicht. Um mich nicht zu sehr umstellen zu müssen, habe ich meine Tante herkommen lassen: Erinnerst du dich an meine Tante? Ach, ich passe da nicht hin, hat sie gesagt, ich bin eine Hausfrau, die sich in ihren Pantoffeln wohlfühlt, ich kann keine Sprachen, das Büchsenessen habe ich noch nie vertragen, nur frisch mag ich's, selbergemacht. Eben deswegen, Tante, eben deswegen! Ah, nein, ich lasse mich nicht korrumpieren. Tante! Schau, wer hier ist, Tante!«

Eine elegante, geschminkte Dame, die Tante, kam in himmelblauen Plastiksandaletten hereingetänzelt. Ein herzförmiges Plastikschürzchen schützte ihr Kleid.

»Darling! Sweety! How do you do? Aber nein, gar kein Problem, in einer Minute ist's soweit! Wir leben schließlich im Jahre 1964, don't we. Was möchten Sie essen? Toast? Hamburger? Vol-au-vent?«

»Vol-au-vent?! Machen Sie sich doch keine Umstände.«

»Nur eine Minute, ich sagte es ja.«

»Eine Minute?!«

»Natürlich nichts Großes, ein kleiner Imbiß. Come on, children. Kommt in die Küche.«

In ihren blauen Plastiksandaletten tänzelte die Tante in ein Weltraumlabor, eine Art Operationssaal. Vollautomatische Waschmaschine. Vollautomatischer Wäschetrockner. Vollautomatische Bügelmaschine. Vollautomatischer Fleckentferner … Sie drückte auf einen Knopf, öffnete eine kleine Tür, die man zwar nicht sah, die aber doch da war, holte eine Dose hervor, auf der *Ready to use,* gebrauchsfertig, stand, und entnahm ihr sechs schneebleiche Kieselsteine.

»Tante, was ist das?!«

»Vol-au-vent. Wollten Sie nicht Vol-au-vent?«

»Doch … Ich meine … sind die noch gut? Sind die noch genießbar?«

»Noch genießbar?! Die?! My God! What do you say?

Sehen Sie, was hier steht? *Haltbar bis 1995.* Die können Sie, my dear, in dreißig Jahren noch essen.«

»In ... in dreißig Jahren?! Aber ...«

»Sie werden sehen, wie fein sie schmecken. Jetzt in den Ofen damit, und in drei Minuten sind sie fertig.«

Sie warf sie in den Herd, der sich selbsttätig schloß. Cesare machte mich stolz darauf aufmerksam.

»Der macht praktisch alles allein: Er schaltet sich an, stellt sich ab, öffnet sich und berechnet auch die Kochzeit. Du gehst morgens um acht weg und kommst abends um acht nach Hause, und der Braten soll gleich fertig sein, das brauchst du ihm bloß zu sagen: Um acht ist der Braten fertig. Verspätest du dich, hält er ihn warm. Vergißt du's, erinnert er dich.«

»Großer Gott, Cesare! Er spricht?«

»Freilich: mit einer Klingel. Und nach dem Läuten sagt er: *It's ready, it's ready.* Eine Platte natürlich, elektronisch in Gang gesetzt.«

»Mein Gott!«

»Oh, das ist noch gar nichts im Vergleich zu meinem Radio. Dem brauchst du nur mitzuteilen, wann du geweckt werden willst. Sagen wir, um sieben. Um sieben hörst du, anstelle des gräßlichen Klingelns des Weckers, sanfte Musik. Zur Musik also machst du die Augen auf. Ah, auf einige dieser Wunder möchte ich nicht mehr verzichten. Denk nur, meine Freundin, die Ärmste lebt allein, hat einen Apparat, der, sobald sie die Wohnungstür öffnet, alle Lichter angehen läßt, während eine Stimme ihr zuruft: ›Ciao, guten Abend, fein, daß du da bist!‹«

Der Herd klingelte, dann ging er auf, ein Tablett kam heraus und servierte uns die sechs Vol-au-vents: schön, luftig, perfekt. Und gut, ich gebe es zu. Doch war mir irgendwie unbehaglich. Es kam mir vor, als äße ich, was soll ich sagen, Weizenkörner, wie man sie manchmal in ägyptischen Gräbern von vor dreitausend Jahren findet und die heute noch aufgehen. Ein Todesgeschmack, das war es. Auch wiedergeboren waren sie tot. Und die Küche, das Haus ... Es gibt da eine schauerliche Erzählung von Bradbury, die von einem Haus in den Hügeln von Los Angeles handelt; ich glaube, du hast sie gelesen, Papa. Man schreibt das Jahr 2026, die Bombe ist explodiert und die Erde ist tot: An der Mauer um den Garten zeichnen sich vier Schatten ab. Der Schatten eines Mannes, der den Rasen sprengt, der Schatten einer Frau, die Blumen pflückt, der Schatten eines kleinen Jungen, der einen Ball in die Höhe wirft, und der Schatten eines kleinen Mädchens, das die Arme nach einem Ball ausstreckt, der nie herunterkommen wird: Mr. MacClellan, Mrs. MacClellan, die Kinder MacClellan, in einem titanischen Moment erschlagen. Sie leben nicht mehr, sie sind tot, aber das Haus lebt: leer, für sich allein, denn es ist ein vollautomatisches Haus, in dem alles weitergeht, als wäre nichts geschehen. Tag um Tag, Monat um Monat, Jahr um Jahr: unerbittlich. Das Haus spricht, das Haus regt sich, das Haus schläft, das Haus erwacht. »Tick-tack, tick-tack – es ist ein Viertel nach sieben, kommt zum Morgenkaffee.« Die Herdplatten werden heiß, der Kaffee kocht, die Roboter stellen vier Spiegeleier, acht Toasts auf den Tisch, einen Krug Milch, den niemand trinkt. »Tick-tack, tick-tack – es ist dreiviertel acht, schnell in die Schule, schnell zur Arbeit!« Die Garage wird geöffnet, ein Auto, das niemand benützt, setzt den Motor in Gang, ein Aluminiumarm wischt die ungegessenen Brötchen und die ungegessenen Eier in den Abfall, ein anderer Aluminiumarm nimmt die schmutzigen Teller, stellt sie ins Spülbecken, wo ein heißer Wasserstrahl sie automatisch säubert und ein frischer Luftstrahl sie automatisch trocknet, die Roboter räumen sie weg. So geht es bis zum Abend. Und am Abend: »Tick-tack, tick-tack. Es ist halb zehn. Kinder, ins Bett!« Im Kinderzimmer gehen die Lichter aus, im Wohnzimmer beginnt der Plattenspieler sich zu drehen. Eine angezündete Zigarre wird dem Sessel von Mr. MacClellan angeboten: »Die Zigarre für Mr. MacClellan. Die Zigarre für Mr. MacClellan. Die Zigarre für Mr. MacClellan. Die Zig ...«

»Was hast du? Ist dir nicht gut?«

»Doch, doch. Bestens, Cesare. Danke.«

»Noch ein Vol-au-vent?«

»Nein, nein, Cesare. Danke.«

»Tante wollte ihn auch haben, diesen Apparat mit dem ›Ciao, guten Abend‹«, fuhr Cesare fort. »Sie meinte, er würde ihr Gesellschaft leisten, wenn ich verreist bin. Aber ich wollte nicht. Ich bin Italiener, Mailänder: Ich lasse mich nicht korrumpieren. Eher würde ich noch das System von Jayne akzeptieren, kennst du Jayne Mansfield? Na ja, ihr

Haus ist ziemlich groß, zwei Stockwerke, achtzehn Zimmer, und alles zu überwachen ist schwierig. Doch Jayne hat in jedem Zimmer ein Mikrophon, und dadurch erfährt sie alles, ohne einen Schritt zu tun. Sie braucht bloß auf den Knopf zu drücken, der sie mit dem Zimmer A verbindet, und sie hört alles, was sich im Zimmer A tut, auf den Knopf B, und sie hört alles, was im Zimmer B los ist. Sie kann hören und eingreifen: wenn die Kinder streiten, wenn die Sekretärin telefoniert, wenn die Köchin etwas brät ... Aber es kommt noch besser: Als sie merkte, daß alle den Mund hielten, hat Jayne sich entschlossen, die Audioanlage durch eine audiovisuelle zu ersetzen, mit achtzehn Kanälen, für die achtzehn Zimmer. Ja, die Badezimmer ausgenommen. Auf diese Art wird sie auch alles sehen können und ... was soll dieses Gesicht?«

»Nichts, Cesare. Nichts. Nur – ihr habt euch so verändert. Was ist mit euch geschehen, Cesare, sag: Ihr habt euch so sehr verändert.«

»Nicht verändert, meine Liebe: angepaßt. Hier heißt es, sich anpassen oder zugrunde gehen. Und ich will nicht zugrunde gehen.« Damit drehte er brüsk den Fernseher an.

»Auch du, mein Junge, kannst Western nicht ausstehen?«

Zu einer Grimasse größter Abscheu verzog sich das Gesicht des Jungen: neun Jahre, ungefähr.

»Klar. Western sind 'ne lahme Kiste für euch Opas. Nur Opas freuen sich doch, wenn sie sehen, wie irgendso'n Typ mit'm Pferd wegmacht. Gebt uns gefälligst 'n bißchen mehr Astronautik!«

»Ein bißchen mehr Astronautik? Und was meinst du dazu, Kleine? Willst du auch ein bißchen mehr Astronautik?«

Ein Achselzucken, zwei Zöpfe: zehn Jahre, ungefähr.

»Klar. Und Astrophysik. Kapiert doch einfach keiner, daß bei der NBC noch niemand drauf gekommen ist, eine Sendung über interstellares Plasma zu machen.«

»Interstellares Plasma?! Bist du damit einverstanden, Kleiner?«

Ein verächtliches Aufblitzen in den Augen des Kleinen: acht Jahre, allerhöchstens.

»Wer denn nicht? Ihr habt uns ja nicht einmal das Kommandosystem des LEM erklärt. Ich meine: Funktioniert es vollautomatisch oder auch mit Handbetrieb?«

»LEM? Was für ein LEM?«

»Kinder! Der weiß nicht mal, was ein LEM ist! Das Lunar Excursion Module! Das Raumschiff, das auf dem Mond landen soll! Idiot!«

Cesare drehte am Knopf, er suchte einen andern Kanal. Ein Mädchen erschien mit einer Elektronenröhre in der einen und einem kleinen Raketenmodell in der andern Hand.

»ITT! Was Elektronik betrifft – wenden Sie sich an ITT! Dank ITT wurde letzte Woche in New Mexico der Wettersatellit gestartet. Kostenpunkt: zweihundertfünfzigtausend Dollar. ITT! ITT!«

Wieder drehte er am Knopf und suchte einen andern Kanal. Der Sprecher verlas die Nachrichten.

»Die zur Venus abgeschossene Sonde hat den Planeten verfehlt, doch bestätigt ihre Flugbahn, die verhältnismäßig nahe daran vorbeiführte, daß kein magnetisches Feld seine Oberfläche vor kosmischen und solaren Strahlen schützt. Im übrigen hat die sehr hohe Temperatur, die die Existenz von Meeren unmöglich erscheinen läßt ...«

»Gehen wir, Cesare?«

»Gehen wir.«

»Ein bißchen zu Fuß, ja?«

»Zu Fuß in Los Angeles?!«

»Ja. Ein bißchen spazierengehen.«

»In Los Angeles geht niemand spazieren.«

»Dann tun wir's eben.«

»Versuchen wir's.«

»Versuchen?!«

»Ja, versuchen wir's.«

Und wir gingen spazieren. Wir gingen spazieren, und das war alles. Wir gingen spazieren und sonst nichts, als ein Streifenwagen anhielt und ein junger Mann in Uniform den Kopf aus dem Fenster steckte, und schon war ich in einer anderen Erzählung von Bradbury. Hier links stehen die Sätze, die wir sprachen. Rechts in Klammern sind die Sätze, die Bradburys Figuren sprechen:

»Hilfe nötig?«	(»Was machen Sie da?«)
»Nein, danke.«	(»Etwas, das man gehen nennt.«)
»Wagen kaputt?«	(»Warum?«)
»Nein, danke.«	(»Um frische Luft zu schöpfen.«)
»Taxi?«	(»Haben Sie keine Klimaanlage?«)
»Nein, danke.«	(»Doch, aber ich will etwas sehen.«)
»Was verloren?«	(»Haben Sie zu Hause keinen Fernseher?«)
»Nein, danke.«	(»Doch, aber ...«)
»Papiere.«	(»Papiere.«)
»Hier, bitte.«	(»Hier, bitte.«)
»Ihre Hand zittert?«	(»Ihre Hand zittert?«)
»Ich wüßte nicht warum.«	(»Ich wüßte nicht warum.«)
»Steigen Sie wieder in Ihren Wagen.«	(»Kommen Sie mit.«)
»Gut. Danke.«	(»Nein! Hilfe! Nein!«)

Der Mann bei Bradbury wurde in das Roboter-Polizeiauto verfrachtet und in eine Irrenanstalt gebracht, weil man ihn dabei ertappt hatte, daß er seine Beine benutzte in einer Gesellschaft, in der die Beine durch Räder ersetzt sind, daß er seine Augen benutzte in einer Gesellschaft, in der die Augen durch die Television ersetzt sind, und daß er den Sauerstoff des lieben Gottes einatmete in einer Gesellschaft, in der der Sauerstoff des lieben Gottes durch Klimaanlagen ersetzt ist. Wir hatten mehr Glück: Unser Polizist beschränkte sich darauf, uns strengen Blicks zu mustern, dann ließ er uns laufen. Aber wie lange würde er uns laufen lassen? Wieviel fehlte noch bis zu dem Tage, da wir verhaftet werden würden, auch wir, unter der Anklage, die Beine statt der Räder, die Augen statt der Television, den Sauerstoff des lieben Gottes statt der Klimaanlage zu benutzen? Ach ja: wenig, sehr wenig. Nicht verändert, meine Liebe, sondern angepaßt. Hier paßt man sich an oder geht zugrunde. Und ich will nicht zugrunde gehen.

Wir gingen zum Wagen zurück.

»Entschuldige, Cesare.«

»Ich hatte es dir ja gesagt!«

»Mhm. Entschuldige.«

Er sah mich ärgerlich an.

»Und was willst du jetzt machen?«

»Nichts. Ich will zu Bradbury.«

»Wo wohnt dieser Bradbury?«

»Cheviot Drive, Cheviot Hills.«

»Cheviot Drive in Cheviot Hills«, sagte Cesare vor einer kleinen zweistöckigen Villa mit karmesinroter Tür. Kühl öffnete er mir den Schlag und brummte: »Ciao«.

»Ciao, Cesare. Tut mir leid, wirklich.«

An der karmesinroten Tür war eine Klingel. Darunter war ein Kärtchen befestigt: »Diese Klingel wurde zum selben Zweck hergestellt wie alle Klingeln, nämlich zum Läuten. Wenn Sie jedoch nicht läuten, machen Sie uns eine große Freude, weil die Klingel uns auf die Nerven geht. Danke.« Sachte klopfte ich.

Man hörte großen Lärm: Schreien, Kreischen, Befehle, Papa mach du auf, nein, Papa, ich mach auf, nein, Mama macht auf, nein, Mama macht nicht auf, wer macht denn jetzt auf – dann öffnete sich die Tür weit, und da stand er. Ein Riese, barfüßig, sonnengebräunt, mit weizenblondem Haar und Augen so blau wie ein blankgeputzter Himmel: zu ihrem Schutz, um nicht beschmutzt zu werden, zwei dicke Gläser. Sein Anblick wärmte mehr als ein Kaminfeuer im Winter, wärmte und heilte zugleich von Verbitterung, heilte und erzählte zugleich tausend Märchen, von silbernen Bergen und smaragdgrünen Himmeln, blauen Hügeln und Mondsteintälern: der Mars, wie er ihn sich vorstellt. Er lachte – wie soll man es ausdrücken? – das Lachen eines fröhlichen kleinen Jungen, dem nichts zum Glück fehlt: weder Mutter noch Vater, weder Spielzeug noch die Zuversicht, daß morgen Sonntag ist, daß der Sonntag ein Sonnentag und daß morgen immer Sonntag ist.

»Uauh! Sie ist da! Uauh!«

In einem Wirbel von Haaren und Brillen kamen, wie Kugeln einer gerissenen Halskette, von der Küche her seine vier Töchter angerollt: die älteste etwa vierzehn Jahre, die jüngste vielleicht sechs. Hinter ihnen eine fünfte Blonde: seine Frau. Die Kette war wieder repariert, sie bestand aus fünf Kugeln gleicher Farbe und verschiedener Größe, und dann sagte sie ihren Gruß auf:

»Uauh!« sagte die erste Blonde.

»Uauh!« sagte die zweite Blonde.

»Uauh!« sagte die dritte Blonde.

»Uauh!« sagte die vierte Blonde.

»Uauh!« sagte die fünfte Blonde und zog mich in ein von Büchern tapeziertes Wohnzimmer.

»Ich hätte anrufen sollen, ich weiß.«

»Um Himmels willen! Papa kann das Telefon nicht ausstehen!«

»Er kann es auf den Tod nicht leiden.«

»Er kann es einfach nicht ertragen.«

»Er macht es sogar immer kaputt.«

»Ray hat sich erst vor kurzem zum Telefon bekehrt«, erklärte seine Frau, Marjorie hieß sie, »und ab und zu bereut er es, und er macht es kaputt. Heute zum Beispiel war es hinüber.«

»Und Flugzeuge mag er auch nicht«, sagte die erste Blonde.

»Ja, wirklich, er ist noch nie in einem Flugzeug gewesen«, sagte die zweite Blonde.

»Und er fährt nicht einmal Auto«, sagte die dritte Blonde.

»Kunststück! Wo er dreiunddreißigmal bei der Fahrprüfung durchgefallen ist«, sagte die vierte Blonde.

»Ray fährt Rad«, erklärte Marjorie etwas verschämt. »Mit vierundvierzig Jahren fährt er noch Rad.«

Auf ein Sofa hingefläzt, wartete Bradbury gemütlich, bis die Blonden alle ihre Meinungen geäußert hatten. Als es soweit war, deckte er selber seine schwerste Schuld auf.

»Ich habe auch keinen Fernseher.«

»Alle Kinder in der Nachbarschaft haben Fernsehen, nur wir nicht!«

»Für ihn gibt es nichts als die Bücher von Verne.«

»Wir werden noch groß und dumm.«

». . . und ungebildet.«

»Wie du, Papa.«

»Dumm? Ungebildet?« Bradbury hob eine Braue.

»Dumm nicht. Viele von Papas Büchern werden in der Schule benutzt, weißt du?« räumte eine Blonde ein.

»Ein großer Teil seiner Erzählungen ist in hundertdreißig Anthologien aufgenommen worden, zusammen mit den Geschichten von Steinbeck, Saroyan, Hemingway und Poe. Dumm ist er also nicht«, gab eine andere Blonde zu.

»Aber ungebildet. In seinen Büchern stecken viele Fehler.«

»Papa, ich habe wieder einen Fehler gefunden«, ließ die Jüngste sich vernehmen.

»Ja«, sagte Bradbury.

»In dieser ›Mars-Chronik‹ von dir.«

»Ja«, sagte Bradbury.

»Auf Seite 194.«

»Ja«, sagte Bradbury.

»Wenn die Marsmonde im Osten aufgehen.«

»Ja«, sagte Bradbury.

»Nein«, sagte sie.

»Was nein?«

»Die Marsmonde gehen im Westen auf, Papa.«

»Was das betrifft, so habe ich noch einen schlimmeren Fehler entdeckt«, verkündete die Älteste.

»Ja«, sagte Bradbury.

»Erinnerst du dich an den Bauern, der auf dem Mars Apfelbäume pflanzt, Papa?«

»Ja«, sagte Bradbury.

»Wenn er auf den Regen wartet.«

»Ja«, sagte Bradbury.

»Auf dem Mars regnet es nicht, Papa.«

»Diese Gören. Ich weiß nicht einmal, daß das Wasser aus Sauerstoff und Wasserstoff besteht, und die halten mir die Monde vor, die im Osten aufgehen. Ist mir doch piepegal, ob die Marsmonde im Westen oder im Osten aufgehen, ob es auf dem Mars regnet oder nicht regnet! Ich liefere ja schließlich keine Breviere für Mathematiker und Physiker. Ein Science Fiction-Schriftsteller, behaupten sie, müsse aber doch über gewisse Dinge Bescheid wissen. Und? Mein ganzes Leben haben sie mich einen Science Fiction-Schriftsteller genannt, und dabei weiß ich noch nicht einmal, was das bedeutet. Seit einiger Zeit bezeichnen sie mich als Schriftsteller des Raumzeitalters: Das klingt etwas respektabler, aber ich weiß trotzdem nicht, was es bedeutet. Ich weiß nur, daß mich vor zwanzig Jahren alle auslachten: Du machst dich ja lächerlich, sagten sie, völlig absurd! Was soll das heißen, Astronaut, Raumflughafen, Mondfahrt, bist du bescheuert? Dann auf einmal, uauh!, bricht das sogenannte Raumzeitalter an und verwirklicht das, was ich vorher beschrieben habe. Nicht, daß es ihnen nun etwa leid täte, daß sie sich entschuldigen würden. Sie sagen immer noch: Was der da macht, ist keine Kunst, das ist bloß Cinerama. Nun, und? Was ist daran falsch? Unter uns gesagt: Wer anders hat das Cinerama erfunden als der alte Mike, Michelangelo? Hat nicht er die Sixtinische Kapelle ausgemalt? Und was ist die Sixtinische Kapelle anderes als ein Cinerama der Malerei? Wenn also der alte Mike – feiner, tüchtiger Bursche, dieser Mike! – in Cinerama malte, warum soll dann ich nicht die Zukunft in Science Fiction beschreiben? Science Fiction dient mir dazu, die Zeit, in der ich lebe und in der die Kinder meiner Kinder leben, zu interpretieren, ihre Bedrohungen zu schildern ...«

Die Blonden gingen schnaubend hinaus, ich sah ihn konsterniert an.

»Bedrohungen?«

»Gewiß. Das Fernsehen zum Beispiel.«

»Das Fernsehen?«

»Ja. Wo glauben Sie, daß sich in diesem Augenblick Millionen von Amerikanern, Italienern, Franzosen, Japanern und so fort befinden? Die gucken TV. Wie die Idioten. Sie denken nicht. Sie bewegen sich nicht. Sie leben nicht. Sie gucken und aus. Die Television denkt für sie, bewegt sich für sie, lebt für sie. Lebt? Sie vergiftet sie mit Idiotie: Doch sie wissen es nicht. Sie gewöhnt sie an den Stumpfsinn: Doch sie wissen es nicht. Denn sie gucken, gucken, gucken und aus. Alle Gefahren der Welt stecken in diesem vermaledeiten Kasten, der wie ein Altar mitten im Haus steht: Doch sie knien stumm vor ihm nieder wie vor einem Altar. Über das Fernsehen könnte jeder beliebige Hitler in drei Tagen eine friedfertige Nation umformen und in eine Herde wilder Tiere verwandeln: Seine Parolen, seine Augen würden in jedes Eßzimmer, jedes Schlafzimmer eindringen, man brauchte gar nicht hinzugehen, um sie zu hören und zu sehen. Doch sie wissen es nicht, sie ahnen es nicht, sie denken nicht einmal daran, weil sie gucken, gucken, gucken und aus. Und wenn jemand ...«

»Und wenn jemand Lust hat, auf einem Bürgersteig spazierenzugehen, aber nicht kann, weil ein Polizist ihn anhält und für verrückt erklärt ...« Ich erzählte ihm, was mir passiert war, das Duplikat seiner Kurzgeschichte.

»Es ist auch mir passiert. Diese Geschichte war sozusagen ein Erlebnisbericht.«

»Und wenn jemand auf einer Wiese hinfällt und merkt, daß das Gras kein Gras ist ...« Ich erzählte ihm die Geschichte mit der Wiese.

»Ich weiß, ich weiß.«

»Und wenn jemand eine Vase mit Rosen hat, deren Blütenblätter keine Blütenblätter, sondern Glassplitter sind ...« Ich erzählte ihm die Geschichte mit der Rose.

»Ich weiß, ich weiß.«

»Und wenn jemand einen Freund anruft und zu ihm sagt Ich komme zum Essen, und der setzt ihm Vol-au-vents vor, die bis 1995 haltbar sind, und sagt ...«Ich erzählte ihm von der Mahlzeit bei Cesare.

»Ich weiß, ich weiß.«

»Und überall Maschinen. Nichts als Maschinen. Immer Maschinen ...«

Ich kam mir vor wie eine Patientin, die dem Arzt ihre Leiden aufzählt, und hier tut's mir weh, und hier, und hier, und dabei hofft, er sagt, das habe nichts zu bedeuten, der Arzt jedoch dann antwortet: ja, es ist schlimm, es ist tödlich. Beim dritten »ich weiß, ich weiß« sah ich ihn noch konsternierter an als vorher.

»Sie wissen? Sie sagen, Sie wissen es?«

»Ich weiß es. Nun, und? Was macht das aus? Daß ein Stück Plastik einen guten Regenmantel abgibt und meinem Kind eine Lungenentzündung erspart, genügt mir, Plastik zu akzeptieren. Daß das Telefon dazu dient, die Feuerwehr zu rufen, genügt mir, das Telefon zu akzeptieren. Daß das Fernsehen einen guten Film überträgt, genügt mir, das Fernsehen zu akzeptieren. Daß ein Mikrophon dazu dient festzuhalten, was ich in einem Augenblick sage, in dem mein Gehirn gut arbeitet, genügt mir, das Mikrophon zu akzeptieren. Am Mikrophon sprechen auch die Faschisten? In Gottes Namen. Zum Fernsehen gehen auch die Dummköpfe? In Gottes Namen. Mit dem Telefon rufen mich auch Nervensägen an, so daß ich wütend werde und es kaputt schlage? In Gottes Namen. Mit Plastik ersetzt man das Gras der Wiesen? In Gottes Namen. Ich weiß, daß in Los Angeles die Sonne grau ist vom Qualm der Auspuffrohre. Ich weiß, daß die Autos den Impotenten das Gefühl von Männlichkeit geben. Wenn aber unter tausend Idioten ein einziger Mensch ist, der sagt: Man wird nicht dadurch männlich, daß man zweihundert in der Stunde fährt, und es ist auch gar nicht nötig, den ganzen Tag auf männlich zu mimen, es genügt, es einmal in vierundzwanzig Stunden zu sein, und dieser Mensch geht vielleicht sogar auch noch zu Fuß, dann rufe ich aus, daß der Mensch großartig ist, und er ist großartig, weil er die Maschinen erfunden hat. Ich habe keine Angst vor Maschinen. Durch die Maschinen wird der sterbliche Mensch unsterblich. Durch die Schallplatten, die uns Musik übermitteln. Durch die Druckmaschinen, die unsere Bücher drucken. Durch die Tonbänder, die unsere Ideen aufzeichnen. Das Drama des Menschen ist, daß er nicht nur sterben muß, sondern daß sein Geist altert und stirbt und damit die große Gabe, die er uns zu bieten hatte. Die von ihm erbauten Maschinen jedoch halten seinen Geist fest, bevor er stirbt, halten die Wahrheit unerschütterlich fest in dem Moment, in dem sie geäußert wurde, kristallisieren sie, geben sie uns unversehrt wieder, und so geht die große Gabe, die der Mensch uns zu bieten hatte, nicht mit ihm verloren. Ah, hätte Christus ein Tonbandgerät gehabt! Ich besäße die Beweise, den falschen Christen zuzurufen, daß seine und nicht die ihre die Wahrheit ist. Hätte doch Buddha ein Radio gehabt, Homer eine Setzmaschine, Leonardo einen Elektronenrechner! Hätte Sappho ihre Verse auf feuerfesten Platten aufnehmen können! Hätte Shakespeare einen Film gedreht! Nein, niemand wird mich je davon überzeugen können, daß Maschinen gefährlich und schlecht sind; nur Menschen sind gefährlich und schlecht. Das Kino benebelt den Geist? Ja, aber es vermag ihn auch zu wecken. Darum habe ich Verne so gern: weil er ein Moralist ist wie ich, ein Optimist wie ich. Auch er lebte in einer Zeit, in der alle die Lust zu Tat und Wagnis verloren zu haben schienen; und er gab sie ihnen zurück, diese Lust. Bauen wir eine schöne Rakete, zum Kuckuck noch eins, und fahren wir auf den Mond, rief er in seinem Buch ›Von der Erde zum Mond‹. Bauen wir ein schönes Unterseeboot, zum Kuckuck, gehen wir unter Wasser, zum Kuckuck, rief er in seinem Buch ›20 000 Meilen unter den Meeren‹. Denken Sie nur an Capitan Nemo, der in dämonischer Leidenschaft herausschreit: ›Seid besser zueinander, kümmert euch nicht um die Beziehungen zu Gott, kümmert euch lieber um die Beziehungen zueinander!‹ Denken Sie an Robinson Crusoe, der sagt: ›Ich bin allein. Die Erde ist gegen mich, das All ist gegen mich, aber ich habe einen Kopf, uauh! Ich habe zwei Hände, uauh! Ich kann überleben, leben, uauh! Uauh!‹ So gefällt mir eben alles, was dazu dient, uns besser zu machen, vom Plastik bis zu den Raketen. Und das Rumschimpfen habe ich satt.«

»Nun gut, Mr. Bradbury, aber die Aufgabe des Schriftstellers ist es ja nicht, das wenige Schöne, das es gibt, zu verherrlichen: sondern das Schlechte, das Häßliche aufzuzeigen. Die Aufgabe des Menschen ist es nicht, sich zufriedenzugeben: sondern zu rebellieren. Nur durch Rebellion kann man die Wahrheit suchen.«

»Irgendwann einmal muß man sie aber auch finden, diese Wahrheit. Es gibt einen Moment, in dem die Gesellschaft dem Schriftsteller sagt O.k., mein Freund, alles schön und gut. Aber nachdem du nun so großartig bist im Zerstören, nachdem du nun alles kaputtgemacht hast, unsere Hoffnungen, unsere Illusionen, so erklär uns jetzt gefälligst, wie man wieder aufbaut. Dann, meine Liebe, machst du entweder den Schnabel zu oder sagst, wie man wieder aufbaut. Ich habe die Gesellschaft heftig angegriffen: mit dem Enthusiasmus eines Anfängers. Man kann aber nicht in alle Ewigkeit Anfänger bleiben. Anfänger fiebern immer, und man kann nicht in alle Ewigkeit fiebern. Fieber ist Krankheit, und Krankheit ist nichts Ewiges. Wenn das Thermometer auf einundvierzig steigt, stirbst du oder wirst gesund. Ich habe meine einundvierzig Grad gehabt, und während ich die Krankheit überstand, lernte ich die Gesundheit schätzen. Rumschimpfen ist etwas für alte Leute, Hoffen gehört zur Jugend, und ich bin vielleicht ein ewiges Kind, aber das Weltraumzeitalter sehe ich wirklich mit derselben Begeisterung wie unsere Kinder: einer unschuldigen, unverwüstlichen Begeisterung, die mich aufjauchzen läßt: mir doch egal, ob die erste Rakete russisch oder amerikanisch war, ob der erste, der auf dem Mond oder Mars landet, Popowitsch oder Smith heißt! Wichtig ist allein, diese Rakete zu haben und diesen Mann zu schicken!«

»Einverstanden, Mr. Bradbury. Aber ein bißchen Angst wird man wohl haben dürfen, nur ein bißchen. Wohin bewegen wir uns? Was machen wir? Werden wir das Richtige tun? Werden wir das Falsche tun? Werden wir die Plastik-

wiesen, die Glasrosen mit auf den Mars nehmen? Begeisterung hab ich und wie für diese Raketen: Mir gefallen sie
riesig. Doch wenn sie oben sind, wer hält sie auf? Sie fliegen
allein weiter: Denn der Mensch hat da etwas konstruiert, das
ihm aus der Hand geglitten ist und ohne ihn weiterlebt.«

Er errötete von Kopf bis Fuß. Er bebte wie ein Blatt im
Wind. In ihm brodelte alle Leidenschaft der Welt.

»Angst?!? Haben Sie denn noch nie eine Rakete starten
sehen?! Da steht sie, so groß, und die Männer ringsherum
sind so winzig klein, unbedeutende Mücken, und diese winzigen Männer, diese unbedeutenden Mücken entzünden einen kleinen Funken, ein Donner reißt die Luft in Fetzen,
eine weiße Wolke erblüht, die Rakete steigt in die Unendlichkeit, und du lästerst Gott: Wir haben einen Zipfel von
dir erwischt, Gott! Und während du so brav lästerst, macht
dir die Rakete keine Angst mehr, denn du erinnerst dich, daß
der Mensch sie gebaut hat, daß der Mensch den Funken
entzündet hat, daß der Mensch die Luft in Fetzen gerissen
hat: Ohne den Menschen ist die Rakete ein Handschuh ohne
Hand. Angst?!? Dies ist doch die schönste Epoche, die der
Menschheit je geschenkt wurde, die kühnste, die wunder-
barste, die blasphemischste, dies ist die größte Epoche der
Geschichte! Wenn man mir sagt: Ist sie nicht herrlich, diese
Rakete? Dann antworte ich: Nein, herrlich ist der Mensch,
der sie gebaut hat, meine Epoche ist herrlich, unsere Ideen
sind herrlich, unsere Ideen, die nicht mehr starr, abstrakt
und eiskalt sind, sondern sich bewegen, brennen, fliegen! Ja,
früher dachten wir an Schönheit und schufen Statuen, mal-
ten Bilder, bauten Paläste, wir dachten an Gott, errichteten
Kirchen und Glockentürme, beteten. Heute denken wir an
Schönheit, an Gott, und schaffen etwas, das sich bewegt, das
brennt, das aufsteigt: Motoren, Maschinen. Angst?!? Geschlafen haben wir bis heute, wie Schildkröten im Winterschlaf! Wir haben geschlafen, nun aber sind wir aufgewacht,
frisch und ausgeschlafen, erfinden intelligent unsere Raketen, heben von der Erde ab, zerreißen die Ketten, die uns an
die Erde fesselten, lassen dieses Gefängnis hinter uns. . .«

»Ja, aber mein Vater antwortet, wir seien dafür gemacht,
hier zu leben. Wir brauchen Luft zum Atmen, Wasser zum
Trinken, wir ersticken ohne Luft und Wasser: warum also
weggehen, warum?«

»Aus demselben Grunde, wie wir Kinder zur Welt bringen. Weil wir uns fürchten vor dem Tod, vor dem Dunkel, und unser Abbild immer wieder und ewig sehen wollen. Wir möchten nicht sterben, aber den Tod gibt's, und weil es ihn gibt, gebären wir Kinder, die wieder Kinder gebären, die wieder Kinder gebären, bis ins Unendliche, und so wird uns Ewigkeit zuteil. Vergessen wir nicht: Die Erde kann sterben, kann zerbersten, die Sonne kann erlöschen, sie wird erlöschen. Und wenn die Sonne stirbt, wenn die Erde stirbt, wenn unsere Art mit der Erde und der Sonne zusammen stirbt, dann stirbt auch all das, was wir bis zu diesem Moment geschaffen haben. Dann stirbt Homer, stirbt Michelangelo, stirbt Galilei, stirbt Leonardo, stirbt Shakespeare, stirbt Einstein, dann sterben all jene, die nur deshalb nicht tot sind, weil wir leben und an sie denken, weil wir sie in und mit uns tragen. Und dann stürzt alles, jede Erinnerung mit uns ins Dunkel. Retten wir sie also, retten wir uns. Bereiten wir uns darauf vor zu entkommen; entkommen wir, um das Leben auf andern Planeten fortzusetzen, um auf andern Planeten unsere Städte wieder aufzubauen. Wir werden nicht mehr lange irdisch sein! Und wenn wir wirklich das Dunkel fürchten, wenn wir es wirklich bekämpfen wollen, dann laßt uns, zum Segen aller, unsere Raketen nehmen! Gewöhnen wir uns an die große Kälte, an die große Hitze, daran, daß Wasser fehlt, daß Sauerstoff fehlt, werden wir Marsmenschen auf dem Mars, Venusbewohner auf der Venus, und wenn auch der Mars stirbt, und auch die Venus stirbt, steigen wir in andere Sonnensysteme um, auf Alpha Centauri, wohin wir immer kommen, und vergessen wir die Erde. Vergessen wir unser Sonnensystem, vergessen wir unseren Körper, die Form, die er besaß, diese Arme, diese Beine, diese Augen, werden wir irgend etwas anderes, werden wir zu Flechten, Insekten, Feuerbällen, ganz egal zu was, wenn nur auf irgendeine Weise das Leben weitergeht, und mit dem Leben das Bewußtsein dessen, was wir waren und taten und lernten: das Bewußtsein von Homer, das Bewußtsein von Michelangelo, das Bewußtsein von Galilei, Leonardo, Shakespeare, Einstein! Und das Geschenk des Lebens wird ewig weiterbestehen.«

Ja, das war die Antwort auf deine Antwort, Vater. Und mir kam es vor wie ein unglaublich schönes Gebet. Auch jetzt, da ich versuche, es mit den Worten wiederzugeben, die er gebrauchte, und es mir nicht gelingt, kommt es mir vor wie ein unglaublich schönes Gebet: unendlich viel feierlicher als jene im Zeichen des Kreuzes, die Mutter mich als Kind lehrte. Vielleicht, weil er es mit leiser Stimme und halb geschlossenen Augen sprach: dieser Mann, der Rad fährt und keinen Fernseher besitzt. Vielleicht, weil er den Kopf gesenkt hielt und nicht mehr wie er selbst aussah, sondern wie einer jener Priester, die das Vaterunser beten und daran glauben. Vielleicht, weil mich Gewissensbisse plagten, Gewissensbisse dir gegenüber, und ich eine handfeste Rechtfertigung, ein Verzeihen suchte: Die Gedanken dieses Mannes akzeptieren hieß ja bereits dich verraten, Vater. Später habe ich sie dann viel weniger akzeptiert. Wie ein Pendel, das nie im Gleichgewicht ist und dauernd von rechts nach links, von links nach rechts schwingt, von einem Zweifel zum andern, habe ich sie oft sogar verleugnet und bin mehrmals zu dir zurückgekehrt. Der Klang dieses Gebetes jedoch blieb immer in mir. Ich höre ihn auch jetzt in mir.

3. Kapitel

Ich konnte nicht schlafen. Dieser Dämon mit den unschuldigen Augen war mit meinen Nerven umgegangen, als seien es Gummibänder, die man durch Zerren und Reißen auf ihre Brauchbarkeit für eine Schleuder ausprobiert. Und jetzt lagen sie da wie ein wirres Bindfadenknäuel, zu erschöpft, um sich die Strapaze des Ausruhens zuzumuten, unfähig, dem Hirn zu sagen: Genug jetzt, hör auf zu denken und laß sie in Ruhe. Gleich einer Eisenbahn, die einen Abhang hinunterrast, stürmten die Gedanken weiter und verlangsamten nur wenig ihren Lauf, als eine der Blonden schrie: »Ich hab' Hunger, Papa!«

Es war am Ende des Gebetes, als die Blonde mit ihrem Aufschrei hereinplatzte. Aus seinem Mystizismus jäh herausgerissen, nicht mehr Priester, sondern amerikanischer Familienvater, hatte Bradbury sich folgsam erhoben mit der Bemerkung, auch er sei hungrig, auch ich sei hungrig, alle

Blonden seien hungrig, und also würden wir essen. Das Abendessen war ruhig verlaufen, belebt nur von harmlosem Geplauder um Dinge, über die sich unsere Meinungen in fröhlichem Einklang fanden: die Liebe zu alten Büchern, die Abneigung gegen Kritiker, die Unfähigkeit, Pablo Picasso zu würdigen. Mit den alten Büchern, sagte er, sei es wie mit dem Wein, sie veränderten im Lauf der Zeit Geruch und Geschmack, so daß es ihm gelinge, das Erscheinungsjahr eines Bandes herauszufinden, indem er ihn koste und beschnuppere. Von den Kritikern sagte er, sie seien fast immer gescheiterte Schriftsteller und infolgedessen gallig, ein Waffenstillstand sei nur möglich, wenn man ihre schlechten Ratschläge befolge: Er tue das nicht, und deshalb ignorierten sie ihn. Von Picasso sagte er, je älter er werde, desto schlechter male er, einige Bilder seien regelrechte Klecksereien: Aber niemand wage das zu sagen, aus Angst, als ungebildet zu gelten; so gebe die Welt sich weiterhin der Illusion hin, die Gemälde seien großartig. Kurz, es war ein geruhsames Abendessen, bei dem von Flechten und Feuerbällen keine Rede war. An der Tür jedoch, während Marjorie sich fertig machte, mich ins Hotel zu begleiten (sie fährt), kamen wir nochmals darauf zurück.

»Allerhand, was wir da zusammengeredet haben, nicht, Miss Fallaci?«

»Ja, Mr. Bradbury. Und ich fühle mich ein bißchen zerschlagen.«

»Wieso denn? Sowas müßte uns doch Freude machen, müßte bewirken, daß wir uns stärker und kühner fühlen.«

»Was? Zu denken, daß uns, ausgerechnet uns, das Vorrecht zufiel, das Wunder der Existenz weiterzutragen? Wenn das ein Vorrecht sein soll, ist es ein recht tragisches Vorrecht. Eine recht dramatische Verantwortung.«

»Glorreich, nicht dramatisch.«

»Dramatisch, Mr. Bradbury. Die dramatischste, die die Menschheit sich nur denken kann. Mein Gott! Auf den Körper, auf die Form verzichten, die wir haben, um einen Körper und eine Form anzunehmen, die wir uns gar nicht vorstellen können ...«

»Na, genau besehen: So toll ist sie ja nun nicht, unsere Form. Haben Sie sich mal gefragt, wie wohl ein Ei sie beurteilen würde, wenn es könnte? Oder ein Vogel?«

»Doch, das habe ich. Und bin zu dem Schluß gekommen, daß wir ihnen kein faszinierendes Schauspiel bieten: Höchstwahrscheinlich finden sie diesen senkrechten Polypen mit seinen Fangarmen und Löchern abscheulich. Ein Vogel hat viel mehr Anmut als wir, ein Ei auch. Aber wir haben uns daran gewöhnt, nicht wahr? Und ich bin nicht darauf vorbereitet, ein Vogel zu werden, oder ein Ei, eine Flechte.«

»Keiner von uns ist es. Wir werden es nie sein. Dennoch ist Veränderung unser Schicksal. Wir verändern uns ja immerzu: physisch, psychisch, religiös, ob Sie wollen oder nicht, ob es Ihnen paßt oder nicht. Ganz, ganz langsam, so langsam wie der Frühling in den Sommer, der Sommer in den Herbst, der Herbst in den Winter übergeht. Man merkt es nie, in welchem Augenblick der Frühling Sommer wird: Eines Morgens stehen wir auf, und es ist warm, der Sommer ist gekommen, während wir schliefen.«

»Ray! Ich bitte dich, Ray, es ist Mitternacht!« klagte seine Frau.

»O. k., Marjorie, o. k. Machen wir es so, Miss Fallaci: Kommen Sie morgen früh wieder, dann schwatzen wir noch ein wenig weiter. Um neun, oder um acht, bevor wir ans Meer fahren.«

»Ray! Also, nein! Nein!«

Sympathisch, diese Marjorie. Sympathisch und voller Geduld: Man braucht sehr viel Geduld, einen klugen Menschen zu lieben. Und auch Mut. Davon konnte ich mich dann unterwegs überzeugen.

»Miss Fallaci, ich möchte Ihnen etwas sagen.«

»Ja, Mrs. Bradbury?«

»Ich hörte bei eurer Unterhaltung zu. Ich habe Ray noch nie so etwas sagen hören. Nie in diesen zwanzig Jahren, so lange wir uns kennen. Ich hatte es zwar in seinen Büchern gelesen, so ungefähr. Aber gehört hatte ich es noch nie. Es hat mich ganz schön beeindruckt.«

»Mich auch, Mrs. Bradbury.«

»Richtig erschrocken bin ich.«

»Ich auch, Mrs. Bradbury.«

»Glauben Sie, es ist was Wahres daran?«

»Ich glaube, ja.«

»Verflixt. Und aus uns werden Flechten?«

»Wenn es so kommt, wie er sagt, dann ja.«

»Hm. Diese Geschichte gefällt mir kein bißchen. Demnach müssen wir also eines Tages weg, hopp, hopp, los, die Erde kracht auseinander, abfahren, und dann bringen sie uns wer weiß wohin. Demnach kommen wir also eines Tages wer weiß wohin und werden, um es durchzustehen, Flechten. Demnach also, wenn wir Flechten sind . . .«

Ich konnte nicht schlafen. Ich ging den Flechten nach und konnte nicht schlafen. Ich ging diesem Satz nach und konnte nicht schlafen. »Und wenn die Sonne stirbt, und wenn die Erde stirbt, und wenn unsere Art mit der Erde und mit der Sonne stirbt . . .« Seltsam, an den Tod der Erde, der Sonne hatte ich noch nie gedacht, Vater. An meinen eigenen, ja, an den Tod der Menschen, die ich liebe, aber nicht an den der Erde und der Sonne. Sie hatte ich immer für unsterblich gehalten, waren sie doch Milliarden Jahre vor mir da und würden auch Milliarden Jahre nach mir noch da sein. Nun waren aber auch sie nicht unsterblich, auch sie würden vergehen. Bald, sehr bald, da Milliarden Jahre für die Sonne und die Erde nichts sind; es herrscht da das gleiche Verhältnis wie zwischen mir und einem Schmetterling: Mir kommen vierundzwanzig Stunden kurz vor, für einen Schmetterling, der von einem Sonnenaufgang bis zum nächsten lebt, sind vierundzwanzig Stunden ein ganzes Leben. Bald, sehr bald . . . samt Bergen und Meeren, Tälern und Wüsten, Geräuschen und Farben, Tagen und Nächten, samt all dem, was du das Inventar der Welt nennst, und beim Gedanken daran, daß die Sonne sterben, daß die Erde sterben könnte samt dem Inventar der Welt, fühlte ich mich ganz leer, rasend vor Wut, Vater, so wie wenn ich daran denke, daß du sterben mußt, daß Mutter sterben muß, daß ich sterben muß. Ich habe den Tod noch nie begriffen. Ich habe jene Leute nie begriffen, die behaupten, der Tod sei normal, sei logisch, alles gehe zu Ende, also auch ich. Ich habe immer gedacht, der Tod sei ungerecht, sei unlogisch, und da wir nun einmal geboren würden, dürften wir auch nicht sterben. Ich habe auch jene nicht begriffen, die sagen: In Wirklichkeit stirbst du gar nicht, du wirst nur etwas anderes, du wirst ein Büschel Gras, ein Lufthauch, eine Wasserlache, und als Gras, als Luft, als Wasser nährst du einen Fisch, einen Vogel, einen andern Menschen und lebst durch sie weiter. Ich habe es darum nie begriffen, weil leben für mich bedeutet, mich innerhalb dieses meines Körpers, innerhalb dieser meiner Gedanken zu bewegen: Was schert es mich, Marsmensch auf dem Mars, Venusbewohner auf der Venus, Andromedaner im Andromedanebel zu werden? Diese Tentakel, die man Arme, Beine, Finger nennt, sind häßlich? Was schert es mich, wenn sie häßlich sind! Es sind die einzigen, die ich kenne, die einzigen, die ich habe, und ich will keine andern. Ich will diese Arme, diese Beine, diese Finger, ich will diese Erde! Diese Erde ist ein Gefängnis? Meinetwegen. Mir geht es gut in diesem Gefängnis, es ist warm und sicher wie im Mutterleib, es ist mein Mutterleib, und ... Und du hattest recht, Vater. Recht? Aber der Mutterleib behält dich nicht für immer. Wenn er dich behält, stirbst du, und er stirbt auch. Der Mutterleib behält dich so lange, bis du fertig bist, und wenn du fertig bist, spuckt er dich aus, übergibt dich gewaltsam einer Welt, von der du keine Ahnung hattest. Vielleicht wolltest du sie gar nicht sehen, diese Welt: Du warst so wohlig zusammengekauert im Schoß, in dieser Wärme. Es kostete dich keine Mühe zu essen, zu schlafen, deine Mutter tat ja alles für dich. Ihre Haut, ihre Gewebe schützten dich besser noch als eine Rüstung, besser als die Atmosphäre, die die Erde umgibt und die Meteoriten und andere Gefahren abwehrt. Und trotzdem warst du gezwungen, diesen Schoß zu verlassen, warst gezwungen, die Form eines Körpers anzunehmen, von dem du keine Ahnung hattest, auf andere Art zu essen, mühsam zu schlafen, dich mit großem Aufwand zu schützen. Und es war weder Mißbrauch noch Grausamkeit, dir diese Veränderung aufzuzwingen: Es war die einzige Möglichkeit, das Leben fortzusetzen. Und die einzige Möglichkeit zu leben, die die Erde hat, ist, dich auszuspucken, dich in den Himmel zu spucken, über die Atmosphäre hinaus, in jene Welten, von denen du keine Ahnung hast und die dich ihrerseits in wieder andere Welten spucken ... Aber das war ja, was Ray Bradbury sagte. Also hatte Ray Bradbury recht: nicht du, Vater. Und bei dieser Schlußfolgerung fand ich Ruhe, schlief endlich ein, erwachte an einem Morgen, voller Neugier, und befand mich bald in einem Taxi, das zu ihm flitzte wie eine Stecknadel zum Magneten.

»Mama, da ist die wieder, die ihn zum Quatschen bringt, bis er nicht mehr aufhört!«

»Mama, fahren wir jetzt, wo die da ist, erst mittags los?«

»Mama, sieh mal, seine Zunge ist schon in Fahrt!«

»Guten Tag, Miss Fallaci.«

»Guten Tag, Mrs. Bradbury.«

»Marjorie, Liebes, bringst du uns Kaffee?«

»Kaffee her für die Dauerredner!«

»Freche Göre, jetzt gibt's was!«

»Papaaa! Mama hat mir eine 'runtergehauen!«

»Ist es denn nicht möglich, in diesem Haus etwas Ruhe zu haben?«

Das Haus war ein Feuerwerk von Geschrei, Getrampel, Wirbel, Ausgelassenheit, Lebendigkeit, die Blonden waren alle abmarschbereit bis auf Marjorie, die, mit Lockenwicklern im Haar und dem verwirrten Ausdruck der »Ich-kann-nicht-mehr-ich-werd'-verrückt!«-Hausfrau im Gesicht, noch im Hause herumgeisterte. Die Ferien am Meer waren seit langem geplant, aber nach all den Dingen zu schließen, die im Wohnzimmer verstreut waren – Dutzende von Krawatten, ein Haufen Badesachen, einzelne Schuhe, kiloweise Creme und Sonnenöl –, hätte man meinen können, die Bradburys bereiteten sich nicht auf Palm Springs, sondern auf den Mars vor, um das Wunder der Schöpfung fortzusetzen, Amen. Klar war auf alle Fälle, daß es nirgendwo eine Ecke zum Diskutieren gab. Wir nahmen im Keller Zuflucht, und wie schwer ist es doch, Vater, sich von der Last der Vergangenheit zu befreien!

Ich werde, solange ich lebe, nie ganz loskommen von den finsteren marmornen, bronzenen, hölzernen, geschnitzten, gezeichneten, gemalten, mit aufgeblähten Backen beim Trompeteblasen erstarrten Engeln; von den trübsinnigen, durchbohrten, zornigen, im Augenblick des makabersten Martyriums porträtierten Heiligen, Sankt Sebastian mit einem Pfeil im Halse, Santa Lucia mit den Augen auf einem Tablett; von den blau oder weiß gekleideten, immer beim Stillen des Jesuskindes dargestellten Madonnen; von den gekreuzigten und nackten oder auch bekleideten und dafür ein Herz in der linken Hand tragenden Christusfiguren. Als kleines Mädchen betrat ich die Kirche, und mit der Feuchtigkeit, der Kälte, dem Geruch von Schweiß und Weihrauch, dem Geflüster der Büßenden, denen der Priester, bitte den Herrn um Vergebung, Schande, Schande, dreißig Vaterunser, vierzig Ave Maria, fünfzig Salve Regina auferlegt hatte, umfing mich ein Alptraum von Heiligen und Engeln, von Christus und den Madonnen; hypnotisiert starrte ich auf dieses Herz, auf diese Augen, wie machte Jesus das, sich das Herz herauszunehmen und in der Hand zu halten, wie machte Lucia das, sich die Augen herauszunehmen und auf ein Tablett zu legen, und das Heidnische dieser falschen Religion lastete auf mir wie ein Mantel aus Blei. Ich floh dann jeweils zum Altar, und während ich unter den Kerzen auf den Knien lag, unter den Spitzen, Edelsteinen, kostbaren Stoffen, dem Glitzern von Gold und Silber, den Blumen, die ich am liebsten gestohlen hätte, um sie Mutter zu bringen, zwang ich mich, an die schönen Geschichten zu glauben, und murmelte ebenfalls Vaterunser, Ave Maria, Salve Regina, Requiem Aeternam, erfüllt von verlogener Dankbarkeit für unsern Herrn, der in sieben Tagen die Erde erschaffen hatte, erst die Wasser, dann die Pflanzen, dann die Tiere, dann den Mann und dann die Frau: Doch gab es immer wieder einen Moment, in dem der Unglaube neu erwachte, die Skepsis gegenüber dem großen Zauber, und damit die Furcht. Die Furcht, bestraft zu werden, in die Hölle zu kommen, verbrannt zu werden, und meine Hände wurden feucht, die Knie ganz zittrig, lieber Gott, vergib mir, aber wie hast du das gemacht in nur sieben Tagen, wie nur: und verlor mich in solchen Absurditäten. Ich sprach zu niemandem, auch zu dir nicht. Dazu fehlte mir stets der Mut, und so wuchs ich auf in der Furcht vor Engeln und Heiligen, vor der Jungfrau Maria, vor dem Jesuskind wie dem gekreuzigten Jesus, vor Paradies, Hölle und Fegefeuer, vor dem, was sie gut und böse nennen, und dieser Druck lastete unerbittlich auf mir, ich habe ihn nie abschütteln, loswerden können, es ist wie ein Fingernagel, du schneidest ihn, und er wächst immer wieder nach bis zu dem Tag, an dem du stirbst: Ist das nicht bei allen so? Ist es nicht auch bei dir so? Dein Hobby sind Mosaike. Was machst du aus diesen gelben, roten, grünen und blauen Glasstückchen, Vater? Immer Engel, Heilige, Jesuskinder und Gekreuzigte, Madonnen. Ihnen weihst du deine Mühe, nie einer Wolke, einer Blume oder einem Vogel. In jenem Keller von Cheviot Drive, Cheviot Hills, brach es dann endlich einmal aus mir heraus, der ganze fürchterliche Alptraum: die Erlösung. Raketen und

Kosmonauten sind also – ist das nicht grotesk? – auch dazu nütze.

»Sind Sie soweit, Mr. Bradbury?«
  »Gewiß.«
  »Also, Mr. Bradbury: Zweifellos führt uns doch die Ära der Raumfahrt von den alten Begriffen der Religion weg. Mit der wunderbaren Geschichte von Adam und Eva gibt sich heute nicht einmal mehr ein Kind zufrieden. Die Feststellung des alten Testamentes, ›Und Gott schuf den Menschen ihm zum Bilde‹, wird widerlegt werden, sobald wir einmal auf Geschöpfe stoßen, die ebenso intelligent wie wir, aber physisch völlig anders gestaltet sind. Das große Abenteuer, auf das wir uns, aus freien Stücken oder schicksalsbedingt, eingelassen haben, führt uns zu der Frage, ob wir dabei sind, mit den Ketten der Schwerkraft auch die Ketten der Religion zu zerreißen.«
  Da ging er los wie eine Rakete.
  »Nicht die Ära der Raumfahrt, meine Liebe, sondern die Eisenbahn begann uns von den alten Begriffen der Religion wegzuführen. Die Bahn, der Stahlbeton, die Kräne, die tolle Ketzerei, als wir zum Beispiel nach Amerika kamen und es uns nicht gefiel, wo die Berge und Flüsse waren, so daß wir die Berge abrasierten und die Flüsse umlenkten; als uns die Leere nicht gefiel, die dort nun anstelle der Berge und Flüsse war, und wir dort Wolkenkratzer errichteten; als uns Zeit und Raum nicht mehr paßten, wie die Natur sie uns gab, und wir Überschallflugzeuge bauten und die Schallmauer durchbrechen lernten. All das ist Blasphemie, und wir lernten es, blasphemisch zu sein, sobald wir lernten, Wunder zu vollbringen! Ja, gewiß verändert sich alles! Denken Sie bloß an die wundervolle Ketzerei, wenn wir Gott am Mantelzipfel fassen, jedesmal, wenn eine Rakete aufsteigt. Uauh! Wir spielen mit den Elementen des Universums wie Dr. Frankenstein, aber niemand, auch nicht die katholische Kirche, wagt es, mit Dr. Frankensteins Assistent zu sagen: ›Du mischst dich in Dinge ein, die man besser Gott überläßt.‹ Als Galilei behauptete: ›Und sie bewegt sich doch!‹, warf die katholische Kirche ihn ins Gefängnis: Es dauerte Jahrhunderte, bis die Priester zugaben, nun ja, eben, es ist schon so, die Erde dreht sich. Heute dagegen erklären die Päpste:

›Gott verbietet dem Menschen nicht, ins All vorzudringen. Gott gefällt es, daß wir andere Welten kennenlernen.‹ Ist das vielleicht nicht blasphemisch? Jeder x-beliebige Papst der Vergangenheit hätte nach solchen Reden innerhalb einer halben Stunde sein Amt abgeben müssen! Und natürlich ist dies nur ein winzigkleines Zugeständnis, ein schwacher Versuch, die Realität schnell mit den Dogmen zu versöhnen: unnötig zu sagen, daß, wenn ihre Einstellungen sich nicht ändern, alle Kirchen ihre Stellung verlieren. Und zwar ganz überflüssigerweise, denn auf Religion kann man nicht verzichten: Wenn morgen alle Religionen von der Welt verschwänden, müßten wir neue erfinden, oder andere müßten von selber entstehen, um uns das Neue zu erklären. Verstehen Sie? Die Wissenschaftler liefern uns Fakten, sie liefern uns aber nie das Warum dieser Fakten. Und wir können ohne dieses Warum nicht leben. Wenn ein Mensch an einem unheilbaren Leiden dahinsiecht und du nicht weißt, was du tun sollst – ihn pflegen, damit er weiter leide, oder umbringen, damit er nicht mehr leide –, dann geben dir die Wissenschaftler keinen Rat, sondern lediglich die Mittel, ihn zu pflegen oder umzubringen. Ich kenne das, denn ich war selbst in diesem Dilemma, vor sechs Jahren bei meinem Vater, und es war entsetzlich, das entsetzlichste Dilemma meines Lebens: Die Wissenschaft bot mir an, ihn ohne Schmerzen zu töten oder unter Schmerzen zu pflegen und sonst nichts, und ich wußte nicht, was ich tun sollte. Nein, wir können nicht ohne Religion auskommen. Allerdings verstehe ich unter Religion nicht die, die uns heute die Kirchen geben: Die genügt nicht mehr. Im übrigen genügen auch die Darwins und die Astronomen nicht mehr: Es gilt, neue Begriffe zu formulieren, die den neuen Zeiten entsprechen, über weiteste Weiten hinweg. Nein, unterbrechen Sie mich nicht. Ich sagte also, es genügt uns nicht mehr, den Ursprung der Erde, unseres Sonnensystems, unserer Galaxis zu erklären: Das ist nur ein unbedeutender Splitter im Weltall. Man muß weitergehen, bis zu den Ursprüngen der Ursprünge der Ursprünge, zu jenem Moment in der Geschichte des Universums vor Milliarden und Milliarden und Milliarden von Jahren, als die Materie sich selbst gebar und lernte zu riechen, zu tasten, zu sehen, zu schmecken: um das Wunder ihrer eigenen Geburt zu riechen, zu sehen, zu schmecken. Nein, es genügt nicht mehr, sich mit der Erde zu befassen, sich zu fragen, wer die Erde erschaffen hat: Wir leben im Weltraum, nicht nur auf der Erde. Nein, es genügt nicht mehr zu sagen: Alles ist Gott, die Luft, das Gestein, die Leere. Gott ist neugierig geworden, er bricht das Schweigen und will sich selbst kennenlernen, will sich begreifen, will wissen, woher er kommt. Und so genügt es uns nicht mehr zu sagen, Gott habe das Universum geschaffen. Wir müssen uns fragen, wer Gott geschaffen hat. Wer denn, wer hat Gott geschaffen?«

Aus dem Stockwerk über uns ertönte ein Dröhnen, wie eine Explosion, und das ganze Haus erbebte. Meine Gedanken flogen zu Charlie Chaplin, in jener Nacht, als er das Fenster eines Londoner Salons aufriß und zum Himmel hinaufrief: »Gott, du existierst nicht!« und als Antwort fuhr ein Blitz zum Fenster herein und entlud sich im Salon. Dann schloß ich die Augen und zog den Kopf ein: Der Blitz würde ja eine Weile brauchen, bis er zu uns in den Keller gelangte. Eins... zwei... drei... Bei drei hörte man das gellende Weinen einer Blonden.

»Papaaa! Susan ist vom Schrank gefallen!«

Bradbury stand auf und lief zu Susan. Geheul und Geschluchze, dazwischen der durch die göttliche Strafe ausgelöste Wortwechsel.

»Wie oft hab' ich dir gesagt, du sollst nicht auf den Schrank klettern!«

»Was schimpfst du sie aus? Siehst du nicht, daß sie tot ist?«

»Ach was tot! Sie ist bloß ohnmächtig.«

»Sie ist nicht mal ohnmächtig, die Heuchlerin, die tut nur so!«

»Susan! Oh, Susan! Mein Kind!«

»Es wäre besser, du würdest auf dein Kind aufpassen, daß es nicht immer auf den Schrank klettert!«

»Es wäre besser, du würdest nicht immer im Keller quatschen!«

»Ich bin im Keller, weil ihr mir nirgendwo Platz laßt!«

»Gar nicht wahr! Du bist im Keller, um über Gott zu reden!«

»Susan!«

»Papa!«

»Sie macht die Augen auf!«

»O Wunder! Sie ist auferstanden!«

Bradbury kam wieder herunter. Ein Seufzer.

»Wo waren wir stehengeblieben?«

»Bei einer groben Fahrlässigkeit, Mr. Bradbury.«

Er lachte sein volles Sonntagslachen. Übermütig sprang er in die Höhe und stieß mit dem Kopf ans Abflußrohr des Badezimmers.

»Nummer zwei!«

»Vielleicht sollten wir das Thema wechseln, Mr. Bradbury. Wir Italiener haben ein Sprichwort: Auf zwei folgt drei.«

»Wir Amerikaner auch«, stöhnte er und rieb sich den Kopf.

»Und der dritte Blitz könnte mich treffen.«

»Sie sind unschuldig«, sagte er und rieb sich weiter den Kopf.

»Nein, denn ich war eben dabei, Ihre Frage zu beantworten.«

»Welche Frage?« fragte er und rieb sich immer noch den Kopf.

»Die Frage. Wer hat Gott geschaffen?«

»Ach so«, sagte er ohne großes Interesse.

Er hatte sich eine hübsche Beule geholt.

»Ich wollte sagen: Der Mensch, der Mensch hat ihn erschaffen. Oder besser: Der Mensch hat die Idee von ihm geschaffen. Wir können nicht sein ohne Gott, und wenn er nicht da ist, erfinden wir ihn uns, Mr. Bradbury. Der Mensch hat Gott geschaffen.«

Wieder ging er wie eine Rakete los und vergaß ganz und gar seinen schmerzenden Kopf.

»Nein! Ich gehe noch weiter. Ich sage: *Wir* sind Gott. Wir Exkremente des Universums, wir Fünkchen des Unendlichen. Es besteht gar kein Grund, Gott anderswo zu suchen, denn Gott sind wir: und damit ist die Suche zu Ende. Nein, ich verstehe Gott nicht als etwas Übermenschliches, Übersinnliches, etwas Immaterielles, das mit seinen materiellen Spielsachen spielt: den Gestirnen und den Menschen. Ich verstehe Gott nicht als etwas, das von diesen Knien, diesen Haaren, diesem Verstand weit entfernt ist. Ich sehe Gott als etwas, das über unsere Sinne und Gedanken wächst und sich ausdehnt, das sterblich sein will, um zu sterben und wiedergeboren zu werden, und aufs neue zu sterben und aufs neue wiedergeboren zu werden, das sich bewegen will, das auf der menschlichen Rasse beharren will, Sie aussäen und im ganzen Kosmos verbreiten will! Gott ist dieses Fleisch, Gott ist diese Stimme: Das ist es, was ich sagen will, wenn ich behaupte, Gott sei neugierig geworden, wenn ich von der Materie spreche, die sich selbst gebar. Und wenn die Kirchen nicht dahin kommen, dies oder etwas Ähnliches zu sagen, werden sie nicht überleben, sondern untergehen samt den schönen Geschichten von Adam und Eva, von dem Menschen, der ›ihm zum Bilde‹ erschaffen wurde, von der Erde, die in sieben Tagen erschaffen wurde. Sie werden es also sagen, früher oder später, und dabei werden sie uns dann das Konzept von gut und böse neu erklären müssen: erklären, weshalb das, was auf der Erde böse ist, auf dem Mars vielleicht gut ist, und was auf der Erde gut ist, auf dem Mars vielleicht böse. Sie werden uns sagen müssen, warum es vielleicht auf der Venus weder gut noch böse gibt. Sie werden uns sagen müssen, ob auch auf den Planeten der anderen Sonnensysteme, wo der Mensch existiert oder existiert hat oder existieren wird, er die Erbsünde begangen hat und errettet werden muß. Sie werden uns erklären müssen, ob Christus auch für sie gekommen ist oder schon früher dort war oder noch kommen wird – und das ist keine Science Fiction. Das ist Moral. Oder vielleicht ist es doch Science Fiction, wer weiß: In früheren Zeiten kam die Science Fiction den Wissenschaftlern zuvor, heute den Theologen. In der Vergangenheit erspürte sie das Wahre, heute das Richtige.«

Geschwind schaltete ich mich in diese Pause ein.

»Mr. Bradbury, haben Sie je mit Priestern und Theologen über diese Dinge gesprochen?«

»Einmal, vor Jahren, als ich die ›Mars-Chronik‹ schrieb, und zwar das Kapitel über die Feuerkugeln, das heißt, über die alten Marsbewohner, die die Form leichter, bläulicher Feuerkugeln haben. Erinnern Sie sich an die Geschichte von Pater Stone, der auf dem Mars die Sünde sucht, hartnäckig, und sucht und sucht und sie nicht findet, während Pater Peregrine behauptet, auf dem Mars gebe es das Böse nicht, die Sünde auch nicht, die Marsmenschen seien gut: Erinnern Sie sich? Erinnern Sie sich, wie Pater Peregrine, um Pater Stone seine These zu beweisen, sich von einem Berg hinunterstürzt und sagt, die Feuerkugeln werden mich retten, und wie sie ihn dann tatsächlich retten? Gut. Ich bin als Knabe von Baptisten erzogen worden, ach Gott, und diese Sache mit der Erbsünde hat mir stets auf dem Magen gelegen, ohne daß ich viel davon verstanden hätte. Haben Sie begriffen, warum man nach Ansicht der Katholiken mit der Erbsünde befleckt zur Welt kommt? Nein? Ich auch nicht, es ist so sinnlos: Eva pflückt den Apfel, ißt ihn, und deshalb soll ich verdammt sein. Was habe denn ich mit ihrem Apfel zu tun? So oder so, ich wollte den Standpunkt eines Katholiken in bezug auf folgendes Problem kennenlernen: Haben die Marsbewohner die Erbsünde begangen oder nicht? Ich rief einen Priester in Beverly Hills an: Hochwürden, guten Tag, wie geht's, mir geht's gut, so, Ihnen auch, kann ich wegen einer etwas ungewöhnlichen Frage zu Ihnen kommen? Er sagte, aber gewiß doch, also ging ich hin und fragte ihn: Hören Sie, Hochwürden, wie würden Sie sich verhalten, wenn Sie bei einer Landung auf dem Mars denkende Lebewesen in Form von Feuerkugeln träfen? Würden Sie denken, Sie müßten sie erretten, oder würden Sie denken, sie seien schon errettet? Uauh! Alle Teufel, ist das eine feine Frage! rief der hochwürdige Herr aus. Und dann sagte er mir, was er tun würde: ziemlich genau das, was ich Pater Peregrine tun lasse. Er war ein junger, intelligenter Priester, wirklich auf Draht. Wir redeten einen ganzen Tag lang, dort in der Sakristei eingeschlossen, und er drohte mir kein einziges Mal, mich auf dem Petersplatz verbrennen zu lassen.«

»Sagen Sie, Mr. Bradbury: Und vom Christentum als Richtschnur des Lebens, haben Sie davon auch gesprochen? Haben Sie sich gefragt, ob – Theologie beiseite – das Wesentliche des Christentums dort standhalten könnte? Ob es dort überhaupt angewendet werden könnte? Haben Sie sich gefragt, ob das Gebot ›Du sollst nicht töten‹ in den kommenden Jahrmillionen und auf andern Planeten noch gültig sein wird? Haben Sie sich gefragt, ob Liebe, Vergebung, Barmherzigkeit auch auf der Venus, dem Mars, dem Alpha Centauri einen Sinn haben werden?«

Da wurde er traurig, dieser Sonntagsjunge. Er vergaß die Osterglocken, vergaß sein Uauh-Feuerwerk, vergaß seinen Humor und sein Lächeln und wurde ein alter Mann, vorzeitig enttäuscht in seinem ungestümen Optimismus, in seinem blinden Vertrauen zu den Menschen.

»Ach ja. Natürlich. Und wir kamen überein, daß es sehr, sehr schwierig sein würde. Eigentlich unmöglich. Stellen wir uns einmal vor, Hochwürden, sagte ich zu ihm, du seist ein Erdenmensch, und ich bin von der Venus. Also, ich bin von der Venus und ein denkendes, gutes, gerechtes Geschöpf und enorm viel intelligenter als du: Es kommt mir nicht im entferntesten in den Sinn, dir etwas Böses zu tun. Doch ich bin gebaut wie eine große Spinne: eine drei Meter große, pechschwarze, haarige Spinne mit vielen gräßlichen Beinen und drei Augen. Nun also, Hochwürden: Du bist auf der Venus gelandet, und ich betrachte dich mit meinen drei Augen. Ich betrachte dich nur einfach. Was machst du? Er antwortete mir genau das, was ich ihm auch geantwortet hätte: ›Ja glaubst du denn, Bradbury, ich erwarte von dir ein Zeichen des Willkommens oder der Freundschaft? Glaubst du denn, ich akzeptiere deine Neugier, deinen Argwohn? Glaubst du denn, ich glaube an deine Menschlichkeit? Und schieße infolgedessen mit meiner radioaktiven Waffe nicht auf dich? Und mache mich anschließend nicht auf die Jagd auf deine Brüder und deine Kinder, um sie auszurotten, bevor sie mir Angst machen?‹ Und er hatte recht, bei Gott, er hatte recht! Wo wir ja nicht einmal die Menschenwürde eines Schwarzen akzeptieren! Wo wir ja nicht begreifen, daß in dieser schwarzen Haut ein Wesen genau wie wir eingeschlossen ist! Wo wir die Buddhisten sich verbrennen lassen! Wo wir die Indianer ausgerottet haben und heute noch sogenannte Western machen, in denen kein einziger anständiger Indianer vorkommt, der es wert wäre, daß man ihm nicht die Kehle durchschneidet! Wo wir die Delphine töten, obwohl wir wissen, daß sie ein Gehirn haben wie wir, eine Sprache wie wir, bloß keine Beine zur Flucht, keine Arme zur Verteidigung, keine Finger, um die Harpune auf uns abzuschießen! Bilden Sie sich wirklich ein, wir würden es da fertigbringen, zu Kreaturen in Form von Insekten, Schlangen, schuppigen Ungeheuern christlich zu sein?!? Nein, nein, nein. Es gibt nur eine Möglichkeit, das Konzept des Christentums zu retten.«

»Welche, Mr. Bradbury? Welche?«

»Die, von der ich vorhin sprach: sich zu überzeugen, daß die Menschheit nicht eine Form mit zwei Armen, zwei Beinen, einem Rumpf und einem Kopf ist. Die Menschheit ist eine Idee, eine Möglichkeit zu sein, etwas, das sich bewegt und überlegt, was auch immer seine Gestalt sei: Spinne, Flechte, Feuerball. Diese verflixten Mücken!«

Und er zerquetschte auf seinem Arm eine Mücke. Gewiß, Vater, nichts Schlimmes: Ich war schon immer der Meinung, Elias habe jene Fliege nicht deshalb so sacht verscheucht, weil er an das Menschliche in der Mücke glaubte, sondern weil es ihn ekelte, Fliegen zu zerquetschen. Diese arme Mücke, die ihn bloß angeschaut hatte, wurde zerquetscht, und kein himmlischer Blitzstrahl fuhr auf sein oder mein Haupt nieder, um uns zu strafen. Jeder Engel des Paradieses ist bereit, ein Kind, das auf einen Schrank geklettert ist, hinunterfallen zu lassen, wenn zwei Sünder den Namen Gottes leichtfertig anrufen: Kein Engel des Paradieses aber will, daß du dir den Kopf am Abflußrohr stößt, weil du eine Mücke zerquetscht hast. Oder vielleicht hatte Gott verstanden, daß wir nicht bösartig waren, dieser Bradbury und ich: daß wir nur versuchten, ein wenig klarer zu sehen. Worauf ich mich von Marjorie, von den Blonden, von Bradbury verabschiedete, ein Taxi nahm und wegfuhr: hinein in die Rauchschwaden. An der Kreuzung von Beverly Hills und Cheviot Hills stand eine Kirche, ich weiß nicht, ob katholisch, methodistisch oder baptistisch, und im Rasen vor der Kirche steckte ein Schild:

Kirche ausser Betrieb zu verkaufen oder zu vermieten

Ich fragte den Taxifahrer, ob das ein schlechter Witz sein sollte, und er erwiderte, nein, das sei kein Witz: In einer ehemaligen Kirche zu wohnen sei große Mode in Los Angeles und andernorts in Amerika, überall könne ich solche Schilder sehen; auch er würde gerne so wohnen, wenn er könnte: Bloß seien Kirchen eben teuer, und dann brauche man noch einen Haufen Geld für die Heizung im Winter.

4. Kapitel

»Mein Name ist Herb Rosen. Nenn mich ruhig HR. Oder einfach R.«

»O. k., R. Nenn du mich OF. Oder einfach F.«

»Gut, F. Was weißt du von der ST?«

»Nichts, R. Die ST ist nie meine Stärke gewesen.«

»Schlimm, F. Sehr schlimm. Dann werde ich dir erst etwas von ST erklären müssen.«

»Um Himmels willen, R! Bloß nicht.«

»Wie sollst du sonst die STL verstehen?«

»Richtig, R. Kann ich also etwas HO haben?«

»H_2O meinst du?«

»HO geht schneller.«

»Ausgezeichnet, F! Komprimieren muß man. Komprimieren. Hey, Mädchen, bringt ein bißchen HO!«

Es entstand große Verwirrung. Die Mädchen waren es gewohnt, Zeit zu verschwenden und H_2O zu sagen, und begriffen nicht, was HO bedeutete. R mußte erklären, daß HO komprimiertes Wasser sei, und da sagten sie, komprimiertes Wasser hätten sie nicht, bloß normales Wasser: Wir verloren mehr Zeit, als wenn wir gesagt hätten: »Ein Glas Wasser, bitte.« Schließlich bekam ich mein Glas Wasser, also H_2O, also HO, und war bereit für eine Lektion über ST (Raumfahrttechnik), was, wie du nicht weißt, Papa, jene Wissenschaft ist, die dazu dient, einen Flugkörper in den Raum zu schicken, dort zu stationieren, fliegen und wieder auf der Erde landen zu lassen. Ich war ganz Ohr: Bradbury hatte mir eine zweite Glaubensinjektion verabreicht, und das Pendel meiner Unsicherheit schlug an diesem Morgen noch zu seinen Gunsten aus, nicht zu deinen. Ich vermochte sogar HR auszuhalten, sein boshaftes Gesicht, seinen eisigen Blick, seinen kurzgeschnittenen Schnauzer, der selbst einen Nazi eingeschüchtert hätte. Ich vermochte sogar den STL (Labors für Raumfahrttechnik) Anerkennung zu zollen, einem horrenden Parallelepipedon aus schwarzem Glas, verglichen mit dem die Montecatini-Zentrale in Mailand wie reinstes Rokoko aussieht; das schwarze Glas ersetzt Ziegelsteine, Zement und Stahl, und in den STL gibt es weder Mauern noch Fenster oder Dächer. Nur dieses schwarze

Glas, das kein Blitz sprengen, kein Feuer schmelzen, keinen Spion durchlassen würde: Es beherbergt die Geheimnisse der Reise zum Mond, und was dort drinnen geschieht, ist ein Mysterium. Das technische Personal, das seit Jahren dort arbeitet, weiß nicht, wozu die Arbeit dient; wer es weiß, riskiert bei der harmlosesten Indiskretion eine Anklage wegen Hochverrates und den elektrischen Stuhl. Bewaffnete Polizisten folgen dir überall hin, versperren dir den Weg: Was du sehen kannst, sind höchstens Elektronengehirne, die in einer halben Minute Ergebnisse liefern, zu denen fünftausend Mathematiker in dreißig Jahren nicht gelangen würden. Und die Leute hier reden so wie sie: in einem Code aus Abkürzungen statt aus Wörtern. Mit Wörtern verliert man Zeit, Vater, und Zeit ist kostbar. Jede Minute kostet Millionen von Dollars.

»... und schließlich die Flugbahnen. Ist das klar, F? Die natürlich vom Elektronengehirn geliefert werden.«

»Kann ich mal eins sehen, R?«

»Aber du bist doch schon drin, F!«

»Wo drin, R?!«

In einem Elektronengehirn. Dieser Raum ist ein Computer: Die Wände, der Boden, die Decke sind seine Hirnschale. Jene Metallgehäuse dort bilden die Membrane, die seine grauen Zellen lenkt. Die Batterien, Getriebe, Kolben, Drähte und Hebel sind seine Blutgefäße und Nerven. Hörst du das Geräusch? Das ist er: Er denkt, arbeitet.«

»Donnerwetter. Ich komm mir vor wie 'ne Laus.«

»Das bist du auch. Im Vergleich zu ihm bist du eine schäbige Laus. Er kann jede beliebige Differential- und Integralrechnung lösen: Kannst du das? Er kann jeden x-beliebigen Kursfehler eines Raumfahrzeugs korrigieren, es in die richtige Bahn umleiten, es aufhalten: Kannst du das? Er kann Hunderte von Mathematik-, Physik-, Astrophysik-, Chemie- und Meteorologiebüchern auswendig: Kannst du das? Er kann simultan in jede Sprache übersetzen, Musik komponieren, Gedichte verfassen: Kannst du das? Das ist eigentlich gar keine Maschine, sondern ein Lebewesen. Sie ist so viel intelligenter als wir und würde uns, hätte sie Zunge und Speichel, gleich beim ersten Mal ins Gesicht spucken und völlig zu Recht zu ihren Sklaven machen.«

Das Eis war gebrochen, Rs Augen funkelten vor heftiger,

sinnlicher Leidenschaft und blickten auf den Wirrwarr von Getrieben, Kolben, Drähten, Hebeln, als wär's die schönste Frau der Welt, nackt ausgestreckt auf einem Bett.

»Sag mal, R: Wenn du diesem Gehirn den Auftrag gäbst, die ganze Bibliothek von Washington auswendig zu lernen, würde es das tun?«

»Selbstverständlich.«

»Und wie lange würde es brauchen, um die ›Ilias‹ und die ›Odyssee‹ auswendig zu lernen?«

»Zehn, fünfzehn Minuten.«

»Und die ›Göttliche Komödie‹?«

»Fünfzehn, zwanzig.«

»Und den ganzen Shakespeare?«

»Ungefähr ebensoviel. Warum?«

Weil die Nationalbibliothek in Washington abbrennen oder zerstört werden könnte und ohnehin nicht groß genug ist, um alles aufzunehmen, nicht einmal auf Mikrofilm, also könnte man ein Elektronengehirn benutzen, um gewisse Reichtümer vor dem Untergang zu retten.«

»Reichtümer? Unsinn, F. Und auch dein Vorschlag ist großer Unsinn.«

»Großer Unsinn, R?!?«

»Klar: Er ist unwirtschaftlich. Weißt du, was es kostet, den Computer eine Abhandlung über Physik lernen zu lassen?«

»Ist Shakespeare etwa nicht so viel wert wie eine Abhandlung über Physik, R?«

»Ein Abhandlung über Physik ist nützlich, ja sogar unentbehrlich. Shakespeare nicht.«

»Nein!«

»Doch. Überflüssig wie der Parthenon, wie die Sixtinische Kapelle, der Turm von Giotto, der Ramsestempel, wie alles, was vor der Technologie kam.«

»Überflüssig?!?«

»Ganz und gar überflüssig. Aber keine Angst: Die Technologie bereitet sich ja darauf vor, mit allem aufzuräumen.«

»Was soll das heißen?«

»Mit Gesetzen, Systemen, Städten. Ja glaubst du denn, man kann mit diesen Phantastereien noch lange weitermachen? Wir werden die Welt saubermachen wie einen Kochtopf: so. Wir werden alles abreißen und ganz neu erbauen:

so. Weg mit den Narren, die aus der Erde ein Museum machen wollen! Weg mit den Museen! Schluß mit dieser Gerümpel-Manie! Desinfizieren, desinfizieren! Zerhacken, zerhacken! Abreißen, abreißen! Hätten wir Rom nicht angezündet, es gäbe heute kein Rom. Hätten wir Hiroshima nicht in Schutt und Asche gelegt, es gäbe heute kein Hiroshima. Weg mit dem Staub, dem Dreck, dem Gestank!«

»R! HR! Rosen! Mr. Rosen! Was reden Sie da?«

»Wir müssen alles zerstören und wieder neu aufbauen. Wir müssen den Tod bringen, um das Leben wiederherzustellen: Sein setzt Sterben voraus, die Menschen sterben, um andern Menschen Platz zu machen, die Dinge sterben, um andern Dingen Platz zu machen, wenn wir die Bäume nicht gefällt hätten, gäbe es heute nicht New York, San Francisco, Paris, London, Florenz. Es gäbe keine Kirchen, Paläste, Wolkenkratzer. Allerdings: Auch die Wolkenkratzer sind überholt: Die vertikale Entwicklung Manhattans erweist sich immer mehr als antiquiert und unpraktisch. Abreißen, alles abreißen!«

»Mr. Rosen! Was reden Sie da, Mr. Rosen?!«

»Wir werden New York ausradieren und viel praktischer wieder aufbauen.«

»Was?!«

»Wir werden San Francisco ausradieren und viel logischer wieder aufbauen.«

»Was??!«

»Wir werden Paris ausradieren und viel komfortabler wieder aufbauen.«

»Was???!«

»Wir werden London ausradieren und viel sauberer wieder aufbauen.«

»Was sagen Sie????!«

»Wir werden Florenz ausradieren und viel rationeller wieder aufbauen.«

»Nein! Florenz nicht, bei Gott nicht!«

»Du wirst doch wohl nicht diese engen Straßen, diese schiefen Häuser behalten wollen? Neue Straßen! Neue Häuser! Neue Kirchen! Das brauchen wir! Dynamit her, verdammt nochmal! Was soll . . .«

Dynamit . . . erinnerst du dich, Vater? Die Straße herab, die von Rom her führt, kam ein Schimmel: Seine Hufe rutschten auf dem Asphalt wie Wassertropfen auf einer Scheibe, die einen Moment darauf Halt finden und dann schnell abrutschen bis zu einem Punkt, von dem aus sie wieder weitergleiten. Auf dem Schimmel saß ein deutscher Offizier, und sein Kopf schaukelte wie in totaler Übermüdung hin und her: Nur als das Pferd beinahe stürzte, hob er den Kopf, nahm diese unbarmherzige, aufrechte Haltung an, die ahnen ließ, was er im Schilde führte. Hinter dem Schimmel kam ein Maultier mit einem Geschütz, auf den Gehsteigen aber, dicht an den Hausmauern entlang, marschierten die Soldaten, mit vollbepacktem Tornister und dem Maschinengewehr über der Schulter, das Schlurfen der Stiefel. Sie waren bedeckt von Schmutz und Schande, sie hatten Durst und riefen unter jedem Fenster: »Wasser! Acqua! Wasser!« Die Fenster blieben geschlossen, sie schlugen sie mit den Gewehrkolben ein und marschierten weiter: das Schlurfen von Soldatenstiefeln, dort hinunter, der Brücke zu. Unsere schöne Brücke, die schönste Brücke der Welt.

»... Was soll dieser Kult mit Steinen, Rissen, verrotteten Sammlungen? Sauberkeit, Sauberkeit! Logik, Zweckmäßigkeit, Hygiene, Rationalität! Dynamit her, verdammt nochmal! Auch ...«

Tags zuvor, du wußtest es, hatten sie sie vermint. Sie hatten die Leute aus den nahen Häusern gejagt, ohne sie ihre Sachen zusammenpacken zu lassen, und dann hatten sie vermint. Der Offizier auf dem Schimmel führte die letzte Gruppe der Nachhut: Nach ihm, nach dem Maultier mit dem Geschütz, nach den Soldaten, die nach »Wasser! Acqua! Wasser!« riefen, würden sie eins zwei drei zünden, und unsere Brücke würde in die Luft fliegen. Unsere schöne Brükke, die schönste Brücke der Welt. Es war die Nacht vom 10. auf den 11. August, und die Stadt war im Begriff, von einer Hand in die andere überzugehen. Die Ausgangssperre hatte nachmittags um fünf eingesetzt, und seit Stunden, seit Jahrhunderten waren wir da hinter den Fenstern eingeschlossen, die eben auf die Straße hinausgingen: unweit der Brücke. Mutter betete, du rauchtest schweigend. Als die erste Ladung Dynamit explodierte, fiel ein Spiegel herunter und zerbrach. Doch der Lärm draußen war so groß, daß der Spiegel lautlos zerbrach.

»... auch die Kriege dienen diesem Zweck. Was war Coventry, ehe es ›coventrisiert‹ wurde? Ein kaltes Rattennest. Neu aufgebaut, besitzt die Abtei jetzt sogar Zentralheizung. Dynamit her, das ist, was wir brauchen! Dynamit! Sie bringen den Frühling, bringen ...«

Es war nicht nur Lärm, es war ein Riesendonner. Der Donner von hundert Blitzen zusammen, die sich nähern, sich entladen, sich entfernen, wiederkommen und sich nochmals entladen. Dein Freund Gomez nahm es auf eine Platte auf und sprach einen Kommentar dazu – ich weine jetzt noch, wenn ich diese Platte höre, Vater. »Das tragischste von allen Geräuschen ist das der Minen. Nicht immer kann es von unserem Mikrofon aufgenommen werden, denn die Nadel springt erschrocken auf ...« Donner. »Welche Brücke mag jetzt in der Nacht gesprengt worden sein? Ganz rot ist der Himmel über dem Arno ...« Ein weiterer Donner. Noch einer. Und noch einer, und noch einer, und dann die Stimme von Radio London. »Die Amerikaner, unterstützt von britischen Gardeeinheiten, sind in den ersten Stunden des gestrigen Tages in die Vororte von Florenz vorgedrungen. Spähtrupps, die mit dem Feind Fühlung aufnehmen sollten, haben gemeldet, daß fünf der sechs Brücken über den Arno zerstört worden sind. Eine von ihnen, die Dreifaltigkeitsbrücke, gehörte zu den vollkommensten Bauwerken der Renaissance ...« Unsere schöne Brücke, die schönste Brücke der Welt. Sie lag nun zerstückelt mit ihren Statuen der Jahreszeiten auf dem Grund des Flusses im Schlamm bei den Fischen. Man fischte eines Tages alles wieder heraus, aber die Primavera, die Frühlingsstatue, war enthauptet, und ihr Kopf wurde nie mehr gefunden, den gibt es nicht mehr. Die Brücke haben wir wieder gebaut: ganz neu, sauber, sie sieht aus wie desinfiziert. Aber der Kopf der Primavera, der ist nicht mehr da. Und unsere schöne Brücke, die schönste Brücke der Welt, ist auch nicht mehr da.

»... bringen Wohlstand, Gesundheit, Leben.«

»Entschuldige, R. Ich bin dir nicht ganz gefolgt.«

»Ich sagte, daß das Dynamit Wohlstand, Gesundheit, Leben bringt.«

»Du machst wohl einen Witz, R?«

»Nicht im geringsten: Wenn man die Brücken, die Paläste, die Kirchen nicht abreißt, wie können wir dann neue bauen? Wo nehmen wir den Platz dafür her? Ich hatte einmal ein

Haus von jener Sorte, wie du sie magst: mit Lebkuchendach, Säulenveranda und Kaminen zum Holzverfeuern. Ich hatte es von meiner Großmutter geerbt. Ich habe es sprengen lassen, und heute steht an seiner Stelle ein modernes Haus in japanisch-schwedischem Stil.«

»Du bist ein schöner Idiot, HR.«

»Bist du selber, meine liebe F. Du lebst in der Vergangenheit und bist blind. Ich aber lebe in der Zukunft und blicke weit voraus. Ich gehöre zur Elite, ich bin eine Führernatur.«

»Führer nehmen manchmal ein böses Ende, HR. Wenn sie auf ihrem Schimmel über die Brücke sind, werden sie oft fertiggemacht: vielleicht sogar aufgehängt.«

»*Dich* werden sie aufhängen, meine liebe F. Und zwar genau die, die du auf deiner Seite wähnst; denn du bietest Poesie an und ich Bequemlichkeit, du bietest Träume an und ich Wirklichkeit, du bietest das Unnütze an und ich das Nützliche. Du bist die Besiegte, ich der Sieger. Wenn es nicht so wäre, weshalb regst du dich dann dermaßen auf bei dem Gedanken, zum Mond zu fahren?«

Um uns herum dachte das Gehirn, dachte und dachte und dachte mit einem Sirren der Röhren, Hebel, Getriebe, Räder, und auf einmal war mir, als hörte es uns zu: ganz irritiert. »Gehen wir hinaus«, flüsterte ich HR leise zu. »Wir stören ihn, wir lenken ihn ab.« Ich war nunmehr bereit für den nächsten Schritt in die Zukunft, in die Apollokapsel.

5. Kapitel

Ich zitterte, als sie mich drin einschlossen. Ich saß in der Falle, dem Tod ergeben, wie wenn du auf dem Operationstisch liegst, die gazeverhüllten Gesichter über dir, jemand sticht dir eine Nadel in den Arm, um dich per Narkose einzuschläfern, aus der du nicht wieder erwachen könntest, und über dir kaltes, weißes Licht, das dich blendet. Und auch hier: kaltes, weißes, blendendes Licht, und trotz aller Anstrengung konnte ich mir doch nicht einreden, auf der Erde zu sein, in der Halle, in der die Apollokapsel untergebracht war, in einer Stadt namens Downey im Staate Kalifornien. Unter mir war die Trägerrakete, mit der Kapsel oben auf ihrer Spitze, verstehst du mich, Vater? Der Countdown begann, die Zahlen nahmen schnell und unbarmherzig ab. Bei null ein Riesenfeuer, Rakete und Kapsel begannen wie wild zu vibrieren, zu rütteln, zu schwanken, dann schleuderte mich ein apokalyptischer Schub in den Himmel, ich stieg und stieg, während ein bleiernes Gewicht mir den Atem nahm, den Brustkorb zusammenpreßte, die Erde wurde ferner und ferner, schon war ich im leeren Raum ohne Oben und Unten, ohne Tag und Nacht, ohne Laut und ohne Stille, ohne Anfang und Ende, hinauf, hinauf oder auch hinunter, hinunter, dem fernen Satelliten entgegen, auf dem es weder Luft noch Wasser, weder Grün noch Blau, weder Tiere noch Pflanzen noch irgend etwas von alledem gibt, was für uns das Leben ausmacht, uns das Leben schenkt. Drei lange Tage, drei lange Nächte, die weder Tage noch Nächte waren, bewegte ich mich in einem Nichts, als stünde ich still, bis die Erde ein Mond und der Mond eine Erde wurde, nah, immer näher, so nah schon, daß ich seine Kruste sehen konnte, die glatten Ebenen, die leeren Krater, die spitzen Berge – und niemand, der mir zu Hilfe kam. Weder ein Mensch noch ein Ungeheuer, niemand.

»Aufmachen!« rief ich. »Macht um Gottes willen auf!«

Sie öffneten lachend den Schlag, und ich war draußen: in der Halle, in der die Apollokapsel untergebracht ist, in einer Stadt namens Downey im Staate Kalifornien. Apollo, das heißt das Raumschiff, das die drei Mondfahrer beherbergen soll, wird hier gebaut: in dieser Kaserne mitten in der weiten Ebene, in die man nur mit dem Helikopter gelangt. Es ist ein weißer Kegel aus porzellanemailliertem Stahl, um große Hitze und Kälte aushalten zu können, und sieht jenen Marsraketen aus den Science fiction-Filmen ähnlich. Bei einem Durchmesser von vier Metern und einer Höhe von zwei Metern, einem Einstieg und zwei Sichtluken, ist es konstruiert wie eine Mercury-Kapsel, nur bequemer und geräumiger, hat drei Sitze und die Bordgeräte, die wie bei einem Düsenflugzeug aussehen. Die Sitze haben die Form von halbierten ägyptischen Sarkophagen oder, wenn du willst, von einem menschlichen Körper, mit einer Schüssel für den Kopf, einer Vertiefung für den Rücken, zwei Furchen für die Beine bis zu den Knien, zwei weiteren Furchen für die Beine

56

von den Knien bis zu den Füßen. Dieser Abguß ist im Rumpfteil waagrecht, dann bis zu den Knien senkrecht und dann bis zu den Füßen wieder waagrecht positioniert. Stell dir zum besseren Verständnis vor, du sitzt auf einem Stuhl, der mit der Lehne auf dem Boden liegt: Rücken und Arme liegen also ebenfalls flach auf dem Boden, die Oberschenkel ragen nach oben, die Unterschenkel befinden sich wiederum in paralleler Lage zum Boden. So in die Sitze eingepaßt, in Raumanzüge gehüllt, sehen die Astronauten demnach die Nase des Kegels vor sich: In dieser Position vermögen sie den Startdruck besser zu ertragen, das unsichtbare Blei, das den Körper zusammenpreßt, wenn die Rakete die Atmosphäre durchstößt und die Schwerkraft sechsmal größer wird als sonst. Im Weltraum indessen sitzen die Astronauten wie auf einem normalen Stuhl, denn Apollo fliegt mit der Kegelspitze voran. Die Astronauten sind zu dritt in der Kapsel. Ihre Sitze sind nebeneinander angeordnet. Der dritte Sitz ist verstellbar und läßt sich zu einer Liege ausziehen. Wenn er verstellt ist, bietet die Kapsel Platz genug, daß einer aufrecht stehen kann. Sonst ist nämlich sehr wenig Platz da: nicht viel mehr als in einem Sarg. Aber wehe, wenn man das sagt! Tatsache ist, daß die Raumschiffe der Russen viel geräumiger und bequemer sind und die Amerikaner ohnehin einen richtigen Größen- und Bequemlichkeitskomplex haben. Ihre Straßen sind breiter und bequemer. Ihre Häuser sind geräumiger und bequemer. Ihre Autos sind größer und bequemer. Ihre Schuhe sind weiter und bequemer. Ihre Ideen sind gewaltiger und bequemer. Ihre Raumschiffe jedoch sind weder geräumig noch bequem, und das kränkt sie zutiefst. Auf der andern Seite können sie sie nicht weiter und bequemer bauen, weil sie sonst zu schwer würden und einen besseren Treibstoff bräuchten, um hochzukommen, und diesen Treibstoff haben sie eben nicht.

Die Kaserne, in der Apollo gebaut wird, gehört einer Firma mit Namen North American Aviation, die früher Waffen und Flugzeuge herstellte. Der Rückgang der Kriegsproduktion brachte sie an den Rand des Ruins, das Weltraumabenteuer schenkte ihr neuen Wohlstand. Die North American rühmt sich des gewaltigsten Abschlusses, den je eine Regierung mit einer Firma tätigte: über 934 ½ Millionen Dollar. Sie beschäftigt 11 000 Arbeiter und Angestellte und arbeitet an der Apollokapsel seit 1961: eine Kleinigkeit, versicherte mir stolz ein Beamter, wenn man bedenkt, daß für die Konstruktion der Atombombe mehr als sechs Jahre, für die Entwicklung des Fernsehens zwölf Jahre gebraucht wurden, fünfzehn für die Perfektionierung des Radars, fünfunddreißig für das Radio, sechsundfünfzig für das Telefon und gar hundertzwölf für die Fotografie. Wie ich natürlich wisse, werde bei der North American die Apollokapsel, nicht aber die Saturnrakete gebaut. Wie ich natürlich wisse, sei die Apollokapsel nur ein kleiner Teil des Giganten, der in Cape Kennedy abgeschossen werden wird, allerdings der einzige Teil, der später zur Erde zurückkehrt. Was, das wußte ich nicht?!? Das war ja unverzeihlich, skandalös, lächerlich, das konnte doch nicht wahr sein! Und blaß, vor Entrüstung bebend, schaute mich der Beamte an, genauso wie ich HR angeschaut hatte, als er Florenz, Paris, London und New York zerstören wollte. Offensichtlich müsse man, schloß er, bei mir ganz von vorne anfangen: Ich solle ihm in den Vorführraum folgen, wo er mir einen Zeichentrickfilm ›Unternehmen Apollo‹ zeigen würde. Ich folgte ihm, und jetzt paß auf, Vater: Der Film ist nicht leicht.

Bist du soweit? Ja? Also: Am Morgen eines Tages irgendwann in der Zukunft sehen wir die drei dort oben im Kegel eingeschlossen, unbeweglich und wehrlos. Die Superrakete, der Saturn, steht auf der Abschußrampe, in voller Größe von einhundertdreißig Meter. Ein runder, glatter, weißglänzender Wolkenkratzer. Auf den ersten Blick glaubst du, er ist aus einem Stück: In Wirklichkeit ist er aus drei verschiedenen Stufen zusammengesetzt, jede mit eigenem Triebwerk und Treibstoff, jede dient für einen neuen Schub. An der Spitze der dritten Stufe ist die bemannte Kapsel angebracht. Unbeweglich, wehrlos sind sie dort. Am Morgen eines Tages irgendwann in der Zukunft, der schon da ist. Kannst du es sehen? Kannst du es fühlen? Es ist kalt. In Afrika, in Australien, auf Hawaii, in den Vereinigten Staaten, überall, wo es eine Kontrollstation gibt, sitzen sie bleich an den Computern und Bildschirmen, an den Radios. Der Countdown ist gleich zu Ende: sechs... fünf... vier... drei... zwei... eins... null! Wie ein Vulkan, der unvermittelt erwacht und die Hölle ausspeit, bricht eine zyklopische Flamme aus den fünf Triebwerken, bringt Himmel und Erde zum Erbeben, hüllt die Rakete in eine Rauchwolke. Langsam löst sich der Wolkenkratzer von der Abschußrampe, hebt ab, wird schneller, bohrt sich in den Himmel. Zweieinhalb Minuten lang brennt es aus fünf Feuerschlünden, den Triebwerken der ersten Stufe: Wenn der letzte Tropfen Treibstoff verbraucht ist, wird die erste Stufe abgestoßen und die zweite in Betrieb gesetzt. Wieder fünf Feuerschlünde, die diesmal sechseinhalb Minuten lang brennen, die bereits verkürzte Rakete tritt in die Erdumlaufbahn ein. Dabei erhöht sich ihre Geschwindigkeit, und jetzt sind auch die sechseinhalb Minuten vorbei, der Treibstoff der zweiten Stufe ist verbraucht; die zweite Stufe wird abgestoßen und verliert sich in der Unendlichkeit, die dritte Stufe wird gezündet. Die jetzt noch kürzere Rakete (siehst du sie, wie sie sich da stückweise ins All verstreut?) ist nunmehr bereit, in jenen Himmelskorridor einzutreten, der sie direkt zum Mond führen wird. In der Apollokapsel sind die Astronauten gespannt wie Drahtseile: Der Himmelskorridor ist knapp vierzig Meilen breit. Eine einzige ungenaue Kalkulation, ein falsches Manöver, und sie gelangen nicht zum Mond, sie gelangen nirgendwo hin, sie verlieren sich im leeren Raum. Die Worte, die zwischen den dreien und ihren Kameraden auf der Erde gewechselt werden, klingen besorgt. Erinnerst du dich an jenes Gespräch zwischen Schirra und Glenn, jene verstümmelten, nervösen Sätze?

Glenn: »Roger. Hier Roger. Antwortet mir, Roger.«

Schirra: »Roger. Hallo Roger. Roger. Hörst du mich, mein Junge?«

Glenn: »Roger. Hier Roger. Die Retrosequenz ist grün, die...«

»Schirra: »Gib die... gib die...«

Glenn: »Sag's noch mal. Roger. Hier Roger. Sag's...«

Schirra: »... Sekunden.«

Glenn: »Roger. Hier Roger! Ich hör nichts!«

Schirra: »... fünf, vier, drei zwei, eins, zünden!«

Glenn: »Hab ich, hab ich. Aber ich glaube, ich falle zurück.«

Schirra: »Tu's nicht, tu's nicht! Du gehst nach Osten.«

Glenn: »Roger. Hier Roger. Das Rücklicht ist grün.«

Schirra: »Ja, alle drei sind grün. Versuch's noch mal. Versuch's noch mal.«

Glenn: »Zu Befehl, schon gut, Wally. Schon gut, Wally.«

Schirra: »Roger. Roger. Roger. O.k., Roger. O.k., mein Junge: du hast's geschafft.«

Ja. Nun sind sie also im Himmelskorridor. Sie haben es geschafft, für diesmal, und sausen mit einer noch nie erlebten Geschwindigkeit dahin: 25 000 Meilen in der Stunde. Sie fliegen so leicht wie Schmetterlinge, ein Flämmchen in der großen Schwärze, jetzt aber haben sie etwas sehr Schwieriges vor, im Vergleich dazu waren die grünen Rücklichter von Glenn ein Kinderspiel, Vater. In fünf Minuten, wenn auch der Treibstoff der dritten Stufe verbraucht ist, wird die dritte Stufe abgestoßen, sich wie ein Buch öffnen und das LEM herauslassen: So heißt das Vehikel, das auf dem Mond aufsetzen soll. Dann muß die Apollokapsel sich um sich selber drehen, es auffangen und an der Kegelspitze mit sich führen. Da, die dritte Stufe hat sich gelöst, öffnet sich. Aus der offenen Klappe kommt ein seltsamer Gegenstand heraus: eine Art Büchse auf vier Beinen, die in einer runden, saugnapfähnlichen Scheibe auslaufen. Die Astronauten nennen das Ding nie LEM, sondern »Insekt«: vielleicht wegen der Beine, es sieht wirklich fast wie eine Riesenspinne aus. Im Kopf der Spinne ist ein Loch. Und in dieses Loch muß die Apollokapsel ihre Nase bohren, um das Ding festzuhalten und mit sich zu führen. Wird es ihr gelingen? Von der Erde her dringen, immer schwächer, Anordnungen und Kommandos. Kostbare Sätze verlieren sich zerbröckelnd im Dunkel, die drei Astronauten versuchen sie vergeblich aufzufangen. Mut, Mr. Schirra. Mut, Mr. Cooper, Mut, Mr. Carpenter. Mut, Mr. X, Mr. Y, wer immer ihr seid. Wir beten für euch. Wir waren zwar nie besonders gut im Beten, nicht wahr, Vater? Auch als sie jene Brücken sprengten, konnten wir nicht beten; unsere Lippen blieben stumm wie unser Gehirn. Diesmal jedoch versuchen wir es. Ich jedenfalls versuche es.

Ohne von ihrer Bahn abzuweichen, dreht sich die Apollokapsel. Kommt auf das Insekt zu, erwartet es. Schlüpft in jenes Loch, schraubt sich fest. Sie dreht sich wieder um sich selbst und fliegt mitsamt dieser sonderbaren Büchse weiter, hinunter, hinunter, oder hinauf, hinauf, drei Tage und drei Nächte lang. Drei Erdentage, drei Erdennächte: Denn dort ist weder Tag noch Nacht, die Schwärze ist bei Tag und

Nacht gleich schwarz, und wenn ein Licht sich zeigt, bedeutet das eine entsetzliche Bedrohung. Meteoriten beispielsweise. Ein erbsengroßer Meteorit allein genügt, das Raumschiff zu zertrümmern. Und die drei Männer können nichts dagegen tun: Wenn es geschieht, können sie höchstens ins Leere hinausspringen und es mit einer Reparatur versuchen. Wir wollen ihnen zusehen, wie sie da ins Leere springen, diese Männer in ihrem silbernen Anzug, mit ihren Sauerstoffgeräten auf dem Rücken, den Kopf in einem Plexiglashelm. Sie sehen aus wie Taucher, die ein Leck an einem Schiff reparieren, sie schwimmen auch wie im Wasser und haben mächtig viel Mut, bei Gott! Auch wenn sie wieder einsteigen, abwechselnd den Schutzanzug ausziehen und sich auf die Liege werfen. Ja, Vater, ich weiß: Sie war scheußlich, jene Pritsche im Gefängnis, und scheußlich war jene Nacht, in der man auf einen Morgen wartete, der vielleicht nie mehr kommen würde. Du lagst dort auf der Pritsche und starrtest auf die Tür: würde sie geöffnet werden, gäbe es für dich keinen Morgen mehr. Für viele gab es keinen Morgen: Kaum hatten sie sich hingelegt, um ein wenig Schlaf zu suchen, ging die Tür auf, und als sie sie an die Wand stellten, blitzten die Gewehrfeuer auf wie Meteoriten im Kosmos. Ich weiß. Aber auch hier ist sie scheußlich, diese Liege: denn auch sie sind möglicherweise zum Tode verurteilt. Auch sie sind im Gefängnis. Ob es Tag oder Nacht ist auf jener fernen Kugel, die man Erde nennt? Auf der einen Seite ist Tag, auf der andern Nacht, aber dann wird die Nacht zum Tag und der Tag zur Nacht. Hier hingegen ist immer Nacht. Ohne Gestern und ohne Morgen. Du streckst dich auf der Liege aus, und was sagst du zu deinen Kameraden, die an den Bordgeräten sitzen bleiben? Gute Nacht? Guten Tag? Guten Abend? Gutes Nichts? Gutes Nichts. Der Mann legt sich auf die Liege, streckt sich schweigend aus. Er schließt die Augen, er träumt vom Gestern und vom Morgen. Er träumt von seinem Zuhause, von seiner Frau in ihrem Bett, von der Erde.

Nicht, daß Träumen gestattet oder gar vernünftig wäre. Das Gehirn ermüdet beim Träumen, und Ermüden bedeutet Selbstmord: Zu viele Dinge sind zu tun. Am ersten Tag verlangsamt die Anziehungskraft der Erde das Tempo um 6500 Meilen in der Stunde: Es gilt also, die Geschwindigkeit zu erhöhen, ohne allzuviel Treibstoff zu verlieren. Am zweiten Tag senkt die Anziehungskraft der Erde das Tempo nur noch um 1500 Meilen, am dritten Tag indessen beginnt die Anziehungskraft des Mondes sie anzusaugen, und man muß die Geschwindigkeit drosseln, um nicht geradewegs auf dem Mond zu zerschellen. Sie müssen langsam herankommen, dann in die Mondumlaufbahn eintreten, dann sich dem Mond bis auf sechzig Meilen nähern, und jetzt, nicht früher und nicht später, muß man das Insekt abkoppeln. Der Moment ist gekommen, Abschied zu nehmen und sich zu trennen: Einer der Astronauten bleibt in der Kapsel, die andern beiden lassen sich in das Insekt, das LEM, hinunter. Mach's gut, Junge. Macht's gut, Jungs. Die Falltür, durch die sie ausgestiegen sind, wird geschlossen, die beiden nehmen in ihrem neuen Gefängnis, an ihrem neuen Kommandopult Platz. Langsam schrauben sie sich von der Kapsel los und gehen bis auf zehn Meilen über der Mondoberfläche hinunter: um den Landeplatz zu erkunden. Der Krater da unten. Scheint gut und sicher. Ist wohl erloschen. Das seltsame Vehikel nähert sich surrend, erst war es noch auf zehn Meilen, jetzt sind es noch fünf Meilen, jetzt vier, drei, zwei, eine, es schwebt herab wie ein Helikopter, es landet mitten im Krater, und nun scheint das seltsame Gefährt, das man LEM nennt, ein Stuhl zu sein, oder wirklich ein Insekt. Sind wir da? Wir sind da! Die Triebwerke werden abgeschaltet. Zwei Augenpaare blicken suchend durch die Luken. Jenseits der Luken erstreckt sich eine Wüste, über die kein Lüftchen weht, und das wäre nun also der Mond. Der Mond? Man sieht nichts als Lava, und dann Felsen, dann wieder Lava und von neuem Felsen. Der Himmel ist reine Tinte, von Lichtern durchlöchert, und alles steht still, eine Totenstille. Durch die Plexiglashelme schauen sich die beiden Astronauten an, um einander zu zeigen, daß sie noch leben. Wie tröstlich kann ein Zucken der Lider, eine Bewegung der Pupillen sein! Die ganze Erde, mit all ihrem Grün und all ihrem Blau, in einem Zucken der Lider, in einer Bewegung der Pupillen. Und die Stimme des Kameraden, der dort oben fliegt, ist auf einmal die Stimme des Vaters, ist die Mutter, die geliebte Frau, die schönste Musik, die du je vernommen hast.

»LEM. Hier LEM. LEM ruft Apollo. Hörst du uns?«

»Apollo. Hier Apollo. Apollo ruft LEM. Ich höre euch.«

»LEM. Hier LEM. Wir haben's geschafft.«

»Apollo. Hier Apollo. Kontrolliert alles für den Rückstart.«

»LEM. Hier LEM. Rückstart kontrolliert.«

»Apollo. Hier Apollo. Macht's gut, Jungs.

»LEM. Hier LEM. Du auch. Auf Wiedersehn.«

Sag nicht, das lasse dich kalt, Vater. Ich glaube dir nicht. Auch du bist allein gewesen und weißt, was das heißt. Auch du hast Angst ausgestanden und weißt, was das heißt. Aber ihre Angst, ihre Einsamkeit ist etwas, das über deine, unsere Erfahrungen hinausgeht. Sie haben nichts bei sich, verstehst du mich? Nichts außer Nahrung, Instrumenten und Hoffnung. Auch du hattest keine Nahrung, keine Instrumente und keine Hoffnung, damals im Gefängnis, ich weiß. Aber du hattest die Erde. Selbst wenn sie dich umbrachten, hattest du die Erde. Diese beiden da nicht. Sie haben nicht einmal die Erde. Nur ihre Blicke und eine Stimme sind ihnen von der Erde geblieben. Und nichts anderes ist von Bedeutung. Wenn es diesem Ding gelingt, wieder aufzusteigen, wenn es jenem anderen Ding gelingt, wieder ins Blaue zurückzukehren, auf der Erde zu landen, dann werden die Zeitungen mit großem Geschrei über den herfallen, der als erster hier ausgestiegen ist, der als erster seinen Fuß auf den Mond gesetzt hat. Für diese beiden zählt nicht einmal das. Ich bin du und du bist ich. Wenn ich lebe, lebst du. Wenn du lebst, lebe ich. Wenn ich sterbe, stirbst du. Wenn ich als erster aussteige, steigst du als erster aus. Wenn du als erster aussteigst, steige ich als erster aus. Mut, Bruder. Gott schütze dich, Bruder. Eine Tür öffnet sich, eine Aluminiumleiter wird ausgefahren, bis sie den Boden berührt. Ein Mann steigt herab mit seiner ganzen Ausrüstung und dem Sauerstoff: ein seltsames Lebewesen im Taucheranzug. Sieh ihn dir gut an, Vater.

Sieh ihm zu, wie er erst den einen, dann den anderen Fuß aufsetzt und innehält. Sieh ihm zu, wie er den Kopf hebt, wie er geht. Er geht sehr behutsam, sehr langsam, mit beiden Füßen immer fest am Boden, sie fast nachschleifend, mißtrauisch, übervorsichtig: Der Mond hat nur ein Sechstel der gewohnten Anziehungskraft, und bei einem richtigen Schritt flöge man hoch wie ein Ball, käme wieder herunter wie ein Ball, um beim Aufprall erneut hochzufliegen, und so auf und ab, grotesk, auf und ab, auf und ab ohne Ende, und niemand könnte ihn stoppen. Sieh ihm gut zu: Vielleicht verspürt er wirklich die Versuchung, sich einen Ruck zu geben und ein Ball zu werden. Er fühlt sich dermaßen leicht, er fühlt sich wie eine Feder. Selbst der Schutzanzug, der auf der Erde zentnerschwer ist, ist hier federleicht. Selbst das Sauerstoffgerät ist federleicht. Selbst seine schweren Instrumente, die er bei sich trägt: Ihm ist, als wäre er unter Wasser, im Meer, in den Träumen seiner Kindheit. Wenn er verrückt genug wäre, könnte er auf diese Bergspitze da steigen und sich in die Tiefe fallen lassen, wie ein Engel. Er fühlt sich beflügelt. Er ist erschrocken und fühlt sich zugleich beflügelt. Der dritte tut ihm auf einmal leid, der oben geblieben ist, um auf sie zu warten. Diese ganze Reise, nur um dann oben zu bleiben und auf sie zu warten. Wenn er auf die Erde zurückkehrt, werden sie auch ihm Fragen stellen: Wie sieht der Mond aus? Gleicht er der Erde? Ist er schöner? Häßlicher? Was ist es für ein Gefühl, darauf herumzuwandern? Und er wird es nicht wissen, er wird sagen müssen: Ich habe den Mond nicht gesehen. Ich bin dort gewesen und habe ihn nicht gesehen. Wie Tantalus die Hand ausstreckte und ihn nicht berühren konnte, so konnte auch ich ihn nicht berühren. Ich umkreiste ihn, weiter nichts. Kreiste um ihn herum und herum: ein Bruder wie Kain oder wie ein todunglücklicher Abel.

Müssen wir demnach den beneiden, der auf dem Mond hin und her geht, Vater? Diesen überleichten Menschen, der auf die Bergspitze da steigen und sich wie ein Engel fallen lassen könnte? Sehen wir ihm weiter zu, wie er wohlbemessenen Schrittes weitergeht. Auf dem Mond gibt es keine Atmosphäre, wie du weißt, und deshalb bist du dort einem Dauerbombardement von Meteoriten ausgesetzt. Sie donnern herab in einem kometenhaften Aufflammen, und es ist, als wenn man den Schützengraben verläßt, um anzugreifen. Der Boden besteht aus Lava, auf der du ausrutschen und dir den Schutzanzug zerreißen kannst; wenn es nicht Lava ist, ist es eine Staubschicht, die nie ein Wind weggefegt hat: so hoch und so fein, daß du darin versinken kannst. Alles andere als poetisch: In dieser Landschaft wird der Mann lange Stunden verbringen müssen. Und weißt du, wie? In harter Arbeit. Sofern die Geschosse aus dem Weltall ihn nicht erschlagen, sofern der Staub ihn nicht verschluckt, stellt er die Instrumte auf, die zur Kommunikation mit der Erde dienen, das Teleskop für die Nachrichtenübermittlung zur Erde, er muß Gesteins-, Lava-, Staubproben nehmen, Fotos machen. Nach Ablauf von zwei Stunden kehrt er zu seinem Insekt zurück und löst seinen Gefährten ab, der nun seinerseits aussteigt und zwei Stunden lang die Arbeit fortführt. Die Ablösung wird wiederholt, und so geht das acht Stunden lang. Es darf nichts Unvorhergesehenes geschehen, keine Programmänderung: Die Wissenschaftler haben festgelegt, daß nach acht Stunden die beiden Astronauten sich im Insekt einschließen, die vorgeschriebene Nahrung zu sich nehmen, die vorgeschriebene Zahl von Stunden schlafen, im vorgeschriebenen Moment aufwachen und wieder starten. Starten ... Wird es klappen?

Es klappt: In Träumen klappt es immer, Vater, und in Filmen auch. Ich erzähle dir ja einen Film. Dreißig ... zwanzig ... zehn ... vier ... drei ... zwei ... eins ... los! Feuer tritt aus, brennt sechs Minuten und zwanzig Sekunden, das Insekt löst sich vom Treibstoffbehälter, läßt sein Gestell, diese Spinne, mitten im Krater stehen und steigt mit einer Geschwindigkeit von viertausend Meilen pro Stunde auf: eine Schachtel ohne Flügel und Propeller und darin zwei müde Männer, die im Himmel den dritten Kameraden suchen. Ihr Gefährt ist nunmehr ohne Triebwerk; um Apollo zu erreichen, haben sie nur die Schubkraft des Starts, und manövrieren läßt es sich auch nicht: Das Kopplungsmanöver ist Sache der Kapsel. Sie braucht eine Stunde, um in die richtige Position zu kommen. Sie kreist um den Mond, immer und immer wieder, und jede Umkreisung wird etwas besser, jedesmal kommt sie etwas näher. Sie fliegt mit knapp siebzig Meilen in der Stunde und ist knapp drei Meilen entfernt, wenn das Kopplungsmanöver beginnt. Es ist dasselbe Manöver wie vorher, als die dritte Stufe der Saturn sich wie ein Buch öffnete und das Insekt herausließ: Da konnten sie aber zu dritt kooperieren, und ihre Köpfe waren noch ausgeruht von irdischem Schlaf, und von der Erde her übermittelte man ihnen exakte Berechnungen. Und da war es noch leer, das Insekt, und wenn sie es verloren, war das nicht schlimm, nur eine Blamage. Jetzt aber sind da zwei Männer drin, zwei Kameraden, zwei Brüder, und es darf einfach kein Fehler passieren. Ein Fehler wäre Mord. Würde bedeuten, sie für immer dort oben zu lassen. Mut. Millimeter um Millimeter kommt Apollo heran, schiebt die Nase ins Loch, schraubt sich fest. Ein erleichtertes Aufatmen, und die beiden Astronauten betreten durch die schmale Falltür wieder die Mutterkapsel, drei Hände berühren sich: gut gegangen, Jungs, gut gegangen. Und jetzt versuchen wir zurückzukommen: alle zusammen. Die Apollokapsel schraubt sich vom leeren Insekt los, läßt es im Himmel zurück, zündet dann ihre Rakete und tritt wieder in den Himmelskorridor ein, der zur Erde führt. Ein Korridor, der nur vierzig Meilen breit ist, eine feine, zudem unsichtbare Spur, von der man nicht einmal einen Meter abweichen darf, sonst wird die Erde verfehlt. Und diesmal fehlen auch die Wissenschaftler und die Elektronen-Rechner. Sie sind mutterseelenallein, und diese Spur allein zu finden ist noch tausendmal schwieriger. Es ist, als säße man an der Ecke eines Fußballplatzes auf einer schaukelnden und wackelnden Stange und sollte mit einem alten Gewehr auf eine Münze schießen, die sich in der entgegengesetzten Ecke des Platzes befindet und bewegt. Da heißt es ganz genau und sicher zielen. Wenn du nicht ganz genau und sicher zielst, wird ein Zentimeter ein Meter, ein Meter ein Kilometer, ein Kilometer Tausende von Kilometern, Tausende von Kilometern werden die Unendlichkeit, und du wirst ein Meteorit, der der Sonne entgegensaust, um eines Tages in die Sonne zu stürzen. Hilf ihnen, o Gott, ich flehe dich an.

Hilf ihnen, denn sie sind so wehrlos, wie Kinder, die in einen Brunnen fielen, Kinder, die das Licht suchten und statt dessen in einen Brunnen fielen. Sie haben die echten Wiesen durch Plastikwiesen ersetzt, die echten Rosen durch Glasrosen, die echten Pflanzen durch Gummipflanzen: Aber sie taten es, weil sie Kinder waren, und Kinder dürfen nicht sterben. Sie müssen leben, sie müssen die Münze treffen, die sich in der entgegengesetzten Ecke des Fußballplatzes befindet, dürfen die Spur nicht verfehlen, müssen drei Tage und drei Nächte lang durchhalten, so daß der weiße Kegel auf demselben Wege zurückkehrt, durch die teuflischen Feuererbsen hindurch, die schon ausreichen, die Kapsel zu zerschmettern, durch die kosmischen Strahlen hindurch und alle anderen Anfeindungen. Apollo startete an der Spitze eines Wolkenkratzers von hundertdreißig Metern und kehrt allein zurück: Alle diese Milliarden, die Höchstleistungen in all den Jahren haben sich im Weltall in Nichts aufgelöst. Und die drei Männer da drin? Sieh sie dir noch einmal an, Vater. Sie waren kräftig, jetzt sind sie erschöpft. Sie waren begeistert, jetzt sind sie ausgebrannt. Ihre Augen sind gerötet, ihre Bärte lang. Sie haben keine Lust mehr zu essen, zu trinken, zu schlafen, zu träumen. Sie haben nur noch Lust, nach Hause zu gehen, und in dieser Sehnsucht verbringen sie die Tage und Nächte, diese Tage, die keine Tage, und diese Nächte, die keine Nächte sind, während sie die Erde ansaugt, anzieht, zu sich ruft, und jetzt sind sie am Rand der Atmosphäre, tauchen entschlossen ein, eine glühende Bombe, ganz rot, wenn sie im Blau des Himmels erscheint und niederstürzt wie ein Stein. Dann geht die Nase des Kegels auf, drei gelb und orange gestreifte Fallschirme öffnen sich weit. Und über diesen drei wieder drei. Aus den neuen drei wieder drei, wie ein Feuerwerk im Sommer, wenn aus einem Lichtregen ein weiterer Lichtregen aufsteigt und aus diesem ein dritter, ein vierter, bis der Himmel ein einziges großes Farbenspiel ist, und du wirst wieder ein Kind und möchtest vor Begeisterung und Freude jauchzen, wie jetzt. Sie sind nach Hause zurückgekehrt, sie sind gesund! Es erwarten sie die Wiesen, ihre Frauen in den Betten, die Erde. Mein Gott, ich danke dir. Jemand drehte das Licht an.

Es war der Beamte von vorher. Er fragte, ob mir der Film gefallen habe. »Interessant, nicht wahr?«, und kündigte mir ein Treffen mit Dr. Celentano im Restaurant Tahitian Village an. »Interessant. Ja, gewiß.« Der Nebel hatte sich ein wenig gelichtet, Dr. Celentano war ein hübscher junger Mann, Spezialist für Raumfahrtmedizin, und das Tahitian Village war ein Lokal voller Muscheln und Kanus. Man servierte dort unter anderem ein höllisch starkes Getränk auf Rumbasis, das meine rätselhafte Traurigkeit erhöhte, statt sie abzuschwächen. Während wir Roastbeef mit Bohnen aßen, defilierten ein paar Mannequins zwischen den Tischen und führten Kleider aus irgendeiner synthetischen Baumwollfaser vor. Vor Dr. Celentano verweilten sie jedesmal, streckten ihm plappernd Ärmel oder Hüfte entgegen, damit er den Stoff befühle, und nannten den Preis: »Fünfzehn Dollar und sechsundvierzig Cents. Zweiunddreißig Dollar und zweiundachtzig Cents.« Dr. Celentano errötete, senkte die Augen aufs Roastbeef und fuhr fort, vom Mond zu sprechen.

Er sagte, es wäre kein Problem, dort zu leben: In der Mondkolonie könne man Plastikunterkünfte einrichten, und ich könne mir die Vorteile beispielsweise für Herzkranke sicherlich ausmalen. »Niemand kann voraussehen, was alles aus einem wissenschaftlichen Unternehmen wird. In der Medizin sind zahlreiche Entdeckungen durch Zufall gemacht worden. Ich würde mich nicht wundern, wenn der Mond in zwanzig Jahren ein großes Sanatorium für Herzkranke wäre. Denken Sie nur, welche Erleichterung das für sie ist, die Schwerkraft auf ein Sechstel zu reduzieren.« Dr. Celentano war überaus optimistisch und sein Lächeln sehr überzeugend. Er verglich die Mondexpedition mit der Reise von Christoph Kolumbus und wiederholte, es sei töricht, nach den Gründen zu fragen: warum hinfahren, warum landen, wozu das alles. Auch als Kolumbus aufbrach, fragten sich die Leute nach den Gründen, wozu das alles gut sei. Sogar seine Matrosen murrten: »Was soll denn das, und überhaupt?« Auf dem Gebiet der Forschung bewegt man sich oft genug ohne eine genaue Begründung, das Warum darf einen nie bedrängen. Ich aß, trank, hörte zu, und die rätselhafte Traurigkeit schwand. Dann aber geschah etwas, ich kann mich nicht erinnern wie und wann, und die Traurigkeit war wieder da. Das Gespräch war, glaube ich, auf die Astronauten gekommen, und Dr. Celentano fragte mich, was ich von ihnen hielte. Ich antwortete, daß ich sie noch nicht kannte, aber in ein paar Tagen in Texas kennenlernen würde; im Moment könne ich nur sagen, daß ich sehr verschiedene Dinge über sie dächte: Zeitweise erschienen sie mir als Helden, zeitweise als Roboter, zeitweise als Märtyrer. Ganz bestimmt aber seien sie keine Durchschnittstypen: Ein normaler Mensch kommt nicht heil aus solch einem Erlebnis heraus.

Dr. Celentano machte eine ungeduldige Bewegung: »Unsinn! Die Astronauten sind keine Helden, keine Märtyrer und keine Roboter. Sie sind Männer wie alle andern. Athleten, sagen wir, aber nicht so wie ein Fußballspieler oder ein Turner. Intelligent sind sie, natürlich, aber nicht so wie ein Wissenschaftler oder ein Philosoph. An den Stränden Kaliforniens lassen sich viel robustere Körper finden und an den Universitäten viel hellere Köpfe. Im übrigen brauchen sie ja gar keine Genies zu sein: Es reicht, wenn sie gute Piloten und gute Ingenieure sind mit ein paar geologischen Kenntnissen.« Und ihr Mut, Doktor? »Getue! Auch der ist ganz normal. Sie sind Soldaten, fast alle waren im Krieg: Zum Mond fahren ist für sie dasselbe wie in den Krieg ziehen. Und vergessen Sie nicht, daß es vorher ihr Beruf war, Flugzeuge zu testen: Man braucht Nerven aus Stahl, um eine Maschine zu lenken, die vor dir noch keiner geflogen hat, drin zu bleiben und zuzusehen, wie ein Motor brennt, und herauszufinden, warum zum Teufel er brennt, und dann mit dem Fallschirm erst im allerletzten Augenblick vor der Explosion abzuspringen. Flugzeuge testen ist gefährlicher als mit der Mercury- oder der Apollokapsel fliegen. Hier haben Sie alle Vorsichtsmaßnahmen, dort keine.« Und die Einsamkeit, draußen in der großen Leere, Doktor? »Phantastereien! Sie ist nicht härter als die, die einer mitten in der Wüste oder in einem U-Boot durchmacht. Sind die Matrosen der U-Boote oft nicht drei Monate unter Wasser? Ich habe es selber ausprobiert, in einem Simulator. Es ist gar nicht so schlimm.« Wirklich nicht, Doktor? Erzählen Sie. »Nun, ganz so einfach ist es natürlich nicht. Um genau zu sein, es ist schon ein wenig unbequem. Das Experiment dauerte eine Woche, im Simulator waren zwei Astronauten und ich. Am dritten Tag fingen wir alle an, nervös zu werden. Uns war zwar bewußt, daß wir uns auf der Erde befanden, aber auch, daß wir da drin waren und die andern draußen. Wir bekamen den Verdacht, sie könnten uns im Stich lassen. So begannen wir am vierten Tag herumzuwüten und die Bordinstrumente zu verfluchen. Am fünften Tag brach der Haß aufeinander aus, keiner ertrug mehr die Gerüche und Geräusche des andern. Am sechsten wollte einer unbedingt raus. Am siebenten litten wir unter Halluzinationen: Einer sah plötzlich ein großes Loch unter seinen Füßen klaffen, wollte es zustopfen und schaffte es nicht, ein anderer sah Feuer, wollte es löschen und schaffte es nicht, alle drei sahen wir dann Gesichter anstelle der Armaturen. Ja, wenn man ehrlich sein will, war es schon ein wenig unbequem. Die engste Zelle wird daneben zum Paradies. Aber was soll's?«

Die Modenschau ging weiter, es war alles ziemlich absurd.

Auf die Cocktailkleider folgten die Abendroben, und in meinem Kopf war ein unglaublicher Salat von Weltraumanzügen und dreisten Dekolletés, von Händen, die ein Feuer löschen, und Brüsten, die es in Dr. Celentano entfachen wollten. Dr. Celentano hatte ganz besonderen Erfolg bei der blondesten Blondine, und sie schwänzelte jedesmal gerade dann vor ihm herum, wenn seine Erzählung besonders dramatisch oder traurig wurde. Dr. Celentano sagte zum Beispiel: »Einer sah plötzlich ein großes Loch unter seinen Füßen klaffen, wollte es zustopfen und schaffte es nicht«, und die Blondine wiegte ihr Hinterteil und sagte: »Ballkleid mit Glockenrock: zweiundvierzig Dollar und fünfzig Cents.« An der Stelle des Loches tanzte ein Ballkleid, und die Sache bekam etwas Abgeschmacktes. Auf jeden Fall, fuhr Dr. Celentano fort, seien gewisse Opfer unumgänglich, um die Fahrt zum Mond reine Routine werden zu lassen. »Wir wollen nicht nur Astronauten hinaufschicken. Wir wollen die besten Wissenschaftler, Mediziner, Astronomen, Geologen hinschicken. Die erste Weltraumstation wird beispielsweise sie aufnehmen, nicht Piloten.« Da fragte ich ihn, warum man denn nicht bei der ersten Expedition zwei Astronauten und einen Wissenschaftler schicken würde, anstatt drei Astronauten, und Dr. Celentano gab mir folgende Antwort: »Wissenschaftler? Jetzt?!? Die Apollokapsel ist doch ein völlig unsicheres, primitives Ding und gefährlich: Nur noch die Karavellen von Kolumbus waren so gefährlich wie die Apollokapsel. Wir würden ja risikieren, sie zu verlieren, unsere Wissenschaftler. Wir können sie doch erst fahren lassen, wenn wir absolut sicher sind, daß sie überleben, nicht wahr?« Und die Astronauten, Doktor? Brauchen sie diese Sicherheit nicht? »Die Astronauten ... Meine Liebe, prägen Sie sich das ein: Die Astronauten sind nichts als Gladiatoren, die Gladiatoren der Raumfahrt. Und Gladiatoren schickt man in den Tod.«

Das war seine Antwort. Und ausgerechnet da stoppte die Blondine vor unserm Tisch, um die Serie der Negligés zu eröffnen. Ihr Negligé war schwarz, überaus durchsichtig. Darunter trug sie einen Mini-BH und einen Mini-Slip, darüber eben das Negligé, ebenso unsichtbar wie ihr Schamgefühl. Die Blondine fixierte Dr. Celentano mit dem Ausdruck, okay, bist mein Typ, bis heute abend also, und piepste mit ihrer Hühnchenstimme: »Nur zweiundzwanzig Dollar und fünfzehn Cents.« Dann zog sie ganz, ganz langsam ihr Negligé aus und entblößte den blassen, von der Kälte der Klimaanlage bläulich angelaufenen Körper. Der BH war mehr als knapp für ihren überbordenden Busen. Der Slip war winzig und hatte in der Leistengegend ein schönes rotes Herz. Dr. Celentano klapperte hingerissen mit den Wimpern.

Nichts weiter als Gladiatoren, meine Liebe. Die Gladiatoren der Raumfahrt. Und Gladiatoren schickt man in den Tod.

6. Kapitel

Der Hubschrauber flog in dem feinen silbrigen Staub dahin, und unter mir dehnte sich die Stadt aus, eintönig, ohne Anfang und Ende. Kleine Villen, aneinandergereiht wie Zellen in einem Bienenstock. Swimmingpools mit glitzerndem blauen Wasser. Endlose, schnurgerade Straßen. Berge, zerschnitten, gekappt oder zu Würfeln zurechtgestutzt. Rollende Autokolonnen. Autoparkplätze. Autofriedhöfe. Und im Westen der rauhe, aufgewühlte Ozean. Ich wurde es bald leid hinauszuschauen, öffnete das Paket, das ich bei mir hatte, und nahm vier durchsichtige Beutel heraus – auf den ersten Blick sahen sie aus wie vier Babyfläschchen. Der erste enthielt ein grünes Pulver, fast wie Puder. Der zweite enthielt trockene Brösel, fast wie Sand. Der dritte enthielt helle, harte Steinchen, fast wie Kies. Der vierte enthielt leichte gelbe Fäden, fast wie Haare. Mit ratlosen Fingern betastete ich die Dinge und versuchte mich zu überzeugen, daß diese Haare Spaghetti waren, dieser Kies Hummer, dieser Sand Brot und dieser Puder Suppe. Die Spaghetti, der Hummer, das Brot und die Suppe, die die Astronauten auf der Hin- und Rückfahrt zum Mond essen werden. Die Weltraumgerichte, das Essen unserer Zukunft. Die Speisen, von denen wir uns auf dem Mars, auf der Venus und wo immer wir unsere Zelte aufschlagen, ernähren werden, Vater.

Das hatte mir nach jenem denkwürdigen Essen im Tahitian Village ein anderer Mediziner der North American gegeben, ein Ernährungsfachmann. Und was noch schlimmer ist, er hatte mich davon kosten lassen, um mir zu beweisen, daß theoretisch die Weltraumnahrung tatsächlich aus dem zusammengesetzt ist, was wir auf diesem Planeten essen – praktisch aber ist es eine große Schweinerei. Erst gekocht wie normales Essen, dann dehydriert und im Sublimationsverfahren tiefgekühlt, schließlich pulverisiert und zerstückelt, als wäre es für ein Kleinkind oder einen Mümmelgreis, so wird das Ganze, nunmehr auf ein Zehntel seines ursprünglichen Gewichtes reduziert, in die durchsichtigen Beutel abgefüllt, die äußerst platzsparend und nahezu gewichtslos sind. Es sei mir ja gewiß nicht unbekannt, meinte der Diätetikspezialist, daß die Ernährung der Astronauten mit Tabletten nicht ratsam sei. Der Sublimationsprozeß löste also manches Problem: In einer Schachtel von der Größe eines Schuhkartons hatte das Essen von drei Männern für zwei Wochen Platz. Äußerst abwechslungsreiche, üppige Menüs, gab es doch auch Beefsteaks, Kartoffelpüree, Geflügelsalat, grüne Bohnen, Früchte, Käse, Orangensaft, Limonade, Schokolade, Milch, Milchkaffee, Kaffee, nur Wein fehlte, weil Alkohol wie auch Tabak und Frauen während der Fahrt zum Mond verbotener Luxus sind. Ich verstehe, Herr Doktor. Aber wie ißt und trinkt man denn dieses Zeug? Der gute Mann hatte mich erstaunt angesehen: Wie denn, konnte ich mir das wirklich nicht vorstellen? Man nahm einfach etwas Wasser, füllte es mit einer Spritze in den Beutel, schüttelte, knetete und mischte das Ganze gut durch, und in wenigen Minuten war das Essen an Volumen und Konsistenz wieder normal. Die Suppe wurde Suppe, das Brot Brot, der Hummer Hummer, die Spaghetti Spaghetti. Und dann? Und dann nahm man den Beutel in den Mund und sog, genau wie ein Säugling. Und dann? Und dann kauen, zum Donnerwetter, sonst gerate mir ja alles in die falsche Kehle! Schnell! Wasser! Die Lunge voll dehydrierten und rehydrierten Hummers, die Augen aufgerissen und das Gesicht dunkelrot angelaufen, hustete ich dem guten Mann meine ganze Unerfahrenheit in Weltraumdingen an den Kopf, und: ja, ob ich denn nicht begreife, daß es unmöglich ist, mit Messer und Gabel zu essen? Ohne Schwerkraft fängt doch auch das Essen zu fliegen an, fliegt umher und läßt sich an den unmöglichsten Örtlichkeiten wieder nieder: Was würde geschehen, wenn der Astronaut die Erbsen wie Fliegen verscheuchen müßte? Wenn ein *Spaghetto al sugo* auf dem Elektronenrechner landete? Ja, Herr Doktor, gewiß, Herr Doktor. Als der Hustenanfall vorbei war, hatte ich ihn um die Beutelchen gebeten, die ich jetzt betrachtete und dabei an das Gesicht dachte, das du machen würdest, Vater, wenn ich sie dir bringe: »Die Menschen sind verrückt, total verrückt! Ist doch nicht möglich, daß du dich für solche Beweise von Verrücktheit noch begeistern kannst?«

Ich machte das Paket wieder zu und schnallte die Sicherheitsgurte an. Der Hubschrauber landete auf dem Gelände der Garrett, der Firma, die die Kontrollsysteme der Raumkapseln fabriziert, einfacher ausgedrückt: die Instrumente, die den Astronauten das Leben ermöglichen. Also Heizungs- und Klima-, Lüftungs- und Entsorgungs-, Druckausgleichs- und Feuchtigkeitsmeßanlagen, kurz, alles, was unentbehrlich ist, um im Innern der Kapsel und des Raumanzuges eine irdische Atmosphäre zu schaffen, wie mir der finster dreinblickende Vertreter des Managements später sagte. Dieser finster dreinblickende Manager erwartete mich am Eingang. Vor allem, sagte er mit einem Gesicht, als gäbe er Gott weiß was für eine Weisheit von sich, vor allem müsse ich wissen, wer Cliff Garrett sei: ein großer Mann. Niemand anderes als Cliff Garrett hatte die Garrett-Werke gegründet, Bahnbrecher auf dem Gebiet der Luft- und Raumfahrtindustrie. Niemand anderem als Garrett war es zu danken, wenn bis jetzt kein einziger Astronaut der USA ums Leben gekommen war. Das einmal klargestellt, bereitete ich mich seelisch darauf vor, das neueste Wunder von Garrett zu sehen: das System, das Schweiß und Urin in reines Trinkwasser umwandelt. Ich sollte diese Anlage aus Röhren und Kugeln nur genau beobachten: Jawohl, sie sei es, die Schweiß und Urin in reines Trinkwasser umwandle. Natürlich verlor er keine Zeit damit, mir die Funktionsweise zu erläutern: Ich hätte ja doch nichts kapiert, er merke sofort in einer halben Sekunde, ob ein Besucher etwas von Technik verstand oder nicht. Ich könne mich infolgedessen darauf beschränken, ihm meinerseits ein paar Fragen zu beantworten. Und er zeigte mit seinem Zeigefinger auf mich.

»Woraus besteht der Treibstoff für Raumflüge?«

»Aus flüssigem Sauerstoff und Wasserstoff, Sir.«

»Was ist der Nachteil dieses Treibstoffes?«

»Das Gewicht, Sir.«

»Das Problem Nummer eins für einen Astronauten?«

»Das Gewicht, Sir.«

»Warum führt ein Raumschiff kein Wasser an Bord?«

»Wegen des Gewichts, und weil es mit Hilfe des Treibstoffs herstellbar ist, Sir.«

»Was passiert, wenn die Kapsel sich nicht mehr mit Treibstoff, sondern nur noch aufgrund des eigenen Beharrungsvermögens bewegt?«

»Dann fehlt auch das Wasser, Sir.«

»Und wie beschafft man sich dann Trinkwasser?«

»Indem man schwitzt und uriniert, Sir.«

»Sehr richtig. Dieses komplizierte System hier dient zu nichts anderem: Es filtriert, destilliert, depuriert und refrigeriert Schweiß und Urin, die auf diese Weise zu absolut reinem Wasser werden – sehr viel reiner und hygienischer als das Wasser, das wir zu Hause verwenden. Übrigens, was ist das für Wasser, das wir normalerweise trinken? Es ist Wasser vom Himmel, Wasser aus dem Meer, unsauberes und von der Natur gereinigtes Wasser. Die Natur macht im Grunde nichts anderes, als was wir hier machen.«

»Ein Plagiat, Sir.«

»Wie meinen Sie?!?«

»Ich meine, solche Sparsamkeit ist höchst lobenswert, Sir. Wenn ich nicht irre, ist dies das erstemal in der Geschichte der Vereinigten Staaten von Amerika, daß nichts vergeudet wird, Sir. Verzeihen Sie vielmals, Sir, aber... und... mit dem Rest... Was ist damit?«

»Mit dem Rest?!? Welchem Rest?«

»Nun... eben... ja... dem Rest, Sir. Ich weiß nicht, wie ich es ausdrücken soll. Ich meine... ich will sagen, diese drei Männer trinken ja nicht nur. Sie essen doch auch. Gemüse, Fleisch, Spaghetti – was wird damit?«

Der Manager war zwar ein Angeber, aber im großen ganzen wohlerzogen. Und vielleicht auch schüchtern, Frauen gegenüber. Jedenfalls errötete er heftig und sah mich in peinlichster Verlegenheit an. Ich mußte ihm wiederholt zureden, es sei doch weiter nichts dabei: schließlich müssen wir alle auf die Toilette, du meine Güte, und dies unterstrich nur die

Kompliziertheit des Fluges. Keine falschen Hemmungen also. Wurde auch das übrige filtriert, destilliert, depuriert, refrigeriert und in etwas Genießbares umgewandelt? Mühsam schluckte der Manager, seufzte und gestand:

»Nein. Wir haben daran gedacht. Wir haben es probiert. Aber die Sache scheint unmöglich: wenigstens jetzt. Und das ist ein großes Problem: In der Apollokapsel gibt es selbstverständlich eine Toilette, aber was geschieht mit den Abfällen? Treibstoff zu verschwenden, um sie einzuäschern, wäre verrückt, denn jeder Tropfen ist bitter nötig. Sie fortzuwerfen, ist technisch recht schwierig: Sie wissen ja, daß alles, was von einem fliegenden Objekt ausgestoßen wird, mit derselben Geschwindigkeit wie das Objekt weiterfliegt. Um das loszuwerden, müßte man also beschleunigen, also wiederum ein Treibstoffverschleiß. Was tun?«

»Tja. Was tun?«

»Die einen schlagen als Lösung eine flüssige Diät vor, die aber nicht zu einer Atrophie des Darms führen darf. Dazu werden Experimente in einem Gefängnis in San Francisco durchgeführt, und die Freiwilligen, die sich ihm unterziehen, sind bei bester Gesundheit. Allerdings gibt's ein Problem dabei: Sie kauen ununterbrochen. Sie kauen alles, was sie finden, und wenn sie nichts finden, zerbeißen sie ihre Kleider und Schuhe. Die Astronauten haben freilich mehr Willenskraft, sagt man: wenn aber doch nicht? Wenn sie anfingen, an ihren Raumanzügen zu knabbern? Das wäre das Ende: dann doch lieber solide Nahrung. Aber die Abfälle!«

»Tja, was tun damit?«

»Andere meinen: Lassen wir sie einfach auf dem Mond. Hm. Ich mag es falsch sehen, aber mir kommt das unanständig und unhöflich vor: Der Mond ist schließlich keine Toilette. Abgesehen davon, daß diese Ungezogenheit eine Gefahr in sich birgt: nämlich hierbei den Mond zu verseuchen! Und eins der Hauptanliegen Garretts ist es eben, den Mond nicht zu verseuchen.«

»Den Mond nicht zu verseuchen?!?«

»Ja. Folgen Sie mir, bitte.«

Cleaning Room heißt er, Reinigungsstelle, und beim Betreten muß man einen Plastikanzug, Plastikschuhe und Plastikhandschuhe anziehen, dann durch einen Korridor, der einen mit Wasser abspritzt und jedes, aber auch jedes Härchen und Stäubchen absaugt. Drinnen herrscht eine große Stille, und in dieser Stille arbeiten weiße Phantasmen, die Körper in Plastikanzügen, die Füße in Plastikschuhen, die Hände in Plastikhandschuhen, das Haar unter Plastikhauben, die Frauen wie die Männer, die Jungen wie die Alten, die Hübschen wie die Häßlichen, einer neben dem andern, sie sehen alle gleich aus. Das Reinigungspersonal reinigt mit speziellen Substanzen die verschiedenen Sektionen, aus denen das Raumschiff bestehen wird, und leitet sie zum Sterilisieren in einen anderen Raum weiter, so daß jede Mikrobe, jede Infektionsgefahr ausgeschaltet wird und mit ihr die seltsamste Sorge des Menschen der Raumfahrtära: die Kontamination des Mondes und der anderen Planeten. Der Mann, der sich darum kümmert, trägt einen italienischen Namen: Er heißt Orsini. Er ist in Florenz geboren und promovierte dort in Biologie: lang is's her. Jetzt ist er sechzig, und Falten durchziehen sein Gesicht wie Narben.

»Den Mond kontaminieren, Herr Professor?«

»Das ist durchaus möglich. Nehmen wir einmal den absurden Fall an, der Mond wäre ein Museum von Spuren des Lebens, er bewahre unversehrt irgend etwas auf, das durch Jahrmillionen überlebt hat. Etwas, das sich bewegt, das atmet, eine Flechte, ein Same, eine Spore, zehn Flechten, zehn Samen, zehn Sporen ... Haben wir nicht auch Bakterien in Salzelementen gefunden, die 180 Millionen Jahre alt waren? Also: Was geschieht, wenn ein Raumschiff auf dem Mond landet und dabei Milliarden von Mikroorganismen mit sich schleppt, denen es bei uns gutgeht? Die Außenseite des Fahrzeugs ist zwar durch die Hitze beim Flug durch die Atmosphäre sterilisiert, das Innere jedoch nicht: und schon sind die paar Flechten, die paar Samen, die paar Sporen, ja diese einzige Flechte, dieser einzige Same, diese einzige Spore kontaminiert und umgebracht. Daher die Sterilisation jedes Instrumentes, ein schwacher Versuch, den Mond und die andern Planeten nicht zu infizieren.«

»Ein schwacher Versuch, Herr Professor?«

»Mehr als schwach, vielleicht sogar nutzlos. Denn, sehen Sie, Instrumente zu sterilisieren ist kinderleicht, Menschen zu sterilisieren aber unmöglich: vor allem deshalb, weil die

Bakterien, die Mikroben, die tausend Gifte im Körper des Menschen für seine Gesundheit unerläßlich sind. So landet er denn mitsamt diesen tausend Giften, und schon sein erster Atemzug ist eine tödliche Gefahr für andere Formen des Lebens. Wir sterilisieren und sterilisieren, aber der Himmel verhüte, daß auf dem Mond Leben ist, denn wir würden es mit Sicherheit vernichten.«

»Und wenn der Mond uns ansteckte, Herr Professor?«

»Auch das ist möglich. Wir sterilisieren die Apparaturen, wenn sie starten, nicht aber, wenn sie zurückkommen. Wir sterilisieren die Raumanzüge, wenn die Astronauten sie anziehen, nicht aber, wenn sie sie ausziehen. Auf diese Weise können alle Gifte und Mikroorganismen, die auf dem Mars, auf der Venus und ... ja, wer weiß, auf dem Mond lebenserhaltend sein mögen, der Erde zum Verhängnis werden, sie zerstören. Die Gefahr besteht auf beiden Seiten.«

Ich dachte an dich, Vater, mit einem gewissen Schuldgefühl und etwas beschämt. Bradburys Gebet war in diesem Augenblick so weit von mir weg: begraben unter deinem stillen Vorwurf. Wenn du bei mir gewesen wärst, hätte ich dich um Verzeihung gebeten. Oder um Hilfe. Doch du warst nicht da: Unglaublich, wie einem die andern immer dann fehlen, wenn man sie am dringendsten braucht. Man verbringt Tage, Monate, ganze Jahre mit jemandem, dem man nichts zu sagen hat, und in dem Augenblick, da man ihm etwas zu sagen hätte, und wäre es nur »verzeih« oder »hilf«, ist er nicht da, und man ist allein. Ich setzte also meine Besichtigung fort, betrat die Hallen, in denen die glücklichsten Arbeiter der Welt, die Arbeiter von Garrett, am Werk sind, und mir war, als sei ich an einem absurden Verbrechen, an einem sinnlosen Mord beteiligt. Bei Garret ist alles vollautomatisch. Auf bequemen Stühlen sitzend, starrten die Arbeiter reglos in den Rhythmus der Mechanik von Hebeln, Kolben, Eisenteilen, mit hängenden Armen wie Ärmel eines Hemdes auf der Wäscheleine, mit deprimierten Gesichtern, in denen deprimierte, weiße Zigaretten hingen. Du gingst an ihnen vorüber, und sie sahen dich nicht, du sprachst sie an, und sie hörten dich nicht. Jeden einzelnen hättest du anschreien mögen: Beweg dich, wach auf, mach was – laß dich nicht dermaßen einlullen! Du hast doch zwei Hände und zehn Finger und ein Gehirn, nimm sie doch, zeig dieser horrenden Maschine, daß du nicht dümmer bist als sie, schlag sie in Stücke, mach sie kaputt! Du hast es aber nicht geschrien, du gingst weiter: hast sie ihrem falschen Wohlstand, ihrer falschen Zivilisation überlassen, die den Maschinen das Leben weiht und den Menschen den Schlaf. Gleich würde ihr »Arbeitstag« aufhören, die Sirenen würden zur Erlösung aus der gläsernen Starre aufheulen, und wie Gespenster würdest du sie weggehen sehen, wie sie sich scharenweise zu den Toren begeben, in die hübschen Autos steigen, ein jeder zu seinem Glas Whisky, seinem Beefsteak, seinem Fernseher. Gebt mir einen Whisky, ein Beefsteak, einen Fernseher, und ich will gern ein Sklave sein. Wirklich, nichts ist schwieriger als die Freiheit – die Freiheit, sich etwas abzuverlangen, die Freiheit, nicht wie ein Toter zu leben.

Allmählich starb auch ich. Auch ich gliederte mich, allmählich, in diese Herde der Roboter ein. Ganz wenige Tage hatten genügt, mich einzugewöhnen, mich zu korrumpieren: Um fünf Uhr, wenn die anderen mit der Arbeit aufhörten, überfiel mich die Müdigkeit, und ich war außerstande, diese gehorsame Trägheit abzuschütteln. Wie die anderen sehnte ich mich nach einem Drink, nach geistiger und körperlicher Entspannung bei irgendeinem Programm im Fernsehen, diesem armseligen kleinen Gott, der dir die Welt ins Haus bringt wie ein Postbote, und das Abendessen wurde zu einer animalischen Verheißung. Die NASA, die Raumfahrtbehörde, organisierte meine Interviews und stellte mir einen Helikopter zur Verfügung. Den Hubschrauber anstelle des Wagens zu benützen war mir bereits selbstverständlich geworden, und wenn ich mal bis zum Startplatz ein Stück zu Fuß zu gehen hatte, fühlte ich mich schon hintergangen, und wenn der Motor nicht bereits lief, wenn ich ankam, fühlte ich mich schon beleidigt. Dieses Kreisen der Propellerblätter, bei dem mir am ersten Tag der Gedanke an eine große Guillotine gekommen war, surrte mir nunmehr vertraut in den Ohren: Lässig saß ich hinter dem Piloten, lässig stieg ich am Pico Boulevard in Santa Monica aus. Der Sitz der NASA war am Pico Boulevard in Santa Monica, und das Pressebüro wurde von zwei früheren Marineoffizieren geleitet: Stan Miller und Bob Button. Beim Landen des Helikopters kamen mir Stan und Bob entgegen und nahmen mich mit zu einem Drink in die Bar gegenüber, wo wir dann ganz schlapp herumsaßen, als hätten wir Gott weiß was für Anstrengungen hinter uns, als hätten nicht die Maschinen für uns gearbeitet. Für die Aufnahme meiner Interviews hatte ich ein Tonbandgerät, zum Ablichten von Schriftstücken gab es Fotokopierer, zum Laufen waren die Räder da. Wir aber saßen ganz schlapp herum, um nicht zuviel zu sagen, wie die Alten an Winterabenden, wenn sie um das Kaminfeuer herumsitzen und Kastanien essen, und nur mit größter Mühe standen wir wieder auf, um nach Hause oder ins Hotel zu gehen. Ins Hotel begleitete mich gewöhnlich Bob. An diesem Abend jedenfalls war es Bob.

Es war ein melancholischer, lauer Abend, einer von denen, derentwegen man die Erde liebt. Der Wagen glitt unter den Palmen des Wilshire Boulevard dahin, und die Luft, die durch die Fenster hereinkam, strich sanft über Augen und Haar. Plötzlich wandte ich mich Bob zu, und – vielleicht wegen dieses verängstigten Gesichtchens, dieses etwas englisch anmutenden Chaplin-Schnurrbärtchens – gestand ich ihm meine Unsicherheit, überzeugt, er würde mich verstehen.

»Sag mal, Bob: Findest du es wirklich nötig, zum Mond zu fliegen?«

»Wie bitte?!?« rief Bob erschrocken aus.

»Ja doch: Warum zum Teufel sollen wir auf den Mond?«

»Und warum zum Teufel sollen wir nicht?« gab Bob ganz empört zurück.

»Ich weiß nicht. Diese dehydrierte Nahrung, dieses Wasser da aus Urin. Diese Angst, den Mond zu kontaminieren und von ihm kontaminiert zu werden ... Ich weiß nicht.«

»Ich glaubte immer, die Idee gefällt dir«, bemerkte Bob, der immer empörter wurde.

»Sie gefiel mir, sie gefällt mir: Aber heute habe ich Dinge gesehen, die mich betroffen gemacht haben. Weißt du, wie Kinder, die mit Strom herumspielen, um zu sehen, wie das funktioniert, und dann einen Schlag bekommen.«

»Neulich«, sagte Bob versöhnlich, »habe ich einen Artikel von Arthur Clarke gelesen. Er erklärt, daß der größte Teil der menschlichen Energie in der Weltgeschichte darauf verwendet worden ist, Dinge von einem Punkt zu einem andern zu transportieren. Kaum ist etwas an einem Punkt, transportiert es der Mensch an einen andern. Auch sich selber: Immer bewegt er sich woandershin. Bewegung ist uns angeboren: immer schneller bewegen ebenfalls. Jahrtausende, sagt Clarke, haben wir uns mit zwei bis drei Meilen pro Stunde fortbewegt: die Geschwindigkeit eines Menschen zu Fuß. Jahrhunderte haben wir uns mit zehn Meilen pro Stunde fortbewegt: die Geschwindigkeit einer Kutsche. Heute bewegen wir uns mit 25 000 Meilen pro Stunde fort: die Geschwindigkeit der Saturn. Um uns in diesem Tempo fortzubewegen, genügt uns nun die Erde nicht mehr, sie ist zu klein. Der nötige Platz fehlt, verstehst du? Reicht nicht mehr. Also muß man zu den anderen Planeten und zunächst mal zum Mond.«

»Als Schlußfolgerung erscheint mir das reichlich absurd.«

»Mir erscheint es logisch.«

»Logik reicht mir nicht, wenn etwas unnütz ist.«

»Unnütz! Auch das erste Flugzeug der Brüder Wright wurde als unnütz bezeichnet. Es hieß, nie würde jemand so was benutzen. Und dabei benutze ich es jeden Tag.«

»Wohnst du so weit weg, Bob?«

»O nein, nur eine halbe Stunde von hier!«

»Ja, wieso fliegst du dann jeden Tag?«

»Einfach so. Weil es mir Spaß macht. Ohne besonderen Grund.«

»Ohne besonderen Grund?«

»Ja. Um von einem Punkt zum andern zu kommen. Und das möglichst schnell.«

Da kam mir die Geschichte in den Sinn, die du mir als Kind erzähltest, Vater. Und ich erzählte sie Bob. Allerdings nicht die ganze, nur das Ende. Da kommt ein Mann vor, erinnerst du dich, ein böser Mann vielleicht, vielleicht auch bloß dumm, und der lief um einen Baum herum. Schnell und immer schneller. Zuletzt lief er so schnell, daß er mit der Nase gegen seinen eigenen Rücken stieß und sie sich blutig schlug.

Bob war gekränkt und ließ mich tags darauf ohne Hubschrauber. Ich erinnere mich genau an meine Verzweiflung, Vater. Die Verzweiflung eines Menschen, der plötzlich ohne elektrisches Licht ist und eine Kerze anzünden muß.

»Bob, du bist ja übergeschnappt. Wie komme ich dorthin?!?«

»Mit dem Taxi. Mit dem Fahrrad. Zu Fuß. Ohne zu rennen. Sonst riskierst du, dir die Nase blutig zu schlagen.«

»Mit dem Taxi, bis dahin? Du machst wohl Witze?«

»Mit dem Taxi brauchst du eine Stunde, anderthalb Stunden, neunzig Minuten. Was sind neunzig Minuten angesichts der Ewigkeit? Was soll dieses immer eiligere Weiter, bis man nicht mehr weiß, wohin?«

Ich nahm ein Taxi, Vater. Und nie ist mir ein Fahrzeug langsamer erschienen als dieses Taxi, das in einer Stunde und zehn Minuten, siebzig Minuten also, die Straße nach Redondo Beach entlangflitzte. Jahrelang, mein ganzes Leben, hatte ich ohne Helikopter gelebt – nun aber hatte ich Blut geleckt und konnte nicht mehr ohne ihn sein, das Auto war mir bereits zu langsam und unbequem. Ich kam nicht vorwärts, ich langweilte mich, es war wie zu Großvaters Zeiten, als man im Morgengrauen in die Kutsche stieg, um von Florenz nach Mercatale – kaum dreißig Kilometer – zu kommen, und erst am Nachmittag dort war. Es fehlte nicht mehr viel, und auch ich würde anfangen, um einen Baum herumzulaufen, immer schneller und schneller, bis ich mir die Nase an meinem eigenen Rücken blutig schlug. Kennst du die Erzählung von Bradbury ›Sie waren braun mit goldenen Augen‹? Die Geschichte von den Leuten, die auf den Mars auswandern und, nachdem ihr Proviant von der Erde alle ist, das essen, was auf dem Mars wächst? Bei ihrer Landung waren sie weiß und hatten blaue, braune oder schwarze Augen. Durch diese Nahrung werden sie braun und haben goldene Augen. Nur einer ist blauäugig geblieben, einer, der, wie ich, von Zweifeln und Bedenken hin und her gerissen wird, der bald will und bald nicht will, und der sich am Ende entschließt, seine Rakete zu reparieren und auf die Erde zurückzukehren. Dann aber, nach und nach, vergeht ihm die Lust, die Rakete zu reparieren, nach und nach beginnt er von den Speisen der andern zu essen, und eines Morgens steht er auf, schaut in den Spiegel, und da ist seine Haut braun, seine Augen sind golden, und er ist wie die andern ein Marsmensch geworden.

7. Kapitel

Vor allen Dingen war es kein Hotel. Es war ein Motel. Ein Hotel also für den Menschen und das Auto. Besser gesagt, für den Autofahrer und sein Auto.

»Ich habe aber gar kein Auto«, sagte ich. »Also brauche ich kein Motel. Ich verstehe gar nicht, warum man für mich in einem Motel reserviert hat.«

»Hier sind alle Hotels Motels«, knurrte ein Typ, der wie Jack Ruby aussah. Dann warf er mir verächtlich den Schlüssel irgendeines Zimmers hin.

»O.k. Können Sie mir bitte die Koffer aufs Zimmer bringen lassen?«

»Wenn Sie die Koffer aufs Zimmer haben wollen, kann ich Ihnen sagen, was Sie tun müssen. Sie holen sie und nehmen sie mit«, knurrte der Typ, der wie Jack Ruby aussah.

»O.k. Kann ich vor dem Schlafengehen eine Tasse Tee haben?«

»Wenn Sie Tee wollen, kann ich Ihnen sagen, was Sie tun müssen. Sie stecken Geld in den Automaten und trinken Ihren Tee«, knurrte der Typ, der wie Jack Ruby aussah.

»O.k.«, sagte ich und nahm den Schlüssel. Und sprang entsetzt zurück: Einen Moment hatte ich geglaubt, er wolle auf mich schießen. Er hielt mir jedoch bloß einen Kugelschreiber hin.

»Acht Dollar und 95 Cents pro Nacht. Ohne Frühstück und Bedienung. Unterschreiben Sie hier.«

Was machst du um ein Uhr nachts, nach vierstündiger Fahrt, wenn all diese Augen dich feindselig anstarren und du, wenn du hinausgehst, nichts als Nacht und Einöde findest? Du bist in Texas, mein Lieber, dort, wo sie John Kennedy ermordet haben. Dort, wo die Schulkinder riefen: »Hurra, er ist tot! Wir sind frei, er ist tot!« Du bist in Houston, mein Lieber. Und Dallas ist nicht weit von hier. Dreihundert Meilen, sagen wir. Dreihundert Meilen Stupidität und Gewalt, Rassismus und Beschränktheit. Was machst du da? Du unterschreibst und bist still. Dann nimmst du deine Koffer, gehst auf dein Zimmer und schließt zu. Da fühlst du dich wenigstens in Sicherheit. Habe ich in Sicherheit gesagt? Das war ein Scherz, Vater. Erstens gehen die Zimmer in einem Motel direkt auf die Straße: wie Geschäfte. Jeder, der vorbeigeht, kann hereinkommen und dich umbringen. Bestenfalls entführen. Allerbestenfalls bestehlen. Zweitens ist die Wand zur Straße keine Mauer: sondern eine Glasscheibe. Unzerbrechlich, wie man beteuert. Ich habe aber etliche zerbrochene gesehen. Drittens gibt es zwischen dieser Scheibe und deiner Nervosität nur einen Vorhang. Wenn du ihn vergißt zuzuziehen, kann jeder dir beim Ausziehen und Waschen zusehen. Im Bad befinden sich nämlich nur die Wanne und die Dusche, das Waschbecken hingegen ist im Zimmer. Habe ich Zimmer gesagt? Das war ein Scherz, Vater. Es handelt sich nicht um ein Zimmer, weißt du, sondern um eine automatische Zelle, ausgerüstet mit einem Fernseher, einem Stuhl, einem Tischchen, einem Sofa und zig Knöpfen, bei denen du nicht weißt, wozu sie da sind. Um die Lampe auszumachen? Nein, um eine andere anzumachen. Um das Radio abzustellen? Nein, um es lauter zu stellen. Um die Klimaanlage abzudrehen? Nein, um sie aufzudrehen. Um nach dem Typen zu klingeln, der wie Jack Ruby aussieht? Nein, um Kaffee zu machen. Als Ausgleich dafür liegen überall Streichhölzer herum, ebenso Prospekte, die dich mit der enormen Entwicklung dieser Motels trösten, sowie einige Läppchen mit dem Aufdruck: »Saubere Schuhe? Bediene dich.« Schön, aber das Bett, wo ist das Bett? Irritiert, aber hoffnungsvoll suchst du es an den Wänden oder an der Decke, gibst schließlich auf und willst dich angezogen auf dem Sofa ausstrecken, da klopft es an die Glastür.

»Wer ist da?«

»Das Bett.«

Vorsichtig schiebst du den Vorhang beiseite. Ein schwarzes Gesicht blickt dich aus einer Kellnerjacke an.

»Sie bringen mir das Bett?«

»Machen Sie doch auf.«

Du machst ihm auf, und er kommt herein. Gravitätisch und mit Verachtung drückt er auf einen Knopf. Sofort wächst das Sofa in die Länge, in die Breite, et voilà: dein Bett.

»Oh, danke! Sehr freundlich, vielen Dank!«

»Trinkgeld, bitte.«

»Wie meinen Sie?«

»Trinkgeld, hab' ich gesagt. TRINKGELD. Trinkgeld.«

Seine rosige Handfläche streckt sich dir drohend entgegen.

»Oh, gewiß! Gewiß!« Du gibst ihm einen halben Dollar.

»Ist das alles?« Die rosige Handfläche bleibt ausgestreckt mit dem halben Dollar wie ein Tablett.

»O.k.« Du gibst ihm noch einen halben Dollar.

»Nacht.« Er steckt den Dollar ein, ohne Dankeschön, und geht. Du fällst erschöpft aufs Bett und schläfst auf der Stelle ein.

Du schläfst. Und es ist vielleicht drei Uhr früh, da geschieht etwas Grauenvolles. Das Bett, das ein Bett zu sein schien, ist kein Bett mehr: sondern ein lebendes Ungeheuer, das sich aufbäumt, bückt, dreht, dich durchrüttelt, auf dich einschlägt, mit dir spricht! Spricht? Im Schlaf hast du wohl auf einen Knopf gedrückt: den für Massage. Und da hat es mit der Massage angefangen. Dabei hast du wohl wiederum auf einen Knopf gedrückt: denjenigen zum Einschlafen. Und da hat es aufgehört mit dem Rütteln und Schütteln und hat zu reden begonnen. Und sagt zu dir, mein Gott, sagt zu dir: »Schlaf doch. Warum bist du aufgewacht? Du bist doch müde. Schlaf doch.« Worauf du losbrüllst, halb verrückt vor Angst, und die Finger ausstreckst und auf alle Knöpfe drückst, den Warmluftknopf, den Kaltluftknopf, den Radioknopf, den Fernsehknopf, den Massageknopf, den Knopf für alle Knöpfe, bis alle kaputt sind und das Radio ausgeht, der Fernseher ausgeht, die Klimaanlage ausgeht, das Bett wieder ein Bett wird, welches stillsteht und schweigt. Lieber Gott, ich danke dir, stammelst du. Und im selben Moment erinnerst du dich, atemlos und schweißüberströmt, daß du geschrien hast, und voller Scham horchst du, stehst auf, gehst auf Zehenspitzen zum Vorhang, schiebst ihn sachte, sachte zurück, weil du glaubst, die ganze Stadt sei auf dein Gebrüll herbeigelaufen, du vergehst vor Scham. Aber deine Augen starren umsonst in die Dunkelheit. Da ist niemand auf dem Bürgersteig. Auch nicht gegenüber. Nirgends ist jemand: Du bist ganz allein. Allein mit deinen Knöpfen, dem Warmluftknopf, dem Kaltluftknopf, dem Radioknopf, dem Fernsehknopf, dem Massageknopf, dem Knopf für alle Knöpfe, und diese ganze Stadt der Knöpfe ignoriert dich.

Es war Nacht, als ich euch anrief, Vater. Meine Müdigkeit war verflogen, und in Italien war es seit vielen Stunden Tag. Ich fragte die Telefonistin, ob ich lange würde warten müssen, und sie sagte: Eine Sekunde, dann machte es im Hörer tuu-tuu, und meinen Ohren war's süße Musik: Mutters Stimme, die schrie: »Hallo, wo bist du?«

»In Texas, Mama. Wo die Astronauten sind.«

»Oh, die armen Jungs! Hast du sie gesehen?«

»Noch nicht. Ich bin eben erst angekommen, Mutter. Bin in einem Motel.«

»Oh, wie ich dich beneide! Sag, ist es schön dort?«

»Wunderschön, Mutter. Großartig.«

»Sicherlich viele Wälder und Weiden.«

»Wunderschöne Wälder und Weiden.«

»Und die Cowboys? Hast du Cowboys gesehen?«

»Natürlich. Eine ganze Menge Cowboys.«

»Wie sind sie? Sag, wie sind sie?«

»Wie im Kino. Mit Sporen an den Stiefeln ... und großem Hut ... und dann reiten sie immerzu.«

»Oh, wie ich dich beneide! Und die vielen Pferde! Du weißt ja, wie ich die Pferde liebe.«

»Ja. Ein Haufen Pferde, hier drüben.«

»Und die Kühe? Ist es wahr, daß es da so viele Kühe hat?«

»Genau. Weiden über Weiden voller Kühe.«

Dann sprach ich mit dir, du warst auf der Jagd gewesen, hattest viel Spaß dabei gehabt, und Texas war dir völlig egal.

»Die Drosseln ziehen in Schwärmen vorüber, droben auf den Hügeln. Schade, daß du nicht hier bist – bei jedem Schuß kommen sie scharenweise herunter.«

»Wo, beim Kirschbaum?«

»Vor allem beim Kirschbaum. Sie fallen über die trockenen Äste her. Ich schieß' soviel, daß mir die Finger davon warm werden. Eine Hundekälte da in der Laubhütte. Und bei euch?«

»Hier ist's heiß, Vater. Eine Höllenhitze – ich habe den Knopf der Klimaanlage kaputtgemacht. Auf Wiedersehen, Pa.«

Wie ich dich beneidete, Vater, während ich auf den Morgen wartete. In der Laubhütte war der Morgen eine bläuliche Tasse mit einem goldenen Ball in der Mitte. Der goldene Ball stieg und stieg und brachte uns den Tag, die Luft duftete nach Gras, die Blätter raschelten in den Liebkosungen des Windes. Die Gewehre an die Schießscharten gelehnt, starrten wir zum Himmel hinauf, in die Zweige, die sich klar vom bläulichen Himmel abhoben, und sprachen kaum vernehmlich miteinander. »Was von links kommt, gehört mir. Was von rechts kommt, gehört dir. Wenn sie im Rudel kommen, schießen wir beide. Eins, zwei, und auf drei schießen wir.«

»Gut, Vater.«

In der Laubhütte am Morgen: zum Zerreißen gespannte Nerven, geschärfte Augen und Ohren. Plötzlich begannen die Lockvögel in den Käfigen mit den Flügeln zu schlagen, dann erklang ihr Lockruf, du flüstertest: »Achtung, sie kommen.« Flink faßte ich nach dem Gewehr, zielte, und schwirrende Pfeile schnellten zuckend heran, um sich im Wipfel des Kirschbaumes niederzulassen. »Eins, zwei... Feuer!« Die Pfeile fielen herunter wie reife Tannzapfen: ein dumpfes, federndes Aufprallen. Dann, im Herzen ein plötzliches Schuldgefühl und zu späte Reue, entlud ich das Gewehr und nahm die leere, rauchende Patrone heraus, lud schweigend neu, in Erwartung des nächsten Schwarmes: ein zartes Erschauern in der Kühle, ein heiteres Warten im Flüstern des Waldes. Ja, in der Morgenfrühe war es schön in der Laubhütte. Hier hingegen war ein graues Licht hinter dem Vorhang, ein grauer Schatten auf dem Bürgersteig, ein Stirnrunzeln: Wer ist es, was will er? Die Pferde, die Kühe, die Weiden, die Cowboys existierten lediglich in meiner Phantasie – ich hatte Mutter lauter Märchen erzählt.

Ich ging hinaus. Bei zurückgezogenen Vorhängen boten die Zimmer des Motels mit ihren ungemachten Betten, zerdrückten Kopfkissen, zusammengeknüllten Handtüchern einen geradezu bordellmäßig obszönen Anblick. Leer und trotzdem lasziv. Du sahst sie ungewollt aus den Augenwinkeln, ahntest die Intimität, die widerlichen Gerüche der morgendlichen Schlafzimmer. Was Houston anbelangt, so war es ein Grab aus Beton und Asphalt, das zum Manned Spacecraft der NASA führte. Die NASA, ein Gebäude voller Militärs in Zivil, das du nur mit einem Ausweis am Revers betreten durftest. Um den zu bekommen, mußtest du tausend Fragen beantworten, zum x-ten Male wiederholen, wer du bist und was du willst, dich gegen Verdächtigungen und Unterstellungen zur Wehr setzen. Mein Zensor leitete das Public-Relations-Büro, hieß Paul Haney, und du bekamst es nicht heraus, ob er es ernst meinte oder Spaß machte, ob er dich wirklich als eine Gefahr betrachtete oder mit dir spielte.

»In Rußland sind Sie also nicht gewesen.«

»Nein, noch nicht.«

»Sonderbar, wie? Warum eigentlich nicht?«

»Aus dem einen oder andern Grund kam das Visum zu spät.«

»Sie hatten also eins beantragt.«

»Ja, natürlich.«

»Und warum hatten Sie es beantragt?«

»Um nach Rußland zu fahren.«

»Und wozu wären Sie nach Rußland gegangen?«

»Um darüber Artikel zu schreiben.«

»Was für Artikel?«

»Artikel.«

»Pro oder contra?«

»Wie soll ich das wissen? Ich bin ja nicht dort gewesen.«

»Ah ja, Sie sind nicht da gewesen.«

»Nein, ich bin nicht da gewesen.«

»Schade, was?«

»Ja, schade.«

»Um so mehr, als Sie als Mitglied der Partei ...«

»Der Partei?!? Welcher Partei?«

»Der Partei.«

»Hören Sie, ich bin in keiner Partei.«

»Tatsächlich?«

»Tatsächlich.«

»In Italien sind viele in einer Partei.«

»Ich aber nicht.«

»Warum nicht? Entschuldigung, ich bin nun mal neugierig.«

»Es paßte mir keine.«

»Aber eine Meinung werden Sie doch haben.«

»Jedenfalls bin ich nicht reaktionär. Und erst recht kein Faschist.«

»Oh! Ah! Eh! Sehen Sie, uns ist das egal. Wir empfangen hier alle, wirklich alle.«

»Warum fragen Sie mich dann das alles?«

»Einfach so. Ich will sagen: Sie könnten auch als Russin und Parteimitglied die Astronauten sehen und hier eingelassen werden.«

»Ich weiß. Ich bin aber keine Russin. Und auch keine Kommunistin.«

»O.k. Ist der Ausweis fertig? Gebt ihn ihr bitte!«

»Danke. Und wie geht's weiter?«

»Wir geben Ihnen einen Begleiter mit, und Sie schauen sich ein bißchen um.«

»Und die Astronauten? Darf ich wissen, wen ich sehen werde?«

»Nein, noch nicht.«

»Ich verstehe. Auf Wiedersehn.« Ich entfernte mich also mit meinem Begleiter und schrieb später in mein Notizbuch: »Die Verabredung mit den Männern, die zum Mond fahren werden, fand in einer Stadt namens Houston statt, im Süden des Staates Texas, zwischen dem 30. Breiten- und dem 95. Längengrad unseres Planeten: Dort wohnen sie in Erwartung der ›Großen Reise‹ in einem Akazienwald. Das Lufttaxi brachte mich um Mitternacht hin. Es war Vollmond, und der war kaum 240 000 Meilen entfernt von uns. Lächerlich, ja absurd, sich vorzustellen, daß vor fünfzig Erdenjahren, als Houston bloß ein Dorf war mit Rinderherden auf den Weiden, die Cowboys dem nahen Satelliten schmachtende Liebeslieder zur Gitarre darbrachten. Kühe und Cowboys sind im Plastikzeitalter ausgestorben, mit ihnen auch andere Formen des Lebens hier wie Pferde, Fliegen und Bäume. Es gibt keine Bäume auf diesem Fleck, den man wohl den wichtigsten Mondstützpunkt der Erde nennen darf. Der einzige verbliebene Wald ist kilometerweit der Wald der Astronauten, und auch er existiert nur noch, damit sie da vor ihrer Abreise ein Maximum an Sauerstoff schöpfen können. Jenseits davon ist die Erde eine kahle Ebene, wo sinnlose Blumen von der Vorgeschichte erzählen. Vorgeschichtliche Spuren finden sich auch in der Altstadt, wo die Wolkenkratzer noch Türen und Fenster haben, die Gebäude Namen tragen und die Menschen ohne Schutzhelm herumlaufen, blind gegenüber der Meteoritengefahr. Doch das dauert nicht mehr lange. In Neu-Houston nämlich tragen die Gebäude Ziffern (Gebäude Nummer eins, Gebäude Nummer zwei, Gebäude Nummer drei), und jedes sieht so aus, wie es sich für eine Stadt der Zukunft gehört. Das heißt, es besteht aus einem großen Würfel oder Parallelepipedon ohne Türen und ohne Fenster: die einen unsichtbar, die anderen überflüssig. Bürgersteige sind abgeschafft; die antike Methode, sich mittels der Füße und Beine fortzubewegen, ist seit Jahrzehnten nicht mehr in Mode, denn wer kein Auto besitzt, ist kein wahrer Mensch. Die Autobesitzer, mit andern Worten die Menschen, tragen stets einen Schutzhelm und einen Plastikausweis mit Fotografie, Name, Vorname, Anschrift, Telefonnummer und dem Namen der Firma, bei der sie angestellt sind. (Jedermann arbeitet für eine Firma, niemand ist selbständig, und nicht zu arbeiten ist überhaupt völlig undenkbar.) Das ist notwendig, nicht nur weil mit Helm alle gleich aussehen und unkenntlich sind, sondern weil jeder überwacht und registriert, wenn nötig zur Ordnung gerufen oder verhaftet werden muß, und zwar durch die lokale Behörde namens NASA: Es ist verboten, die Stadt der Zukunft zu betreten. Verboten ist ferner, den Wald zu betreten, in dem die Männer leben, die früher oder später auf den Mond fahren werden – in grauen, eingeschossigen Häuschen, eins genau wie das andere und eins neben dem andern, wie Zellen eines absurden Klosters. Verboten ist schließlich auch der Trübsinn, der das alles verursacht, das Grauen, die Trauer.« Das scheint mir immer noch das Passendste zu sein, was sich über Houston sagen läßt.

Mein Begleiter war eine Begleiterin, die ich Katherine nennen will, obwohl ihr Name anders lautete. Katherine, gute Pilotin, seit vier Jahren bei der NASA, spiegelte diese Welt wider wie ein klarer See die Wolken: Grauen, Trauer, Melancholie brannten ihr in den Augen wie lange zurückgehaltene Tränen. Sie konnte auf all das nicht mehr verzichten, das war offensichtlich, und trotzdem haßte sie es: mit einem liebevollen, abgründigen Haß. »Setz dir diesen Mist auf«, sagte sie und stülpte sich zärtlich den Helm über. »Sieh dort, wie schauderhaft«, sagte sie und zeigte stolz auf ein Haus. Und alles, was mit der Raumfahrt zu tun hatte und auf die Zukunft hinwies, entlockte ihr einen Wortschwall: Enthusiasmus und Abscheu, Verteidigungen und Beschimpfungen. Dann, vor den Häusern der Astronauten, wurde sie still und beschränkte sich darauf, mit dem Finger hinzudeuten: »Glenn, Carpenter, Schirra, Grissom, Slayton, Shepard, Cooper.« Früher war sie ihnen auf ihren verschiedenen Stationen in Kalifornien und Florida gefolgt, und jemand, der offenbar nicht unempfindlich war für ein hübsches Gesicht und einen schönen Körper, mußte ihr ein großes Loch ins Herz gerissen haben: Die Wunde war noch zu sehen. Als ich sie nämlich fragte, wie diese Astronauten eigentlich seien, stieß sie zwischen den Zähnen hervor: »Romeisch.« Ein Adjektiv, von Romeo abgeleitet, das man in Amerika für Don Juans oder Schürzenjäger benutzt.

»Das ist doch sympathisch, nicht?«

»Finde ich nicht.«

»Aber Katherine! Sie sind jung und gesund. Klar, daß ihnen die Frauen gefallen.«

»Die sind nur romeisch«, wiederholte Katherine. Und sie erklärte, der einzige, der absolut nicht romeisch war, sei John Glenn, der romeischste hingegen Scott Carpenter. Auch ihre Frauen spielten sich furchtbar auf, ausgenommen Anna Glenn. Man könnte fast glauben, sie wären es, die zum Mond führen, meine Güte, nicht einmal eine Hollywood-Diva plusterte sich dermaßen auf. Anfangs grüßten sie sie ganz herzlich, luden sie sogar zu ihren Festen ein, heute hingegen sagten sie nicht einmal mehr guten Tag. »Der Mond ist ihnen zu Kopf gestiegen.« Und die Astronauten selber? Sagten die noch guten Tag? O ja, sie schon. Sie hatte es mir ja gesagt: Die Astronauten hatten nur den einen Fehler, romeisch zu sein. Dann stieß sie einen abgrundtiefen Seufzer aus und führte mich ins Büro zurück. Das Büro wurde von dem strengen und mürrischen Howard Gibbons geleitet, einem Typ, bei dem man auf den ersten Blick versucht ist, in ein »O, Himmel! Der hat seinen Helm verloren!« auszubrechen. Ohne Helm erschien sein Kopf nicht nur kahl, sondern geradezu nackt. Man hätte ihm gleich einen neuen holen wollen, wie einem Skalpierten eine Perükke. Alle dort drin sahen übrigens aus, als hätten sie den Helm verloren. Die einzigen, die den Eindruck machten, sich nur so mit ihren Haaren wohl zu fühlen, waren zwei Männer in einer Ecke; und die entpuppten sich denn auch als Schweden auf der Durchreise. Sie hießen Stig Nordfeldt und Björn Larsson, der eine Journalist, der andre Fotograf, wie Katherine mir erklärte. Dann brachte sie mich zu ihnen, und etwas an mir mußte wohl verraten, daß auch ich ohne Helm geboren war, denn es kam zwischen uns sofort zu einer Freundschaft wie unter Schiffbrüchigen: Stig und Björn wohnten im gleichen Motel wie ich. Obwohl sie keinen einzigen Knopf kaputtgemacht hatten und den Ort nicht so tief verabscheuten wie ich, wohnten auch sie nur höchst ungern dort. Wir trösteten uns gegenseitig und waren von diesem Tage an unzertrennlich: das anarchistischste Trio, das die NASA je geduldet hat. Auf der einen Seite Stig, baumlang und zerstreut, eine schwedische Ausgabe von James Stewart. Auf der andern Seite Björn, fröhlich und athletisch, ein Trapezkünstler mit Brille und Leica. In der Mitte ich, Pinocchio zwischen dem Kater und dem Fuchs. Eine Unverschämtheit, eine Provokation, wie wir unser Europa zur Schau stellten, das dort drüben zur fernen Vergangenheit, geradezu zum Miozän wurde: Schon wenn sie uns kommen sahen, wurde Howard Gibbons noch strenger und mürrischer als sonst, Katherine noch unzufriedener und nervöser.

»Kommt nicht in Frage: Wir können euch nicht sagen, welche Astronauten ihr seht.«

»Müssen wir doch aber wissen, zur Vorbereitung.«

»Ausgeschlossen.«

»Katherine! Mr. Gibbons!«

»Tut uns leid, Vorschrift.«

An US-Astronauten gab es damals dreißig. Für uns war es wichtig, im voraus zu wissen, wen von ihnen wir sehen würden, doch der militärischen Borniertheit war das schnurzegal, und es ließ sich nur voraussagen, daß die Astronauten aus der Gruppe der ersten Sieben ausgewählt würden, also unter Shepard, Grissom, Glenn, Carpenter, Schirra, Cooper, Slayton. So warteten wir eben, unzufrieden, ungeduldig, wie Kinder mit einem Überraschungsei, die sich fragen, was mag da drin sein, und unsere ferne Vergangenheit kochte über vor Neugier auf ihre Zukunft. Die Astronauten stellen zweifellos den fesselndsten Aspekt der Mondexpedition dar, den menschlichsten, einfachsten, und unsere Fragen überschlugen sich: Was waren das für Männer, die auf dem Mond und den anderen Planeten landen sollten? Ganz anders als wir? Waren sie intelligent? Mittelmäßig? Geradezu dumm? Sympathisch? Unsympathisch? Gleichgültig? Mutig? Grüblerisch? Roboter, unfähig zu Mut oder Angst? Gut? Schlecht? So lala? Was waren das für Menschen, die zugleich Versuchskaninchen, Piloten, Forscher, Ingenieure, Wissenschaftler, Märtyrer, Stars und Helden waren? Was waren das für Menschen, deren Körper unsägliche Torturen und deren Kopf die Schmeicheleien der ganzen Welt aushalten mußte? 1958, als die NASA Freiwillige für den neuen Beruf suchte, rief ein General aus: »Was wir brauchen, ist eine Gruppe ganz normaler Supermänner.« War das Spaß oder Ernst? Und wenn er es ernst meinte, waren sie nun also Supermänner? »Mut allein genügt jedenfalls nicht«, meinte Stig. »Einer kann den größten Mut der Welt besitzen, aber nicht über das passende Nervenkostüm für die Raumfahrt verfügen. Mit andern Worten, einer kann im Krieg ein Held sein, aber auf dem Mond oder Mars eine Null. Es muß etwas in ihnen stecken, das mehr ist als Mut: Kaltblütigkeit vielleicht, die Fähigkeit, in ungewöhnlichen Situationen rasch und richtig zu reagieren; zweifelsohne haben sie Nerven aus Stahl. Doch auch das reicht nicht. Einer kann die größte Kaltblütigkeit der Welt besitzen und einen Organismus, der diese Strapazen nicht aushält: Man braucht also Muskeln und Organe, die dieser Kaltblütigkeit entsprechen, eine eiserne Gesundheit. Doch auch das reicht nicht. Einer kann gesund sein wie ein Olympia-Athlet und dabei dumm wie ein Huhn sein: Er braucht also eine umfassende Vorbereitung, ein sorgfältiges Studium, wozu würde er sonst starten? Nur um uns zu beweisen, daß er stärker ist als wir? Aber auch Vorbereitung allein reicht nicht. Es kann einer so schlau sein wie zehn Astrophysiker oder Mathematiker oder Geologen oder Mediziner zusammen, aber nicht das moralische Format besitzen, um gewissen Dingen die Stirn zu bieten: nicht genug Reife und gesunden Menschenverstand. Gaben, die einem in der Regel erst im Alter zufallen; doch die Astronauten müssen jung sein. Auch daran wird man gedacht haben, als man sie auswählte. Was weißt du darüber?«

Ich wußte das, was ich in dem Buch gelesen hatte, das ihre Namen trägt: ›Wir sieben‹. Das, was der »Life«-Journalist John Dille in seinem klaren, sachlichen Vorwort sagte. Die geheime Ausschreibung der NASA von 1958 nannte vor allem physische Merkmale. Das Alter mußte zwischen dreißig und vierzig Jahren liegen: die Zeitspanne, in der sich der männliche Körper der größten Leistungsfähigkeit erfreut und die überschüssigen Impulse der Jugend überstanden hat. (Heute schwankt das Alter zwischen siebenundzwanzig und fünfunddreißig.) Die Größe sollte nicht unter 1 Meter 70 und nicht über 1 Meter 82 liegen. Die Mercury-Kapseln hatten nämlich den gleichen Durchmesser wie die Atlas- und Redstone-Raketen: 2 Meter 20 an der Basis – mit Raumanzug und Helm, also noch etwa 10 cm mehr, durfte ein Astronaut die Zweimetergrenze nicht erreichen. Das Gewicht durfte 83, 84 Kilo nicht überschreiten, teils wegen der Beweglichkeit, teils wegen der Überlastung. Diese 83 Kilo, auf 1 Meter 82 gut verteilt, mußten ihr Studium mit den besten Zensuren in Aeronautik, Ingenieurwissenschaften, Mut, Kaltblütigkeit, gesundem Menschenverstand und Gesundheit absolviert haben, kurz und gut: jene Eigenschaften besitzen, die Stig erwähnte. Klar also, daß man diese Männer unter den Testpiloten suchte: Leuten, die zu fliegen verstanden, sich in Motoren auskannten, schnell Entschlüsse faßten, gute Reflexe hatten. Auf die Ausschreibung antworteten mehr als tausend, von denen 508 zumindest auf dem Papier die notwendigen Eigenschaften besaßen. Durch die Auskünfte der Instruktoren und der Flugzeugindustrie sank diese Zahl schnell auf 110. Von 110 fiel sie weiter auf 69; 69 bei einer Bevölkerung von 200 Millionen, davon 95 Millionen Männern! Und diese 69 waren es, die sich nach Washington begaben. Zum Test, an dem Beamte der NASA, Ärzte, Politiker und Militärs teilnahmen. Vorher wurde jeder Freiwillige über die Gefahren, die Opfer, die Schwierigkeiten in diesem Beruf informiert. Unter anderem hieß es: »Ein Astronaut ist keine Maus, keine Katze, kein Hund und kein Affe, die man aus Spaß in eine Kapsel steckt und in den Himmel schießt. Ein Astronaut ist ein denkendes Wesen, das in dieser Kapsel die entscheidende Rolle spielt und dabei Gefahr läuft, wie Maus, Katze, Hund und Affe zu krepieren: wenn er diese Rolle vergißt. Wenn dir das Angst macht oder nicht paßt, dann steh auf und geh. Noch ist Zeit.« 37 standen auf und liefen nach Hause, glücklich, der Gefahr entronnen zu sein. 32 blieben und unterzogen sich den Tests, die sich ohne weiteres mit den Foltern der Heiligen Inquisition an Hexen und Ketzern vergleichen lassen. Der einzige Unterschied, kann man sagen, besteht darin, daß hier anstelle von Erzbischöfen Herren in weißen Kitteln waren und daß man die Opfer nicht lebendigen Leibes verbrannte, sondern anschließend ins Spital schickte.

Zuerst warf man sie in Wasserwannen: um festzustellen,

wo zuviel oder überflüssiges Fett war. Dann unterzog man sie 18 verschiedenen Elektrokardiogrammen und Elektroenzephalographien. Nicht auf die übliche Weise, natürlich. Sondern so: Sie mußten ungefähr einen Kilometer rennen und dann plötzlich auf einer Strecke von 50 cm stehenbleiben. Oder: Sie mußten auf Fahrrädern ohne Räder mit aller Kraft in die Pedale treten, die urplötzlich blockiert wurden. Oder: Man band sie auf einer Art Stuhl fest, der auf Schienen lief, wie ein Geschoß losraste und dann schlagartig gebremst wurde. Oder: Man befestigte sie auf einer Zentrifuge, setzte sie in Bewegung, schneller und immer schneller, und wenn die Schwerkraft auf das Zwanzigfache des Normalen angestiegen war, so daß die Kapillaren platzten, die Zähne aus dem Mund zu spritzen schienen, wurde alles in einer einzigen Umdrehung gestoppt. Nach dieser Spielerei ging man zur schwierigen Phase über. Man sperrte sie in den Hitzeraum, nicht unter 60 Grad, ließ sie rund zwei Stunden drin (viele hatten Verbrennungen an Händen und Knien, einige auch an der Nase), dann holte man sie heraus und warf sie direkt so ins Eis, wobei die Füße zehn Minuten lang völlig darin versanken (viele erlitten leichte Erfrierungen). Darauf isolierte man sie in Simulatoren, in denen dieselben Bedingungen wie in 22 000 Metern Höhe herrschen, und ließ sie einen Tag, zwei Tage drin. Im Simulator war es vollständig finster und lautlos, ein Bett, ein Stuhl. Die Anweisung lautete, nichts zu tun und, falls sie über das Bett stolperten, sich nicht hinzulegen. Schlafen war erlaubt: aber auf dem Stuhl. Die leichteren Torturen habe ich beschrieben, die unangenehmeren verschwiegen; auch mit Rücksicht auf dich. Ich will zum Schluß nur noch ergänzen, daß keine dieser Martern zum Blutvergießen führte, die andern freilich alle. Einige der Kandidaten brauchten längere Zeit, um sich zu erholen. Einige kamen nicht bis zu den psychologischen Tests. Die im übrigen nicht viel besser waren. Sie beschränkten sich nämlich nicht etwa auf die üblichen Tintenkleckse, zur möglichst schöpferischen Interpretation. Da gab es diese »Idioten-Büchse« zum Beispiel: ein elektronisches Gerät. Es mußte in weniger als dreißig Minuten wieder zusammengesetzt werden. Da gab es die 600 Fragen, die den hintersten Winkel des Gehirns durchstöberten, das Gedächtnis um- und umkrempelten, jedes Geheimnis unter die Lupe nahmen, bis man's nicht mehr aushielt: »Schluß jetzt! Basta!« Alle Tests, die die moderne Psychologie kennt, wurden angewendet, auch jener, zwanzigmal schnell hintereinander die Frage zu beantworten: »Wer bin ich?« (Auf die erste antworteten alle, restlos alle: »Ich bin ein Mann.« Auf die zweite antworteten fast alle: »Ich bin ein Pilot.« Auf die dritte antwortete ein großer Prozentsatz: »Ich bin ein Vater.« Auf die vierte: »Ich bin ein Ehemann.« Auf die letzte: »Ich bin ein möglicher Astronaut.«) Und zuletzt, wenn auch die Seelen getestet, durchschnüffelt, gemartert waren, fragte man sie, einen nach dem andern, ob sie immer noch daran dächten, Astronaut zu werden. 14 antworteten: »Nein, danke, nicht im Traum.« 18 blieben dabei. Unter diesen 18 wurden die sieben ausgewählt, die sich am 9. April 1959 in Washington auf einer Art Bühne der Weltpresse stellten. Glenn war damals 37 Jahre alt, Schirra 36, Shepard und Slayton 35, Carpenter 34, Grissom 33 und Cooper 32. Die Journalisten waren Neulinge auf dem Gebiet der Raumfahrt und wußten nicht, was sie sie fragen sollten: Die Vorstellung zog sich unter beiderseitigem verlegenen Schweigen hin. Dann fragte jemand, wer als erster starten wolle, und alle sieben hoben im selben Augenblick die Hand.

»Ich möchte gern wissen, ob sie sich gleichen wie Coca-Cola-Flaschen«, unterbrach Björn. »Ich habe ein Informationsblatt der NASA, und da steht, daß alle verheiratet sind, Kinder haben, aus kleinen Provinzstädten kommen, alle kastanienbraune Haare haben außer Glenn, der rothaarig ist, alle eine Körpergröße zwischen 1 Meter 79 und 1 Meter 82 haben und ein Gewicht zwischen 78 und 80 Kilo. Verschieden ist nur die Farbe ihrer Augen: Cooper, Shepard und Slayton haben blaue, Glenn und Carpenter grüne, Grissom und Schirra braune. Alle haben die Washingtoner Tests mit derselben Note bestanden. Meiner Ansicht nach sehen sie alle gleich aus, wie Coca-Cola-Flaschen. Was kümmert es euch beide also zu wissen, wen ihr interviewen werdet? Macht eine Liste mit Fragen, und ihr werdet sehen, sie paßt auf alle sieben. Meinst du nicht?« Ich zuckte die Achseln und erwiderte: weiß nicht. So wie Björn hatte auch ich gedacht, ehe ich ›Wir sieben‹ las, jetzt aber zweifelte ich sehr daran. »Es handelt sich um sieben vollkommen verschiedene Individuen«, bestätigte John Dille, »um sieben Persönlichkeiten, von denen eine jede ganz und gar anders ist. Unterschiedliche Ansichten, Gefühle, Gewohnheiten, Vorlieben. Gemeinsam haben sie bloß die für jeden Astronauten notwendigen Eigenschaften sowie eine große Menge Stolz, Idiosynkrasien, Überzeugungen, und dann diese Manie der Konkurrenz, siegen zu wollen. Man hat ihnen zwar erklärt, jeder könnte bei irgendetwas der erste sein, der erste, der mit der Redstone-Rakete abgeschossen wird, der erste, der die Erde umkreist, der erste, der den Mond umfliegt, der erste, der auf dem Mond landet.«

»Und trotzdem träumt jeder davon, die Nummer Eins in allem zu sein.« Das sagte ich jetzt und fügte hinzu, das mache sie menschlicher: Oder machen Fehler einen etwa nicht liebenswerter und menschlicher? »Ich bin überzeugt, das Überraschungsei wird uns ganz schön verblüffen«, schloß Stig aus alledem, am Vorabend der Zusammenkunft. »Wenn ihr es wissen wollt, ich fühle mich wie ein Gymnasiast vor dem Abitur.«

Auch Björn und ich fühlten uns ein wenig wie Gymnasiasten vor dem Abitur, also strichen wir unser abendliches Unterhaltungsprogramm und schlossen uns in unsere automatischen Zellen ein, um am Morgen voller Neugier und Spannung zu erwachen. Die Zusammenkunft fand um acht Uhr statt: Astronauten stehen früh auf. Um acht waren wir dort, aber Howard Gibbons verkündete, er könne bis elf Uhr nichts sagen; inzwischen könnten wir uns die Mercury-Kapsel anschauen. Verärgert schauten wir uns also die Mercury-Kapsel an, einen eisernen Trichter mit einem Eingang, der für ein sehr mageres Kind kaum groß genug war. Björn sagte, er käme nicht rein, und gab's auch gleich auf, obwohl er schlank war. Stig sagte, er versuche es erst gar nicht: Bei seiner Länge würde er ja nicht einmal zur Hälfte reinpassen. Ich kam gut hinein, und wenn die Apollo-Kapsel mir Angst gemacht hatte, die Mercury-Kapsel terrorisierte mich. Mir, die ich doch klein bin und eigentlich das Recht haben müßte, zum halben Fahrpreis zu reisen, mir bot dieser Eisentrichter nicht mehr Raum als eine Nußschale dem Nußkern. Bei der kleinsten Bewegung stieß ich mit dem Kopf, den Ellbogen,

den Knien an: Zwischen meinem Gesicht und den Bordinstrumenten war ein Abstand von allerhöchstens fünfzig Zen-
timetern. »Ich möchte wahrhaftig wissen«, stieß ich aus,
»wie Carpenter es fertigbrachte, hier zu fotografieren.« Da
bewegte sich die Tür und schloß mich ein: Ich lag lebend im
Sarg. Wirklich gräßlich, lebend in einem Sarg zu liegen, auch
wenn er trichterförmig ist. In dieser lächerlichen Stellung,
auf dem Rücken liegend mit rechtwinklig angezogenen Beinen, fühlte ich mich als Opfer eines schrecklichen Mißver-
ständnisses, und ein Gedanke ging mir nicht aus dem Sinn:
Wenn sie nun vergessen, daß ich hier drin bin, und mich
ersticken lassen ... War es wirklich wahr, daß diese Männer
im Weltraum über Stunden hier drin eingeschlossen waren?!?

Dann gingen wir zu Gibbons zurück, und er wiederholte,
wir müßten noch warten: Vor dem Mittag wüßte der Chef
nicht, wer verfügbar sei und wer nicht. Der Chef war Slayton, und zur Verfügung standen ihm an diesem Tage einzig
Shepard, Glenn und er selber, so daß er auf die Ankunft von
Cooper und Schirra hoffte, um uns auch sie vorzustellen.
Cooper traf nicht ein, er war in Florida, Schirra ebensowenig, er war in Louisiana. Punkt zwölf Uhr mittags war dann
Bescherung, und wir erfuhren, daß auf mich Glenn, Shepard
und der Chef kamen, auf Stig der Chef und einer der neuen,
MacDivitt. Getrennte Interviews, selbstverständlich. Und
daß wir ja nicht ein langes Geplauder erwarteten: Die normale Dauer eines Gespräches betrug zwischen fünfzehn und
dreißig Minuten. Gleich darauf ging eine Tür auf, und ich
betrat ein Büro: kahl, nur mit einem Tisch und drei oder vier
Stühlen sowie kleinen Modellen von Raketen und Flugzeugen ausgestattet. Zwischen den kleinen Modellen stand ein
Mann, den ich nie zuvor gesehen hatte, nicht einmal auf
einem Foto. Er war groß und hager, attraktiv, in Zivilklei-
dung. Die karierte Jacke allein schon verriet die Sehnsucht
nach der Uniform, wie der dunkelblaue Schlips die Abneigung gegen Schlipse überhaupt. Das war, so erinnere ich
mich, das erste, was mir auffiel. Das zweite war das spröde,
harte, männliche Gesicht, das Gesicht eines Soldaten, der
ohne mit der Wimper zu zucken durch Wind und Wetter
marschiert, oder eines Schauspielers, der in Kriegsfilmen immer die Rolle des unbestechlichen Helden spielt. Das dritte

waren die Augen: sehr scharf und blau, gleichzeitig voller Ironie und Trauer.

Langsam hob er eine starke, gepflegte Hand und drückte meine Rechte. Dann, ohne den Blick abzuwenden, sagte er: »Guten Tag. Mein Name ist Deke Slayton.«

Die Stimme kannte ich: eine Stimme von zu Haus. Du hast dieselbe, Vater: tief, sonor, wunderschön.

8. Kapitel

Das also war Donald K. Slayton, für seine Freunde Deke, Chef der Astronauten und Opfer des grausamsten Mißgeschickes, das jemanden in seinem Beruf treffen kann. Slayton nämlich, und nicht Glenn, hätte der erste Amerikaner sein sollen, der die Erde umkreiste, ihm war die Rolle des Helden zugedacht. Ihn hatte man ausgewählt, weil er der beste der Gruppe war: Selbst nach Ansicht seiner Kameraden war er am besten vorbereitet und der kaltblütigste. Als nur noch sieben Wochen bis zum großen Sprung fehlten, sagten ihm die Ärzte der Luftwaffe, er könne nicht starten: sein Herz sei nicht ganz in Ordnung. Er leide an idiopathischer Zerfaserung der Herzvorkammer; die heftige Beschleunigung, der sechsfache Druck könnten bei ihm eine Gehirnanämie oder noch Schlimmeres hervorrufen. »Lächerlich. Ich habe die Tests bestens bestanden. Ich bin heute in viel besserer Form als damals. Ich fühle mich großartig, es kann mir gar nichts passieren«, wehrte Slayton gelassen ab. »Welch ein Unsinn! Sein Herzfehler war schon im August 1959 bekannt. Es ist ein geringfügiger Defekt und spielt für den Flug keine Rolle. Deke hatte das doch schon, als er noch Flugzeuge testete«, protestierten seine Kameraden. Nein, nein, nein, insistierten die Ärzte der Luftwaffe. Und es begann der verzweifeltste Kampf, den ein Mensch nur ausfechten kann, der sieht, wie der Traum, das Ziel, dem er sein ganzes Leben gewidmet hat, seinen Händen entgleitet. Und er rannte von Arzt zu Arzt, wiederholte jeden Test nochmal, die Zentrifuge, die Hitzekammer, die Füße im Eis, alle Foltern, die keiner von ihnen je wiederholen, ja jeder um alles in der Welt vergessen wollte: Slayton wollte beweisen, daß sein Gebrechen harmlos und ohne jede Bedeutung war, daß es nur alle vierzehn Tage, manchmal nur alle Monate einmal auftrat, und nicht ständig, sondern bloß wenn er drei oder vier Meilen lief. Wer hat nicht ein bißchen Atemnot, wenn er ohne Pause drei oder vier Meilen läuft? Sie sollten ihm glauben, sie sollten ihm um Gottes willen glauben: Es habe doch nicht mehr zu bedeuten, als wenn einer ein grünes und ein blaues Auge hat, sagten das denn nicht auch die Kardiologen der NASA?

Sie sagten es und sogar mit Nachdruck: »Es handelt sich um eine Störung leichter Art, selbst in der akutesten Phase kaum hörbar und gefährlich höchstens für den, der an Hypochondrie leidet. Er aber ist das genaue Gegenteil eines Hypochonders: Er verfügt über eine außergewöhnliche Selbstbeherrschung.« Doch man sagte auch anderes, als die Polemik im Kongreß und in den Zeitungen immer hitziger wurde: »Nein, er darf nicht hinauf. Wenn er stirbt, wie stehen wir dann vor den Russen da?« – »Nein, es geht nicht. Wenn er stirbt, wird sich die Öffentlichkeit gegen das Raumfahrtprogramm aussprechen.« Nur wenige bemerkten: »Was braucht die NASA so viele Bewilligungen? Sie hat ihn doch ausgesucht, damit er Astronaut wird?« Natürlich, aber als Fliegermajor unterstand Slayton den Ärzten der Luftwaffe, und so startete Glenn an seiner Stelle. Nach Glenn auch Carpenter. Nach Carpenter auch Schirra. Nach Schirra auch Cooper. Und er stand da: sah sie jedesmal starten, wünschte ihnen jedesmal Glück, verfolgte jedesmal von der Erde aus, vom Kontrollsaal, an den Fernsehschirmen, ihren Flug. »Major, wie fühlen Sie sich, wenn die anderen starten?« fragten die Journalisten unbarmherzig. »Ich fühle mich so, wie Sie sich auch fühlen würden«, antwortete er. »Verdammt enttäuscht, verdammt traurig. Verdammt entschlossen, die Leute dazu zu bringen, daß die ihre Meinung ändern.« Um die Herzspezialisten der Luftwaffe zu umgehen, hatte er seinen Abschied eingereicht, wollte ins Zivilleben zurückkehren und Beamter der NASA werden. Doch die Antwort der Generäle ließ auf sich warten, und als sie endlich doch kam, war das Mercuryprojekt schon abgeschlossen; wenn er starten wolle, hieß es, solle er das Geminiprojekt abwarten, das sei sehr viel günstiger. »Beim Geminiprojekt, müssen Sie wissen, sind die Astronauten zu zweit, und die Kapsel kostet

Milliarden. Wenn ihm was passiert, rettet der andere wenigstens die Kapsel.« Das ist, in Kürze, die Tragödie Slaytons: der Astronaut, der, wenn er in den Weltraum flöge, sein Leben zweifach aufs Spiel setzen würde. Und dieser Mann, der mich zwischen den kleinen Raketen- und Flugzeugmodellen mit scharfen blauen Augen, voll Ironie und Trauer zugleich, musterte, sagte nun: »Guten Tag, mein Name ist Deke Slayton.«

Slayton ist in Sparta geboren, in Wisconsin, einem Staat im Grünen seiner Wälder und Bäche, oben im Norden, einem Staat, den man den »männlichen« nennt und der sich rühmt, »den niedrigsten Prozentsatz an Kranken, dafür den höchsten an Liberalen zu besitzen«. Die Gesetze in Wisconsin gehören nämlich zu den fortschrittlichsten überhaupt: Die Bürger von Wisconsin waren die ersten, die eine fahrende Bibliothek besaßen und eine Arbeitslosenversicherung aufbauten. Vielleicht deshalb, weil Wisconsin fast ausschließlich von Nordländern kolonisiert wurde: von Finnen, Norwegern, Dänen und höchstens noch ein paar Schweizern. Sie kamen gegen 1840 herüber, ohne die Indianer groß zu stören, und ließen sich dort nieder, um das Land zu bebauen. Der größte Teil der Landwirtschaft ist in den Händen von norwegischen Bauern: 90 Prozent. Slayton ist norwegischer Abstammung und war selber Bauer. Sein Vater und seine Mutter sind heute noch Bauern auf dem Hof, den der Urgroßvater begründete. »Wenn nicht der Krieg dazwischengekommen wäre«, sagt er, »wäre es mir überhaupt nie eingefallen, den väterlichen Beruf aufzugeben. Ich wär Bauer geblieben. Ich liebe die Erde, die Bäume und alles, was grün ist. Zum Fischen sind mir Flüsse und Bäche am liebsten: Am Meer gibt's ja kein Laub.« Über den Zufall oder das Schicksal, das ihn in eine so laublose Welt geführt hat, erzählt er: »Ich war achtzehn, und es schien mir richtig, mich freiwillig zu melden. Man steckte mich in die Luftwaffe, und ich hatte nicht die leiseste Ahnung, was es hieß, ein Flugzeug zu lenken. Genauer gesagt, ich war überhaupt noch nie in einem Flugzeug gewesen. Also bat ich darum, erst einmal in einem Flugzeug fliegen zu dürfen; man setzte mich in ein Wasser-

flugzeug, das fünf Minuten lang über dem Michigansee kreiste. Nach diesen fünf Minuten, ja eigentlich schon vorher,
war ich entschlossen, dies würde mein künftiges Leben
sein.« Er lernte sehr schnell, und man schickte ihn als Piloten
eines B-25-Bombers in den Krieg: obwohl er gerade erst
neunzehn war. Er bombardierte damals Italien. Und – so
sonderbar es klingt – gerade das war es, was unser Gespräch
so fruchtbar machte. Anfangs war es ziemlich schwierig gewesen, mit ihm zu reden. Er antwortete trocken und äußerst
knapp, man merkte gleich, daß das Tonband und ich ihm
lästig waren: Er hätte viel darum gegeben, tausend Meilen
weit weg zu sein, bei den Sternen oder in seinen Wäldern.
Dann kamen wir darauf, daß er mit seiner B-25 Florenz
bombardiert hatte, unser Haus und auch mich selber. Das tat
ihm dermaßen leid, daß er plötzlich auftaute wie ein Eisberg
in der Sonne. Und nun redete und redete er mit seiner tiefen,
sonoren, herrlichen Stimme, erklärte aber auch alles, als hül-
fe es ihm, das entsetzte kleine Mädchen zu vergessen, das
unter seinen Bomben davonlief, als wäre es ihm völlig egal,
wenn man ihn für einen weichen, einen schwachen Mann
hielt. Die Einwohner von Sparta haben nämlich, merkte ich,
einen Komplex: denjenigen, Spartaner zu heißen. Man hat
das Gefühl, der Name laste auf ihnen wie eine stete Ermah-
nung, und sie lebten in der beständigen Furcht, ihn nicht zu
verdienen. Sie schlafen wenig, sie essen wenig, sie weinen
nie: »Es gibt eine Menge schwacher Herzen zu dieser Frage«, schrieb Slayton in den Tagen der Polemik zwischen
NASA und Luftwaffe an den Bürgermeister seiner Stadt,
»aber sie haben mit uns Spartanern nichts zu tun.«
    Nachdem er uns das Haus zerbombt hatte, ließ der junge
Slayton seine Bomben auf Japan fallen und kämpfte in Oki-
nawa. Er war dreiundzwanzig, als er entlassen wurde und
merkte, daß er im Krieg die Jahre verloren hatte, in denen
man sich einen Beruf aussucht. Da immatrikulierte er sich an
der Universität von Minnesota und brachte in zwei Jahren
hinter sich, wozu die andern mindestens vier brauchen: Er
machte seinen Abschluß in Flugtechnik und fand eine Stelle
als Ingenieur bei der Boeing Aircraft Company, wo er blieb,
bis man ihn 1951 ein zweites Mal einzog und geradewegs
nach Deutschland abkommandierte. Hier traf er Marjorie
Lunney, seit 1954 seine Frau. Von dieser Episode berichtet

er lediglich: »Auch sie arbeitete bei der Air-Force. Wir heirateten in Paris.« Sie fügt hinzu: »Dieser norwegische Lutheraner, der die ganze Zeit seine Gefühle verbirgt oder so tut, als habe er gar keine. Dabei hat er so viele, daß sie, wenn er sie mal herausläßt, alles überschwemmen. Einmal habe ich sogar eine Träne gesehen. Das war, als unser Sohn Kent geboren wurde.« Der Sohn kam in Kalifornien zur Welt, wo sich Slayton als Testpilot bei der Basis in Edwards niederließ. Und in Edwards erfuhr er, daß die NASA Astronauten suchte – ein Thema, bei dem er etwas gesprächiger wird: »Ich hörte davon und dachte, ich hab ja einen guten Job: also ist es besser, Ruhe zu bewahren und mich nicht in andere Dinge einzumischen. Ferner dachte ich, vielleicht suchen sie gar keinen erfahrenen Piloten, sondern bloß einen menschlichen Körper, den sie in eine Rakete stecken und wie einen Affen hinaufjagen. Ich war aber neugierig, und so flog ich nach Washington und fragte, ob man mir das Ganze nicht ein bißchen genauer erklären könnte. Als sie das getan hatten, rief ich: Kinder, wenn es einen gibt, der das fertigbringt, so ist es ein gewiefter Pilot! Und war unter den achtzehn der engeren Wahl. Und von den achtzehn wurde ich ausgesucht. Man rief mich eines Morgens an: Die Wahl sei auf mich gefallen, vorausgesetzt, daß es mich noch interessiere. Ich antwortete: Natürlich interessiert es mich noch. Es war ein Freitagvormittag, und man sagte mir, ich müsse am Montagmorgen in Washington sein. Also packte ich die Koffer.« In Washington erwartete ihn die Pressekonferenz auf dieser Bühne, die unsägliche Tortur, von lauter neugierigen Augen beobachtet zu werden. John Dille berichtet: »Beobachtet zu werden ist für ihn eine größere Qual, als in der Hitzekammer zu kochen oder auf der Zentrifuge bis zu 26 g zu rotieren. Am Ende der Pressekonferenz war er blaß, Schweißtropfen rannen ihm über die Stirn. Er murmelte: Wenn ich nicht schon die Tests hinter mir hätte, würde ich die alle zum Teufel schicken, so zittern mir die Knie.«

Vom Bauern ist ihm die wehrlose Schüchternheit, die entwaffnende Einfachheit geblieben. Dann auch der schweigsame Starrsinn eines Menschen, der es nicht gewohnt ist, viele Worte zu machen, der es liebt, alles in wenigen knappen Sätzen zu vereinfachen. Und schließlich noch das hartnäckige Mißtrauen. Je mehr ich mich eingangs bemühte, ihm gegenüber freundlich zu sein, ihm mit den Augen zu bedeuten, daß ich ihn nicht wie ein Tier im Zoo, sondern wie ein menschliches Wesen ansehe, desto mehr verschloß er sich: stur. Er war wie ein Igel, der dir nachläuft, solange du ihn nicht beachtest, sich aber sofort zum stachligen Ball einrollt, sobald du ihn berührst. Die Arme auf dem Tisch verschränkt, mit eingezogenem Kopf, lächelte er, indem er kaum die Lippen verzog, in Abwehrstellung. Das ganze Gesicht unbeweglich: die Nase, der Mund, die scharf geschnittenen Wangen. Mehr als einem Manne glich er der Statue eines Mannes, einer schönen Holzbüste, der eine wundersame Fee aus irgendeinem Grunde zwei Pupillen verliehen hat. Pupillen, die alles sagten: die durchlittene Verbitterung, die Gleichgültigkeit gegenüber dem Ruhm, die Leidenschaft für den Himmel, die trotzige Zuversicht der Vorväter, die eines Tages die Fjorde, die stillen Wasser der Heimat verließen, das weite Meer durchfurchten und das Land Wisconsin erreichten. Der Rest war Schweigen. Und, was noch schlimmer war, er gebot Schweigen. Höflich zwar, nicht arrogant. Ich weiß wirklich nicht, wie ich mich an die erste Frage wagte.

»Gewiß ... muß es schmerzlich gewesen sein, Major, dabeizusein und zuzusehen, wie die andern abflogen. Nicht überzeugen zu können, daß Sie es doch schaffen würden, daß man sich irrte ...«

»Das war nicht angenehm, nein. Höchst unangenehm.«

»Entschuldigen Sie, wenn ich davon spreche, Major.«

»Alle sprechen ja davon. Aber was gibt's da noch zu sagen? Da stehst du nun, mit einem Fuß auf der Erde, mit dem andern in der Kapsel. Hast vier Jahre lang auf diesen Augenblick gewartet. Und da sagen sie dir, steig aus, das Herz ist nicht o.k. Was willst du machen? Du bist ja kein Arzt. Du kannst ja nicht beweisen, daß sie unrecht haben. Du bist eben da und denkst, daß sie unrecht haben. Und kannst nichts dagegen tun. Rein gar nichts.«

»Wie ist es dann gekommen, daß ...«

»Es war so, daß die einen davon überzeugt waren, die andern nicht. So haben sie angefangen zu diskutieren. Eine gemeinsame Lösung zu suchen. Sie haben keine gefunden und haben gesagt, es sei besser, nichts zu riskieren. Sie wissen ja, wie konformistisch die Leute sind. Ängstlich. Der kleinste Zweifel reicht. Und schon riskiert man nichts. Mir geht's gut, sagte ich ihnen. Verdammt gut. Es ist doch kaum was. Ich merke es doch fast gar nicht, wenn es stärker klopft. Sollte ich sagen, was es sei, könnte ich's nicht. Hat überhaupt keine Konsequenzen.«

»Könnte es aber auf dem Flug haben, Major. Die heftige Beschleunigung, der sechsfache Druck, die Anstrengung ... Entschuldigen Sie, wenn ich es sage, Major, aber es könnte doch fatal werden.«

»Nein. Ganz und gar nicht. Es ist nur ein minimaler Defekt. Ich habe es doch wiederholt gesagt. Wie wenn man ein grünes und ein blaues Auge hat. Nur die Überangepaßten, die Übervorsichtigen reden so wie Sie. Und da sie sich davor fürchten, nicht mit absoluter Sicherheit sagen zu können, jawohl, geh nur, so sagen sie lieber, nein, du darfst nicht. Die Welt ist voller Neinsager. Jasagen scheint immer sehr schwer zu sein. Aus Angst, ihrem Ruf zu schaden. Nicht etwa deinetwegen, sondern wegen ihres Rufes. Ein Nein, und der Ruf ist gerettet. Wenn du auf der Erde bleibst, passiert ohnehin nichts, das ihren Fehler beweisen könnte. Wenn du aber startest, und es passiert was ... ah! dann haben sie sich ihren Ruf ruiniert.«

Die Statue bewegte sich: wurde wieder ein Mensch. Ein niedergeschlagener Mensch mit hängendem Kopf. Ich sah nicht einmal mehr seine Augen. Ich sah bloß noch Stirn und Haare. Die Haare waren ganz kurz geschnitten und standen aufrecht wie die Borsten einer Bürste. Sie waren braun, und man hätte sie am liebsten gestreichelt, denn selbst sie schienen leidgeprüft.

»Sehen Sie ... Gustav Gans bin ich nie gewesen. Ich meine: ich war nie ein Glückspilz. Wenn ich etwas erreichte, so deshalb, weil ich mich abmühte, es zu erreichen. Und dennoch war ich so sicher, daß ich der erste sein würde. Das war wohl ein Irrtum.«

»Nehmen Sie es nicht zu schwer, Major. Jeder weiß, daß Sie der nächste sind, der startet. Man sagt sogar, Sie sind es, der die Mondexpedition leitet. Jetzt, da Sie in jeder Beziehung ein Zivilist sind, können Sie ja tun, was Sie wollen.«

»Hm. Ja. Sieht wirklich so aus, als würde ich starten. Hm. Ja. Kann es kaum erwarten.«

»In dieser Nuß aus Eisen, Major? Hören Sie: heute früh . . .«

»Aus Eisen oder aus Pappe, ist doch egal. Hauptsache, es ist zum Fliegen. Und alles, was zum Fliegen ist, ist mir recht. Würde ein Regenschirm reichen, würde ich ihn nehmen. Ich fliege seit zwanzig Jahren. Ich war neunzehn, als ich Bomberpilot über Italien war. Jetzt bin ich neununddreißig. Rechnen Sie nach, und Sie sehen: Es sind zwanzig Jahre.«

»Wirklich Italien?!«

Und plötzlich schwand meine Verlegenheit. Auch der Wunsch, ihm über seine Bürste auf dem Kopf zu streichen, schwand, kannst du das glauben, Vater? Wie ein Faustschlag, wie eine Ohrfeige: das Heulen der Sirenen, das Brummen jener Zikaden, die keine Zikaden waren, sondern Flugzeuge, zehn, zwanzig, hundert Flugzeuge, eins neben dem andern, eins nach dem andern, der ganze Himmel voller Flugzeuge, ohne Erbarmen, immer näher, immer tiefer, immer deutlicher, weißt du noch, Vater, schon waren die Zeichen klar zu erkennen, die Glaskabinen, die Männer in den Glaskabinen, sie trugen einen Helm wie Motorradfahrer, und alle Leute flohen wie die Ameisen, auch ich floh wie eine Ameise, allein, völlig allein an diesem Tag, floh mit dem Fahrrad, am Fahrrad war ein Kochtopf befestigt, im Topf war Suppe, die Suppe war für dich, du warst im Gefängnis, dahin hatten dich die Faschisten gebracht, ich hatte den Kochtopf an der Lenkstange festgemacht, um dir die Suppe ins Gefängnis zu bringen, die Zikaden waren über mir, ich schaffte es nicht, den Topf abzumachen, ich radelte und radelte, und der Topf klapperte gegen die Lenkstange wie ein Pendel, tick-tack, tick-tack, tick-tack, jedesmal spritzte ein wenig Suppe heraus, bekleckerte mir die Beine, das Kleid, die Schultern, die Leute schrien, riefen nacheinander, weinten, eine Bombe fiel, eine zweite, eine dritte, ein Krachen, noch eins und noch eins, die Leute schrien, riefen, weinten, die Suppe bekleckerte mir die Beine, das Kleid, die Schultern, der Topf machte tick-tack, tick-tack, tick-tack, die Rettung war eine Brücke, jenseits der Brücke gab es keine Bahnlinie mehr, lieber Gott, ich flehe dich an, laß mich die Brücke erreichen, die Brücke, nur die Brücke, es war so weit bis zur Brücke, so weit, so furchtbar weit, wieder fiel eine Bombe, nahe diesmal, nahe, Steinbrocken spritzten auf, flogen, fielen

wieder herab, die Straße war eine Staubwolke, und in dieser
Wolke radelte ich, immer verzweifelter, immer einsamer,
immer wehrloser, die Brücke war noch zwanzig Meter entfernt, noch fünfzehn, noch zehn, danke, lieber Gott, ich
hab's geschafft, und die letzte Bombe fiel, der Ausbruch
eines Vulkans, eine Hölle, die sich auftat, ein gleißendes
Licht, ein gewaltiger Donnerschlag, eine Zyklopenfaust, eine ungeheure Ohrfeige, und ich am Boden, unter Trümmern, im Rauch, und über mir das Fahrrad, der leere Topf,
der immer noch klapperte, ein Fuß tat mir sehr weh, furchtbar weh, vor einer umgestürzten Kalesche lag ein Pferd auf
dem Rücken, die langen Zähne bleckend, die Beine wie hilfe-
rufend einem Himmel aus Staub entgegengestreckt, und ...

»Wirklich Italien? Und was bombardierten Sie, Major?«

»Ein bißchen überall. Neapel. Die Toskana. Florenz, erinnere ich mich, im Oktober 43.«

»Florenz ...? Im Oktober 43 ...?«

»Ja. Diese verdammte Bahnlinie.«

»Diese verdammte Bahnlinie.« Und vielleicht, ja wahrscheinlich, bekam ich eine Gänsehaut. Es mag töricht sein,
aber ich kriege immer eine Gänsehaut, wenn ich an diesen
Tag denke, Vater.

»Warum? ... Wo waren Sie?«

»Unten. Genau unter Ihnen, Major.« Und vielleicht, ja
wahrscheinlich, wurden mir die Augen feucht. Es mag töricht sein, aber mir werden immer die Augen feucht, wenn
ich an diesen Tag denke, Vater.

»Nein! O nein! Wir verfehlten ... wir verfehlten oft ein
Ziel, das weiß ich. Und ...«

»Ich bitte Sie. Nur eine Verstauchung am Fuß, Major,
nichts Schlimmes. Nur das Haus flog in die Luft, Major.
Aber es lag direkt an der Bahn, dicht dabei. Sie konnten es
gar nicht verfehlen, Major.«

»Es tut mir leid. Es tut mir sehr leid. Es war mein Beruf.«

»Es war Krieg, Major.«

Es war Krieg, und diese Männer in den Zikaden waren
unsere Freunde. Du sagtest, sie wären unsere Freunde, Vater, und ich sagte es brav nach, sie wären unsere Freunde.
Aber ich war ein Kind und begriff nicht, warum sie uns
bombardierten, wenn sie unsere Freunde waren. Ich haßte
sie. In meinem Haß fragte ich mich, wie sie wohl aussähen,

und hier war die Antwort: wie Deke Slayton mit neunzehn Jahren und einem rechtschaffenen Gesicht.

»Zigarette, Major? Ach so, ich vergaß, Astronauten rauchen ja nicht.«

»Her damit, her damit. Ich sollte nicht, wir alle sollten nicht. Aber geben Sie mir eine.«

Und er griff danach: wie wenn man nach langem Schwimmen nach einem Seil greift. Dann, mit dem Seil in der Hand, suchte er nach Streichhölzern. Er suchte überall, in den Jakkentaschen, in den Hosentaschen, und bei jeder Bewegung glaubte man seine Gelenke knacken zu hören, so schüttelte er sich, so lockerte er sich: und war der Mensch, dem ich schließlich Feuer gab.

»Danke. Oh, danke. Sie verderben mich. Ihr Frauen führt uns Männer immer ins Verderben. Wovon sprachen wir?«

»Von der eisernen Nuß, Major, mit der Sie starten werden. Vor ein paar Tagen war ich in der Apollokapsel und heute früh in der Mercury-Kapsel. Offen gestanden, ich konnte es nicht erwarten, wieder herauszukommen. Hübsch unbequem ist's auch noch.«

»Ach woher, es gibt doch eine Menge Platz: soviel wie man braucht. Wirklich. Ich sehe keinen Unterschied darin, ob man sich in einem Flugzeug oder in einer Raumkapsel einschließt: mit einer Kapsel zu fliegen bedeutet lediglich schneller und höher zu fliegen, von einem System zu einem andern überzugehen. Die Raumschiffe sind für Sie heute ein Alptraum, in zwanzig Jahren werden Sie sie als normales Verkehrsmittel betrachten, mit dem unsereiner die Leute spazierenfährt, die auf anderen Planeten Urlaub machen.«

Als die Stadt in andere Hände überging und die Amerikaner eintrafen, schmerzte mein Fuß noch immer. Ich hatte ihn in diesen Monaten nicht richtig kuriert, was zählte schon ein verletzter Fuß, und es gab Tage, an denen ich ein wenig hinken mußte und hüpfte, und dabei suchten meine Augen die Augen der neuen Soldaten, wie um zu fragen: »Bist du es gewesen?« Die Soldaten betrachteten dieses kleine Mädchen, das sie ansah, wie um etwas zu fragen, und gaben ihm etwas Schokolade, manchmal zogen sie ihm auch an den Zöpfen und ...

»Mir ist klar, Major, daß in zwanzig Jahren, ja schon vorher der Beruf des Astronauten ein Beruf wie viele andere sein wird: wie der des Jetpiloten beispielsweise. Noch ist er es aber nicht, und diese eiserne Nuß erscheint mir als eine Falle: eine höchst gefährliche Falle, die sich etwas zu weit von der Erde wegbegibt. Es ist doch so, daß ihr dort drinnen Sauerstoff braucht.«

»Und unter Wasser – brauchen wir da nicht auch welchen? Es gibt eine ganze Menge Leute, denen es Spaß macht, unter Wasser zu sein, und die sich dafür mit Sauerstoff, Taucheranzug und so weiter beladen. Wir sind noch weniger dafür gemacht, unter Wasser zu leben, als in der Luft oder außerhalb der Luft. Und dennoch gehen wir unter Wasser, in die Luft und aus der Luft hinaus, und von dem Moment an, da das möglich ist, ist es auch nicht unnatürlich. Wir stecken noch im Versuchsstadium, zugegeben, und in diesem Versuchsstadium wird es zu Fehlschlägen, Mißerfolgen, Todesfällen kommen, zugegeben: doch Sterben gehört zu unserem Beruf, und das erschüttert mich nicht. So wenig wie mich die Tatsache erschüttert, daß Hunderte von Personen auf der Autobahn umkommen. Ich denke gar nicht daran. Denken Sie etwa daran?«

»Ich schon, und wie! Und wenn ich im Flugzeug sitze, denke ich daran, daß Flugzeuge abstürzen. Und wenn ich im Wasser bin, denke ich daran, daß man im Wasser ertrinkt. Weil ich Angst habe, Major.«

»Das glaube ich nicht, denn Sie fliegen und schwimmen ja. Ich glaube es nicht. Denn, sehen Sie, wenn einer an das Risiko denken würde, das er mit dem, was er tut, eingeht, dürfte er das Haus überhaupt nicht mehr verlassen. Und selbst zu Hause dürfte er sich nicht bewegen: denn auch dort könnte ihm ja was zustoßen. Wie viele sterben beim Stromschlag im Bad oder brechen sich ein Bein, wenn sie die Treppe hinunterfallen, oder schneiden sich in den Finger, wenn sie Salami aufschneiden? Aber wenn wir daran dächten, müßten wir andauernd still stehen, auf der untersten Stufe sitzen bleiben, wie verängstigte Larven, die stets nur an eines denken: an die verschiedenen Todesarten, die es gibt. Zusammengekauert, mäuschenstill, zum Zerreißen gespannt in der Hoffnung, der Kronleuchter möge uns nicht auf den Kopf fallen, das Dach nicht zusammenkrachen, kein Blitz durchs Fenster einschlagen: Aber was wäre das für ein Leben? Es wäre der Tod. Ein atmender Tod. Hören Sie: Wer

Angst hat zu sterben, ist es nicht wert, daß er lebt, meiner Ansicht nach.«

Ich schämte mich, die Schokolade anzunehmen, Mutter sagte, ein anständiges Mädchen nimmt von niemandem Schokolade an, schon gar nicht von Soldaten, doch ich schämte mich auch, sie zurückzuweisen, Mutter sagte, man soll nicht unhöflich sein gegenüber Leuten, die einem ein Geschenk machen: So stand ich denn da mit der Schokolade in der Hand, rot und verwirrt, und starrte den Soldaten an, der weiterging, und es war nie der mit dem Fuß. Wenn du jemand suchst, fühlst du's, wenn er es ist. Es regt sich etwas in dir und ...

»Ja, es ist schön, was Sie da sagen, Major. Wahrscheinlich auch richtig. Aber Tatsache ist, daß ich nun mal Angst habe. Zwischen uns liegen Jahrhunderte, wissen Sie, Major. Sie sind jetzt geboren, ich vor ein paar Jahrhunderten.«

»O nein. Sie haben nur nicht meinen Beruf, das ist alles. Die Berufe der andern erscheinen uns immer schwierig: weil wir sie nicht kennen. Ich beispielsweise finde es phantastisch, daß Sie es fertigbringen, dieses Gespräch aufzuschreiben und in eine Form zu bringen. Sie finden es phantastisch, daß ich es fertigbringe, mich in ein Raumschiff einzuschließen und zu starten. Das ist der einzige Unterschied, und ebensowenig gehöre ich deswegen der Zukunft an und Sie der Vergangenheit. Wir stammen beide aus demselben Jahrhundert, und übrigens glauben Sie nicht, daß Sie die einzige sind, die so denkt. In Amerika gibt es viele Menschen, die in meiner Arbeit etwas Besonderes sehen und Angst davor haben. Es ist aber nicht eigentlich Angst, es ist Mißtrauen, Zaudern. Man steht immer mißtrauisch und zaudernd vor Dingen, die man nicht kennt, die man nicht kann.«

»Etwas können reicht nicht, Major. Über das Können hinaus braucht man noch etwas anderes: Mut nämlich.«

»Dann will ich Ihnen mal erklären, was es mit diesem berühmten Mut auf sich hat. Nehmen wir ein Beispiel. Wenn Sie an einem Autorennen teilnehmen müssen, suchen Sie sich einen guten Fahrer ... Nein, das geht nicht. Aber ... lassen Sie mich nachdenken, ich hab's. Wenn Sie sich einer schwierigen Operation unterziehen müssen, suchen Sie sich einen guten Chirurgen. Ja, das geht, das paßt: Denn ein chirurgischer Eingriff würde mir eine Heidenangst einjagen.

Und warum? Weil ich nichts von Chirurgie verstehe, weil es für mich ein völlig fremder Beruf ist. Stellen Sie sich vor, wie ich zittern würde, wenn man mich in einen Operationssaal stieße und sagte: Schau, diese Frau muß am Herzen operiert werden. Mein Gott! Ich würde von Panik ergriffen und ohnmächtig zusammenbrechen. Zuerst, würde ich mir sagen, bombardiere ich sie, und jetzt zerstückele ich sie auch noch mit dem Skalpell. O Gott! Der Chirurg hingegen würde sich nicht fürchten, denn er weiß mit dem Skalpell umzugehen, er weiß, wie man Ihr Herz kuriert. Nun nehmen Sie einen Chirurgen, der nicht einmal fliegen kann: Sie schließen ihn hermetisch in eine Raumkapsel ein, machen ihm ein mächtiges Feuer unterm Hintern und jagen ihn hinauf. Er ängstigt sich zu Tode, klar. Und warum? Weil er nichts von dem versteht, was geschieht. Ich ängstige mich nicht, weil ich weiß, was geschieht. Ich kenne die kleinste Kleinigkeit dieser Kapsel: so wie der Chirurg die kleinste Kleinigkeit Ihres Herzens, Ihrer Venen, Ihrer Arterien kennt. Ich benütze sie seit Jahren, diese Kapsel, ich rede mit ihr, ich verstehe sie, ich habe sie gern. Und so kommen wir zum Ausgangspunkt zurück: Man hat immer Angst vor dem, was man nicht kennt und nicht versteht. Sie hören so komisch zu: warum?«

»Ich höre Ihnen zu wie jemandem, von dem man sich seit Jahren fragt: Wie wird er sein? Was wird er sagen? Sie sind der erste Astronaut, dem ich begegne, Major, und seit dem Tage, da Gagarin aufstieg, frage ich mich, was diese Astronauten für Menschen sind. Sie zu verstehen interessiert mich mehr, als das erste Raumschiff für den Mars zu sehen.«

»Wissen Sie, meiner Ansicht nach verdienen sie soviel Neugier gar nicht. Sie sind bloß gute Piloten, die das Glück hatten, ausgewählt zu werden, weil sie die erforderlichen Eigenschaften besaßen: die richtige Körpergröße, das richtige Gewicht, das richtige Alter, eine gute Gesundheit, eine gesunde Lunge, ein gesundes Gehirn, ein Herz ... ein gesundes ... gesundes Herz. Und außerdem hatten sie ein Minimum von 2500 Flugstunden als Testpiloten hinter sich. Und außerdem waren sie Ingenieure.«

Die neuen Soldaten waren wohlgenährt, mit herzensguten Gesichtern, und sie lachten ständig. Sie lachten auch, wenn sie betrunken waren und andere Soldaten mit Helm und der Aufschrift MP sie in eine olivgrüne Minna luden: wohl um sie ins Gefängnis zu bringen. Es sah wirklich nicht aus, als führten sie Krieg, sie wirkten eher wie Feriengäste, wie Leute, die nie sterben und auch andere nicht sterben lassen. Mir erschien es unmöglich, daß solche Leute Bomben abwerfen, um Pferde umzubringen und Kindern die Füße zu verstauchen. Im übrigen gehörten sie alle zur Infanterie. Du sagtest, Vater, daß die Besatzungstruppen nichts mit den Flugzeugen zu tun hätten. Und nach und nach fand ich mich damit ab, ihn nicht zu finden, den mit dem Fuß. Dann wurde der Fuß gesund, und ich vergaß es.

»Hören Sie, Major: Sind Sie ganz sicher, daß Sie wirklich zum Mond kommen?«

»Absolut sicher. Natürlich.«

Er sah mich erstaunt an, als hätte ich gefragt: Sind Sie ganz sicher, daß Sie eine Nase haben?

»Und daß Sie zurückkommen, Major, sind Sie dessen ganz sicher? Zurückkommen: ohne die Hilfe der zwölftausend Personen, die Ihren Start von der Erde kontrollieren, Sie Minute um Minute verfolgen, Ihnen Anweisungen ...«

Diesmal sah er mich an, als hätte ich gefragt: Sind Sie ganz sicher, daß Sie von diesem Stuhl aufstehen werden?

»Selbstverständlich. Merken Sie sich eins: Wenn wir meinten, es nicht zu schaffen, flögen wir nicht. Keiner von uns hat Lust, bloß den Hinflug zu machen, wir haben auch den Rückflug gebucht. Der Start vom Mond wird etwas schwieriger sein, natürlich, als der Start von der Erde. Aber wir bereiten uns darauf vor, hinzufliegen und anzukommen und zu tun, was man uns aufträgt, und wiederzukommen, um andere hinzuschicken. Vor allem: andere hinzuschicken.« Nun hatte er wieder diesen trotzigen Ausdruck im Gesicht: dieses zornige Schmollen. Aber es war gleich vorbei. »Ich verstehe das nicht. Viele meinen, bei dieser Reise ginge es darum, auf dem Mare Nubium oder auf dem Mare Imbrium oder wie zum Teufel sie alle diese Ebenen nennen, zu landen, um zu sagen: Da sind wir, und dann auf die Erde zurückzukehren, mit zufriedenem Gesicht, weil dir ein Stein vom Herzen gefallen ist. Na, Baby, hast du gesehn? Es war zu schaffen, und wir haben's geschafft. Los, gehn wir einen heben. Ziemlich idiotisch, finden Sie nicht auch? Unser Unternehmen ist wissenschaftlicher Natur und dient dazu, mehr von einem Universum kennenzulernen, von dem man noch fast nichts weiß.«

»Nichts. Nicht einmal von der Landschaft, die sich euren Augen bieten wird. Stimmt Sie das nicht ein wenig bedenklich?«

»Nein. Überhaupt nicht.«

»Glaub ich nicht, glaub ich nicht! Man weiß, daß der Horizont viel enger ist auf dem Mond: Der Mond ist ja viel kleiner als die Erde. Da der Horizont enger ist, ist er näher. Da er näher ist, sieht er aus wie der Rand eines nahen Abgrunds, und der Himmel ist dicht dahinter. Ein schwarzer Himmel, Major: mit einer riesigen Erde, die den Mond zu erdrücken droht ... Sagt Ihnen das nichts?!«

»Das ist ein tolles Foto, ein ungeheuer interessantes Foto. Denken Sie nur: auf dem Mond sitzen und die Erde anschauen. Das muß doch schöner sein als auf der Erde sitzen und den Mond anschauen.«

»Sie machen sich über mich lustig, Major.«

»Nein. Ich schwöre es Ihnen!«

»Gut. Und wenn Sie es nicht aushielten, dieses Erlebnis, die Erde vom Mond aus anzuschauen?«

»Warum sollte ich es nicht ertragen? Weil das niemand vor mir erlebt hat? Weil niemand vor mir die Erde vom Mond aus gesehen hat? Jemand muß doch der erste sein. Andere werden nachher dasselbe sehen.«

Wäre dies ein Roman und nicht das Tagebuch meiner Reise, würde es mir viel Spaß bereiten, über einen solchen Menschen zu schreiben, das kannst du dir ja vorstellen, Vater. Das wäre dann eine unwirkliche Figur: selbst jetzt, da ich dir das Gespräch so wiedergebe, wie es war, halte ich ab und zu inne und frage mich: Hat er wirklich so geredet, oder habe ich es geträumt? Er redete wirklich so: rein nichts habe ich geträumt. Auch nicht, daß er über eine Stunde lang fortfuhr, wo er sonst schon mit drei oder vier Sätzen alles gesagt hat. Auch nicht, daß Björn und Stig mehrmals ungeduldig, ja eifersüchtig hereinschauten: Ihr Interview mit MacDivitt war schon lange zu Ende, und sie warteten jetzt auf Slayton.

Auch nicht, daß die Leute von der NASA überrascht die Achseln zuckten und stammelten: »Jesus! Hast du Deke je so viel reden sehn?« Auch nicht, daß er ein wenig zu perfekt war, um wahr zu sein. Der Zweifel, ob er nicht erfunden sei, packte mich, ich gebe es zu. Oder besser, der Gedanke, er sei kein Mensch, sondern die Imitation eines Menschen: also ein Roboter. Einer von denen, die Asimow beschreibt, wenn er von Stephen Byerley erzählt, der im Jahre 2032 für das Amt des Bürgermeisters von New York kandidiert. Byerley ist ein Mann um die Vierzig: wie Slayton. Er ist gutaussehend, tüchtig, herzensgut, intelligent, logisch, gerecht, mutig, bescheiden: wie Slayton. Er hat so viele Tugenden, daß Francis Quinn, dem andern Kandidaten, der Verdacht kommt: Byerley sei kein Mensch, sondern ein Roboter von menschenähnlicher Struktur mit einem besonders zur Lösung ethischer Probleme befähigten Elektronengehirn. Wenn es ihm gelingt, das zu beweisen, wird Quinn Bürgermeister. Der Wahlkampf geht los. Quinn führt ihn, indem er beteuert, Byerley sei ein Roboter, und Byerley, indem er sich dagegen wehrt. Quinn hat beispielsweise herausgefunden, daß Byerley nie ißt: Byerley ißt, um ihn zu widerlegen, einen Apfel. Quinn hat herausgefunden, daß Byerley nie schläft – Byerley macht, um das zu widerlegen, öffentlich ein Nickerchen. Dann kommt die letzte Runde: die große Versammlung, die über die Niederlage von Quinn oder Byerley entscheidet. Ein Mann springt auf Byerleys Tribüne und ruft ihm zu: »Ein Roboter kann einem menschlichen Wesen keinen Schaden zufügen. Das ist sein oberstes Gesetz. Wenn du kein Roboter bist, dann schlag mich mit der Faust!« – »Ich habe nicht den geringsten Anlaß, Sie zu schlagen, Sir«, sagt Byerley. »Du kannst es nicht, das ist die Wahrheit!« kreischt der Mann. Da schlägt ihm Byerley mit der Faust die Zähne ein. Einen Tag später ist er Bürgermeister. Fünf Jahre später ist er Regionalkoordinator. Zehn Jahre später ist er Weltkoordinator. Eines Tages muß er sich in nichts auflösen, weil die Wahrheit an den Tag kommt: Auch der Mann, dem Byerley die Zähne einschlug, war ein Roboter. Byerley hatte alles inszeniert, getreu der Regel: »Ein Roboter kann nur einen andern Roboter schlagen.«

Der Zweifel war mir gekommen, ich gebe es zu. Und auch die Versuchung, ihm zu sagen: »Wenn du kein Roboter bist, dann schlag mich mit der Faust.« Doch etwas in seinen Augen sagte mir, daß er es wirklich getan hätte: »Zu dumm, aber bitte!« Und da mir meine Zähne lieb und wert sind, ließ ich es bleiben. Im übrigen wirst du sehr bald feststellen, daß er ganz und gar kein Roboter ist, dieser Slayton. Du wirst ihn im folgenden noch oft treffen und immer deutlicher merken: In ihm steckt etwas, das man bei einem, der körperlich mutig ist, selten findet, das, was du moralischen Mut nennst. Das verträgt sich normalerweise nicht allzugut, wie du weißt. Einer kämpft zum Beispiel ganz allein gegen zehn MGs oder fliegt zum Mond und fotografiert seelenruhig die Erde, angesichts eines Mißgeschicks, eines Problemchens aber ist er ein Feigling. Erinnerst du dich an deinen Freund, der alle Foltern überstand, dem sie dafür eine Medaille verliehen und der zehn Jahre später, als er im Theater einem seiner Schergen begegnete, nicht den Mut, den moralischen Mut fand, ihm den Händedruck zu verweigern? Sag mal, riefst du, hast du dem verziehen? Nicht im Traum, erwiderte er. Hast du Angst? Mach keine Witze, erwiderte er. Aber warum hast du's denn getan, warum?! Ach weißt du, sagte er, er ist heute ein einflußreicher Mann, er leitet ein Unternehmen, mit dem ich demnächst geschäftlich zu tun habe. Je älter ich werde, Vater, desto klarer wird mir, daß du recht hast, wenn du sagst, es gehört mehr Mut dazu, einem stinkreichen Gauner nicht die Hand zu geben, als sich den Tod vor Augen die Nägel ausreißen zu lassen.

»Ich verstehe. Und womit beschäftigen Sie sich sonst noch, außer mit der Mondfahrt?«

»Wenn Sie wissen wollen, was ich lese, und Sie sind der Typ für solche Fragen, dann sage ich Ihnen gleich, daß ich mir, wenn ich nicht auf Reisen bin, vor lauter Lesen die Augen verderbe. Wenn Sie aber sehen, *was* ich lese, dann werden Sie sagen, das sei nicht Lesen. Die Bücher in die Hand zu nehmen, die *Sie* meinen, dazu habe ich keine Zeit. Im Kino bin ich seit fast zwei Jahren nicht mehr gewesen: Abends bin ich so müde, daß ich nur noch schlafen will. Auch sonst ist Sense; mein Leben erlaubt mir keine Zerstreuung. Es gibt nur zwei Dinge, wenn ich Zeit habe: jagen und fischen. Nichts macht mich so zufrieden und ruhig, wie mit einem Gewehr durch die Wälder zu streifen oder mit einer Angelrute am Ufer eines Flusses zu stehen. Allein. Schweigend. Und Sie?«

»Für mich ist's genauso.« Und ich starrte ihn dankbar an. Schade, nicht, Vater, daß es auf dem Mond keine Fische und Vögel gibt.

»Und wie ist Ihr Tagesablauf, Major? Worin besteht denn eigentlich dieser Beruf des Astronauten? Im Warten auf die Reise zum Mond?«

»Haben Sie eine Ahnung! Man arbeitet wie ein Sklave, so viel. Hier in Houston zum Beispiel hat jeder sein Büro: Jeden Morgen um acht Uhr müssen wir ins Büro, wie Bankangestellte. Um acht Uhr fünfzehn hat man an der Sitzung teilzunehmen, einer verfluchten Sitzung, bei der besprochen wird, wer was macht. Der eine geht zum Start einer neuen Rakete, was weiß ich, der andere zur Begutachtung eines neuen Raumanzuges. Nach der Sitzung ist Schule: Wir lernen wie Schulkinder. Physik, Astrophysik, Astronomie, Biologie, Geologie, all dieses Zeug. Nach der Schule ist Training: die Zentrifuge, um nicht aus der Übung zu kommen, und so weiter. Wer glaubt, wir verbrächten unsere Zeit mit Nichtstun oder mit Fliegen, irrt sich gewaltig. Das Fliegen ist nur ein kleiner Teil unserer Arbeit: der letzte. Der Rest ist Technik, Technik, Technik. Man ist mehr Ingenieur als Pilot, mehr Student als Astronaut. Und in Houston sind wir nur selten: Die meiste Zeit verbringen wir auf Reisen. Cape Kennedy, Washington, San Antonio, Pennsylvania, New Mexico, Kalifornien, Arizona, New York. Mal um die Fabrikation einer Rakete zu kontrollieren, mal um die geologischen Gegebenheiten einer Wüstenregion zu prüfen, mal um zu lernen, wie man sich im Dschungel oder in einer sehr heißen Lavalandschaft durchschlägt, mal um die Anweisungen der Regierung entgegenzunehmen. Man ist die ganze Zeit unterwegs. Von dreihundertfünfundsechzig Tagen im Jahr verbringe ich mindestens zweihundert außer Haus: Meine Frau schimpft immer, sie schaffe es nicht, den ganzen Haushalt allein zu führen.«

»Und aus Furcht, Ihnen könnte etwas zustoßen, schimpft sie nicht?«

»Nein, deswegen nicht. Sie schimpft nur wegen der Sache mit dem Haushalt. An das übrige hat sie sich gewöhnt.«

»Verstehe.«

»Ist ein harter Job, der hier.«

»Das ist mir klar, Major. Aber mich würde jetzt interessieren, wie Sie die russischen Astronauten beurteilen: als Kollegen oder als Gegner?«

»Wie wohl?! Wie eine andere Gruppe von Männern, die den gleichen harten Job haben wie ich, so beurteile ich sie. Als Kollegen: auch wenn wir uns im Wettbewerb befinden. Die russischen Astronauten ... wie die sind? So wie wir wohl. Ich bin ihnen nie begegnet. Aber Shepard und Glenn haben Titow kennengelernt, und wenn ich mich recht erinnere, haben sie gesagt, er sehe verdammt anständig aus. Das Verständnis ergibt sich von selbst, wenn man denselben Job hat, und die Staatsangehörigkeit macht keinen großen Unterschied. So denke ich darüber.«

»Die Rivalität bleibt aber.«

Er zuckte die Achseln.

»Weiß nicht ... Der russische Standpunkt ist anders: Bei der Auswahl ihrer Astronauten haben sie nicht das Kriterium, ausgezeichnete Piloten auszusuchen. Ist ihnen gleich, ob sie gute Piloten sind: Ihre Raumschiffe sind ohnehin dermaßen perfekt, daß auch ein schlechter Pilot oder jeder beliebige Fallschirmspringer sie bedienen kann. Kurz, sie ziehen es vor, Objekte für physiologische Studien statt Techniker, Passagiere statt Ingenieure zu schicken.« Er zuckte wieder die Achseln: »Jeder hat sein System und seine guten Gründe, dieses System zu verwenden, und ich denke, daß die russischen Raumschiffe besser sind als die amerikanischen, die amerikanischen Astronauten besser als die russischen. Wir hätten die Männer, die die Russen ausgesucht haben, nie genommen. Wir waren stets der Ansicht, der Erfolg eines Raumfluges hängt vom Mann in der Kapsel ab, von der Arbeit des Mannes in der Kapsel. Es ist sehr schwierig, vollautomatische Maschinen zu konstruieren: Maschinen haben die Neigung, Sicherungen durchbrennen zu lassen, sich selbständig zu machen, Maschinen können nicht ohne den Menschen auskommen. Und in diesem Falle ist es doch gut, wenn der Mensch auch gleich etwas davon versteht.« Ein Lächeln blitzte auf: »Auch wir könnten theoretisch den erstbesten Menschen schicken. Sie zum Beispiel.«

»Mich?!?«

»Ja, Sie. Wenn die medizinischen Tests ergäben, daß Sie

bei guter Gesundheit sind, könnte ich Sie nach Cape Kennedy mitnehmen, Ihnen einen kleinen Druckanzug verpassen, Sie in eine Kapsel einschließen und hinaufschießen. Sie würden sich herrlich amüsieren und mir bei der Rückkehr sagen: He, Deke, da hast du mir ja ein feines Geschenk gemacht, mein Junge! Abgesehen aber von der Freude, Ihnen ein Geschenk zu machen, was würde ich damit beweisen?«

»Daß sogar ich hinaufgehen und, zum Unglück vieler, wieder zurückkehren kann.«

»Natürlich können Sie, Glück oder Unglück beiseite. Aber wozu würde das dienen? Um eine schöne Geschichte zu schreiben, nicht um mich mit technischen Informationen zu versorgen. Die brauche ich aber, und sonst gar nichts. Literatur, wissen Sie ... Bei allem Respekt vor der Literatur ... aber mit Literatur lande ich nicht auf dem Mond.«

»Das erklärt aber nicht, warum die Vereinigten Staaten keine Astronautinnen haben. Es gibt in diesem Land eine Menge Frauen, die behaupten, alle notwendigen Erfordernisse dafür mitzubringen; und doch ist nicht eine einzige Frau unter den Astronauten. Warum werden Frauen für die Fahrt zum Mond und zu andern Planeten nicht zugelassen?«

»Das will ich Ihnen sagen. Weil die nur Quatsch erzählen. Weil sie die Erfordernisse eben nicht mitbringen. Sie haben weder die 2500 Flugstunden als Testpilotinnen noch die technischen Kenntnisse, die man braucht, um ein Flugzeug oder eine Kapsel zu testen. Es gibt in Amerika mindestens zweitausend Piloten, die qualifizierter sind als die qualifizierteste Pilotin. Soll ich diese zweitausenderste wählen, bloß weil sie eine Frau ist und das Reklame für mich macht? Die Russen haben die Tereschkowa geschickt. Ich hätte es nicht getan. Sie ist nicht einmal Pilotin, sondern bloß Fallschirmspringerin. Wozu dient das, in technischer Hinsicht? Die Frauen werden auch hinaufgehen, aber sicher. Wenn wir zum Beispiel den besten Geologen suchen und der beste Geologe ist eine Frau, werden wir sie schicken. Nicht weil sie eine Frau ist, sondern weil sie eine tüchtige Geologin ist. Frau zu sein ist weder eine Qualifizierung noch eine Disqualifizierung, um auf den Mond zu fahren. Geschlechterdiskriminierung kennen wir nicht: weder pro noch contra. Jeder muß wegen seiner Leistung ausgewählt werden, und nicht weil er Mann oder Frau, weiß, schwarz, gelb oder violett ist. Leistung zählt, sonst nichts.«

»Leistung, richtig. Schade. Trotz allem Zaudern, trotz meiner übermäßigen Angst würde ich gerne auf den Mond fahren.«

»Sie werden, Sie werden – glauben Sie mir. Ich selber werde Sie hinbringen, wenn die Flüge zum Mond Routine und die Astronauten so etwas wie Taxifahrer geworden sind.«

»Das schaffen wir nicht mehr, Major. Wir werden dann zu alt sein.«

»Wo denken Sie hin! Ich glaube nicht, daß ich zu alt bin, wenn ich die andern hinauffliege. Ich glaube nicht, daß es bis dahin noch lange dauert. Wenn einer mit sechzig noch gesund ist, kann er genausogut navigieren wie mit vierzig. Wir werden fahren und zurückkommen, wieder und immer wieder. Das ist, was uns die Zukunft bringen wird. Und dann werden Sie sich überzeugen, daß alles sehr einfach ist, sehr logisch, sehr richtig, und daß es unsinnig ist, Angst zu haben.«

Mein zweites Tonband ging zu Ende. Björn und Stig waren so wütend, daß sie fast die Tür einschlugen: Sie wollten ihr Interview. Howard Gibbons trat ein und flüsterte mir ins Ohr, Shepard habe schon zweimal gefragt, ob ich ihn nun sehen wolle oder nicht, Glenn habe dasselbe gefragt und der Oberst wolle keine Zeit mehr verlieren: ich solle mich also entscheiden.

»Ja, gewiß«, antwortete ich Gibbons.

»Was?« wollte Slayton wissen.

»Er sagt, ich mißbrauche Ihre Geduld, Major.«

»Unsinn.«

»Doch, doch! Es ist wahr.« Ich stand auf. Ich suchte nach einer Freundlichkeit, die ich ihm sagen könnte. »Es ist wahr. Dafür haben Sie mich aber überzeugt, Major: Wir werden gehen und zurückkehren und ...«

»So ist's gut! Bravo! So ist's gut!« lobte er. Und er sah aus wie ein zufriedener Bub, der tagelang versucht hat, einen Papierdrachen steigen zu lassen, der aber nicht steigen wollte, sondern immer wieder herunterkam, dann aber auf einmal steigt und steigt und steigt. Er stand da, in der Habachtstellung, etwas steif, und sah mich an, als wäre ich der Drachen. Ich hingegen sah ihn an, Vater, und dachte, wie klein doch die Welt ist, und wie komisch: Dieser Mann, der zum Mond fliegen wird, ist derselbe, der mich vor zwanzig Jahren vor Schrecken fast umbrachte. Damals haßte ich ihn, hoffte, er möge mitsamt seinen Bomben abstürzen, jetzt gefiel er mir, und ich fühlte mich ihm nahe.

Ich drückte seine Hand.

»Und passen Sie auf sich auf, Major, wenn Sie hinaufgehen. Jetzt, da ich Sie kenne, werde ich mir Sorgen machen.«

»Seien Sie unbesorgt. Ich komme ja wieder. Um nochmals zu starten und wieder zurückzukommen und so weiter, solange dieses verfluchte Herz durchhält.«

Dann streckte er einen Arm aus und klopfte mir so kräftig auf die Schulter, daß ich wankte. Wohl seine Art, »danke« oder »war nett mit dir, mein Junge« zu brummen. Wie man es in Sparta, Wisconsin, und bei uns auf dem Lande macht. Wie du es machst, Vater. Fern, in der Morgendämmerung eines Tages, wenige Jahre später, stieg ein Drachen auf und verschwand im Himmel. Der Himmel war blau, bald würde er nicht mehr blau, sondern schwarz sein. Der Drachen verschwand in der Schwärze, ein Tropfen Licht, das aufblinkt und wieder vergeht, ich drehte den Fernseher ab. Du weißt doch, jene Geschichte mit dem Titel »Der Raketenmann«. Der Raketenmann hat einen seltsamen Beruf: Er fliegt hin und her von einem Planeten zum andern. Auf der Erde, zu Hause, bleibt er nie lange, wenn er auf einen kurzen Urlaub heimkommt, geht er gleich wieder weg: »Auf Wiedersehen in einem halben Jahr, oder in zwei Jahren. Ich muß auf den Jupiter.« Oder auf den Mars. Oder auf den Neptun. Oder auf die Venus. Seine Gattin seufzt, der Junge sagt bloß: »Paß auf, Papa. Paß auf, wenn du hinaufgehst.« Der Raketenmann klopft ihm auf die Schulter und sagt: »Sei unbesorgt, mein Junge. Ich komme ja wieder. Und gehe nochmals hinauf und komme wieder herunter.« Der Junge wankt und denkt, was wohl geschehen würde, wenn sein Vater auf dem Jupiter umkäme, oder auf dem Mars, dem Neptun, der Venus. In den Nächten, in denen diese Sterne sichtbar sind, würde er sie dann nicht anschauen können. »Ja. Es war nicht der Mars«, erzählt der Junge weiter. »Es war nicht die Venus. Es war nicht Jupiter. Es war nicht Neptun. Sein Schiff stürzte in

die Sonne. Seither schlafen Mutter und ich am Tage. Wir
frühstücken gegen Mitternacht, essen um drei Uhr früh zu
Mittag und beim ersten Morgengrauen zu Abend. Tagsüber
gehen wir nur hinaus, wenn es regnet oder trüb ist. Wir
können die Sonne nicht mehr sehen.«
    Ich ging zum Büro von Al Shepard.

9. Kapitel

Er war der erste gewesen, an jenem frühen Morgen des
5. Mai 1961. Der erste Amerikaner, besser gesagt. Ein kurzer
Flug, eine Viertelstunde nur, in bescheidener Höhe,
115 Meilen nur: Aber der erste war eben er gewesen. Als
erster in dieser trichterförmigen Kapsel, als erster darin,
während das große Feuer entflammt, als erster ins Leere
hinausgeschmettert zu werden, du bist ein Versuchskaninchen, eine Labormaus, ein unbedeutendes, unwissendes
Stäubchen: Denn keiner von deinen Leuten hat es zuvor
probiert, du probierst es für sie als erster. An jenem Morgen
stand auf der Lake Champlain, einem der Schiffe, das im
Pazifik die Kapsel einholen sollte, die ganze Mannschaft
still, auch die Motoren standen still, und in die angstge-
schwängerte Stille hinein sprach der Kaplan über Lautsprecher das folgende Gebet: »Gütiger Gott, der du uns erhören
mögest, jetzt, da ein kostbares Leben in die Himmel ge-
schleudert wird, erfaßt uns Schrecken, fürchten wir uns vor
der drohenden Gefahr. Gütiger Gott, der du uns erhören
mögest, wir danken dir, daß du uns Männer gibst, die bereit
sind, ihr Leben hinzugeben, um uns die Pforten des Weltraums zu öffnen. Gib, daß es ihm gelinge, ohne daß er sein
Leben verliert. Gib, daß durch ihn die Anstrengungen, auf
dem Wege der Weisheit voranzuschreiten, von Erfolg gekrönt werden, auf daß wir nicht nur in das Weltall, sondern
in ein Weltall des Friedens eintreten, um dort miteinander
und in Dir zu leben. Amen.«
    Es war, trotz des vorgeschrittenen Frühlings, ein grauer
Morgen: kalt und voll drohender Gefahr. Drei Tage lang
war Florida von einem Unwetter heimgesucht worden, wie

im Winter hatten Blitz und Donner die Luft zerrissen und Bäume gefällt. Am Strande warteten die Menschen, fröstelnd in ihren Regenmänteln und Ponchos, todmüde: Auch die vorhergehende Nacht hatten sie mit Warten verbracht, aber um 7.25 Uhr hatte das Radio verkündet, der Start finde infolge des schlechten Wetters nicht statt. Das Warten im Regen hatte weiter nichts genützt, als zu erfahren, daß Shepard der Auserwählte war: Bis zum letzten Augenblick hatte die NASA das Geheimnis gehütet und sich darauf beschränkt mitzuteilen, es werde entweder Shepard, Grissom oder Glenn sein. Shepard wurde Punkt ein Uhr früh von Dr. Douglas, dem Arzt der Astronauten, geweckt: »Auf, Al, sie füllen schon die Tanks.« Er hatte kaum drei Stunden geschlafen, um zehn Uhr war er zu Bett gegangen, aber er machte sofort die Augen auf und sagte: »Ich bin bereit. Ist John schon wach?« John war John Glenn, der Reservepilot, derjenige also, der an seiner Stelle starten würde, wenn er im letzten Augenblick verhindert sein sollte. Monatelang hatten sie miteinander für diesen Flug trainiert, in den letzten zwei Wochen hatten sie sich keine Minute lang getrennt, am Abend vorher hatten sie zusammen am Strand Krebse gefangen, und in diesen drei Stunden hatten sie nebeneinander im selben Zimmer geschlafen. Es war eines der für die Astronauten reservierten Zimmer, im Hangar S, unweit der Abschußrampe.

»John ist wach. Wir sind alle wach. Hast du gut geschlafen?« fragte Dr. Douglas.

»Tief und traumlos«, erwiderte Shepard. »Nur einmal bin ich aufgewacht, um Mitternacht herum. Ich bin ans Fenster gegangen, um nachzusehen, ob es noch regnet oder ob man die Sterne sieht. Man sah die Sterne, und da bin ich wieder schlafen gegangen.« Dann verschwand er pfeifend im Bad und duschte. Er kam wieder heraus und sagte, er hätte gern sein Frühstück. Er sah aus, sagt Dr. Douglas, wie ein Jäger, der früh aufsteht, um Wasservögel zu jagen.

Das Frühstück kam sofort: ein Filet medium, Rühreier, Schinken, Orangensaft, drei gleiche Portionen für Shepard, Dr. Douglas und Glenn. Dr. Douglas und Glenn hatten nicht viel Appetit, Shepard hingegen aß alles auf: auch das Filet medium, das es aus Diätgründen seit vierzehn Tagen gab. Nach dem Frühstück ging Glenn die Kapsel kontrollie-

ren, dafür kam Grissom, der ein Jahr später den Flug Shepards wiederholen sollte. Mit Grissom und Dr. Douglas zusammen ging Shepard zur ärztlichen Kontrolle. Diese dauerte über zwei Stunden und ergab, daß Shepard in bester Form
war. Er hatte nur einen kleinen Sonnenbrand auf dem Rük-
ken, weil er beim Schwimmen zuviel Sonne erwischt hatte,
und einen schwarzen Zehennagel am linken Fuß, weil ihm
Grissom versehentlich daraufgetreten war. Das Herz funktionierte tadellos, der Puls war 65 pro Minute, das Nervensystem ausgezeichnet. »Er war sich über die Gefahr, der er
entgegenging, im klaren, zeigte aber keine Angst«, sagt der
Psychiater, der fast eine Stunde lang bei ihm war. »Noch nie
einen dermaßen ruhigen Mann gesehen. Ich versuchte, mit
ihm über Dinge zu sprechen, die nichts mit dem Flug zu tun
hatten, über die Familie zum Beispiel, um zu sehen, ob er
sich Sorgen mache, aber es gelang mir nicht. Sein Gehirn und
seine Nerven waren voll auf den Flug konzentriert: Etwas
anderes interessierte ihn nicht. Als er zum Raum ging, wo
man ihn einkleiden würde, war er bereits ein Teil des Raumschiffes.«

Das Einkleiden dauerte lange. »Unwillkürlich«, sagte Dr.
Douglas, »mußte ich es mit dem Ankleiden des Toreros vor
dem Stierkampf vergleichen. Sie haben nichts gemeinsam,
ein Astronaut und ein Torero, eine Corrida und ein Raumflug, aber ich war einmal in Spanien und habe die Einklei-
dung eines Toreros erlebt, und die Atmosphäre war die gleiche: feierliche Furcht, andächtige Stille, viele Leute rundum.
Und über dem Ganzen ein vager Hauch von Tod.« Die
Ärzte legten ihm zuallererst die Sensoren an: Das sind die
batteriebetriebenen Instrumente, die während des Fluges die
physiologischen Meßwerte zur Erde übermitteln. Drei Sensoren auf der Brust zur Kontrolle von Herz und Arterien,
einer auf dem Bauch zur Kontrolle der Temperatur, einer an
den Nasenlöchern zur Kontrolle der Atmung. Dann
schlüpfte Shepard in die knöchellangen Unterhosen, in die
Socken, und nun konnte er mit dem Schutzanzug bekleidet
werden: die Aufgabe des Spezialisten Joe Schmitt. Danach
setzten sie ihm den Helm auf, ließen ihn Schuhe und Hand-
schuhe anziehen und pumpten Sauerstoff in den Anzug: zur
Druckkontrolle. In dieser seltsamen silbernen Verhüllung
sah er wirklich fast wie ein Torero aus oder wie ein Wesen

aus der Science Fiction. Nur über ein Mikrofon konnte man mit ihm sprechen.

»Wie fühlst du dich, Al?« fragte Dr. Douglas am Mikrofon.

Die Antwort schien von weit her zu kommen.

»Es kribbelt mir in den Fingern, Bill.«

»Sehr stark, Al?«

»Unglaublich stark, Bill.« Nun pumpte Joe Schmitt den Anzug leer, den er erst kurz vor dem Start wieder aufpumpen würde, Shepard schob das Visier hoch und ging mit Grissom und Glenn zum Ausgang des Hangars S. Shepard war guter Laune und scherzte mit den beiden Kameraden. Sein Lieblingsspaß seit Monaten war Bill Dana, ein TV-Komiker, der die Figur des furchtsamen Astronauten José Jimenez erfunden hatte. Die beiden Kameraden assistierten ihm dabei.

»José, was wirst du auf diesem Heldenflug machen?« fragte Grissom.

»Ich werde viel weinen«, wimmerte Shepard.

»José, hast du der Bevölkerung der Vereinigten Staaten nichts zu sagen?« fragte Glenn.

»Bürger der Vereinigten Staaten!« greinte Shepard. »Schickt nicht mich, nicht ausgerechnet mich!« Bei der Rakete aber wurde er wieder ernst und prägte für die Tugenden eines tüchtigen Astronauten den Ausspruch: »Mut, niedriger Blutdruck und vier Pfoten.«

»Wieso vier Pfoten?« fragte Grissom überrascht.

»Weißt du das nicht?« sagte Shepard. »In Wirklichkeit wollten sie einen Hund raufschicken. Sie haben das nur deshalb nicht getan, weil sie es grausam fanden.« Dann betrachtete er die Rakete, als wollte er sich den Anblick für immer einprägen: »Schön nicht? So rank und schlank, sieht aus, als warte sie auch. Schade, daß sie draufgeht. Ich hab sie nämlich verdammt gern!«

Unter der Rakete drang weißer Rauch hervor, der sie federleicht und ganz sanft streichelte. Der Himmel war finster, zwischen den dunklen Wolken lugte ein Streifen Mond hervor. Shepard, Grissom, Glenn und Dr. Douglas stiegen miteinander in den Fahrstuhl, der zur Kapsel führt. Im obersten Stock pumpten die Techniker den Schutzanzug wieder auf. Shepard schloß das Visier des Helmes, schob sich in die

Kapsel und ließ sich in Rückenlage nieder. Er lag schon auf dem Rücken, als Dr. Douglas ihm eine Schachtel reichte und Shepard in seinem Helm drin in lautes Lachen ausbrach. Es war eine Schachtel Buntstifte: Auf seinen Raumflügen hat José Jimenez stets Buntstifte bei sich, weil er, anstatt die Bordinstrumente zu kontrollieren, kleine Häuser und Frauenfiguren malt; einmal hatte José Jimenez die Buntstifte vergessen, da wollte er nicht starten, und von Brauns Doppelgänger mußte laufen, ihm Buntstifte zu kaufen.

»Danke«, sagte Shepard und gab sie Dr. Douglas zurück. »José hat diesmal zu tun. Paß gut drauf auf.«

Dr. Douglas steckte sie in die Tasche seines Arztkittels und war gerührt. Auch Grissom, der, wie er sich erinnert, den Glückwunsch nicht herausbrachte, den die Testpiloten sich vor dem Start zurufen: »Geh in die Luft!« Gerührt war auch Glenn, der nur stumm auf ein Zettelchen zeigte, das an einer Stelle, wo niemand es sehen konnte, zwischen den Bordinstrumenten steckte. Darauf stand: »Fußballspielen verboten«, Glenn hatte es während einer Kontrolle eingeschmuggelt. Shepard lachte von neuem und gab es Glenn zurück: »Das könnte noch ins Fernsehen kommen.« Dann drückte Shepard allen die Hand und war bereit. Jemand schloß die Kapseltür. Es war kurz nach fünf Uhr, der Streifen Mond verschwand, gleich würde die Sonne aufgehen. Der Fahrstuhl brachte alle wieder hinunter, der Turm entfernte sich langsam, die Rakete stand ohne Stütze da: glatt, zierlich, gerade wie ein Buntstift, gut angespitzt, Farbe schiefergrau.

»José. Hörst du mich, José?« fragte eine tiefe, ruhige Stimme. Die Stimme von Slayton.

»Ich höre dich sehr gut, Deke«, antwortete Shepard.

»Weine nicht zuviel, José«, sagte Slayton.

»All right«, sagte Shepard.

Den Kopfhörer am Ohr, die Augen auf die roten und grünen Lichter gerichtet, die die Fahrt freigaben oder sperrten, würde Slayton von diesem Moment bis zum Ende des Fluges in direkter Verbindung mit Shepard bleiben. Neben ihm im Kontrollzentrum saßen Grissom und Glenn. Schirra und Carpenter waren in der Patrick Air Base, bereit, in ihre Jets zu steigen und das Einholen der Kapsel vom Flugzeug aus zu überwachen. Cooper war im Block-House, in der

Kasematte dicht neben der Rakete, um die atmosphärischen Bedingungen zu analysieren. Aller Neid und Streit in der Vergangenheit war vergessen, sie waren sechs Brüder, die sich voll und ganz einsetzen, um dem siebenten Bruder zu folgen, zu helfen, ihn zu beschützen bei seiner Bewährungsprobe. Dieser Moment der Wahrheit ließ freilich vier Stunden lang auf sich warten: immer wieder eine Verzögerung, eine Verschiebung. Und vier Stunden sind lang, wenn du in einer eisernen Nuß eingesperrt bist, die in dreißig Metern Höhe bebt und schwankt, und nicht weißt, was geschieht, weil keiner der sechs Brüder es vor dir erfahren hat, und die Hitze treibt dir den Schweiß aus den Poren, die Nervosität würgt in der Kehle, die Ungeduld preßt dir das Herz zusammen. Deke, was ist los? Die Sicht ist nicht gut, das Kontrollzentrum kann bei dieser Bewölkung die erste Phase des Fluges nicht verfolgen, in einer halben Stunde wird es aufklaren. Na, die halbe Stunde ist vorbei, Deke, was ist jetzt wieder? Ein Transformator ist überhitzt, Al, und muß ausgewechselt werden, wie fühlst du dich? Ich fühle mich wohl, Deke, rufst du bitte Louise an und sagst ihr, daß es mir gutgeht? Gern, Al. Wie lange wird es dauern, bis der Transformator ausgewechselt ist, Deke? Dreißig Minuten, Al, vierzig. O.k., Deke. Zehn Minuten, zwanzig Minuten, dreißig Minuten, vierzig Minuten, fünfzig Minuten, sechzig, siebzig, achtzig, einundachtzig, zweiundachtzig, dreiundachtzig, vierundachtzig, fünfundachtzig, sechsundachtzig Minuten, um einen Transformator auszuwechseln, na, sind wir so weit, Deke? Ja, Al, der Countdown fängt wieder an. Deke, der Countdown hat wieder aufgehört, was ist wieder los, Deke? Die Techniker wollen noch einen Elektronenrechner wegen der Flugbahn kontrollieren, Al. Na, diesmal klappt es, ach woher, sie brechen wieder ab, und jetzt, Deke, was ist jetzt? Zu hoher Druck beim Treibstoff, bleib ruhig, Al. Ich bin ruhiger als ihr, warum löst ihr diese Problemchen nicht und zündet die Kerze an, Herr Gott noch mal?!

Als sie mit dem Countdown wieder begannen, war es 9.23 Uhr. Die Sonne hatte auch den letzten Regentropfen aufgetrocknet.

»Ist es soweit, Deke?«

»Es ist soweit, Al.«

»Hier Freedom 7. Treibstoff ›Go‹ . . .«

»Sauerstoff ›Go‹.«

»Eins-Punkt-zwei G. Kabine auf vierzehn Psi.«

»*Go! Go! Go! Go! Go! Go!*«

»Countdown, los!«

»Zehn ... neun ... acht ... sieben ... sechs ... fünf ... vier ... drei ... zwei ... eins ... null ... Feuer!«

»Feuer total, los!«

»Du bist unterwegs, José«, sagte Slaytons tiefe, ruhige Stimme.

Eine kurze Reise, zugegeben. Begonnen um 9.34 Uhr und um 9.50 Uhr schon zu Ende, zugegeben. Um zehn Uhr schwamm die Freedom 7 schon im Meer, an der für das Einholen vereinbarten Stelle, und ein Marine-Hubschrauber überflog sie, um Alan Shepard aufzufischen. Aber es war die erste Reise der Sieben. Und das würde keiner jemals vergessen. Das Unangenehme dabei ist, auch er würde es nie vergessen. Damals, erzählt man, wurde es ihm bewußt, größer zu sein als die andern (vier Zoll größer als Grissom, zwei Zoll größer als Schirra, einen Zoll größer als Cooper, einen halben größer als Glenn, Slayton und Carpenter), und er gewöhnte sich an, die Schultern etwas zu sehr nach hinten zu drücken, den Brustkasten etwas zu sehr zu wölben, die Nase etwas zu hoch zu tragen, um den Duft des Ruhmes zu erhaschen. Damals begann, erzählt man, seine Überempfindlichkeit und Härte, die einem aufgebrachten Kollegen eines Tages den Ausruf entlockte: »Wer glaubst du denn eigentlich zu sein? Schließlich bist du da oben, Himmelherrgott, kein anderer Mensch geworden! Du bist und bleibst genau das, was du vor deinem Flug mit diesem Dingsda warst!« Damals begann, nehme ich an, auch diese gewisse Reizbarkeit oder mangelnde Herzlichkeit, die ihm gegenüber viele an den Tag legen: Journalisten, Publicityleute, Menschen aus seinem eigenen Ambiente. »Alan ist ein außerordentlicher Pilot und ein überaus intelligenter Mann, vielleicht der intelligenteste der Sieben«, sagen sie hinter vorgehaltener Hand. »Es ist nicht falsch, ihn den Intellektuellen der Gruppe zu nennen. Weißt du, der Typ, der jeden Tag die ›New York Times‹ liest, alles über Vietnam und den Kongo weiß und keine Ruhe gibt, bis er etwas ganz verstanden hat. Ein kluger Kopf will immer allem auf den Grund gehen. Allerdings hat er seine Fehler, namentlich einen schwierigen Charakter, was ihn häufig zum Streiten verführt, er muß immer an allem und allen herumkritisieren, und schließlich diese Manie, stets der Erste sein zu wollen. Wenn er nicht der Erste ist, wird er böse, eifersüchtig, unglücklich: Als sie zum Beispiel Glenn für die erste Erdumrundung wählten, war er unausstehlich. Er behauptete, qualifizierter zu sein als Glenn, und redete tagelang mit niemandem. Er kann es nicht verwinden, daß er nur eine Viertelstunde und suborbital flog, und lebt in der ständigen Angst, nicht mehr hinaufgelassen zu werden. Zugleich aber vergißt er nie, daß er als erster flog, und ist sich seines Platzes in der Geschichte der Menschheit bis zum Brechreiz bewußt. Kurz und gut, er nimmt sich fürchterlich wichtig.«

Ob das stimmt, weiß ich nicht: Mein Eindruck von ihm ist in sich widersprüchlich. Zeitweise gefällt er mir, zeitweise nicht. Nach dem Interview sah ich ihn noch ein paarmal, und er schien nie derselbe: bald herzlich, bald arrogant, bald zutraulich, bald argwöhnisch, er entzieht sich jeder Beurteilung wie ein Aal. Immerhin, es mag etwas Wahres dran sein: Es ist nicht leicht, Erster zu sein. Das hat Gagarin bewiesen, der als sehr schüchterner junger Mann geschildert wurde, ohne Allüren, und der seit dem Raumflug tut, als wäre er Moses, Dinge und Menschen kritisiert und sich erlaubt, Jewtuschenko zu verurteilen, als wäre er nicht Kosmonaut, sondern Tolstoj oder Dostojewskij. Und so auch viele andere vor ihm, Olympiasieger und Helden. Berühmtheit ist ein Übel, das immer eine Spur zurückläßt, man müßte ein Heiliger sein, um nicht davon angesteckt zu werden. Alan Shepard ist in diesem Punkt freizusprechen: Er hat sich nie als Heiliger gebärdet. Er liebt die Frauen, das Geld, die Rennwagen, den Applaus. Und er liebt, wie es scheint, auch das Lachen: eine Tugend, die unter den Heiligen nicht allzu verbreitet ist. Shepard ist in der Kleinstadt East Derry in New Hampshire geboren und aufgewachsen, dem Staat, von dem es heißt, er sei der kleinste, aber witzigste von Amerika. New Hampshire liegt im Norden. Zusammen mit Maine, Massachusetts, Connecticut gehört es zu Neuengland, wo der britische Humor sich unversehrt erhalten hat. Ein gutes Beispiel dafür liefert uns John Gunther, der das Verhör des Fischers Bert Sinnett in einem Schwurgerichtsprozeß schildert. »Sie heißen Bert Sinnett?« »Ja.« »Sie wohnen in Bayley Island?« »Ja.« »Sie haben Ihr ganzes Leben dort verbracht?« »Noch nicht.« – Gewisse Dinge, Vater, erklären wenigstens teilweise die sonderbare Atmosphäre rund um Shepards Flug, diese Mischung aus Drama und Scherz, seine Fähigkeit, selbst einen ernsten Menschen wie Deke Slayton mit seinem Spiel anzustecken. Wahr ist allerdings, daß ich in Alan Shepard, abgesehen von José Jimenez, keine Spur von Bizarrerie entdecke. Sohn eines Obersten im Ruhestand, jetzt Versicherungsagent, wuchs er ohne große Entbehrungen in einem bürgerlichen Milieu auf; sein einziges Vergnügen bestand darin, daß er zum Flughafen radelte und für die Piloten Besorgungen machte, damit sie ihn von Zeit zu Zeit zum Fliegen mitnahmen. So verliebte er sich in Flugzeuge und ging zur Pinkerton Academy in Derry und später an die Marineakademie. Denn zur Marine, genauer auf die Flugzeugträger, gelangten nur die begabtesten Piloten. Was noch? Während des Zweiten Weltkrieges kämpfte er im Pazifik, während des Koreakrieges in Korea, wurde mit achtundzwanzig Jahren Testpilot, meldete sich als Astronautenanwärter nur nach einigem Zögern, weil er fürchtete, das könnte seiner Karriere als Marinekommandant abträglich sein. Als er hörte, daß sie ihn ausgewählt hatten, brüllte er laut Hurra: »Das Büro war nämlich leer.« Dann sprang er in seinen Wagen und begab sich, »ohne jemanden zu überfahren oder bei rotem Licht über die Straße zu fahren«, nach Hause, um es seiner Frau Louise zu sagen. Er ist mit dieser Louise seit sechzehn Jahren verheiratet und hat zwei heranwachsende Töchter. Er besitzt auch eine Farm mit achthundert Kühen und vierundfünfzig Pferden, an denen ihm nicht weniger liegt als am Mond und an den Sternen. Ich habe den Verdacht, am Mond und an den Sternen liegt ihm gar nicht viel, sie sind für ihn bloß Objekte seines Ehrgeizes.

Das kam mir, ich weiß jetzt noch nicht, warum, in den Sinn, kaum daß ich sein Büro betrat und ihn sah: ein großer Mund mit aufgeworfenen, sinnlichen, etwas wulstigen Lippen, weiß schimmernde, spitze, vampirhafte, beißwütige Zähne, runde, pfiffige, hungrige Augen, auch sie so groß, daß es aussah, als wollten sie aus den Höhlen treten, um nur ja alles zu erfassen, was zu erfassen war. Das Ganze gekrönt von einer mächtigen Stirn und zwei Ohrmuscheln, aufgeklappt und aufnahmefähig wie ein Radarschirm. Hochgewachsen und schlank wie er war, konnte man ihn nicht als häßlich bezeichnen: im Gegenteil. Es ging von ihm eine Männlichkeit aus, die gleichzeitig einschmeichelnd und aggressiv wirkte. Trotzdem fiel es dir nicht leicht, auf ihn zuzugehen und ihm die Hand zu geben. Ich versuchte daher herauszufinden, ob er mich an jemand erinnerte, vielleicht an jemand, mit dem ich nicht gut auskam. Er erinnerte mich an niemand: Dieser Mund, diese Zähne, diese Augen waren einmalig. Ich versuchte herauszufinden, ob er es war, der mich durch Steifheit oder Arroganz abstieß: Er stieß mich nicht ab. Im Gegenteil, er streckte mir einladend die Rechte entgegen und lächelte mich mit solcher Wärme an, daß man damit ein Ei hätte kochen können: welches er gleich mitsamt meiner Hand, meinem Arm und allem anderen aufgegessen hätte. Er ähnelte – das war es, Vater – einer fleischfressenden Pflanze, die ich im Londoner Botanischen Garten gesehen hatte, dort, wohin du wegen des Fliegens nicht kommen wolltest. Du fühltest ihre Gefährlichkeit, wenn du in ihre Nähe kamst, ihre Blättchen bebten, als wollten sie dich streicheln, riefen nach deinem Finger. Dann strecktest du den Finger hin, und die Blättchen versuchten ihn dir wegzunehmen, um ihn wie eine Fliege aufzufressen. Der Mann war gerissen, man mußte ihn attackieren.

»Sie scheinen einen Komplex zu haben, Kommandant. Den Komplex, der erste gewesen zu sein.«

Die hungrigen Augen blitzten. Die knotigen, gepflegten Hände zuckten unmerklich, irritiert. Die Stimme klang eingerostet.

»Ich wüßte nicht, daß ich einen solchen Komplex hätte. Ich habe, sagen wir, ein Siegesgefühl. Dieser Flug war für mich ein persönlicher Sieg, ein Höhepunkt, eine Herausforderung an die andern. Es war auch ein Glücksfall, das gebe ich zu, Grissom hatte weniger Glück als ich. Er kam als zweiter dran.«

»Auch Sie waren zweiter, Kommandant: Juri Gagarin hatte bereits eine Erdumkreisung hinter sich, als Sie jene Viertelstunde machten. Waren Sie eifersüchtig, als Gagarin hinaufging?«

Von neuem blitzten die hungrigen Augen. Von neuem ging durch die Hände ein unmerkliches irritiertes Zucken.

»Natürlich war ich eifersüchtig, ich bin es heute noch. Tatsache aber bleibt, und das ist eine große Genugtuung für mich: Ich war der erste Amerikaner. Und dann auch, allein geflogen zu sein. Als erster allein. Jetzt wird keiner mehr allein fliegen. Beim Geminiprojekt fliegt man zu zweit, beim Apolloprojekt zu dritt. Ich kam früh genug, um noch allein fliegen zu können, und ich war der erste. Natürlich erwartete ich nicht, der erste zu sein. Ich war sicher, daß ich es verdiente, aber ich erwartete es nicht. Als man mir sagte, ich würde der erste sein, starrte ich vor Überraschung mindestens zwanzig Sekunden auf den Boden. Dann hob ich die Augen, und alle blickten mich an. Jeder der Sieben hätte der erste sein wollen, jeder der Sieben hoffte seit zwei Jahren darauf, und nun war der Moment da, nach zwei Jahren, und die Möglichkeit war für alle vorbei, außer für mich. Ich bedankte mich für das Vertrauen, und die andern gratulierten mir, mit einem furchtbar enttäuschten Gesicht.«

Es war etwas an dieser fleischfressenden Pflanze im Botanischen Garten von London, was einen störte. Und zwar nicht, daß sie Fliegen fraß oder versuchte, dir den Finger wegzuziehen, sondern vielmehr die Art, wie ihr der Kamm schwoll, nachdem sie die Fliege verzehrt hatte: als wartete sie auf Applaus. Konnte dies derselbe Mann sein, dem José Jimenez gefallen hatte? Ob Jimenez sein anderes Ich, ein Bekenntnis war?

»Und, was wollen Sie mich jetzt fragen?« lächelte er. Er schien es zu erraten.

»Ich dachte an José Jimenez.« Und ich sah ihm gerade in die Augen. Aber seine Augen verschlangen die meinen.

»Ah! José Jimenez.«

»Ich fragte mich, warum er Ihnen gefällt. Ich sagte mir, daß manchmal ein Scherz ein Bekenntnis, eine Befreiung von einer Last ist.«

»Nein, das war bloß zum Vergnügen. Die Serie lief damals im Fernsehen, und ich fand ihn toll. Das war so die Art, wie wir bei guter Laune die Dinge betrachteten. Großer Mann, dieser Jimenez. Er kommt beispielsweise mit dem Raumanzug daher, und der Reporter fragt ihn: ›Wie ist der?‹ ›Nun, unbequem‹, sagt Jimenez. ›Wirklich unbequem.‹ ›Und was ist das?‹ fragt der Reporter und zeigt auf einen kaputten Helm. ›Das ist ein kaputter Helm‹, antwortet Jimenez. ›Und den wirst du aufsetzen?‹ fragt der Reporter. ›Hoffentlich nicht‹, antwortet Jimenez. ›Und was wirst du in diesen langen Stunden im Weltraum machen?‹ fragt der Reporter. ›Ich werde viel weinen‹, sagt Jimenez. ›Gut‹, sagt der Reporter. ›Da du der Chefastronaut der Interplanetarischen Streitkräfte der USA bist und gleich startest, hast du bestimmt eine Botschaft an das amerikanische Volk.‹ Und Jimenez: ›Ja, die hab’ ich.‹ ›Bitte‹, sagt der Reporter. Und Jimenez: ›Volk der Vereinigten Staaten, tut mir das nicht an! Schickt nicht mich hinauf, ausgerechnet mich!‹ Kurz, das gefiel mir so, daß ich die Sendung auf Band aufnahm, es nach Cape Canaveral mitbrachte und beim Abschuß eines Rangers, als man den Countdown unterbrechen mußte, weil etwas daneben ging, mit großer Lautstärke laufen ließ: dort im Kontrollsaal. Natürlich gab es einen Skandal. Wer hat dieses Band aufgelegt? schrie der Operationschef, Wal Williams. Und alle auf mich los: Kannst du doch nicht machen, sowas, und so wurde ich eben der, der das Band mit José Jimenez ins Kontrollzentrum mitbringt: Sie fingen an, mich José zu nennen. Auch während des Fluges nannte Slayton mich José. Unsere Gespräche sind nicht immer so dramatisch während des Fluges, manchmal machen wir auch solche Sachen. Um die Atmosphäre aufzulockern.«

»Oder die Angst, Kommandant?«

»Angst? Nein. Angst hatte ich nicht. Man gebraucht oft im Zusammenhang mit uns das Wort Angst, aber ich glaube, Angst existiert nur vor Dingen, die man nicht kennt, von denen man nicht weiß, wie sie funktionieren. Wie meine Kapsel funktioniert, wußte ich dagegen ganz genau: Da war nichts, was ich nicht gekannt hätte. Wenn man monatelang, jahrelang etwas studiert und alles darüber weiß, kann man keine Angst mehr davor haben.«

»Das sagt auch Slayton. Ihr alle sagt es, nehme ich an. Und wenn ihr es sagt, ist es so. Und doch ist Ihr normaler Puls 65, wie man mir sagt: während des Countdown aber stieg er auf 80. Als der Transformator ausfiel, stieg Ihr Puls auf 95. Eine halbe Minute, bevor man zündete, stieg er auf 108. Als der Countdown bei Null war, stieg er auf 126. Und als die Rakete aufstieg, war er bei 138. Er blieb während der ganzen fünfzehn Minuten des Fluges um 130. Ist das vielleicht nicht Angst?«

Er schüttelte den Kopf, geduldig, nachsichtig.

»Ich würde es nicht Angst nennen. Angst, es laufe etwas nicht richtig und man blamiere sich, höchstens. Mit andern Worten, Sorge um das Gelingen des Fluges. Und dann war ich aufgeregt, gewiß war ich aufgeregt, und wenn man aufgeregt ist, beeinflußt das Adrenalin das Nervensystem, das Herz schlägt schneller, der Pulsschlag verdoppelt sich, der Atem geht mühsamer; mit Todesangst hat das aber nichts zu tun. Ich will Ihnen ein Beispiel nennen: Wenn Sie mit einem Ferrari auf der kurvenreichen Straße von Amalfi fahren, denken Sie nicht daran, daß Sie sterben könnten. Sie denken bloß daran zu fahren, das Steuer zu halten, die Kurven gut zu nehmen, und wenn Sie auf der geraden Strecke und in Sicherheit sind, sagen Sie, Donnerwetter, ich hätte mich ja umbringen können. Erst dann wird es Ihnen bewußt, nicht vorher. Wenn Sie vorher daran gedacht hätten, wären Sie nicht mit dieser Geschwindigkeit in die Kurven gegangen, wären Sie überhaupt nicht auf einer solchen Straße gefahren, überhaupt nicht in ein solches Auto gestiegen ... Ach! Ich bin ganz verrückt nach dem Ferrari, wenn er nur nicht soviel kostete. Ich bin verrückt nach allen Autos, ich. Ich habe einen Chevrolet Corvette, und manchmal ist er mir lieber als ein Flugzeug.«

Interessant hingegen war an jener fleischfressenden Pflanze, daß sie alles fraß: Ameisen, Mücken, Würmchen, und einmal hatte ich sie sogar eine Wespe verschlingen sehen. Die Wespe wehrte sich in wütender Verzweiflung, sog sie ihrerseits aus, durchbohrte sie, brach in einem Flügelwirbel durch die Blättchen: Doch der fleischfressenden Pflanze gelang es standzuhalten, und so hatte sie gewonnen. Sie gewann immer, was sie auch fraß oder machte. Auch er war dabei zu gewinnen.

»Dann sind Sie also mehr als bereit, auf den Mond zu gehen, scheint mir, Kommandant.«

»Wer weiß, wer weiß, ob ich gehen werde. Ich bin bereit dazu, das ist mehr als klar, ich habe mehr Erfahrung als die andern, und ich glaube, sie täten gut daran, mich zu schik-ken: Ich müßte als erster gehen. Aber ich bin nicht mehr der Jüngste, und je mehr die Jahre vergehen, desto weniger kann ich hoffen.«

»Gewiß bleibt man nicht ewig Astronaut. Wie bei den

Fußballspielern und den Radrennfahrern ist auch euer Beruf zeitlich begrenzt: Irgendwann werden Sie sich zurückziehen müssen. Denken Sie daran?«

»Ich denke daran, ich denke sogar oft daran, aber es macht mich nicht krank. Wer so gern lebt wie ich, stirbt nicht daran, daß er einen Beruf aufgeben muß. In den Weltraum hinauszugehen ist für mich eine Herausforderung, ein Weg zum Erfolg; und in allem kann eine Herausforderung, ein Weg zum Erfolg stecken. Ich werde in irgendeinem anderen Beruf Erfolg haben: Denn ich bin ein Mensch mit vielen Interessen.«

Die Fliege, die Wespe, die Ameisen, die Mücken, die Würmchen. Sie verschlang wirklich alles und verdaute alles. Und sie brauchte nicht einmal gegossen zu werden. Der Wärter erklärte, er erinnere sich nicht, sie auch nur ein einziges Mal gegossen zu haben. Ja, ja, Kommandant.

»Und was für Interessen sind das?«

»Vor allem das Bankwesen. Ich bin Verwaltungsratsvorsitzender der Handelsbank von Houston, ich besitze einen Anteil daran. Das nimmt mir viel Zeit weg, zweimal im Monat muß ich zum Beispiel zu den Sitzungen des Exekutivkomitees, weitere Aufgaben muß ich telefonisch erledigen, aber es lohnt sich. Dann die Ranch, die Pferde- und Rinderzucht. Rindvieh besitze ich momentan bloß achthundert Stück, aber es sind gesunde, saubere Schlachttiere und machen sich bezahlt. Natürlich geben sie mir nicht das, was mir die Pferde geben. Pferde habe ich bloß vierundfünfzig: alles Rennpferde. Zwanzig von ihnen laufen die Viertelmeile, ein Dutzend aber läuft auch die halbe Meile, und eines ist geradezu phantastisch: im Trab, im Galopp, es kann alles. Es ist mindestens fünfzehntausend Dollar wert, aber ich verkaufe es nicht. Die andern hingegen verkaufe ich: normalerweise von dreitausend Dollar an aufwärts. Immerhin sind auch einige für zweitausend oder tausend Dollar dabei, und auch die sind, glauben Sie mir, erstklassig. Starke Beine, Sprunggelenke aus Stahl, ausgezeichnetes Gebiß. Wollen Sie eins kaufen?«

»Aber nein, Kommandant. Wo soll ich mit einem Pferd hin?«

»Ich gebe es Ihnen für knapp tausend Dollar.«

»Aber nein, unmöglich.«

»Es ist dreitausend wert. Hören Sie, das ist ein Geschäft.«

»Ich zweifle nicht daran, Kommandant. Aber im Ernst: Wo soll ich mit einem Pferd hin? In den Koffer etwa?«

»Sie lassen es verfrachten, ganz einfach. Kann doch nicht soviel kosten, der Versand?«

»Er kostet ganz schön. Aber das ist es ja nicht: Nachher muß man es doch reiten und pflegen, und ich bin immer unterwegs. Wirklich, Kommandant, ich würde Ihnen das Pferd gern abkaufen, aber ich könnte es nicht halten.«

»Dann kaufen Sie ein Rind. Eine Kuh braucht man auf dem Lande. Halten Sie nicht mal eine Kuh auf dem Lande?«

»Nein, aber zwei Schweine.«

»Ach, Schweine! Schweine! Eine schöne Kuh muß es sein. Ich verkaufe sie Ihnen für nicht mal fünfhundert Dollar.«

Es fehlte nicht viel, und er hätte sie mir verkauft. Er hätte mir auch das Pferd verkauft, ein paar Aktien der Handelsbank und hätte mir das Portemonnaie geleert. Ich sah ihn überrascht und verlegen an und begriff nicht, wie er die Tätigkeit eines Viehzüchters mit der eines Bankiers, die des Bankiers mit dem Beruf des Astronauten, die Sterne mit den Pferden, den Mond mit den Banknoten, den grauen Zweireiher des Verwaltungsratsvorsitzenden mit den Blue jeans des Cowboys, die Blue jeans des Cowboys mit dem Raumanzug, den Raumanzug mit dem Zweireiher vereinbaren konnte. Ich begriff nur, daß alles dazu diente, seinen Hunger zu stillen, der ein sehr irdischer Hunger war und nichts mit jenem Hunger zu tun hatte, der Slayton zum Flug in den Kosmos trieb. Nein, das war nicht der Held, der mich betroffen machte. Wirklich nicht.

»Fünfhundert Dollar ist tatsächlich nicht viel. Die Sache ist nur die, daß ich nicht so viel Geld habe wie Sie, Kommandant. Sie sind wirklich reich.«

»Noch nicht. Aber eines Tages werde ich sehr reich sein.«

»Durch die Pferde? Die Rinder?«

»Eher durch die Bank.«

»Entschuldigen Sie, wenn ich indiskret erscheine. Aber wie brachten Sie es fertig, die halbe Bank zu kaufen? Das Gehalt eines Astronauten ist doch kein Riesengehalt.«

»Nein, aber wir haben diesen Vertrag mit ›Life‹, man muß nur wissen, wie man sein Geld anlegt. Kurz, man muß ehrgeizig sein.«

»Und Sie sind es. Bei Gott, Sie sind es. Was wollen Sie denn noch erreichen?«

»Warten Sie ab.«

»Reden Sie jetzt von den Sternen, von der Bank oder von den Rindern?«

»Von allem. Ich rede von allem.«

»Immerhin, wenn die Sterne nicht wären, wäre die Bank nicht, wenn die Bank nicht wäre, wären die Rinder nicht. Ordnen wir sie also auf diese Weise, die Genesis eines ehrgeizigen Mannes: Am Anfang waren die Sterne, dann kam die Bank, und von der Bank die Rinder.«

Die hungrigen, runden blauen Augen blitzten diesmal zornig. Die knotigen, gepflegten Hände zuckten im Wunsch, Ohrfeigen auszuteilen. Die Stimme klang eingerosteter denn je.

»Sie sind eine sehr romantische Frau«, sagte er.

»Sehr«, gab ich zu.

»Zu sehr«, sagte er.

»Man kann nicht romantisch genug sein«, meinte ich, »wenn man zu den Sternen aufsieht.«

»Ah! Sie scherzen wohl?« sagte er. »Es ist nichts Romantisches dabei, zu den Sternen zu fliegen. Im Grunde ist auch das eine kommerzielle Angelegenheit.«

Eine kommerzielle Angelegenheit. Eine kommerzielle Angelegenheit. Glatter Hohn, Kommandant, zu denken, daß eines Tages die Enkel unserer Enkel in Ihnen einen romantischen Helden sehen werden, und vielleicht wird ein Berg, eine Ebene, eine Wüste auf dem Mond oder Mars Ihren Namen tragen. Mount Shepard. Shepardwüste. Waren Sie nicht der erste, der erste, der erste, der erste?

Vielleicht sollten wir Helden nie von nahem betrachten. Helden, sagte La Rochefoucauld, sind wie Gemälde: Um sie schätzen zu können, darf man ihnen nicht zu nahe treten.

10. Kapitel

An dem Tag, als ich Shepards Büro verließ, um zu ihm zu gehen, war er noch kein »verschlissener Astronaut«, kein

»gescheiterter Politiker«, kein müder kranker enttäuschter Mann, der von sich meint: »Es kommt nicht oft vor, daß man mit dreiundvierzig Jahren ganz von vorn beginnen muß.« Vielmehr war er ein Mann strotzend vor Gesundheit, Begeisterung und Ruhm, und die Zukunft gehörte ihm. Er hätte es sich gewiß nicht träumen lassen, daß diese Zukunft eines Morgens im späten ›Winter über ihn hereinstürzen würde, in Form eines Badezimmerschränkchens. Er war im Bad, um sich zu rasieren, und dort hing das Schränkchen an einem robusten Haken. Drin war die Seife, der Pinsel und alles übrige. Er öffnete es, da löste sich der Haken, und die ganze Welt fiel ihm auf den Kopf. Auch er selber fiel, an der Schläfe und am Ohr getroffen. Er fiel zwischen Wand und Badewanne, dieser Körper, den er so sehr trainiert, gepflegt, umhegt hatte, während ein dünner Faden Blut all seine Träume mit sich fortnahm. Er, der Champion, der dreimal die Erde umkreist, Katastrophen und Meteoren getrotzt, die unheimlichsten Gefahren überwunden hatte: das Eindringen in den Weltraum, die Schwerelosigkeit, die Rückkehr in die Atmosphäre, bei der die Kapsel zum Feuerball wird. Aus der Bahn geworfen durch ein Schränkchen, nur weil ein Haken sich löst. Wie ein Kind, ein Invalider, ein Greis. Viele lachten darüber. Es erschienen alle möglichen Karikaturen über Glenn, wie er sich den Kopf im Badezimmer einschlägt. Die komischste war die, auf der er als Astronaut gekleidet zu sehen ist, mit der Rasierseife in der rechten, der Zahnbürste in der linken Hand; vor ihm steht ein General, der die amerikanische Fahne schwenkt und sagt: »Oberst, ich betraue Sie mit einer sehr gefährlichen Mission ...« Ich lachte nicht darüber. Es gibt Fälle, in denen Lachen unzulässig, Humor vulgär ist. Ich dachte vielmehr an jene grausame persische Geschichte mit dem Titel ›Stelldichein in Samarkand‹. Im Garten des Königs erscheint einem Diener der Tod. »Morgen«, sagt er zu ihm, »hole ich dich ...« Da läuft der Diener zum König, bittet ihn um das schnellste Pferd, damit er weit fort fliehen kann: nach Samarkand. Wie er anderntags in Samarkand eintrifft, steht dort der Tod und erwartet ihn. »Das ist nicht gerecht!« schreit der Diener. »Das ist nicht anständig!« »Warum nicht?« gibt der Tod zurück. »Du bist geflohen, ohne mich ausreden zu lassen. Ich war im Garten, um zu sagen: Morgen hole ich dich in Samarkand.«

Zu jener Zeit, da der Haken sich löste, dachte Glenn allerdings nicht mehr an Raumflüge. Er hatte den Beruf des Astronauten aufgegeben und wollte als Kandidat der Demokratischen Partei Senator von Ohio werden. Politik hatte ihn schon immer gereizt, seine Beziehungen zur Republikanischen Partei nach der Erdumkreisung waren kein Geheimnis. Auf der Suche nach repräsentativen Männern, die man gegen Kennedy aufstellen konnte, hatten die Republikaner an die Möglichkeit gedacht, ihn für die Präsidentschaft der Vereinigten Staaten vorzuschlagen, und sein Nein war erst gekommen, als ihm der Kennedy-Clan die Gastfreundschaft der Demokraten angetragen und ihn somit vereinnahmt hatte. Für Bob Kennedy war er die einzige Karte, um den Sieg des republikanischen Kandidaten Robert Taft jr., ebenfalls aus Ohio, zu verhindern, und obwohl es Leute gab, die neidisch fragten: »Wer ist denn dieser Glenn, was hat er denn geleistet, außer in einer Maschine um die Erde herumzufliegen«, schwor er darauf, daß es ihm gelingen werde, sich durchzusetzen. Er besaß ja auch alles, was man brauchte, um den Wählern zu gefallen: ein sympathisches Gesicht, einen bekannten Namen, die Story eines Helden. Und auch den Ton des Volkstribunen, der die Masse zu beeindrucken versteht, die Besessenheit, der Jugend ein Vorbild zu sein. »John benimmt sich immer so, als ob ein Heer von Pfadfindern oder Minderjährigen ihm zuschaute«, sagte Alan Shepard. »Selbst wenn er sich an der Nase kratzt oder pinkelt.« Sein Privatleben war blitzsauber, das Leben eines Heiligen, der nicht trinkt, nicht raucht, nicht flucht, nicht jagt, weil er es verabscheut, Vögel zu töten, nicht fischt, weil er es verabscheut, Fische zu töten, der weder faul noch eingebildet ist und nie seine Frau betrügt. Tugenden, die er nicht verloren hat und auch nie verlieren wird: Man ist allgemein der Ansicht, er habe seit dem Tag seiner Geburt nur eine einzige Frau geliebt, und zwar Anne Castor, die Frau, die er heiratete. Ihr Idyll begann, als sie beide sechs Jahre alt waren, und ist noch nicht zu Ende. Und alle Elizabeth Taylors der Welt wären nicht in der Lage, es auch nur vorübergehend zu trüben.

Wenn nötig, heißt es, ist er auch völlig keusch. Als er in der Langley Air Force Base in Virginia für das Mercury-Projekt trainierte, verlangte er, Anne solle in Washington bleiben und ihn auch nicht besuchen. Die andern hatten ihre Familien bei sich, er wohnte im Büro und schlief auf einem Feldbett. Volle acht Monate lang schlief er dort, ganz allein: Das schaffen nicht einmal die Radrennfahrer der Tour de France und die Spieler während der Fußballmeisterschaft. Dann kam Anne zu ihm nach Houston, mit den Kindern David und Lynn, und weißt du, wie sie den Samstagabend verbracht haben: mit dem Singen von frommen Weisen. Anne saß an der Orgel, und John jubilierte zusammen mit David und Lynn »Halleluja! Halleluja!« Ihr intimster Freund war Pfarrer Frank Erwin, den sie Frank nannten. Nach Frank kam Scott Carpenter, der schlimmste Don Juan, das schwarze Schaf der Gruppe. Glenn hatte es sich in den Kopf gesetzt, ihn umzuerziehen, ihn zu überzeugen, daß er aufhören müsse, jeder Frau nachzulaufen. Und die Kameraden überraschten sie des öfteren im Akazienwäldchen, wie Glenn mit erhobenem Zeigefinger redete und redete, Carpenter schweigend lauschte und nickte. Religiös bis dorthinaus, strenggläubiger Presbyterianer, vergeht kein Sonntag, ohne daß er in die Kirche geht, und vor dem Unfall hielt er den andern dauernd Predigten: »Beobachtet das Weltall, Brüder. Denkt an die Millionen und aber Millionen von Sternen, die ihre Bahn ziehen, ohne je zusammenzustoßen. Denkt an die Ordnung, die die Sonnensysteme und Planeten regiert. Denkt an die Vollkommenheit einer Umlaufbahn. Und das sollte die Frucht des Zufalls sein? Nein, es ist das Ergebnis einer Schöpfung, eines höheren Willens eben, Gottes. Nicht, daß es etwa möglich wäre, Gott in wissenschaftlichen Begriffen zu erfassen, doch vergleicht nur unser Mercuryprojekt ...«

Für einen Mann aus solchem Holz war Politik nicht Kunst oder Beruf: sondern Mission, Pflicht. Und als Kennedy ermordet wurde, begann ein Gedanke sein Hirn zu martern: Es sei an ihm, nun etwas zu tun. Er reichte bei der NASA seine Demission ein und stürzte sich in das neue Abenteuer, mit der Unschuld eines Kindes, das seine Heimat liebt wie seine Mutter, mit der Großherzigkeit eines Pfadfinders, der alten Frauen über die Straße hilft. Und bloß eine Minderheit bemerkte abschätzig: »Man kann ja wohl mal fragen, ob er den Himmel nicht für die Wahlen instrumentalisiert, ob sich für ihn nicht, wenn er die Sterne betrachtete, darin eher die Erde, ja das Weiße Haus spiegelte.«

Die meisten sagten: »Glenn ist das Beste, was Amerika in den letzten Jahren passieren konnte. Nur ist er zu gut, um wahr zu sein.« Was vor allem für ihn sprach, war ein klarer Verstand, eine bewährte Disziplin, ein unermüdliches Engagement. Zweifellos wäre er mindestens in den Senat gelangt. Aber der Haken lockerte sich, und von dem politischen Traum blieben ihm nichts als seine Schulden in Höhe von 9473 Dollar bei der Druckerei von Zanesville, die ihm sein Propagandamaterial gedruckt hatte. Und das bezahlte er ganz aus seiner eigenen Tasche, weil es in der Partei einfach hieß: Was geht uns das an? Seine Kandidatur zog er mit den Worten zurück: »Man rät mir zwar an, Kandidat zu bleiben, aber ich kann den Wahlkampf nicht bestreiten, und ich will keine Stimmen geschenkt haben. So wie die Dinge liegen, würde man mich bloß wählen, weil ich durch das Herumgondeln in einem Raumschiff populär geworden bin.«

Nichts blieb übrig von seinem Traum, zum Mond zu fliegen. In der Klinik für Weltraummmedizin von San Antonio in Texas blieb er zwei Monate lang unbeweglich im Bett: Er konnte den Kopf nicht um einen Millimeter drehen, ohne daß ihm die Welt zu einem Boot auf stürmischer See wurde und Übelkeit ihm den Magen zuschnürte. Dann durfte er aufstehen, aber jede etwas abrupte Bewegung brachte ihn an den Rand eines Abgrundes, die Reise von einem Sessel zu einem Stuhl dauerte länger als die Reise zur Venus oder zum Mars. »O Gott!« sagte er immer wieder, »ich bitte dich nur um eines: ein wenig in einem Zimmer umhergehen können, das kein Karussell ist.« Das Schränkchen hatte ihm das Innenohr verletzt, jene überaus empfindliche Einrichtung, die unser Gleichgewicht reguliert. Er konnte sich nicht mehr im Gleichgewicht halten, aufrecht stehen: er, der die Zentrifuge bis zu 20 g ausgehalten hatte! »Die Heilung ist langsamer und schwieriger, als wir glaubten«, erklärten die Ärzte, und irgendwer stellte die Vermutung an, der Raumflug zwei Jahre zuvor könnte etwas mit dem Leiden zu tun haben; war nicht auch Titow etwas Ähnliches zugestoßen? Die Hypothese wurde nie bestätigt, aus mysteriösen Gründen verschanzte sich die NASA hinter einer geradezu sowjetischen Zurückhaltung, und vier Monate später, als ich wegen dieses Buches nach Amerika zurückkam, stieß ich jedesmal, wenn ich Glenn erwähnte, auf unverhohlene Verlegenheit. Auf präzise Fragen erwiderte die NASA lediglich, er würde genesen; und in der Tat, genesen ist er: Er hat sogar eine Arbeit gefunden, die ihm viel Geld einbringt, als Präsident der Royal Crown Cola, die einen durstlöschenden Aperitif herstellt. Doch sein Leben lang wird er Erschütterungen, Laufen, Springen, hohe Geschwindigkeiten meiden müssen, und er kann nicht hoffen, je wieder »dort hinauf« zu kommen. Wie ein Saugnapf am Boden klebend, angekettet wie wir an dieses Gewicht, das Schwerkraft heißt, bleibt ihm allein die Erinnerung an einen herrlichen Tagesanbruch, als er auf die Spitze des Turmes stieg und sich in der Kapsel niederließ und jemand zehn, neun, acht, sieben, sechs, fünf, vier, drei, zwei, eins zählte und ihn ein Blitz ins Blaue hinausschleuderte, dann in die große Schwärze, leichter werdend, immer leichter, und: »Sich schwerelos zu fühlen war ein äußerst angenehmes Erlebnis. Es verursachte mir weder Schwindel, noch Übelkeit, noch sonst etwas. Ich warf heftig den Kopf hin und her, von einer Seite auf die andere, hinauf und hinunter, bewegte ihn ruckartig und fühlte mich ausgezeichnet, ich konnte alles machen, auch essen und trinken, mir war, als wäre es immer so gewesen, als hätte ich nie Gewicht besessen, als hätte ich nie etwas fallen sehen, spontan stellte ich Dinge in den freien Raum, und sie blieben dort. Unglaublich, wie rasch sich der menschliche Körper an alles anpaßt, unglaublich, wie widerstandsfähig, wie robust er ist.« Dieser wundersame Flug, dieses märchenhafte Erlebnis. In Perth, in Australien, war es Nacht, als er wieder in die Atmosphäre eintrat. Da drehten sie alle Lichter an, jedes Haus, jedes Büro, jede Straße, jede Fabrik erstrahlte von Lichtern, überall waren weiße Tücher und silberne Bänder angebracht, um das Licht zu reflektieren, um ihm beim Abstieg zu helfen, es sah aus, als hätte der Himmel einen Stern verloren und dort fallen lassen, und aus der Luke der Kapsel sah er den Stern und wunderte sich, was das war, und er rief Gordon Cooper: »Roger, hier Roger, ich sehe ein großes Licht an der australischen Küste, aber ich weiß nicht, was es ist«, und Cooper antwortete: »Das ist Perth, Perth in Australien, sie haben die Lichter angemacht für dich, um dir den Heimweg zu erleichtern«, und da sagte er: »Danke, sag ihnen danke, Gordon, ich danke den Leuten von Perth.«

Ich habe lange gezögert, bevor ich meine Begegnung mit

Glenn, dem nunmehrigen Präsidenten der Royal Crown Cola, in diese Memoiren aufnahm. Er gehört jetzt ja wohl eher der Vergangenheit als der Zukunft an, und es kam mir vor, als schweifte ich vom Thema ab. Dann kam mir, Vater, eines Tages, als ich für meine kleine Schwester eine Geschichte suchte, die traurige Geschichte von Glenn in den Sinn: Und ich dachte, sie müßte sie einmal hören, als Erwachsene, wenn ich alt sein werde und sie auf den Mars und auf die Venus reisen wird, so wie ich jetzt nach Amerika. Wenn sie sie aber hören mußte, mußte sie auch wissen, wer Glenn ist und worüber wir uns unterhielten. Also denn:

Glenn kam in New Concord, Ohio, zur Welt: einem gesegneten Staat, den man »ein Imperium innerhalb des Imperiums« nennt: Felder, Industrie, Universitäten, an denen einfach alles gelehrt wird, von der Eiscreme-Fabrikation bis zu Catull, von der Automobilherstellung bis zur altprovenzalischen Sprache, von der Erziehung von Wunderkindern bis zur Blüte der Monokotyledonen. Die staatliche Universität ist unentgeltlich, und jedes Jahr schreiben sich fünfzehntausend Studenten ein. Es ist eine Tatsache, daß viele amerikanische Schriftsteller, von Sherwood Anderson bis Louis Bromfield, in Ohio geboren sind. Ohio ist eine gebildete und wohlerzogene Gegend. Und auch eine ziemlich bigotte Gegend: Es gibt mehr Methodisten in Ohio als irgendwo sonst auf der Welt, mehr Kirchen als in den andern 49 Staaten Amerikas. Es ist außerdem eine Gegend, die viele Politiker hervorbringt, und zwar fast stets ehrliche. Ich unterstreiche das immer, Vater, denn Amerika ist ein viel größerer Kontinent als Europa, und zu schreiben, Glenn sei Amerikaner, hat ungefähr so viel Sinn, wie zu schreiben, Gagarin sei Europäer. Glenn gehört zu Ohio wie sein Vater und der Vater seines Vaters. Sein Vater war Chevroletvertreter und ein motorenbegeisterter Kleinbürger. Infolgedessen wuchs John als motorenbegeisterter Kleinbürger auf. Mit dreizehn konnte er Auto fahren, und mit sechzehn besaß er seinen ersten Wagen: mit dem er Anne Castor ausführte. Anne sagt, er sei ein vorsichtiger, pedantischer Fahrer gewesen: Er sei nie schneller als vierzig gefahren, auch nicht, wenn er es eilig hatte. Weiter sagt sie, John habe schon immer eine Schwäche für alles Mechanische gehabt. Oft sei er mit ihr in der Garage gewesen, um Modellflugzeuge zu bauen. Zu fliegen begann er, als der Krieg ausbrach und die Regierung Pilotenkurse für Studenten einrichtete: Er studierte technische Fächer am presbyterianischen College von Muskingum. Er meldete sich zu den Marines, und nach einem Jahr war er bereits Leutnant. Man nannte ihn den »Streber, der überall Klassenbester ist«. Als Leutnant kam er nach New Concord zurück und heiratete Anne, der er eisern die Treue gehalten hatte. Anne erklärt: »Ich kann die Männer nicht verstehen, die von ihrer Frau Unberührtheit verlangen, ohne ihr dasselbe zu geben. John ist keiner von denen. Man fragt uns oft, wie wir uns verliebten: Ich könnte es wirklich nicht sagen. Wir liebten uns schon immer, unsere Liebe war nie dramatisch oder von Eifersucht und Unentschlossenheit getrübt. Ich bin eine ergebene Ehefrau, und John ist ein fügsamer Ehemann: Nach dem Essen hilft er mir beim Geschirrspülen. Wenn er spült, trockne ich ab. Wenn ich spüle, trocknet er ab. Er hilft mir auch beim Staubwischen und kehren, und er kocht ausgezeichnet. Zwischen uns gab es nie ein Problem, außer als er in den Krieg mußte. Aber John löste das ganz einfach. Er öffnete die Tür und sagte: ›Ich gehe mir Kaugummi kaufen‹, und ich antwortete: ›Bleib nicht zu lange weg.‹«

Den Krieg erlebte er auf den Marshall-Inseln und da und dort im Pazifik. Neunundfünfzig Einsätze, bei denen er ich weiß nicht wie viele Auszeichnungen und Medaillen errang. Dann mußte er nach Korea, wo man ihm den Spitznamen *Alter Magnetschwanz* gab: Denn während der Bombardements wurde sein Flugzeug von der Flak immer wieder am Heck getroffen. Eines Tages jedoch trafen sie die Benzintanks, und er mußte mit dem Fallschirm in ein nordkoreanisches Lager abspringen, wo er gefangengenommen und drei Monate lang festgehalten wurde. Er kam im Austausch nach Hause und begann als Testpilot zu arbeiten. Er war unter anderem der erste, der in drei Stunden und dreiundzwanzig Minuten von New York nach Los Angeles flog. Das machte ihn berühmt und brachte ihn ins Navy Bureau of Aeronautics in Washington, wo man sich an ihn erinnert als an »einen umgänglichen Burschen, der leicht Freundschaft schloß und verteufelt sentimental war, besonders wenn er Musik hörte. Er kannte alle Opern und schwärmte furchtbar für Puccini. Von Puccini war ihm ›Madame Butterfly‹ am liebsten. Wenn ein Bariton ›Un bel dì vedremo‹ sang, so brummten wir gleich: Das ist wieder Glenn, diese Nervensäge. Er war aber auch ein ausgezeichneter Gesprächspartner und ein äußerst spaßiger Witzesammler. Es tut uns leid, daß er fortgeht.« Er ging fort, um Astronaut zu werden, und hier gebe ich Mrs. Glenn wieder das Wort:

»John erfuhr davon und meldete sich: Seine Neugier ist so unersättlich, er möchte alles machen und alles sehen. Dann wählten sie ihn aus, und mich packte die Angst: nicht etwa, es könnte ihm etwas zustoßen, sondern die Angst, in die Hölle zu kommen. Ich fragte mich, ob es zulässig sei, in den Weltraum einzudringen, da er doch Gott gehört. Da rief ich Frank an, Pfarrer Frank Erwin, und fragte ihn, ob John recht daran täte, in den Weltraum einzudringen, der Gott gehöre. Wir diskutierten ziemlich lange, und Frank beruhigte mich, indem er feststellte, Gott hindere uns nicht, in den Weltraum hinauszugehen, da es doch auch unsere Regierung wolle: und er hindere auch John nicht.« John seinerseits hütete sich, Pfarrer Frank Erwin gegenüber Bedenken zu äußern. Er hätte nicht auf den Beruf verzichtet, selbst wenn es eine Todsünde gewesen wäre: Astronaut zu sein war für ihn eine Bestätigung seiner Position als Klassenbester. »Glenn hat in den Astronauten nie einfach nur gute Piloten gesehen«, sagt John Dille, »sondern eine heldenhafte Gruppe von Männern, dazu auserwählt, die Zukunft zu symbolisieren.« Tatsächlich fing er, sobald er zu den ersten Sieben gehörte, sofort an, den Papa zu spielen, sich wie ein Politiker aufzuführen, der sich sehr um seine Wählerschaft kümmert. Er beantwortete alle Briefe, Telefonanrufe, Einladungen. Er ließ sich nie bei einem falschen Verhalten ertappen. Allen gegenüber war er fröhlich, geduldig und freundlich. Er verfaßte die meisten Artikel, gewährte die meisten Interviews. Im übrigen hielt er die Fäden nach Washington in der Hand (er war es, der mit John Kennedy sprach und der mit Jacqueline Kennedy Wasserski lief), je nach Bedarf war er ein ausgezeichneter Redner. Im Kongreß stellte er eine solch intelligente Rhetorik unter Beweis, heißt es, daß selbst die abgebrühtesten Senatoren sich vor Bewunderung und Neid krümmten. Er kalkulierte genau sein Schweigen, die Pausen. Jedes Ausrufungszeichen, jedes Komma saß. Er war schwungvoll im richtigen Moment, bescheiden im richtigen

Moment, vertraulich im richtigen Moment. Und als er, die Lider senkend, leise sagte: »Es kommt Ihnen vielleicht komisch vor, aber wenn ich unsere Fahne sehe, spüre ich in meinem Innern etwas, und die Kehle schnürt sich zu«, da geschah ein Wunder: Diese alten Polit-Füchse, diese kalten Realpolitiker senkten ihrerseits die Lider und verdrückten schnell eine Träne. Teufel noch eins! Ich weiß nicht, was ich darum gegeben hätte, dort dabeizusein, seine verborgenen grünen Pupillen mit dem Fernglas zu beobachten, ihm ins Ohr zu flüstern: »He, John, ist das nicht besser, als die Erde zu umkreisen?« Denn, nicht wahr: Es ist doch unmöglich, jemandem die Sympathie zu versagen, der seine Sache gut macht und einen ganzen Kongreß an der Nase herumführt. Ob nun aufrichtig oder als Komödiant, er reißt dich zum Beifall hin, er entlockt dir den Ausruf: »Machen Sie sich's bequem, Oberst, ganz zu Ihren Diensten.« Das dachte ich wenigstens, als ich gleich nach dem Gespräch mit Shepard in einem Büro auf ihn wartete.

Glenn kam sofort: wie ein Windstoß mit karottenroten Sommersprossen und zwei Reihen weißer Zähne, das ansteckendste Lächeln, das ich je sah; mit leuchtenden kornblumenblauen Augen, unschuldig und schlau zugleich. Er trug einen zerknautschten braunen Anzug und eine komische Fliege unter seinem runden Gesicht, das durch den glatt rasierten Schädel – auch dieser voller Sommersprossen – noch runder wirkte. Groß, robust, nicht schön und dennoch schön, erinnerte er an jene wohlgenährten G.I.s, die uns während des Krieges Schokolade und Kaugummi zuwarfen. Und die große offene Hand verriet auch die Geberlaune dessen, der eben etwas Schokolade oder einen Kaugummi verteilt hat. Der Händedruck dagegen war hart: von einem Mann, der keine Schüchternheit kennt und seiner sicher ist. Ich begriff deshalb nicht, warum er so oft errötete, so daß ihm die Ohren brannten und an den Schläfen eine Ader bläulich anschwoll. Freilich lachte er beim Erröten. Ein kollerndes Lachen, daß es seine Fliege und die Achseln schüttelte und mich, weißt du an wen, erinnerte, Vater? Genau, an deinen Freund Ohio: den Sergeanten, der während der alliierten Besatzung zu uns kam und einen schwierigen Namen hatte und den wir der Kürze halber Ohio nannten. Er war nämlich in Ohio geboren.

Vor allem hatte Ohio dieselbe Nase: kastanienförmig, mit der Spitze der Kastanie ganz leicht nach oben. Dann hatte er den Kopf glatt rasiert, so sehr, daß ich dich, weißt du noch, fragte: »Vater, wie alt mag wohl Ohio sein, daß ihm schon alle Haare ausgefallen sind?« Außerdem errötete er wegen nichts so sehr, daß ihm die Ohren brannten und an den Schläfen dieselbe Ader bläulich anschwoll. Und auch er lachte beim Erröten. Ohio war bei den Panzereinheiten, fuhr aber im Jeep, und du, weißt du noch, hast seine Bekanntschaft gemacht, als du mit dem Fahrrad gegen seinen Jeep pralltest. Wer schuld war, weiß ich nicht: Ohio behauptete, du allein seist schuld gewesen, du natürlich behauptetest, Ohio allein sei schuld gewesen. Jedenfalls aber hattet ihr euch schnell vertragen, und aus dieser Versöhnung erwuchs eine große Freundschaft, die jeden Abend um sieben Uhr einen Höhepunkt erreichte, wenn Ohio mit einem großen Weißbrot anrückte und unschuldig das bißchen Gemüse oder Fleisch, das wir hatten, aufaß. Mutter gefiel das gar nicht, sie schimpfte: »Na weißt du, alle Amerikaner schenken den Leuten Essen, und der da kommt mit ein bißchen Weißbrot her und verschlingt das unsere.« Dir dagegen, das weiß ich, gefiel es sehr, und mit lebhaften Gebärden, Zeichnungen oder mit mir als Dolmetscherin entlocktest du Ohio äußerst langweilige Kriegserlebnisse, die oft vier Kerzen lang dauerten. Bei der vierten Kerze sah Ohio auf die Uhr und ging in die Kaserne zurück; das ging so weiter bis zu dem Tage, da die Panzer abfuhren und Ohio mit ihnen nach Bologna weiterzog. Der Abschied, der Mutter mit Frohlocken erfüllte, nahm euch beide riesig mit. Am Tisch stehend, schlugt ihr euch gewaltig auf die Schultern, und eure Schatten an der Wand sahen wie zwei große, verrückt gewordene Schmetterlinge aus. Dann wurde Ohio rot, nahm seine Armbanduhr ab und reichte sie dir feierlich: »Remember Ohio.« – »Allmächtiger!« stöhnte Mutter, »jetzt gibt er ihm die Zwiebel!« Die Zwiebel war die Uhr des Großvaters: dick wie eine Zwiebel, aus Kupfer und an einer langen, ebenfalls kupfernen Kette befestigt. Mutter behauptete, es sei eine wunderbare Uhr, solche finde man überhaupt nicht mehr:

auch deshalb, weil sie ganz mit Emailblümchen bemalt war. »Du wirst ihm doch nicht die Zwiebel geben?!« wiederholte sie. Aber im selben Augenblick griffst du nach der Zwiebel und reichtest sie Ohio: »Remember Florence«. Dann ging Ohio fort mit seiner Zwiebel, zwischen dir und Mutter entbrannte ein schrecklicher Streit, in dessen Verlauf du sagtest: »Sei still, die Zwiebel gehörte mir, und ich mache damit, was ich will«, und sie sagte: »Ist ja noch schöner, nur um den großen Herrn zu spielen, gibt man am Ende auch noch die Schuhe her.« Mindestens zwei Tage lang spracht ihr nicht miteinander; das weiß ich noch, und jedesmal, wenn die Rede auf Ohio kam, brach der Streit von neuem aus, heftig, bis die Uhr von Ohio stehenblieb und Mutter taktvoll nichts mehr sagte. An dem Tag jedoch, als ich zum erstenmal nach Amerika fuhr, flüsterte mir Mutter ins Ohr: »Wenn du nur diesen aufdringlichen Ohio auftreiben könntest. Wenn du nur Vaters Zwiebel zurückhaben könntest – gegen Bezahlung natürlich.« Seither reizt es mich jedesmal, wenn ich nach Amerika fahre und einen finde, der Ohio ähnlich sieht, ihn zu fragen: »Entschuldigen Sie, sind Sie nicht mit Ohio verwandt, wissen Sie, mit dem, der Vaters Zwiebel hat?« Glenn glich Ohio in der Tat, und ich hätte ihn sehr gern gefragt, ob Ohio sein Cousin oder Onkel sei: Aber bei aller Umgänglichkeit war etwas an ihm, das eine Vertraulichkeit dieser Art nicht zuließ. In einem Fauteuil sitzend, mit übergeschlagenen Beinen und verschränkten Armen, betrachtete er mich, als wollte er sagen: »Kommen Sie mir nicht mit der Zwiebel, ich habe sie nicht. Dafür habe ich es furchtbar eilig. Ich erwarte gewisse Anrufe aus Washington.« Indem ich mich im stillen bei Mutter entschuldigte, begann ich.

»Es gibt da eine Frage, Oberst, die ich Ihnen schon lange gern gestellt hätte. Nämlich: Als Sie starteten und nachher oben waren, hatten Sie da Angst?«

»Selbstverständlich hatte ich Angst. Wer hätte keine? Das heißt, bei den andern weiß ich es nicht, aber bei mir. Ich möchte Sie sehen an der Spitze der Rakete, die im Wind schwankt, während das Feuer mit einem Höllenlärm gezündet wird. Wir sind in etwas Neuem drin, in einem Fahrzeug, das keiner zuvor benützt hat, das vielleicht funktioniert, vielleicht aber auch nicht. Wir wollen zu einem Ort, den wir nicht kennen: geheimnisvoll, unendlich, voll ungeahnter

Tücken. Selbstverständlich hat einer da Angst. Das ist menschlich, ist normal. Na und? Ist doch unwichtig. Wichtig ist, daß man sich der Angst nicht ausliefert, daß man nicht paralysiert dahockt wie ein Trottel, sondern sich aufrappelt, sich bewegt und trotzdem das tut, was zu tun ist. Wichtig ist zu handeln, so die Angst zu überwinden, sie zu vergessen. Und dann vergißt man sie auch. Enttäuscht Sie das?« Er sprach so, wie ich es aufschreibe. Er irrte sich weder in einem Adjektiv noch in einem Verb.

»Im Gegenteil, Oberst. Es erfüllt mich mit Erleichterung und Hochachtung. Und es verleitet mich zum Verdacht, die Astronauten seien am Ende doch die Helden, für die man sie hält, die Supermänner, für die man sie hält.«

Erstes Erröten.

»Keine Spur von Helden und Supermännern! Ich fühlte mich völlig normal, ein absolut gewöhnlicher Mensch. Und infolgedessen ...«

»Und infolgedessen, Oberst?«

»Infolgedessen verstehe ich wirklich nicht, was die Leute Interessantes an mir finden. Wenn sie mich etwa fragen: Was ist es für ein Gefühl, John Glenn, ein Star zu sein? Ich fühle mich wirklich nicht als Star; trotzdem scheint es unvermeidlich zu sein, daß man mich als Star, als Supermann, als Helden betrachtet.« Eine kleine, nur leicht selbstgefällige Pause. »Es ist nun einmal so, daß die Menschen stets vom Neuen fasziniert sind, von neuen Aufgaben, neuen Entdeckungen: namentlich wenn einer dabei sein Leben riskiert. Das Risiko regt die Phantasie, die Begeisterung an. Und Raumflüge sind wohl oder übel riskant.« Wieder eine Pause, ebenfalls etwas selbstgefällig. »Und dann geht es darum, daß man mit dem Geheimnisvollen, dem Unbekannten konfrontiert wird, mit Erlebnissen, die niemand je zuvor hatte. Ich will damit sagen: Wenn man der erste oder einer der ersten ist, der ein Stück Schokolade in den freien Raum legt, und zusieht, wie es nicht herunterfällt, sondern dort liegenbleibt, im freien Raum, so wird man schließlich selber so angestarrt wie dieses Stück Schokolade.«

»Und stört Sie das, Oberst? Mit andern Worten: Amüsiert oder ärgert Sie diese weltweite Publizität, ja die Tatsache, daß ich hier bin, um Sie zu interviewen?«

Zweites Erröten.

»O nein! Es ärgert mich gar nicht. Es gefällt mir sogar: Ich finde es sehr angenehm. Wenn Sie beispielsweise mich interviewen, so heißt das doch, daß das Publikum, für das Sie schreiben, sich für Raumflüge und für das, was wir machen, interessiert: Das erfüllt mich mit Zufriedenheit, genau wie die Leute, die mir gratulieren, die mir Briefe schreiben, die mir applaudieren. Gewiß, es kann manchmal lästig sein, mitten in der Nacht das Telefon abzunehmen, sich von der Menge bedrängt oder allzusehr beobachtet oder gar beschnüffelt zu fühlen. Das schafft Probleme. Aber nie unüberwindliche Probleme. Man kann ja auch dem Mitmenschen keinen Vorwurf machen, daß er dich tüchtig und sympathisch findet. Ich rede natürlich nur von mir, nicht für die Kameraden. Schließlich ist es auch deshalb angenehm, weil die Menschen sich an dir ein Beispiel nehmen, dich nachahmen, dir nachzueifern suchen ...«

»Etwas, dessen Sie sich sehr bewußt sind, ich weiß. Ich erinnere mich nicht, wer gesagt hat, selbst beim Rasieren benähmen Sie sich so, als müßten Sie einem Pfadfinder als Vorbild dienen.«

Drittes Erröten.

»Nicht übertreiben! Ich bin mir, das stimmt, der Verantwortung bewußt, die das Berühmtsein mit sich bringt. Ist es nicht eine Verantwortung? Denken Sie an die jungen Menschen, die in mir wirklich einen Helden sehen, an die Kinder, an die Pfadfinder. Was würden sie denken, wenn ich mich schlecht benähme, wenn ich Schlechtes täte? Ich interessiere mich sehr für die Jugend, für die Pfadfinder zum Beispiel. Für sie ist es ganz logisch, auf andere Planeten zu fliegen, sie leben wirklich im Zeitalter der Raumfahrt. Das sieht man daran, daß sie alle Astronauten werden wollen. Man muß ihnen doch erklären, daß die Raumflüge in der Zukunft nicht das alleinige Interesse der Gesellschaft sind, daß wir junge Leute in der Politik, in der Rechtsprechung, als Lehrer brauchen und brauchen werden: und nicht nur in der Astronautik. Man muß ihnen doch erklären, daß nicht alle dafür geboren sind, Astronauten zu werden, daß vielmehr auch Ärzte, Farmer, Volksvertreter, Schriftsteller, Händler, Arbeiter nötig sind. So reise ich eben herum, um ihnen dies zu sagen. Außerdem widme ich mich eingehend den religiösen Gruppen ...«

148

»Sie sind sehr religiös, soviel ich weiß.«

»Ja, sehr.«

»Ich habe mich immer gefragt, ob Astronauten es sein können.«

»Warum sollten sie nicht?«

»Eben. Und Sie, Oberst, waren Sie es schon, als Sie noch nicht in den Weltraum flogen?«

»Ja, natürlich. Ich glaube nicht, daß ich dadurch gläubiger geworden bin, daß ich aus der Atmosphäre hinaus in den Raum geflogen bin. Oder... ja... vielleicht... doch, ich bin jetzt entschieden gläubiger.« Er stützte einen Ellbogen auf die Armlehne und legte die Hand an die Schläfe. »Ich muß Ihnen das erklären. Natürlich erwartete ich nicht, Gott im Weltraum zu sehen oder ein besonderes religiöses Erlebnis zu haben, nur weil ich da im Leeren war; der Glaube an Gott bleibt immer derselbe, wo immer man auch ist, auf der Erde, unter Wasser, im Weltraum. Immerhin, je mehr ich bei den Weltraumflügen sehe, je mehr ich studiere und lerne, desto überzeugter werde ich, daß unsere Religion wahrscheinlich stimmt. Mit anderen Worten, ich glaube nicht, daß wir dadurch, daß wir mehr lernen, in der Lage sind, uns an Gottes Stelle zu setzen. Im Gegenteil. Die Dinge, die wir lernen, sind so unverständlich und so mysteriös, sie fügen der Unwissenheit und dem Mysterium so viele Probleme hinzu, daß ich zu dem Schluß komme: Die Schöpfung des Kosmos muß ganz einfach einer Form, einer Ordnung gehorchen.«

»Für viele andere, Oberst, ist es nicht so. Für viele andere wird die Religion, in die wir hineingeboren sind, durch die Raumflüge vor schreckliche Fragen gestellt. Für viele andere sind sie eine Aufforderung zum Zweifel, zur Aufgabe des Glaubens.«

Er hob mit einem Ruck den Kopf, als hätte ihn etwas gestochen.

»Was fordert da zum Zweifeln auf? Lassen Sie hören!«

»Denken Sie an die Genesis, Oberst! Ich gehe natürlich vom theologischen Gesichtspunkt aus.«

»Was sagt die Genesis also? Vorwärts, jetzt will ich Sie mal ein Weilchen ausfragen. Inwiefern gibt sie zu Zweifeln Anlaß, die Genesis?«

»In der Genesis heißt es: Und Gott schuf die Erde in

sieben Tagen ... und am siebenten Tage schuf er den Menschen, nach seinem Bilde ...«

»Ah! Ah, gut! Ich dachte schon, Sie meinten etwas anderes. Daß Gott im Himmel zu sehen sein sollte und dergleichen.«

»Ich habe mir Gott nie mit Bart und weißem Gewand vorgestellt, Oberst. Außer als Kind.«

»Gut. Ob die Bibel nun Wort für Wort glaubwürdig ist oder nicht, hat nichts mit der Entdeckung anderer Planeten zu tun. Das führt höchstens zu dem uralten Konflikt zwischen Wissenschaft und Religion, nicht zu dem zwischen Raumflügen und Religion. Oder liege ich da falsch?«

»Entschuldigen Sie, Oberst, aber meiner Meinung nach: sehr sogar. Die Wissenschaft im allgemeinen hat uns nie bewiesen, daß auf andern Planeten Leben existiert: die Raumflüge aber können es. Und an dem Tage, an dem Sie auf einem andern Planeten Geschöpfe antreffen, die ich mir nicht vorstellen kann, nennen wir sie einmal ›Wer-weiß-was-für-Wesen‹, wie erklären Sie sich dann die Schöpfungsgeschichte, Oberst?«

»Die Bibel bestreitet das Leben anderer Welten nicht. Ich möchte ganz im Gegenteil sagen, ich wäre sehr erstaunt, auf andern Planeten *nicht* das zu finden, was Sie ›Wer-weiß-was-für-Wesen‹ nennen. Wir werden sie finden. Ob in der Form von menschlichen Wesen oder Würmern, das vermag ich mir nicht vorzustellen, obwohl ich sicher bin, daß wir eines Tages, unter Millionen und aber Millionen himmlischer Körper, auch den Menschen wiederfinden werden. Ich kann mir aber andersartige Geschöpfe vorstellen, die sich nicht aus Kohlenstoff und Wasserstoff entwickeln, Geschöpfe, die sich beispielsweise von Felsgestein ernähren, die weder Blut noch Gewebe oder Organe besitzen. Und die Bibel bestreitet das nicht. Sie bestreitet nicht, daß Gott auch sie nach seinem Bilde geschaffen hat. Sie bestreitet die Möglichkeit nicht, als wahre Christen auch sie zu lieben.«

»Und wenn es notwendig wäre, sie zu töten, sie auszurotten, diese Würmer oder Brüder im Felsgestein, die weder Blut noch Gewebe oder Organe besitzen. Würden Sie das bedauern, Oberst?«

Von neuem stützte er einen Ellbogen auf die Armlehne des Fauteuils. Von neuem legte er die Hand an die Schläfe.

»Nein. Ich glaube nicht. Es wäre unangenehm, schon der Gedanke daran schmerzt. Doch ich könnte es tun. Ich bin ein Mensch, der niemand sterben sehen möchte, nicht einmal im Krieg. Und doch werden gewisse Expeditionen wie Kriegsmanöver sein, und das Wesen des Krieges ist der Tod. Aber, entschuldigen Sie, warum glauben Sie, daß wir die ›Wer-weiß-was-für-Wesen‹ anderer Planeten ausrotten müßten?«

»Weil sie Feinde sein könnten. Sie könnten alles andere als glücklich sein über unsere Ankunft, Oberst.«

»Ich bin optimistisch: Sie könnten uns freundlich gesinnt sein. Sie könnten auch gut sein, glücklich, uns zu sehen, und wir wären nicht gezwungen, sie auszurotten. Natürlich... natürlich wäre ich mißtrauisch bei ihrem Anblick, bereit, mich zu verteidigen... Ich weiß nicht... natürlich, wenn es in unserem Sonnensystem welche gäbe... Mein Gott... In anderen Sonnensystemen gibt es sie sicher, aber solange Sie und ich leben, werden wir wahrhaftig nicht in andere Sonnensysteme gelangen. Das wird bestenfalls in hundert, zweihundert Jahren möglich sein; und hundert Jahre oder zweihundert sind nicht viel, ich weiß, aber doch genug, um so beängstigenden Fragen nicht zu nah zu kommen.«

»Ich habe eine noch beängstigendere Frage, Oberst: Wenn ihr nach der Landung auf dem Mond feststellt, daß ihr nicht mehr zurück könnt... Würdet ihr euch umbringen? Mit anderen Worten: Habt ihr eine Waffe oder eine tödliche Pille mit?«

»Wir haben nichts mit, das ist nicht nötig. Wenn einer sterben will, braucht er bloß die Sauerstoffzufuhr zu unterbrechen oder den Helm abzunehmen: Und in wenigen Minuten ist es aus mit ihm. Wenn ich merken sollte, daß ich nicht mehr zurück kann... Das ist wirklich eine gräßliche Frage... Nein... ich glaube nicht, daß ich mich umbringen würde. Würden Sie es tun?«

»Ich? Sofort.«

»Warum denn? Da Sie wissen, sowieso sterben zu müssen, könnten Sie ebensogut versuchen, so lange wie möglich am Leben zu bleiben. Nein, ich würde es versuchen, und erst ganz zuletzt, aber wirklich zuallerletzt, würde ich mich aufgeben.«

»Wenn also ein solches Risiko, eine solche Möglichkeit

besteht, wenn Astronaut zu sein Leid und Mühsal und Schmerz bedeutet, warum sind Sie es dann? Was treibt Sie dazu, Oberst? Abenteuerlust? Neugier?«

»Ich antworte mit einer Gegenfrage: Was bedeutet das Schreiben für Sie?«

»Eine Möglichkeit zu leben, zu überleben, sich auszudrücken: ist doch klar.«

»Das reicht nicht. Das ist nicht alles.«

»Wieso nicht?«

»Nein, das ist nicht alles. Was wollen Sie mit Ihrem Schreiben erreichen? Wollen Sie Herausgeberin einer Zeitung werden?«

»Gott behüte, nicht im Traum.«

»Wollen Sie Hemingway oder Steinbeck werden?«

»Möchten Sie, daß ich sage, ich sei ehrgeizig, Oberst? Daß es purer Ehrgeiz sei, der mich treibt?«

Er errötete so, wie ich noch nie hatte einen Mann erröten sehen oder eine Frau oder ein Kind. Eine purpurne, brennende Röte, eine Röte, die all seine Sommersprossen verschlang und dann in einem fröhlichen jungenhaften befreienden Lachen zum Ausbruch kam. Die bläuliche Ader schien dem Platzen nahe.

»Nein! Nein! Nein!« Die bläuliche Ader schwoll ein wenig ab.

»Nein. Ich will nur sagen, daß es Ihnen nicht reicht, um des Schreibens willen zu schreiben: Sie möchten doch bestimmt nicht ein Niemand bleiben.«

»Sie können mir glauben oder nicht, Oberst, aber wenn ich ein Buch, an dem mir sehr viel liegt, als Frau Niemand herausgeben müßte, würde ich das tun.«

»Ich nicht. Und ich sage Ihnen auch gleich, warum ich niemals Herr Niemand sein möchte. Ich kann es Ihnen sagen, weil auch ich mir Ihre Frage gestellt habe. Und ich habe auf verschiedene Arten geantwortet: Es sei eine Möglichkeit zu leben, zu überleben, mich auszudrücken. Aber das genügte nicht. Es genügte nicht, weil es die Ursache nicht erklärte, warum ich besser sein wollte als die andern, der Beste von allen. Da habe ich mich gefragt: Warum, John, willst du besser sein als die andern, der Beste von allen? Was treibt dich dazu? Nun, mich treibt folgendes Anliegen: Wir alle fürchten uns vor der Zukunft, wir alle wissen nicht, was uns die Zukunft bringen wird. Indem wir etwas tun, worin die anderen uns nacheifern, indem wir es gut machen, indem wir die Spitze erreichen, absolute Spitze werden, kontrollieren wir die Zukunft. Der Erste sein, der Beste sein, etwas tun, was die andern nicht tun, das bedeutet für mich, die Zukunft zu kontrollieren, der Zukunft zuvorzukommen, die Zukunft zu beeinflussen. Das ist das richtige Wort: die Zukunft beeinflussen. Den Mond kennenlernen oder andere ...«, er überwand ein kurzes Zögern, »... andere darauf vorbereiten, den Mond kennenzulernen, das bedeutet für mich, die Zukunft zu beeinflussen. Und der Gedanke, die Zukunft zu beeinflussen, bereitet mir dieselbe Freude, als wäre ich Steinbeck oder Hemingway.«

»Oberst: eine alte, abgedroschene Frage. Man hat sie auch schon von Braun gestellt ...«

Er kam mir blitzschnell zuvor.

»Und Sie haben sie Slayton gestellt.«

»Woher wissen Sie das?«

»Ich weiß es.«

»Gut. Diese ist allerdings ein bißchen anders. Wenn Sie fünf Bücher auf den Mond mitnehmen könnten, welche nähmen Sie mit?«

»Bücher? Auf den Mond? Ich glaube nicht, daß wir auf dem Mond Bücher brauchen. Wenn sie erst ... wenn wir erst einmal oben sind, werden wir mehr als genug zu tun, zu sehen, zu denken haben, um uns den Luxus leisten zu können, Bücher zu lesen. Entschuldigen Sie, aber es ist, als fragte ich Sie: Welche Bücher bringen Sie heute zum Abendessen mit mir mit? Wenn Sie mit jemandem zu Abend essen, haben Sie anderes zu tun, als vor seiner Nase ein Buch zu lesen. Das Buch lesen Sie nachher oder morgen.«

»Sehr geschickt, sehr brillant, Oberst.«

»Sehr freundlich, sehr liebenswürdig.«

Er lächelte sein ansteckendes Lächeln. Ich wich ihm aus.

»Ich stelle die Frage anders, Oberst. Wenn ein anderer im Bestreben, die Zukunft zu beeinflussen, beschließen sollte, alle Bücher der Welt zu verbrennen: welche würden Sie retten? Nennen Sie mir fünf, drei.«

»Ich wußte, daß Sie darauf hinaus wollten. Sie sind boshaft.«

Von neuem dieses Lächeln.

»Nun, Oberst?«

»Drei Bücher... drei Bücher... warten Sie... drei Bücher...« Er breitete die Arme aus, rührend betrübt. »Ich weiß nicht. Ich weiß wirklich nicht.«

»Was lesen Sie eigentlich, Oberst?«

Nun hör schon auf mit diesem Lächeln. Ich habe noch nie jemanden gekannt, der seine Zähne so gut einzusetzen wußte wie John Glenn. Er zieht die Lippen hoch und entblößt sie alle, schön, weiß, sauber, et voilà! Der Schuß sitzt. Ich aber blickte auf seine Krawatte.

»Ich lese viele politische, aktuelle, technische Bücher. Ich lese viele Bücher über Geschichte, Entdeckungen, Wissenschaft. Keine Zukunftsromane allerdings. Ich lese viel Zeitung. Und sehr aufmerksam. Ich lese keine Romane, keine Gedichte und dergleichen.«

»Tja, Oberst. Es scheint, daß gewisse Dinge heute zu nichts mehr nütze sind. Das Nützliche hat den Platz des Schönen eingenommen, die Technik den Platz der Kunst. Wozu dient schon ein Lied der Sappho oder ein Bild von Ghirlandaio? Um auf den Mond zu kommen?«

»Seien Sie nicht so pessimistisch, glauben Sie nicht, Leute wie ich wüßten nicht, was ein gewisser Herr Shakespeare sagte, glauben Sie nicht, die Mondlandschaft mache uns blind gegenüber einer schönen Kathedrale oder einem schönen Bild. Ich liebe die Vergangenheit ebensosehr wie Sie, und die Vergangenheit dient mir als Führer in die Zukunft. Sie verdächtigen uns doch nicht – oder? – wir hätten statt Blut Benzin in den Adern oder anstelle des Gehirns einen Elektronenrechner? Wir sind Menschen, keine Maschinen.«

»Menschen, Oberst: aber ganz neue und ganz andere Menschen... andere... sagen Sie: Könnten Sie leben ohne Flugzeuge, ohne Autos, ohne Fernsehen, ohne...«

»Gewiß könnte ich. Das sind bloß Instrumente, die uns das Leben erleichtern, und diese Instrumente müssen mit Weisheit benutzt werden; sonst machen sie alles nur schwieriger. Ihre Frage zielt anderswohin, ich weiß: Sie zielt darauf festzuhalten, daß Fortschritt schädlich sein kann und daß wir infolgedessen nicht im Recht sind, wenn wir uns so weit vorwagen, bis zum Mond, zur Venus, zum Mars. Aber ich antworte Ihnen: Das Problem muß anders formuliert werden. Wenn wir uns bis zum Mond, zur Venus, zum Mars vorwagen, so ist das kein Recht: Es ist eine Pflicht. Aus der Pflicht wächst uns das Recht zu, die Anstrengung auf uns zu nehmen und zu starten. Starten ... auch wenn Rußland nicht existierte, auch wenn Rußland nicht mit uns in diesem Rennen läge, müßten wir das tun, was wir tun. Das ist es, was ich denke und immer sagen werde: zu jedermann und überall, ganz gleich, ob ich Astronaut bleibe oder nicht. Das ist es, warum ich mich immer dafür einsetze, bei allen und überall, daß wir auf den Mond, auf die Venus, auf den Mars gehen. Koste es, was es wolle. Bis heute hat es uns wenig gekostet: bloß Mühe und Geld. Die Männer, die gestartet sind, sind alle zurückgekehrt. Aber es wird nicht immer so sein, das weiß ich, das wissen wir. Einige von uns werden sterben, das wird Ihnen auch Slayton gesagt haben, vielleicht wird es eine ganze Equipe sein, die sterben muß: Und trotzdem ist es der Mühe wert, denken Sie daran. Und da es der Mühe wert ist, werden wir die Verluste akzeptieren, machen mit denen weiter, die übrigbleiben. Viele Piloten sind in der Geschichte des Flugwesens ums Leben gekommen, doch das hat das Flugwesen nicht aufgehalten. Viele Alpinisten sind beim Erklettern der Berge ums Leben gekommen, und doch hat das den Bergsteigern den Mut nicht genommen. Viele Schiffe sind untergegangen, seit die Meere durchpflügt werden, und doch hat das nicht verhindert, daß Schiffe auch weiterhin die Meere durchpflügen. Ja, wir müssen dort hinauf, wir müssen. Und eines Tages werden die, die jetzt dagegen sind, zurückblicken und froh sein über das, was wir getan haben.«

Er sagte das mit großer Leidenschaft, blickte dabei aber mehrmals auf die Uhr. Mir ist es unverständlich, wie man etwas mit großer Leidenschaft sagen und gleichzeitig mehrmals auf die Uhr blicken kann: Aber er tat es.

»Sagen Sie, Oberst: Sie haben Titow in Amerika kennengelernt. Sie haben längere Zeit mit ihm gesprochen, Sie haben ihn zu sich nach Hause zum Essen eingeladen. Was halten Sie von Titow?«

»Von Mensch zu Mensch habe ich mich sehr wohl gefühlt. Das hat aufgehört, als er anfing, kommunistische Propaganda zu treiben. Unsere politischen Ansichten haben nicht viel gemein. Außerdem ging mir bei Titow der Satz auf die Nerven: ›Ich habe zwischen den Sternen weder Gott noch die Engel gesehen.‹ Er wiederholte das auch mir gegenüber, und ich sagte ihm, daß der Gott, an den ich glaube, nicht in den Sternen herumspaziert wie ein fliegendes Ungeheuer.«

Wieder sah er auf die Uhr.

»Und trotzdem bin ich sicher, daß Sie bereit wären, mit Titow oder irgendeinem andern Russen zu starten.«

»Wissen Sie, ich habe den Verdacht, daß, wenn die Leute von Zusammenarbeit in der Raumforschung reden, jeder gleich an einen russischen und einen amerikanischen Astronauten in derselben Kapsel denkt. Das wird noch sehr, sehr lange nicht geschehen können. Wir bringen es ja nicht einmal auf der Erde fertig, Informationen auszutauschen, nicht mal die harmlosesten: Seit Monaten fragen wir bei den Russen an, wie ihrer Meinung nach das Herz auf dem Flug reagiert, es interessiert uns eben wegen Slayton, Sie wissen ja, aber die antworten nicht einmal. Wie sollte ich da zusammen mit Titow fliegen können. Und überhaupt geht es schon deshalb nicht, weil er russisch spricht und ich amerikanisch. Sollen wir vielleicht noch ein Sesselchen mit einem Dolmetscher zwischen uns stellen?«

Kaum hatte er das gesagt, brach ein großer Trubel aus. Einer kam herein und sagte, der Anruf aus Washington sei da. Dann kam ein anderer und sagte, der Anruf aus Washington sei im Büro rechts. Dann kam ein dritter und sagte, der Anruf aus Washington sei im Büro links. Dann sagten alle drei, der Anruf aus Washington sei ins Büro des Herrn Oberst gelegt worden, der Oberst solle sich beeilen. Und der Oberst wurde puterrot, sprang auf, streckte mir die Hand hin, sagte: »Auf Wiedersehen, es war mir ein Vergnügen, ein wirkliches Vergnügen.« Und entschwand: wie ein Windstoß, als der er gekommen war.

Den Rest des Tages verbrachte ich allein: Stig und Björn waren bei ihrem Begleiter zu Hause eingeladen, und ich hatte nicht die geringste Lust, mit andern zusammen zu sein. So aß ich und ging rasch in diese automatische Zelle von einem Hotelzimmer. Der Knopf der Klimaanlage war inzwischen repariert worden. In der Zelle war es sehr kalt. Die Kälte vergrößerte meine Einsamkeit noch. Weißt du, Vater, es ist scheußlich, sich an einem kalten Ort einsam zu fühlen. Es ist, als wäre man der einzige Fisch im Meer, der einzige Vogel am Himmel, die einzige Fliege auf Erden. Du drehst dich herum und siehst niemand. Du spitzt die Ohren und hörst niemand. Du streckst die Hand aus und berührst niemand. Nur diese summende Kälte: Und das Fernsehen wird ein Geschenk Gottes. Ich stellte den Apparat an, aber ein Satz, über dessen Schönheit oder Gräßlichkeit ich mir nicht schlüssig werden konnte, hallte in meinem Gedächtnis nach. »Obwohl ich sicher bin, daß wir eines Tages unter Millionen und aber Millionen Himmelskörpern auch den Menschen wiederfinden werden. Obwohl ich sicher bin, daß wir eines Tages unter Millionen und aber Millionen Himmelskörpern auch den Menschen wiederfinden werden. Obwohl ich sicher bin, daß wir eines Tages unter Millionen und aber Millionen Himmelskörpern auch den Menschen wiederfinden werden.« Die Kälte, die Einsamkeit, all das endete also nicht hier. Es ging anderswo weiter, Vater. Wie ein Fluch, eine Schuld. Und weit entfernt, Milliarden von Meilen entfernt, gab es eine Frau wie mich: die vor dem Fernseher saß und das Gefühl hatte, der einzige Fisch im Meer, der einzige Vogel im Himmel, die einzige Fliege auf Erden zu sein, die sich herumdrehte und niemand sah, die die Ohren spitzte und niemand hörte, und... In der Nacht hatte ich einen schlimmen Traum. Ich träumte, daß ich mit Glenn in einem andern Sonnensystem ankam und auf einem Planeten landete, auf dem alles war wie auf diesem Planeten: die Männer, die Frauen, die Alten, die Kinder, die Schwarzen, die Gelben, die Häuser, die Motels, die Straßen, jedes Ding. Jeder von uns existierte nochmals, wie in einem Spiegelbild, mit all seinem Schmerz, seinem Mißgeschick, seiner Angst. Und jeder von uns machte dasselbe, was er hier macht, ohne Hoffnung. Die Stadt, wo wir gelandet waren, hieß Houston, im Süden des Staates namens Texas, auf dem 30. Breiten- und dem 95. Längengrad dieses Zwillingsplaneten. Im Zimmer neben mir saß ein Typ à la FBI und schrieb »schuldig, schuldig, schuldig«, und da lief ich verzweifelt zu Glenn und sagte: »Erklären Sie ihm, Oberst, daß ich nichts Böses getan habe. Erklären Sie es ihm, ich bitte Sie.« Glenn lachte und lachte, mit seinen schönen, weißen, fröhlichen Zähnen und ließ spöttisch Großvaters Zwiebel hin und her pendeln.

11. Kapitel

»Also den Sonntag, den verbringe ich nicht einmal tot in Houston«, sagte Björn und schmiß seine Leica aufs Bett.

»Ich nicht mal lebendig«, erwiderte Stig lakonisch. Dann begann er, zwischen den Parfüm- und Nagellackfläschchen herumzustöbern, mit jener etwas kindlichen Neugier der Männer, wenn sie im Zimmer einer Frau sind. Mein Zimmer lag neben ihrem, darum liefen sie mir dauernd über den Weg.

»Wir haben diese verflixten Astronauten gesehen, wir haben mit ihnen gesprochen, ich habe sogar noch ihre Schuhe fotografiert. Was wollen wir noch?« sagte Björn.

»Nach Schweden zurück«, erwiderte Stig noch lakonischer. Er streckte sich auf einem Sessel aus, schob die Mütze über die Augen: James Stewart, verdrossen.

Vom Freeway, dicht am Motel, drang quälender, unaufhörlicher Autolärm herein. Die Luft war ein einziger Benzingestank. Der Abend eine große Langeweile.

»Ich habe genug von dieser Stadt. Ist das überhaupt eine?« knurrte Björn.

»Bringt Mama Troll ihre Tröllchen zu Bett / und hängt sie sie am Schwänzchen auf / singt Mama Troll / ihren Tröllchen / eia eia eia buff!« trällerte Stig unter der Mütze.

»Und ich will nach San Diego«, schloß Björn. Dann faßte er mich am Arm: »Komm.«

»Ich muß nach Florida, nach Cape Kennedy.«

»Ach! Wir waren schon in Cape Kennedy. Es gibt nichts zu sehen in Cape Kennedy. Zwei Eisentürme und ein Strand. Warum mußt du nach Cape Kennedy?«

»Um zu verstehen, wer Glenn ist, wer Slayton ist, wer Shepard ist. Um ...«

»Jesus! Hast du das noch nicht verstanden?«

»Nein, ich habe es noch nicht verstanden.«

»Vielleicht gibt's gar nichts zu verstehen«, verlautbarte Stig unter seiner Mütze.

»Ich bin überzeugt, daß es viel zu verstehen gibt. Sehr viel«, sagte ich, mehr zu mir selber. »Zum Beispiel, warum ...«

»Wollt ihr mal aufhören, ständig nur von denen zu reden?« brüllte Björn. »Ihr geht mir auf den Geist mit euren Astronauten. Ich fotografiere Astronauten, träume von Astronauten, trinke Astronauten. Von jetzt ab zahlt der erste, der das Wort Astronaut ausspricht, Strafe. Zehn Dollar Strafe.«

»Richtig. Ich habe einen Vorschlag«, sagte Stig und erhob sich mit seinen endlos langen Beinen. »San Antonio ist vier Autostunden von hier. Ist hübsch dort, und man ißt gut. Raus aus Houston und am Sonntag ab nach San Antonio. Dann fahren wir zwei nach San Diego und sie nach Florida.«

»Hurra!« gellte Björn.

Und wir fuhren nach San Antonio.

Es war ein grüner, heiterer Morgen. Längs des Freeway weideten Rinder und erhoben sich Holzhäuser, diese weißgestrichenen mit Lebkuchendach und Säulenveranda, mit Schaukelstühlen auf der Veranda, in denen man im Sommer faulenzt. Ein glücklicher Björn am Steuer, ich ruhig neben ihm, und Stig lag hinten und schlief: die Mütze über den Augen. Auf halbem Weg war eine Baracke mit Büffelschädeln und einem Schild: »Indianisches Museum«. Der Besitzer war ein echter Irokese und verkaufte die komischsten Dinge: vergiftete Pfeile, Federschmuck, Kriegsbeile, menschliche Skalpe. Er fragte, ob wir einen Skalp kaufen wollten, einen echten Skalp mit echten Haaren, von einem Frauenkopf, sein Großvater habe ihn ihm geschenkt, und er verkaufe ihn für nur dreißig Dollar, und Björn kaufte ihn, obwohl er recht eklig anzusehen war: ein Büschel schwarzer, verstaubter Haare auf mumifizierter Haut. In San Antonio aßen wir mit großem Appetit, und San Antonio war das Ende eines Alptraums. Hier gab es wirklich Bäume, und Kutschen, die von alten Pferden gezogen wurden, und Myriaden von Fliegen, und Tauben, die uns flügelschlagend entgegenkamen, und einen unbestimmten Geruch nach Schmutz. In einer solchen Szenerie wurde der Mond wieder das, was er immer gewesen ist, eine weiße Lampe im Dunkel, und alles erschien uns wundervoll, der Fluß, die Straßen, die Villa des Gouverneurs, das Villita-Viertel, auch Fort Alamo kam uns wundervoll vor, die kleine Festung, wo Davy Crockett starb mit seinen zweihundert Mann bei der Belagerung der Fünftausend des Generals Santa Anna: Wir merkten nicht einmal, daß alles imitiert war. Übersatt, wie wir waren vom Zeitalter der Raumfahrt, voller Feindseligkeit gegen die Zukunft, verliebten wir uns in jedes Staubkorn. Und, ist es nicht seltsam, Vater, ausgerechnet aus diesem Staub blühte wieder mein Interesse für das Morgen auf.

Wir besichtigten die Missionen, diese Festungen, die die spanischen Ordensbrüder im siebzehnten Jahrhundert errichtet hatten, um sich vor den Angriffen der Indianer und den Tücken der Natur zu schützen: fast wie Kasernen rund um eine Kirche. Wir waren in der Mission von San José, und ich spazierte in dem alten Gestein, als ein Gedanke mich überwältigte: Diese Mauern, verloren in dem weiten Weideland, diese Zellen, Tausende von Kilometern von Andalusien und Kastilien entfernt, das waren die Kolonien von einst, auf dem Mond von einst. Ja, Vater, das waren die gepanzerten Zufluchtsstätten der Slaytons, der Titows, der Shepards, der Gagarins von damals, vor vierhundert Jahren, und die Kolonien, die die Gagarins, die Shepards, die Titows, die Slaytons auf dem Mond errichten würden, würden so sein wie diese Missionen der spanischen Ordensbrüder: aus Plastik vielleicht, aus Stahl, aus irgendeiner Legierung, häßlicher vielleicht, heidnischer, trauriger, aber doch ganz ähnlich. Sie werden auf den Mond kommen, die Slaytons, die Titows, die Shepards, die Gagarins, und am Anfang werden sie allein sein, wie es die Mönche waren: voller Furcht, Mißtrauen und Hoffnung. Sie werden auf den Mond kommen, die Slaytons, die Titows, die Shepards, die Gagarins, und Millionen von Meilen von der Heimat entfernt werden sie ihre kleinen Festungen bauen, um dann denen die Tore zu öffnen, die nach ihnen kommen, den Pionieren, die die Große Hitze und die Große Kälte aushalten, die waghalsig und robust und wie sie sind. Und diese Pioniere werden die Festungen füllen, werden sie verbessern, werden drin alt werden und sterben, und dann werden andere aus dem Himmel zu ihnen gelangen, weniger waghalsig vielleicht, weniger robust, weniger an die Große Kälte und an die Große Hitze gewöhnt, aber bestärkt durch die Erfahrung und bereit hinauszugehen, auf daß die trostlosen Täler ihre Trostlosigkeit verlieren. Und so werden sie nach und nach Leben dorthin bringen, Leben, das fünfhundert Jahre zuvor noch nicht dort war, samt unseren Fehlern und unseren Tugenden, und in immer zahlreicheren und dichteren Wellen werden neue

Menschen landen, die Masse der Vorsichtigen, der Mittelmä-
ßigen, der Schwachen, derer, die nichts zu verlieren, aber
auch nichts zu gewinnen haben, der Durchschnitt, der sich
nicht traut, wenn die ersten sich trauen, und sie werden sich
dort niederlassen, für immer. Bis sie die Erde vergessen und
es normal finden, dort zu sein, und wenn sie dann Mondmenschen auf dem Mond geworden sind, wie heute Amerikaner in Amerika, dann werden ihre Kinder die ersten Kolonien der Gagarins, der Shepards, der Titows, der Slaytons so
betrachten, wie ich an diesem Sonntag des Jahres 1964 die
Mission von San José. Direkt gegenüber der Mission befand
sich eine Gruppe roter, moderner Häuser, fast ein Dorf in
der Stadt. Ich fragte Stig, was das sei, und Stig antwortete,
das sei der Ort, wo die Kandidaten gesiebt würden, die
Astronauten werden wollen. Es war die Schule für Raummedizin. Er selber war dort gewesen und riet es auch mir, bevor
ich nach Florida führe. »Mach' ich«, erwiderte ich. »Ja,
wirklich, ich werde hingehen.« Björn fing vor Schreck zu
schreien an.

Wir verabschiedeten uns und versprachen einander, uns in
New York wiederzusehen. Die beiden flogen nach San
Diego weiter, ich blieb in San Antonio. Stig hatte mir den
Namen von Major Turbutton angegeben, der sich an der
Schule für Raummedizin um die Beziehungen zur Presse
kümmert. Major Turbutton kam gleich auf mich zu, ein
sympathischer, dicker, in eine Uniform gezwängter Riese,
und versprach, mir alles zu zeigen, was ich sehen wolle:
Zentrifugen, Simulatoren, Psychiater, Physiologen. Er
sperrte entgeistert die Augen auf, als ich sagte, ich wolle in
eine Zentrifuge und die Tests mitmachen, denen die Männer
unterzogen werden, die auf den Mond wollen.

12. Kapitel

Die Augen des Psychologen, der seit 1959 dafür bezahlt
wird, die Intelligenz derjenigen zu testen, die auf den Mond
wollen, musterten mich eisig, aus dem eisigsten Gesicht, das
mir je begegnet ist. Ohne sie abzuwenden, reichte er mir ein

Blatt, auf dem *Wais Record Form* stand, und forderte mich auf, Namen und Vornamen einzutragen: Geburtsdatum, das Alter für den Fall, daß jemand es nicht aus dem Geburtsdatum ableiten könnte, Geschlecht, Familienstand, ledig verheiratet verwitwet geschieden, Staatsangehörigkeit, Hautfarbe, Beruf, Studienabschluß und das Datum desselben; endlich war er bereit, mich zu testen und festzustellen, ob ich intelligent oder schwachsinnig und, falls ich zufällig intelligent sei, in welchem Grade. Das tragbare Minimum, erklärte er, liege bei 80. Wenn ich auf 100 komme, sei ich normal intelligent. Wenn ich auf 110 komme, sei ich intelligenter als normal. Wenn ich auf 120 komme, sei ich sehr intelligent. Wenn ich auf 130 komme, sei ich äußerst intelligent. Wenn ich auf 140 komme, sei ich von einer ganz außergewöhnlichen Intelligenz. Wenn ich auf 150 komme, müsse mir der Kopf platzen. Natürlich, fügte er bei, berücksichtigten die Fragen nicht nur die Intelligenz im Sinne von Auffassungsgabe, sondern auch im Sinne von Assoziations-, Vorstellungs- und Deduktionsvermögen sowie die Intelligenz, die von der Bildung herrührt. Ein Nachteil für mich sei die Tatsache, daß sich die Fragen auf eine sehr amerikanische Bildung und Ausbildung beziehen, doch da ich Amerika ja gut kenne, würde ich wohl trotzdem durchkommen. Ob ich also bereit sei? Ja? Also los: zuerst die Tabelle, die mit *Information* bezeichnet war.

»Wie viele Sterne hat die amerikanische Flagge?«

»Fünfzig.«

»Welche Form hat ein Ball?«

»Rund.«

»Wozu dient ein Thermometer?«

»Zum Messen der Temperatur.«

»Woraus wird Gummi gewonnen?«

»Aus dem Latex der Kautschukbäume.«

»Nennen Sie mir die Namen von mindestens drei amerikanischen Präsidenten.«

»Kennedy, Eisenhower, Roosevelt ...«

»Wer war Longfellow?«

»Ein amerikanischer Dichter.«

»Wie viele Wochen hat ein Jahr?«

»Ehm ... Viermal zwölf ...«

Er sah mich streng an.

»Zweiundfünfzig. Wo liegt Panama?«
»In Mittelamerika.«
»Wo liegt Brasilien?«
»In Südamerika.«
»Die Durchschnittsgröße der amerikanischen Frauen?«
»Das weiß ich nicht.«
Er sah mich streng an.
»Fünf Fuß acht Zoll. Die Hauptstadt von Italien?«
»Rom!«
»Wo liegt der Vatikan?«
»In Italien!«
»Wo liegt Paris?«
»In Frankreich!«
»Wer war Hamlet?«
»Ein dänischer Prinz.«
»Wer war Yeats?«
»Ein irischer Dichter.«
»Wie groß ist die Bevölkerung der Vereinigten Staaten?«
»Zirka zweihundert Millionen.«
»Wie viele amerikanische Senatoren gibt es?«
»Das weiß ich nicht.«
Er sah mich streng an, sagte mir aber nicht, wie viele es
sind. Vielleicht wußte er es selber nicht.
»Wer hat die ›Ilias‹ verfaßt?«
»Homer.«
»Wer hat den ›Faust‹ verfaßt?«
»Goethe.«
»Was ist der ›Koran‹?«
»Die heilige Schrift der Muselmanen.«
»Wie wird der menschliche Körper durchblutet?«
»Durch Arterien, Venen, Kapillargefäße.«
»Was ist Ethnologie?«
»Völkerkunde.«
»Was bedeutet apokryph?«
»Unecht, gefälscht, nachgemacht. Bezieht sich gewöhnlich
auf Dokumente.«
Er sah mich respektvoll an: das, sagte er, sei etwas, das die
wenigsten wüßten. Ich dankte ihm, ohne zu sagen, sein Test
sei idiotisch, und jedes Kind könnte ihn zu drei Vierteln
beantworten. Er grunzte und nahm dann eine andere Tabelle
zur Hand, auf der *Similarities*, Analogien, stand. Diesmal

hätte ich in einer Sekunde zu antworten, welche Gemein-
samkeit zwischen den Dingen bestand, die er aufzählen würde. Die Antwort müßte mit derjenigen übereinstimmen, die
in einem Buch stand. Der Test, sagte er, sei besonders wichtig für Leute, die auf andere Planeten wollten.

»Orange, Banane.«

»Sind beides Früchte.«

Er sah im Buch nach: »Richtig.«

»Mantel, Anzug.«

»Sind beides Kleidungsstücke.«

Er sah im Buch nach: »Richtig.«

»Hund, Löwe.«

»Sind beides Tiere.«

Er sah im Buch nach: »Richtig.«

»Norden, Westen.«

»Sind beides Himmelsrichtungen.«

Er sah im Buch nach: »Richtig.«

»Luft, Wasser.«

»Sind beides Elemente.«

Er sah im Buch nach: »Falsch.«

»Warum falsch?«

»Darum. Holz, Alkohol.«

»Verbrennen beide.«

Er sah im Buch nach: »Falsch.«

»Warum falsch?«

»Darum. Lob, Strafe.«

»Zwei Weisen zu urteilen.«

Er sah im Buch nach: »Falsch.«

»Warum falsch?«

»Darum. Baum, Schmetterling.«

»Sind beides Lebewesen.«

Er sah im Buch nach: »Falsch. Sie haben die wichtigsten
Fragen falsch beantwortet. Es gibt gar keine Analogie zwi-
schen Luft und Wasser, Holz und Alkohol, Lob und Strafe,
Baum und Schmetterling. Was kann ein Baum mit einem
Schmetterling gemein haben?« (Ich könnte es Ihnen ein Jahr
lang erklären, Herr Doktor, wir würden uns nicht verstehen.
Vielleicht kennen Sie die Bäume nicht, haben sie noch nie
atmen gehört, haben sie sich noch nie lieben gesehen, wissen
nicht, daß sie atmen und lieben wie die Schmetterlinge auch.
Im Garten meines Landhauses gibt es eine Zypresse, eine

sehr große, prachtvolle Zypresse; und die liebt und wird wiedergeliebt von einer sehr großen, prachtvollen Zypresse jenseits des Weges. Nachts plaudern sie miteinander, werfen sich Samenkörnchen zu, die dann im Wald, auf der Wiese niederfallen, und im Frühling sieht man jedesmal zwei oder drei Zypreßchen: ihre Kinder aus diesen Liebesnächten. Es kommt hin und wieder vor, daß so ein Zypreßchen zugrunde geht, weil mit Absicht oder gedankenlos draufgetreten wird, und dann schüttelt sich mein Zypresserich, ruft seine Zypresse, und sie lieben sich von neuem, tauschen hartnäckig neue Samenkörnchen aus, und wenn der Winter kommt ... Ich könnte es Ihnen ein Jahr lang erklären, Herr Doktor, wir würden uns nicht verstehen.) Nun nahm der Doktor die dritte Tabelle zur Hand, auf der stand *Comprehension*, Verständnis. Sie setzte sich ausschließlich aus Fragen mit sozialem Hintergrund zusammen, die ich absolut aufrichtig zu beantworten hatte.

»Was tun Sie, wenn Sie auf der Straße einen frankierten, aber nicht abgestempelten Briefumschlag finden?«

»Kann sein, daß ich ihn aufhebe und in meine Handtasche stecke.«

»Und dann?«

»Dann bleibt er da. Auch meine eigenen frankierten Briefe bleiben da. Ich vergesse sie immer einzuwerfen.«

Er sah im Buch nach, schüttelte angewidert den Kopf. Im Buch stand: »Ich nehme ihn und werfe ihn ein.«

»Was tun Sie, wenn Sie im Kino sind und Feuer ausbricht?«

»Ich reiße aus.«

»Sie reißen aus?«

»Ja, ich reiße aus.«

Er sah im Buch nach, schüttelte angewidert den Kopf. Im Buch stand: »Ich stehe unauffällig auf, frage mit leiser Stimme, um die Leute nicht zu erschrecken, nach einem Polizisten, damit er die Feuerwehr ruft.«

»Warum muß man Steuern zahlen?«

»Steuern sollte man überhaupt nicht zahlen.«

»Sie zahlen keine Steuern?«

»Doch: Sonst brummt man mir eine Buße auf. Aber jede Lira, die ich zahle, ist ein Fluch gegen den, der sie mir abnimmt, und ich hoffe nur, daß der Fluch ankommt.«

Er sah im Buch nach, schüttelte angewidert den Kopf. Im Buch stand: »Steuern müssen gezahlt werden, weil das die erste Pflicht jedes braven Bürgers ist.«

»Warum soll man schlechte Gesellschaft meiden?«

»Wer meidet die denn?«

»Wie bitte?«

»Ich habe gesagt, wer meidet die denn?«

»Sie bewegen sich also in schlechter Gesellschaft, wollen Sie sagen?«

»Natürlich. Die ist viel interessanter.«

Er sah im Buch nach, schüttelte angewidert den Kopf. Im Buch stand: »Schlechte Gesellschaft muß man meiden, weil man sonst selber schlecht wird.«

»Warum müssen Kinder durch Kinderschutzgesetze geschützt werden?«

»Damit sie keine Astronauten werden!« scherzte ich. Und das war das Ende. Der Doktor schloß das Buch, eisig sagte er, diese Prüfung sei äußerst schlecht ausgefallen; es sei bei mir ein übermäßiger Hang zum Witzeln und zu asozialen Allüren vorhanden, das weise auf recht spärliche Intelligenz hin, dann zeigte er mir ein weißes Blatt, fragte mich, was das sei. Ich antwortete vorsichtig, es sei ein weißes Blatt, sonst nichts. Er rief befriedigt: »Sehr gut, richtig«, und zog dann die bekannten Tintenkleckse hervor, fragte mich, was ich darin sehe. Ich sagte ihm, daß ich darin einen Beckengurt, eine Maus, die Pfeife meines Großvaters, den Ohrring mit der Perle, den ich in Paris verlor, eine Patrone Kaliber 22, eine Anemone und ein Huhn sah. Er sah mich etwas bestürzt an, machte aber keine Bemerkungen, sondern zeigte mir die Fotografie eines kleinen blonden Jungen, der mit verdrießlichem Gesicht Geige spielte und von Braun, etwa zehn Jahre alt, glich, und hieß mich eine Geschichte dazu erfinden. Ich erklärte, da brauche man gar nichts zu erfinden, sondern bloß die Tatsache wiederzugeben: Das sei von Braun im Alter von zehn Jahren, als seine Mutter, die Baronin Emmy von Braun, ihn zwingen wollte, im Schloß Wirsitz Geige zu spielen, und er spielte so quietschend, daß die Baronin sagte: Hör auf, um Gottes willen, hör bloß auf, und ihn in den Park schickte, wo er die Rosen in Brand steckte, um sich in der Zerstörung Londons mit der V-2 zu üben. Der Doktor, der von Braun grenzenlos bewunderte, riß mir die Fotografie aus den Händen und zischte, meine Intelligenz sei unterdurchschnittlich, so unterdurchschnittlich, daß man sie als Nichtintelligenz bezeichnen könne: Er gebe mir 30, und das sei noch zu viel. Immerhin gefiel er sich darin, mir zu berichten, die Astronauten hätten einen Durchschnittsquotienten von 130, viele erreichten 135, sogar 140, einer der zweiten Gruppe kam gar auf 144, nur zwei fielen auf 123 ab, das war das normale Niveau von Piloten; die Astronauten seien Männer von überragender Intelligenz, normalerweise achte man nur auf ihre physische Überlegenheit, aber er unterstreiche ihre geistige Überlegenheit, ob ich sonst noch etwas wissen wolle? Sonst nichts. Er konnte also gehen? Er konnte gehen. Er ging und steckte dabei den Finger in die Nase. Es war ein wenig verwirrend für mich zu sehen, wie der Mann, bei dem ein großer Teil der Verantwortung für die Auswahl der für den Mond bestimmten Pioniere liegt, den Finger in die Nase steckt. Aber es ist ja nicht gesagt, daß jemand, der den Finger in die Nase steckt, auch dumm ist.

Auch das System, mit dem sie Gefühle und Verstand messen, ist übrigens nicht so dumm: Meine total unwissenschaftliche, asoziale, respektlose Natur war tatsächlich klar zutage getreten, wie auch meine kaum vorhandenen Möglichkeiten, auf den Mars zu fliegen. Und die Tests, denen ich mich unterzogen hatte, bildeten nur einen winzig kleinen Teil des ganzen Tests, der mindestens acht Stunden, oft mehrere Tage dauert und bei dem am Schluß immer die Wahrheit herauskommt. Du kannst dich diesem Test nicht entziehen: So schlau, klug, verlogen, selbstbeherrscht du auch sein magst, der Test bringt schließlich doch an den Tag, wer du bist. Er ist die erbarmungsloseste, grausamste Untersuchung, der du dich unterziehen mußt, erbarmungsloser und grausamer als die physischen Torturen, denen sie dich unterwerfen, wenn sie den Körper testen. Mit Befragungen, schriftlichen und mündlichen Experimenten, Elektroenzephalogrammen wird deine Seele von innen nach außen gestülpt, beäugt wie ein Keim unterm Mikroskop, ausgewaschen wie ein schmutziger Lappen, profaniert, bloßgelegt:

bis sie ohne Geheimnis und so nackt wie ein nackter Körper vor dem Henker liegt. Lies, Vater. Dies ist das Interview, das ich nach meinem Test mit Dr. Fyfe hatte, einem der Ärzte, denen es obliegt, die Astronauten an der Schule für Raummedizin in San Antonio auszuwählen.

»Wir unterziehen sie in erster Linie einer neurologischen Untersuchung, um jene zerebralen Abnormitäten zu finden, die nur mittels Instrumenten feststellbar sind. Dann einer psychiatrischen Untersuchung. Zuletzt einer psychologischen. Psychologisch heißt vieles: geistig, gefühlsmäßig, moralisch. Die Befragung dauert denn auch sehr lange. Wir beginnen damit zu fragen, warum sie Piloten geworden sind und warum sie Astronauten werden wollen: um die mathematische Sicherheit zu haben, daß sie es wirklich wollen und darüber Bescheid wissen, was sie erwartet. Wir ziehen dabei auch ihren Realitätssinn und ihre Phantasie in Betracht. Wir haben nichts gegen Phantasie, aber wir wollen wissen, in welcher Richtung sie sie anwenden: um sich angst zu machen oder um sich zu helfen. Phantasie ist ein zweischneidiges Schwert, sie kann dich zugrunde richten oder retten. Nehmen wir an, es sieht einer auf dem Mars etwas, das sich bewegt, weiß aber nicht, was es ist. Klar, daß er sich da auf seine Phantasie verlassen muß. Hat der Mann nun eine pessimistische Phantasie, verliert er den Kopf; hat er eine optimistische, handelt er in aller Ruhe. In zweiter Linie fragen wir, wie sie sich in deprimierenden oder schwierigen Situationen verhalten haben. Ihre Siege interessieren uns dabei nicht, sondern ihre Niederlagen. Persönliche Niederlagen, kollektive Niederlagen. Wir suchen Männer, die allein sein und trotzdem Teil einer Gruppe sein können: eine sehr große Kunst. Drittens wollen wir ihre affektive Gegenwart und Vergangenheit kennenlernen: Beziehungen zu den Eltern, sexuelle Erfahrungen in der Jugend und als Erwachsene, die Geschichte ihrer Ehe. Natürlich können wir nicht verhindern, daß in ihrem Gefühlsleben Probleme oder Komplikationen auftreten, aber vorzuziehen ist es, wenn sie keine haben. Emotionelle Konflikte bilden stets Gefahrenmomente, und doch ist es absolut unerläßlich, daß der Astronaut während des Fluges ruhig und ausgeglichen ist. Nehmen wir an, er hat eine intrafamiliäre Beziehung, deutlicher ausgedrückt: eine Frau und eine Geliebte. In neunzig Prozent der

Fälle, und selbst wenn er beherrscht oder eiskalt ist, besteht die Gefahr, daß sich das auf sein Flugverhalten auswirkt. Er kann es leugnen, wir merken es trotzdem. Für viele ist unser Interesse natürlich eine Belästigung, sie meinen, wir wollten ihr Privatleben kontrollieren. Die Antwort ist, daß ihr Privatleben uns im selben Maße interessiert wie ihre Lunge, ihre Leber, ihr Blutdruck. Verstehen Sie?«

»Vollkommen, Herr Doktor. In ›Schöne neuen Welt‹ von Huxley, in ›1984‹ von Orwell passiert ziemlich genau das gleiche. Und die neue Welt hat bereits begonnen, bis 1984 fehlen im Grunde nur noch wenige Jahre.«

»Ich will Ihnen was sagen: Als die NASA anfing, Astronauten zu suchen, und uns um unsere Meinung bat, diskutierten wir lange über die psychologischen Voraussetzungen, die ein Astronaut mitbringen sollte, und das Ergebnis unserer Diskussion war, man müßte sie unter Priestern suchen. Junge, gesunde Priester mit einem Studienabschluß in Ingenieurwissenschaften, Chemie, Medizin, Geologie. Das sagten wir der NASA. Die NASA antwortete, sie wolle keine Priester, sie wolle Piloten. Wir gaben zurück: dann eben Priester-Piloten. Wir wurden nicht ernst genommen, die NASA sah darin ein Paradox, hielt das für einen Scherz. Aber wenn man uns fragt, wie ein Astronaut beschaffen sein soll, sagen wir, er müßte Priester sein. Ein junger, gesunder Priester mit einem Studienabschluß in Ingenieurwissenschaften, Chemie, Medizin, Geologie und imstande, ein Flugzeug zu lenken. Verstehen Sie?«

»Vollkommen. Die Mission in San José wurde von Mönchen erbaut.«

»Es ist nicht nur wegen sexueller und emotionaler Gründe: obwohl ich überzeugt bin, daß diese sehr, sehr wichtig sind; es ist tatsächlich nicht möglich, daß ein Astronaut ruhig und ausgeglichen ist, wenn er Krach mit seiner Frau hat oder eine andere liebt. Er kann sich höchstens auf Zufallsbekanntschaften, auf kurze, unverbindliche Abenteuer einlassen. Aber wehe, wenn er sich auf affektivem Gebiet engagiert, wenn er sich an eine Leidenschaft verliert. Dann kommt früher oder später immer der Moment, in dem er unkonzentriert ist, sich die Reflexe verlangsamen: wie bei einem Trapezkünstler, der Distanz und Zeit nicht genau genug berechnet und das Trapez verfehlt und abstürzt. Ein

Priester kennt keine solchen Probleme. Aber nicht nur deswegen. Wir ziehen auch das Zusammenleben in Betracht, zu dem die Astronauten auf dem Flug gezwungen sind. Die Reise zum Mars dauert im besten Falle 260 Tage hin und 260 Tage zurück: Das ist zu lang, um dicht an dicht in einem Raumschiff zu leben, wenn man nicht die innere Disziplin eines Priesters, die Opferbereitschaft eines Priesters, die Geduld eines Priesters hat. Wir sehen das bei U-Booten, bei Expeditionen in die Antarktis, in den Simulatoren: In acht von zehn Fällen kommt es in der Gruppe zu Mißstimmungen; Furcht, Klaustrophobie, Einsamkeit äußern sich immer in Antagonismus, in Feindschaft. Für den Mondflug hat sich die NASA für eine Besatzung aus drei Astronauten entschieden: Wir sind absolut nicht einverstanden damit. Zwei können sich gegen den dritten zusammentun, ihn ausschließen, auch wenn sie beim Start die dicksten Freunde sind. Andererseits haben wir in den Simulatoren eine vierköpfige Besatzung ausprobiert, und das Ergebnis war auch nicht besser. Zwei haben sich gegen die andern zwei verbündet. Der impulsivste und lebhafteste hat sich mit dem stursten, autoritärsten verfeindet, die andern beiden haben, anstatt Frieden zu stiften, einer für den ersten und der andere für den zweiten Partei ergriffen. Über Mikrophon und Bildschirm verfolgten wir ihre Gemeinheiten, ihre kaum verhüllten Konflikte: Schließlich war es notwendig, das Experiment abzubrechen, und dabei waren es vier tüchtige Männer, vier Piloten, die miteinander im Krieg gewesen waren, die einander mochten. Priester brauchen wir, Priester. Aber denken Sie auch daran: Eine Equipe muß doch einen Kommandanten haben, das heißt einen Mann, der qualifizierter ist als die andern und Befehle erteilt. Alle Astronauten sind aber gleich qualifiziert, alle könnten gleichermaßen Befehle erteilen, keiner versteht mehr von der Sache als der andere: Sie sind alle gleich gut trainiert, sie sind absolut gleichwertig, und wenn einer Kommandant ist, können die andern sagen, warum denn der und nicht ich? Man kann unter Generälen nicht einen General auslosen, nur Priester können das. Im Konklave für die Papstwahl kann jeder Kardinal Papst werden, und wenn der Papst gewählt ist, verneigen sich alle Kardinäle, um ihm die Hand zu küssen. Demut und Gehorsam sind für sie existentielle Voraussetzungen: für Laien hingegen Belastung und Pflicht. Und diesen Kommandanten wählen sie ja auch nicht selber, die Astronauten: sondern die NASA setzt ihn ein. Offenkundig, nicht, daß man so eine Meuterei auf dem Mond oder auf dem Mars riskiert? Diese Auseinandersetzung wird nie aufhören. Die NASA zieht harte Typen vor: Und das ist nur einer der vielen Punkte, bei dem wir nicht derselben Meinung sind. Wir sind zu der Überzeugung gelangt, daß die Extrovertierten sich besser eignen. In untergeordneter Funktion sind sie eher als die andern zum Gehorsam bereit. In Kommandoposition sind sie eher in der Lage, sich Gehorsam zu verschaffen. Und sie sind auch herzlicher, überzeugender, freundschaftlicher. Und muß nicht ein guter Priester herzlich, überzeugend, freundschaftlich sein?«

Dr. Fyfe hatte ein abgemagertes, freundliches Gesicht, er trug die Offiziersuniform, als wäre ihm das unlieb, und er war seit Jahrzehnten in keiner Kirche mehr gewesen. Sein Standpunkt war also völlig frei von konfessionellen Rücksichten: war rein wissenschaftlich. Während des Gesprächs führte er mich durch die Schule, und jetzt zeigte er mir die Simulatoren. Das sind stählerne Boxen, manchmal so klein wie ein Zugabteil, manchmal so groß wie ein Zimmer oder gar wie eine Zweizimmerwohnung, nur mit einer Pritsche, einem Tisch und der Fernsehkamera. Die Türen sind massiv wie die Türen von Banktresoren. Bist du einmal drin, ist die Welt nur noch eine ferne Erinnerung. Andererseits weißt du, daß man dich beobachtet: Die Kamera hat dich die ganze Zeit im Bild, während du gähnst, dich kratzt, deine Notdurft verrichtest. Für dich sind die Wände aus Stahl, und kein Schneidbrenner kann sie aufschweißen, für die andern sind sie aus Glas. Du fühlst dich bespitzelt, verfolgt, und gleichzeitig bist du froh, daß man dich bespitzelt und verfolgt: Denn du hast Angst, man könnte dich vergessen! Es hat bei allen die gleiche Wirkung, weißt du. Alle sagen dir das gleiche: Angst, man vergesse dich. Es ist jene Angst, die ich gehabt hatte, als ich in die Mercurykapsel und in die Apollokapsel stieg. Die Angst vor Dr. Celentano. Wie oft, Vater, hast du in diesem Buch schon das Wort Angst gelesen, wie oft wirst du es noch lesen!

»Sehen Sie, in diesem hier blieb ich vierzehn Tage«, sagte Dr. Fyfe. »Ich blätterte die ganze Zeit im Kalender, ganz benommen von der Angst, man vergesse mich. Es war in den Tagen von Kuba, und es sah aus, als könnte es von einem Tag auf den andern zum Krieg kommen. Wenn er ausbricht, dachte ich, verlieren die den Kopf und lassen mich hier drin. In diesem da blieb ich bloß zwei Tage, aber es war ebenso unangenehm.«

Der betreffende Simulator war ein durchsichtiger Würfel, oben mit einem Deckel verschlossen und voll Wasser. Er diente zum Ausprobieren der psychischen und physischen Reaktion beim Aufenthalt im Wasser, nur so konnte man sich einen wenn auch schwachen Begriff von der Schwerelosigkeit machen.

»Und was haben Sie gemacht, Herr Doktor?«

»Nichts. Ich schwamm da im Wasser und atmete mit Sauerstoffflaschen.«

»Das ist mir klar. Ich meinte: Was dachten Sie?«

»Nichts. Anfänglich dachte ich sehr wenig, dann hörte ich überhaupt zu denken auf. Nicht daß ich mich unwohl gefühlt hätte oder so: Ich war einfach nicht imstande zu denken, das ist alles. Unglaublich, wie das Nichtstun des Körpers das Nichtstun des Geistes nach sich zieht. Nach zwei Tagen war ich ein kompletter Idiot. Das ist der Grund, warum die Astronauten auf dem Flug immer beschäftigt werden, sie sind keine Minute untätig.«

»Das mag ja für den Flug zum Mond noch angehen, Herr Doktor. Aber für die Flüge zur Venus und zum Mars? Wie kann man sie denn ein Jahr, zwei Jahre lang immerzu beschäftigen?«

»Das haben wir uns auch überlegt, und als beste Lösung erschien uns, Perioden aufreibender Tätigkeit mit Perioden künstlichen Schlafes abwechseln zu lassen. Zum Beispiel je ein Monat Arbeit, ein Monat Schlaf. Oder sechs Monate Arbeit, sechs Monate Schlaf. Ein Raumschiff ist sehr viel kleiner als ein U-Boot: Man muß unbedingt die Langeweile vermeiden. Oder den übermäßigen Einsatz der Phantasie. Auch die ist gefährlich, wenn sie leer läuft.«

Der letzte Simulator war eine Büchse aus unzerbrechlichem Glas: die Dekompressionskammer. Sie diente dazu, das Fehlen der Atmosphäre mittels einer plötzlichen Drucksenkung herbeizuführen. Ein Glas Wasser stand darin.

»Jetzt zeige ich Ihnen, was einem Astronauten geschehen

würde, wenn er sich auf dem Mond den Raumanzug zerriss«, sagte Dr. Fyfe. »Die Druckverhältnisse in der Kammer entsprechen jetzt denen auf der Erde. Okay?«

»Okay, Doktor.«

»Jetzt gehe ich schlagartig auf Null runter. Das heißt, ich erzeuge schlagartig ein Fehlen des Druckes wie auf dem Mond. Passen Sie auf.«

»Ich passe auf, Doktor.«

Er betätigte ein Instrument, das ein eigenartiges Surren hören ließ. Und was ich sah, dauerte nicht mal so lange wie ein Wimperzucken. Das Wasser spritzte aus dem Glas, und Eissplitter blieben an den Wänden und an der Decke kleben.

»Verstehen Sie?«

»Nein, Doktor.«

Er war einen Moment verlegen.

»Sie würden es natürlich besser verstehen, wenn wir anstelle des Wassers eine Maus oder einen Hund hätten. Aber...«

Der Tierschutzverein untersagt in Amerika die Verwendung von Hunden und Mäusen für tödliche Experimente. Kein Mensch regt sich auf, wenn in San Antonio Dutzende von Männern den reinsten Inquisitionsfoltern ausgesetzt werden, aber es ist ein Skandal, wenn ihnen ein Tier ausgesetzt wird. Die Versuchstiere werden in der Schule für Raummedizin ebenso versteckt gehalten wie während der deutschen Besetzung in Europa die Zeitungen, die das Lied der Freiheit sangen.

»Ich bin nicht Mitglied des Tierschutzvereins, Doktor.«

Dr. Fyfe zögerte.

»Ehm... Angesichts der Tatsache, daß wir das Experiment sowieso durchführen müßten... Sie werden nicht schreien, ja?«

»Nein, Doktor. Ich werde nicht schreien. Mir wird höchstens schlecht werden.«

»Auch mir wird schlecht. Jedesmal.«

Er nahm die Mütze ab, kratzte sich am Kopf, setzte die Mütze wieder auf, rief einen Studenten.

»Holen Sie die Maus.«

Der Student holte die Maus. Es war ein sauberes weißes Mäuschen mit erschrockenen roten Augen. In der Hand des Studenten wirkte es nicht größer als ein Ei.

»Rein damit«, sagte Dr. Fyfe.

Der Student öffnete die Tür der Dekompressionskammer und ließ die Maus hinein. Die Eissplitter waren wieder zu Wasser geworden, und das bildete ein Rinnsal. Die Maus wich dem Rinnsal aus. Ich begann, mich elend zu fühlen.

Denn ich habe nichts gegen Mäuse, du weißt es. Viele Leute haben Angst vor Mäusen, aber ich verstehe gar nicht, wie man vor ihnen Angst haben kann, besonders wenn sie so klein sind wie diese hier. Unser Landhaus ist voller Mäuse, und du sagst, daß sie Bücher fressen, Öl trinken, Salami verschlingen, und jeden Samstagabend kommst du mit einer neuen Falle an. Am Montagmorgen, bevor du in die Stadt zurückkehrst, sammelst du die Fallen ein, in denen immer eine Maus ist, und rufst die Katzen. Eine unsympathische Zeremonie, besonders bei den Reusenfallen, mit dem Loch in der Mitte, in denen die Maus immer noch am Leben ist. Mutter sagt, ich sei inkonsequent. Ist es nicht viel schlimmer, sagt sie, auf einen Vogel zu schießen, als eine Mausefalle aufzustellen? Ein Vogel belästigt niemanden, wohl aber eine Maus. Mutter hat recht, ich weiß, aber bei der Jagd sind Vögel keine Vögel mehr, sondern eine Schießscheibe. Du drückst von weitem auf sie ab, ohne ihnen in die Augen zu sehen, und wenn du sie einsammelst, sind sie schon tot. Die Mäuse hingegen sitzen lebendig in der Falle und sehen dich an, das ist es, und das ist das einzige an dir, was ich nicht begreifen kann, wo du doch während des Krieges einmal sechs Tage lang krank warst, weil du dieser Gans den Hals durchgeschnitten hattest.

»Notieren Sie Uhrzeit, Datum und alles übrige«, sagte Dr. Fyfe zu dem Studenten. Die Maus hob ihr aufmerksames Köpfchen, zwei betrübte Augen. Sie wußte ganz genau, daß man dabei war, sie umzubringen.

Denn Mäuse sind intelligent, du weißt es. Meiner Ansicht nach sind sie noch intelligenter als Hunde und Pferde. Besonders die kleinen, wie diese hier. Weißt du noch, wie wir eines Tages die beiden winzigen Mäuschen entdeckten, die die Stufe zur Speisekammer hinaufkletterten? Zehn Minuten lang schauten wir ihnen zu. Die Stufe ist hoch, und sie mußten gerade erst geboren sein, denn sie waren so unsicher auf den Beinen wie junge Hunde und Katzen, und wenn sie hinaufzuspringen versuchten, fielen sie zurück und zappelten mit den Füßchen in der Luft. Da stellte sich eins von ihnen auf die Hinterbeine an die Stufenwand, das andere kletterte auf seinen Rücken und erklomm die Stufe. Oben angekommen, setzte es sich an die Kante, ließ – mit dem Rücken zu seinem Kameraden – den Schwanz hinunterhängen. Der Kamerad klammerte sich mit den Füßen an den Schwanz, als wäre das ein Seil, und ließ sich hinaufziehen. Erinnerst du dich? Es war ein so gescheites, so ergreifendes Schauspiel, daß auch du keinen Finger rührtest, um sie zu töten, im Gegenteil, du meintest: Die beiden verdienen es wirklich, am Leben zu bleiben. Die Bäuerin brachte sie dann doch um. »Die Maus, o Gott, die Maus!« schrie sie und erschlug sie mit dem Besen.

»Dekompression«, sagte Dr. Fyfe.

Alle standen still, auch die Maus. Das eigenartige Surren setzte ein, die Maus sah mich an. Ich senkte den Kopf.

Als ich ihn wieder hob, war die Maus nicht mehr da. Nur noch eine große weiße Kugel war da. Etwa so groß wie Luftballons beim Karneval. Nur sind die rot oder grün oder violett, und dieser hier war weiß. Jene sind glatt, dieser hier hatte aber an vier Stellen kleine Krallen und in der Mitte einen winzigen Schnurrbart. Und über dem Schnurrbart zwei schreckerfüllte und anklagende Augen.

»Sie hat nichts gespürt, wissen Sie«, sagte Dr. Fyfe. »Sie hatte keine Zeit dazu.«

Es war wirklich, als redete er von der Hinrichtung eines Menschen.

»Wie tröstlich«, erwiderte ich.

»So ist es jedenfalls, wenn sich ein Astronaut auf dem Mond seinen Raumanzug zerreißt.«

»Ich verstehe, Doktor.«

»Nicht ganz so schnell, vielleicht. Innerhalb einer Minute. Ich weiß nicht, ob Ihnen das klar ist: Zuerst beginnt das Blut zu sieden, dann bläst sich die Haut auf, dann . . .«

»Ja, ja, ich verstehe, Doktor.«

»Es ist nicht angenehm, darüber zu sprechen, nicht wahr?«

»Nein. Aber notwendig. Und wie lange ist er bei klarem Verstand, Doktor?«

»Dreißig Sekunden, vielleicht etwas länger.«

»Er hätte also Zeit zu merken, daß er stirbt.«

»Zeit genug.«

»Aber nicht genug, sich zu retten, Doktor?«

»Vielleicht. Wenn das Loch sehr klein wäre, wenn er nicht mehr als fünf, sechs Meter vom Raumschiff entfernt wäre, wenn ihn sein Gefährte sofort hereinholt, wenn er ihn noch rechtzeitig im Raumschiff einschließen kann, wenn das Raumschiff gut ausgerüstet wäre ... Aber unsere Raumschiffe sind vorläufig noch sehr klein. Das LEM bietet gerade Raum für die beiden Astronauten und die Bordinstrumente.«

»Ich verstehe, Doktor.«

»Na ... gehen wir. Es gibt noch eine Menge anderes zu sehen.«

Und so gingen wir weg von dieser weißen Kugel, die mir vor den Augen auf und ab tanzte, diesem Satz, der mir in den Ohren hämmerte und von dem ich nicht wußte, wer ihn gesagt hatte, ob ihn überhaupt jemand gesagt hatte oder ob ich ihn bloß in diesem Moment dachte: »Meiner Meinung nach ist ein Astronaut automatisch ein Held. Einfach durch die Tatsache, daß er Astronaut ist.«

Ich sah noch vieles an diesem Tag: Aber ich will dir von den Algen erzählen, Vater: den Algen, mit denen Dr. Fyfe den Astronauten auf ihrer langen Reise durch den Weltraum Sauerstoff verschaffen will. Es waren runde Blättchen vom Durchmesser einer Erbse und von einem hübschen, lebhaften Grün. Dr. Fyfe sammelte sie in Teichen, dann legte er sie in Wannen voller Wasser, und so vermehrten sie sich mit irrsinniger Schnelligkeit. In sechs, sieben Tagen wurde beispielsweise aus zwei Blättchen eine Wanne voller Algen.

»Der Vorgang ist klar«, sagte Dr. Fyfe. »Die Pflanzen absorbieren kohlensaures Anhydrid und geben dafür Sauerstoff ab. Und wenn man will, kann man sie sogar essen.«

»Wenn sie sich nur nicht zu sehr vermehren«, lächelte ich.

»Warum?«

»Nur so. Mir ist eben eine Science Fiction-Erzählung in den Sinn gekommen. Vielleicht schreibe ich sie einmal auf.«

»Was für eine Erzählung?«

»Nun ... die Geschichte von einer Handvoll Algen, die

nicht aufgegessen werden wollen. Und da wachsen sie und wachsen und vermehren sich und vermehren sich, bis die Wannen überlaufen, sie das Raumschiff überfluten und die Menschen auffressen.«

»Nicht übel«, sagte Dr. Fyfe. »Aber ich kenne eine Erzählung, die noch besser ist als Ihre, und zwar kein Science Fiction, sondern eine Geschichte, die sich wirklich zutragen wird.«

»Welche ist das, Doktor?«

»Sie geht so: Wie Sie wissen, ist die Venus vollständig von Wolken bedeckt, so daß wir nicht sehen können, was sich darunter befindet. Mit großer Wahrscheinlichkeit befindet sich darunter ein Planet, der der Erde ganz ähnlich ist, nur jünger und überheiß durch seine sehr hohe Temperatur. Die Temperatur hält sich ständig auf dieser Höhe, weil die Wolkendecke den heißen Dampf am Entweichen hindert: Stellen Sie sich einen Topf mit kochendem Wasser vor, mit einem Deckel, der ihn hermetisch schließt. Folgen Sie mir?«

»Ich folge Ihnen, Doktor.«

»Gut. Wir haben Grund zu der Annahme, daß diese Wolken Wasser enthalten: also einen bestimmten Prozentsatz Sauerstoff und Wasserstoff. Gut. Diese Algen haben eine wesentliche Eigenschaft: Sie entwickeln sich bei jeder Temperatur, wenn sie nur Wasser haben. Wir haben sie versuchsweise getrocknet und nachher in sehr heißes oder sehr kaltes Wasser geworfen, und sie entwickeln sich so oder so. Was wir im Auge haben, ist ein Projekt, über das sich sowohl die russischen als auch die amerikanischen Wissenschaftler einig sind: die Venus zu umkreisen und eine Handvoll Algen auf diese Wolken zu werfen. Wenn es so ist, wie wir glauben, werden sich die Algen vermehren, bis sie ein großes Loch in der Wolkendecke geschaffen haben, und das ist dann, als ob man den Deckel vom Topf nimmt. Der kochendheiße Dampf, der auf der Venus Leben verhindert, entweicht durch dieses Loch, die Venus kühlt ab und bekommt im Laufe von Jahrtausenden und Jahrmillionen ein Klima, das unserem ähnlich ist. Ziemlich sicher begann so auch das Leben auf der Erde.«

Mein Gott, Vater! Mein Gott! Wer warf die Algen auf die Erde? Woher kamen die Algen, die den Deckel von dem Topf mit dem kochenden Wasser nahmen, der Erde heißt?

13. Kapitel

Ich erwachte in Angstschweiß gebadet: Heute würden sie
mich in die Zentrifuge stecken. Mich, die ich nicht einmal
einem sich drehenden Karussell zusehen kann. Mich, die ich
nicht einmal zwei Runden Walzer vertragen kann, ohne daß
mir übel wird. Mich, die ich Fahrstühle nicht vertrage, ihr
unvermitteltes Rucken, ihr plötzliches Stoppen, und fast
ohnmächtig werde, wenn ich irgendwo in den 43. Stock hin-
auffahren muß und, wenn ich erst oben bin, nicht den Mut
habe, wieder hinunterzufahren, und in allen möglichen Ausreden Zuflucht suche, um dieses Umstülpen des Magens,
dieses Verstopfen in den Ohren und im Hals hinauszuschie-
ben: Ich selbst hatte ja darum gebeten, in die Zentrifuge
gesteckt zu werden. Warum denn nur? Was war bloß in
mich gefahren? Hatte mir das denn irgendjemand gesagt,
eingeflüstert, geraten? Muß man denn sterben, um vom Sterben zu schreiben? Ich würde sterben, da haben wir's. Ich
würde eine Gehirnblutung erleiden, oder mein Kopf würde
zerplatzen, mindestens würde ich für immer blind werden.
Und doch gab es jetzt kein Zurück mehr. Um diesen famo-
sen Einfall bis zum bitteren Ende auszukosten, hatte ich
sogar mein Hotel aufgegeben und war in den Luftwaffenstützpunkt von Brooks umgezogen, wo Dr. Turbutton mir
im Offiziersquartier, Abteilung Frauen, eine Wohnung verschafft hatte. Ich würde zuerst eine Menge medizinischer
Untersuchungen durchlaufen müssen: Elektrokardiogramm,
Blutdruckmessung, Röntgen. Auch für einen harmlosen
kleinen Spaziergang, so beurteilte Dr. Fyfe das Experiment
mit 3 oder 4 g, mußte mein Körper ausgezeichnete Voraussetzungen mitbringen. Verzweifelt wünschte ich, mein Körper möge sich als Wrack erweisen, meinem Herzen drohe
ein Infarkt. Wankend ging ich in die Küche, um mir einen
Kaffee zu kochen. Kaffee macht Mut, sagt Mutter.
   Es war eine ungeheuer moderne Küche, die reinste Welt-
raumküche. Wasser kochte man, indem man ein Glasgefäß
auf eine dünne Feder stellte, ohne auf Knöpfe zu drücken
oder gar Feuer anzuzünden: Bei richtiger Wassermenge
drückte das Gewicht des Gefäßes die Feder herunter, der
Siedepunkt war in zehn Sekunden erreicht, aus einer auto-

matischen Vorrichtung fiel ein schwarzes, Kaffee genanntes Pulver, und dann ging alles von selber weiter. Ich verlor eine Viertelstunde damit herauszufinden, welches die richtige Menge Wasser war, schließlich schaffte ich es, und ich trank meinen Kaffee. Er nützte rein gar nichts. Ich brauchte einen Kognak. Kognak gab es in der Küche ebenfalls, eine ganze Menge Spirituosen, doch jede Flasche war durch ein magnetisches Verfahren auf einem Metallgestell festgemacht, und um es zu entmagnetisieren, mußte man eine Halbdollarmünze in einen Schlitz werfen. Ich suchte eine. Ich hatte keine. Das Außergewöhnliche in Amerika ist, daß alle Türen sich öffnen lassen, indem man eine Münze einwirft, nur muß es die richtige sein, und die hast du nie. Zum Telefonieren beispielsweise braucht man zwei Nickels oder einen Dime, und nie habe ich zwei Nickels oder einen Dime zur Hand. Für eine Schachtel Zigaretten aus dem Automaten braucht man einen Quarter, einen Nickel und einen Dime: Und ich habe nie einen Quarter, einen Nickel und einen Dime dabei. Um aufs Klo zu gehen, braucht man einen Dime, nichts als einen Dime, und das muß ich sagen, ist das gräßlichste: Man muß es erlebt haben, um zu wissen, wie gräßlich es ist. Da stehst du vor dieser verfluchten Tür, die das sauberste WC der Welt verschließt, und willst nur Pipi machen, aber du kannst nicht, weil du keinen Dime hast. Meiner Meinung nach liegt hier das ganze Drama unserer Zukunft; doch um auf meinen Kognak zurückzukommen, ich mußte also das Haus verlassen, zum Drugstore gehen, einen Dollar wechseln, ein Halbdollarstück verlangen, die Münze einwerfen, bis es schließlich soweit war, daß ich den Kognak trinken konnte, aber er nützte nichts: außer daß mir schwindlig wurde. Für einen halben Dollar Kognak um acht Uhr früh, du verstehst schon.

Die medizinischen Untersuchungen dauerten fast zwei Stunden und ergaben, daß ich vor Gesundheit strotzte. Beneidenswerte Lunge, strapazierfähiger Magen, ein Herz, das funktionierte wie eine Uhr frisch aus einer Schweizer Fabrik. Der Blutdruck war niedrig, aber das war von Vorteil. Hören Sie, Doktor, vor sechs Jahren habe ich mir ein Bein gebrochen. Macht nichts, spielt keine Rolle. Hören Sie, hier hinter dem Ohr fehlt mir ein Stück Knochen, ich hatte eine Mastoiditis. Macht nichts, spielt keine Rolle. Hören Sie, ich habe manchmal Schwindelanfälle. Macht nichts, spielt keine Rolle. Hören Sie, mein Baryzentrum ist verlagert, mein Gleichgewichtssinn ist deshalb ziemlich schlecht. Macht nichts, spielt keine Rolle. Hören Sie, ich kann Lift, Walzer, Karussell nicht vertragen. Macht nichts, spielt keine Rolle. Spielt keine Rolle?! Nein, die Zentrifuge hat nichts zu tun mit Lift, Walzer und Karussell. Sie könnten ohne weiteres das Anmeldeformular einreichen, um Astronautin zu werden, es fehlt Ihnen einzig und allein der Pilotenschein. Nein, ich konnte nicht mehr zurück. Es half keine Entschuldigung, keine Ausflucht mehr. Die Zentrifuge erwartete mich, unerbittlich wie das Jüngste Gericht. Ich muß dir auch gestehen, daß ich noch nie eine Zentrifuge gesehen hatte. Ich konnte mir nicht mal vorstellen, wie sie funktioniert. Ich wußte nur verschwommen, daß es sich um eine Art Kreisel handelte: ein enorm großes Rad. Ich sah sie vom Kontrollraum aus, und das war schlimmer als ein Schlag auf den Kopf.

Der Raum, in dem sie stand, war rund. In der Mitte war der Motor, und am Motor war horizontal ein eiserner Arm befestigt, ungefähr wie die Stange einer Ölpresse, an der die Esel angebunden werden, um die Oliven auszupressen. Der Arm war etwa zehn Meter lang und endete in einer Kapsel, die wie der Beiwagen eines Motorrads aussah. Rundum geschlossen allerdings und groß genug, daß ein Mann darin liegen konnte. Der Raum war weiß, die Zentrifuge blau. Allein schon dieser Farbkontrast hatte etwas Drohendes, Tragisches.

»Schön, was?« sagte Dr. Fyfe.

Ich antwortete nicht.

»Wie Sie sehen, ist das der Kontrollraum. Von hier aus wird die Zentrifuge betrieben. Die Glaswand dient einzig dem Zweck, die Zentrifuge sehen zu können, alles andere funktioniert über Bildschirm und elektronisch. Dieser Rechner ist mit den Sensorien verbunden, die wir am Körper des Mannes in der Zentrifuge anbringen, und informiert uns simultan über alles, was bei ihm vor sich geht. Das Auf und Ab der Kurven macht uns darauf aufmerksam, wenn etwas nicht in Ordnung ist, und wir unterbrechen das Experiment unverzüglich.«

»So ein Glück!«

»Das ist der Bildschirm zur Beobachtung der Testperson,

wenn sich die Zentrifuge dreht: Die Kamera ist direkt auf sie gerichtet. So entgeht uns nichts von dem, was ihr passiert oder was sie uns mitteilen will. Wenn es Ihnen zuviel wird und Sie nicht mehr können, geben Sie uns einfach ein Zeichen, und wir stoppen den Motor.«

»So ein Glück!«

»Haben Sie Angst?«

»Ich? . . . Nein, nein . . .«

»Ich gebe Ihnen 3 oder 4 g. Wenn Sie es aushalten, auch 5 g. Mehr nicht.«

»Vielen Dank.«

»Ungefähr diese Geschwindigkeit.«

Er betätigte einen Hebel, der Metallarm setzte sich in Bewegung, erst langsam, dann schneller, dann wirklich schnell. Ich schluckte.

»Es ist nichts Besonderes, wie Sie sehen.«

»Nein, nein . . .«

Er betätigte den Hebel wieder, der Arm verlor an Geschwindigkeit, hielt an.

»Also, gehen wir hinunter?«

»Na schön . . . Gehen wir hinunter.«

Eine kleine Treppe führte vom Kontrollraum in die Rotunde mit der Zentrifuge. Von oben erschien die Treppe sehr lang, in Wirklichkeit aber war sie ganz kurz, im Nu war man unten in dieser Rotunde, unter diesem blaugestrichenen Ding, vor der Kapsel, die innen wie eine Muschel aussah, eine Muschel, die deinen liegenden Körper aufnahm, Beine dort, Rücken dort, Kopf hier, der Kopf war in eine Mulde zu betten, wie sie auch die Zahnarztstühle haben. An der Decke der Kapsel hing eine brennende Lampe.

Auch damals im Operationssaal hing eine brennende Lampe, Vater. Und ich war auf dem Operationstisch festgebunden und starrte in die brennende Lampe. Um mich herum waren all diese Augen, wegen der Gazemasken, die die Gesichter verdeckten, sah man nur die Augen, und eine Stimme sagte, ja, vielleicht, vielleicht wird sie am Leben bleiben. Ich aber wollte leben, und nicht vielleicht, und starrte in die brennende Lampe . . .

»Können Sie allein hineinklettern?« fragte Dr. Fyfe.

»Ja, gewiß.«

»Wenn Sie sich unwohl fühlen, heben Sie die Hand!«

»Ja, gewiß.«

... starrte in die brennende Lampe und fühlte mich elend. Aber es war nicht das, was mich quälte, körperliches Leiden, du weißt es, ist ja im Grunde gut zu ertragen: sondern es war der Gedanke zu sterben. Denn sterben für ein bestimmtes Ziel, das geht noch, sterben für jemand, den du liebst zum Beispiel, sterben für eine Idee, an die du glaubst, sterben um einer brennenden Neugierde willen, auf dem Mond herumspazieren zu wollen beispielsweise; aber sterben, weil ein Stückchen von dir nichts mehr taugt oder weil du auf ein Karussell gestiegen bist, das ist bei Gott zu idiotisch!

»Also, steigen Sie ein«, sagte Dr. Fyfe.

»Nein!«, schrie ich.

Und zwar schrie ich wirklich, ohne jede Scham. Kannst du das glauben? War mir ganz egal, lächerlich oder feige zu erscheinen. War mir ganz egal, daß die Augen dort oben im Kontrollraum mich ironisch musterten. War mir ganz egal, mich zu blamieren, zum Teufel mit den Blamagen, zum Teufel mit Venus, Mars und Mond, in dieses Dingsda kletterte ich nicht, mit diesem Dingsda drehte ich mich nicht, ich würde eben nie wissen, wie es da drin ist, na wennschon, ich würde für immer auf dieser Erde bleiben, na wennschon: Ich machte kehrt und lief davon. Diesmal kam mir die Treppe entsetzlich lang vor, wie in einem jener Träume, in denen du fliehen willst, aber deine Beine sind aus Blei, und die oberste Stufe ist die Rettung.

»Tut mir leid, Dr. Fyfe.«

»Braucht Ihnen nicht leid zu tun. Es geht vielen so.«

»Ich konnte nicht, ich konnte wirklich nicht.«

»Viele können nicht. Einer unserer Kandidaten hat sich ein Bein gebrochen, um nicht hinein zu müssen.«

»Aber ich wollte, Doktor, ich wollte.«

»Der wollte auch. Es ist ja bei allen freiwillig.«

»Ist aber scheußlich, als Feigling dazustehen.«

»Es ist nicht Feigheit, es ist Selbsterhaltungstrieb. Wenn Sie aus dem Fenster fallen, ist es ja auch nicht feige zu versuchen, sich irgendwo festzuhalten; wenn Sie am Ertrinken sind, ist es doch nicht feige, um Hilfe zu rufen.«

Das war wirklich ein netter Mensch, dieser Dr. Fyfe. Wie er es fertigbrachte, die Astronauten zu quälen, ihre Seele bloßlegte, ihnen jedes Geheimnis entriß, die Liebe verbot, ist mir ein Rätsel. Mehr oder weniger wie bei dir, Vater: Du bist sechs Tage lang krank, weil du einer Gans den Hals durchgeschnitten hast, und dann schmeißt du den Katzen die Mäuse hin.

»Sie sind großmütig, Dr. Fyfe.«

»Ach, woher! Wissen Sie was? Wir schicken einen andern hinein. Einverstanden?«

»Aber . . .«

»Wo ist Sergeant Jackson?« fragte Dr. Fyfe.

»Beim Ballspielen, Doktor. Er hat Freistunde.«

»Man soll ihn rufen.«

»Wenn er doch aber beim Ballspielen ist!« flehte ich.

»Na und?« sagte der Doktor.

Sergeant Jackson kam sofort. Er war ein Kind von zweiundzwanzig Jahren, mit ganz blondem Haar, ganz blauen Augen und einem pausbäckigen, sympathischen Gesicht. Er trug einen hellblauen Trainingsanzug und sah kein bißchen verärgert aus. Nur ein bißchen resigniert.

»Guten Tag, Sergeant.«

»Guten Tag, Miss.«

Er reichte mir eine erdige Hand und entschuldigte sich deswegen; man hatte ihm keine Zeit gelassen, sich die Hände zu waschen, jetzt aber werde er es tun.

»Ich bin es, die sich entschuldigen muß, Sergeant.«

»Nicht doch, Miss. Es ist mir ein Vergnügen.«

»Ich bin weggelaufen, wissen Sie, Sergeant.«

»Ich bin das erste Mal auch weggelaufen.«

»Aber es ist niemand eingesprungen für Sie, Sergeant.«

»Nein . . . tatsächlich nicht.« Er lächelte. »Sie schnappten mich und steckten mich hinein.«

»Wie hoch kommst du, Sergeant?« fragte Dr. Fyfe.

»Auf 12 komme ich ohne Probleme, Doktor«, antwortete der Sergeant.

»Wollen wir 14 oder 15 probieren?« fragte Dr. Fyfe.

»Jawohl, wenn Sie wollen.«

Er wusch sich die Hände, ging die Treppe hinunter, kletterte in die Kapsel, und dort legten sie ihm die Kontakte auf das Herz, an Knöchel und Schläfen, schoben ihm einen Mundschutz zwischen die Lippen: wie bei den Boxern vor dem Match. Dann schlossen sie die Luke der Kapsel, und er war allein vor der Fernsehkamera. Unbeweglich stand ich vor dem Bildschirm und sah in seine Augen, und er sah mich an. In gewissem Sinne so, wie es bei der Maus gewesen war. Doch war bei ihm kein Grauen zu sehen, nur Erwartung. Erwartung und Geduld. Verwirrt fragte ich mich, warum er wohl diesen Beruf ergriffen hatte, warum so viele junge Männer seines Alters, in Amerika wie in Rußland, diesen Beruf ergriffen. Niemand zwingt sie dazu; sie melden sich freiwillig, und es wird sogar alles getan, sie zu entmutigen, sie können sich jederzeit wieder abmelden, aber sie bleiben, wie Mäuse, und offerieren ihre schönen gesunden Körper der Neugier der Wissenschaft, dem Zynismus, den Maschinen, die sie durchwalken, als wären sie selber Maschinen. Und vielleicht haben sie nicht einmal die Hoffnung, auf den Mond oder auf andere Planeten zu gelangen, weil ihr Schulabschluß bloß ein Handelsdiplom ist und sie gar nicht daran denken können, jemals ein Universitätsdiplom zu machen.

»Dr. Fyfe, wie lange wird es dauern?«

»Etwas länger, als es bei Ihnen gedauert hätte. Drei bis vier Minuten.«

Im Kontrollraum wurde es still.

»Bist du bereit, Sergeant?«

»Bereit, Doktor.«

»Wenn etwas nicht in Ordnung ist, hebst du die Hand, Sergeant.«

»Gewiß, Doktor.«

»Vier Minuten, 15 g«, sagte Dr. Fyfe. Und betätigte den Hebel.

Eine Klingel schrillte.

Der große Arm begann zu rotieren. Langsam zuerst. Dann schneller. Immer schneller und schneller.

5 g. 6 g. 7 g.

Das Gesicht des Sergeanten war vor Anstrengung verzerrt, die Halsadern schwollen an, und die zusammengepreßten Lippen schienen sich alles Klagen zu verbeißen.

8 g. 9 g. 10 g. Die Geschwindigkeit wurde phantastisch, erhöhte sich immer weiter, und jetzt hatte die Schwellung auch das Gesicht erreicht, das nun völlig entstellt wirkte, als ob es ein fürchterlicher Wind brutal peitschte: Die Haut floh nach hinten, legte sich wie Schlamm in Falten über die Ohren, und anstelle der Wangen waren da zwei Dellen, wie

in einem Ball ohne Luft. Die Augen erschienen riesengroß und traten fast aus den Höhlen.

11 g. 12 g. 13 g. Nunmehr war der Arm überhaupt nicht mehr wahrzunehmen, man sah lediglich einen blauen Kreis, und das Gesicht des Sergeanten war eine unförmige Masse, in der man auch die Nase kaum mehr zu unterscheiden vermochte, deutlich sah man nur noch die Zähne: Sie standen so hervor, daß man den Eindruck hatte, gleich spritzten sie der Reihe nach weg, wie wenn eine Halskette platzt und ihre Perlen verliert. Die Augen waren wie verschleiert, blind starrten sie mich an.

»Schluß, Doktor, ich bitte Sie.«

»Warum? Er hält's aus.«

»Aber er leidet doch?«

»Leidet und hält's aus.«

14 g. 15 g. Verzeih mir, Sergeant Jackson. Du warst beim Ballspielen, und durch meine Schuld haben sie dich da hineingesteckt. Es ist dein Beruf, ich weiß, du hast ihn gewählt, und man bezahlt dich dafür, aber mir wäre es lieber, du spieltest draußen mit deinem Ball. Bist kaum zweiundzwanzig, Sergeant, das ist zu jung, um alle Zähne zu verlieren. Genug, Sergeant, heb die Hand, Sergeant. Wenn du's nicht tust, machen sie weiter, bis sie dich umbringen: Für sie ist dein Körper nur der Körper einer Maus, ein Testmotor, eine zu perfektionierende Maschine, sie leben in dem Wahn, alles sei möglich, und du kannst krepieren, ohne daß sie mit der Wimper zucken, ja, wenn du krepierst, holen sie einen andern und beginnen das Ganze von vorn. Heb die Hand, Sergeant, vielleicht hindert dieser Wind dich daran und drückt sie dir zurück, vielleicht geht es dir so schlecht, daß du kaum noch die Finger rühren kannst, streng dich doch an, Sergeant. Heb die Hand, Sergeant.

»Er schafft's, er schafft's«, sagte jemand.

»Ich glaube nicht«, sagte Dr. Fyfe.

»Er hat nicht verlangt, daß wir abstellen«, sagte dieselbe Stimme.

»Aber ich verlange es«, sagte Dr. Fyfe.

Der Elektronenrechner zeigte irgend etwas an.

»Abstellen. Stop!« sagte Dr. Fyfe.

Der blaue Kreis wurde wieder ein eiserner Arm, der schnell, dann weniger schnell, dann noch weniger schnell, dann fast langsam, dann langsam rotierte, bis er schließlich zum Stehen kam. Alle eilten die Treppe hinunter. Dr. Fyfe selber öffnete die Luke. Sergeant Jackson lag ohnmächtig in der Kapsel.

Man zog ihn nicht gleich heraus, sondern versorgte ihn an Ort und Stelle, und es vergingen zwanzig Minuten, bis Dr. Fyfe zu mir heraufkam.

»Wollen Sie ihn sehen?«

»Nein, Dr. Fyfe.«

»Warum nicht?«

»Darum nicht, Dr. Fyfe.«

»Ich glaube, es wäre nett, wenn Sie zu ihm gingen.«

»Und ich glaube, daß er keine Lust hat, mich zu sehen.«

»Im Gegenteil, er wird sich sehr freuen. Es ist viel hübscher, eine Frau anzuschauen, wenn man nach einer Ohnmacht die Augen aufmacht. Und hier gibt es nicht allzuoft eine Frau zu sehen. Kämmen Sie sich.«

Ich kämmte mich und puderte mir auch die Nase. Sergeant Jackson erholte sich langsam. Sein Gesicht war blaurot, seine Augen blutunterlaufen, seine Fingernägel blau, als hätte man mit dem Hammer daraufgeschlagen, doch immerhin, er erholte sich. Er schenkte mir ein glückliches, unschuldiges Lächeln.

»Wie geht's, Sergeant?«

»Nicht übel, Miss.«

»Seine Nägel sind ganz blau.«

»Wir sind ein bißchen hoch gegangen, diesmal.«

»Verzeihen Sie mir, Sergeant.«

»Es ist doch mein Beruf, Miss.«

»Verzeihen Sie mir trotzdem, Sergeant.«

»Keine Ursache, Miss.«

»Danke, Sergeant. Danke vielmals, Sergeant.«

»Ich danke Ihnen, Miss. Danke, daß Sie gekommen sind.«

»Adieu, Sergeant.«

»Adieu, Miss.«

Er drückte mir die Hand, mit diesen Fingern mit den blauen Nägeln, und ich ging. Später sagte mir Dr. Fyfe, man hätte ihn in die Klinik gebracht, wegen einer kleinen Blutung.

Am selben Abend verließ ich San Antonio. Ich hatte keine Lust mehr zu bleiben, und ich hatte genug Schaden angerichtet: eine Maus ermordet und ein Sergeant in der Klinik. Die schwirrenden Tauben unter den Bäumen sagten mir nichts mehr, und Fort Alamo war nur noch eine Ruine, die man schon im Kino gesehen hat und wo man Ansichtskarten, Mardermützen à la Davy Crockett, schauderhafte Jagdmesser kaufen konnte und riesige (selbstverständlich falsche) Hundertdollarnoten mit dem Aufdruck »Dieses Zertifikat bestätigt, daß herzlichste Gastfreundschaft der größte Schatz des herrlichen Texas ist«. Major Turbutton begleitete mich zum Flugplatz und schenkte mir als Souvenir einen höchst unbequemen Cowboyhut: den, den ich dir geschenkt habe, Vater. Er gab mir auch einen dicken Stapel bedruckten Papiers, den ich sogleich wegwarf, und die Rede, die Kennedy im Luftwaffenstützpunkt Brooks am 21. November 1963 gehalten hatte: vierundzwanzig Stunden vor seiner Ermordung in Dallas, der Hauptstadt des herrlichen Texas, dieses Zentrums herzlichster Gastfreundschaft. »Ich bin heute nach Texas gekommen«, hatte Kennedy gesagt, »um eine Gruppe von Pionieren zu begrüßen, die Männer der Schule für Raummedizin im Luftwaffenstützpunkt Brooks . . . Uns erwarten Monate und Jahre mühseligster Arbeit, uns erwarten Schande, Enttäuschungen, Schmerzen aller Art, aber diese Experimente müssen weitergeführt werden, wir müssen in den Weltraum vorstoßen . . . Der irische Schriftsteller O'Connor erzählt in einem seiner Bücher, daß er, als er noch ein Junge war und mit den andern Jungen über Land ging, des öftern den Weg versperrt fand von einer allzu hohen und schwer zu erkletternden Mauer. Dann nahmen die Jungs den Hut ab und warfen ihn über die Mauer, und nun hatten sie keine Wahl mehr: Sie mußten hinüber, um den Hut zu holen . . .«

Als das Flugzeug an Höhe gewonnen hatte, lehnte ich den Kopf ans Fenster und suchte mit den Augen die Mission von San José, dem Militärspital, in dem Sergeant Jackson mit seiner inneren Blutung lag. Wer weiß, ob Sergeant Jackson diese Rede Kennedys je gelesen oder gehört hatte. Auch er hatte seinen Hut über die Mauer geworfen, war aber, als er ihn holen wollte, hingefallen und hatte sich weh getan. Ich hingegen hatte den Hut hinübergeworfen und vor lauter

Angst, mir das Knie aufzuschlagen, nicht einmal versucht, ihn zu holen. Darin besteht der ganze Unterschied zwischen echten Pionieren und solchen, die nur davon träumen, Pioniere zu werden, dachte ich etwas beschämt. Das Flugzeug war unterwegs nach Orlando, Florida, und von dort zu jenem Ort, der seit Jahren meine Neugier erregt hatte: jenem Punkt unseres Planeten, von dem aus die Raketen zum Mond starten und der früher Cape Canaveral hieß und heute Cape Kennedy heißt. Nach jenem Mann, der seine Gewohnheit, den Hut über Mauern zu werfen und ihn sich zu holen, mit dem Leben bezahlte.

14. Kapitel

Dein Brief erreichte mich direkt bei der NASA in Cocoa Beach: der kleinen Wohnstadt zwischen Cape Kennedy und der Patrick Airbase. Zwischen himmelhoch jauchzend und zu Tode betrübt, öffnete ich ihn, als wäre ein Stück von zu Hause drin. Entschuldige bitte, wenn ich hier davon Gebrauch mache: Aber es ist ein Brief, der mir sehr gefällt.

»Ich weiß nicht, was dieses Cocoa Beach sein soll, wo ich Dir hinschreiben soll«, hieß es da. »Die Stadt, von der Jules Verne in seinem Buch ›Von der Erde zum Mond‹ spricht, heißt Tampa, nicht Cocoa Beach. Von Tampa, im Südwesten von Florida, startet die Rakete des Herrn Barbicane, die ziemlich genauso konstruiert ist wie die Rakete des Herrn von Braun und sich mit der gleichen Geschwindigkeit bewegt wie die Rakete des Herrn von Braun, auf einer Reise, die siebenundneunzig Stunden und zwanzig Minuten dauert, wie es auch Herr von Braun errechnet hat. Dabei kam das Buch 1865 heraus, vor genau hundert Jahren! Wie du siehst, bin ich bei Jules Verne steckengeblieben, und trotzdem weiß ich so viel wie du über dieses unnütze, dumme Abenteuer: Die Phantasie geht stets mit der Wirklichkeit schwanger, und Verne hat sogar das erraten, daß dieses große Spielzeug von Florida aus abgeschossen würde. Da ich mir gerne einbilde, daß es noch eine Dankbarkeit gibt, hoffe ich, die Cocoabeachianer haben Jules Verne und Herrn Barbicane ein schönes Denkmal gesetzt. Und jedenfalls beneide ich dich: Es muß eine feine Gegend sein, diese Cocoa Beach-Tampa, Verne beschreibt es in seiner Pracht, mit den süßen Kartoffeln und dem Tabak, den Ananas und Orangen; bring mir doch Samen von einer Pflanze mit, die unseren kalten Winter übersteht, die Avocado, die du aus Brasilien mitgebracht hast, ist erfroren. Es muß auch eine schöne Gegend zum Jagen und Fischen sein, dieses Florida: mit seinen Krokodilen, Vögeln, Wildkaninchen und vor allem den Fischen. Ah, wenn die Fische Samen wären! Dann würde ich dich bitten, mir auch die mitzubringen: weißt du, daß es im Bach unten bei der Mühle keine Forellen mehr gibt? Vergiftet, nehme ich an. Die Menschen sind wirklich schlecht. Was haben sie davon, die Tiere auszurotten, frage ich mich. Ich wollte, ich wäre in Florida, allein um des Vergnügens willen, all die vielen Tiere zu sehen, die sich frei und gesund im Grünen tummeln. Es gibt sicher viel Grün dort drüben? Kann mir die Wiesen vorstellen. Ich möchte ja nicht ewig herumnörgeln, aber im Garten bringe ich einfach keinen Rasen zustande. Der Bauer, erinnerst du dich, grub die Erde mindestens 80 cm tief um und düngte sie ausgiebig: Herausgekommen ist dabei nichts. Wir werden es im Frühling nochmals versuchen, aber er behauptet, es nütze nichts, die einzige Möglichkeit wäre, fertigen Rasen auszulegen, den man streifenweise kaufen kann. Ah! Lieber betoniere ich alles zu. Die glücklichen Cocoabeachianer! Also, schreib öfter. Erzähl uns von Cape Kennedy und von den Astronauten. Deine Maschinen sind ja ganz interessant: Aber das Hauptinteresse des Menschen, vergiß das nicht, bleibt der Mensch. Nach dem, was du schreibst, scheinen es patente, sympathische Kerle zu sein. Sie müssen ja auch sehr beliebt sein bei den Amerikanern. Ciao, laß von dir hören. Dein Papa.«

Ich nahm ein Blatt, um dir gleich zu antworten, doch mich unterbrach ein Klopfen an der Tür. Es war Gotha Cottee, Public-Relations-Mann der NASA, besser gesagt der Schutzengel, den die NASA mir für die Dauer meines Aufenthaltes in Florida an die Fersen geheftet hatte. Baumlang und herzlich, das große Gesicht unter einem riesengroßen Texanerhut, den er nur abnahm, wenn er den Helm aufsetzte, überschwemmte er mich mit hektografiertem Informationsmaterial. Das Paket, das er in der Hand hielt, betraf eine Umfrage unter dem Titel »Mutige Frauen« und enthielt die Antworten der Astronauten-Gattinnen auf die Frage: »Flößt der Beruf Ihres Mannes Ihnen Angst ein?« Er warf den Umschlag auf den Tisch und ließ sich auf dem Bett nieder.

»Schreibst du deinen Tagesbericht für Moskau?«

»Nein, den schreibe ich in der Nacht, wenn mich niemand sieht.«

Wir alberten immer herum, Gotha und ich, über die Gefahr, ich könnte eine russische Spionin sein und sei unter dem Vorwand, ein Buch zu schreiben, aus Moskau hergekommen. Andere hingegen verstanden da weniger Spaß. Die Amerikaner sind wirklich komisch: Erst erzählen sie alles, was sie machen, und dann haben sie Angst, man sei ein Spion.

»Jetzt bin ich dabei, meinem Vater zu schreiben, der heißt Iwan und wohnt in Kiew. Sag mal, Gotha, gibt es hier in der Nähe ein Denkmal für Verne?«

»Verne? Wer ist Verne?« fragte Gotha.

»Aber, Gotha! Der Schriftsteller, der Franzose!«

»Mhm. Habe, glaube ich, schon mal von ihm gehört. Hat ein Buch gschrieben, das man auch verfilmt hat. Den Film hab' ich gesehen. ›80 000 Meilen unter den Meeren‹ oder so ähnlich.«

»20 000. Er hat auch ein Buch geschrieben: ›Von der Erde zum Mond‹.«

»Pah!« sagte Gotha. »Die haben viele Bücher geschrieben, die ›Von der Erde zum Mond‹ oder so heißen. Mein Freund Saidin hat vierzig Stück geschrieben, und eins hat er mir gewidmet.«

»Ja, aber Verne schrieb seins vor hundert Jahren.«

»So«, sagte Gotha, schon etwas mehr interessiert.

»Und die Rakete in diesem Buch ist ziemlich genauso wie die Saturn konstruiert, es gibt sogar eine Art Apollokapsel, und der Start findet in Florida statt.«

»So«, sagte Gotha.

»Sie startet in einer Stadt namens Tampa.«

»Tampa ist nur zweihundert Meilen von hier«, sagte Gotha.

»Wenn es nicht bereits eine Großstadt wäre mit einer

Menge Häuser und so weiter, wäre es auch tatsächlich gut geeignet, denn es liegt an der Küste, inmitten eines Archipels. Keine Berge und vor sich ein schönes Meer.«

»Weißt du, Gotha: Ich finde, ihr könntet dieses Denkmal für Verne wirklich errichten.«

»Wenn wir allen, die Bücher schreiben, Denkmäler errichten wollten, hätten wir viel zu tun«, grinste Gotha. »Wer hat dir denn diesen Floh ins Ohr gesetzt?«

»Mein Vater«, sagte ich.

»Muß ein rarer Typ sein, dein Vater«, brummte Gotha. Und im Gehen kündigte er mir an, daß wir uns nachmittags in der Bar treffen würden, um nach Merritt Island zu fahren, wo sich der Weltraumhafen für die Mondraketen befindet. Ich schrieb weiter. Entschuldige, wenn ich auch von diesem Brief Gebrauch mache. Übrigens habe ich dich ja um Erlaubnis gefragt.

»Nein, Vater, hier gibt's keine Denkmäler für Jules Verne und ebensowenig für Herrn Barbicane. Ich habe einen Experten gefragt, und er sagte, sie beabsichtigten auch nicht, eins zu errichten. Ich habe sie im Verdacht, den Namen von Verne gar nicht zu kennen. Ich muß dich in vielem enttäuschen, Vater, vor allem in bezug auf die Wiesen. Hier gibt es überhaupt keine Wiesen. Oder besser: es gibt welche, aber die sind wie in Los Angeles aus synthetischer Faser. Man kauft sie in den Supermarkets vom laufenden Meter, wie Stoff. Auch Pflanzen gibt es nicht, Vater: Die Korkeichen, die Palmen, der Flieder, die dreihundertachtundzwanzig Arten von Bäumen, die die Luft mit Sauerstoff versorgten, sind ausgestorben, verblieben sind nur noch wenige Südfrüchte. Aber auch die werden allmählich krank. Es scheint, daß dies auf die Explosionen zurückzuführen ist, die die Luft vergiften. Das Klima ist ausgezeichnet, Florida ist mit einem ewigen Sommer gesegnet. Die Luft jedoch ist vergiftet, ich wüßte nicht, was ich dir für Samen mitbringen könnte, sie würden höchstens die Ansteckungsgefahr noch weitertragen. Auch Tiere gibt es nicht, Vater: Vögel, Krokodile, Hasen, Mücken, Mäuse (das würde dir so passen) sind ausgestorben, überlebt haben nur die Schlangen, wer weiß wozu, vielleicht damit eine wieder zum Essen des Apfels auffordern kann, falls die Menschheit ihre Reise noch einmal beginnt. Auch die Haie haben überlebt: vermutlich von der NASA angestellt, um die Neugierigen zu verschlingen, die im Meer statt in den Swimmingpools baden wollen. Tatsächlich badet hier nämlich niemand im Meer, alle Hotels haben einen Swimmingpool, die Luxushotels, wie in Miami, haben sogar zwei oder drei, einen mit kaltem Wasser, einen mit warmem Wasser, einen mit Salzwasser; es wird jetzt auch Mode, sich künstlich zu bräunen statt richtig in der Sonne; künstliches Sonnenlicht gibt es in den überdachten Swimmingpools, und es heißt, es sei hygienischer als das echte, weil es keinen Sonnenbrand verursacht. Zu den Vögeln: was sie hier »Vögel« nennen, sind keine Vögel, sondern Raketen und Geschosse, so daß du, wenn du auf die Jagd gehst und sagst: ›Ich habe einen Vogel geschossen‹, stracks wegen staatsfeindlicher Sabotage im Kittchen landest. Wirklich, Vater, hier gibt's nichts von alldem, was du glaubst. Ich bin seit zwei Tagen hier, habe mich da und dort umgeschaut, mit dem Typen zusammen, der mich überwacht, und wohin ich auch komme, sehe ich bloß ein Leichentuch aus Sand, aus Asphalt, aus Meersalz. Dein Cocoa Beach-Tampa ist so häßlich, daß du, wenn du es sähest, freiwillig auf den Mond gehen würdest, wo es vielleicht nicht schöner, aber bestimmt nicht schlimmer ist. 1950 wohnten in der ganzen Gegend 23 000 Menschen, heute sind es allein in Cocoa Beach 200 000: ein großer Rummel mit Restaurants, Banken, Tankstellen, Motels, Bars, Nachtklubs; alle Reichen kommen hierher, dazu all jene, die reich zu werden hoffen. Wie beim Goldrausch vor hundert Jahren. Das ist nicht etwa bloß in Florida so, sondern im ganzen Süden: In New Mexico, in Texas, in Alabama, in Louisiana und in Mississippi geschieht dasselbe. Der Goldrausch des Zeitalters der Raumfahrt hat ausgerechnet die verschlafensten und rückständigsten Staaten gepackt, das heißt die, wo am meisten Land zur Verfügung stand: Ist es nicht immer so? Aber Florida ist ein Sonderfall, etwa wie Texas. Oder ein Super-Texas? Die Restaurants und Motels tragen Namen wie Satellite, Vanguard, Ranger, Polaris. Die Nachtklubs Namen wie *Girls in the Space,* Mädchen im Weltraum. Und sogar die Spielsachen, stell dir vor, sind so wie die der Kinder der Kosmopioniere in den Mondkolonien zum Beispiel im ›Tal des Ewigen Lichtes‹, weißt du, dort, wo Mutter immer die Augen des Mondes sieht: Mini-Raumanzüge, Mini-Sauerstoffflaschen, Mini-Plexiglashelme, Mini-Raumschiffe, die mit solarer Energie betrieben werden; gestern verdunkelte sich auf einmal der Himmel, und dann fiel mir eins dieser Raumschiffe auf den Kopf, die Beule habe ich jetzt noch. Was sonst? Auf den Ansichtskarten für die Freunde sind keine Blumen, Landschaften oder Mädchen im Bikini abgebildet, sondern Raketen, Kerosinlager, Astronauten, die wie ägyptische Mumien im Raumschiff liegen. Die Erde, die du liebst, ist hier schon lang vergessen, in der trostlosen Ebene sieht man nur die Startrampen: Kathedralen einer Epoche, die, da hast du recht, die Liturgie durch die Technik ersetzt hat. Hoch und schlank sind sie, auf ihre Weise feierlich, und auf ihre Weise erschüttern sie dich: Weil du daran denkst, daß von jeder von ihnen ein Mensch gestartet ist. Am weitesten weg, fast am Rande des Meeres, ist die Rampe von Shepard. Dann die Rampen von Grissom, Glenn, Carpenter, Schirra und Cooper: Sie sind zu nichts mehr nütze, aber man läßt sie zur Erinnerung stehen. Ist doch rührend, nicht? Du fragst nach den Astronauten. Ich bin ja auch deswegen hier, weil ich versuchen will, sie besser zu verstehen. Wenn es mir nicht gelingt, sie zu verstehen, verstehe ich auch nicht die Welt, die uns erwartet, und was um diese Männer herum vorgeht. Ich kenne die Jüngeren nicht, das heißt, jene der zweiten und dritten Welle, die ohne jeden Zweifel zum Mond fliegen werden: Man schildert sie mir als ganz anders. Von den ersten Sieben kann ich dir immerhin sagen, daß sie in Amerika durchaus nicht so beliebt sind, wie du glaubst. Das Motel, in dem ich hier in Cocoa Beach wohne, gehört ihnen: Ihre Bilder – jeder im Raumanzug, im Hintergrund ein schwarzer, sternenübersäter Himmel – hängen in der Eingangshalle. Es nennt sich Cape Colony Inn, dieses Motel, und sie kauften es mit dem Geld von ›Life‹: der amerikanischen Zeitschrift, weißt du, die sie für die Veröffentlichung ihrer Memoiren unter Vertrag hat. Nun, ich habe dieses Motel gerade deshalb gewählt, weil es ihnen gehört und weil ich es für richtig halte, daß es die Astronauten sind, die an meinem Aufenthalt in Florida verdienen. Abgesehen davon, daß es ein wunderschönes Motel ist; du solltest sehen, wie sorgsam ich Handtücher und Roboter behandle: Ich habe beschlossen, nicht einmal einen Bügel mitgehen zu lassen. Es scheint aber, daß die andern Gäste nicht so denken und daß kein Hotel seinen Besitzern je soviel Ärger bereitet hat wie Cape Colony Inn den sieben Astronauten: Jedenfalls wollen sie es verkaufen. Natürlich tut die Regierung alles, was sie kann, damit sie beliebt sind und geachtet werden. Agile Funktionäre reden sich den Mund fusselig und beteuern überall, wie perfekt, wie loyal, bescheiden, Familie und Vaterland ergeben sie sind, und hinter einem dicken Vorhang des Schweigens werden sorgfältig ihre Mängel verborgen. Niemand hat zum Beispiel je gehört, daß ein Astronaut seine Frau betrogen hätte. Aber an jeder Ecke lauern List und Tücke, und es vergeht kein Tag, ohne daß sie in Versuchung geführt werden von Filmproduzenten, Zahnpastafabrikanten, jungen Mädchen, die bereit sind, ihre Unschuld zu opfern, und publicitysüchtigen Schauspielerinnen; je mehr man mir erzählt, glaub mir, desto weniger beneide ich sie.«

Das war nicht etwa als Witz gemeint. So wenig wie alles andere, was ich dir auf dieser Reise schrieb, ein Spaß ist. Die Geschichte vom Motel hatte mir Gotha Cottee erzählt, und sie bewies schon, daß es leichter ist, im Himmel ein Held zu sein als auf Erden. Ganz Amerika schrie indigniert auf, als das Cape Colony eröffnet wurde. Senatoren bemerkten, es sei ein Skandal, religiöse Vereinigungen donnerten, die Sieben müßten bestraft und der Vertrag mit ›Life‹ rückgängig gemacht werden. Und hätte Glenn nicht während eines Weekends am See Kennedy überzeugen können, sich einzuschalten, so wäre der Vertrag tatsächlich rückgängig gemacht worden, und keiner hätte die siebzigtausend Dollar pro Kopf kassiert, die sie nun doch bekamen. Was Glenn Kennedy sagte, hörte sich ungefähr so an: »Unser Gehalt schwankt zwischen 830 Dollar und 1140 Dollar monatlich, davon fressen die Steuern mehr als ein Drittel auf: Für den Lebensstil, den wir führen müssen, Einladungen im Weißen Haus, Reisen, Empfänge, zu denen die Gattin nicht in einem Fetzen erscheinen kann, und bei dem, was das Leben in Amerika kostet, wo man einem bis zu sechs oder sieben Dollar fürs Kino bei Erstaufführungen abknöpft, reicht das Geld nicht. Wenn uns dort oben etwas passiert, lassen wir unsere Familien ohne etwas zurück. Was wir mit dem Verkauf unserer Memoiren verdienen, dient dazu, die Zukunft unserer Familien sicherzustellen. Keiner von uns wollte in den Weltraum fliegen, um Millionär zu werden, nach seinem dreiunddreißigstündigen Flug hat Cooper ganze zweiundzwanzig Dollar extra bekommen. Wir wissen, daß wir im Vergleich zu den Jungs unten in Vietnam Privilegien genießen, was ungerecht ist: Aber das ist nun mal der Lauf der Welt, Herr Präsident, und wir nehmen ja niemandem etwas weg.« John Kennedy ließ sich überzeugen und akzeptierte. Als jedoch der Bauunternehmerverband von Houston ihnen sieben Einfamilienhäuser anbot, mußten die Astronauten dankend ablehnen, und niemand wandte ein, daß Gagarin doch auch erlaubt wurde, eine elegante Wohnung im Zentrum Moskaus als Geschenk anzunehmen. Bejubelt, im Triumphzug über den Broadway, gefeiert wie Stars, und zwar dermaßen, daß die Stars von Film und Sport daneben verblaßten, zahlen die Astronauten jeden Augenblick dafür. Und dabei leben sie ständig in dem Terror, einen Fehler zu begehen, gesteinigt zu werden, so zu enden wie ihr Kollege Jack Smurch . . . Nach seinem epischen Flug mit der Dragon Fly III war der Pilot Jack Smurch ein Held geworden, doch als man herausfand, daß er lediglich ein eitler Tropf war, stieß man ihm mal schnell in den Rücken und ließ ihn aus einem Hotelfenster auf den Asphalt stürzen.

»Und wenn das auch ihnen passierte, Gotha?«

Gotha Cottee hatte mich aus seinen Augen angeblitzt.

»Keiner von ihnen ist ein eitler Tropf.«

»Und wenn es einer würde, Gotha? Vielleicht war auch Jack Smurch vorher keiner.«

»Keiner wird es.«

»Wer weiß, wie ihr sie kontrolliert.«

»Im Gegenteil. Außer nicht autorisierte Interviews zu geben, können sie tun, was sie wollen: sich den Magen verderben, soviel sie wollen, trinken, was sie wollen, Auto fahren, soviel sie wollen. Sie funktionieren besser ohne Kontrolle, da sind sie in besserer Form. Und dann erwarten sie ja auch recht harte Zeiten: Warum sollen wir sie also wie zum Tode Verurteilte in einer Gummizelle einsperren?«

»Ich rede nicht vom Trinken, Essen, Autofahren, Gotha.

Ich rede von ihrem Verhalten in bezug auf Moral, Sitte, Geschmack.«

»Nun, natürlich dürfen sie sich nicht für Spekulationen und Reklame zur Verfügung stellen. Das verbietet ihnen das Reglement. Stell' dir ein Plakat am Times Square vor mit dem Foto Coopers, der irgendeine Zigarette raucht. *Die Weltraumzigarette! Im Weltraum raucht Gordon Cooper nur . . .?* Undenkbar!«

»Und verbietet ihnen das Reglement auch, ihre Frauen zu betrügen?«

Von neuem blitzte Gotha Cottee mich aus seinen Augen an.

»Keiner von ihnen betrügt seine Frau.«

Ich schloß den Brief und ging ans Meer. Das ›Cape Colony‹ liegt nur ein paar Schritte vom Meer; du brauchst bloß die Straße zu überqueren und bist am Strand. Ein endloser Strand, eine Wüste aus feuchtem, unberührtem Sand, so daß du unwillkürlich ausrufst: Mein Gott, das Meer trocknet ja aus! Du gehst durch diesen Sand, fasziniert, eingeschüchtert, kein anderer ist hier außer dir, weder vor dir noch hinter dir, weder in der Nähe noch in der Ferne ist jemand zu sehen, Hunderte, Tausende von Muscheln von bizarrer Form und unglaublicher Farbe liegen überall nur für dich herum, rosa und blaue Quallen seufzen, von einer Welle geküßt, die sie wieder hinaustragen möchte, damit sie weiter leben; dieses Meer ist das Meer des Weltenanfangs, auch diese Stille ist die Stille des Weltenanfangs, es war falsch, deinem Vater das zu schreiben, was du geschrieben hast, und was sind das für Spuren im Sand? Sonderbar, sieht aus wie die von Autoreifen. Aber nein, unmöglich. Und dieses Geräusch? Komisch, hört sich wie der Motor eines Autos an. Und plötzlich springst du zur Seite: Ein Auto kommt geradewegs auf dich zu. Der Strand ist ein Strand, auf dem du Auto fahren kannst wie auf dem Asphalt, nur nicht so schnell. Arme Helden. Sie können nicht einmal Muscheln, Quallen, Wellen anschauen, ohne Gefahr zu laufen, von etwas Motorisiertem umgebracht zu werden. Betrübt ging ich ins Cape Colony zurück und machte mich daran, das Material von Gotha Cottee zu lesen, die Umfrage mit dem Titel ›Mutige Frauen‹: »Flößt der Beruf Ihres Mannes Ihnen Angst ein?«

Antwort von Marjorie Slayton: »Was für Angst? Ich bin

noch nie nervös gewesen wegen Dekes Beruf. Die Holly-wood-Version von der Frau des Piloten, die weinend in der Küche Geschirr spült, hat mich immer geärgert. Als Deke Testpilot war, lebte ich mitten unter Witwen. Der größte Teil von ihnen verbrachte die Zeit damit, all jene zu trösten, die sie trösten wollten. Vielleicht sehen wir die Dinge zu sehr aus der Nähe. Und die dramatische Seite der Sache entgeht uns.«

Antwort von Louise Shepard: »Angst?! Warum? Ich glau-be wohl genauso an die Technologie wie alle andern Ameri-kaner: sicher, daß die Räder sich drehen, wenn das Auto bei Grün fährt, und daß die Bremsen bremsen, wenn das Auto bei Rot hält. Wenn die Räder sich nicht drehen und die Bremsen nicht bremsen, funktioniert eben etwas anderes.«

Antwort von Betty Grissom: »Gus meint, in einem Raumschiff zu fliegen sei weniger gefährlich als Autofahren, und ich bin derselben Ansicht. Er hatte nur einen Flugunfall, jenen mit Gordon Cooper, als sie zusammen die T 33 flogen: Das Flugzeug geriet in Brand und stürzte ab, beide kamen ohne einen Kratzer davon. Als ich es erfuhr, war ich über-rascht, aber nicht verängstigt. So was kann eben passieren.«

Antwort von Trudy Cooper: »Ich mache mir über die Möglichkeit, Gordon könnte mit einem Raumschiff um-kommen, nicht mehr Gedanken als darüber, die Decke könnte uns über'm Kopf einstürzen. Ich bin selber Pilotin mit einiger Erfahrung. Ehe ich Gordon kennenlernte, war ich Fluglehrerin auf Hawaii. Als unser erstes Kind zur Welt kam, führten wir es in einer Piper spazieren.« (Frau Cooper besitzt den halben Piper-Club auf Hawaii, sie wünscht, daß ihre beiden Töchter fliegen lernen, bevor sie achtzehn Jahre alt sind, und jeder weiß, daß sie damals, als ihr Mann in Gefahr war, wie ein Streichholz abzubrennen, da er ohne Hilfe der automatischen Steuerung, die defekt war, wieder in die Atmosphäre eintauchen mußte, kaltblütig sagte: »Er schafft's schon.« Dann, während Millionen Menschen wein-ten, ging sie sich umziehen und schminken für die Presse-konferenz, die der Landung folgen würde. Und die Töchter Cam und Jan, die eine damals vierzehn, die andere sechzehn, sie machten in den dreiunddreißig Stunden, die ihr Vater ohne einen Tropfen Wasser – denn die Anlage war defekt – im All verbrachte, genau dasselbe wie immer: Sie aßen, lernten, spielten. Um zehn Uhr abends gingen sie zu Bett und schliefen wie Engelchen. Beim Aufwachen um sieben Uhr früh gähnte Cam: »Ist er noch immer da oben?«)

Mutige Frauen, Vater, mutige Frauen. Ich jedoch ließ die Seiten fallen und fragte mich, was Mut eigentlich ist, was man unter diesem Wort versteht: Mut. Auch Mutter hatte Mut, als du dein Leben aufs Spiel setztest für die große Illusion, die du Freiheit nennst; gleichzeitig aber hatte sie Angst. Jedesmal, wenn du aus dem Hause gingst, konnte es das letzte Mal sein, und sie hatte, wenn sie dir Ciao sagte, großen Mut und große Angst. Eines Morgens nahmen sie dich fest. Du gingst zum Waffendepot, da drückten sie dir den Revolver ins Kreuz und nahmen dich fest. Nicht einmal du weißt, wie mutig Mutter damals war. Um neun warst du weggegangen, und mittags warst du noch nicht zurück. Mutter kochte Minestra und weinte, weinend sagte sie: Er wird noch zu tun haben. Der Abend kam, und du warst nicht zurück. Mutter deckte die Betten auf und weinte, weinend sagte sie: Er wird morgen kommen. Du kamst nicht am nächsten Tage und auch nicht am übernächsten, am übernächsten stand in der Zeitung: »Terroristenchef verhaftet«. Mutter las es, hörte auf zu weinen, und ihr schönes Gesicht wurde zu Marmor: Marmor der Verzweiflung, Marmor der Angst. Ja, Marmor der Angst, Mrs. Cooper, Mrs. Shepard, Mrs. Slayton et cetera. Und in dieser Angst zog Mutter ihr gutes Kleid an, nahm ihr Fahrrad und radelte zur »Villa Triste«, wohin man die Verhafteten brachte, um sie zu foltern. Aus den Kellern drangen Schreie herauf, Mutter zitterte vor Angst. Sie zitterte auch, als sie mit diesem Mörder sprach, ihm gerade in die Augen blickte und sagte: Mein Mann ist unschuldig. Der Mörder hatte einen komischen Namen für einen Mörder: Er hieß Carità, Erbarmen. Erbarmungslos lachte er ihr ins Gesicht und sagte: »Tragen Sie Trauer, Signora.« Da ging Mutter hinaus, stieg wieder auf ihr Fahrrad und begann in der Stadt herumzufahren, um Zeugen aufzutreiben, die sagen sollten, ihr Mann habe an jenem Morgen nicht Waffen besorgen wollen, sondern Medikamente für mich. Tagelang war sie mit ihrem Fahrrad und ihrer Angst unterwegs und fand keine Zeugen, aber sie erfuhr etwas Kostbares, sie erfuhr, daß einer der Folterer einmal eine Fotografie von Mussolini zerrissen hatte. Da zog Mutter wieder ihr gutes Kleid an und fuhr wieder zur »Villa Triste« und suchte diesen Folterer und sagte zu ihm: »Wenn Sie nichts für meinen Mann tun, erzähle ich, daß Sie eine Fotografie von Mussolini zerrissen haben.« Ich habe nie begriffen, wo Mutter diesen Mut hernahm, denn die »Villa Triste« war heißer als ein Raumschiff beim Eintauchen in die Atmosphäre: Vielleicht erwuchs er ihr aus der Angst. Und der Mörder entließ dich aus der »Villa Triste«, Vater, und lieferte dich in ein Gefängnis ein, wo du noch lange Zeit bliebst, bei den Mäusen. Ja, die Mäuse. Mutter erwartete ein Kind, Mrs. Cooper, Mrs. Shepard, Mrs. Slayton et cetera. Als sie erfuhr, daß Vater im Gefängnis war, bei den Mäusen, war sie darüber so glücklich, daß sie das Kind verlor. Mrs. Cooper, Mrs. Shepard, Mrs. Slayton et cetera: Auch meine Mutter hatte Mut, aber sie hatte auch Angst. Sie wurde herzkrank in jenen Monaten, und seither ist ihr Herz nicht mehr, was es einmal war. Darum lassen wir sie, wenn möglich, nicht an den Fernseher, wenn eure Männer in Cape Kennedy zur Spitze der Rakete hochfahren, und wenn sie sie trotzdem sehen will, sind wir mit Tabletten in ihrer Nähe. Denn meine Mutter glaubt nicht an die Technologie wie ihr, sie hat kein blindes Vertrauen, daß die Räder sich drehen, wenn sie sich drehen sollen, und die Bremsen bremsen, wenn sie bremsen sollen. Dafür hat sie ein Herz voller Güte, und während ihr trockenen Auges auf den Bildschirm blickt und euch dann für die Pressekonferenz zurechtmacht, weint meine Mutter und seufzt: »Armer Kerl, arme Kreatur, wo stecken sie ihn denn hin, was machen sie bloß mit ihm.«

Mutige Frauen, Vater, mutige Frauen. Ich aber sah diese Seiten an, Mrs. Cooper, Mrs. Shepard, Mrs. Slayton et cetera, diese Seiten, die sich am Boden im Luftzug der Klimaanlage unruhig bewegten, und dachte, es drehe sich hierbei vielleicht nicht um Mut, sondern um Liebe. Oder vielleicht, dachte ich, hatte Gotha Cottee recht, wenn er meinte, ich verdiente nicht, in dieser Zeit zu leben, und es sei nichts Außergewöhnliches dabei, Astronaut zu sein: »Du mußt dich daran gewöhnen, den Mond als eine Insel zu betrachten, die kolonisiert wird, und den Flug zum Mond als eine neue Reiseroute.« Oder vielleicht, dachte ich, ist es nicht wahr, daß die Menschheit unveränderlich ist: Vielleicht wächst eine neue Rasse heran, angesichts derer unsere, meine Rasse zum Aussterben und Vergessenwerden bestimmt ist. Und da wurde mir sehr kalt in Cape Kennedy, wo es doch keinen Winter gibt und die Reichen dieser Erde an Weihnachten die Badehose anziehen. Eine stechende, böse Kälte. Und ich stand auf und ging zu Gotha Cottee. Gotha saß in der Bar vor einem großen eisgekühlten Drink und glänzte vor Schweiß.

»Heiß, nicht?«

»Ah, ja, Gotha. Dreißig Grad, mindestens.«

Bei ihm saß ein junger, sanfter Mann mit gescheiten und fröhlichen Augen. Er sah Glenn ein bißchen ähnlich.

»Das ist Bill Douglas, der Arzt der Astronauten. Er kommt mit zum Weltraumhafen.«

»Gotha behauptet, Sie wollten mich kennenlernen«, lächelte Dr. Douglas, ein bißchen ironisch.

»Ja. Sind es nicht Sie, der sie in der Nacht weckt, wenn sie sich startklar machen müssen?«

»Genau.«

»Mir hat von Ihnen ein Satz gefallen: ›Sie wachen auf, als gingen sie nicht möglicherweise dem Tod entgegen, sondern auf die Jagd nach Bleßhühnern.‹«

Er lachte aus vollem Halse.

»Und darum wollten Sie mich sehen?«

»Auch darum. Man trifft im Weltraumzeitalter so selten einen Dichter. Anscheinend gelingt es außer dem einen oder andern Science Fiction-Schriftsteller niemandem mehr, etwas Schönes über diese Dinge zu sagen.«

»Wir sind noch ein wenig durcheinander und improvisieren noch. Es ist alles so schnell gekommen«, sagte Dr. Douglas. »Aber das gibt sich schon.«

»Also, los«, unterbrach Gotha. »Wir brauchen eine gute Stunde bis nach Merritt Island.«

15. Kapitel

Wir fuhren los. Gotha steuerte den Wagen eine Straße entlang, wo nichts war als Straße und zu beiden Seiten Sandwüste. Ich saß zwischen ihm und Dr. Douglas, und die Geschichte mit der neuen Rasse, die im Heranwachsen war,
rumorte in meinem Kopf. Es gab keinen Ausweg, man
mußte sich anpassen. Was tun wir schließlich seit vielen
Jahrtausenden anderes, als uns anzupassen? Man kommt
nackt zur Welt, nicht in Kleidern. Kleider ziehen wir erst
später an. Die Stimmbänder dienten ursprünglich nicht
zum Reden: Sie dienten dazu, den Luftzustrom in die Lungen zu dirigieren, erst später entdeckten wir, daß sie Töne
hervorbringen konnten, und so erfanden wir Wörter, und
aus den Wörtern wurde Sprache. Die Hände dienten ursprünglich nicht zum Schreiben, Klavierspielen, Herstellen
von Schmuck. Sie dienten mit den Füßen zusammen dazu,
auf dem Boden zu stehen, erst später entdeckten wir, daß
sie Dinge ergreifen konnten, und so benützten wir sie zum
Schreiben,   zum   Klavierspielen,   zum   Ergreifen   von
Schmuck. Den Körper anpassen bedeutet das Gefühl und
den Geist anpassen.
   »Wissen Sie, Dr. Douglas«, stieß ich hervor, »bevor wir
uns an der Bar trafen, dachte ich darüber nach, ob nicht
eine neue Menschenrasse heranwächst: eine Rasse, gegenüber der unsere, meine zum Verschwinden verurteilt ist.«
   »O, nein!« murmelte Dr. Douglas. »Es ist immer dieselbe
alte Rasse, die sich ein klein bißchen verändert. Sie verändert sich, indem sie sich anpaßt. Aber Anpassen ist gar
nicht so leicht.« Er schwieg einen Augenblick. »1915 kam
ein Mann aus einer Höhle in den Hügeln von Kalifornien.
Es war ein Indianer und der Letzte seines Stammes. Er sah
aus wie dreißig, vierzig. Das Institut für Anthropologie an
der Universität von Kalifornien nahm ihn in Beschlag und
sperrte ihn in der Hochschule ein: wie einen Vogel, den
man im Netz, ein Pferd, das man mit dem Lasso gefangen
hat. Der arme Indianer. Er lebte nur noch zwei Jahre. Dabei war er gesund und stark. Die Bequemlichkeiten, die
Hygiene, die Schwermut hatten ihn umgebracht.«
   »Eine aufgezwungene, brutale Veränderung. Wie wenn

man mich in ein Raumschiff steckte und auf den Mars feuerte, ohne jede Vorbereitung. Die Veränderung, die ich meine, ist anders, langsamer, eher von den Dingen als von den Menschen verursacht . . .«

»Reden Sie vom Körper oder vom Geist?« unterbrach Dr. Douglas.

»Von beidem. Ist das nicht dasselbe?«

»Nein, ich bin absolut nicht sicher, daß es dasselbe ist«, murmelte Dr. Douglas.

Gotha pustete.

»Uff. Ihr geht mir auf die Nerven. Könnt ihr nicht später im Büro über solches Zeug quatschen?«

Dr. Douglas warf den Kopf zurück und lachte, und wir schwiegen eine Weile. Die Straße flog glatt dahin, und zu beiden Seiten war noch immer nichts, weder ein Blatt, noch eine Blume, nichts. Nur weißer Sand und weiße Kiesel: Muscheln.

»Also, reden wir vom Körper«, begann ich wieder. »Gehen wir davon aus. Von der Möglichkeit, daß der Körper sich aus eigenem Antrieb, im Sinne Darwins, dem anpaßt, was geschieht. Daß er beispielsweise lernen könnte, außerhalb der Luft zu atmen, wie der Fisch es gelernt hat, außerhalb des Wassers zu atmen.«

»Unmöglich, absurd. Unser Leben hängt vom Sauerstoff ab: Darwins Fisch holte sich seinen Sauerstoff aus dem Wasser, ehe er ihn sich aus der Luft holte. Der Mensch wird nie ohne Sauerstoff leben können. Sollte er es einmal können, ist er kein Mensch mehr, sondern etwas anderes, und die Menschheit ist am Ende. An die Schwerelosigkeit kann er sich anpassen; obwohl noch keiner von uns weiß, wie lange man sie aushält. Zwei Wochen, einen Monat, wer weiß. Wir sind durchaus nicht davon überzeugt, daß die Schwerelosigkeit harmlos ist, ohne langfristige Folgen. An große Beschleunigung kann man sich ebenfalls anpassen, an Immobilität, aber nicht an das Fehlen von Sauerstoff. Im freien Raum kann sich der Mensch nie entwickeln; eher wäre es noch denkbar im Wasser. Ich habe es mit einem Hund probiert, in einem Behälter mit Wasser und bei großem Druck: sieben atü und noch mehr. Also, er atmete Wasser ein, doch er atmete tadellos. Ich weiß nicht, ob das klar ist: Bei diesem Druck im Wasser scheiden sich Wasserstoff und Sauerstoff, und der Hund atmete den Sauerstoff ein. Eine halbe Stunde lang.«

»Und dann starb er?«

»Nein, er starb nicht.«

Gotha Cottee schien diesmal doch ein wenig interessiert.

»Und wozu das, Bill?«

»Um im Wasser und im Weltraum zu leben. Im Weltraum ist das doppelt nützlich. Bei sehr viel höherer Beschleunigung als heute schließt man sich in eine Hülle aus Wasser bei hohem Druck ein und ist unzerbrechlich. Ich nehme als Beispiel ein Ei: Wenn du ein Ei auf den Boden wirfst, zerbricht es. Wenn du aber ein Ei in einen Behälter mit Wasser verschließt und diesen dann auf den Boden wirfst, bleibt das Ei ganz. Nimm nun einen Menschen an Stelle des Eies, und alles ist klar.«

»Allerhand«, sagte Gotha. »Demnach müßten wir also Raumschiffe voll Wasser bauen.«

»Genau. Raumschiffe voll Wasser.«

»Allerhand«, sagte Gotha. Erregt schob er sich einen Kaugummi in den Mund und drückte den Fuß aufs Gas. Unwillkürlich stellte ich mir Gotha als Ei vor, das in seiner Wasserhülle startet und dann auf dem Mars abstürzt. Beim Aufprall geht alles zu Bruch, außer dem Ei, das Gotha ist. Das Ei rollt sacht auf dem Mars aus und verschwindet in ein Loch, wie ein Golfball. Aus dem Loch dringt eine Stimme, Gothas Stimme: »Hilfe! Ihr Hundesöhne! Ihr Halunken! Ihr Hornochsen!« Ich sagte es ihm, er nahm es mir übel.

»Es gibt aber noch ein anderes System, Dr. Douglas«, beharrte ich. »Die Kyborgs. Die kybernetischen Organismen. Das heißt, man geht mit künstlichen Organen in den Weltraum statt mit den eigenen: mit künstlicher Lunge, künstlichem Herz, künstlicher Leber ... In gewissem Sinne das gleiche wie bei den japanischen Kamikaze, denen sie die Beine bis zum Knie wegsägten, damit sie gut auf den Lufttorpedos reiten und ihr Ziel per Hand ansteuern konnten.«

»O nein!« rief Dr. Douglas. »Es ist zwar möglich, die Organe durch künstliche zu ersetzen, ich weiß, einige Kollegen von mir behaupten, ein künstliches Organ arbeite sogar viel zuverlässiger, der Mensch sei eine Fehlkonstruktion, es gebe keine Grenze für Korrekturmöglichkeiten am Menschen: Aber die Kyborgs sind keine Menschen, sondern Monster.

Und wir wollen doch Menschen in den Raum schicken, nicht Monster.«

»Ein Mensch ist sterblich, ein Kyborg nicht.«

»Ich ziehe es vor, Bill Douglas zu sein und sterblich, als ein unsterbliches Monster. Ich hoffe, daß eine solche Schweinerei nie passiert oder daß ich wenigstens dann schon tot bin.«

»Glauben Sie wirklich, Dr. Douglas, so etwas passiert nie?«

»Im Gegenteil«, sagte er düster. »Es wird passieren. Leider. Es ist nur eine Frage der Zeit.«

»Uff. Jetzt habe ich wirklich die Schnauze voll«, brüllte Gotha Cottee. »Erst wollt ihr mich zum Ei machen, auf den Mars feuern und in ein Loch rollen lassen. Dann schockt ihr mich mit diesen verdammten Kyborgs, mit der Story, es sei nur eine Frage der Zeit. Hol euch der Teufel!« Und er stellte das Radio an. »Musik. Ich brauche Musik. Hier. Ah!«

Eine Frauenstimme sang ein altes Lied.

Es war ein alter Schlager, ein Schlager aus dem letzten Krieg. Zwischen 1940 und 1945 pfiffen ihn in London die Soldaten, die an die Front gingen, und jetzt hatte ihn ein Film, ›Dr. Strangelove‹, wieder in Mode gebracht. Vera Lynn singt ihn am Ende des Films, wenn die Bombe schon explodiert ist, und ihre Stimme ist der einzige Kommentar zu dem Riesenpilz, aus dem ein weiterer Pilz steigt und dann noch einer, damit alles sterben soll, alles, Bäume, Tiere, Menschen und Dinge. Es war ein alter Schlager, man sagt: über die Liebe, aber die Liebe war darin nicht die Hauptsache; er sprach von vielem, ja eigentlich von allem:

»Wir werden wieder zueinander kommen;
Ich weiß nicht wo, ich weiß nicht wann,
Doch wir werden wieder zueinander kommen
An einem Tag voll Sonnenschein.
Lächle, ich bitt’ dich, wie nur du zu lächeln verstehst,
Lächle, bis der blaue Himmel
Die schwarzen Wolken verjagt,
Und grüß mir, ich bitt’ dich, all die Menschen, die ich kenne.
Sag ihnen, ich werde nicht lange in der Ferne bleiben.
Es wird sie freuen, wenn sie hören,

Daß ich beim Fortgehen dieses Lied sang:
Wir werden wieder zueinander kommen,
Ich weiß nicht wo, ich weiß nicht wann,
Doch wir werden wieder zueinander kommen
An einem Tag voll Sonnenschein.«

Unvermittelt machte ich aus.
»Hör auf, Gotha.«
Dr. Douglas hatte ein seltsames Lächeln.
»Hör auf, Gotha, oder hör auf, Vera Lynn? Sie singt gut,
die Vera Lynn.«
»Zu gut, Doktor.«
»Und es ist ein sehr hübsches Lied.«
»Ein wunderschönes Lied.«
»Es hat viel zu sagen, nicht? Eigentlich alles.«
»Alles, Doktor.«
Alles. Wir als Kyborgs: künstliche Lunge, künstliches
Herz, künstliche Leber. Wir als Eier: Eier voll Wasser, Was-
ser mit sieben atü. Wir als Monster, unsterbliche Monster.
Ade, Mensch. Bald bleibt dir vom Menschen nur noch das
Gehirn übrig: dein kostbares kluges Gehirn. Doch nein, das
Gehirn selber wird es merken, wenn es das Gehirn eines
Monsters werden soll, und einsam verzweifelt erschrocken
gierig nach Liebe Geschmack Geruch wird es den Menschen
wieder machen, wie er war: begrenzt und sterblich, also
nicht Ade: auf Wiedersehen. Wir werden wieder zueinander
kommen, ich weiß nicht wo, ich weiß nicht wann, doch wir
werden wieder zueinander kommen, an einem Tag voll Sonnenschein: wir Menschen, wir kleinen, wir, die wir nicht nur
an die Intelligenz, sondern auch an die Liebe, an den Geruch, an den Geschmack glauben, wir, so wie wir beschaffen
sind, mit einer Lunge, einer Leber, einem Herz und einem
Gehirn, begrenzt und sterblich.
»Reden wir vom Gehirn, Doktor. Dies ist das einzige Organ, das wir nicht durch ein künstliches ersetzen können.
Wie reagiert unser Gehirn, und demzufolge unser Nervensystem, bei der Begegnung mit anderen Planeten?«
»Uff«, sagte Gotha.
»Wie sollte es reagieren? So, wie es immer reagiert hat, seit
es die alte Menschheit besitzt. Wie es reagierte, als es zum
erstenmal in den Ozean tauchte und Pflanzen erblickte, die

wie Fische, und Fische, die wie Pflanzen aussahen, Farben, die ganz andere Farben waren, unvorstellbare Tiefen. Die Meereslandschaft flößt nicht weniger Schrecken ein als die Mondlandschaft. Es wird reagieren, wie es reagierte, als die Augen den Südpol erblickten: Gletscher über Gletscher, nur Gletscher, nichts als Gletscher. Das menschliche Gehirn hat sich ständig an neue Landschaften gewöhnen müssen, und das Nervensystem wird nicht mehr darunter leiden als in der Vergangenheit.«

O nein, Doktor. Soll das ein Witz sein? Ein Mensch öffnet eine Kapsel und steigt aus in einer Welt, in der noch nie jemand war. Einer Welt, Meilen und Meilen und Meilen von seiner Erde entfernt. Und er weiß es. Langsam, vorsichtig tut er den ersten Schritt. Die ganze Menschheit tut diesen Schritt mit ihm, alle, die Lebenden und die Toten. Und er weiß es. Keine Entdeckung einer Insel, eines Ozeans oder eines Kontinents auf seinem Planeten läßt sich mit diesem ersten, überaus langsamen, überaus vorsichtigen Schritt vergleichen. Und er weiß es. Das Ding, aus dem er ausgestiegen ist, könnte eventuell nicht mehr funktionieren, könnte ihn eventuell dazu verurteilen, in dieser Welt ohne Luft zu sterben, Meilen und Meilen und Meilen von zu Hause entfernt. Und er weiß es. Doktor, glauben Sie wirklich, daß das Gehirn so was aushält? Glauben Sie wirklich, daß da ein Mensch zurückkehrt und nicht etwa ein lebloser Körper, etwas Lebendiges in toter Materie?

»Sie haben großes Vertrauen in das menschliche Gehirn, Doktor.«

»Sehr großes sogar. Das menschliche Gehirn ist ein Wunder, das mich jeden Tag von neuem verblüfft. Wir können in bezug auf das rein animalische Überleben des Menschen alles voraussehen: Die biologischen Reaktionen ergeben sich aus physischen und chemischen Vorgängen, die wir genau kennen. Wir können aber in bezug auf das Überleben des Menschen als intelligentes Wesen nicht viel voraussagen: Die psychischen Reaktionen sind eben auch das Produkt von Erfahrungen, Überlieferungen, Erlebnissen auf diesem Planeten. Und doch bin ich sicher, daß das Gehirn es schaffen wird.«

»Selbst eingeschlossen in diesem Sarg, der Raumschiff heißt? In San Antonio hat man mir gesagt, daß in den Simulatoren einige den Verstand verloren haben.«

»Uff«, sagte Gotha Cottee.

»Das waren schwache Naturen. Es gibt Menschen, die jahrelang in einer Gefängniszelle lebten und nicht verrückt wurden. Die sogar großartige Bücher schrieben. Ein besonderer Menschentyp, versteht sich. Aber die Astronauten *sind* dieser besondere Menschentyp. Haben Sie das nicht bemerkt?«

»Nein, das habe ich nicht bemerkt.«

»Was, das hast du nicht bemerkt?« brüllte Gotha, tödlich beleidigt. »Sie hat es nicht bemerkt! Sie hat es nicht bemerkt!«

»Weil Sie sie in einem Büro, am Tisch kennengelernt haben. Weil Sie sie nicht so gesehen haben wie wir, am Tag vor dem Start beispielsweise, wenn sie ins Bett gingen und einschliefen; ich sagte zuerst, es ist doch nicht möglich, daß sie schlafen können, ich glaube es einfach nicht. Ich schaute hinein, um sie zu beobachten, und sie schliefen wahrhaftig: einen gesunden und tiefen Schlaf. Um ein oder zwei Uhr früh weckte ich sie dann. Sie wachten auf, noch ganz benommen und sagten: Gehen wir, *let's go.* Anfänglich verstand ich nicht, warum. Später verstand ich es.«

»Warum?«

»Wurden Sie jemals bombardiert?« fragte Dr. Douglas.

»Ja.«

»Sind Sie jemals ins Bett gegangen mit dem Gedanken, während der Nacht würde es wieder eine Bombardierung geben?«

»Ja.«

»Und was taten Sie?«

»Warten Sie . . . Ich schlief.«

»Die Astronauten auch. Sie wissen, daß die Bombardierung kommt: also können sie inzwischen ebensogut schlafen.«

»Da ist nichts Besonderes dabei.«

»Doch. Denn wenn sie aufwachen und wissen, daß die Bombardierung noch kommt, sind sie glücklich. Sie wissen auch, daß sie vielleicht in den Tod gehen, sie sagen es nicht, aber sie denken daran, und ich weiß, daß sie dran denken, und trotzdem sind sie glücklich. Sie sind nicht bereit zu sterben; wer ist schon bereit dazu? Sie haben den verzweifelten Wunsch zu leben, sie essen ihr Frühstück, als wäre es ihr letztes, aber sie sind glücklich. Auf eine Art, die etwas Glorreiches, etwas Unerklärliches an sich hat. Und deshalb sind sie, wenn sie oben sind, ganz enthusiastisch: ›Welch herrliche Aussicht!‹ Alle. Russen, Amerikaner, Männer, Frauen, alle.«

»Und wenn sie wieder unten sind? Wenn sie wieder unten sind, werden sie noch glücklicher sein.«

»Nein. Das ist eben das Komische. Sie sind froh, daß sie wieder zurück sind, natürlich. Sie sind froh, am Leben zu sein. Und sie brennen darauf zu erzählen. Aber etwas verschleiert ihre Augen. Etwas … wie … ja: wie Heimweh. Man könnte fast meinen, es täte ihnen leid, nicht mehr oben zu sein. Immer wieder starren sie zum Himmel hinauf: Als suchten sie dort etwas, das sie vergessen haben.«

Vielleicht die Ruhe, Doktor, den Frieden. Kennen Sie jene Science Fiction-Geschichte, Doktor? Die von dem Astronauten, der ich weiß nicht wohin geschickt wird, in seiner Kapsel zusammengerollt, wie ein Fötus im Mutterleib. Eine Röhre, wie eine Nabelschnur, sorgt dafür, ihn am Leben zu erhalten und zu ernähren. Er hat, wenn er ankommt, nichts weiter zu tun, als diese Röhre abzunehmen und die Kapsel zu verlassen. Die Reise dauert neun Monate: die Zeit einer Schwangerschaft. Und es ist eine Reise, die er schon einmal gemacht hat, eine behagliche, schöne, friedliche Reise, doch er kann sich nicht erinnern, wann er sie gemacht hat. Er erinnert sich in dem Augenblick, da er ankommt, da die neun Monate abgelaufen sind, und er erinnert sich mit Schrecken: Es ist die Reise, die er machte, um zur Welt zu kommen. O Gott! Aber er will nicht wiedergeboren, will nicht geboren werden, er fühlt sich wohl dort drin. Wenn er wiedergeboren, wenn er geboren wird, wird das erste ein langer Schrei sein. Und aus diesem Schrei wird dann die Mühe des Essens, des Trinkens, des Schlafens, des Lebens erwachsen. Nein, er will die Nabelschnur nicht durchtrennen, er will nicht ans Licht hinaus, er will nicht leben, er will nicht sterben. Und er bleibt einfach dort drin. Hallo, hallo, hallo, rufen sie von der Erde, hallo, hallo, hörst du uns? Hallo, hallo, hallo, mach die Röhre los, mach sie doch los! Aber er macht sie nicht los, und er bleibt dort drin, für immer.

»Was würd' ich nicht dafür geben zu wissen, was man dort oben sieht«, sagte ich zu Dr. Douglas. »Trotz allem ist mein stärkstes Gefühl ihnen gegenüber Neid. Eifersucht und Neid. Wenn ich hinauf könnte ...«

»Wer sagt denn, daß Sie nicht können?«

»Die Zentrifuge.« Ich erzählte ihm die Blamage von San Antonio. Dr. Douglas zuckte lachend die Achseln.

»Das heißt gar nichts. Das ist eine alte Geschichte, die Flucht vor der Zentrifuge, wenn man sie zum erstenmal sieht. Ich würde es schon schaffen, Sie hineinzustecken, und in weniger als einer Woche kämen Sie bei mir bis auf 7,8 g.«

»Aber ich habe da drin einen Mann ohnmächtig werden sehen!«

Ich erzählte ihm von Sergeant Jackson.

»Weil sie ihn auf 14 g hinaufgetrieben haben. Die Astronauten kommen sogar auf 18, 20, 21 g: Aber das ist eine sinnlose Tortur, eine idiotische Grausamkeit. Es ist absolut nicht notwendig, sie derart zu martern. Das Maximum der Beschleunigung beim Start einer Rakete ist 6 g. Jeder hält drei Minuten lang 6 g aus. Nein, nein, das ist es nicht, was man braucht, um Astronaut zu werden. Physische Überlegenheit zählt überhaupt nicht: Hauptsache ist, daß einer keine schweren Krankheiten hat. Kleinere Krankheiten machen nichts. Grissom leidet an Heufieber: Er ist ein perfekter Astronaut. Schirra hat ständig Polypen in der Nase: Er ist ein perfekter Astronaut. Shepard hat immer mit dem Hals zu tun: Er ist ein perfekter Astronaut. Was Slayton anbelangt, mit seinem Herzfehler, mag sein, daß ich falsch liege: Aber ich würde ohne weiteres morgen früh mit ihm starten.«

»Was muß man also mitbringen, Doktor?«

»Also: zuallererst eine große Neugier, eine zügellose, totale Neugier. Dann sehr viel Intelligenz. Und schließlich noch Mut. Wie man Mut selektieren kann, weiß ich nicht. Ich weiß nur, daß man ihn braucht.«

»Und was heißt Mut? Was ist Mut?«

»Mut ... sehen Sie, Mut ist das, was einen frühmorgens so aufwachen läßt, als ginge man auf die Jagd nach Bleßhühnern und nicht vielleicht in den Tod.«

»Amen!« rief Gotha. »Gott sei Dank, wir sind in Merritt Island angekommen.«

Es ist nicht zu glauben, aber hier gab es Bäume. Riesige Bäume, strotzend von Gesundheit und Sauerstoff, und dikke, flaumige Blätter, die die Zweige zärtlich umhüllten. Starke, grüne, wundervolle Bäume. Bäume, die jahrhundertelang Blitz und Feuer getrotzt hatten und den Insekten, wilden Regengüssen, der Dürre, den Abgasen, die die Luft verpesten. Sie grünten uns entgegen wie eine Fata Morgana, und ich klammerte mich an Gothas Arm.

»Bäume! Bäume!«

»He?« machte Gotha verdutzt.

»Bäume! Bäume!«

Ich konnte nichts anderes sagen. Immer wenn ich einen Freund wiedersehe und bewegt bin, kann ich nichts sagen.

»Sie stellt fest, daß es hier noch Bäume gibt«, erklärte Dr. Douglas.

»Ja«, sagte Gotha. »Wir haben sie noch nicht umgelegt. Wir hatten noch keine Zeit dazu.«

Dr. Douglas betrachtete mich schweigend. Dann bot er mir eine Zigarette an.

Die Bäume standen dicht wie eine Mauer, die letzte Grenze der Erde, und dahinter erstreckte sich der Weltraumhafen für den Flug zum Mond: ein Schweigen aus Sand und Wasser, eine Handvoll Inseln, am siebenten Tage dort hingeworfen von einem Gott, der mit ihnen nichts mehr anzufangen wußte. Ehe die NASA herkam, mußte diese Landschaft an die Schöpfungsgeschichte erinnern. Jetzt erinnerte sie lediglich an das, was sie war: ein Archipel von 87 000 Acres, dazu bestimmt, sich in eine Stadt zu verwandeln, die beklemmendste Stadt, die die menschliche Phantasie sich je erträumt hat. Adjektive wie enorm, gigantisch, zyklopisch wurden angesichts dieser Stadt nichtig, die Wolkenkratzer von New York Bauklötzchen. Das höchste, größte Gebäude berührte die Wolken.

»Was ist das, Gotha?«

»Das ist das Vertical Assembly Building, das größte Bauwerk der Welt.«

»Und wozu dient es, Gotha?«

»Dort sollen die Mondraketen eingestellt werden: die fertig montierten, meine ich. Natürlich ist das nicht alles. Im Gebäude werden auch Hubschrauberlandeplätze sein, Verkehrsmittel, Banken, Spitäler, Postämter, Wohnungen, Geschäfte, Polizeikommissariate und das Hauptquartier der NASA. Cape Kennedy wird zurückgelassen wie ein Bahnhöfchen für Dampfloks.«

»Und die Plattform auf der kleineren Insel dort?«

»Das ist die Startrampe zum Saturn. Sie ist beweglich und zerlegbar. Sie liegt am weitesten weg, damit Katastrophen im Moment der großen Explosion verhindert werden können. Die Insel heißt Komplex 39 und ist mit der Insel des Vertical Assembly Building durch eine Landzunge verbunden, die später zu einer langen Mole von etwa zehn Kilometern ausgebaut wird. Die Startrampe gleitet dann von hier auf dieser Mole zur Plattform – natürlich mit der ganzen Rakete und den Astronauten.«

»Außerordentlich.«

»Allein Komplex 39 kostet eine Milliarde Dollar«, fügte er stolz hinzu. »Wieviel ist das in Lire?«

»Über sechshundert Milliarden Lire.«

»Nicht übel, was? Das hier wird das Operations Building, in dem sich die Astronauten vor dem Start viele Wochen lang aufhalten werden.«

»Eine Art geistliches Refugium. Wie bei den Nonnen, bevor sie die Gelübde ablegen«, lächelte Dr. Douglas.

»Wie?« fragte Gotha und zwinkerte verwirrt mit seinen blauen Augen: darüber zu spötteln, war für ihn einfach undenkbar. Er zeigte auf diese Halluzinationen in Eisen, als wären sie die Sixtinische Kapelle, der Turm von Giotto, die Akropolis, und in seinem Stolz wurden sie tatsächlich die Sixtinische Kapelle, der Turm von Giotto, die Akropolis: Kunstwerke, zu denen auch er ein wenig beigetragen hatte. Am Abend zuvor, als ich ihn müde und zerschlagen antraf, hatte ich ihn gefragt: »Aber warum tust du das nur, Gotha? Wer zwingt dich denn dazu? Warum denn nur?« Darauf er: »Um sagen zu können, ich bin dabei gewesen.« Alle sagen sie das. Journalisten, die in der ›New York Times‹ schreiben könnten, PR-Leute, die in Hollywood triumphieren würden, Sekretärinnen, über die jede Firma glücklich wäre, arbeiten wie Gotha Cottee in Cape Kennedy, in Houston, in San Diego, in Saint Louis, Huntsville, El Paso, Washington, Boston, New Orleans, werden ausgenützt, unterbezahlt, schlecht behandelt, und wenn man sie fragt: »Warum denn, wer zwingt dich denn dazu?«, antworten sie stur: »Um sagen zu können, ich bin dabei gewesen.« Ihr Glaube kennt keine Zweifel, ihre Begeisterung ist bar jeder Unsicherheit. Wie Christen, Buddhisten, Kommunisten, Muselmanen sind auch die NASA-Leute eine Art religiöse Gemeinschaft: aufopferungsbereit und taub gegen jede Ironie.

»Nun? Sagst du nichts?« stammelte Gotha enttäuscht.

Was sollte ich ihm sagen, Vater? Mir fiel nichts ein, was ihn zufriedengestellt hätte. Diese viel zu hohen Türme, diese viel zu großen Gebäude gehörten zur Geschichte des Menschen, einer Geschichte, die weiterging, wie es ihr Schicksal war. Vor Tausenden von Jahren hätte ich ein ähnliches Schauspiel in Ägypten erleben können, als die riesigen Felsblöcke mit der Hand zu Pyramiden und Tempeln aufgetürmt wurden, und du hättest das kommentiert: »Wozu ist das gut?« Auch das Klima, der Sand, der Wunsch, sich selbst und die andern zu verblüffen, waren gleich. Und der Beweggrund: nicht Machthunger, oder nicht nur, nicht sportlicher Wettkampf, oder nicht nur. Unbewußt und kindlich suchten diese Menschen Gott.

»Sagst du wirklich nichts dazu?« beklagte sich Gotha erneut.

»Ich weiß nicht, Gotha: Das alles erinnert mich an die Pyramiden.«

»Die Pyramiden waren viel niedriger, und sie benutzten sie für ihre Toten«, sagte Gotha pikiert.

»Doch …«

»Doch …?«

»Doch … Mir ist etwas eingefallen … Dr. Douglas: Wenn ein Astronaut auf dem Flug stirbt, was machen seine Kameraden? Lassen sie ihn auf dem Mond, bringen sie ihn mit zurück oder überlassen sie ihn dem All, wie die Seeleute, die ihre Toten dem Meer übergeben?«

Gotha wandte sich brüsk ab. Dr. Douglas wurde sehr, sehr ernst.

»Das ist noch ein offenes Problem, wir haben daran gedacht. Aber wir sind zu keiner Lösung gelangt. Meiner Ansicht nach wäre es gut, wenn man jeden einzeln vor dem Flug fragte: Willst du lieber auf einem andern Planeten begraben, dem All übergeben oder nach Hause gebracht werden? Wenn einer auf dem Mars oder in der Nähe des Mars stirbt, ist es natürlich ratsam, ihn auf dem Mars zu begraben.

Wenn er auf dem Mond stirbt, dann bin ich unsicher. Bestimmt würden ihn seine Kameraden mit zurückbringen wollen, man neigt ja immer dazu, einen Toten nach Hause zu bringen; aber ein Raumschiff ist kein U-Boot mit einem Tiefkühlfach und allem, was dazugehört. Ein Raumschiff, besonders die Apollokapsel, bietet sehr wenig Raum und ... sehen Sie ... Es ist ja nicht nur so, daß wegen der Luft im Raumschiff und auch im Raumanzug der Körper verwest. Es ist auch so, daß der Flug mit einem Toten so dicht nebenbei in psychologischer Hinsicht gefährlich wäre. Ich finde, es wäre am besten, ihn im Weltraum zurückzulassen ...«

»Und was würde da mit ihm geschehen, Doktor?«

»Wollen Sie es wirklich wissen?«

»Nein ... das heißt, doch ... ja, ich will es wissen.«

»Also. Ohne Raumanzug ... denn da drin würde er verwesen ... würde ungefähr das aus ihm, was man im Saal der Mumien im Museum von Kairo sieht. Er würde so wie die Könige, die in den Pyramiden beigesetzt sind.«

»Und dann?«

»Dann würde er weiterhin rund um die Erde oder um einen andern Planeten kreisen, mit der Geschwindigkeit des Raumschiffs in dem Moment, wo es ihn aussetzte.«

»Für immer?«

»Weit genug weg von der Erde oder vom Mond oder von einem andern Planeten ... genügend weit also, um nicht in den Bereich ihrer Anziehungskraft zu gelangen ... könnte er Jahrhunderte, ja Jahrtausende lang kreisen. Bis zu dem Moment ...«

»Bis zu welchem Moment ...?«

»Bis zu dem Moment, da er in die Sonne stürzt.«

Gotha hörte schweigend zu und kehrte uns zornig seinen Rücken zu.

»Aber wir, Bill, würden wir ihn sehen?«

Auf einmal drehte er sich um: »Ja, ich glaube, wir würden ihn sehen«, antwortete Dr. Douglas.

»Und was würden wir sehen, Bill?«

Dr. Douglas lächelte sanft.

»Einen Stern.«

Auf der Rückfahrt waren wir alle drei etwas nervös, wohl wegen dieses Gesprächs, und es gab kein Mittel gegen die Verlegenheit, das Schweigen, das sich zwischen uns breit gemacht hatte: weder Radio noch Zigaretten, die wir uns gegenseitig anboten, nichts. Wir suchten Gesprächsstoff und fanden keinen, wir machten irgendwelche Bemerkungen, schließlich ließen wir auch das. In der Mitte zwischen diesen beiden so verschiedenen und doch so ähnlichen Männern kam ich mir wie ein Eindringling und auch wie ein Esel vor: Schließlich war ich es ja gewesen, die die verflixten Pyramiden ins Spiel gebracht hatte und auch die Toten. Und nun quälte mich eine undefinierbare, seltsame Angst, eine Vorahnung, aber ich wußte nicht, wovon, Vater. Ganz sicher hatte sie nichts mit dem Mond zu tun, der im Azur schon blaßweiß zu sehen war. Sie bezog sich wohl eher auf mich selber, auf meine Reise, deren Ende nicht abzusehen war, die ich irgendwie unterbrechen wollte, wegen Mutter, die bei meiner Abreise kopfschüttelnd gesagt hatte: Auf was für Ideen dieses Kind kommt, verrückt, jetzt will sie noch auf den Mond, ja, nur daß ich mir noch mehr Sorgen mache, ich weiß doch schon so nie, wo sie steckt, was sie macht, mal ein Brief, dick wie ein Buch, und dann wieder monatelang nichts. Darauf ich: Ach was, Mond, Mutter, Amerika ist doch nicht der Mond. Darauf sie: Das sagst du so. Für mich ist Amerika der Mond, eine Ausrede, um zum Mond zu fliegen, ich weiß schon, am Ende fährst du hin, und wozu, möchte ich wissen, wozu, siehst du nicht, daß der Mond bloß ein Käse ist? Käse, Mutter? Käse, jawohl, Emmentaler. Und warum gerade Emmentaler, Mutter? Siehst du denn nicht die Löcher? – Deinem Brief hatte Mutter ein Postskriptum hinzugefügt: »Laß es dir gut gehen, und bring mir ein Stück Käse mit Löchern mit.« Ich betrachtete den blaßweißen Käse.

»Der Käse ist schon aufgegangen.«

»Der Käse?« horchte Gotha auf. »Welcher Käse?«

»Wenn du nicht so ungebildet wärst, wüßtest du, was sie meint«, kommentierte Dr. Douglas mit einem erleichterten Lachen.

»Ich bin nicht ungebildet«, brummte Gotha gekränkt.

»O doch: weil du nicht weißt, woraus der Mond besteht.«

»Der Mond besteht höchstwahrscheinlich aus Felsen, Lava und Sand.«

»Nein«, sagte ich. »Aus Käse.«

»Wer sagt das?« lachte Gotha.

»Meine Mutter. Der Mond ist ein Käse mit Löchern.«

»Diese Theorie ist sehr weise«, sagte Dr. Douglas, »und stellt uns vor ein wirtschaftliches Problem.«

»Und das wäre?« fragte Gotha.

»Daß sich dort oben eine Quelle unerschöpflichen Reichtums befindet. Ein riesiges Lager voller Käse mit Löchern.«

»Fein!« sagte Gotha. »Man müßte ihn holen gehn. Die Frage ist nur, wie.«

»Man nimmt sich die Saturn, dazu noch die Apollokapsel«, sagte ich. Aber ich amüsierte mich nicht. Sie schon, sogar sehr.

»Nie und nimmer!« sagte Gotha, durchdrungen von seiner tiefen Ergebenheit gegenüber der NASA.

»Wäre es dir lieber, das Käselager fiele in die Hände der Russen?« fragte Dr. Douglas.

»O nein! Absolut nicht!« Gotha dachte einen Moment nach.

»Aber wenn wir ihn klauen, merken es alle.«

»Es ist klar, daß man schlau vorgehen muß«, sagte Dr. Douglas.

»Ich habe einen Plan«, verkündete ich. »Man müßte den Mond angreifen, wenn er abnimmt, also etwa drei Viertel voll ist. Ihn also auf dem dunklen Viertel angehen. Ist ein bißchen unbequem, aber Diebe arbeiten schließlich nachts. Und wir haben ja Taschenlampen.«

Ich amüsierte mich aber nicht. Ich war zerstreut.

»Blaue Lampen«, sagte Dr. Douglas. »Ich halte die blaue Lampe, und du, Gotha, arbeitest mit dem Spaten.«

»Na klar: Ich soll arbeiten«, maulte Gotha. »Und was macht die Miss?«

»Ich? Nichts«, erwiderte ich. »Ich leite und überwache. Wenn das erste Viertel leer ist, wird der Käse in das LEM verladen und auf die Erde gebracht. In der Zwischenzeit verdunkelt sich auch das zweite Viertel, und wir starten wieder, um dieses abzuräumen. Dieselbe Taktik, dann Rückkehr für das dritte Viertel. Das letzte Viertel ist am schwierigsten, weil wir bei Licht arbeiten und es den Leuten hier unten allmählich dämmern wird, daß etwas nicht stimmt.«

Jetzt amüsierte ich mich ein wenig. Und die andern beiden gewaltig.

»Wir werden das Gerücht von einer Mondfinsternis in Umlauf bringen«, sagte Dr. Douglas. »Ich habe einen Freund, der Astronom ist und uns diesen Gefallen tun wird.«

»Man wird ihm etwas geben müssen.«

»Wir werden ihm ein bißchen Käse geben.«

»Die Idee mit der Mondfinsternis ist ausgezeichnet.«

»Die Leute werden an die Mondfinsternis glauben und gar nicht auf den Gedanken kommen, daß wir den Mond klauen.«

»Sie werden alle auf der Straße herumstehen, um sich die Mondfinsternis anzusehen.«

»Ohne zu kapieren, daß wir den Käse klauen.«

»Dann werden sie wieder auf den Mond warten, und der Mond wird nicht aufgehen.«

»Er wird nicht mehr aufgehen, weil wir ihn geklaut haben.«

»Ganz und gar.«

»Ganz und gar.«

»Aber was machen wir damit, wenn wir ihn geklaut haben?«

»Käsebrötchen und Cheeseburger und gerieben für die Suppe, und den Rest verkaufen wir.«

»Sehr teuer!«

»Nein, sehr billig. So ruinieren wir die Schweiz.«

Jetzt amüsierten wir uns alle drei riesig. Die Verlegenheit, das Schweigen wie weggewischt. Sogar meine Angst war weg. Die letzten zwanzig Minuten Fahrt verbrachten wir damit, die Grundlagen eines langen Vertrages zu diskutieren, zu überlegen, wen wir als Aktionär aufnehmen konnten, die Astronauten zum Beispiel, die ja brave Burschen sind und es schließlich auch verdienten, denn wir nahmen ihnen doch das Ziel weg, wofür sie sich so fleißig vorbereiteten, man mußte ihnen schon Schadenersatz leisten: ah, wie würde Mutter lachen, wenn sie diese Geschichte hörte! Dieses Kind! würde sie sagen, völlig verrückt, jetzt bringst du's sogar fertig, den Doktor dieser armen Kerle zu verderben, und dann diesen Gotha, der doch wirklich in Ordnung sein muß; ich habe schon recht, daß ich mir Sorgen mache, wenn du unterwegs bist, jetzt ruinierst du mir noch die Schweiz, wo ich sie doch so gut leiden mag, weil sie nie Krieg führt. Sie würde ihr typisches Lachen lachen, das von einem Ohr zum andern reicht und nur denen gelingt, die viel geweint haben. Denn nur wer viel geweint hat, kann richtig lachen.

Unter schallendem Gelächter nahm ich das Telegramm entgegen, das der Portier mir reichte: irgendein verschobenes Interview, zum Kuckuck. Unter schallendem Gelächter öffnete ich es. Es war dein Telegramm, Vater, und es lautete: »Komm sofort heim, Mutter schwer erkrankt.«

ZWEITER TEIL

16. Kapitel

Mutter lag im Bett, und ihre Augen blickten mich an wie die Augen eines Menschen, der das große Dunkel gesehen hat, ihm aber im letzten Moment noch entfliehen konnte: erschrocken, erstaunt. Ihr Haar, von aggressivem Schwarz, war zu einem matten Grau verblichen, ihre Hände, sonst immer in Bewegung, hingen weiß, erschöpft, wie ohne Knochen herab, ihre Lippen versuchten ein kleines Lächeln.

»Hast du mir den Käse mit den Löchern mitgebracht?«

Ich schaute auf diese Hände, diese Haare, diese Augen, fühlte ihren Puls, um zu spüren, daß sie lebte, lebte, und mein Herz begleitete ihr so todmüdes. Was kümmerte mich jetzt noch der Mond? Den Mond hatte es nie gegeben. Cape Kennedy, Houston, San Antonio, Los Angeles hatte es nie gegeben, und die Zukunft, das war dieser Puls. Von der unterbrochenen Reise blieb nur eine dumpfe Wut, ein Groll zurück.

»Nein, Mutter, ich hab' dir den Käse mit den Löchern nicht mitgebracht. Nein, Mutter. Mutter, Mutter!«

Raumschiffe, Raumanzüge, Zentrifugen: Warum erfanden sie statt dessen nicht etwas, das den Infarkt verhindert? Kyborg, Urin, der wieder zu reinem Wasser wird, Schwerelosigkeit: Warum erforschten sie nicht lieber, wie man ein Herz heilt, das kaputt geht? Da warfen sie ihre Handvoll Algen auf die Venus, da schenkten sie einem andern Planeten neues Leben, und dem Leben meiner Mutter drohte bei jeder geplatzten Vene das große Dunkel. Was halfen die Algen meiner Mutter? Was halfen die Kyborgs meiner Mutter, der Urin, der wieder zu reinem Wasser wird, die Schwerelosigkeit? Was halfen die Raumschiffe meiner Mutter, die Raumanzüge, die Zentrifugen? Die Wissenschaft war lediglich ein Spielzeug, mit dem als Erwachsene verkleidete Kinder ihre sinnlosen Spiele spielten. Sie packten ihre Koffer für den Mond und für den Mars, diese gelehrten Kinder, und konnten noch nicht einmal die Krankheiten dieser Erde heilen.

Was ist das Zeitalter der Raumfahrt, wenn das Herz einer Mutter kaputtgeht?

»Dann mußt du umkehren und mir den Käse mit den Löchern holen.«

Ihr wichtigtuerisches Gerede. Ihre kindischen Lügen: »In fünfhundert Jahren wird der Mensch gelernt haben, den Tod zu besiegen ...« »Jede Todesursache wird zu eliminieren oder mindestens zu behandeln sein: ob Gebrechlichkeit, Krankheit oder Unfall ...« – »Die Auferstehung des Körpers ist möglich: Es wurden schon Spermatozoen von Hähnen und getrocknete Samen wiedererweckt, ist alles nur ein Problem der biochemischen und chirurgischen Techniken ...« – »Der Körper ist noch nicht tot, wenn das Herz stillsteht, und das Herz kann ausgetauscht werden, wir sind bald soweit ...« Bald? Was heißt bald? Heute, morgen, in fünfzig oder hundert Jahren? Bald heißt für mich sofort, jetzt, in diesem Augenblick, während ich ihren Puls fühle, während ich ihre erschöpften Hände, ihre mattgrauen Haare, ihre erschrockenen Augen betrachte. Könnt ihr euch wirklich beeilen? Also beeilt euch, um Gottes willen, verjagt es jetzt, dieses Dunkel, verschafft ihr jetzt diese Unsterblichkeit. Andernfalls seid ihr bloß Lügner, lügnerische Scharlatane.

»Nein, Mutter. Ich habe keine Lust, noch einmal umzukehren und ihn dir zu holen, den Käse mit den Löchern.«

Das Lächeln wurde breiter.

»Ich weiß, woran du denkst.«

»Woran, Mutter?«

»Du denkst, daß die, die da zur Sonne fliegen, mir nicht mal das Herz gesundmachen können.«

»Nicht zur Sonne, Mutter. Dort würden sie verbrennen.«

»Naja, einfach nach da oben.«

»Ja, Mutter.«

Sie war ein Weilchen still und suchte nach Worten. Dann fand sie sie.

»An einem Nachmittag war ich im Garten. Ich las, und da fiel mir eine Taube vor die Füße. Einfach so, wie ein Stein. Ich bückte mich und hob sie auf, sie schnappte nach Luft und starb. Mir tat sie so leid, ich hätte sie gesund machen wollen. Aber ich konnte es nicht. Niemand von uns hätte es gekonnt.

»Nein, Mutter.«

»Da dachte ich an dich, an die Zeit, als du Medizin studiertest. Schade, daß du aufgehört hast. Vielleicht hättest du sie gesund machen können.«

Das war ihre Art, mir zu sagen, daß ich nicht das Recht hätte, gewisse Dinge zu denken und zu lästern. Ich hatte kein Recht dazu, weil ich ja nichts unternahm, um das Leben unsterblich zu machen. Die andern versuchten es wenigstens: Ich kritisierte bloß. Das war mein Beruf: erzählen und kritisieren, kritisieren und erzählen, sonst nichts. Eine Zikade in einer Welt von Bienen. Ich hatte vor vielen Jahren darauf verzichtet, eine Biene zu werden, damals, als ich mich zum erstenmal an eine Schreibmaschine gesetzt und in die Worte verliebt hatte, die wie Tropfen herauskamen, eins nach dem andern, und dann auf dem weißen Blatt stehenblieben, eins nach dem andern; und jeder Tropfen sagte etwas, das, würde es nur ausgesprochen, davonflöge, sich so aber verdichtete: im Guten wie im Schlechten. Es war, als verliebtest du dich in einen Mann, liebst doch aber bereits einen andern, als verlörest du um seinetwillen den Kopf und verließest den andern, obwohl du genau weißt, daß der andere ein besserer, seriöserer Mensch ist, ein Mensch fürs Leben eben. Also Verrat. Und wenn du einen Mann mit einem andern betrügst, der auch noch weniger wert ist, dann ist das mindeste, was du tun kannst, den Betrogenen nicht zu beschimpfen: ihm Respekt entgegenzubringen. Das war es, was Mutter sagen wollte. Und sie hatte recht. Allein, Tatsache war, daß der Betrogene im Grunde gar nicht so viel wert war. Tatsache war, daß er gar nicht so seriös war, wie er aussah: Die ganze Wissenschaft war viel weniger seriös, als sie aussah. Und ich hatte auf nichts Besonderes verzichtet, als ich auf Mikroskop, Skalpell und Pathologie verzichtete.

»Nein, Mutter. Ich hätte sie nicht gesund machen können.«

Liebevolle Ironie blitzte in ihren Augen auf.

»Also, wann fährst du, um mir den Käse zu holen?«

»Ich fahre nicht, ich hab's dir doch gesagt.«

»Oh, du wirst wieder fahren. Du wirst wieder fahren.«

Indessen fuhr ich vier Monate lang nicht. Und es ist seltsam, wie ich diese Monate in Erinnerung habe, Vater: wie einen langweiligen Winterschlaf, wie einen sehr langen Schlummer. Ich fuhr in Europa herum und langweilte mich. Ich schrieb über Menschen, die allgemein als interessant galten, und langweilte mich. Ich verkehrte mit den Bekannten von früher und langweilte mich. Die einzige Abwechslung war, wenn ich von meiner abgebrochenen Reise erzählte, und davon erzählte ich nur euch: Mutter und dir. Mutter hatte sich allmählich wieder erholt; wenigstens ging es ihr viel besser. Sie verbrachte die meiste Zeit mit dir auf dem Land, und ich kam oft zu euch hinaus und erzählte von den Dingen, die ich gesehen, von den Menschen, die ich kennengelernt hatte. Es machte mir Spaß. Auch eure Art zu reagieren machte mir Spaß: wie ihr wegen nichts zanken konntet. Mutter schwärmte beispielsweise für Slayton, er gefiel ihr, weil er ebenfalls herzkrank war, und sie nahm ihn energisch gegen deine Gleichgültigkeit in Schutz.

»Der arme Junge, wie sie ihn schikanieren.«

»Von wegen armer Junge! Sogar bombardiert hat er uns, dieser arme Junge!«

»Dummes Zeug! Sie zwangen ihn dazu, oder?«

»Wo er sich freiwillig gemeldet hat!«

»Freiwillig oder nicht, schikanieren dürften sie ihn nicht.«

»Der sympathischste meiner Ansicht nach ist der mit den Pferden und Rindern, dieser Shepard. Siehst du, dem liegt gar nichts daran herumzufliegen. Dem geht's nur um Pferde und Rinder.«

»Ah! Wo er sogar beim Interview versucht, ihr eins zu verkaufen! Er hätte es ihr ja auch schenken können, oder? Reich wie der ist! Was hätte ihm das schon ausgemacht?«

»Er züchtet sie schließlich, um sie zu verkaufen, nicht zum Verschenken.«

»Der mit dem kranken Herzen hätte ihr bestimmt eins geschenkt, der hat ein gutes Herz.«

»Bild' dir's nur ein. Überhaupt, hätte ihm deine Tochter eins abkaufen können?«

»Aber wo hätte ich sie unterbringen sollen, Pa, das Pferd und die Kuh? Im Koffer?«

»Du konntest sie schicken, oder?«

»Ich hätte ein Pferd genommen«, sagte Mutter.

»Ein Pferd! Was willst du mit einem Pferd? Ich hätte die Kuh genommen.«

»Das Pferd.«

»Die Kuh.«

»Das Pferd.«

»Die Kuh.«

Mutter gefiel auch Glenn, weil er in die Messe ging und so schöne Sachen über Gott sagte. »Abgesehen davon, daß er seine Frau nicht hintergeht«, schloß sie. Dir hingegen gefiel Dr. Douglas, »der einzige, der einigen Verstand hat, möchte ich sagen«, und Dr. Fyfe, weil er Mäuse tötet. Mir kam damals der Verdacht, daß deine Jagd auf Mäuse nicht von hygienischen Motiven diktiert wurde, sondern von deinem Haß, der im Gefängnis herangereift war: »Sie konnte niemanden beißen, als sie dort drin war und anschwoll, deine Maus.« Dann wandtest du dich irritiert ab. Du wandtest dich auch bei andern Gelegenheiten ab, zum Beispiel, wenn ich dieses Wunder von Apollokapsel beschrieb. »Das überzeugt mich nicht. Interessiert mich nicht.« Aber die Weltraumnahrung, die ich aus Downey in Kalifornien mitbrachte, die hast du mir gestohlen, eh?

Es waren vier Beutel, und sie enthielten dehydrierte Languste, dehydrierten Toast, dehydriertes Gebäck und Milchkaffeepulver. Sie waren der einzige handgreifliche Beweis, daß meine Reise wirklich stattgefunden hatte, daß ich nicht geträumt hatte, und so bewahrte ich sie gut sichtbar in der Bibliothek auf, als wäre es chinesisches Porzellan, ohne mich um deine Proteste zu kümmern. »Allen Leuten solche Schweinereien zu zeigen!«

Zuerst verschwand der Beutel mit den Toasts. Eines Tages fuhr ich hinaus, da war er nicht mehr da.

»Wer zum Kuckuck hat ihn genommen?!«

Mutter warf mir einen bittenden Blick zu.

»Wenn du nicht böse wirst, dann sag ich's dir.«

»Wer hat ihn genommen, Mutter?«

»Weißt du, die Fische ...«

»Du willst doch nicht behaupten, die Fische seien aus dem Becken gestiegen, um sich Astronautentoasts zu holen.«

»Nein. Die Fische nicht. Aber Vater.«

»Vater?!?«

»Beruhige dich doch. Also, Vater suchte trockenes Brot,

um die Fische zu füttern. Aber er fand keins. Da ist er in die Bibliothek und hat deine Toasts genommen. Er hat auch den Hammer genommen, um sie klein zu schlagen: Sie waren aber so hart, daß er sie nicht einmal mit dem Hammer klein kriegte. Ich hab ihm gleich gesagt, du würdest böse werden. Aber er schlug nur weiter mit dem Hammer drauf, als wollte er den Mond zertrümmern.«

Danach verschwand der Beutel mit der dehydrierten Languste. Als ich ein andermal hinauskam, war er weg.

»Wer war es diesmal?« fragte ich resigniert.

»Wer schon? Ich hab's genommen«, sagtest du seelenruhig.

»Du hattest mir versprochen, nichts mehr anzurühren.«

»Nichts hatte ich dir versprochen, und du weißt, daß ich solche Schweinereien nicht bei den Büchern sehen will.«

»Was hast du damit gemacht, Pa?«

»Ich hab's ins Schweinefutter getan.«

Mutter stöhnte.

»So ein schönes Andenken ins Schweinefutter. Ich wollte nicht, weißt du. Ich wollte nicht.«

»Aber warum denn, Vater? Warum??«

»Warum, warum, warum! Die Bauern geben den Schweinen nichts als Kleie und Äpfel. Davon werden sie ja dumm. Auch Schweine haben Phosphor nötig. Das steht in dem Buch ›Der perfekte Landedelmann‹. Langusten enthalten Phosphor, oder nicht?«

Du schautest mich mißtrauisch an. »Es war doch Languste, oder?«

»Ja. Es war Languste.«

»Hm. Sah nach allem möglichen aus, nur nicht nach Languste. Nur diese roten Steinchen. Aber im Schweinefutter sind sie aufgegangen wie Hefeteig.«

Nun blieben nur noch Gebäck und Milchkaffeepulver übrig. Fest entschlossen, sie zu retten, vertraute ich sie Mutter an.

»Nimm, Mutter. Ich schenk's dir.«

»Wirklich?!?«

»Wirklich.«

»Kann ich damit machen, was ich will?«

»Kannst damit machen, was du willst.«

Mutter würde Respekt davor haben. Mutter hebt alles auf:

224

leere Fläschchen, merkwürdige Steinchen, zerknitterte Schleifen, die Osterüberraschungen, alles. Sie legte also die beiden Beutel in die Vitrine, in der sie die Sachen aufbewahrt, die ich ihr von jeder Reise mitbringe, neben den Stein vom Parthenon, das Püppchen aus Kyoto, das Stück Kautschuk aus Malaysia, den in Brasilien gekauften Topas, den in Kalkutta erstandenen Ring. Dann schloß sie die Vitrine mit dem Schlüssel ab: Du solltest nicht in Versuchung geraten. Doch umsonst! Du brachtest etwas fertig, was ich nicht für möglich gehalten hätte: Mutter zu korrumpieren. Du korrumpiertest sie langsam, schweigend, ohne sie mit Worten oder Taten zu bedrängen. Die Chronik dessen, was sich zutrug, hat mir Mutter erzählt. Stört es dich, wenn ich auch das hier berichte?

»Seit Tagen sagte er in einem fort: Aber wer weiß, wie die Sachen schmecken, eigentlich war es doch dumm, den Toast den Fischen zu geben und die Languste den Schweinen, mich würde schon interessieren, dieses Zeug zu kosten, schließlich sollte man ja wissen, was diese Astronauten essen, manch einer redet von etwas, ohne daß er es kennt. Vielleicht ist das Zeug gar nicht so schlecht, vielleicht ist es eine gute Erfindung, ich bin ja kein Fanatiker. Er blieb vor der Vitrine stehen, schaute hinein, kurz, schließlich kam es so, daß ich den Schlüssel steckenließ. Du kennst ihn ja – hätte ich gesagt: So nimm's doch! dann hätte er es nie genommen, so stolz ist er, wenn es ihm aber freistand, es liegenzulassen, würde er es schließlich nehmen, und du hattest mir doch gesagt, ich könne damit machen, was ich wolle, oder? Ich ließ den Schlüssel stecken, als ich zu Bett ging, er stand am andern Morgen früh um fünf Uhr auf, um auf die Jagd zu gehen. Ich hörte keinen Ton, als er den Schlüssel drehte und die Beutel herausnahm. Ich hätte auch nicht gedacht, daß er sie so bald nehmen würde, weißt du. Er kam am Mittag von der Jagd zurück und war zufrieden. Er entschuldigte sich auch nicht etwa. Er sagte bloß: Weißt du, daß dieses Gebäck ganz gut war? Ich habe etwas Wasser hinzugegeben, wie deine Tochter gesagt hat, ein Weilchen gewartet, und dann war's richtig gut: diese Körnchen, weißt du, was das war? Das waren Rosinen. Auch der Milchkaffee war prima, mit Zucker und allem; ein wenig Wasser auch hier, und nach fünf Minuten war das Frühstück fertig. Eigentlich sind sie gar nicht dumm, diese Amerikaner, das weißt du ja, du mußt deiner Tochter sagen, sie soll noch ein paar von diesen Beuteln mitbringen, wenn sie wieder nach Amerika fährt: Bei der Jagd in der Laubhütte sind sie genau richtig.« Ich schrieb nach Downey, man möchte mir doch noch etwas schicken. Man schickte mir ein ganzes Paket: wohl an die vierzig Stück. Auch dehydrierter Pfirsich war dabei, dehydriertes Brathähnchen, dehydrierte Zwiebelsuppe, und alles landete in deinem Bauch, während du das Gewehr auf Drosseln und Finken anlegtest. Ich frage mich, was wohl der US-Senat sagen würde, wenn er wüßte, daß zweiundvierzig Beutel kostbarster Weltraumnahrung, mit großem Aufwand von den Wissenschaftlern in Downey zubereitet, im Bauch des größten Mondfeindes landeten, während er in einem Wald bei Greve im Chianti saß. Mein Gott. Mindestens gäbe man mir kein Visum mehr.

In jenen Monaten sah ich auch Stig und Björn wieder. Die Zeitung schickte mich nach Skandinavien für eine Reportage über die Königshäuser, und da sah ich sie wieder und löste damit in gewissem Sinne nachträglich das Versprechen ein, sie in New York zu treffen. Beide hatten mir geschrieben, nachdem sie mich in New York vergeblich gesucht hatten. Ich hatte ihnen zurückgeschrieben und die überstürzte Abreise erklärt, und so hatte sich zwischen uns ein Briefwechsel entwickelt, der die plötzliche Freundschaft vertiefte. Björn, der seine Briefe »To the Girl of the Moon«, an Frau Luna, adressierte, erwies sich als der eifrigere und war auch der, mit dem ich mich besonders gut verstand; seine Sätze ließen Nostalgie nach jener Welt erkennen, die er drüben verachtet hatte. Ich traf ihn am Stockholmer Flugplatz, fröhlich und attraktiv wie immer, mit dem Fotoapparat um den Hals. Er sprang auf mich zu, zerquetschte mir alle Knochen und kündigte mir an, wir würden noch am selben Abend zum Essen bei Stig sein, und Stig würde seine Dias vorführen. Stig machte Urlaub in den Bergen, in den Bergen lag noch Schnee, so kam er uns auf Skiern entgegen, um uns die Abzweigung zu seinem Haus zu zeigen; mehr denn je sah er James Stewart ähnlich. Sein Haus war warm, seine Frau äußerst lieb, seine beiden Töchter sympathisch. In ihrem komischen Englisch baten sie mich, doch etwas von diesem Mond zu erzählen, von dem Stig nie sprach. »Es lohnt sich nicht«, meinte er.

Und ich tat ihnen den Gefallen gern. Es herrschte eine Stimmung wie bei alten Soldaten, wenn sie beisammensitzen und davon erzählen, wie sie miteinander im Krieg waren. Und das weckte den Wunsch, noch einmal in den Schützengraben zurückzukehren. Nach dem Essen wurden Dias gezeigt: San Antonio, Houston, die Astronauten, die Apollokapsel, und während die Töchter Stigs vor Begeisterung kreischten und Stig aussah, als schliefe er ein, fing ich einen Blick von Björn auf. Einen Blick, der meine eigenen Gedanken ausdrückte: »Wir haben uns geirrt. Stig irrt sich immer noch. Es lohnt sich.« Als die Dias zu Ende waren, sagte ich laut, was ich mir im stillen schon seit langem immer wieder sagte:

»Ich fahre wieder hin. Ich will wieder hin.«

Noch etwas anderes trug dazu bei, daß ich dieses Geständnis ablegte: die Reportage über die Königshäuser. Je tiefer ich in die verfallene und verfaulte Welt der Könige und Königinnen, ihrer törichten dynastischen Probleme, ihrer grotesken Privilegien eindrang, desto besser verstand ich die Leute von Houston, Cape Kennedy, Downey: Ich beschwor sie herauf zu Trost und Rettung. Ja, das alte Europa kümmerte sich noch immer um gewisse Idiotien, um ungezogene Prinzessinnen, die Freunde des General Franco heiraten, um Kronprinzen, denen nicht erlaubt wird, die Tochter eines Schuhmachers zu heiraten, um die Königin, die schon wieder eine Fehlgeburt hatte, die Ärmste, und deshalb keinen Erben hat: Die jungen Völker aber dachten daran, auf den Mars zu fliegen. Und es juckte mir in den Fingern vor Lust, über wichtigere, ernsthaftere Dinge zu schreiben, die dem, was uns erwartet, näher sind; der Zorn, von dem ich angesichts meiner kranken Mutter durchdrungen war, gehörte einer fernen Vergangenheit an, der Groll auf die gelehrten Kinder, die ein kaputtes Herz nicht zu heilen vermögen, war erloschen. Wie die Meineidigen, die, wenn sie in Gefahr sind, sich Gott anbefehlen und geloben, gut zu sein, Opfer zu bringen, Kerzen anzuzünden, sofern sie gerettet würden, die dann aber, wenn sie erst gerettet sind, wieder die alten bleiben und sogar eine Kerze anzuzünden vergessen, so verleugnete ich jetzt meine Schreie, meinen Augenblick der Klarheit

227

und des gesunden Menschenverstandes und kramte mein Märchen von dem Tropfen Licht wieder aus. Als ich nach Mailand zurückkam, heftete ich in meinem Arbeitszimmer eine große Karte mit der Mondoberfläche an die Wand, die mir das PR-Büro von Nestlé Instant-Brei zugestellt hatte. Auf dem Meer des Kopernikus stand gedruckt: »Für eure Kinder Nestlé Instant-Brei«. Aber für mich war es wundervoll. Abends betrachtete ich mit dem Fernglas, mit dem ich sonst zum Pferderennen gehe, den Mond. Ich sah nicht viel mehr als mit bloßem Auge. Aber er war herrlich. Und in einer Vollmondnacht (ich verging fast bei diesem Weiß, Vater) schrieb ich an die NASA in Houston, um meine Rückkehr anzukündigen. Unter den Dingen, die ich sehen wollte, war der Start einer Rakete: Ich hatte noch nie dem Start einer Rakete beigewohnt, außer im Fernsehen. Unter den Personen, die ich treffen wollte, waren die neuen Astronauten der zweiten und dritten Gruppe: die dreiundzwanzig also, die zweifellos auf dem Mond landen würden. Die Antwort kam von Paul Haney, dem Leiter des Public Relations-Büros, der mich bei der Ankunft so listig ausgefragt hatte: Starts würden im Laufe des Monats Mai zwei oder drei erfolgen, was die neuen Astronauten anbetreffe, so würde er alles in seinen Kräften Stehende tun. »Die Astronauten haben gehört, daß du mit Gotha Cottee und Bill Douglas zusammen den Mond klauen willst, um daraus Käse zu machen: Du genießt also eine gewisse Popularität. Einige brennen darauf zu wissen, ob sie sich an der Sache beteiligen können, sie sagen, mit Bill und Gotha könntest du's nicht schaffen, ein Astronaut müsse dabeisein, und bieten sich als Piloten für den phantastischsten Diebstahl des Weltalls an. Du wirst also willkommen sein.« Und an diesem Punkt nun passierte eine Geschichte, die zu erzählen mir richtig scheint, Vater, schildert sie doch die schöne Bescherung, die ich mir mal wieder bereiten wollte, sowie die Risse in dieser Welt, nach der ich mich so ungestüm zurücksehnte. Hauptperson der Geschichte ist ein Herr, den ich nie gesehen habe, von dem ich nur weiß, daß er in Washington sitzt und Paul Smith heißt. Aber der Reihe nach.

Die Amerikaner, jeder weiß das, sind großzügig: ohne Zweifel das großzügigste Volk der Welt. Und auch das Volk, das dem Geld den größten Respekt entgegenbringt. Diese beiden Eigenschaften zusammen und in Anbetracht dessen, daß ich im Grunde ein tüchtiges Mädchen bin, informierte mich das Zentrum für Korrespondenten in New York, es freue sich, mir für meine zweite Reise ein Stipendium gewähren zu können: zu dem Zweck, zur Bestreitung meiner zweifellos hohen Unkosten beizutragen. Das Stipendium würde von einer halboffiziellen Stelle ausbezahlt, dem Governmental Affairs Institute, das dieses Geld von der Ford-Stiftung bezieht. Es bestand aus zwanzig Dollar pro Tag, Flugtickets für die Reisen von einem Staat in den andern und erstreckte sich über fünfundvierzig Tage, keinen mehr und keinen weniger. Das Governmental Affairs Institute legte nämlich großen Wert darauf, den kulturellen Austausch zwischen verschiedenen Völkern zu erleichtern, es hatte bisher schon viertausend solcher Besuche unterstützt, unter den Stipendiaten waren der polnische Vizeministerpräsident Piotr Jaroszewicz sowie der Premierminister von Tanganjika, Julius Nyerere, aufgeführt. Die Nachricht machte mich selig. Vor allem fand ich es tröstlich, daß man in Washington endlich auf mich aufmerksam geworden war, auf den überwältigenden, unnachahmlichen Einfluß, den ich auf die europäische Kultur und auf den Flug zu andern Planeten ausübte. Dann fand ich es auch nur gerecht, daß die milliardenschwere Familie Ford meine Flugtickets, meine Motelrechnungen, meine Zigaretten bezahlte. Spielte meine Geschichte nicht auch, schließlich und endlich, in Amerika statt bei dessen Rivalen, die in bezug auf das Thema Weltraum, seien wir ehrlich, auch keine Nieten waren? Zwischen mir und der Familie Ford wurden also eigentlich bloß Höflichkeiten ausgetauscht; in Neapel heißt das: »Ich geb' dir was, du gibst mir was.« Ich antwortete sehr geehrt, vielen Dank, ich nehme ohne Zögern an. Und an diesem Punkt trat Mr. Paul Smith in Aktion. Oder muß ich sagen Smithowitsch? Je mehr ich an Mr. Smith denke, desto überzeugter bin ich, daß sich die Welt in ihren Fehlern nach und nach überall gleicht, Vater. Soweit es mich betrifft, könnte Mr. Paul Smith auch Pavlow Smithowitsch heißen und in Moskau leben.

Der Brief von Mr. Smith war höflich. Er schrieb, wie sehr er sich freue, daß ich das Stipendium annehme, von dem der polnische Vizeministerpräsident Piotr Jaroszewicz sowie der Premierminister von Tanganjika, Julius Nyerere, profitiert hatten, und legte einen Fragebogen bei, der auszufüllen war. Der Fragebogen war lang, und jeder mit einigermaßen gesundem Menschenverstand hätte beim Lesen gemerkt, daß es das gescheiteste wäre, ihn nicht auszufüllen. Einige Fragen lauteten nämlich: »Glauben Sie an Gott?« – »Welcher Kirche gehören Sie an?« – »Befolgen Sie eine Diät?« – »Welche Krankheiten haben Sie gehabt?« – »Leiden Sie an anstekkenden Krankheiten?« Versteh mich richtig: einen Gast zu fragen, ob er ansteckende Krankheiten hat, scheint mir nicht gerade liebenswürdig, aber sinnvoll zu sein; sonst lädst du dir am Ende irgendwen zum Abendessen ein, und dieser Irgendwer hängt dir Schnupfen oder Tuberkulose oder Lepra an. Ihn zu fragen, ob er eine Diät befolgt, ist absolut berechtigt: sonst servierst du deinem Gast am Ende einen gefüllten Fasan, und dabei ernährt er sich ausschließlich von Reisbrei. Und es war klar, daß Mr. Paul Smith mich nicht zum Essen ausführen mußte, er brauchte mir lediglich die Dollars zu liefern, damit ich ab und zu zwei Kaugummis und ein Sandwich kaufen konnte. Einen Gast hingegen zu fragen, ob er an Gott glaube, kommt mir schon recht indiskret vor. Das kannst du ihn im Verlauf eines Gespräches, eines Interviews fragen, das, ja, das mache ich auch. Diese Frage jedoch auf einem Formular zu stellen, ich mag mich irren – aber das scheint mir einfach indiskret. Jedenfalls und ohne jeden gesunden Menschenverstand füllte ich den Bogen aus: Ich litte an keinen ansteckenden Krankheiten, hätte dagegen als Kind Masern, Mumps und Scharlach gehabt, als Erwachsene einen Arm, einen Fuß und ein Bein gebrochen und mich einer Mastoidoperation unterzogen. In die Kirche ginge ich nicht, nicht einmal sonntags. Ob ich an Gott glaube oder nicht, sei meine Sache: Solche dramatischen Informationen gingen wohl weit über Reisbrei hinaus. Mr. Smith antwortete mir kühl und befahl mir, alle Personen aufzulisten, die ich sehen, die Städte, Viertel, Dörfer, die ich besuchen wollte, und die unvorhersehbaren Ereignisse, mit denen ich glaubte, fertig werden zu können. Es irritierte mich zwar ein wenig, aber ich setzte die Liste auf: Ich beabsichtige, mich in New York, in Houston/Texas, in Huntsville/Alabama, in Cape Kennedy/Florida, in Los Angeles/Kalifornien aufzuhalten. Ich beabsichtige, mit den neuen Astronauten zusammenzutreffen, sodann mit Wernher von

Braun, mit Ernst Stuhlinger, dem Mann, der das Raumschiff für den Mars baut, und ich beabsichtige, den Start einer Rakete zu erleben. Unvorhersehbare Ereignisse könne ich nicht nennen, mein ganzes Leben sei hoffnungslos unvorhersehbar. Mr. Smith antwortete mit einem noch kühleren Schreiben, in dem er den Empfang des obigen bestätigte und ankündigte, ich würde während der Reise einen Dolmetscher brauchen. Zwecks Orientierung des Dolmetschers ersuche er mich um Angabe des Tages und der Stunde, zu der ich Cape Kennedy verlassen würde, um, sagen wir, New Orleans aufzusuchen, ferner des Tages und der Stunde, zu der ich New Orleans verlassen würde, um, sagen wir, nach Kansas City weiterzureisen. Da ging ich in die Luft. Ich schrieb Herrn Smith die folgenden Zeilen. Leider habe ich keine Kopie, aber der Brief lautete ziemlich genau so:

»Lieber Mr. Smith: Ihre Absicht, mir einen Dolmetscher mitzugeben, ist wirklich nobel, aber ich will keinen Dolmetscher, weil ich nämlich ganz ordentlich englisch spreche und noch besser verstehe; wenn nötig, schreibe ich es sogar, wie Sie sehen. Außerdem will ich keinen Dolmetscher, weil ich gern allein bin; ich hasse es, mich beobachtet, verfolgt, bespitzelt zu fühlen. Wenn es trotzdem geschieht, weiß ich dem durch äußerst geschickte Manöver zu entgehen. Aus dem selben Grund kann ich Ihnen den genauen Fahrplan nicht angeben: Im übrigen weiß ich wirklich nie, wann ich ankomme und abreise. Es kann sich beispielsweise ergeben, daß ich in Saint Louis bin und plötzlich auf die Idee komme, nach Mexico City zu flitzen, um mir einen Sombrero zu kaufen. So gehe ich denn einfach zum Flugplatz und bin fünf Stunden später in Mexico City. Das mag Ihnen verrückt erscheinen, mein Vater nennt es verschroben, aber Leute, die schreiben, sind ja immer ein bißchen verschroben. Auf jeden Fall wird das FBI, das ja eine ausgezeichnete Organisation ist, Sie genauestens über meine Schritte informiert halten. Daß es mir anders lieber wäre, versteht sich von selber: Der Grund, warum ich das Material zu meinem Buch nie in Rußland sammeln wollte, ist eben dieser. Ich bin nämlich überzeugt, daß ich in Rußland wegen Höchster Indiskretion und

Tiefster Disziplinlosigkeit vor dem Kreml erschossen würde. Unsympathisch daher der Gedanke, eine derartige Zeremonie könnte vor dem Lincolnmonument abgehalten werden. Ihre ergebene usw. usw.«

Es folgte tödliches Schweigen. Als hätte Mr. Smith sich in nichts aufgelöst. Schlimmer: als hätte es ihn nie gegeben. Briefe trafen aus ganz Amerika ein, auch aus Washington: jedoch nie von Mr. Smith. Und ich, das gebe ich zu, ich litt darunter. Nicht wegen des täglich dringender werdenden Verdachts, die Dollars der Familie Ford seien verloren: sondern weil ich Mr. Smith nachgerade richtig ins Herz geschlossen hatte: Nichts mehr von ihm zu hören gab mir das Gefühl, ein Waisenkind zu sein. Ob er krank war? In den letzten Zügen lag? Verstorben? Mitte April fragte ich in der Zentrale für Auslandskorrespondenten nach. Die Zentrale für Auslandskorrespondenten antwortete, es ginge Mr. Smith sehr gut, und das Governmental Affairs Institute würde sich nach wie vor freuen, mich zu betreuen, wie den polnischen Vizeministerpräsidenten Piotr Jaroszewicz und den Premierminister von Tanganjika, Julius Nyerere, und ich solle nur ruhig meine Reisevorbereitungen treffen. So daß ich voll Zuversicht und Zuneigung zu Mr. Smith, der mich offensichtlich nicht mit häßlicher Polemik behelligen wollte, die Nachricht verbreitete, daß ich fuhr. Daß ich fuhr mit einem Stipendium der Familie Ford: Und diese Bemerkung wurde nie gleichgültig aufgenommen. Die einen gratulierten mir herzlich, andere waren neidisch, andere behandelten mich respektvoller als vorher, wieder andere wünschten mich dahin, wo der Pfeffer wächst. In diesen Tagen lernte ich, Freund und Feind zu unterscheiden, die Aufrichtigen und die Heuchler: Auch das war ein Verdienst von Mr. Smith. Ein Freund, der mir eines Tages zu meiner größten Verlegenheit gestanden hatte: »Ich liebe dich«, grüßte mich vor Wut nicht mehr. Ein anderer, den ich für ziemlich abweisend gehalten hatte, umarmte mich mit Tränen in den Augen. Was Stig und Björn anbelangte, die waren fix und fertig, ich müsse wohl das gewisse Etwas haben, Teufel noch eins, wenn ich behandelt würde wie der polnische Vizeministerpräsident Piotr Jaroszewicz und der Premierminister von Tanganjika, Julius Nyerere. In dieser Stimmung telegrafierte ich in die USA: »Ich komme, komme, komme.« Dann packte ich die Koffer, und Mutter schüttelte nachsichtig den Kopf: »Ich hab's ja gesagt. Ich hab's ja gesagt.« Du knurrtest deine Mißbilligung, Vater, wie üblich, doch im Grunde deines Herzens warst du stolz darauf, daß die Familie Ford mir die Spesen bezahlte.

Der Anruf der amerikanischen Botschaft erreichte mich zwölf Stunden vor dem Abflug. Lakonisch teilte man mir mit, das Stipendium sei annulliert.

»Unmöglich!«

»Offenbar nicht.«

»Aber in zwölf Stunden reise ich ab.«

»Wir bedauern außerordentlich, es ist uns sehr peinlich.«

»Hätte man mir das nicht früher sagen können?«

»Das haben wir auch gesagt.«

»Hat das Paul Smith angeordnet?«

»Ja, er war es tatsächlich.«

»Und läßt er mir nichts anderes ausrichten?«

»Nun . . . eigentlich . . .«

»Nur heraus damit. Was sagt er?«

»Er läßt sagen, wenn Sie nach Amerika fahren, um die Kirschblüte zu sehen, kommen Sie zu spät, der Frühling sei vorüber. Wenn Sie nach Amerika fahren, um Starts von Raketen zu sehen, kommen Sie zu früh: Es sind bis zum nächsten Jahr keine geplant.«

Lieber, verehrungswürdiger Mr. Smith. Zum Glück öffnen die Banken in Italien ihre Schalter vormittags einigermaßen früh. Du wirst es nicht glauben, Vater, aber ich war kein bißchen böse. Im Gegenteil, ich war froh. Man fühlt sich größer, schöner, jünger, wenn man all diese Dollars kauft und dabei denkt, daß die Familie Ford sie sich nun erspart. Man fühlt sich mehr eine Ford als eine richtige Ford: Die Brust weitet sich, man schreitet weiter aus, und die Menge teilt sich vor einem wie das Rote Meer vor Moses. Lieber, verehrungswürdiger Mr. Smith. Auch diese Erfahrung verdankte ich ihm: Er verdiente ein Geschenk. In New York angekommen, telefonierte ich mit der Firma »Sag es mit Blumen« und ließ einen großen Strauß Kirschblütenzweige nach Washington senden.

17. Kapitel

Der Mann flog am Himmel von New York, wie im Traum, wenn wir zufrieden schlafen und das Gefühl haben, ein Schmetterling zu sein, ein Vogel, wir brauchen kaum einen Finger zu rühren, um vom Boden abzuheben, ganz leicht, und zu fliegen, immer höher, kennst du sie, diese Träume? Manchmal ist es ein Schwimmen in der Luft, während diese sanft dein Gesicht streichelt, die Arme sind Flügel, die die Dächer, die Kirchtürme, die Bäume berühren; manchmal läßt du dich schaukeln wie eine Feder im Wind, still, ohne dich zu bewegen: und du möchtest, daß es nie aufhört. Doch es hört auf. Du schlägst die Augen auf, fällst wieder auf die Erde und bist keine Feder, kein Schmetterling, kein Vogel mehr: nur ein Stein, der sagt: »Heut nacht bin ich im Traum geflogen«, und dann neidisch auf Federn, Schmetterlinge und Vögel blickt.

Der Mann sah eher wie eine Hornisse aus, aber weiß. Er trug einen weißen Overall, einen weißen Helm, hatte einen weißen Lenker vor sich, und weiß war auch das Korsett, das seinen Brustkasten umschloß, weiß die Stahlflaschen auf seinem Rücken, weiß die Auspuffrohre: dünn nach unten gebogen, wie die Fühler einer Hornisse. Aus den Rohren drang fortwährend ein hohes Summen: das Summen einer Hornisse. Wie eine Hornisse flog er allein und zielbewußt, als suchte er etwas zu fressen oder zu stechen. Instinktiv befürchtetest du, er suche dich, ängstlich zogst du den Kopf ein, ängstlich dachtest du: Da kommt er, er sticht mich, er frißt mich. Er war mehr Insekt als Mensch, und du brauchtest eine ganze Weile, um zu begreifen, daß er keine Hornisse, sondern ein Mensch war, ein Mensch wie du, wenn du in süßen Träumen fliegen kannst. Doch kein Schaukeln in der Luft. Und auch kein Schweben im Wind. Sondern gerade ausgestreckt, Kopf und Körper gerade, die Beine geschlossen, wie in Habtachtstellung. Die Arme angewinkelt. Die Hände um die Griffe des Lenkers. Die Füße baumelten ein bißchen, weil sie keinen Halt hatten. Er hatte braune Stiefel an, die einzigen dunklen Flecken in all dem Weiß.

Der Mann hatte sich von einem Dach gelöst und kreiste

nun um den Globus auf der Weltausstellung von New York. Ein großer metallener Globus, die Längen- und Breitengrade aus Metall, die Erdteile aus Metall, nichts anstelle der Meere, innen ein Hohlraum. Durch das Gitter der Längen- und Breitengrade sah man ihn infolgedessen auch dann auf der andern Seite der Welt, wenn er tiefer flog. Er flog bald höher, bald tiefer, hielt unvermittelt an und betrachtete uns unbeweglich, flog mit einemmal weiter, als hätten wir ihm nicht besonders gefallen, änderte plötzlich seine Meinung und kam zurück. Und schenkte uns ein Lächeln. Drei Minuten lang flog er so, mal vor, mal zurück, mal lächelnd: Schließlich kam er herunter, aber nicht wie ein Stein, nicht mit dem leicht tragischen Purzelbaum eines Mannes, der mit dem Fallschirm und in einem verwirrenden Gewirr von Schnüren landet: sondern sanft und anmutig. Ganz leicht setzte er auf dem Asphalt auf, stellte den Motor ab, streckte mir die Hand entgegen und sagte: »Ich bin Robert Courter.« Wenn er gesagt hätte: ich bin ein Schmetterling, ich bin ein Vogel, ich bin ein Engel, ich hätte nicht mit der Wimper gezuckt: Ich hätte bloß gedacht, Mutter hat recht, es gibt also doch Engel. Was konnte er übrigens anders sein als ein Engel? Er war ein Engel: namens Robert Courter.

»Ich hab' Sie gesehen von da oben«, sagte der Engel.

»Oh!« stammelte ich.

»Und bin ein bißchen früher runtergekommen«, sagte der Engel.

»Oh!« stammelte ich.

»Hat Ihnen mein Flug gefallen?« sagte der Engel.

»Oh, ja!« rief ich.

»Haben Sie einen Wunsch, bevor wir uns unterhalten?« sagte der Engel.

»Oh, ja!«

»Und?« sagte der Engel.

»Wenn ich es auch einmal probieren dürfte!«

»Nein, das geht nicht«, sagte der Engel.

»Warum? Ist es gefährlich?«

»Nein, es ist nicht gefährlich«, sagte der Engel.

»Ist es schwierig?«

»Nein, es ist nicht schwierig«, sagte der Engel.

»Was ist es denn?«

»Daß es verdammt viel Geld kostet, dieses verdammte Ding, das ist es, und wenn Sie's mir kaputtmachen, bin ich der Leidtragende, der alles aus der eigenen Tasche berappen kann. Verstehen Sie?«

Auf der Stelle war er kein Engel mehr. Und auch kein Schmetterling, kein Vogel. Nur noch Robert Courter, amerikanischer Bürger, achtunddreißig Jahre, verheiratet, Kinder, wohnhaft in Buffalo, von Beruf Raketenmann. Bevor er Raketenmann wurde, war er Pilot. Als Pilot hatte er im Zweiten Weltkrieg und in Korea gekämpft. Er war hier, weil die Bell Aerosystem Company für die verdammten Leute, die die verdammten Eintrittskarten bezahlten, dieses verdammte Ding im verdammten Pavillon der Wunder auf der verdammten New Yorker Weltausstellung vorführte. Die Bell Aerosystem Company war der verdammte Hersteller: jawohl, aus Buffalo, in der Nähe der Niagarafälle, die stellen auch den Motor der Atlas-Rakete her, der Rakete der Geminikapsel also, aber was scherte das ihn, ihn scherte es bloß, daß er hier sein mußte, auf dieser verdammten Ausstellung, zum Glück hatte er zwei verdammte Kollegen, die ihn ablösten: Raketenmänner gibt es drei in Amerika, was mit andern Worten heißt, daß es in der ganzen Welt drei gibt, die Russen haben bis dato keine Raketenmänner. Wer die andern beiden waren? Es waren die verdammten Kerle, die ihm eben den Raketengürtel abnahmen; sah ich sie etwa nicht? Sagt mal hallo, Jungs!

»Hallo«, brummte der erste und nahm ihm die Stahlflaschen ab.

»Hallo«, brummte der zweite und zog ihm das Korsett aus.

Sie glichen ihm sehr, vor allem im Gesicht. Diese Gesichter, Vater, die du gleich wieder vergißt; wenn du dich erinnern willst, wie sie aussehen, mußt du sie nochmals anschauen oder ein Foto von ihnen nehmen. Ich erinnere mich zum Beispiel bloß daran: daß sie sich sehr ähnlich sahen und braungebrannt waren. Oder vielleicht auch nicht. Jedenfalls sind fast alle Piloten braungebrannt.

»Ich hätte zu gerne gewußt, was das für ein Gefühl ist«, sagte ich zum Raketenmann hartnäckig.

»Was soll's für ein Gefühl sein?« erwiderte er. »Das Gefühl, daß man oben ist. Punkt, aus.«

»Ich würde gern wissen, ob man sich leicht fühlt. Genauer gesagt, auf welche Weise leicht«, fuhr ich fort.

»Och, leicht fühlt man sich schon. Verdammt leicht. Wie soll man sich sonst fühlen?«

»Ich weiß nicht, ich kann es mir nicht vorstellen. Außer wenn ich träume.«

»Wenn Sie was?«

»Wenn ich träume. Daß ich fliege, beispielsweise. Träumen Sie nie?«

»Ich schlafe fest. Verdammt fest. Ich träume nicht solches Zeug. Und fliegen tu' ich, wenn ich wach bin.«

»Verstehe.«

»Also, wollen Sie jetzt wissen, wie dieses verdammte Ding funktioniert?«

»Gewiß, Mr. Courter. Danke.«

Das verdammte Ding funktionierte wie eine ganz normale Rakete. Die Zündung wurde durch Drehen des Griffs am Lenker betätigt, der wie bei einem Motorrad war. Mittels der Griffe kontrollierte der Raketenmann Auf- und Abstieg und überhaupt jedes Manöver. Er konnte sich vorwärts, rückwärts, hinauf und hinunter bewegen, kreisen und auch stillstehen. Der Treibstoff, Wasserstoffperoxyd, war in den beiden Behältern auf dem Rücken enthalten, die die Größe der Sauerstoffflaschen für die Unterwasserjagd hatten. Die Auspuffrohre, die ich mit den Fühlern einer Hornisse verglichen hatte, waren ziemlich vom Körper entfernt, um ihn nicht zu gefährden. Der Raketengürtel bestand aus diesem Korsett, das ein wenig an den Brustgips bei Rippenbrüchen erinnerte. Es wurde mit zwei Riemen an den Körper geschnallt und umschloß in der Leistengegend auch die Beine. Es war aus Glasfiber. Die Flugdauer betrug drei Minuten, in Zukunft würde sie sehr viel länger sein: sogar ein paar Stunden. Das behauptete Dr. Wendell Moore, der Ingenieur, der die Maschine erfunden hatte. Die unendlichen Anwendungsmöglichkeiten des Raketengürtels seien mir ja sicher klar: zu militärischen Zwecken, um nur eine zu nennen. Mit dem Raketengürtel kann man Flüsse, Minenfelder, Hindernisse aller Art überfliegen, und bei Landeoperationen fliegt man vom Schiff an den Strand, ohne naß zu werden. Nicht umsonst hatte die Armee ihn erworben. Auch die NASA hatte ihn angeschafft, um ihn auf dem Mond zu verwenden.

Auf dem Mond würde er äußerst nützlich sein, um Felsen, Krater, Lavamassen, Staubebenen, in denen man sonst leicht versinkt, überwinden zu können. Im Weltraum ferner würde er unersetzlich sein: Es gab gar keine andere Möglichkeit, von einem Raumschiff zu einem andern zu gelangen. Einmal aus dem Raumschiff ausgestiegen, kann ein Astronaut ja nichts anderes tun als schweben: Er bleibt an Ort und Stelle liegen wie eine verdammte Birne auf einem Teller. Mit dem Raketengürtel dagegen kann er sich bewegen, wohin er will. Der Raketenmann hatte das verdammte Ding Dr. von Braun vorgeführt, der hell begeistert gewesen war. Auch der andere, der Wie-heißt-er-gleich, war hell begeistert gewesen, der mit dem verdammten Marsschiff, richtig, Dr. Stuhlinger.

»Und hier auf der Erde, Mr. Courter, wozu ist es hier gut?«

»Nun, hier auf der Erde ist es für vieles gut, nicht? Man nimmt's anstelle des Autos, des Helikopters, des Fahrrads, des Autobusses. Mit dem Vorteil, daß es überall landen kann: auf einem verdammten Dach wie auf einem verdammten Bürgersteig, auf einem verdammten Balkon wie auf einem verdammten Fenstersims.«

Mir war, Vater, als hörte ich deine Stimme: Jetzt können wir nicht einmal mehr bei offenem Fenster schlafen im Sommer; selbst wenn wir im achtzigsten Stock wohnen, werden wir mit dem Alptraum leben, Leute auf unserem Balkon landen zu sehen. Diebe, abgewiesene Liebhaber, Sexualverbrecher, was weiß ich. Vor allem für eine Frau: Das ist doch höchst gefährlich? Da schlummert sie friedlich in ihrem Wolkenkratzer, und paff! wird sie erwürgt oder ausgeraubt oder in furchtbare Diskussionen verwickelt. Richtig, Vater. Und die Dolmetscher des Mr. Smith, gedemütigt durch meine Kirschblüten? Höchst besorgt sah ich den Raketenmann an.

»Kennen Sie zufällig Mr. Smith?«

Er sperrte den Mund auf, ehrlich verblüfft.

»Smith?!? Welchen Smith? Amerika ist voll von verdammten Smiths.«

»Mr. Paul Smith aus Washington.«

»Nie gesehen, einen Paul Smith aus Washington.«

Ich atmete erleichtert auf, aber nicht zu sehr.

»Ich nehme an, Sie können es jedem beibringen, wie man

diese Maschine handhabt. Nur als Beispiel: Wenn ein Mr. Smith Sie darum bäte, ihm zu zeigen, wie man sie handhabt, würden Sie es tun?«

»Logo! Er braucht bloß zu zahlen. Braucht bloß die Moneten zu haben.«

Ich zitterte. Moneten hatte Mr. Smith wohl: die ganzen Moneten der Ford-Stiftung. Darüber hinaus noch die Moneten, die mir entzogen worden waren und die nun dazu verwendet werden konnten, in mein Zimmer einzudringen und mich mit Kirschblüten zu ersticken.

»Sagen Sie, Mr. Courter: Braucht man lange, bis man lernt, dieses verdammte Ding zu steuern?«

»Drei Tage, mehr nicht.«

Das Zittern verstärkte sich.

»Es werden aber doch gewisse physische Eigenschaften dazu notwendig sein: Jugend, gesundes Herz, stählerne Nerven . . .«

»Keine Spur. Jeder Opa und jedes Baby kann damit umgehen.«

»Himmel! Und werden viele verkauft, Mr. Courter?«

»Nichts da . . . Das verdammte Ding ist vorläufig gar nicht im Handel. Nur Militär und NASA dürfen es ausprobieren.«

Ich strahlte wie ein Weihnachtsbaum, Vater.

»So daß also, wenn ein sehr wichtiger Mann es für Kulturaustausch oder so haben wollte, er es nicht bekäme?«

»Was für Austausch?«

»Kulturaustausch.«

»Nie gehört.«

»Was also bestätigt, daß man es dafür nicht einsetzen kann.«

»Man kann es für nichts, für absolut nichts einsetzen, was ich nicht kenne. Punkt, aus.«

»Gottlob, Mr. Courter.«

»Was sagen Sie?«

»Nichts, Mr. Courter.«

»Schön, wollen Sie noch was wissen?«

»Nein, danke, Mr. Courter.«

»Kann ich gehen?«

»Gewiß, Mr. Courter.«

»Nehmen Sie diese verdammten Zettel da mit.«

Er reichte mir einen Umschlag mit Erklärungen und Fotografien, ließ sich den Gürtel der Träume wieder umschnallen
und machte sich fertig, um für die verdammten Leute, die
die verdammten Eintrittskarten für den verdammten Pavillon der Wunder auf der verdammten Weltausstellung gelöst
hatten, zu fliegen. Die Menge schrie aufgeregt. Indem er sie
verfluchte, drehte der Raketenmann am Griff. Man hörte
einen kleinen Knall, ähnlich dem Schuß eines Revolvers mit
Schalldämpfer, dann ein helles Summen. Und der Raketenmann schwebte dem Himmel entgegen. Er kreiste um den
großen Globus, lächelte, bewegte sich vorwärts, kehrte um,
lächelte wieder, stieg höher hinauf, immer höher, und wurde
von neuem eine weiße Hornisse, ein Schmetterling, ein Vogel. Und zuletzt war er ein Engel.

18. Kapitel

Die Elefanten rückten in Gruppen, paarweise, in Herden, in
langen, massigen Reihen vor, und jedesmal, wenn sie an mir
vorbeikamen, witterte ich den Tod. Blind vor Grauen zog
ich die Beinchen unter dem Leib und die Fühler ein, wartete
darauf, zu einem winzigen, formlosen Fleckchen zerstampft
zu werden: den Überresten einer Ameise. Dann, erstaunt,
daß ich noch heil war, musterte ich sie verblüfft. Viele Elefanten waren schwarz, andere gelb, andere milchkaffee-
braun, und der Großteil war rosa. Sie hatten weder Rüssel
noch Stoßzähne, sie gingen auf nur zwei Beinen, und ihr
Körper war mehr oder weniger mit Stoff bedeckt: Man hätte
sie mit Männern, Frauen und Kindern verwechseln können.
Aber als Elefanten trompeteten sie, stampften sie, wälzten
sie sich daher, taub gegen alles, was klein, hilflos und krank
war, berauscht von der wilden Erregung, die sie hergeführt
hatte. Das war ihr Urlaub, das große Fest, zu dem sie aus
den Provinzen, von den Bergen, aus den fernen Wäldern
strömten, von überallher, wohin die Kunde von dem Raketenmann und ähnlichen Wundern gedrungen war. Außer zu
trompeten, stampfen, sich daherzuwälzen, kauten sie an
Kaugummi, Popcorn, Sandwichs, Schokolade, Eiskrem, ge-

bratenen Fröschen, gekochten Krebsen und Lutschern, schütteten sich Ströme von Bier, Coca-Cola, Pepsi-Cola und Seven-Up in die Kehle und wuschen sich damit gleich auch noch Stirn, Hals und Ohren, und wenn es aussah, als verliefen sie sich etwas, kam schon wieder ein Zug aus dem U-Bahntunnel, riß die automatischen Türen auf und ließ weitere Elefantenhorden heraus, die gegeneinander stießen, sich wehtaten und mit zwei Dollar in der Hand auf eine kleine Bude zustürzten. Dann rückten sie riesig, unmenschlich, erbarmungslos von neuem gegen mich vor, die ich, unter einem Blatt versteckt, den Gott der Ameisen um Hilfe und Rettung anrief. Allein, kein Gott konnte irgend etwas für mich tun.

Indem ich mir mühsam einen Weg durch den Rinnstein bahnte, zwischen Pappbechern, Flaschen, angebissenen Würstchen, angeknabberten Süßigkeiten hindurch, durch diese ganze Verschwendung eines reichen Volkes, das Eßwaren aus Gewohnheit und nicht aus Hunger kauft, suchte ich den Pavillon der General Motors. Ich kam bald dahinter, daß das ein hoffnungsloses Unternehmen war. Die Ausstellung war so groß wie eine Großstadt; um sie ganz zu sehen, brauchte man zwei Jahre, nur die Elefanten brachten es fertig, alles in zwei Tagen zu sehen. Und wer weiß, wo sich General Motors befand. An hohen Stangen flatterten die Flaggen der Welt, die Flagge der Vereinigten Staaten, der Sowjetunion, Frankreichs, des Kongo, Deutschlands, Australiens, Japans, Nigerias, Englands, Indiens, des Vatikans, Hollywoods, der NASA, der IBM, Heimat der Elektronengehirne, der BSC, Heimat der Antiatombunker, von Ford, Dupont, Douglas, Garrett, der North American: Aber die Flagge von General Motors konnte ich nicht entdecken. Eine Ameise verliert sich in solcher Unermeßlichkeit. Es kamen zwar zum Beispiel Autobusse vorbei: Extra-Busse, denen man bloß zu sagen brauchte, ich will bei General Motors aussteigen. Aber wenn die Tür sich öffnete, stürzten sich die Elefanten darauf, versperrten völlig den Weg, und wenn ich an die Reihe kam, war der Bus voll und fuhr mit großem Getöse los. Es kamen zwar zum Beispiel seltsame runde Dinger vorbei, Scheiben, von nur einem Rad gelenkt, die man Taxi nannte. Aber eins zu bekommen, war völlig aussichtslos, weil man sie wochenlang vorausbestellen mußte.

Es gab zwar zum Beispiel Polizei-Elefanten. Aber es hatte keinen Zweck, sie zu fragen, wo General Motors sei, Vater: Meine Stimme war zu schwach, als daß sie sie hätten hören können. Es gab zwar zum Beispiel Führer-Elefanten. Aber es war unvorsichtig, sie auf mich aufmerksam zu machen und sie in den Arm zu zwicken: Die apokalyptische Lawine einer Riesenhand würde auf mein Beinchen klatschen, so daß es zu Brei würde. Vor einem großen Plexiglas-Ei, von dem ich nicht wußte, wozu es diente, sah ich nur noch eine Möglichkeit: Mr. Turton anzurufen, er möchte mich abholen. Aber wo war ein Telefon?

Ich wandte mich an ein Elefantenjunges, das mich mit seiner Eiskrem anstarrte.

»Entschuldigen Sie, Sir, können Sie mir bitte sagen, wo ein Telefon ist?«

Das Elefantenjunge lutschte und musterte mich verächtlich.

»Hinter deinem Popo, Dummchen.«

»Wie meinen Sie bitte, Sir?«

»Siehst du nicht, daß dieses Ei ein Telefon ist?«

»Das da, Sir?!?«

»Auweia!«

Ich blickte durch die durchsichtige Plexiglasschale. Anstelle des Eigelbs war da ein Apparat, der einem Elektronenrechner ähnelte: völlig glatt, außer in einer Ecke, wo sich vierunddreißig himmelblaue Tasten drängten, jede mit einem Buchstaben oder einer Zahl. Vor dem Apparat stand eine schaumgummigepolsterte Sitzgelegenheit. Aber wo war die Tür? Ich wandte mich wieder an das Elefantenjunge.

»Entschuldigen Sie, Sir, wo ist die Tür?«

»Auweia!« erwiderte das Elefantenjunge. Dann pflanzte es sich vor der Aufschrift »Entrance«, Eingang, auf, und wie durch Zauber öffnete sich das Ei.

»Los, rein!«

»Danke, Sir.«

Zögernd betrat ich das Ei, setzte mich vorsichtig. Und jetzt? Wo war der Hörer zum Abnehmen und Hineinsprechen? Wie benutzte man all diese Tasten?

Draußen, an der Wand des Eies, lehnte das Elefantenjunge und beobachtete mich schweigend. Ich blickte es flehentlich an. Ich rief es, obwohl ich wußte, daß es mich nicht hören konnte. Das Ei hatte sich automatisch geschlossen, sobald ich mich setzen wollte, und kein Ton drang hinaus.

»Entschuldigen Sie, Sir, wissen Sie, wie das funktioniert?«

»...«

»Ich frage, wo der Hööörer ist!«

»...«

»Wollen Sie nicht hereinkommen, bitte schööön?«

»...«

Ich half mit Gesten nach. Es begriff. Spuckte auf eine Blume. Kam herein. Setzte sich neben mich.

»Auweia. Die Nummer?«

»888-4000, Sir.«

Das Elefantenjunge streckte den Zeigefinger nach den Tasten aus, drückte leicht auf die Acht, die Vier, die Null, als wäre es ein Glockenspiel. Es war tatsächlich eins: Jedesmal, wenn sein Finger eine Taste berührte, hörte man ein »ding!« Dann, als es fertig gespielt hatte, wartete es. Ich meine: Es tat weiter nichts, es hielt den Mund oder das Ohr an keine Öffnung, es wartete nur einfach. Still. Auch ich war still. Auch das Ei war still. Die ganze Welt war minutenlang still. Und dann brach eine Stimme herein wie ein Paukenschlag, ein biblisches Gedonner. Dröhnend.

»Hallo! Hallo!«

»HALLO! HALLO!«

So mochte auf dem Berg Sinai die Stimme Gottes dröhnen. Und sag mir, Vater: Was antwortest du, wenn Gott dich ruft? Und wie?

»Na? Antwortest du nicht?« fragte das Elefantenjunge.

»Wo?« fragte ich verzweifelt.

»Was, wo?!?«

»HALLO! HALLO!«

»Hallo«, äußerte ich zaghaft ins Nichts hinein. Und wurde rot.

»Hier Harry Turton, PR-Büro General Motors«, sagte die Stimme ungeduldig. »Wer ist da?«

»Ich bin's, Mr. Turton.«

»Wer ich?« ärgerte sich Mr. Turton.

»Ich, Miß Fallaci, Mr. Turton.«

»So, kannst du's jetzt?« brummte das Elefantenjunge.

»Ja, Sir. Danke, Sir.«

»Bye, Dummchen.«

»Auf Wiedersehen, Sir.«

Es ging spuckend hinaus. Mr. Turton begriff.

»Sind Sie in Schwierigkeiten, Miß Fallaci?«

»Ja, Mr. Turton. In gräßlichen Schwierigkeiten.«

»Wo sind Sie?«

»In einem Ei, Mr. Turton.«

»In einem Ei?«

»Ja, Mr. Turton. In einem Ei, das ein Telefon sein will.«

Mr. Turton lachte.

»Jetzt verstehe ich. Sie sind in einer Stereokabine. In welcher?«

»Oh, weiß ich doch nicht, Mr. Turton. Es gibt viele solcher Eier hier. Aber sie sind alle gleich. Ich hab zufällig irgendeine genommen.

Jetzt sprach ich bereits ganz zwanglos ins Nichts und wurde auch nicht mehr rot. Also, ich gewöhnte mich daran. Wie man sich an alles gewöhnt. Auch daran, in einem Ei zu reden.

»Können Sie mir einen Anhaltspunkt geben, irgendeine Angabe machen?« fragte Mr. Turton.

»Eben nicht, Mr. Turton.«

»Um Gottes willen, so schauen Sie sich doch um!«

Ich schaute mich um. Außerhalb des Eies waren die Elefanten, die Flaggen, die Wege der Ausstellung, die Pavillons der Ausstellung, alle Greuel der Ausstellung, und dann war da eine gewaltige Fläche, ein Riesenquadrat, auf dem aus Lämpchen zusammengesetzte Ziffern sich in schwindelerregendem Tempo jagten: um anzugeben, wie hoch in diesem Moment die Bevölkerungszahl der Vereinigten Staaten von Amerika war. Ein mit allen Standesämtern der fünfzig Staaten Amerikas verbundenes Elektronensystem registrierte, sooft ein Kind geboren wurde, und gab jedesmal eine Zahl an, die dieses zusätzliche Kind einschloß.

Das Außerordentliche daran war, daß die Zahl sich jede halbe Sekunde erhöhte: Jede halbe Sekunde, heißt das, brachte Amerika ein Kind auf die Welt. Aber wo war der Platz für sie alle? Kein Wunder, daß sie andere Planeten kolonialisieren wollten.

»Also? Können Sie mir nichts angeben?« mahnte Mr. Turton.

»Ich kann Ihnen sagen, daß das zweihundertvierunddreißigmillionste Kind Amerikas geboren ist, Mr. Turton.«

»Alle Wetter!« rief Mr. Turton aus. »Ganz schön übertrieben, nicht!?«

»Kommt mir auch so vor, Mr. Turton.«

»Sind Sie sicher, daß Sie sich nicht irren?«

»Ganz sicher. Das heißt, nein, eben ist das zweihundertvierunddreißigmillionenunderste Kind geboren.«

»Potztausend!« sagte Mr. Turton.

»Mr. Turton!«

»Was denn?«

»Es waren Zwillinge! Es ist auch das zweihundertvierunddreißigmillionenundzweite geboren!«

»Genug«, sagte Mr. Turton. »Ich weiß jetzt, wo Sie sind. Ich hole Sie ab.«

Ich hörte ein kurzes, trockenes Geräusch, wie beim Auflegen eines Telefonhörers, und die Stille kehrte in das Ei zurück. Also verließ ich das Ei, allerdings ungern: Es begann mir zu gefallen, dieses Ei. Vielleicht, weil es mich vor den Elefanten beschützte, ich weiß nicht. Vielleicht, weil es mich wie die Wasserkapsel von Dr. Douglas in den Mutterschoß zurückversetzte und ich das Gefühl hatte, nicht geboren zu sein, ich weiß wirklich nicht. Und als Mr. Turton kam, mit einer jener Scheiben, die sie Taxi nennen, hatte ich fast Schmerzen. Es war hart, geboren zu werden. Geborenwerden bedeutete, den Pavillon der General Motors zu betreten.

Mr. Turton war ein freundlicher junger Mann und lächelte, das Hochglanzpapierlächeln der Zigaretten- und Whiskyreklame in ›Life‹. Er war General Motors so ergeben wie ein Kommunist seiner Partei und erklärte mir etwas sehr Wichtiges: Was ich nun sehen würde, wäre eine Vision, ein Vorgriff auf die Zukunft dank General Motors, dank ihrer unvergleichlichen unnachahmlichen unersetzbaren Produktion, darum hieße es auch »Futurama«. Dann erklärte er mir, was ich für ein Glück hätte. Es gebe Leute, die sich dafür sechs Stunden lang anstellten und in der Zwischenzeit ohnmächtig würden. Es gebe sogar Leute, die es überhaupt nicht zu sehen bekämen und daher nie wissen würden, wozu General Motors fähig sei. Worauf wir bei General Motors anlangten, einem Bau, der so gewaltig war wie der Ramsestempel inmitten einer Spirale von Tausenden von Elefanten, die seit dem frühen Morgen warteten, in einem Chaos von Erdnußgeknabber, Elefantentrompeterei, Kindergeplärr und

Transistormusik, Sportberichten, Nachrichten, Reklame-
arien – ein Alptraum. Und wir betraten das Futurama.

Auf den ersten Blick sah es aus wie auf der Geisterbahn,
weißt du, die vom Rummelplatz, wo sich die Liebespaare
ungestört umarmen können. Es war ein Tunnel ohne Licht,
durch den Sitze, auf ein Förderband montiert, glitten. Die
Schau spielte sich zu beiden Seiten ab, so daß man, um sie zu
verfolgen, unablässig den Kopf hin und her drehen mußte
wie bei einer Partie Tennis. Eine Stimme sprach den Kommentar, begleitet von heroischer Musik: Beethoven, glaube
ich, auf der Hammondorgel. Es dauerte eine halbe Stunde,
ohne Unterbrechung, wie ein Film im Kino. Es begann in
einem sternenfunkelnden Kosmos, während die Stimme ergriffen rezitierte: »Willkommen zur Reise in die Zukunft,
einer Reise in das Morgen für alle, wo auch immer sie seien.
Erforschen wir gemeinsam die Zukunft, eine Zukunft geschaffen aus Wirklichkeit und nicht aus Träumen: Denn das,
was wir sehen werden, ist noch nichts im Verhältnis zum
Übermorgen. Hier also das Morgen.« Mit diesen Worten
starteten wir und langten gleich darauf beim Mond an:
rechts eine im freien Raum hängende Plastikkugel, links eine
Felsenlandschaft, mit Astronauten, die mit einem Raketengürtel à la Robert Courter ganz vorsichtig dahinflogen. Die
Astronauten hatten die Größe von Puppen, und alles war
natürlich in verkleinertem Maßstab: Jedoch bald war man
Teil des Spiels, und alles wurde normal. Normal war auch
die Zwanglosigkeit, mit der man vom Mond auf die Erde
hinüberwechselte: Nach ein paar Minuten waren wir wieder
auf der Erde. Sogar unter Wasser, im Meer. Hier im Meer
gab es Hotels, Tanzsäle, Tennisplätze, Hafenanlagen, Spitäler, Wolkenkratzer, Einfamilienhäuschen, wo sich Fische
tummelten, damit wir den Vögeln nicht allzusehr nachtrau-
erten, oder Meerespflanzen wuchsen, damit wir den Rasen
nicht vermißten. Und dazwischen fuhren Unterseeboote in
Form von Zügen, Taxis, Rennautos und Bussen. Eine normale Stadt im Meer. Die Stimme des Kommentators tönte:
»Das Meer. Drei Viertel der Erde liegen in den dunklen
Tiefen des Meeres. Eine Welt des Wassers, die wir bis heute

nicht genützt haben, die aber eine Quelle unerschöpflichen Reichtums, unendlicher Ernährungsmöglichkeiten ist und das Siebenfache der Weltbevölkerung aufnehmen kann. Fahren wir also mit den U-Zügen dorthin, wohnen wir dort in U-Häusern, bewegen wir uns mit U-Wagen und -Taxis: Für die Weekends steht Ihnen hier das Atlantis-Hotel zur Verfügung, ein Wunder des Komforts in den Gärten des Meeres.«

»Hören Sie mal: Soll das ein Witz sein?« fragte ich Mr. Turton.

»General Motors macht keine Witze«, sagte Mr. Turton.

»Aber das Atlantis-Hotel ...«

»Das Atlantis-Hotel will Hilton bauen, im Meer bei Hawaii. Es wird traumhaft sein, wie alle Hilton-Hotels, auch Sie werden hinfahren.«

»Und wie?«

»Mit dem U-Zug. Er ist bereits von der Gesellschaft, die die Bahnlinie Los Angeles-New York betreibt, bestellt worden.«

»Hören Sie auf, Mr. Turton!«

»Hören Sie selber auf«, sagte Mr. Turton spitz. »Der U-Zug wird in Betrieb genommen, lange bevor die Menschen sich unter Wasser ansiedeln. Der U-Zug ist ein viel leistungsfähigeres, viel schnelleres Fahrzeug als das Schiff. Von Rom nach New York braucht der Atom-U-Zug nicht länger als ein Düsenflugzeug. Oder wollen Sie solche Dinge bloß im Krieg einsetzen? He? Denken Sie etwa nur an den Krieg?«

»Ich?!«

»Bis heute sind U-Boote bloß im Krieg verwendet worden. General Motors will sie für Zivilisten, für Friedenszeiten bauen. Bald, glauben Sie mir, werden Schiffe nur noch pittoreske Souvenirs für Kinder sein, wie die Mississippi-Dampfer. Ihr Ende ist nahe.«

»Sie glauben wirklich, daß die Menschheit unter Wasser leben kann, Mr. Turton?«

»In Gebäuden und Fahrzeugen, die nach dem gleichen Prinzip gebaut sind wie U-Boote: ja, gewiß. Wir haben keine andere Wahl, wenn weiterhin jede halbe Sekunde ein Amerikaner geboren wird. Entweder das Meer oder der Weltraum: Das Festland genügt einfach nicht mehr. Gibt das Meer uns denn nicht alles?«

»Ja. Das sagt auch Kapitän Nemo.«

»Wer ist das? Ein Verwandter von Ihnen?«

»Nein, der Kommandant der *Nautilus*.«

Mr. Turton sah mich genauso an wie Gotha Cottee, als ich ihn fragte, ob er ›Von der Erde zum Mond‹ von Verne kenne.

»Kenn ich nicht.«

»Mr. Turton, haben Sie nie das Buch ›20 000 Meilen unter den Meeren‹ gelesen?«

»Nein«, sagte er. »Ist es eine Neuerscheinung?«

Wir tauchten aus dem Wasser auf und waren am Äquator. Taufrische Wälder umgaben uns: ein Geflatter von Vögeln und Gekreisch von Affen, die an Lianen schaukelten, ein gesunder Duft nach Gras und Blumen. Herrliche Orchideen blühten in der Sonne, süße Bananen reiften in goldenen Büscheln heran. Und ein monströser Bulldozer, die Apokalypse des Sensenmannes, stampfte dieses Paradies nieder: für den Bau neuer Städte. Erschauernd dachte ich an dich, Vater. Und dann dachte ich an Scott Turner, den kleinen Jungen von San Diego, der an John Kennedy diesen schrecklichen Brief schrieb, den Robert Cubbedge in seinem schönen Buch ›Die Zerstörer Amerikas‹ wiedergibt:

Lieber Herr Präsident
Wir haben keinen Platz
wo wir hin können
wenn wir in den Canyon
hinaus wollen
weil sie auch dort
Häuser bauen.
Hör doch bitte
Herr Präsident
Könntest du denen nicht sagen
sie sollen ein Stück Erde
für uns übrig lassen
daß wir dort
spielen können?
Danke und viele Küßchen
von deinem Scott.

Kennedy, schreibt Robert Cubbedge, ließ ihm durch Stewart Udall, den Innenminister, antworten. Mit einem langen Brief, in dem es hieß: »Lieber Scott, der Präsident sagt, du sollst wissen, daß er ganz deiner Meinung ist, weil es auch ihm Spaß macht, Eidechsen zu jagen, die Ameisen zu beobachten und ganz allein auf dem Rücken im Gras zu liegen, den Wolken zuzusehen, wie sie Form und Farbe ändern. Darum wird der Präsident versuchen, das zu tun, was du sagst, ein Stück Erde übrig zu lassen, damit ihr dort spielen könnt...« Aber Kennedy war tot, umgebracht von Leuten, denen es keinen Spaß macht, Eidechsen zu jagen und die Ameisen zu beobachten und ganz allein auf dem Rücken im Gras zu liegen, um den Wolken zuzusehen, wie sie Form und Farbe ändern: Und dem verwaisten Amerika war es nunmehr unbenommen, der Welt seine Kaugummizivilisation aufzuzwingen, die selbst von seinen schlimmsten Feinden imitiert wurde. Lebt wohl, taufrische Wälder. Lebt wohl, grüne Regionen des Äquators.

»Auch die grünen Regionen des Äquators sind noch nicht genützt«, sagte die Stimme des Kommentators. »Aber die Technologie hat Mittel gefunden, in diese Wälder vorzudringen, sie zu fällen und an ihrer Stelle Autobahnen und Brücken zu bauen, die dem wilden Dschungel neue Würde verleihen. Hier sind die mächtigen Bulldozer an der Arbeit, diese Fabriken auf vier Rädern, und machen Klarschiff.«

»Die baut General Motors«, sagte Mr. Turton stolz.

»Gratuliere, Mr. Turton.«

Wir verließen den Äquator und kamen in die Wüste. Das heißt dorthin, wo einst Wüste gewesen war, die von Beduinen und Dichtern so geliebte. Anstelle der Sanddünen, des großen Schweigens, erhoben sich Wolkenkratzer und Einfamilienhäuser, ein makabres Heer von Pilzen, zu Millionen angepflanzt nach den neuesten Erkenntnissen der industriellen Landwirtschaft. Unter flammender Sonne im Wechsel mit Regenschauern aus künstlichen Wolken, wuchsen die Pilze tatsächlich innerhalb weniger Minuten. »Die Technologie«, sagte die Stimme des Kommentators, »wird auch die Wüsten ausmerzen. Das Meerwasser, vom Salz gereinigt und in Wolken kondensiert, von künstlichem Wind über die Wüste getrieben, wird selbst den Sand fruchtbar machen.«

»Sagt er das im Ernst, Mr. Turton?«

»Und ob! General Motors baut ja die Maschinen, mit denen das Meerwasser zu salzlosen Wolken kondensiert wird«, sagte Mr. Turton.

»Gratuliere, Mr. Turton.«

»Auch die Maschinen für den künstlichen Wind baut General Motors«, fügte Mr. Turton hinzu.

»Gratuliere nochmals, Mr. Turton.«

Und dann gelangten wir in die Stadt, Schlußetappe des Futurama. Die Stadt war New York im Jahre 2000. Sie sah dem heutigen New York ungefähr so ähnlich wie das heutige New York einem marokkanischen Dorf. Das Empire State Building, der UNO-Palast, die Wolkenkratzer des Rockefeller Center niedergerissen, die Fifth Avenue, die Park Avenue, die Madison Avenue ausradiert, die wunderschönen Brücken über den Hudson und den East River beseitigt; an ihrer Stelle erhoben sich Zukunftsvisionen von dreihundertstöckigen Türmen, automatische Straßen, Gegenstände, die ich überhaupt nicht begriff, zwischen denen Raketenmänner und Raketenfrauen herumflogen. Und auf dem Grunde eines großen Brunnens ein kümmerlicher Floh bar jeder Feierlichkeit: die St.-Patricks-Kathedrale. Mit vor Ergriffenheit gebrochener Stimme deklamierte der Kommentator: »Ja, die Stadt der Zukunft! Ja, unsere schöne Stadt der Zukunft, die gleichwohl ihre Traditionen, ihren christlichen Glauben großzügig hochhält: die St.-Patricks-Kathedrale. Im strahlenden Glanz von Technik, Handel, Sport, Reichtum und, warum nicht, von Kultur und Kunst. Meine Damen und Herren, liebe Kinder: Unsere Reise in die Zukunft ist beendet. Die Gegenwart ist ein Augenblick zwischen einer unendlichen Vergangenheit und einer Zukunft im Eiltempo, die schon Gegenwart ist.«

»Au!« seufzte ich. »Au!«

»Tut Ihnen etwas weh?« fragte Mr. Turton besorgt.

»Ja, sehr weh.«

»Wo? Sagen Sie, wo?«

»Au, au! Überall.«

»Möchten Sie eine Coca-Cola? Tut gut, wissen Sie«, sagte Mr. Turton.

»Eine Coca-Cola . . .?«

»Vielleicht möchten Sie lieber Pepsi-Cola«, sagte Mr. Turton.

»Pepsi-Cola . . .?«

»Ich verstehe. Sie trinken Seven-Up«, sagte Mr. Turton. Und ich trank Seven-Up. Natürlich hättest du gebrummt,

Vater: Was bietet dir die Zukunft schon anderes als Coca-Cola, Pepsi-Cola, Seven-Up? Eine ganze Menge, Vater. Vor allem den Firebird IV, also den Feuervogel IV. Was das ist? Ein Auto, Vater. Und was sonst? Den Runabout, also den Rumtreiber. Was das ist? Wieder ein Auto, Vater. Und was sonst? Den GM Styling, der ist von General Motors. Wieder ein Auto?! Ja, Vater. Aber nicht böse werden. Hör lieber zu. Was du nicht weißt, Autos werden aus den Städten der Zukunft verbannt. Jawohl, verbannt. Wegen des Parkproblems. Man weiß nicht mehr, wohin damit, sie wachsen wie die Algen von Dr. Fyfe, und selbst das System von General Motors (ein Wolkenkratzer, der ausschließlich als Parkhaus dient) scheint keine Lösung. Wir werden demnach die Maßnahme Julius Caesars imitieren müssen, der im Jahre 46 v. Chr. jedes Vehikel auf Rädern innerhalb der Mauern Roms verbot und so das Verkehrsproblem löste. Die Autos werden noch weiterhin für lange Strecken benutzt und dann ganz verschwinden. Ja, genau wie die Pferdedroschken verschwunden sind. Das eine oder andere Auto wird man selbstverständlich noch sehen, aber in den Museen oder auf den Plätzen von Rom und Florenz: für amerikanische Touristen, die was Romantisches erleben wollen. Anstelle der Autos wird man Helikopter und Raketengürtel benützen sowie den GEM, einen Wagen ohne Räder, der in phantastischem Tempo auf einem Luftkissen dahinflitzt. Oder wir werden uns selbst durch die Luft bewegen, wie Arthur Clarke das sagt: was möglich wird, sobald wir die Schwerkraft meistern. Immerhin wird das Auto in unmittelbarer Zukunft noch ein vielgenutztes Fahrzeug sein. Aber nicht das Auto, wie du es kennst, wie du es hast auf dem Land mit Mario als Fahrer.

Du weißt auch nicht, daß das Auto von morgen niemand mehr lenkt. Es lenkt sich selber. Die Schaltung und das Heckfenster fallen jetzt schon weg: Bald wird auch das Steuer wegfallen. Was ich sagen will, ist das, Vater: Das Auto wird ein denkendes Wesen sein und hat uns überhaupt nicht mehr nötig. Wir brauchen bloß noch auf einen Knopf zu drücken oder zu sagen: »Bring mich dahin – bring mich dorthin«: genauso, wie du es mit Mario, deinem Fahrer, machst. Es wird losfahren und anhalten können, dieses Auto, sich in den Verkehr eingliedern, diese Straße statt jener wählen. Und es wird nie einen Unfall haben, weil seine Nerven wie Drahtseile und noch stärker sind als die von Mario, deinem Fahrer. Es wird auch die Parkprobleme von Mario, deinem Fahrer, nicht kennen, denn wenn es uns vor dem Büro oder Kino abgesetzt hat, kann es hinfahren, wohin es will, ans andere Ende der Stadt beispielsweise, um später zurückzukommen und uns abzuholen. Gewiß, ich verstehe: Die Idee von einem Auto, das mutterseelenallein die Stadt durchquert, stört dich. Aber das braucht dich nicht mehr zu stören als eine Rakete, die allein zum Mond fliegt: Und du hast ja selber die Fahrt der Rangers verfolgt, die ohne Astronauten starteten und ohne Astronauten den Mond fotografierten. Die Maschine ist heute viel, viel tüchtiger als wir. Intelligenter, weiser, besser in jeder Hinsicht. Besonders auf elektronisch automatisierten Straßen.

Und was du auch nicht weißt: Die Straßen der Zukunft werden anders als unsere Straßen angelegt sein. Die jetzigen werden zerstört: eine schöne Ladung Dynamit, und weg damit. Die Straßen der Zukunft, absolut sauber und ruhig, funktionieren mittels Elektronengehirnen, dank derer die Autos mit gleicher Geschwindigkeit und in gleichem Abstand fahren: wie die Waggons eines Zuges. Kunststückchen, Überholmanöver, Unfälle sind nicht mehr möglich. Denn unsichtbare Schienen leiten Autos, wie Schienen Züge leiten, und jeder Privatinitiative ist dadurch ein Riegel vorgeschoben. Die Schienen, nicht die Autos bestimmen die Geschwindigkeit. Der Radar, nicht die Augen des Fahrers, bestimmt, wann anzuhalten oder abzubiegen ist. Infolgedessen können auch Blinde, Behinderte, Babys ohne Mario, deinen Fahrer, Auto fahren; wer allein reist, kann bequem die Zeitung lesen, wer mit anderen reist, kann sich ein gemütliches Kartenspielchen leisten. Wie im Zug, jawohl. Warum dann aber nicht gleich den Zug nehmen, wendest du ein. Weil es die Züge dann nicht mehr gibt: ganz einfach. Das hat Arthur Clarke in einem Artikel erklärt: Die Kohle nimmt ab, die Verwendung von Atomenergie erlaubt es den Fabriken, sich in der Nähe der Versorgungsquelle anzusiedeln, die Industrie dezentralisiert sich, infolgedessen ist es nicht mehr nötig, die Waren über Tausende von Kilometern zu transportieren. Dient die Eisenbahn nicht heute schon überwiegend dem Warentransport? Die Leute reisen im Flugzeug oder im Auto. Ich nicht, sagst du. Aber du bist ja auch nicht die

Leute, Vater. Du bist du. Und General Motors kümmert es überhaupt nicht, daß du du bist. Wenn sie sich um dich kümmern, dann höchstens, um dich zu ärgern, dir weh zu tun. Dann nur, um dir die Wälder abzuholzen, die Luft zu verpesten, dir vor dem Garten Wolkenkratzer hinzubauen, die dir Sonne, Wolken und Sterne verdecken. Oder um dich mit ihren Autos zu belästigen, dem Firebird IV, dem Run-about, dem GM Styling.

»Das gefällt Ihnen, wie?« sagte Mr. Turton.

»Ja, Mr. Turton.«

»Jetzt zeige ich Ihnen etwas, das Ihnen noch besser gefallen wird.«

»Was, Mr. Turton?«

»Den Firebird IV!« jubilierte Mr. Turton. »Schließen Sie die Augen!«

Ich schloß sie und schluckte Seven-Up.

»Machen Sie sie wieder auf.«

Ich machte sie wieder auf. Und hier, siehst du, muß ich etwas beichten, was mir Feinde schaffen wird. Wenn es etwas auf der Welt gibt, das mich völlig kalt läßt, dann ist es das Auto. Zeigt mir irgendeinen Korkenzieher: Ich bin beeindruckt. Zeigt mir eine Sicherheitsnadel, eine Angel, eine Nähnadel: Ich schreie vor Begeisterung. Zeigt mir ein Auto, und ich sitze da wie ein Holzklotz. Mein Desinteresse für Autos ist so total, so intensiv, daß ich eine Marke nicht von der andern unterscheiden kann: Ich sehe bloß die Farbe. Man hat mir mehrmals versucht zu erklären, daß ein Ferrari etwas anderes ist als ein Cadillac, ein Fiat 600 etwas anderes als ein Thunderbird. Ich aber, ich schwör's, ich begriff es nicht, und wenn man mich unvorsichtigerweise fragt »Was für ein Wagen war das, was für ein Wagen ist das?«, dann kann ich nur antworten »Ein gelber, ein roter, ein blauer.« Ich habe deswegen schon Freunde verloren. Und einmal sogar einen Mann, der mir nicht schlecht gefiel. Dieser Mann hatte eine besondere Eigenschaft: Er wußte alles über Autos. Kam zum Beispiel ein weißer Wagen vorbei, sagte er, ohne sich umzudrehen: »Fiat 1100«. Kam ein schwarzer vorbei, sagte er, ohne sich umzudrehen: »Alfa Romeo«. Natürlich litt er darunter, daß ich's nicht genauso machte. Eines Tages vor dem Abflug, ich weiß nicht mehr wohin, wollte ich in einem Anflug von Zärtlichkeit nett zu ihm sein, zeigte mit dem Finger nur so auf einen Wagen auf der Straße und sagte: »Toll!« Ich weiß nicht, was das für einer war, nur, daß er grau und sehr groß war. »Den findest du toll?« fragte er überrascht. »Wirklich großartig.« »Mir hat er nie viel gesagt«, er wollte nicht darauf beharren. »Du irrst. Denk nur an den Motor, das Design.« (Sagt man nicht so?) Ihn traf der Schlag: »Er gefällt dir wirklich?« »Irrsinnig.« »Dann kauf ich ihn dir.«

Dieser Mann hatte einen Fehler: Er war reich. So kaufte er ihn, und als ich von der Reise zurückkam, holte er mich damit vom Flughafen ab. Überflüssig zu erwähnen, daß ich nichts merkte: Ich merkte nur, daß er nervös war. Nach einer guten Viertelstunde sagte er dann: »Siehst du denn nichts?« Perplex sah ich aus dem Fenster. »Ich sehe die Straße«, entgegnete ich, »ein paar Häuser, Bäume.« »Doch nicht das, hier«, sagte er. Er hatte sich die Haare schneiden lassen. »Du hast dir die Haare schneiden lassen«, antwortete ich. »Doch nicht das, er hier«, sagte er. »Wer er?« fragte ich. »Der Mercedes Benz«, sagte er. »Ich versteh dich nicht«, sagte ich ein wenig ungeduldig. »Ich hab ihn gekauft«, sagte er. »Donnerwetter!« sagte ich. »Ich hab ihn für dich gekauft«, er. »Für mich?« ich. »Er gefiel dir«, er. »Einer, der sich Benz nennt?!« ich. Und ich war beleidigt bis ins letzte Glied. Meine Familie ist immer eine gesunde und ehrbare Familie gewesen. Keinem meiner Großväter, Urgroßväter, Ururgroßväter, du weißt es, hätte jemals einer zugesagt, der sich Benz nannte. Oder Becker oder Maier oder Schulze. Mit solchen Verirrungen hatten wir, Gottseidank, nie etwas zu schaffen, weshalb ich ihn mit Beleidigungen, Beschimpfungen und Flüchen überschüttete, und bevor wir zu Hause ankamen, waren wir entschlossen, uns nie wieder zu sehen. Voller Groll trennten wir uns und sahen uns nie wieder. Er fing etwas mit einer erfahreneren Autofahrerin an, ich mit netten Männern, die zu Fuß gingen oder flogen.

Du kannst dir also mein Gesicht vorstellen, als ich die Augen öffnete und den Firebird IV erblickte: ein stromlinienförmiger Gegenstand mit einem spitzen statt stumpfen oder eckigen Kühler, so spitz, daß das ganze Auto wie eine Rakete aussah. Der Wagen war aus Silber. Außen silbern, innen silbern. Silbern auch hinten, wo sonst ein Fenster ist.

»Was halten Sie davon?« fragte Mr. Turton, der nicht einmal ahnte, was ihr bereits wißt.

»Hat kein Rückfenster«, stellte ich fest.

»Warum auch?« gab Mr. Turton zurück.

»Weiß nicht. Alle andern haben eins.«

»Die andern. Aber nicht der Firebird IV, nicht der Runabout, nicht der GM Styling. Die andern werden von dem gesteuert, der am Steuer sitzt.«

»Und dieser?«

»Der steuert sich selbst. Per Elektronengehirn«, sagte Mr. Turton.

»Verstehe«, sagte ich mit einer Miene, als verstünde ich wirklich.

»Infolgedessen braucht er auch kein Heckfenster«, sagte Mr. Turton.

»Klar.«

Es war keineswegs klar, aber ich tat so.

»Und wer damit fährt, kann fernsehen, Briefe schreiben, Schach spielen, ohne sich um irgend etwas zu kümmern«, sagte Mr. Turton.

»Außerordentlich.«

»Hier ist der Fernseher, der Spieltisch, den man auch als Schreibtisch benutzen kann, der Kühlschrank für die Flaschen und das Essen. Der Firebird ist ein Wagen für die ganze Familie. Das unterscheidet ihn vom Runabout, der eher ein Wagen für Mütter ist. Sind Sie Mutter?« fragte Mr. Turton.

»Nein, ich bin eine Tochter«, erklärte ich.

»Schade«, sagte Mr. Turton.

»Aber eine gute Tochter. Wenigstens versuche ich es.«

»Das heißt, daß Sie den Runabout trotzdem sehen wollen«, zwinkerte Mr. Turton mir zu. »Vielleicht gefällt er Ihnen für Ihre Mutter.«

»Natürlich«, log ich.

»Schließen Sie die Augen«, befahl er.

Ich schloß sie.

»Machen Sie sie wieder auf«, befahl er.

Ich machte sie auf. Und da entfuhr mir ein Ausruf, denn der Runabout war wirklich phantastisch: Er hatte nur drei Räder. Eins vorn und zwei hinten: wie das Dreirad meiner kleinen Schwester. Nur daß das Dreirad meiner kleinen Schwester ganz rot ist, und der Runabout war ganz blau.

»Was halten Sie davon?« erkundigte sich Mr. Turton, tief befriedigt über meinen Ausruf.

»Er hat drei Räder!« begeisterte ich mich.

»Richtig: zur besseren Manövrierfähigkeit, um damit das Parken zu erleichtern«, sagte Mr. Turton. »Der Runabout kann sich um 180 Grad drehen und in jeder beliebigen Position vor dem Markt geparkt werden.«

»Warum vor dem Markt?«

»Weil es ein Wagen ist, mit dem man einkaufen geht.«

»Und wenn man nicht zum Supermarkt will, kann man ihn nicht benutzen?«

»Nun, benutzen kann man ihn natürlich trotzdem«, sagte Mr. Turton einlenkend. »Aber wenn man ihn sich anschafft, sollte man doch Einkäufe machen damit, wozu sonst der *shopper*? Die Hälfte des Autos nimmt der *shopper* ein.«

Der *shopper* ist jenes Ding auf Rädern, das man in den Supermärkten verwendet, um die Waren, die man einkauft, hineinzulegen. Mr. Turton drückte auf einen Knopf, und der Runabout erbebte, dann gebar er einen riesig großen *shopper*. Er gebar ihn hinten, und der *shopper* rollte sogleich zu einem Regal, dann kam er zurück wie ein dressierter Hund. Dann wurde er automatisch im Wagen verladen.

»Erstaunlich«, urteilte ich.

»Ich weiß nicht, ob Sie bemerkt haben, daß er von selber aus- und wieder eingeladen wird. Das gehört zur elektronischen Automatik, die beim Runabout nicht nur die Steuerung besorgt. Etwas ganz anderes ist der GM Styling, bei dem die automatische Steuerung sehr reduziert ist, wie Sie sehen können.«

Ich sah. Der GM Styling war ein roter, raketenförmiger Wagen, nur daß die Rakete nicht senkrecht, sondern waagrecht stand. Hinten war kein Fenster, sondern eine winzige Fernsehkamera, die alles auf einen Bildschirm neben dem Steuer übertrug. Mr. Turton erklärte mir, daß dieser Apparat notwendig sei, weil man den GM Styling praktisch wie in alten Zeiten steuern müsse: also mit den Händen am Volant und so.

»Warum?« fragte ich entrüstet.

»Weil gewisse Individualisten immer noch selber lenken wollen«, antwortete Mr. Turton verbittert.

»Man müßte sie ausrotten«, rief ich da.

»Finde ich auch. Sie stellen auf den elektronisch gesteuerten Straßen eine Gefahr dar.«

»Mr. Turton ...«

»Ja?«

»Wird man denn diese Straßen wirklich bauen?«

»Aber hören Sie!« sagte Mr. Turton. »Damit befaßt sich General Motors! Ganz gewiß wird man sie bauen: Das System ist bereits perfektioniert, und die Verkehrsexperten haben es als hervorragend bezeichnet. Natürlich braucht es noch ein paar Jahre, bis es soweit ist; in der Zwischenzeit werden wir den hängenden Zug benützen.«

Und so sah ich noch das letzte der Wunder: den hängenden Zug, der in der Luft baumelte. Das war eine dünne Brücke, und an der Brücke liefen zwei Schienenstränge lang: einer oben, einer unten. Oben fuhr ein Zug und unten, am Dach in die Schiene eingehängt, auch. Wenn sie sich kreuzten, der eine oben, der andere unten, sahen sie nicht wie zwei Züge aus, sondern wie ein Zug, der sich im Wasser spiegelt.

»Was soll das, Mr. Turton?«

»Platz sparen, natürlich.«

Mit einem langgezogenen Zischen bremste der hängende Zug an einer Plattform, öffnete die Türen, und eine Herde Elefanten stürmte ihn.

»Wollen Sie einsteigen?« fragte Mr. Turton.

»Nein!« sagte ich.

»Warum nicht?«

»Weil ich Angst habe.«

»Angst?!? Wovor denn Angst?«

»Daß er sich ausklinkt und herunterfällt.«

»Ausklinken? Herunterfallen?« sagte Mr. Turton fassungslos. »Wie kann er ausklinken? General Motors baut ihn!«

Das überzeugte mich davon, daß ich ruhig einsteigen könne, aber nun war es zu spät: Der Zug war abfahrbereit. Er schloß die Türen, stieß einen langen zischenden Seufzer aus und fuhr ab. Aus den Fenstern winkten die Elefanten fröhlich mit den Händen.

Ich bedankte mich bei Mr. Turton und arbeitete mich, nun wieder zur Ameise geworden, zum Tor Nummer 7 durch, schlüpfte durch das Gitter hinaus und war draußen, gerettet. Draußen hatte ich einige Mühe, von einem Taxi bemerkt zu werden, aber schließlich entdeckte es mich, und ich durfte sogar einsteigen: mühsam den Sitz erkletternd. Das Taxi fuhr schon den Freeway nach Manhattan entlang, als ich merkte, daß ich im Büro von Mr. Turton die verdammten Zettel des Raketenmannes liegengelassen hatte. Da bat ich den Taxifahrer umzukehren und mich wieder zum Tor Nummer 7 zu bringen, und der Taxifahrer kehrte schnaubend um, aber das Tor Nummer 7 war nicht mehr da. Auch nicht das Tor Nummer 6. Auch nicht das Tor Nummer 5 oder 4 oder 3 oder 2 oder 1. Wegen des sturen Einbahnstraßensystems und der hyperrationellen Verkehrsorganisation führten uns die Straßen zu den zahlreichen Eingängen der Weltausstellung immer wieder in eine falsche Richtung: entweder in die freie Landschaft oder wieder auf den Freeway. Nicht, daß etwa die Ausstellung wunderbarerweise verschwunden wäre: Die Ausstellung war noch da, wir konnten den großen Globus sehen, die Fahnen im Wind, den hängenden Zug, den Futurama-Pavillon. Wir konnten auch am Drahtzaun entlangfahren. Aber hinein konnten wir nicht mehr. Alle Straßen, die irgendein Tor ankündigten, verkündeten gleichzeitig: »Gesperrt«, »nach rechts abbiegen«, »nach links abbiegen«. Wir bogen nach rechts oder nach links ab und waren wieder am Ausgangspunkt: ein Alptraum. Das ging so eindreiviertel Stunden lang, bis der Fahrer auf die Bremse trat und wir beide nur noch zwei erschöpfte Kreaturen waren, ganz verloren in einem Taxi.

»So? Was machen wir?« sagte er. Und schwitzte.

»Ich weiß es nicht«, antwortete ich.

»Es ist nicht wegen des Materials oder Ihretwegen. Es paßt mir nur nicht, einfach zu kapitulieren«, sagte der Taxifahrer.

»Mir geht es ebenso«, sagte ich.

»Schon der Gedanke macht mich verrückt.«

»Mir geht es ebenso«, sagte ich.

»Ich empfinde es als pure Verhöhnung.«

»Mir geht es ebenso«, sagte ich.

»Aber einmal sind Sie doch reingekommen, oder nicht?« fragte er leicht mißtrauisch.

»Ja, ich bin reingekommen. Auf jeden Fall bin ich rausgekommen: Sie haben es ja gesehen.«

»Das stimmt«, gab er zu. »Sie sind rausgekommen. Wenn Sie rausgekommen sind, so bedeutet das, daß Sie auch reingegangen sind.«

»Das meine ich auch.«

Der Taxifahrer zeigte auf den Drahtzaun.

»Machen wir ein Loch?«

»Nicht einmal ein Schweißgerät könnte da ein Loch machen. Und keine Wasserstoffbombe«, sagte ich.

»Klettern wir rüber?«

»Nicht zu schaffen. Ist höher als der Everest«, sagte ich.

Vielleicht war jenseits des Zauns wirklich eine Fata Morgana. Vielleicht war ich nie drin gewesen, nie rausgekommen. Vielleicht war alles ein absurder Traum gewesen.

»Und jetzt?« fragte der Fahrer. »Was machen wir jetzt?«

»Nichts«, antwortete ich. »Nichts machen wir.«

»Fahren wir nach Manhattan?« sagte er entmutigt.

»Ach ja. Fahren wir nach Manhattan.«

Langsam brachte er den Wagen in Gang, und wir fuhren weg. Und während der ganzen Fahrt schwiegen wir. Fast als haßten wir uns.

Ich war in jeder Hinsicht wieder in die Zukunft zurückgekehrt. Und ich fing schon wieder an, es zu bereuen.

19. Kapitel

Manhattan war eine Stickerei mit alten Wolkenkratzern, die Erinnerung an eine vergangene Kultur. Im 43. Stock an der Fifth Avenue erwartete ich in meinem Büro Dr. Willy Ley, Verfasser wissenschaftlicher Sachbücher und Freund Wernher von Brauns. Während ich wartete, schaute ich aus dem Fenster: Auf der Terrasse des Wolkenkratzers gegenüber begoß ein Herr die Pflanzen seines Dachgartens, Geranien, Rhododendren, Azaleen. Er tat es sorgsam, andächtig. Jeden Tag um diese Zeit, fünf Uhr nachmittags, goß er die Pflanzen seines Dachgartens, und stets auf diese sorgsame, andächtige Weise. Einmal war ich ihm in der U-Bahn begegnet und hatte es ihm gesagt: »Sie sind doch der Herr, der jeden Nachmittag um fünf Uhr so sorgsam und andächtig die Pflanzen seines Dachgartens gießt.« Und er hatte erwidert: »Ja, ich liebe die Pflanzen sehr.« Nun, und? Was ist da Ungewöhnliches dabei, wirst du sagen. Oh, nichts, fast nichts. Es regnet so wenig in New York: man muß sie gießen, die Pflanzen. Besonders wenn es Geranien, Rhododendren und Azaleen sind. Doch seine Pflanzen, Vater, brauchten kein Wasser: Es waren Pflanzen, die nie geboren waren und nie sterben würden. Pflanzen ohne Durst und ohne Leben. Pflanzen aus Plastik: wie der Rasen in Los Angeles, erinnerst du dich? Was? Dieser Herr sei verrückt? Oh, nein! Er war durchaus nicht verrückt. Jedenfalls nicht verrückter als die, die in Eiern telefonieren. In einer Stadt wie New York ist es unmöglich, Pflanzen zum Gedeihen zu bringen, die echte Pflanzen sind, und er, der Geranien, Rhododendren und Azaleen liebte, hielt sich eben welche aus Plastik. Um aber nicht verrückt zu werden dabei, das ist es, um nicht verrückt zu werden, goß er sie jeden Nachmittag um fünf.

Aus einem nicht unähnlichen Grunde wartete ich darauf, mit Willy Ley zusammenzutreffen: einem Mann, von dem in Amerika alle mit großer Hochachtung sprechen und den kennenzulernen alle einem zuraten. Als Achtundzwanzigjähriger aus Deutschland geflohen, weil er kein Nazi war, lebt er seit 1935 mit seinen sechstausend Büchern und seinen klaren Zukunftsperspektiven in New York. Man nennt ihn tatsächlich den Zukunftspropheten, und der Grund, warum ich ihn zu sehen wünschte, war, daß ich ihn bitten wollte: mir bei all meinen Unsicherheiten zu helfen, ehe ich die Reise fortsetzte. Das hatte ich ihm am Telefon auch gesagt. Und er hatte mir freundlich zur Antwort gegeben: »Nun gut. Ich komme zu Ihnen. Morgen um fünf.« Er traf pünktlich ein: ein schwerer, massiger alter Mann, dessen Asthma den großen Bauch hob und senkte, mit dem beunruhigendsten Blick, den ich je gesehen hatte. Unter den schneeweißen Brauen waren seine Augen beinahe blind. Sie standen hervor, als müßten sie von einer Minute zur andern herausfallen. Und trotzdem sahen sie. Man merkte bald, daß sie sogar sehr weit sahen: über das Blau des Himmels und alle Worte hinaus. Auch die Frage sah er, die ich doch nur im stillen stellte: »War es richtig von mir wiederzukommen, Mr. Ley? Ist sie denn wirklich so interessant, die Zukunft?« Er ließ seinen mächtigen Körper in einen Sessel sinken, der unter ihm ächzte, richtete die blinden Augen auf mich und sagte: »Es ist gut, daß Sie wiedergekommen sind. Richtig von Ihnen, diese Reise fortzusetzen, denn uns erwartet eine sehr interessante Zukunft, von größtem Interesse.«

Unschlüssig bewegte ich die Arme.

»Ich weiß nicht, Mr. Ley. Mal fasziniert es mich, mal widert's mich an. Mal verspür' ich großen Mut, mal große Furcht. Mal breche ich in Lachen aus, mal in Weinen. Auch damals war es so.«

»Dabei kann ich Ihnen aber nicht helfen, und Sie dürfen mich auch nicht darum bitten. Die Antwort auf Ihre Zweifel müssen Sie selber finden, in dem, was Sie sehen und mit der Zeit verstehen werden.«

»Haben Sie sie gefunden, Mr. Ley?«

»Ja, ich habe sie gefunden, und damit die Wahrheit. Und die Wahrheit steckt nicht in den Extremen. Auch nicht in der Mitte: wie man seit Jahrhunderten zu sagen pflegt. Sie liegt mehr auf der einen Seite, die Wahrheit: auf der Seite der Zukunft. Ich glaube an die Zukunft, ich glaube seit dreißig Jahren daran, mit Optimismus und mit Vertrauen. Ich glaube daran, weil ich weiß, was sie in sich birgt.«

»Schön: aber diese Raketengürtel, diese Autos, diese U-Züge anstelle der Schiffe...«

Er nickte wiegend mit dem Kopf, zündete sich eine Zigarre an und lächelte über mein Staunen.

»Gewiß werden U-Fahrzeuge die Schiffe ersetzen.«

»Aber...«

»Haben die Dampfschiffe nicht auch die Segelschiffe ersetzt?«

»Aber...«

»Haben die Autos nicht die Pferde ersetzt?«

»Aber...«

»Die zweite fundamentale Veränderung wird im Luftverkehr vor sich gehen. Selbstverständlich werden Raketen statt der Flugzeuge verwendet werden. Der Grund dafür ist, daß die Überschallflugzeuge zu stark vibrieren, zuviel Lärm machen und nicht schnell genug sind. Der schnellste Jet braucht zwei Stunden fünfzig Minuten von Rom nach New York. Eine Rakete braucht bloß vierzig, fünfundvierzig Minuten: weil sie in der Stratosphäre fliegt. Von Braun und ich haben vor sechs Jahren ein Projekt zu einer *rocketline,* einer Raketenlinie, entworfen, und wir sind uns einig, daß es 1990 mehr Raketenlinien als Luftfahrtlinien geben wird. Nein, die Passagiere einer Rakete brauchen durchaus nicht eine Physis wie die Astronauten zu haben. Momentan macht zwar die Beschleunigung beim Start 6 oder 7 g aus und dauert dreieinhalb Minuten. Aber mit dem System, das von Braun im Sinn hat, wird die Beschleunigung kaum noch 3 g ausmachen und nur eine Minute dauern. Das hält jeder aus, ohne Raumanzug und ohne Astronaut spielen zu müssen. Die Landung: Auch sie macht keine Schwierigkeiten. Die Landung einer Kapsel ist heute noch dramatisch, aber die heutigen Raketen sind ja auch noch primitiv. Die, die von Braun für die Raketenlinien im Sinn hat, haben Flügel wie ein normaler Jet und können deshalb auf einer Piste landen wie ein normaler Jet. Mit anderen Worten: Sie starten wie Raketen und landen wie Flugzeuge.«

Auf der Terrasse des Wolkenkratzers gegenüber goß der Mann immer noch seine Plastikpflanzen, um nicht verrückt zu werden.

»Okay, Mr. Ley, aber was für einen Preis werden wir dafür bezahlen?«

»Was uns unausweichlich erwartet, ist die technologische Gesellschaftsordnung. Unsere Epoche ist eine Epoche der Technik. Im neunzehnten Jahrhundert war die fortgeschrittenste Wissenschaft die Astronomie, dann kam die Reihe an die Chemie, später an die Biologie, dann an die Technik; und keine Wissenschaft hat sich je so rapid entwickelt wie die Technik. Das ist aber erst der Anfang. Wenn die Technologie auch zum bestimmenden Faktor in den anderen Wissenschaften geworden sein wird ...«

Ich unterbrach ihn aufgebracht.

»... dann wird niemand mehr *ich* sagen, jeder nur noch *wir*. Niemand wird mehr vom Individuum sprechen, jeder nur noch von der Gruppe. Der Kollektivismus wird total sein, Mr. Ley, und wir werden die Freiheit verloren haben, allein zu sein. Halten Sie das für richtig, Mr. Ley?«

»Mehr als für richtig halte ich es für logisch«, sagte er.

»Wir werden es uns nicht mehr leisten können, ja, wir können es uns schon jetzt nicht mehr leisten, allein zu sein. In einer technologischen Gesellschaft muß die Arbeit von vielen gemeinsam geleistet werden, infolgedessen ist jedes Individuum dazu bestimmt, Teil einer Gruppe zu sein, *wir* zu sagen statt *ich*. Beethoven konnte allein sein, als er seine Sinfonien schrieb, von Braun kann nicht allein sein, wenn er seine Raketen baut. Weil die Saturn viel zu groß ist, um von einem Menschen allein konstruiert zu werden. Nicht einmal von Braun kennt die Saturn von der ersten bis zur letzten Schraube: Er kennt einen Teil davon. Und sein Assistent X einen anderen Teil, sein Assistent Y wieder einen anderen, und von Braun kann nicht sagen: ›*Ich* habe die Saturn gebaut‹, er muß vielmehr sagen: ›*Wir* haben die Saturn gebaut.‹ Am Anfang sprach von Braun wie Sie: Er sagte immer *ich*. Dann ging er dazu über, *ich und meine Assistenten* zu sagen. Heute sagt er *wir*. Er hat begriffen, daß nicht einmal ein Genie heute noch *ich* sagen kann; auch ein Genie muß in der Sprache der Kollektivität reden. Denn ohne das Kollektiv ist keiner ein Genie: höchstens ein Genie-Aspirant.«

Sollen wir uns darüber freuen, Mr. Ley? Sollen wir dem lieben Gott Kerzen anzünden, daß er uns von Braun gesandt hat statt eines zweiten Beethoven?«

»Ja, denn Beethoven hat er uns bereits gesandt, und heute haben wir keine Beethovens nötig, sondern von Brauns.«

»Nötig wozu, Mr. Ley?«

»Vor allem für den Bau einer Mondstation. Es reicht nicht, auf dem Mond zu landen, es muß dort ein Stützpunkt geschaffen werden mit einem Teleskop und mit Laboratorien. Und Beethoven verstünde keine Mondstation zu konstruieren, die von Brauns hingegen können es. Weiter brauchen wir die von Brauns, um auf die Venus zu gelangen, auf den Mars, um die Asteroiden zu erforschen: Wir haben in den nächsten dreißig Jahren eine Menge zu tun. Und schließlich brauchen wir die von Brauns, um auf Alpha Centauri zu gelangen. Beethoven kann uns nicht auf Alpha Centauri bringen. Ich liebe Beethoven. Ich liebe ihn sehr viel mehr als von Braun. Aber ich will auf Alpha Centauri gelangen. Und nicht mit geschlossenen Augen, wie beim Anhören einer Sinfonie: sondern mit offenen Augen.«

Auf der Terrasse des Wolkenkratzers gegenüber goß der

Mann immer noch seine Plastikpflanzen, um nicht verrückt zu werden.

»Auf Alpha Centauri kann uns auch von Braun nicht bringen, Mr. Ley. Das dauert vier Lichtjahre, dorthin zu kommen, und wir werden nie mit Lichtgeschwindigkeit fliegen.«

»Unsinn. Ganz bestimmt werden wir das schaffen: selbstverständlich nicht bei den ersten Malen. Die ersten Flüge zu Alpha Centauri werden nicht weniger als zehn Jahre beanspruchen, und ...« Er steckte seine Zigarre, die ausgegangen war, wieder in Brand. Er zog in Gedanken versunken daran. »Zehn Jahre hin, zehn Jahre zurück. Zwanzig Jahre unterwegs. Das ist lange. Kein Schiff war je zwanzig Jahre unterwegs, hier auf der Erde. Ein Riesenproblem. Nicht vom technologischen Standpunkt aus natürlich, aber vom psychologischen. Was werden diese Menschen tun, zehn Jahre lang in einem Raumschiff eingeschlossen und dann nochmals zehn Jahre? Schlafen, meint von Braun. In künstlichen Schlaf versetzt, werden sie schlafen, sechs oder sieben Jahre auf dem Hinweg, sechs oder sieben Jahre auf dem Rückweg. Ich bin nicht dieser Meinung. Man kann von einem Menschen nicht verlangen, daß er ununterbrochen zwölf Jahre seines Lebens verschläft. Ich behaupte und werde immer behaupten, daß sie wach sein und ein normales Leben führen müssen. Männer und Frauen müssen zusammen in diesen Raumschiffen fliegen: Und dann sollen sie Kinder zeugen, damit sie sich nicht langweilen.«

»Auf der Reise Kinder zeugen, Mr. Ley? In einem Raumschiff Kinder in die Welt setzen?! In einem Raumschiff Kinder aufziehen?«

»Gewiß. Kinder, die als Fünfzehn-, Achtzehn-, Zwanzigjährige zurückkommen: und somit besser als ihre Eltern trainiert sind, interplanetarische Flüge durchzustehen. Perfekte Astronauten.«

»Geschöpfe, die die Bäume, das Meer, die Fische, Vögel, Wiesen, Häuser, den blauen Himmel nie gesehen haben, Mr. Ley! Ja, können Sie sich denn nicht vorstellen, was es bedeuten würde, in einem Raumschiff geboren zu werden und heranzuwachsen, im steten Dunkel, in der steten Leere?! Was würde mit ihren armen Augen, mit ihren armen Hirnen geschehen, wenn sie eines Tages auf die Erde zurückkehrten, ohne sie zu kennen?!«

»Nicht was geschehen würde: was geschehen wird. Ich phantasiere nicht, meine Liebe. Geschehen wird das: Sie werden ein Paradies entdecken, das wir von klein auf kennen und darum nicht zu schätzen wissen. Sie werden es entdecken und glücklich sein und werden sagen: Das also ist es, es ist, wie zweimal geboren werden.«

Auf der Terrasse des Wolkenkratzers gegenüber goß der Mann noch immer seine Plastikpflanzen, um nicht verrückt zu werden.

»Hören Sie, Mr. Ley: Wenn dieser unser Planet so schön ist, was sollen wir dann auf Alpha Centauri?«

»Weil dieser Planet hier sterben wird, erkalten wird, wie er sich einst erwärmte, und wir uns darauf gefaßt machen müssen, ihn zu verlassen, ehe die neue Eiszeit anbricht. Unser Sonnensystem ist fünf Milliarden Jahre alt: Es wird nochmals mindestens fünf Milliarden Jahre aushalten. Aber vor Ablauf dieser Frist wird die Sonne bereits begonnen haben, an Wärme zu verlieren, also zu erlöschen, und wir werden gelernt haben müssen, in andere Sonnensysteme zu gelangen. Nicht zu anderen Planeten wie Venus und Mars, die unser Schicksal teilen werden, sondern zu anderen Sonnensystemen.«

»Zu einer anderen, neuen Erde also. Davon haben mir schon viele erzählt. Und wenn es nur pure Phantasie wäre, eine bloße Hoffnung und sonst nichts?«

»Nur Hoffnung! Nur Phantasie! Es ist mathematisch sicher, daß unsere Galaxis andere Welten umfaßt, es ist mathematisch sicher, daß unsere Galaxis von Geschöpfen bewohnt ist, die intelligent sind wie wir. Vielleicht sehen sie anders aus als wir, aber zweifellos haben sie ein Gehirn oder etwas, das einem Gehirn gleicht und das in einem Kopf sitzt, oder in etwas, das einem Kopf gleicht. Wir werden es bald wissen.«

»Bald, Mr. Ley?!?«

»Ich glaube, ich werde noch am Leben sein, wenn es soweit ist und die Kommunikation klappt. Wir versuchen es schon seit längerer Zeit, per Radio im Rahmen des Projekts Ozma. Unglücklicherweise werden unsere Instrumente ständig durch Interferenzen gestört und sind außerdem noch nicht empfindlich genug. Sobald wir aber die Mondstation haben, existiert dieses Hindernis nicht mehr. Und der Tag, an dem wir ihnen gegenüberstehen und ihnen sagen ...«

»Aber in welcher Sprache, Mr. Ley?!«

»Mit der Mathematik. Die Mathematik ändert sich nicht mit dem Wechsel des biologischen Zyklus: Zwei und zwei sind im ganzen Kosmos vier. Mit der Chemie. Die Chemie ändert sich nicht mit dem Wechsel der Temperatur und so: Nur die Reaktionen ändern sich. Mit...«

Er stand auf, um zu gehen, und lächelte ein erschreckendes Lächeln. Ein Lächeln, das mich mit Grauen erfüllte, weil mir ein Verdacht kam, ein absurder, irrationaler Verdacht, Vater. So daß ich heftig und verzweifelt wünschte, er möge schnell, schnell, schnell gehen! Er wußte zu viel, dieser Mann, er war sich dessen, wovon er sprach, zu sicher. Seine Augen waren zu verschieden von den unseren. Es waren keine irdischen Augen.

Mein Gott! Woher kam dieser Mann? Woher? Und was würde er jetzt sagen? Was? Das.

Er hob einen Finger.

Er zeigte himmelwärts.

Er sah mir bis ins Gehirn hinein.

Er sagte mir schweigend: Fürchte dich nicht.

»Mit einem Finger. Indem wir mit einem Finger zum Himmel zeigen, als wollten wir sagen: Bruder, ich komme von dort oben.«

Als der Fahrstuhl ihn mit sich fortnahm, streifte mich ein eisiger Hauch, ich war wie gelähmt, unfähig, überhaupt zu bemerken, daß es dunkel geworden war und daß sich der letzte Teil unseres Gespräches fast im Finstern abgespielt hatte. Die Sekretärinnen hatten das Büro schon um fünf Uhr verlassen, kurz bevor er kam. Im dreiundvierzigsten Stock war nur noch ich. Und trotzdem, trotzdem hatte sich das Grauen in eine traumartige Benommenheit verflüchtigt. Ich setzte mich. Ich sah zum Telefon, das klingelte. Ich hob nicht ab. Ich wollte mit niemand reden und niemand sehen. Ich wollte nicht ins Hotel gehen und nicht essen. Ich wollte nichts, als dort bleiben, ganz allein, und nachdenken. Oder auch an nichts denken. Wer weiß. New York war ein einziges Funkeln von erleuchteten Fenstern: Tausende und aber Tausende von quadratischen Sternen im Dunkel des Kosmos. Mutter, du, die Menschen, die ich liebte, waren Tau-

sende von Kilometern weit weg, Vater. All mein Gestern lag
Tausende von Jahren zurück. Und dieses Büro war bereits
ein Raumschiff, unterwegs auf einer sehr, sehr langen Reise:
zu einem fernen Planeten dort oben. »Ich behaupte und werde immer behaupten, daß ihr wach sein und ein normales
Leben führen müßt: unterwegs Kinder zeugen, damit ihr
euch nicht langweilt.« – »Ja, Mr. Ley.« – »Kinder zur Welt
bringen, die als Fünfzehn-, Achtzehn-, Zwanzigjährige zurückkommen und somit besser trainiert sind, interplanetarische Flüge durchzustehen als ihre Eltern. Perfekte Astronauten.« – »Ja, Mr. Ley.« Meine Gefährten waren in einer
Zelle nebenan und schliefen. Bald aber würde einer von ihnen aufwachen, irgendeiner, und auf diesem Plastiksofa
würden wir ohne Liebe, auf Anordnung von Mr. Ley, ein
Kind zeugen, um es mit zwanzig Jahren zurückzubringen:
mein Kind. Tag für Tag, Monat für Monat, Jahr für Jahr
würde mein Kind in diesem Raumschiff aufwachsen: ohne je
das Blau des Himmels zu sehen oder etwas, das ihm glich,
ohne je das Meer zu sehen oder etwas, das ihm glich, ohne je
Bäume, Häuser, Tiere zu sehen oder etwas, das ihnen glich,
ohne je die Erde zu sehen oder etwas, das ihr glich. Tag für
Tag, Monat für Monat, Jahr für Jahr würde ich versuchen,
ihm von der Erde zu erzählen, das würde das Märchen sein,
mit dem ich es ins Bett brachte, solange es klein war, und der
Stoff für den Unterricht, wenn es größer wurde. Solange es
klein war, würde es mir glauben, es würde sich freuen über
die Feen, die wie Fische, wie Fliegen aussahen, wenn es aber
größer wurde, würde es mich auslachen und sagen, ich bin
schon zu alt für Märchen. Also würde ich es Bücher lesen
lassen, würde ihm Fotos und Filme zeigen, würde ihm sagen, nein, Kind, ich lüge nicht, da unten gibt es wirklich
Tiere, Häuser, Bäume, das Meer, das Blau des Himmels, das
Licht: bis es überzeugt wäre, und dann würde es mich voller
Haß ansehen, mit einem Haß, der keine Verzeihung kennt,
und würde mir antworten, warum hast du mich dann hier
zur Welt gebracht, im Dunkeln? Und es würde böse und
schlecht werden. Es würde nichts von Mitleid, von Opfer,
von Liebe wissen: dieses ohne Liebe auf dem Plastiksofa
eines Raumschiffes auf Anordnung von Mr. Ley gezeugte
Kind. Weder mir noch seinem Vater würde es gelingen, ihm
zu erklären, was Gut und Böse ist, weil Gut und Böse in

dem, was zwischen uns gewesen war, und in der sterilen
Sprache der Bücher eingeschrumpft wäre wie eine getrocknete Pflaume. Weder mir noch seinem Vater würde es gelingen, ihm zu erklären, was schön und häßlich ist, weil schön
und häßlich sich im All und in dem, was es durch die Luken
im All sah, verflüchtigt haben würde. Weder mir noch seinem Vater würde es gelingen, ihm außer Zahlen und dem,
was sich aus Zahlen ableiten läßt, das Geringste beizubrin-
gen, und so würde es alles über Mathematik wissen, na klar,
alles über Chemie, na klar, es würde wer weiß was für Glei-
chungen, wer weiß was für Reaktionen entdecken: aber das
wäre, bis es zwanzig wäre, sein ganzes Leben. Dann, nach
zwanzig Jahren, würden wir es zur Erde zurückbringen,
dieses Geschöpf der Erde, das die Erde nicht kannte, und
würden ihm das Märchen, das ich ihm erzählt hatte, als es
noch klein war, vor die Nase setzen: Tiere, Häuser, Bäume,
das Meer, das Blau des Himmels. Wir würden ihm das Sausen des Windes, das Plätschern der Wellen, das Rauschen der
Blätter in die Ohren knallen lassen. Wir würden ihm den
Duft der Blumen in die Nase stopfen, es mit der Wärme
einer Umarmung in einem Bett überschütten, so daß über es
das Gewitter, die gräßliche Katastrophe der Wahrheit hereinbräche, der Wahrheit, die alle, auch die Armen, hier besitzen; und die es nie besessen hatte. Überwältigt, unvorberei-
tet, erschreckt, würde es nichts anderes wollen, als wieder
fortzugehen, zurück ins Dunkel, in die Stille, ins Nichts. So
würde es aufbrechen und uns, die wir zu alt wären, um
nochmals aufzubrechen, auf der Erde zurücklassen, und zuerst würde es sich erleichtert fühlen, nach und nach aber
würde es vor Heimweh nach dem, was es gesehen, gehört,
gerochen und gefühlt hatte, unglücklich: Und Tag für Tag,
Monat für Monat, Jahr für Jahr würde es lernen zu bereuen,
daß es nicht hiergeblieben war, würde es leiden, würde heulen vor Wut, und alles würde von vorn beginnen. Auf einem
Plastiksofa würde es seinerseits ein Kind zeugen, um es
zwanzigjährig zur Erde zurückzubringen, mit Büchern und
Fotografien würde es ihm das immer märchenhafter werden-
de Märchen vom Blau des Himmels und vom Grün erzählen, auch dieses Kind würde es nicht glauben, würde aufwachsen, ohne ans Blau des Himmels und ans Grün, ans
Mitleid, ans Opfer, an die Liebe zu glauben: bis eines Tages,

mit einem Schlag, das Gewitter, die gräßliche Katastrophe der Wahrheit auch über dieses Geschöpf hereinbräche, das uns schreiend verfluchen würde. Es würde sich selber, das Leben, die Erde verfluchen, die Sonne, die am Erlöschen ist, das verwünschte Schicksal, andere Sonnen suchen zu müssen, ach Gott! Nein! Nein! Nein! Wie einer, der sich im Fallen irgendwo festhält, drückte ich aufs Licht, holte den Fahrstuhl, entwischte auf die Straße unten: Der Alptraum war zu Ende. Phantastereien gedeihen gut, wenn man allein und das Licht gelöscht ist, aber waren es denn Phantastereien? Sind es denn wirklich Phantastereien, Vater?

Eine beklemmende Wirklichkeit verneint es und beweist, daß mein Alptraum überhaupt nicht unmöglich oder absurd war. Überhaupt nicht, Vater. Nicht einmal der (nüchtern betrachtet, groteske) Verdacht, Mr. Ley komme von weit her. Reisen von zehn Jahren hin und zehn Jahren zurück werden kommen: sogar noch längere. In den Raumschiffen Teams von Männern und Frauen sich fortpflanzen zu lassen ist ein Plan von vielen: Mr. Ley gab keine wirren Fieberphantasien von sich. Auch nicht, als er von andern Welten sprach, die bewohnt sind von Geschöpfen mit einem Gehirn oder etwas, das einem Gehirn gleicht, in einem Kopf oder etwas, das einem Kopf gleicht. Wer ein wenig realitätsnäher und bewußter ist, problematisiert diese Aussichten und fragt sich, eingedenk dassen, was den Indianern angetan wurde: Werden auch wir das tun? Werden auch wir uns Berge und Täler, Quellen und Wälder zu eigen machen? Werden auch wir alles mit Kugeln und Whiskey ausrotten? Werden auch wir nur noch ein paar Exemplare in eingezäunten Reservaten oder als Sklaven übriglassen? Sie lebten in Zufriedenheit, die Indianer, sie waren ein glückliches Volk. Dann kamen wir mit unserer Überlegenheit, schöner und besser, intelligenter und kultivierter zu sein, nannten sie wild, minderwertig und vogelfrei. Ihre roten Gesichter waren für uns häßlich, ihre Sprache war für uns lächerlich, ihr Gehirn etwas, das einem Gehirn glich und in etwas saß, das einem Kopf glich. So daß wir ihnen ohne alles Mitleid und Rechtsgefühl das Grün und das Blau des Himmels abnahmen, sie wie Hasen oder Büffel jagten, sie wie Küchenschaben oder Mücken vergifteten und auf unserem Mord das heldenhafteste Epos begründeten: die glorreiche Geschichte der Pioniere, die aufbrachen, neue

Sonnensysteme zu suchen. Wir weinten über unsere skalpierten Köpfe, unsere mit vollem, heiligem Recht skalpierten Köpfe, wir errichteten auf unseren Gräbern Grabsteine und Kreuze. Aus den roten Körpern dagegen machten wir Dünger für unsere Maisfelder. Und unseren Kindern erzählten wir, das sei unser sakrosanktes Recht, weil wir schöner, besser, kultivierter, intelligenter seien und Kaugummi, Jukebox, Coca-Cola, Pepsi-Cola und Seven-Up, Plastikblumen, Plastikgehirne erfunden hätten: Denn wir hatten ein richtiges Gehirn in einem richtigen Kopf.

Nein, es war nichts unmöglich oder absurd an dem, was ich an diesem Nachmittag erfahren hatte. Und Mr. Ley hätte in einem Land viel weiter weg als Deutschland geboren sein können. Die beklemmende Wahrheit ging weit über General Motors und die ferngelenkten Autos, die Raketenlinien und mein in einem Raumschiff geborenes Kind hinaus: Es gab beispielsweise in New York Leute, die interstellare Gesetze verlangten. Jetzt schon. Kühle, nüchterne Leute, kluge Köpfe, Politiker, Juristen, nicht Träumer und Poeten. Da war der Rechtsanwalt Andrew Haley – Aufsichtsratsmitglied der American Rocket Society, siebzig Jahre alt, Büro in der Park Avenue –, der einen interstellaren Rechtskodex ausarbeitete. Jetzt schon. Interstellares Recht, sagte er, ist eine Aufgabe von höchster Dringlichkeit: Denn es gibt ja keine Metarechtsprechung, die die Beziehungen zwischen Bewohnern verschiedener Planeten regelt, keinen Intersiderischen Gerichtshof, der die künftigen Beziehungen zwischen verschiedenen Galaxien regelt. Es gibt nur ein 1919 von der Pariser Konvention festgesetztes Reglement, dem zufolge »jedem Staat die uneingeschränkte Verfügungsgewalt über den zu seinem Hoheitsgebiet gehörenden Luftraum zusteht«. Aber 1919 dachte man noch nicht daran, zur Venus und zum Mars, zu Alpha Centauri zu gelangen, der Raumbegriff war demnach anders. Wie weit reicht das All? Bis zur Grenze der Atmosphäre? Über die Stratosphäre hinaus? Bis ins Unendliche? Welchen Himmel hält eine Raumstation, die zwischen der Venus und der Erde kreist und pendelt, besetzt? Den Himmel der Venus, den Himmel der Erde, den Himmel, an dem Venus und Erde Mitbesitzer sind? Wer hat das Recht, diese Planeten und den Mond zu kolonisieren? Der erste, der seine Fahne dort aufpflanzt, oder der, der anschließend das Territorium besetzt? Kolumbus war ein Italiener im Dienste einer spanischen Königin, als er Amerika entdeckte: Trotzdem gehört Amerika weder Italien noch Spanien. Amerigo Vespucci war ebenfalls ein Italiener, Giovanni da Verrazzano desgleichen: Trotzdem redet man in Amerika nicht italienisch.

Auf dem ersten Internationalen Astronautik-Kongreß 1956 in Paris hielt Andrew Haley einen langen Vortrag über das Fehlen von Gesetzen zur Regelung der Raumfahrt und des Eigentums im All. Wenn eine Nation von der Erde bis zur Grenze der Atmosphäre über die Lufthoheit verfügt, bemerkte er, wird die Stratosphäre zum Niemandsland, der Mond gehört niemand, und jeder kann seine Ansprüche darauf geltend machen: Deshalb vor allem ist es notwendig, daß der Weltraum, der Mond, die unbewohnten Planeten als unabhängiges Territorium unter der Kontrolle der UNO betrachtet werden, die auch den Verkehr, die Kolonisierung, die Namengebung der entsprechenden Regionen regeln muß. In seiner jüngsten Veröffentlichung aber geht der Jurist noch weiter: Er greift das Problem der Indianer des Himmels auf. Man muß eventuelle Begegnungen mit eventuellen Bewohnern anderer Planeten juristisch regeln, schreibt er, ob sie nun intelligenter oder weniger intelligent sind als wir, gerechter oder weniger gerecht. Einziges Mittel, Intelligenz zu beurteilen, ist unsere eigene Intelligenz. Einziges Mittel, Gerechtigkeit zu beurteilen, ist unser eigenes Rechtsempfinden. Beide sind das Ergebnis einer bestimmten Entwicklung, unserer Entwicklung eben. Wir müssen uns also auf eine Intelligenz und eine Gerechtigkeit gefaßt machen, die Ergebnis anderer Entwicklungen sind. Wir müssen beispielsweise unsere Norm vergessen, die da sagt: »Was du nicht willst, daß man dir tu, das füg auch keinem andern zu«, oder »Behandle deinen Nächsten wie dich selbst«, und statt dessen eine Norm aufstellen, die besagt: »Behandle deinen Nächsten wie er sich selbst.« Das erste, was er will, da er nun einmal lebt, ist leben: Also soll man ihn nicht töten, soll man sein Gebiet betreten, aber ohne daß ihm dadurch Schaden zugefügt wird, man sollte es sogar überhaupt nicht betreten, ohne dazu aufgefordert worden zu sein. Okay: Aber an diesem Punkt stellt sich das Problem, wie wir mit ihnen kommunizieren, wie wir erfahren können, ob sie uns wollen oder nicht, wirst du sagen. Richtig, Vater. Aber die NASA hat auch das bedacht. Im Projekt Biologie, das von Dr. Dale Jenkins geleitet wird, wird ein Konzept erarbeitet, um mit den Bewohnern der Venus und den Marsmenschen reden zu können. Wie das vor sich gehen soll? Lies weiter.

Da sind vor allem einmal die Delphine. Beginnen wir mit dem Aquarium des Neurophysiologen John C. Lilly, der seit 1962, unter Vertrag bei der NASA, das Projekt Delphin leitet. Nach den Menschen, sagt Dr. Lilly, sind die Delphine die intelligentesten Wesen unseres Planeten. Hätten sie Arme und Beine, ja nur wenigstens Hände und Daumen, würden sie uns ordentlich zu schaffen machen. Sie verstehen alles, sie lernen alles: zumindest alles, was man ohne Arme und Beine, ohne Hände und Daumen machen kann. Und sie verfügen über ein vollständiges Vokalsystem: Sie reden, singen, lachen, weinen, allerdings mindestens dreimal schneller als wir. Wenn man ihre Gespräche auf Tonband aufnimmt und dann die Abspielgeschwindigkeit auf ein Drittel reduziert, hört man Unterhaltungen oder Wortwechsel mit an, deren einziges Geheimnis in der Tatsache besteht, daß sie in einer uns unbekannten Sprache geführt werden. Gelingt es uns, diese Sprache zu dechiffrieren, so können wir mit demselben Mechanismus auch Sprachen von Lebewesen anderer Planeten dechiffrieren. Und es versteht sich von selbst, daß Dr. Lilly optimistisch ist. Sein System ist meiner Meinung nach aber für die Verständigung mit Marsmenschen ebenso ungenügend, wie die Kapseln von Glenn und Cooper ungenügend waren, um den Mars zu erreichen. Nehmen wir zum Beispiel an, ein Astronaut, der im Aquarium trainiert wurde, landet auf dem Mars, trifft auf einen Marsmenschen und kommuniziert mit ihm mit dem Zeichensystem, das er bei den Delphinen benützte. Und der Marsmensch? Er wird ihn sich angeln, in Mehl wenden und braten. Der Astronaut und die Delphine haben natürlich etwas gemeinsam: eine Sprache, die wie der Tastsinn, der Geruchssinn, das Gehör und das Gesicht von der Entwicklung auf der Erde herrührt. Wenn die Marsmenschen, als Produkte einer gänzlich anderen Entwicklung, Tastsinn, Geruchssinn, Gehör und Gesicht und demnach eine Sprache haben, die keinerlei Berührungspunkt mit der unseren hat: was zum Teufel nützt es dann, sie in einer Sprache anzureden, die man zum Reden mit den Delphinen braucht? Da könnte man doch geradesogut englisch oder russisch oder äthiopisch reden. Oder mit Telepathie: einem anderen Projekt, von dem aber sogar der Name geheimgehalten wird, und an dem, wie es scheint, seit längerer Zeit die Russen ernsthaft arbeiten. In New York führen es einige Professoren der Columbia-Universität durch, und dort seien, schwört man mir, merkwürdige Szenen zu beobachten. Von Zeit zu Zeit steht ein Professor auf, verläßt das Laboratorium wie von einer magnetischen Kraft angezogen, geht zu dem Kollegen, von dem er sich gerufen fühlt, und sagt: »Ja, was willst du?« Worauf dieser erstaunt erwidert: »Ich? Nichts. Was soll ich wollen?« Manchmal hingegen, aber das sei selten, gelinge es ihnen wirklich, miteinander zu kommunizieren, und dann wird die Sache noch peinlicher.

»Ja. Was willst du?«

»Nichts.«

»Was heißt nichts? Du hast mich doch gerufen.«

»Ja. Ich habe dich für nichts gerufen.«

»Du hast mich für nichts gerufen?«

»Oh! Ich habe dich um des Rufens willen gerufen.«

»Du Idiot!«

»Selber Idiot!«

Das Ganze endet in einer Keilerei, trotz ihrer professoralen Miene. Da ist doch das Projekt Ozma, von dem Willy Ley spricht und das von Dr. Frank D. Drake geleitet wird, viel besser. 1960 hat die NASA das Projekt in Angriff genommen, das sich mit der Ausstrahlung von intersiderischen Botschaften über das Radioteleskop des Observatoriums von Green Bank in Virginia beschäftigt, aber einen großen Nachteil hat: Es ist sehr langsam. An dem Tage, als Dr. Drake die erste Botschaft hinaussandte, fragte ihn ein Journalist, wann er mit der Antwort rechne, und Dr. Drake antwortete: »Frühestens in fünfzig Jahren, natürlich. Die Botschaft war für Andromeda.« Auch die Ratschläge einiger Wissenschaftler wie des amerikanischen Astronomen Otto Struve taugen nichts. »Ich bin durchaus nicht überzeugt, daß es gut ist, Botschaften zu erfragen oder zu beantworten. Wir sind der jüngste Planet unserer Galaxis und befinden uns in unserer Geschichte erst seit kurzem in einem Stadium der Zivilisation. Seien wir um Himmels willen lieber still! Wenn wir auf fortgeschrittenere Zivilisationen als die unsere stoßen, sind wir es, die in den Reservaten enden werden, denn ich habe den unumstößlichen Verdacht, daß eigentlich wir die Indianer des Himmels sind.« Aber niemand hört auf solche Ratschläge, Vater. Man kann sich solchen Luxus nicht mehr erlauben. Die Raumfahrt in ihrem Lauf jetzt noch bremsen zu wollen, das wäre, als hielte man ein Schiff voller Passagiere und Waren mitten im Ozean auf: Das wäre für jedes Land eine wirtschaftliche Katastrophe. Und das Reisefieber hat bereits alle erfaßt.

Halb im Scherz veröffentlichte ›Newsweek‹ vor einiger Zeit einen ›Celestial Baedeker‹, einen Reiseführer für alle, die in hundert, zweihundert Jahren die Planeten unseres Sonnensystems besuchen wollen. Ich habe ihn gelesen, und was man dabei empfindet, ist Ratlosigkeit. Ist es wirklich angebracht, fragt man sich, darüber zu lachen? Sollte man das nicht lieber aufheben? Es könnte mal nützlich sein, da steckt eine Menge an Informationen drin. Vom Besuch des Merkur beispielsweise wird abgeraten: »Er ist kaum neunundzwanzig Millionen Meilen von der Sonne entfernt, und ein Raumschiff riskiert, in den Bereich der Anziehungskraft der Sonne zu geraten. Überdies ist eine Seite des Merkurs ständig der Sonne zugekehrt, während die andere ständig im Schatten liegt, so daß seine Temperatur zwischen 750 Grad Fahrenheit und 400 unter Null schwankt.« Von Pluto wird noch heftiger abgeraten: »Er ist der von der Sonne am weitesten entfernte Planet, etwa 3700 Millionen Meilen weit, und man weiß zuwenig über ihn: bloß, daß dort eine Hundekälte herrscht.« Auch Neptun und Uranus seien mit Vorsicht zu genießen. Um den Saturn hingegen eine kleine Rundreise zu machen, würde sich lohnen: »Die Ringe, die ihn am Äquator umgeben, sind herrlich, ein einziger Regenbogenkringel, und auch seine neun Monde sind herrlich. Von geeigneten Raumstationen aus gesehen könnte der Saturn zu einer herausragenden touristischen Attraktion werden, gewissermaßen der Niagarafall unseres ganzen Sonnensystems.« Der ›Celestial Baedeker‹ empfiehlt ferner den Jupiter: »Faszinierend wegen seiner zwölf Monde und wegen der großen Wahrscheinlichkeit, daß dort Leben vorhanden ist. Formen von Leben auf der Basis von Ammoniak, Wasserstoff und Helium, seiner chemischen Substanzen also. Der Flug dauert bloß zwölf Jahre.« Was die Venus betrifft, so braucht sie lediglich von ihren Wolken befreit zu werden: »Sind die Wolken erst einmal verjagt, bietet die Venus Landschaften von großer Schönheit, herrliche Gegenden für den Urlaub. Höchstens denen auf der Erde ein wenig zu ähnlich.« Der Mars schließlich wird einem begeistert ans Herz gelegt: »Der Mars ist wohl *die* Touristenattraktion überhaupt und erreicht am Äquator eine angenehme Temperatur von elf Grad. Sein Tag dauert vierundzwanzigeinhalb Stunden, nur eine halbe Stunde länger als der Tag auf der Erde. Zu seinen landschaftlichen Reizen gehören die roten Felsen, die weißen Polarkappen und die blauen Wälder. Der Himmel dort ist grün, die Pflanzen sind blau. Das Gegenteil also von dem, wie es auf der Erde ist.« Was die Erde betrifft, so wird sie als ein recht unbedeutender Planet geschildert: der dritte in der Reihenfolge ihrer Entfernung von der Sonne. »Ein Gürtel aus Gas, Atmosphäre genannt, bestehend aus Sauerstoff, Kohlendioxyd, Wasserdampf und Stickstoff, umgibt die Erde mit einem blauen Ring: recht hübsch anzusehen, aber nicht zu vergleichen mit den Ringen des Saturn. Reisende, die sich länger auf diesem Planeten aufhalten wollen, finden dort große Hitze, wie auch weiße Gletscher und blaue Meere, die vier Fünftel seiner Oberfläche bedecken. Ebenso gibt es dort auch eine verblüffende Vielfalt an Leben von unsichtbaren Bakterien bis zu einem Tier namens Walfisch. Und etwa in der Mitte zwischen den ganz kleinen und den ganz großen Tieren, also zwischen der Bakterie und dem Walfisch, trifft man auf einen hochtrabenden, anmaßenden, mit einer Wirbelsäule ausgestatteten und mit Flüssigkeit gefüllten Sack, genannt Mensch.«

Ein hochtrabender, anmaßender, mit einer Wirbelsäule ausgestatteter und mit Flüssigkeit gefüllter Sack, genannt Mensch. Und in vollem Ernst studiert dieser Sack die Möglichkeiten, das blasphemischste und phantastischste Unternehmen zu versuchen, das je ein intelligentes Lebewesen auch nur in Gedanken wagte: die ganze Erdkugel samt ihrer Atmosphäre in ein anderes Sonnensystem zu transportieren. Die Berechnungen, die auf der Ausbeutung der elektrischen Energie aus dem Meer basieren, führen einige Wissenschaftler der IBM in Cambridge, Massachusetts, mit Elektronenhirnen durch: »Sollte die Sonne erlöschen, ehe wir bereit sind, mit den Raumschiffen Alpha Centauri zu erreichen, oder fiele es uns allzu schwer, dieses unser Haus aus Grün und Blau zu verlassen, könnten wir uns vielleicht auf diese Weise retten. Und wir würden nicht einmal gewahr werden, daß wir, in einem kosmischen Slalom den andern Planeten ausweichend, unterwegs wären.«

Ein hochtrabender, anmaßender, mit einer Wirbelsäule ausgestatteter und mit Flüssigkeit gefüllter Sack, genannt Mensch. Kein Wunder, keine Ketzerei ist ihm verwehrt. Oder kann man im Weltraumzeitalter etwa nicht Leben zeugen ohne jenen Akt, den die lebendgebärende Spezies Liebesakt nennt? Kann man etwa nicht den Tod einfrieren, den Körper wiedererwecken? Die Schwangerschaft im Reagenzglas, die Aldous Huxley in ›Schöne neue Welt‹ voraussah, wird mit wachsendem Wohlwollen in Betracht gezogen: Der Tag, an dem wir in der Flasche, bereits sortiert, getestet, organisiert geboren werden, ist gar nicht so unglaublich fern. Genausowenig wie der Tag, an dem wir wieder auferstehen, körperlich unsterblich werden können. Das haben die Wissenschaftler der NASA gemerkt, als sie Mittel und Wege suchten, die Astronauten in Sonnensysteme zu schicken, die Jahrhunderte von uns entfernt sind. Was geschieht, wenn sie tot ankommen? Sie wiederauferstehen, klar. Mein Gott, da kann man ja verrückt werden. Ihnen, Mr. Ley, machen diese Dinge keinen Eindruck, ich weiß. Sie sind von weit her gekommen, und dort, wo Sie geboren sind, wer weiß, wo, wer weiß, wie, geschehen solche Dinge wahrscheinlich bereits. Bei uns aber ist man erst am Anfang, und darum haben einige von uns Angst: die gleiche Angst, die mich packte, als ich gewahr wurde, daß Ihre fast blinden Augen mich sogar im Dunkeln sehen konnten. Darum fürchten einige von uns, verrückt zu werden: die gleiche Furcht, wie sie mich an jenem Abend nach unserem Treffen in New York erfaßte, als ...

Er hieß Costantino Generales, und er hatte von Braun 1935 in Zürich kennengelernt, wo der eine Medizin und der andere Ingenieurwissenschaften studierte. Sie wohnten in derselben Pension, und ihr Lieblingszeitvertreib bestand darin, die

Auswirkungen der Beschleunigung auf den menschlichen Körper zu studieren. Sie banden eine Maus an eine Fahrradfelge, die beiden Bengel, und ließen das Rad bis 21 g kreisen: also eine Art Zentrifuge. Die Maus explodierte natürlich wie ein Kracher und bespritzte die Wände des Zimmers mit Blut. Dieses Hobby dauerte so lange, bis die Wirtin, die Wert auf ihre Tapeten legte, die beiden schimpfend hinauswarf: »Raus!« Das zwang die Weltraummedizin zu einer Ruhepause, aber die beiden blieben Freunde, so sehr, daß der jüngste Sohn von Brauns Costantino heißt, eine Reihe Bücher Generales' Wernher von Braun gewidmet sind und umgekehrt. Die beiden sehen sich oft, obwohl der eine in Huntsville, Alabama, wohnt, der andere in New York; sein Büro liegt am Central Park. Und hier sah ich ihn denn auch: ein hagerer Fünfziger mit langer, fanatischer Nase, nörgelnder Stimme und Händen, die irgendwelche Zeugnisse durchblätterten, um mir zu beweisen, daß sein Intelligenzquotient 183 war, also vergleichsweise etwa soviel wie die Quotienten von Leonardo da Vinci und Einstein zusammen.

»Wie lange hält ein Raumschiff?« überfiel mich Dr. Generales, als ihm schien, er hätte mich genügend von seiner Intelligenz überzeugt.

»Das weiß ich nicht, Herr Doktor.«

»Wie, das wissen Sie nicht?«

»Nein, Herr Doktor.«

»Und Sie gehen zu meinem Freund von Braun und wissen nicht einmal, wie lange ein Raumschiff hält?«

»Ja, Herr Doktor.«

»Dann will ich es Ihnen sagen: Es kann hundert, sogar zweihundert Jahre überdauern. Und ein menschlicher Körper?«

»Achtzig Jahre, neunzig.«

»Sagen wir siebzig: wenn man in Rechnung stellt, daß ein Astronaut mit fünfzig Jahren keinen Pfifferling mehr wert ist.«

»Ja, Herr Doktor.«

»Nehmen wir nun einen Astronauten um die Dreißig und schicken ihn zum Alpha Centauri. Aber nicht in Lichtgeschwindigkeit, sondern, sagen wir, mit dreißig- oder vierzigtausend Meilen in der Stunde. Was geschieht?«

»Das Raumschiff kommt an und er nicht.«

»Sehr richtig. Er kommt als Leiche an, im besten Fall als Hundertjähriger. Damit er als Erwachsener ankäme oder jedenfalls in der Lage wäre, etwas zu verstehen, müßte man ihn als Kind starten lassen, nicht wahr? Was aber weiß, was kann einer in dem Alter?«

»Nichts, Herr Doktor.«

»Nichts. Sehr richtig. Wenn wir aber den dreißigjährigen Astronauten nehmen, ihn bei einer Temperatur, bei der sich Helium verflüssigt, in den Kühlschrank legen, für die Dauer der ganzen Reise einfrieren und dann in der Nähe von Alpha Centauri auftauen und dem Leben wiedergeben, landet er im gleichen Alter, wie er hier startete. Klar?«

»Klar, Herr Doktor.«

»Warum also dieses System nicht auch hier auf der Erde anwenden? Das, was wir als Tod bezeichnen, ist kein völliger Tod, es ist nur das Herz, das stillsteht: Das wissen wir alle. Die Zellen verfallen zwar, leben aber noch eine Weile weiter. Wenn wir also einen gestorbenen Körper tiefkühlen, bevor die Zellen verfallen können, konserviert dieser Körper sich bis in die Unendlichkeit, und der Tod wird etwas Vorübergehendes: ein Warten auf die Auferstehung. Auferstehen ist ganz leicht, sofern die Zellen intakt bleiben; man erweckt ja auch laufend tiefgefrorene Mikroorganismen wieder. Das einzige Hindernis bisher ist das Hirn. Das Hirn nämlich zersetzt sich sofort: schon wenige Minuten nach dem klinischen Tod. Tatsache ist aber, daß mein Kollege James Connell vom Saint Vincent Hospital hier in New York völlig sicher ist, dieses Problem in weniger als fünf Jahren in den Griff zu bekommen. Wenn er es nicht schafft, dann bleibt nur noch ein Mittel.«

»Und das wäre?«

»Sehr einfach: Sterben mit dem Gefrierfachmann am Bett. Also sterben und sich eiligst ins flüssige Helium stecken lassen, was dasselbe ist wie ein Kühlschrank.«

»Ich verstehe, Herr Doktor.«

»Schließlich ist ein Kühlschrank auch attraktiver als ein Sarg.«

»Gewiß, Herr Doktor.«

»Meiner Meinung nach müßten alle sich in den Kühlschrank legen statt beerdigen lassen. Es müßte Gefrierhäuser statt Friedhöfe geben. Aber Sie werden sehen, in etwa fünfzig Jahren wird es sie geben. Jedes Spital, jedes Polizeikommissariat wird mit einer Kühlanlage ausgestattet sein, in der man kostenlos verbleiben darf, bis zu dem Tag, da das Leiden, an dem man starb, geheilt werden kann.«

»Gewiß, Herr Doktor.«

»Aber selbst angenommen, es koste etwas: tausend Dollar, zweitausend, was weiß ich. Wir könnten uns ja den Platz in der Kühlanlage auf Raten kaufen. Kauft man nicht auch Fernseher, Autos, Ferien auf den Bahamainseln auf Raten? Um so mehr sollte Unsterblichkeit auf Abzahlung gekauft werden können.«

»Gewiß, Herr Doktor.«

»Es gibt noch eine weitere Anwendungsmöglichkeit: sich schon einfrieren lassen, bevor man stirbt, und selber bestimmen, wie lange man so bleiben will, zwanzig Jahre, fünfzig Jahre, ein, zwei Jahrhunderte. Und sich dann auftauen lassen. So stillt man die Neugier zu erfahren, wie die Welt in fünfzig, hundert, zweihundert Jahren aussehen wird, und in der Zwischenzeit hält man ein Schläfchen.«

»Und wenn man dann vergißt, Sie wieder aufzuwecken, Herr Doktor? Was haben Sie dann davon?«

»Das gehört zum Unvorhersehbaren. Unvorhersehbares gibt's immer. Das einzige, was nicht unvorhersehbar ist, ist die Tatsache, daß die Auferstehung möglich ist und daß in Zukunft das Wort Tod keinen Sinn mehr hat.

»Dann wird aber auch das Wort Leben keinen Sinn mehr haben, Herr Doktor.«

»Unsinn! Wir werden so viel Leben produzieren, auch künstlich, daß wir nicht wissen werden, wohin damit: Ab einem gewissen Zeitpunkt werden wir die Leute sterilisieren müssen, damit sie aufhören. Auf der anderen Seite ist es doch besser, nicht zu sterben, als geboren zu werden, oder?«

»Ich weiß es nicht, Herr Doktor.«

Ich weiß es nicht, Herr Doktor Generales. Sie, Herr Doktor Generales, Sie, Mr. Ley und viele andere lassen solche Dinge kalt; uns aber nicht, Vater. Mir war ganz weich in den Knien, als ich sein Büro am Central Park verließ. Auf der Straße sah ich statt der Hauswände lauter Eisblöcke, einen neben dem andern, einer gleich wie der andere: und in jedem Block eine gelbe Leiche, die mit geschlossenen Augen auf die Auferstehung des Leibes wartete. Die Blöcke waren senkrecht aufgestellt, so daß die Leichen aufrecht standen, junge, alte, Greise, Kinder, zu Füßen eines jeden baumelte ein Schildchen mit Namen, Vornamen, Alter, Todesjahr, 1965, 1978, 1993, 2000, aber in genauen Abständen knackte jeweils ein Block, zerfiel in kleine Eiswürfelchen, eine Leiche öffnete die Augen und ging, unbeachtet, weinend von dannen. Es war das Jahr 2000, und New York war bereits die Stadt, die man uns verheißt: Der Himmel wimmelte von Raketenmännern und -frauen, die Luft war vom Treibstoff verpestet, und ich bewegte mich auf einem Rollgehsteig vorwärts, denn ich war ururalt und furchtbar müde. Mein im Raumschiff geborener Sohn war wieder gestartet, mit seinen Märchen vom Grün und vom Blau, mit seinem Staunen und seiner Verzweiflung: Bald würde er zurückkehren, auch er schon alt, und ich wollte ihn nicht sehen, wollte seinen Vorwurf nicht sehen, und so ließ ich mich vom Rollgehsteig dahintragen und wünschte nur noch eins: zu sterben. Der Gedanke ans Sterben schenkte mir einen Frieden, eine Glückseligkeit, wie ich sie nie zuvor empfunden hatte, schenkte mir eine Ruhe, nach der ich mich sehnte: Doch ein Blick auf diese Eisblöcke reichte, um von neuem von Müdigkeit überwältigt zu werden, denn ich wußte, man würde mir nicht erlauben zu sterben, man würde mich zum Leben verurteilen. Wo immer ich auch meinen Körper verstecken mochte, sie würden ihn finden: und zwar sofort, um ihn noch rechtzeitig in einen Eisblock legen zu können, im Spital oder auf dem Polizeikommissariat. Und dort würde ich bleiben, verflucht in alle Ewigkeit, in der Erwartung meiner Auferstehung, und die Augen öffnen, um in die Augen meines Sohnes und meines Enkels zu blicken: feindliche Augen. An jenem Abend, Mr. Generales, war ich wirklich nahe daran, verrückt zu werden: Wissen Sie, was mich rettete, Mr. Ley? Etwas, das ihr, Freunde Wernher von Brauns, anscheinend nicht besitzt: Humor. Und wissen Sie, wo ich ihn fand? In einer Bemerkung eines Mannes namens Frederik Pohl, der über Science Fiction schreibt. Wollen Sie es wissen, Mr. Ley? Nein? Und ich sag's Ihnen trotzdem. Stellt euch vor, sagt Frederik Pohl, daß ihr euren reichen Onkel vergiften wollt, um das Erbe zu ergattern: daß ihr dann hundert Jahre in Luxus lebt und euch für weitere hundert Jahre einfrieren laßt, um zu sehen, wie die Welt nachher ausschaut.

Gut. Wenn aber irgendein Dummkopf euch auch den vergifteten Onkel einfriert oder wenn die Verstorbenen-Verfrostung per Gesetz obligatorisch ist: Was denn dann? Wie zieht ihr euch aus der Affäre an dem Tag, an dem ihr aufersteht, und der alte Bastard steht vor euch, selber auferstanden, und wartet nur darauf, daß ihr die Augen aufmacht, um euch ins Kittchen zu bringen? Schlimm wird's dann, meine Lieben. Ganz schlimm. Ihr werdet euch heiser fluchen über den, der diesen Scherz erfand.

Es gab also letzten Endes doch noch witzige Leute in New York. Ich packte die Koffer, um nach Huntsville abzureisen.

20. Kapitel

Es war eine kleine Stadt im Grünen, wie man sie noch in Alabama und andern Südstaaten findet. Die Wälder wimmelten von Hirschen, Füchsen, Eichkätzchen, die Weiden ließen Rinder, Stiere, Kälber fett werden, und die Felder waren alle mit Baumwolle bepflanzt. Im Mai, wenn die Baumwollbeeren zu schneeweißen Bäuschen aufbrachen, sahen diese Felder aus, als hätten sich Wolken auf die Erde herabgelassen: eine weiche Wattedecke, in die die Pflücker eintauchten und dann wieder an die Oberfläche kamen. Die Pflücker waren Schwarze. Aus diesem Weiß ragten sie dunkel wie Baumstämme heraus, und ihre Arme waren Äste, die mit unglaublich flinken Fingern die Watte abrissen und in Säcke stopften. Während der Arbeit sangen sie traurige Spirituals, zu deren Takt sie sich alle gleich bewegten: »Jesus-Jesus, halle-luja! Jesus-Jesus, halle-luja!« Und bei jedem Halleluja lichteten sich die weißen Wolken ein wenig, die weiche Decke wurde kleiner, das Weiß färbte sich wieder erdfarben. Im September, wenn die Baumwolle gepflückt war und man Kresse pflanzte, begann unter den Rinderzüchtern die Wahl der besten Kuh, die in Saint Louis, Missouri, an der alljährlichen Wahl der US-Meisterin in der Milchproduktion teilnahm. Manchmal kam es dabei zu Schlägereien und zu Feindschaften, die über die ganze Saison hinweg anhielten. Huntsville zu jener Zeit hätte dir gefallen, Vater.

Die längste Straße hieß Milchstraße, die Hauptstraße Baumwollstraße, und hier standen die Holzhäuser mit ihren Lebkuchendächern, mit Organzavorhängen an den Fenstern und Schaukelstühlen auf der Veranda. Und auf der Veranda saßen abends die Alten, pfeiferauchend die Männer, sockenstrickend die Frauen. Die Holzhäuser gehörten den Leuten, die weder reich noch arm waren. Die Häuser der Reichen hingegen erhoben sich auf einem Hügel, Snob Hill genannt, und waren in klassizistischem Stil erbaut, mit griechischen Säulen vor der Fassade und hohen grünen Hecken um den Park. Die Häuser der Armen, also der Schwarzen, lagen am Rande der Plantagen, Hütten aus Blech oder Feldsteinen. Von Zeit zu Zeit kam es vor, daß ein Schwarzer es satt hatte, in seiner Blechhütte zu leben, und zu trinken begann, um zu vergessen, und dann einen der Reichen von Snob Hill belästigte oder daß ein Reicher von Snob Hill es satt hatte, von einem Schwarzen belästigt zu werden, und ihn verprügeln ließ: Aber nicht deshalb war die Stadt unglücklich. Weiße wie Schwarze wußten, daß gewisse Dinge überall auf der Welt vorkommen, manchmal auch Schlimmeres, und daß man nicht das Paradies auf Erden erwarten kann. Es gab keine Ghettos nach Rasse und Hautfarbe in Huntsville: Weiße und Schwarze, Arme und Reiche, Gute und Böse waren sich alle ähnlich, und am Sonntag im Gottesdienst kamen all ihre Sünden zusammen. Und nach dem Gottesdienst spazierten sie miteinander rund um den Platz. Am Platz lag das Rathaus: aus Stein und Ziegeln, mit Fenstern aus gelben und blauen Rauten und mit einer großen Freitreppe, die seine Bedeutung unterstrich. Auf der Freitreppe gurrten stets die Tauben, und die Leute setzten sich im Winter auf die Stufen, um die Sonne zu genießen, und im Sommer, um die Kühle zu genießen. Vor dem Rathaus stand die Statue eines finsteren Mannes mit Schnauzbart und Gewehr: der Veteran des Unabhängigkeitskrieges John Hunt, der im Jahre 1805 die Stadt gegründet hatte. Das Denkmal war kaum 90 cm groß und stand auf einem hohen Sockel: weniger pompös hätte man es kaum machen können, aber ihnen genügte es, denn so oder so hieß die Stadt ja nach John Hunt Huntsville.

John Hunt hatte dreißig Jahre darauf verwendet, Huntsville zu erbauen; nach weiteren dreißig Jahren war der Sezessionskrieg ausgebrochen, und die Nordstaatler hatten alles zerstört. Doch die Huntsviller hatten die Stadt wieder aufgebaut, wie sie gewesen war, mit ihren Holzhäusern, ihren klassizistischen Villen, ihren Blechhütten, und alles war wieder so wie zuvor: ein kleiner, ruhiger Ort im Grünen ohne Ambitionen und Interessen. Die einzige Ambition der Frauen war, einen Mann zu finden, das einzige Interesse der Männer galt der Kuh, die nach Saint Louis geschickt würde. Für die einen wie für die andern hörte die Welt dort unten jenseits der Wälder voller Hirsche, Füchse und Eichkätzchen auf: Der Mond war ihnen ein Licht, das angezündet wurde, um die Straßen zu beleuchten, die Sterne waren Flitter, an den Himmel genäht, um die Nächte köstlicher zu machen. Der Verdacht, die Sterne könnten Planeten sein wie die Erde, die Vermutung, der Mond könnte ein Ort sein, wo man landet, lag ihnen völlig fern: genau wie der Gedanke, Bomben könnten dazu dienen, im Weltall herumzufliegen. Zwar war 1939 ein Krieg ausgebrochen, eine viel größere Katastrophe als der Sezessionskrieg. Aber das war weit weg, in Europa, im Pazifik, und sie hatten es kaum bemerkt. Jedenfalls hatte er keine Spuren hinterlassen, außer der Abwesenheit einiger junger Männer, die nie mehr zurückkommen sollten. Doch hatte sie niemand sterben sehen, sie niemand in einem Sarg liegen sehen, so daß es auf dasselbe herauskam, als wären sie nach New York oder nach Kanada ausgewandert. Da war ein Deutscher nach Amerika gekommen: ein Deutscher, der viele andere Deutsche mitgebracht hatte und in Fort Bliss in Texas lebte, wo er, wie sie sagten, diabolische Raketen abfeuerte. Sein Name war von Braun. Aber niemand hatte ihn gesehen, diesen Deutschen, niemand hatte sie gesehen, diese Raketen, so daß es im Grunde genommen gerade so war, als lebte er noch immer in Deutschland und als gäbe es die Raketen nicht. Und in solcher Trägheit oder Unwissenheit oder Glückseligkeit (ist dies etwa nicht Glückseligkeit?) lebten sie dahin bis zu jenem Tag des Jahres 1950.

Jener Tag war für Huntsville ein großer Festtag, weil das Außerordentlichste, was auf diesem Erdenrund nur geschehen konnte, geschehen war: Lily Flagg, die Kuh von Oberst Sam H. Moore, hatte zum drittenmal den Titel US-Meisterin in der Milchproduktion errungen, nachdem sie ihn bereits

1948 und 1949 gewonnen hatte. Die besten Kühe aller fünfzig Staaten nahmen an der Wahl teil, Dutzende, Hunderte
von Kühen, dicke starke Kühe, Kühe mit Eutern, so prall
wie Ballons, so hart wie Salamiwürste: Doch Lily Flagg hatte sie alle aus dem Feld geschlagen. Ha! gab es etwas, das
Huntsville von einem solchen Triumph ablenken konnte?
Gewiß nicht. Und darum war es ein großer Tag, ein Festtag.
Betrachten wir nun miteinander die Szene auf dem Platz,
Vater. In der Mitte, mit Rosen und Bändern bekränzt, gewa-
schen und gestriegelt wie ein Rennpferd, steht Lily Flagg:
ganz weiß und geduldig. Hinter ihr, nicht weit vom kleinen
Denkmal für John Hunt, eine Bronzestatue. Von ihr, von
Lily Flagg. Zu Füßen der Statue eine Steinplatte mit der
Inschrift:

LILY FLAGG
US-MEISTERIN
IN DANKBARKEIT, STOLZ UND FREUDE
DIE BÜRGER UND DER RAT DER STADT

Rund um die Statue ist das Stadtorchester versammelt und
spielt die Hymne von Huntsville: »Huntsville, Stadt der
Helden, Huntsville, Stadt der Tapferen ...« Links steht die
Bevölkerung mit Schildern wie: »Lily, wir lieben dich«, »Lily, du bist unsere Beste« und bereitet sich auf das Picknick
vor. Rechts steht ein Podium mit Fahnen und Honoratioren,
in der ersten Reihe steht der Bürgermeister und hält eine
Rede. »Andere feiern den Sieg über eine Nation oder den
Erfolg einer Schlacht«, sagt der Bürgermeister, »wir feiern
den Sieg in der Milchproduktion und den Erfolg einer Kuh.«
»Andere schicken hübsche Mädchen zu Schönheitswettbewerben oder kräftige Jungen zu den Olympischen Spielen«,
sagt der Bürgermeister, »wir schicken Lily Flagg zu den
Schönheitswettbewerben und zu den Olympischen Spielen.«
»Wir haben genug von Bombardements und mondänen Ei-
telkeiten«, sagt der Bürgermeister, »wir bombardieren uns
lieber mit Milch und sind stolz auf unsere Butter. Lily Flagg,
unsere Heldin, sie lebe hoch!« – »Lily Flagg, unsere Heldin,
sie lebe hoch!« antworten die Huntsviller und schwenken
ihre Schilder. Und auf den Feldern platzen die Baumwollbeeren auf zu weißen Bäuschen, die Wolken scheinen sich

auf die Erde gelegt zu haben: eine weiche dicke Wattedecke, in der die Pflücker verschwinden und wieder auftauchen. Und mit ihren sanften, milden Augen betrachtet Lily Flagg die Menge, tropft noch ein letztes Glas Milch ab: in den großen weißen See unter ihr, der nach Sahne duftet. Das Picknick beginnt. Ein prächtiges Picknick: Fanfaren schmettern fröhlich, Kringel brutzeln im Fett, Kracher knallen. Plötzlich aber hört man einen noch lauteren Knall, dann ein Donnern, dann ein Zischen, und als nun alles davonstiebt, Kringel, Schilder, Fahnen, alles in einem großen Durcheinander, wird Lily Flagg inmitten ihrer Rosen und Bänder ohnmächtig, und das Fest ist zu Ende. Von Braun hatte seine erste Redstone-Rakete gestartet.

Seit damals (sind Dutzende oder gar Hunderte von Jahren seitdem vergangen?) ist Huntsville nicht mehr Huntsville, sondern Rocket City, die Raketenstadt. Die Milchstraße heißt Motorenstraße, die Baumwollstraße heißt Stahlstraße, in den Anlagen, wo die Statuen von Lily Flagg und John Hunt stehen, erheben sich finstere Geschosse aus Stein: die Denkmäler für die Atlas- und Redstone-Raketen. Überall sieht man sie, und sie wirken wie Grabsteine eines Weltraumfriedhofs: zuzusehen, wie die Tauben ihren Dreck drauf fallen lassen, ist der einzige Trost für alle, die Huntsville liebten. Die Tauben sind, Gott weiß, warum, die einzigen Tiere, die die Katastrophe überlebt haben: Als die Wälder ringsum abrasiert wurden wie der Bart eines Vagabunden (sie störten bei den Raketenstarts), starben Hirsche, Füchse und Eichkätzchen aus. Die Rinderzucht ist am Ende: wie bei Lily Flagg, die vor Angst starb, ohne noch jemals einen Tropfen Milch zu geben, so waren auch die Euter der anderen Kühe leer. Von den Baumwollfeldern bleibt eine weiße Erinnerung: Tausende von Morgen des Bodens hat die NASA aufgekauft und mit einer Decke aus Asphalt zugedeckt. Die Holzhäuser, die Blechhütten, die neoklassizistischen Villen sind verschwunden; nur das Rathaus ist geblieben, das man jedoch abzureißen und in zweckmäßiger, moderner Art neu zu errichten gedenkt. Jeder Huntsviller wohnt nun in einem modernen Haus, es gibt keinen Unterschied mehr zwischen Arm und Reich, zwischen Weiß und Schwarz. Die Ära der Automaten hat ohne Blutvergießen die uralten Träume von sozialer Gleichheit verwirklicht. Der

Mond ist kein Licht mehr, das die Straßen erhellt, die Sterne sind kein Flitter mehr, die die Nächte wunderbarer machen: Der Mond ist ein Staat, den es zu kolonisieren, die Sterne sind Welten, die es zu erobern gilt. Als Fachleute in Astronomie und Ballistik reden die Huntsviller mit großer Selbstgefälligkeit über diese Dinge; in der Butler High School warten die Schüler auf die Klingel im Stil des Countdown: » ... minus vier ... minus drei ... minus zwei ... minus eins ... Drring! Bahn frei!« Und dieselben Kinder gewöhnen sich daran, sich beim Start einer Rakete Watte in die Ohren zu stecken, um nicht taub zu werden. Und Raketen starten immer, Tag und Nacht. Die Luft wird fortwährend von Explosionen, von rötlich aufscheinenden Flammen zerrissen: Man lebt in Huntsville, nein in Rocket City, im ständigen Bombardement, in einem Inferno aus Lärm und Geheul.

Die schrecklichste Stimme hat die Saturn, die zum Mond fliegt und anderthalbmal so hoch ist wie die Freiheitsstatue, achtzigmal so groß wie die Kapsel, die John Glenn in den Weltraum trug, eine Höllenstimme, dröhnend wie die Niagarafälle im Herbst. Wenn sie etwas flüstert, erbebt die Erde mit ihren Hügeln und Tälern, die Mauern wanken, die Scheiben zerspringen, die Trommelfelle schmerzen unerträglich. Es gibt mehr Taube in Huntsville als irgendwo sonst auf der Welt, und niemand hat Mitleid mit ihnen. Was geht das uns an, heißt es, sollen sie sich doch Watte in die Ohren stopfen! Die NASA hatte es doch gesagt: Steckt euch Watte in die Ohren, nehmt Watte! Sie haben nicht darauf gehört, und nun sind sie eben zu ewiger Stille verurteilt. Die Ärmsten? Wieso denn? Sie können ja mit einer staatlichen Abfindung wegziehen, wenn sie wollen. Viele ziehen weg. Man erkennt sie im Wartesaal des Flughafens daran, daß sie komplizierte Hörbrillen tragen und trotz der Hörbrillen nichts verstehen: Wenn der Lautsprecher den Flug ankündigt, bleiben sie sitzen und schauen zur Decke. Dann ruft sie jemand, bedeutet ihnen, auf die Piste hinauszugehen, und sie antworten. Danke, ich habe keine Lust, mich in die Sonne zu setzen, ich bleibe lieber hier. Und so versäumen sie das Flugzeug. Wer in Huntsville bleibt, sei es aus Resignation oder Trägheit, haßt den Mond so, daß er es vermeidet, ihn anzuschauen, und sollte es ihm doch mal aus Versehen passieren, spuckt er aus.

Ich hatte noch nie einen Menschen gesehen, der beim Anblick des Mondes ausspuckt, Vater. Aber an dem Abend, als ich in Huntsville angekommen war, sah ich auch das. Ich erinnere mich, daß ich einen Spaziergang ums Motel machte und der Mond ganz klar war. Mitten auf dem Parkplatz stand ein Mann, die Hände in den Taschen. Unbeweglich, die Hände in den Taschen, starrte er auf den Mond. Plötzlich drehte er seinen Kopf nach hinten und spuckte aus. Kräftig und geradeaus nach oben: wie eine kleine Rakete, die sich im Dunkel verlor. Interessiert ging ich näher und versuchte, mit ihm ins Gespräch zu kommen. Der Mann hörte mich an, ohne mir zuzuhören, und begann mit einemmal von sich aus zu sprechen. »Ich scheiß drauf«, sagte er, »ich scheiß drauf! Auf diesen Hurensohn von Mond!« Pause. »Und diese Hure von Rakete, diese Nutte von Saturn!« Wieder Pause. »Und diese Nazis von . . .«

Der Vater der Saturn heißt Wernher von Braun. Der Onkel der Saturn heißt Ernst Stuhlinger. Ihre Verwandten sind alles Deutsche, obwohl sie seit 1955 die amerikanische Staatsbürgerschaft besitzen. Hundertzwanzig Deutsche à la Kasernenhof und Befehlston, die nur an Menschlichkeit gewinnen, wenn sie von der Saturn reden: die sie voller Zärtlichkeit *our baby* nennen. Oder: *our biggest baby,* unser größtes Baby. Während des Zweiten Weltkrieges, als sie in Peenemünde in Deutschland lebten, brachten sie nämlich kleinere Babys zur Welt: mit ebenso großer Zärtlichkeit V 2 genannt: Vergeltungswaffe Nummer 2. Die V 2 flogen bekanntlich nach London. In sieben Monaten töteten sie dreitausend Menschen und verwundeten sechstausendachthundert. Nicht zufällig sah Hitler in von Braun den bedeutendsten Wissenschaftler des Jahrhunderts. Das paradoxeste Kapitel des Romans über die Reise zum Mond beginnt hier und bei diesem Mann, bei dem die Amerikaner noch nicht wissen, ob sie ihn lieben oder hassen sollen.

Ein großer Prozentsatz, das ist wahr, liebt ihn: zum Beispiel die jungen Leute, die nach dem Krieg geboren sind, zum Beispiel die Deutschfreundlichen, von denen es in Amerika viele gibt. Sie lieben ihn und sehen zu ihm auf wie zu einem Christoph Kolumbus des Weltraums, zu einem Helden aus einem Zukunftsroman und dichten ihm alle positiven Eigenschaften dieser Welt an: Leidenschaft, Organisationstalent, Optimismus, Phantasie, ja selbst das Verdienst, Amerika aus seiner Blamage beim ersten Sputnik erlöst zu haben. Ein anderer großer Prozentsatz haßt ihn: zum Beispiel die Erwachsenen, die den Nationalsozialismus nicht vergessen können, oder die jüdischen Wissenschaftler, die der Gaskammer entkamen. Und sie betonen immer wieder, er habe überhaupt nichts erfunden, dieser von Braun, der Hitler so gern die Hand drückte, er habe nichts anderes getan, als die Ideen von Robert H. Goddard, dem Vater der amerikanischen Raketenforschung, zu stehlen. Ja, er mag ein guter Ingenieur sein, ein exzellenter Mechaniker, aber er sei auch ein schrecklicher Opportunist. Als er zwischen den Amerikanern und den Russen wählen mußte, die aus entgegengesetzten Richtungen gegen Peenemünde vorrückten, entschied er sich für die Amerikaner, okay. Aber nur weil sie ihm die Stärkeren zu sein schienen, und heute ärgere er sich tot bei dem Gedanken, das könnte ein Fehler gewesen sein. Nein, es sei absolut nicht angenehm, daß dieser von Braun praktisch das ganze Weltraumabenteuer leite. Es sei absolut nicht angenehm, daß er wie ein Held umjubelt und im Triumph herumgeführt werde. Er und seine hundertzwanzig Kameraden, die in Huntsville alle im selben Stadtteil wie in einer Festung leben und die in den ganzen zwanzig Jahren noch nicht richtig englisch sprechen gelernt haben; zu Hause und unter sich reden sie noch immer deutsch. Nicht wenige, auch unter den Journalisten, halten sich etwas darauf zugute, ganze Bücher über die Reise zum Mond geschrieben zu haben, ohne je von Braun, Stuhlinger und ihre Freunde zu erwähnen.

Offen gestanden, Vater, mir kommt das lächerlich vor. Und obwohl ich eine von denen bin, die nicht vergessen, die keine Gelegenheit versäumen, den Vergeßlichen das Gedächtnis aufzufrischen, das weißt du ja, so finde ich es doch unredlich und ungerecht, von Braun zu verweigern, was von Braun gebührt, ihn etwa in einem solchen Bericht zu übergehen. Du bist vielleicht nicht einverstanden, aber ich denke nun einmal so. Sieh mir in die Augen, Vater: Haben unbescholtene Männer wie Oppenheimer und Fermi nicht die

Atombombe gebaut, die Nagasaki und Hiroshima zerstörte? Das waren Wissenschaftler, wirst du sagen, und Wissenschaft hat nichts zu tun mit Ethik. Ich weiß. Aber auch von Braun war ein Wissenschaftler. Was an von Braun und seinen 120 Kameraden in Huntsville mißfällt, Vater, ist ja nicht, daß sie die V 2 gebaut haben: es ist doch vielmehr die Tatsache, daß sie noch zwanzig Jahre später erzählen: »Als am 6. September 1944 die erste V 2 auf Chiswick an der Themse fiel, stießen wir mit Champagner an.« Ich weiß nicht, aber das gefällt mir nicht. Ich glaube nicht, daß Fermi und Oppenheimer sich mit Whisky oder Chianti betranken an dem Tag, als die Bombe hunderttausend Menschen getötet hatte. Im Gegenteil: Das hat sie in eine persönliche Krise gestürzt, und sie haben sich dafür geschämt. Aber diese Deutschen, schämen sie sich denn niemals?! Haben sie denn niemals eine persönliche Krise?! Kommt ihnen denn nie der Gedanke, daß – wenn auch Wissenschaft nichts mit Ethik zu tun hat – sie als Wissenschaftler doch mit Menschen zu tun haben, ja sie selber Menschen sind?! Ich weiß nicht, aber das gefällt mir nicht. Mir gefällt auch nicht, daß sie in der Nazi-Partei waren, und es läßt mich ganz kalt, wenn sie heute sagen: Ich war zwar in der Partei, aber innerlich dagegen.

Ein Mann wie Erik Berghaust, Autor eines hervorragenden Buches über Wernher von Braun, ›Reaching the stars‹, auch er akzeptiert das. Heute amerikanischer Bürger, aber bis zu seinem vierundzwanzigsten Lebensjahr Norweger, hatte Erik Berghaust Verwandte, die in Konzentrationslagern in Deutschland umkamen, er selber wurde von der Gestapo festgenommen und geprügelt, nahm am norwegischen Widerstand teil: also ein überzeugter Nazigegner. Trotzdem hat er von Braun sehr gern und von Braun ihn ebenfalls: Freundschaft macht, wie Liebe, manchmal ein bißchen blind. Ohne sein Herz durchleuchten zu wollen, möchte ich doch gern wissen, ob von Braun ein richtiger Nazi war oder nicht. Ich schicke diese Überlegungen voraus, Vater, um klarzustellen, daß ich dieses Kapitel nicht schreibe, um dich zu ärgern, im Gegenteil, ich schreibe es mit vielen Vorbehalten. Und das erlaubt mir, von Braun den Platz und die Achtung zuteil werden zu lassen, die er verdient, ja sogar zuzugeben, daß er recht sympathisch ist. Erstaunt dich das? Es erstaunt mich selbst. Doch hier nun, was ich gleich nach der

Zusammenkunft auf meinen Notizblock schrieb: »von Braun interviewt. Sehr groß und breit, Schultern wie ein Boxer, massiger Körper, vor Gesundheit strotzendes Biertrinkergesicht. Schönes Gesicht, Haare sehr blond, Augen sehr blau, Zähne sehr weiß: kein Wunder, daß er Hitler gefiel. Der reinste Vertreter der germanischen Rasse. Wer weiß, wie er über die Schwarzen denkt, die in Huntsville wohnen. Er spricht mit unüberhörbarem preußischem Akzent, bringt es fertig, selbst die weichsten Worte hart klingen zu lassen, wie *moon*, Mond. Hält sich beim Reden stocksteif wie ein General, der mit einem einfältigen Rekruten spricht, und sein Lächeln ist so eisig, daß es eher wie eine Drohung wirkt. Seltsam: Er hat alles, um unsympathisch zu sein, und trotzdem ist er es nicht. Eine halbe Stunde lang habe ich mich bemüht, ihn unsympathisch zu finden. Zu meiner völligen Verblüffung mußte ich entdecken, daß ich zum genauen Gegenteil gelangte.« Die Sache ist die, daß ihm niemand eine mitreißende Persönlichkeit absprechen kann, eine ungestüme Intelligenz, eine dämonische Fähigkeit, jeden zu begeistern, der ihm zusieht und ihm zuhört. Er versteht sich auf alles, beschäftigt sich mit allem, er ist Pilot, Schriftsteller, Fallschirmspringer, Rennfahrer, Geiger, Schwimmer, Bergsteiger, Skifahrer, Pianist, Jäger, Redner, Fischer, Tiefseetaucher, Tennisspieler, Theologe und anderes mehr, so daß ich mich nicht wundern würde, wenn er auch noch ein großartiger Koch wäre, reizend häkeln könnte, ausgezeichnet ›Figaro hier, Figaro da‹ sänge, im Handumdrehen Sanskrit übersetzte. Man trifft hin und wieder auf solche Typen: Sie sind nicht besser als die andern. Eines aber ist gewiß: Sie sind anders als die andern. Dieser Mann ist nicht irgendeiner.

Er ist es, nach seiner Biographie zu urteilen, auch nie gewesen. Und es versteht sich von selbst, daß das Leben stets großzügig zu ihm war: Es schenkte ihm nicht nur einen robusten Körper und Geist, sondern auch einen Vater mit Namen Magnus von Braun, Baron, Bankier, Gutsbesitzer, Landwirtschaftsminister, sowie das herrliche Schloß Wirsitz in Ostpreußen, wo er am 23. März 1912 zur großen Freude der ganzen Familie geboren wurde. Auch wenn man ihn einen zweiten Leonardo da Vinci nennen will, so hat Leonardo einen großen Vorteil, da er als unehelicher Sohn einer unwissenden Bäuerin geboren wurde. Die Mutter von

Wernher von Braun war alles andere als eine unwissende Bäuerin: sie war die reiche, energische Baronin Emmy von Quistorp, eine berühmte Astronomin. Am Tage, als Wernher lutherisch-protestantisch getauft wurde, er war ungefähr acht Jahre alt, kaufte ihm die Baronin nicht, wie es Brauch ist, eine goldene Uhr: auch, weil er schon eine besaß. Sie schenkte ihm vielmehr ein Teleskop, mit dem er die Sterne beobachten konnte. Und er beobachtete sie auch. Mit dreizehn Jahren wußte er schon so viel darüber, daß er sich mit dem Gedanken trug, ein Fahrzeug zu erfinden, mit dem man auf dem Mond landen könnte: Und er kaufte sich auch das Buch von Hermann Oberth, ›Die Rakete zu den Planetenräumen‹, und begann es zu lesen. Da er aber in Physik schwach und in Mathematik noch schwächer war, verstand er nichts. So ging er zu Oberth, sagte ihm, er verstehe rein gar nichts, und Oberth gab ihm den Rat, sich erst einmal richtig hinter Mathematik und Physik zu klemmen. Sieben Jahre später hatte er bereits an der Technischen Hochschule in Berlin in Mathematik und Physik sein Diplom gemacht. »Ich war ganz erfüllt von dem romantischen Wunsch, im Himmel zu schweben und das Universum zu erforschen; abends war ich vom Anblick des Mondes bezaubert und sagte mir immer wieder, wie nah, wie nah er doch sei.«

Dieser nahe, nahe Mond veranlaßte ihn, seine Astronomiestudien zu vervollkommnen, und so studierte er an der späteren Fakultät für Astrophysik in Berlin. Hier jedoch gelangte er zur Überzeugung, daß das Problem nicht war, zum Mond zu gelangen, sondern wie der menschliche Körper und Geist die Reise überleben konnten. Er verließ Berlin und ging an die Eidgenössische Technische Hochschule in Zürich, wo er Costantino Generales kennenlernte und Experimente mit Mäusen durchführte. Dann kehrte er nach Deutschland zurück und arbeitete als Zivilangestellter des Heeres an der Konstruktion von Flüssigkeitsraketen. Er war einundzwanzig. Mit vierundzwanzig wurde er bereits Direktor von Peenemünde. Es war Baronin Emmy, die ihn auf Peenemünde aufmerksam machte. Wernher suchte eine unbewohnte und wasserreiche Gegend, wo er ungestört seine Raketen abschießen konnte, und sie sagte: »Warum nicht Peenemünde? Großvater ging immer auf Entenjagd dorthin, wenn er allein sein wollte.« Eigenartig, wie in Peenemünde genau das geschah, was fünfzehn Jahre später in Huntsville geschehen sollte; dieser Mann ist offenbar vom Schicksal dazu bestimmt, alle ruhigen Orte zu ruinieren. Berghaust sagt, in Peenemünde habe von Braun sich mit Raumfahrt befassen wollen. Als ihm aber im Frühjahr 1939 Hitler zum erstenmal die Hand drückte, erwähnte von Braun den Mond mit keinem Wort. Er erklärte ihm die Merkmale der A 4, eine Vorwegnahme der V 2, und sagte, dies sei eine furchtbare Waffe, eine Waffe, um den Feind zu zermalmen. (Ein Hohn, nicht wahr, Vater, daß die Raumschiffe, mit denen der Mensch zum Mond fliegen wird, im Grunde nichts anderes sind als die Raketen, die Hitler dazu dienten, Menschen zu töten.) Er sagte ihm, daß Bombardierungen vom Flugzeug aus nichts dagegen seien, und diese Begegnung zwischen dem Nazi-Diktator und dem Christoph Kolumbus des Weltraums war ziemlich komisch. Hitler, 35 Zentimeter kleiner als Wernher von Braun, behandelte ihn, vielleicht durch dessen Statur verstimmt, von oben herab und sprach mit ihm in einem Ton, als hätte er längst alles begriffen. Ein Satz genügte aber, um zu offenbaren, was für eine Arroganz sich hinter diesem Schnurrbart versteckte: Er wußte nicht einmal, wie eine Rakete gebaut ist und wie sie funktioniert.

»Gut, Doktor von Braun, gut. Allerdings verstehe ich nicht, wieso diese Rakete mit flüssigem Treibstoff zwei verschiedene Behälter benötigt.«

»Der eine enthält Sauerstoff und der andere Treibstoff, mein Führer.«

»Und wozu braucht man Sauerstoff?«

»Also ... mein Führer ... eine Rakete funktioniert bei Fehlen von Luft. Mit anderen Worten, sie benützt, um ihren Treibstoff zu verbrennen, nicht den Sauerstoff der Luft.«

»Und das heißt?«

»Das heißt, mein Führer, daß die Rakete in ihrer Hülle sowohl den Sauerstoff als auch den Treibstoff mit sich tragen muß. Und diese befinden sich eben in den zwei getrennten Behältern.«

»Verstehe. Aber wieso nehmt ihr nicht den Sauerstoff der Luft?«

Mit schweißbedeckter Stirn begann von Braun von vorne: Eine Rakete verbrennt ihren Treibstoff nicht mit dem Sauerstoff aus der Luft wie ein Flugzeug oder ein Auto ... Hitler verstand gleichwohl nicht, stieß aber auf den Erfolg der Rakete an: mit Mineralwasser. Und gab den Befehl, Doktor von Braun zu helfen, ihn zu finanzieren. Und verfolgte dessen Anstrengungen, die A 5 in A 4 umzuwandeln, das heißt in eine Überschallrakete, mit der man das verhaßte England in nullkommanichts erreichen konnte und die – so wünschte er – »Vergeltungswaffe« heißen sollte. Genauer: »Vergeltungswaffe Nr. 2«: V 2. Und daß Dr. von Braun davon sofort dreißigtausend Stück herstellen sollte, um London dem Erdboden gleichzumachen, für Moskau weitere dreißigtausend und nochmal dreißigtausend für New York. Und Dr. von Braun machte sich an den Bau der V 2, um London, Moskau, New York, die ganze Welt außer Deutschland, in Schutt und Asche zu legen. Natürlich wurden es nicht dreißigtausend: Trotz aller Bemühungen verließen Peenemünde täglich nicht mehr als dreißig V 2. Insgesamt also dreitausend: Und so gelangt man zu jenem 6. September 1944, als die erste V 2 auf Chiswick an der Themse fiel. Nach Chiswick fielen noch 1115 auf England, 518 allein ins Zentrum von London. Die letzte am 27. März 1945: einen Monat vor Hitlers Tod. »Hätten die Deutschen die V 2 ein halbes Jahr früher eingesetzt«, mußte Eisenhower gestehen, »so wäre die Invasion in Europa für uns alle schwierig, wenn nicht überhaupt unmöglich gewesen.« Das ist die Geschichte, die wir den Marsmenschen und Bewohnern der Venus werden erzählen müssen, wenn sie uns voller Bewunderung mit unserem Raumschiff landen sehen und uns fragen: »Donnerwetter, wie habt ihr das bloß gemacht? Wie nur?«

So: Im Januar 1945 war Großdeutschland bereits am Rande des Zusammenbruchs. Die Russen drangen von Osten vor, die Amerikaner von Westen, und das Artilleriefeuer rückte immer näher auf Peenemünde zu, wohin sowohl die einen wie die andern möglichst schnell wollten: Die einen wie die andern wußten, daß das von Baron von Braun für die Entenjagd bevorzugte Dorf einen Schatz barg. Rund um Peenemünde waren Barrikaden aus Stahlbeton errichtet worden, die Dokumente ruhten wohlverwahrt in Kisten, gesichert mit einer Säure, die sie beim Öffnen des Deckels automatisch vernichten würde, tausend V 2 waren in Bunker ausgelagert worden. Von Braun versammelte die zuverlässigsten Mitarbeiter um sich und hielt, wie Erik Berghaust schreibt, folgende kleine Ansprache: »Deutschland hat den Krieg verloren. Aber unser Traum, zum Mond und zu den andern Planeten zu gelangen, ist nicht tot. Die V 2 dient nicht nur als Kriegswaffe, sie kann auch für Raumflüge verwendet werden. Früher oder später werden sowohl die Russen als auch die Amerikaner wissen wollen, was wir wissen. Wem von beiden überlassen wir also unser Erbe, unsern Traum?« Oder vielleicht klang es (entschuldigen Sie bitte, Mr. Berghaust) eher so: »Deutschland hat den Krieg verloren. Jetzt geht es darum, unsere Haut zu retten. Entweder hängen uns die Amerikaner auf, oder die Russen erschießen uns. Wer von beiden läßt uns wohl im Austausch mit unseren schönen Raketen am ehesten durchkommen?«

Die Antwort war einstimmig: »Die Amerikaner.« Die Amerikaner hatten es nicht am eigenen Leib erfahren: bombardierte Städte, brennende Dörfer, deportierte Kinder, erschossene Männer und Frauen. Die Amerikaner pflegten weder Haß noch Rache. Die Amerikaner waren reich. »Die Amerikaner!« Das war genau das, was von Braun auch dachte: Sigismund, sein älterer Bruder, war Angehöriger der deutschen Botschaft beim Vatikan, als die Fünfte Armee in Rom einzog, er war also schon ein Jahr bei den Amerikanern, und es ging ihm gut dabei. Magnus, der jüngere Bruder, hörte am Radio immer die alliierten Sender und sagte, wenn es nach ihm ginge, hätten die Amerikaner Berlin schon besetzt. »Die Amerikaner!« Man mußte unbedingt versuchen, sich den Amerikanern zu ergeben. Und der Zufall kam ihnen zu Hilfe: Im Februar erhielt Oberst Walter Dornberger, in dessen Händen die Leitung der Peenemünde-Heeresversuchsanstalt lag, den Befehl, die fünftausend Mann und die verbliebenen Raketen von Peenemünde nach Bleicherode zu evakuieren. Die Evakuierung wurde wenige Tage vor Einmarsch der Russen in Peenemünde durchgeführt.

Hier nun wird das paradoxeste Kapitel im Roman von der Reise zum Mond um eine Liebesgeschichte bereichert: dem Abschied Wernher von Brauns von seiner Cousine Maria von Quistorp, Tochter Alexanders von Quistorp, dem Bruder der Emmy von Braun. Wernher war zu diesem Zeitpunkt dreiunddreißig Jahre alt, Maria erst fünfzehn. Aber

Wernher liebte Maria seit dem Tage, da er ihrer Taufe – lutherisch-protestantisch, nehme ich an, und im Alter von acht Jahren – beigewohnt hatte, und keine andere Frau zählte für ihn. So ging er zu ihr ins Schloß der von Quistorp an der Ostsee, um sich zu verabschieden, und es war ein Abschied à la Wagner. Er blond und groß, sie blond und zart. Er schaut sie mit seinen blauen Augen an, sie schaut ihn mit ihren blauen Augen an. Er sagt zu ihr: »Auf Wiedersehn, Maria«, und sie zu ihm: »Auf Wiedersehn, Wernher.« Vor ihnen die wogende See, die sich an den Felsen bricht, in der Ferne donnernde Kanonen. Wer diese Szene vor mir beschrieben hat, hat wunderbare, wirklich ergreifende Worte dafür gefunden. Mir gelingt es nicht. Das ist nun das dritte Mal, daß ich es versuche, und jedesmal lege ich weniger Gefühl hinein: Wer mehr besitzt als ich, soll es selbst dazugeben. Du weißt ja, Vater: Es ist nicht so, daß ich die Gefühle anderer nicht respektieren würde. Nur, es gelingt mir beim besten Willen nicht, von Wernher von Braun und seiner Liebesszene im Schloß der von Quistorp gerührt zu sein. Ich bin unhöflich, ist mir klar, aber im gleichen Augenblick, in dem ich mir selber sage, du bist unhöflich, unhöflich, kommen mir andere Abschiede im Kanonendonner in den Sinn. Zum Beispiel der Abschied einer kleinen Italienerin von einem Engländer, der vom Himmel gefallen ist und der zur Front aufbricht. Das Mädchen ist blond und knapp vierzehn, und der Engländer ist der erste Mann, der ihr die Wange gestreichelt hat. Der Engländer ist blond und knapp einundzwanzig, und das Mädchen ist die erste Frau, die um ihn geweint hat. Sie haben sich zufällig gefunden, in den Trümmern eines Hauses, und sie hat ihm ihr Bett gegeben und hat in der Küche geschlafen für vierzehn Tage: Es ist nichts passiert und doch alles geschehen in diesen vierzehn Tagen. Dann hat er gesagt: »Ich muß gehen«, und sie hat ihn durch die deutschen Stellungen bis dorthin gelotst, wo eine Kanone donnert. »Also Ciao«, sagt das Mädchen. »Ciao«, sagt der Engländer. »Hoffentlich regnet es nicht«, sagt das Mädchen. »Ja, hoffentlich regnet es nicht«, sagt der Engländer. »Wenn der Krieg zu Ende ist, komm wieder«, sagt das Mädchen. »Der Krieg wird zu Ende gehen, und ich werde wiederkommen«, sagt der Engländer. Und seine Augen glänzen so, als stünden sie unter Wasser. Das Mädchen betrachtet sie und sieht, daß ein Tropfen ihm von der Nase über die Lippen, dann über das Kinn läuft, sie hat noch nie eine so lange Träne gesehen wie die Träne dieses Engländers, und die Träne verliert sich schließlich am Hals: weißt du noch, Vater? Du warst ja auch dabei. Als die Träne auf seinem Halse war, drehte er sich um und ging fort. Ich sah ihn fortgehen, blond, hager, wehrlos, ein Junge noch, fast so alt wie ich, und meine Kindheit war mit einem Schlag zu Ende, zu Ende meine vierzehn Jahre, meine Fähigkeit zu verzeihen, und nie wieder würde ich lachen und spielen und weinen um Männer, die nicht dieser eine waren. In diesem einen Augenblick war ich erwachsen geworden, und in einem zweiten Augenblick wurde ich alt: Das war zwei Monate später, als man uns sagte, er ist tot; sie haben ihn im Wald gefunden, mit zwei Halsschüssen, die Deutschen haben ihn angehalten, er versuchte zu fliehen, und die Deutschen haben ihm zwei Schüsse durch den Hals gejagt. Gerade dort, wo die Träne sich verlaufen hatte. Kurz und gut, es kommen mir andere Abschiede in den Sinn, wenn ich versuche, den Abschied à la Wagner von Wernher und Maria zu beschreiben, und ihre Trauer an der Ostsee berührt mich nicht. Sie haben sich wiedergefunden, die beiden, jetzt sind sie verheiratet und haben es sehr schön in ihrer kleinen Villa in Huntsville. Wenn von Braun so intelligent ist, wie ich glaube, und wenn er je zufällig dieses Buch sehen sollte, wird er es verstehen: Ich wünsche es mir wenigstens. Aber Schluß jetzt mit dem romantischen Zwischenspiel. Kehren wir zum Konvoi aus Peenemünde zurück, der sich Richtung Bleicherode bewegt.

Ja, der ist wirklich dramatisch. In Bleicherode sind die Amerikaner schon sehr nah, und von Braun fühlt sich erleichtert. Während er seinen Wagen durch die Nacht lenkt, denkt er daran, daß der Schrecken nun gleich vorbei sein werde, daß er sich endlich mit der V 2 dem General Patton ergeben könne, der auf den Harz vorrückt, und während er daran denkt, übermannt ihn der Schlaf, sein Kopf sinkt auf das Steuer, der Wagen überschlägt sich, stürzt in einen Graben. Er erwacht eingegipst und mit großen Schmerzen, die linke

Schulter und der linke Arm sind gebrochen. Er fragt, ob er in Bleicherode sei, und Oberst Dornberger sagt, ja, aber sie müßten wieder evakuieren: diesmal in ein Lager in Oberammergau, am Fuß der Bayerischen Alpen. Er habe eine Stunde Zeit, um unter den fünftausend Leuten von Peenemünde fünfhundert Techniker und Wissenschaftler auszuwählen und mit ihnen ohne ihre Familien abzufahren. Er, Dornberger, werde inzwischen die Dokumentenkisten und das kostbarste Material auf drei Lastwagen verladen: um sie in einem geheimen Stollen im Harz zu verstecken. Von Braun steht auf, wählt die fünfhundert aus. Dornberger belädt die Lastwagen, fünf Kilometer vor der Höhle schickt er die Fahrer und die SS weg, dann versteckt er mit einer Gruppe von Vertrauten das Material und die Kisten, entfernt jedoch die Säure, die die Dokumente zerstören sollte: In der Tat finden die Amerikaner später alles wohlbehalten. Dann nach Oberammergau. Hier ist das Lager von der SS bewacht, die niemandem mehr traut, nicht einmal von Braun, aber Dornberger gelingt es trotzdem, von Braun herauszuholen: in einem Krankenwagen zusammen mit seinem Bruder Magnus. Er bringt sie nach Oberjoch, einem nahe gelegenen Dorf. Die Artillerie versengt Himmel und Erde, die Franzosen stehen nur eine Wegstunde weit entfernt. Auf einem Bett liegend, mit seinen Schmerzen in der Schulter und im Arm, bespricht von Braun die Möglichkeiten, nicht in französische Gefangenschaft zu geraten. In der Schule gefiel ihm Französisch, aber im Krieg gefallen ihm die Franzosen gar nicht. Die hassen wie die Russen. Wie viele von ihnen sind wohl mit einundzwanzig in einem Wald umgekommen, zwei Kugeln im Hals: genau dort, wo die Träne sich verlor.

»Das Kind muß unbedingt in die richtigen Hände«, sagt von Braun. Für »Kind« lies V 2, für »richtige Hände« lies Amerikaner. Es ist der 30. April 1945, das Radio verkündet, Hitler sei als Held in der Schlacht um Berlin gefallen, fast ganz Europa ist nun vom Alpdruck befreit. Gleich Engeln in Uniformen zerschneiden die Alliierten die Stacheldrahtverhaue der Konzentrationslager, befreien die gespenstergleichen, ausgemergelten, geschundenen, schrecklich anzusehenden Geschöpfe, und die Schere schließt sich immer enger und enger. Von allen Seiten rücken die Befreier oder Rächer heran, aus Norden, Süden, Osten, Westen, Amerikaner,

Russen, Franzosen, Engländer, und mittendrin sitzen sie, die Deutschen: wie Mäuse in der Falle, die sich an ein nutzloses Stückchen Käse klammern. Sich retten, indem man dieses Stückchen Käse als Geschenk anbietet! Von Braun schickt Magnus, um mit den Amerikanern über die Übergabe zu verhandeln. Magnus ist derjenige, der von allen am besten englisch spricht. Er radelt los und kommt nach ein paar Stunden zurück: »Gemacht. Hier sind die Passierscheine für sechs Wagen. Gleich wird der Begleitjeep hier sein.« Ist alles gut gegangen? »Sehr gut sogar. Sie sahen ganz so aus, als hätten sie uns erwartet, jedenfalls schienen sie froh, mich zu sehen.« Dann kommt der Jeep, und von Braun befindet sich bald darauf im Quartier von General Patton, zwei Offizieren gegenüber, die ihn mit großer Liebenswürdigkeit befragen. Einer ist Dr. Richard W. Porter, der wie ein Talentjäger aus Hollywood »wertvolle Elemente« sucht, um sie nach Amerika zu bringen. Der andere ist General Hoger Toftoy, Koordinator des Technical Intelligence Service in Europa und mit der Requisition dessen beauftragt, was von der feindlichen Ausrüstung übriggeblieben ist. Er hat schon viele Tigertanks zusammen, und jetzt will er die Kinder, die V 2. Von Braun erklärt ihm, wo sie sich befinden: ein Teil in dem Geheimstollen im Harz, ein Teil in einer Fabrik in Nordhausen. Der General springt auf: Nordhausen soll den Russen übergeben werden. Sofort unterbricht er das Gespräch und greift zum Telefon: Die Russen sollen Nordhausen haben, aber ohne das, was sich in der Fabrik befindet. Im Verlaufe eines Tages sind Höhle und Fabrik geräumt, die Kinder nach New Orleans unterwegs. Man braucht sechzehn Schiffe vom Typ Liberty, um diesen Kindergarten zu verfrachten, und als der Kindergarten schließlich in New Orleans ausgeschifft und von dort nach Neumexiko verbracht wird, ist Toftoy Chef der Raketenabteilung.

Als Chef der Raketenabteilung hat er die Aufgabe, unter den Technikern und Wissenschaftlern hundert auszuwählen und mit von Braun zusammen nach Amerika zu schicken. Er sucht sie in der ehemaligen Schule von Witzenhausen auf, wo sie ihre Tage mit dem Reparieren von Fahrrädern und Radios verbringen. Toftoy ist ein wackerer und auch ein sehr naiver Mann. Er zweifelt daran, unter den fünfhundert von Peenemünde hundert zu finden, die nach Amerika wollen, und um keinen Mißerfolg zu riskieren, fragt er jeden einzelnen: »Wollen Sie lieber bei den Russen oder bei den Amerikanern arbeiten?« Unweigerlich antwortet jeder: »Bei den Amerikanern! Bei den Amerikanern!« Alle wollen sie in dieses Amerika, das sie doch mit ihren V 2 in Schutt und Asche zu legen gedachten, sie ähneln Juden, denen man eine Reise ins Gelobte Land verspricht. Geschmeichelt, hilflos, überrumpelt wendet sich Toftoy an von Braun, der ihm eine Gruppe von hundertachtundzwanzig vorschlägt. Man einigt sich auf hundertsiebenundzwanzig, der Fehlende ist Dornberger. Die Engländer betrachten ihn als Kriegsverbrecher und wollen ihn als Sündenbock für die 1116 V 2 haben, die gegen Großbritannien abgeschossen wurden. Toftoy übergibt ihn den Engländern, und es sieht wirklich so aus, als würde der Kommandant von Peenemünde in Nürnberg mit einer Schlinge um den Hals enden. Statt dessen muß er zwei Jahre lang bei der Enttrümmerung von London helfen. Die aus den Dokumentenkisten entfernte Säure, seine Bemühungen um die Übergabe der Kinder an Toftoy und nicht zuletzt das Zeugnis von Brauns haben ihn gerettet. Zehn Jahre später bekommt auch er seinen amerikanischen Paß, und weißt du, was er jetzt tut, Vater? Er stellt bei der Aerobell System in Buffalo Raketengürtel her. Ja, ja: die Raketengürtel dieses fliegenden Engels auf der Weltausstellung. Auch das werden wir den Marsmenschen und den Bewohnern der Venus erzählen müssen, wenn sie bei unserem Bericht verblüfft ausrufen: »Was seid ihr doch für seltsame Wesen da unten auf der Erde! Ist ja wirklich eine ganz andere Welt. Und dann?«

Und dann reiste die erste Gruppe von zwanzig Deutschen nach Amerika, angeführt von Wernher von Braun. Es war im September 1945. Die Gruppe verweilte in Boston, dann in Washington, schließlich fuhr sie mit der Bahn nach Fort Bliss in Texas. Von Braun war glücklich: Wieder einmal war das Leben großzügig zu ihm gewesen. Die andern waren im Siebenten Himmel. Während der Zug Wälder und Wüsten durchquerte, schauten sie nur aus dem Fenster und schienen zu denken: »Ein Glück, daß wir nicht mehr als dreißig Kinder am Tag gebären konnten.« Und im Speisewagen schienen sie zu denken: »Wie schön ist es, den Krieg zu verlieren!« Sie reisten allerdings geheim und jeder mit einer Wache: Denn Toftoy war noch nicht sicher, ob die Bevölkerung sie wohlwollend aufnehmen würde, man achtete darauf, nicht zu verraten, wer sie waren. Die Bevölkerung wußte es in der Tat nicht, ausgenommen der geheimnisvolle Reisende, der von Saint Louis bis Texarkana mit von Braun das Schlafwagenabteil teilte. Auch diese Episode stammt von Erik Berghaust. Von Braun wurde von Major Hamill eskortiert, einem Vertrauensmann von Toftoy, der sich aber, um nicht aufzufallen, mit ihm nur zum Essen traf. Es ergab sich, daß der Reisegefährte mit von Braun ins Gespräch kam und ihn einmal fragte, woher er komme. »Aus der Schweiz«, antwortete von Braun. Der Mann kannte die Schweiz gut, er fragte, aus welcher Stadt der Schweiz. »Zürich«, antwortete von Braun. Der Mann kannte Zürich gut, er fragte, was er in Zürich gemacht habe. »Stahlhandel«, antwortete von Braun. Der Mann verstand etwas von Stahlhandel und fragte nun nach dem Tätigkeitsbereich. »Kugellager«, antwortete von Braun. Der Mann verstand etwas von Kugellagern und schimpfte über die Art, wie in der Schweiz, insbesondere in Zürich, Kugellager verkauft wurden. Von Braun verstummte und zog sich in eine Ecke zurück, als schliefe er. In Texarkana weckte ihn ein leichter Schlag auf die Schulter. Es war der Mann, der so viel über die Schweiz, über Zürich, über Stahl und über Kugellager wußte und der jetzt ausstieg. Von Braun schüttelte ihm die Hand, der andere erwiderte seinen Händedruck, nahm seine Koffer und flüsterte mit einem hinterhältigen Lächeln: »Wenn ihr Schweizer nicht gewesen wärt, weiß ich nicht, wie wir Amerikaner diese Deutschen in die Knie gezwungen hätten.«

Eine zweite Gruppe kam im Januar 1946 nach: direkt nach El Paso, wozu Fort Bliss gehört. Das erste, was sie von El Paso sahen, waren die Lebensmittelgeschäfte, und da wurden sie fast verrückt. Jahrelang hatten sie Hunger gelitten, und nun dieser Niagarafall von Beefsteaks, Hühnern, Sahne; sie waren überwältigt wie einst die Juden in den Konzentrationslagern von einer Kartoffel. Sie wollten unbedingt etwas kaufen, denn einzukaufen war ihnen vorerst verboten; als man ihnen schließlich die Erlaubnis gab, sah man etwas, was nur die chinesischen Bauern zu sehen gewohnt sind, wenn Heuschreckenschwärme sich auf die Kornfelder niederlassen und sie vertilgen. In wenigen Minuten leerten sie alle Geschäfte von El Paso, packten Pakete, schickten sie an ihre Verwandten nach Deutschland. Die Post mußte extra zwanzig Hilfskräfte einstellen. Die dritte und letzte Gruppe traf im April 1947 ein, zusammen mit den Familien. Auch sie standen unter militärischer Bewachung, aber das machte ihnen nichts aus. Wichtig war ihnen einzig, die US-Staatsbürgerschaft zu bekommen, und in ihrer Hoffnung akzeptierten sie alles, ahmten Bräuche, Sitten und Unsitten nach. In Amerika kaut man ununterbrochen Chewing-gum? Also kauten sie auch Chewing-gum. In Amerika trinkt man Whisky? Also tranken sie Whisky. In Amerika hört man Jazz? Also hörten sie Jazz. Amerika ist ein Polyp, der jeden verschlingt, der länger als einen Monat dort lebt. Es gibt kein Land, keine Religion, die alles derart absorbiert und verwandelt wie Amerika, weißt du. Nach einem Monat glaubst du zwar, du seist noch Europäer, Afrikaner oder Asiat, du glaubst, du hättest widerstanden, dich nicht verschlingen, absorbieren, verwandeln lassen: Eines Morgens aber wachst du auf und merkst, daß du amerikanischer bist als ein in Chicago geborener Amerikaner. Das ist den Italienern passiert, das ist den Chinesen passiert, das ist den Russen passiert. Und doch ist es noch nie passiert, daß eine Gruppe von Europäern sich mit solcher Leichtigkeit und Behendigkeit in die amerikanische Gesellschaft integrierte wie diese Hundertsiebenundzwanzig aus Peenemünde und ihre Familien. Der Kongreß ließ sie ganze zehn Jahre auf die US-Staatsbürgerschaft warten, er hätte sie ihnen schon nach einem halben Jahr geben können. Du konntest einen Deutschen treffen, der englisch wie ein Deutscher sprach, und ihn spaßeshalber fragen: »Entschuldigen Sie, wo sind Sie her?« Er antwortete: »Ich bin Texaner.« Es ist kein Zufall, daß während der sechs Jahre, die die Deutschen in Fort Bliss verbrachten, es nie zu einem unangenehmen Zwischenfall kam. Es geschah höchstens, daß ein Kind, zu dem ein anderes Kind »Nazi« gesagt hatte, weinend nach Hause lief und seine Mutter fragte: »Mutter, was meint er mit Nazi?« Aber die Mutter sagte bloß: »Nichts, das ist nur ein Wort, das nicht mehr Mode ist.« Und das Kind hörte auf zu weinen. »Ich glaubte, es sei ein Schimpfwort, Mutter.« – »Schimpfwort?! Wieso?« Das Schimpfwort wurde jedenfalls nie gegenüber der Tochter von Wernher von Braun geäußert: inzwischen verheiratet und Familienvater. 1947 hatte von Braun an Maria geschrieben, ob sie seine Frau werden wolle, Maria hatte freudig zugesagt, von Braun war nach Deutschland gereist, um sie zu heiraten, und zur neuen Familie in Fort Bliss gehörte bald ein Mädchen namens Iris, das ein Jahr nach der Heirat zur Welt kam. Bildschön, blond wie Mutter und Vater.

Trotzdem war von Braun in diesen Jahren ziemlich unglücklich. Es gab nicht viel mehr zu tun in Fort Bliss, als V 2 in den Himmel zu schießen und die Befehle der Marine und der Luftwaffe auszuführen. Und von Braun langweilte sich. Um die Langeweile zu vertreiben, studierte er mit Ernst Stuhlinger zusammen ein Projekt für eine Marsexpedition und schrieb auch ein Buch darüber: ›Das Marsprojekt‹. Als er damit fertig war, schickte er es einem New Yorker Verleger, der es mit der Bemerkung »unmöglich und unwahrscheinlich« ablehnte. Da schickte er es einem anderen Verleger, und auch dieser lehnte es mit der Bemerkung »unmöglich und unwahrscheinlich« ab. Achtzehn Verleger lehnten es als »unmöglich und unwahrscheinlich« ab. Fünf oder sechs Jahre sollten vergehen, bis das Buch in Deutschland herauskam und dann in Amerika übersetzt wurde, wo es heute noch ein Bestseller ist. Gleichzeitig aber baten dieselben Verleger Wernher von Braun um einen Science Fiction-Roman, und er tat ihnen den Gefallen: Er schrieb eine Geschichte von ein paar Astronauten, die auf dem Mars landen und dort eine große Zivilisation von grünen Männchen finden. Die grünen Männchen sind wie die alten Römer gekleidet und leben in Kristallhäusern. Sie lernen sofort englisch, und eins von ihnen kehrt mit den Amerikanern zurück, um sich in Amerika niederzulassen. Von Braun schämt sich heute sehr dafür. Stuhlinger dagegen, der daran mitarbeitete, ist recht stolz darauf. Stuhlinger ist eine sehr eigenartige Persönlichkeit: aber davon später. In Peenemünde war er damit beschäftigt, die Geschwindigkeit der V 2 zu messen, doch blieb er immer irgendwie auf Distanz. Das einzige, woran ihm lag, war zum Mars zu fliegen, und zu diesem Zweck arbeitete er an einem Elektrotriebwerk, das für die Bombardements nicht viel nützte. In Fort Bliss setzte er seine Studien fort: Amerika galt ihm gleichviel wie Thüringen, wo er geboren war, oder wie Papualand oder Rußland. »Wichtig ist«, sagte er immer wieder, »daß wir auf den Mars gelangen.« Von

Braun fand in ihm einen engen Freund: Abends betrachteten sie miteinander die Sterne. Manchmal war auch die Baronin Emmy von Braun dabei.

Der Baron und die Baronin waren ihrem Sohn nach dessen Heirat mit Cousine Maria nach Texas nachgereist. Nach dem Abkommen von Jalta waren ihr Schloß und ihre Ländereien in Schlesien an Polen gefallen, die Familie besaß nichts mehr als die Trümmer eines Hauses in Berlin, und die Auswanderung nach Fort Bliss war ihnen als eine annehmbare Lösung erschienen. Sie waren dort freilich abhängig von Wernher und lebten ohne Begeisterung dahin. Als Liebhaber von Bach und Brahms wurden sie jedesmal blaß, wenn sie Jazz hörten, das Motto »Hilf dir selbst« jagte ihnen einen Schauer über den Rücken und weckte in ihnen erst recht den Wunsch nach ihrer Dienerschaft. Vergeblich versuchte der Sohn, sie zum Weltraumzeitalter, zu den Gewohnheiten des großen Landes, das jeden aufnimmt, zu bekehren: Aus wasserblauen Augen starrten sie ihn an und sagten nur: Wir wollen zurück in die Heimat. 1953 kehrten sie tatsächlich zurück. Mit alten Leuten hatte von Braun in Amerika kein Glück. Einmal wollte er Oberth dorthin haben, den Professor, der ihm damals das Mathematikstudium angeraten hatte, den großen Oberth, der mit dem Amerikaner Goddard und dem Russen Ziolkowsky zusammen einer der drei Väter der Raketenforschung ist. Oberth kam, ihm wurden alle nur möglichen Ehren erwiesen, aber nach einem halben Jahr verkündete er, er gehe nach Deutschland zurück. Die Anpassungsfähigkeit von Brauns, seine Abenteuerlust paßten besser zu den jungen Leuten: Bei ihnen hatte er Erfolg. Die Brüder Magnus und Sigismund folgten ihm ohne Zögern und blieben auch drüben. Magnus wurde Ingenieur bei Chrysler, und Sigismund ließ sich als Botschafter Westdeutschlands in Washington nieder. Und so sind wir wieder in Huntsville, bei Lily Flagg, die mit all ihren Rosen und Bändern in Ohnmacht fällt.

Von Braun und die hundertsiebenundzwanzig Deutschen übersiedelten nach dem Ausbruch des Koreakrieges ohne viel Aufhebens von Fort Bliss dorthin. Als die erste Redstone zum Himmel stieg und dieses ganze Durcheinander auslöste, wußten die Huntsviller kaum, wie ihnen geschah. Sie wußten lediglich, daß diese Deutschen in der Stadt waren, und was immer diese auch taten, sie sahen sie gar nicht gern. »Das letztemal, daß unsere Jungs die Deutschen sahen, war es, um in Deutschland auf sie zu schießen, und wir legen nicht den geringsten Wert darauf, sie hier zu haben«, hatte der Bürgermeister erklärt. Und die Stadt hatte sich ihm angeschlossen. Die Türen wurden den Eindringlingen vor der Nase zugeschlagen, man drehte ihnen den Rücken zu, niemand wollte ihnen eine Wohnung vermieten. Ähnlich den Protesten in South Carolina und in Georgia, wo ganze Dörfer von Bulldozern niedergewalzt wurden, um Platz zu schaffen für die Errichtung von Atomkraftwerken, schrieb eine alte Dame, die von den Raketen reden gehört hatte, die ergreifenden Worte auf ein Schild vor ihrem Fenster: »Es ist unbegreiflich, warum man unseren Frieden stört, nur um den Frieden auch anderer Städte zu stören.« Die hundertachtundzwanzig zuckten nicht mit der Wimper. Sie kauften Grundstücke, bauten selber ihre Häuser darauf und warteten mit teutonischer Geduld auf die US-Staatsbürgerschaft. Fünf Jahre genügen normalerweise. Nach fünf Jahren mußten sie aber weitere fünf Jahre warten, denn in Washington war man noch nicht zu diesem Schritt bereit. Dann war man in Washington so weit, und dieser Akt kam einer Niederlage gleich: einer Niederlage all jener, die das Grün und die Kühe und die Vögel lieben und sagen: »Es ist unbegreiflich, warum man unseren Frieden stört, nur um den Frieden auch anderer Städte zu stören.«

Die Zeremonie vollzog sich im Auditorium der High School in Anwesenheit von zwölfhundert Huntsvillern, und niemand weinte, niemand pfiff. Die Stimmung war dieselbe wie bei dem unterbrochenen Picknick an Lily Flaggs Festtag. Fahnen, Fanfaren, Fröhlichkeit. Der Bürgermeister auf dem Podium. Das Orchester der Stadt, das ›Ja-da‹ und ›Tea for two‹ spielte. Und anstelle von Lily Flagg die neuen Bürger: mit einer weißen Nelke im Knopfloch. Der Bürgermeister, nun alles andere als mißgesinnt, platzte fast vor Zufriedenheit. »Ich bin glücklich«, sagte er, »daß Ihre Wahl auf uns gefallen ist. Ich kann mich nicht entsinnen, daß uns jemals eine andere Gruppe, die sich für Amerika entschied, eine solche Freude bereitet hätte. Wir sind uns Ihres Beitrags zum Gedeihen und zum Fortschritt unserer Stadt gewiß.« Dann ergriff Toftoy das Wort und sagte, er habe in den

sechsunddreißig Jahren seines Soldatenlebens nie eine besse-
re Gemeinschaft kennengelernt als die dieser hundertachtundzwanzig Deutschen. Dann erhob sich von Braun, und
seine ganze vornehm aristokratische Zurückhaltung schien
hinter einer geradezu bäuerlichen Jovialität zu verschwinden. Groß, sonnengebräunt, blauäugig, sah er aus, als wolle
er ein Baseballmatch eröffnen: Die Frauen verschlangen ihn
mit den Augen. Auf dem Podium breitete er die Arme aus
und lächelte: »Dies ist der schönste Tag meines Lebens. Es
ist, als heirate man zum zweitenmal.« Und tags darauf triefte
der Leitartikel der ›Huntsville Times‹ vor Liebenswürdigkeit: »Wir sollten nicht vergessen, daß wir diese armen
Deutschen noch vor zehn Jahren mit einem Bombenteppich
belegten.« Der Chefredakteur der ›Huntsville Times‹ war
während des Krieges nicht in London gewesen. Er war auch
nicht in Polen, in der Tschechoslowakei, in Dänemark, in
Norwegen, in Frankreich, in Italien. Vielleicht war er deshalb
so christlich mitfühlend. Nicht wahr, Vater, es sagt sich leicht:
Seid-nett-zueinander-wir-sind-doch-alle-Kinder-Gottes. Es
sagt sich leicht, wenn man zwischen 1938 und 1946 in Huntsville, Alabama, gelebt hat. Ein Podium, ein paar Bänder, eine
Musikkapelle, die ›Ja-da‹ und ›Tea for two‹ spielt, und nun
fort mit dem alten Groll, fort mit den häßlichen Erinnerun-
gen, denken wir lieber an den Mars, an den Mond, halt die
andere Wange hin, sagte Jesus. Auf jeden Fall heißt es Ende
gut, alles gut, nicht wahr, Vater, und damit schließt das paradoxeste Kapitel in dem Roman von der Reise zum Mond. Ich
betrete das enorme Gebäude des Marshall Space Flight Center, also das Raumflugzentrum, und stelle mich mit einem
netten Lächeln Joe Jones vor, dem Publicity-Mann, der mich
zu Doktor Wernher von Braun begleitet.

21. Kapitel

Unvermittelt platzte er herein, und der Raum war mit einem
Schlag prallvoll, obwohl es ein großer Raum war, einer von
jenen Sitzungssälen mit langem Konferenztisch; die Wände
wurden so zerbrechlich, daß er sie mit einem kleinen Schul-

terzucken hätte durchstoßen können, und alle Luft war weg. Er hatte sie völlig in einem Zug eingeatmet, und nun hing ein leiser Duft von Zitronen im Raum. Leicht irritiert fragte ich mich, wo ich dies schon gerochen hatte: Aber ich konnte mich nicht darauf besinnen. Es war ein Geruch aus weit zurückliegender Zeit.

Er trug einen grauen Regenmantel mit Gürtel, und ein Büschel Haare fiel ihm in die sehr hohe Stirn. Vielleicht sah er deshalb jünger als zweiundfünfzig aus: wie fünfundvierzig ungefähr, mehr nicht. Unter dem Arm trug er eine Tasche. Er legte sie auf den Tisch und sah mich mit seinen Augen an, die so hell sind, daß sie fast blind wirken. Dann streckte er seine riesengroße Hand aus und suchte die meine. Um sie zu finden, mußte er sich bücken: Ich reichte ihm kaum bis zum Magen. Seine Stimme drang aus unerreichbaren Höhen zu mir.

»Ich weiß gar nicht, wie ich mich entschuldigen soll. Ich bin elf Minuten zu spät.«

»Das spielt doch keine Rolle.«

»Es spielt eine Rolle. Und es tut mir leid: Denn ich kann Ihnen nicht mehr als eine halbe Stunde geben. Ich komme nie zu spät.«

»Das weiß ich.«

»Das wissen Sie?«

Er lächelte über die ungewollte Ironie. Er zog den Regenmantel aus und warf ihn auf einen Stuhl, dann wandte er sich mir zu wie jemand, der etwas vergessen hat.

»Ich heiße Wernher von Braun.«

»Auch das weiß ich.«

Er lächelte von neuem. Er kreuzte die Arme und musterte mich.

»Und Sie?«

Ich sagte es ihm. Er wiederholte es, ließ es auf der Zunge zergehen, wie man einen Wein kostet, um ihn auf seine Güte zu prüfen.

»Oriana... Schöner Name, à la Proust. Fallaci... Fallaschi oder Fallatschi?«

»*Tschi.* Nicht *schi.*«

Er spaßte nicht. Er wollte Genauigkeit. Ich lieferte sie ihm.

»*Schi* statt *tschi* sagt man in Florenz. Ich bin aus Florenz.«

»Florenz! Ah, Florenz! Also eine Yankee!«

»Eine Yankee?«

»Eine aus dem Norden. Wichtiges Detail. Die Yankees sind immer stolz darauf, Yankees, also aus dem Norden zu sein. Die Norditaliener schauen auf die Süditaliener herab wie die Yankees auf die Texaner.«

Er spaßte auch jetzt nicht. Er wollte nur Genauigkeit.

Ich strengte mich doppelt an.

»Florenz liegt weder im Norden noch im Süden. Florenz ist eine Insel in der Mitte Italiens, ein Reich für sich.«

»Eine Art Aristokratie, ja?«

»Ja, das glauben wir wenigstens.«

»Und darum lästert ihr über alle andern.«

»Aber auch über uns selber.«

»Aus Koketterie, nicht aus Überzeugung.«

»Sie kennen uns gut, Herr von Braun.«

»Natürlich. Alle Deutschen kennen Florenz. Die Deutschen sind Romantiker. Wollen wir anfangen?«

Er ging zum Konferenztisch und setzte sich an den Platz des Präsidenten, also an seinen Platz. In diesem Augenblick kam ein kleiner Mann herein mit rotem unterwürfigem Gesicht und gebeugten, ebenfalls unterwürfigen Schultern: sein PR-Koordinator, Bart Slattery. Zu spät auch er und außer Atem. Er bat um Entschuldigung und beeilte sich, uns miteinander bekannt zu machen. Von Braun winkte mit einer knappen Handbewegung ab.

»Schon erledigt, Slattery. Schon selber vorgestellt. Die Miss ist eine Yankee. Kommt aus Florenz. Schon erledigt, Slattery.«

Slattery flüchtete in einen Sessel, der ihn verschluckte. Ein armseliger Kümmerling mit einem erloschenen, ängstlichen Gesicht. Er sah zu Braun auf wie ein Sklave zu seinem Herrn und schien zu fragen: »Womit kann ich dienen, Herr?«

Nun, er konnte ihm dienen, indem er mich daran erinnerte, daß Wernher von Braun keine Zeit zu verschwenden hat, daß Wernher von Braun höchstens eine halbe Stunde gewährt. Von neuem winkte von Braun mit einer knappen Handbewegung ab.

»Schon gemacht, Slattery. Schon gemacht.«

Slattery versank noch mehr in seinem Sessel, von seiner

Überflüssigkeit völlig erdrückt, er sah auf die Armbanduhr: das hieß, daß die halbe Stunde in dieser Minute anlief. Dann sah er von Braun an, der diesmal zustimmte, indem er unmerklich die Wimpern senkte. Drei ... zwei ... eins ... los! Ich holte Atem und startete.

»Herr von Braun, ich lasse jede Einleitung weg und stelle Ihnen gleich eine Frage«, begann ich. »Die Frage ist folgende ...«

Ein weißes Blatt glitt auf dem Tisch vor mich hin, stieß an meine Hand und unterbrach mich. Es kam von Slattery, und er schrieb mir: »DOKTOR v. Braun, *nicht* Herr v. Braun.« In kraftvollen, wütenden und sehr großen Großbuchstaben stand da das Wort: DOKTOR. Ich starrte ihn an, verdutzt und mit brennendem Gesicht, warf dann von Braun einen Blick zu, in der Hoffnung, er nenne ihn einen Esel. Aber von Braun war in den Anblick seiner Fingernägel vertieft und schien nichts bemerkt zu haben. Vielleicht hatte er wirklich nichts bemerkt.

»Die Frage ist die, Herr von Braun. Hier redet man über den Flug zum Mond wie über einen Flug von Huntsville nach New York und behauptet immer wieder, das werde sich, mindestens für die Amerikaner, bis 1970 verwirklichen lassen ...«

Noch ein weißes Blatt glitt vor mich hin, wieder von Slattery. Einem fuchsteufelswilden Slattery. »DOKTOR v. Braun!!!« Aber von Braun betrachtete seine Fingernägel. Weiß Gott, was er daran fand.

»Ist es tatsächlich bis 1970 möglich, *Doktor* von Braun?«

Slattery nickte befriedigt und frohlockte in seinem Sessel. Von Braun ließ seine Nägel Nägel sein: endlich überzeugt, daß dort nichts Interessantes zu sehen war.

»Wenn das amerikanische Volk bereit ist zu zahlen: ja, ohne Zweifel. Das Unternehmen kostet Hunderte von Milliarden Dollar und kann nur durchgeführt werden, wenn der Kongreß es weiterhin finanziert. Das ist mein großes Wenn. Ein finanzielles Wenn also, kein technisches. Vom technischen Standpunkt aus gibt es keine Verzögerungen. Natürlich einige Schwierigkeiten. Aber die sind alle leicht zu beheben. Der Flug ist ja kurz: eine Woche hin und zurück zum Mond ist wie ein Picknick im Grünen.«

»Ein Picknick im Grünen?«

»Ein Picknick, eine Lappalie, ein Kinderspiel.«

»Auf dem Papier, für Sie, ja, das bezweifle ich nicht. Für die Astronauten, die dort landen, wohl etwas weniger.«

»Nein! Ich bin überzeugt, daß man auf dem Mond fast überall und ohne allzu große Schwierigkeiten landen kann. Gewiß gibt es Zonen, die für unsere Fahrzeuge unzugänglich sind. Der Mond ist ziemlich groß, und die Mondoberfläche ist nicht überall gleich: Es gibt Berge auf dem Mond, Ebenen, Zonen mit dichtem Staub und Zonen, die glitschig sind wie vereister Schnee. Doch es gibt andererseits Zonen, wo es möglich ist, sich relativ leicht zu bewegen. Wenigstens hoffe ich das. Man weiß fast alles über den Mond: doch nicht ganz alles. Man weiß, daß auf dem Mond mit großer Sicherheit kein Leben existiert, höchstens ein paar Sporen, man weiß, daß die Schwerkraft auf ein Sechstel reduziert ist, aber alles weiß man nicht. Und darum gehen wir ja hin.«

»Hm. Und der Risikofaktor, *Doktor* von Braun?« Von neuem frohlockte Bart Slattery in seinem Sessel. »Wie hoch ist der Risikofaktor für die drei Astronauten?«

»Hm. Zu fünfzig Prozent besteht die Gefahr darin, daß sie vor ihrem Start hier auf der Erde bei einem Autounfall ums Leben kommen: Die fahren ja wie die Wilden. Hm. Und zu fünfzig Prozent, daß sie bei der Fahrt zum Mond ums Leben kommen. Hm?«

»Mit dem Unterschied, daß man bei einem Autounfall nicht immer stirbt, bei einem Unfall auf dem Mond aber im Handumdrehen. Hm? Ein Loch im Raumanzug, und aus ist's. Hm?« Bart Slattery wurde unruhig. Er nahm ein Zettelchen, dann den Bleistift und wollte mir eine weitere Botschaft zukommen lassen. Tat's dann aber doch nicht, denn er hatte begriffen, daß ich begriffen hatte: Es wird nicht *hm* gemacht, wenn Doktor von Braun *hm* macht. *Hm* macht Doktor von Braun und niemand sonst.

»Ein Loch im Raumanzug, sagen Sie. Auch ein Schiff auf dem Meer geht bei einem Leck unter, und man ertrinkt. Auch ein Flugzeug mit einem Loch stürzt ab. Ein Flugzeug kann theoretisch jedesmal abstürzen, wenn Sie damit fliegen. Ich sehe wirklich keinen Unterschied zwischen Flugzeugen, den antiken Schiffen der Phönizier und den Raumschiffen und -anzügen von heute. Mit den zerbrechlichen Schiffen der Phönizier das Mittelmeer zu überqueren war sehr viel riskanter, als mit der Saturnrakete und der Apollokapsel den Raum zu durchqueren. Wenn die Seeleute mit jenen Schiffen in einen Sturm gerieten oder gegen ein Riff stießen, starben sie genauso wie die Astronauten, die in einen interstellaren Sturm geraten oder sich den Raumanzug an einem Mondriff aufreißen.«

»Würden Sie selber auf den Mond gehen, Doktor von Braun?«

»Ohne weiteres. Sofort würde ich gehen. Ohne einen Augenblick zu zögern.«

Bart Slattery nickte hingerissen. Er begann mir wirklich auf die Nerven zu gehen, dieser Bart Slattery. Ich warf ihm einen gehässigen Blick zu, den er zurückgab. Steif und unbeweglich, mit verschränkten Armen und übergeschlagenen Beinen, verfolgte von Braun teilnahmslos unser Geplänkel.

»Seltsam, daß es dann in der Apollokapsel nicht auch ein Plätzchen für Sie gibt. Ein Wissenschaftler wäre doch nützlich, oder nicht?«

»Das sage ich ja auch. Ob man einen Wissenschaftler mitfliegen lassen soll oder nicht, wird schon seit Jahren heiß diskutiert. Ich zum Beispiel behaupte, daß ein guter Geologe imstande ist, Eigenschaften der Mondoberfläche zu beobachten, die kein noch so tüchtiger Astronaut bemerkt. Die besondere Formation eines Felsens beispielsweise. Deshalb sage ich immer wieder, daß man dort Wissenschaftler braucht. Doch man gibt mir zur Antwort, das Ziel des ersten Fluges sei ausschließlich das: drei Mann hin- und lebend wieder zurückzubringen, die uns sagen können, was am Raumschiff in Ordnung ist und was nicht. Fähige Ingenieure. Relativ junge und kaltblütige Leute, die sich im Notfall zu helfen wissen. Testpiloten. Männer, die keine Angst haben, sich aus einem brennenden Flugzeug zu werfen oder aus dem Raumschiff auszusteigen, um eine Reparatur vorzunehmen. Und ich fürchte, daß ich als Testpilot nicht über die notwendigen Eigenschaften verfüge. Ich ... Vielleicht lassen sie mich beim Flug Nummer zehn mit, wie man einen alten quengelnden Onkel mitnimmt, damit ich endlich Ruhe gebe.«

Bart Slattery seufzte, um zu demonstrieren, wie sehr er am Kummer seines Herrn Anteil nahm. Von Braun würdigte ihn keines Blickes.

»Vielleicht schaffen Sie es zum Mars, Doktor von Braun.«

»Mit dem Mars ist das eine ganz andere Sache. Der Hauptunterschied zwischen einem Flug zum Mond und einem Flug zum Mars ist, daß der Mars sehr viel weiter entfernt ist: Infolgedessen dauert die Abwesenheit von der Erde sehr viel länger. Wir rechnen mit zwei Jahren für Hin- und Rückflug. Nein, zum Mars ist es kein Sieben-Tage-Picknick mehr. Und selbst wenn Stuhlinger recht hat, der behauptet, neun Monate hin und neun Monate zurück reichen, so ist das immer noch eine Fahrt von anderthalb Jahren. Dazu kommt ein Monat auf dem Mars. Wir wollen doch mindestens einen Monat dort bleiben, nicht? Das setzt eine außerordentliche Ausrüstung, eine hundertmal größere Kenntnis des Weltraums voraus: Stuhlinger wird es Ihnen besser erklären können als ich, er lebt nur für den Mars. Und dann muß man sehr viele Leute auf den Mars schicken: ein ganzes Heer mit Ärzten, Wissenschaftlern, Archäologen. Einen Archäologen brauchen wir auf jeden Fall, wenn wir zufällig auf dem Mars Spuren einer ausgestorbenen Zivilisation finden sollten. Einen Arzt brauchen wir ganz sicher bei so vielen Astronauten: Es kann doch vorkommen, daß einem ein Zahn oder der Bauch weh tut. Wie soll er das Raumschiff lenken, wenn ihm ein Zahn oder der Bauch weh tut? Soll er die Instrumente im Stich lassen? Kurz, für den Mars brauchen wir ein sehr viel höheres technologisches Niveau, und ich fürchte, ein solcher Flug wird sich nicht eher durchführen lassen als zehn oder zwölf Jahre nach der ersten Fahrt zum Mond.«

Er sagte das so selbstverständlich, als hätte er gesagt: Ich fürchte, ein solcher Flug wird sich nicht eher durchführen lassen als zwei- oder dreihundert Jahre nach der ersten Fahrt zum Mond. Und ich dachte zunächst, er scherze; aber er scherzte durchaus nicht, nicht einmal ein Lächeln lag auf seinem eisenharten Gesicht. Seine Stimme war professoral, gewichtig. Die Stimme eines Lehrers, der einem etwas dummen Kind Unterricht erteilt. Wie ein etwas dummes Kind suchte ich eine Bestätigung für das, was ich da gehört hatte.

»Ich weiß nicht, ob ich richtig verstanden habe, Doktor von Braun. Sie meinen, daß man 1985 oder 1990 zum Mars fliegen kann?«

»Richtig. 1985 oder 1990. Scheint Ihnen zu lange zu dauern, hm?«

»Es geht mir erschreckend schnell, Doktor von Braun.«

»Im Gegenteil, möchte ich sagen. Wir müßten viel früher dazu in der Lage sein. Hätten wir nur früher angefangen, uns mit diesen Dingen zu beschäftigen ...« Und diesmal lächelte er: in unerschütterlicher Zuversicht. Galilei muß so gesprochen haben, als er sagte: »Die Erde bewegt sich. Und sie bewegt sich doch.« Kolumbus muß so gesprochen haben, als er sagte: »Die Erde ist rund, wir werden nach Indien gelangen.« Plötzlich, wie auf einen Knopfdruck hin, wurde aus meinem Widerstand Respekt. Und einen Augenblick, nur einen kleinen Augenblick, war es mir völlig gleichgültig, daß er Hitler die V 2 geschenkt hatte. Fasziniert und selbstvergessen gab ich mich einer kindlichen Neugier, einer fast kindischen Begeisterung hin. Der Mars mit seinen Kanälen, seinen blauen Hügeln, seinen diamantenen Gletschern. Der Mars mit seinem Geheimnis, seinen versunkenen Städten, seinen vielleicht noch unversehrten Städten. Und wir dort oben, in dreißig Jahren. Wenn kein Flugzeug mit mir abstürzte, wenn mich kein Leiden hinwegraffte, wenn ich mich nicht versehentlich erschoß, würde ich in dreißig Jahren noch leben und die erste Fahrt zum Mars mit ansehen. Ich würde einst sterben in dem Bewußtsein: Ich kam noch zurecht, um die erste Fahrt zum Mars zu erleben. Was kümmerte mich also die Vergangenheit, ihre Ungerechtigkeiten, ihre Fehler? Was kümmerte mich das, wenn mir die Zukunft einen so großartigen Traum versprach? Ich überfiel ihn mit meiner Begeisterung.

»Erzählen Sie, Doktor von Braun. Erzählen Sie! Erwarten auch Sie, Leben auf dem Mars zu finden?«

»Es steht außer Zweifel, daß auf dem Mars zumindest niedrige Formen von Leben vorhanden sind. Höchst zuverlässigen Astronomen zufolge steht unzweifelhaft fest, daß im Wechsel der Jahreszeiten auf dem Mars Vegetation gedeiht und verblüht. Es gibt Vegetation auf dem Mars. Was für eine Vegetation, weiß ich nicht, wissen wir nicht: Aber im Frühling geht etwas auf, wird größer, im Herbst zieht sich etwas zusammen, vertrocknet. Experimente auf der Erde beweisen, daß gewisse Bakterien auch in einer feindlichen Umwelt wie jener auf dem Mars existieren und sich vermehren können. Natürlich meine ich, wenn ich von Leben auf dem Mars rede, eine von der unseren sehr verschiedene

Form von Leben, die zweihundert Millionen Jahre Zeit gehabt hat, sich zu entfalten und unterzugehen. Es kann sein, daß der Mars in einer für uns sehr fernen Vergangenheit einmal hohe Formen von Zivilisation aufwies. Es kann sogar sein, daß man davon noch Spuren entdeckt, wenn man auf dem Mars landet: sofern die Jahrmillionen nicht auch diese schon ausgelöscht haben. Ich bin überzeugt, daß in zweihundert Millionen Jahren, ja schon in hundertfünfzig, das irdische Leben ungefähr so sein wird wie das auf dem Mars heute.«

»Das heißt also, nichts? Nichts mehr?«

»Wirklich nichts, nein. Geringe Vegetation, niedrige Formen tierischen Lebens. Das letzte Aufflackern von etwas, was am Erlöschen ist.«

»Aber nichts, was dem menschlichen Wesen gleicht, Doktor von Braun? Ich meine damit nicht etwas, was anatomisch, chemisch, physiologisch beschaffen ist wie der menschliche Körper, sondern etwas, was sich bewegt und Intelligenz besitzt ...«

Er schüttelte den Kopf. »Das mit den intelligenten Geschöpfen auf dem Mars ist ein alter Streitpunkt, aber ich glaube nach wie vor, daß man heute auf dem Mars nur niedrige Vegetation finden kann. Kleine grüne Männchen erwarte ich mir dort nicht, nein. Und trotzdem ... trotzdem ... sehen Sie: Ich will mich da nicht festlegen. Niemand kann das, denn möglich ist alles, wissen Sie. Man muß oben sein, um es mit Sicherheit zu wissen. Es könnte ja auch sein ...«

»Es könnte sein ...?«

»Ich weiß nicht, ich weiß nicht ...«

»Und die Fliegenden Untertassen? Diese Fliegenden Untertassen, von denen man jahrelang geredet hat? Wenn sie doch keine Phantasie gewesen wären? Wenn es sie gäbe ...?«

Wiederum schüttelte er den Kopf. »Ich habe einen offiziellen Bericht über das gelesen, was Sie Fliegende Untertassen nennen und wir UFO, Unidentified Flying Objects, unbekannte Flugobjekte. Der Bericht sprach von sechstausend Fällen. Und nur zwei Prozent davon waren nicht erklärbar.«

»Das bedeutet hundertzwanzig Fliegende Untertassen, die vielleicht nicht bloß Phantasieprodukte und nicht bloß optische Täuschungen, vielleicht wirklich Objekte von anderen Planeten sind.«

»Hm!«

»Wieso hm? Haben Sie eine andere Erklärung, Doktor von Braun?«

»Nein, aber ich habe keine Lust, mir über diese zwei Prozent Gedanken zu machen. Meine ganze Erfahrung in der Erforschung von Raketen und ferngelenkten Flugkörpern hat mich gelehrt, äußerst vorsichtig zu sein gegenüber Augenzeugenberichten. Wenn Sie drei Zuschauer nach dem Start einer Rakete fragen, wie die Rakete aufgestiegen ist, ob nach rechts oder nach links oder gerade, wird keiner der drei das gleiche sagen. Die Augen trügen, und über diese außerirdischen Objekte, die von Zeit zu Zeit in unsere Atmosphäre gelangen und darin herumfliegen, kann ich nur sagen, daß ich sie nie gesehen habe und daß ich nicht an ihre Existenz glaube, solange ich sie nicht selber sehe.«

»Kommen wir auf die grünen Männchen zurück, Doktor von Braun. Als Sie in Fort Bliss waren, schrieben Sie einen Zukunftsroman, dessen Geschichte Sie eben auf den Mars verlegten, der von kleinen grünen Männchen bewohnt war.«

»Das machte ich aus Spaß. Ein dummes, lächerliches Buch, überholt vor allem durch das, was wir jetzt wissen. In meiner Jugend las ich viele Zukunftsgeschichten, heute nicht mehr: Die Science Fiction ist inzwischen durch die Wirklichkeit überflügelt worden, das, was wir machen, ist viel aufregender und unglaublicher als das, was die Zukunftsromane vor Jahren voraussagten. Die Wirklichkeit reist schneller als die Phantasie: 1945, als Stuhlinger und ich davon sprachen, auf den Mars zu gehen, lachten uns alle aus. Heute bereitet man sich ernsthaft darauf vor, und die Reise zum Mond ist schon altmodisch. Wir bereiten uns darauf vor, zur Venus zu fliegen ...«

»Zur Venus?!?«

»Ja, und wir werden hingelangen.«

»Und wenn wir bei der Ankunft jemanden vorfinden würden? Ich weiß, es ist eine absurde Vorstellung, aber doch nicht ganz so absurd, wenn die Venus wirklich eine Atmosphäre und Sauerstoff und Wasser hat, wenn die Venus der Erde ähnelt.«

»Nicht ganz so absurd.«

»Schön. Und wenn wir dann jemanden treffen, wie würden wir es anstellen zu erklären, wer wir sind und woher wir kommen und was wir wollen?...«

Auf einmal schwieg er, und als er wieder sprach, war es, als spräche er zu sich selber über ein beängstigendes Problem, das nie eine Lösung finden wird. »Mit den Bewohnern der Venus reden, ihnen erklären, wer wir sind, woher wir kommen, was wir wollen: mein Gott! Ich könnte Ihnen mit einem Bonmot antworten und sagen, es ist so schwierig, uns untereinander zu verständigen, daß es gewiß einfacher ist, uns mit den Marsmenschen zu verständigen. Aber das wäre weder eine wissenschaftliche noch eine ehrliche Antwort. Wir könnten vielleicht...«

»Wir könnten vielleicht Fotografien mitnehmen und uns damit verständlich machen«, sagte die aufdringliche Stimme Slatterys. »Oder etwas auf die Erde zeichnen.« Armer Slattery, er hatte es fertiggebracht, eine ganze Weile brav zu sein, so brav, daß ich ihn vergessen hatte. Aber nun plumpste er unerbittlich mit seiner Ungehobeltheit dazwischen und verdarb alles. Wie ein Windstoß fegte seine Stimme die Kanäle des Mars weg, seine blauen Hügel, seine diamantenen Gletscher, verschwanden die Flüsse der Venus und die Meere und der Regen und die Geschöpfe ohne Gesicht, denen wir nicht zu sagen wissen, wer wir sind und woher wir kommen und was wir wollen, verschwand der Zauber, die Poesie, die in diesem Abenteuer liegt: Und zurück kam die Erde, zurück kamen die V 2, zurück kam sogar jener Duft von Zitronen und meine Frage: Wo habe ich das schon gerochen? Und meine Antwort: Ich erinnere mich nicht. Aus seinem Zitronenduft exekutierte von Braun den armen Slattery mit einem einzigen Blick.

»Großartige Idee, Slattery. Großartige Idee. Werden wir berücksichtigen.«

Slattery machte sich ganz klein und suchte Vergebung, indem er sich nützlich machte.

»Darf ich etwas bemerken, Sir?«

»Bemerken Sie, Slattery, bemerken Sie.«

»Es fehlen noch zehn Minuten an der halben Stunde, Sir, genauer neun Minuten.«

»Gut, Slattery, gut.«

Dieser Geruch nach Zitronen. Diese Frage: Wo habe ich ihn schon gerochen. Ich erinnerte mich nicht. Ich erinnerte mich bloß, daß es ein Geruch aus lang, lang zurückliegender Zeit war. Wer war es bloß, der ihn an sich gehabt hatte, wer? Ich mußte es vergessen. Ich gab mir Mühe, es zu vergessen.

»Kehren wir zum Mond zurück, Doktor von Braun. Sagen Sie mir: Welche Möglichkeiten haben die Amerikaner, daß sie vor den Russen dort landen? Ich spiele auf einen Satz an, den Sie eines Tages zu einem meiner Kollegen sagten, als er Sie fragte, was die Amerikaner auf dem Mond finden würden. ›Die Russen‹, antworteten Sie.«

»Das war ein Bonmot: Ich weiß nicht, wie stark die Russen ihr Mondprogramm vorantreiben. Auch sie haben ihre Geldprobleme, und ich fürchte, auch sie wissen nicht, bis zu welchem Grade Rußland die Kosten einer solchen Unternehmung tragen kann. Kurz, ich weiß nicht, ob es sie so drängt wie uns, den Mond zu betreten. Woran uns übrigens vor allen Dingen liegt, ist, daß wir es überhaupt schaffen, auf dem Mond zu landen, nicht daß wir unbedingt die ersten dort sind: Der Mond an sich ist nicht das einzige Ziel unserer Arbeit, er ist lediglich eine Stufe unseres Programms, ein Test. Der Mond dient uns dazu, daß wir lernen, uns von einem Planeten zum andern zu bewegen und wieder zurückzukehren: mehr nicht. Haben Sie je Fußballspielern zugesehen, die während der Woche auf dem Platz trainieren und Gymnastik betreiben? Nun, der Mond ist unsere Gymnastik. Wie Kennedy sagte, wir müssen lernen, auf neuen Ozeanen zu navigieren, und das lernt jeder so, wie er will.«

»Sie meinen, die Russen könnten es lernen, ohne auf den Mond zu gehen? Sie meinen, die Russen könnten den Mond überspringen?«

»Ich meine, sie können andere Etappen als den Mond wählen. Wenn die Russen beispielsweise sagen würden: ›Wir wollen eine riesige bewohnte Raumstation schaffen, dies ist der Brennpunkt unseres Programms, uns interessiert die Raumstation mehr als die Fahrt zum Mond‹, so wäre das nicht weniger wichtig als die Fahrt zum Mond. Sie sehen, es wiegt nicht so schwer, ob man als erster oder als zweiter ankommt. Was zählt, ist einzig, daß man auf neuen Ozeanen zu navigieren lernt. Der Ozean, den wir Weltraum nennen, ist voller Inseln, und wenn zwei Männer zwei Schiffe bauen, um unabhängig voneinander über einen Ozean zu segeln, ist es nicht gesagt, daß sie beide dieselbe Insel anlaufen wollen.

Es kann sehr gut so sein, daß der eine auf diese Insel will und der andere auf jene. Was hat es in diesem Falle schon zu bedeuten, daß der eine zuerst ankommt, der andere später? Es hat nicht einmal dann etwas zu bedeuten, wenn sie beide auf derselben Insel anlegen. Wichtig ist, daß sie ankommen und daß sie lebend ankommen. Ich hoffe, mich klar ausgedrückt zu haben.«

»Sehr klar.«

Dieser Geruch nach Zitronen. Himmel, dieser Geruch nach Zitronen.

»Aber Tatsache bleibt, daß dies ein Wettlauf ist, Doktor von Braun, und daß die Augen der ganzen Welt auf diesen Wettlauf gerichtet sind und daß wie bei jedem Wettlauf derjenige den Applaus und die Lorbeeren einheimst, der als erster ankommt. Vom wissenschaftlichen Standpunkt aus mag das töricht sein, aber vom menschlichen und politischen Standpunkt aus eben nicht.«

»Gerade deswegen hat Kennedy sich für den Mond entschieden: Weil jeder weiß, was und wo der Mond ist, und weil jeder versteht, was wir meinen, wenn wir davon reden, dort hinzufliegen. Wie viele wissen denn, daß der Mars ein Planet ist? Wie viele sind sich denn darüber im klaren, was eine Raumstation ist? Der größte Teil der Bevölkerung der Erde weiß nicht einmal, daß außerhalb der Atmosphäre die Erdanziehungskraft – zum mindesten im irdischen Ausmaß – aufgehoben ist, und kann sich so eine Raumstation, die im freien Raum schwebt, anstatt auf die Erde zu fallen, gar nicht vorstellen. Ich hoffe, mich klar ausgedrückt zu haben.«

»Sehr klar.«

Dieser Geruch nach Zitronen. Himmel, dieser Geruch nach Zitronen.

»Und was ist Ihrer Meinung nach der Grund dafür, daß die Amerikaner im Wettlauf um den Weltraum hinter den Russen zurückliegen?«

Von Braun schnaufte wie eine Dampflok, so wie gewisse Boxer vor dem Kampf.

»Die simple Wahrheit ist, daß die Russen ihr Programm in bezug auf Langstreckenraketen zu militärischen Zwecken fünf Jahre früher als die Amerikaner in Angriff nahmen, und so sind sie uns auf einem sehr wichtigen Gebiet überlegen: beim Start schwerer Flugkörper. Das ist ein Gebiet, das man nicht von einem Tag auf den anderen beherrscht und auf dem wir sie auch nicht von einem Tag auf den anderen einholen können. Fünf Jahre sind schwer aufzuholen. Lassen Sie mich das erklären: Der Krieg war kaum zu Ende, als die Russen begannen, sich mit dem Abschuß schwerer Flugkörper, Langstreckenraketen usw. zu beschäftigen; und die Amerikaner, die ja noch über eine mächtige Luftwaffe verfügten, die imstande war, nicht nur das Land zu verteidigen, sondern auch Fernziele zu bombardieren, hielten es nicht für nötig, Zeit und Geld an die Entwicklung von schweren Flugkörpern oder Raketen mit großer Reichweite zu verschwenden. Ob zu Recht oder Unrecht, ich möchte sagen zu Unrecht, gaben sie sich damit zufrieden, ihre Flugzeuge in gutem Zustand zu erhalten, während Stalin eine Raketenmacht aufbaute, die in der Lage war, potente Atombomben über den Vereinigten Staaten abzuwerfen. Demzufolge war es später für die Russen ein leichtes, diese Waffen in Raumfahrzeuge umzubauen und uns zu überflügeln. Nicht in allen Belangen allerdings: nur in der Tonnage der Raumschiffe und in der Dauer der bemannten Flüge. In der wissenschaftlichen Raumforschung beispielsweise haben wir die Nase vorn. Wir haben mehr künstliche Satelliten in den Raum geschickt als die Russen. Wir haben Tyros und Relay und Syncom und Telstar und Echo abgeschossen, so daß wir sehr viel weiter sind in bezug auf Nachrichtenübermittlung über Satelliten, auf meteorologische Satelliten, auf...«

Jetzt wußte ich, wann ich diesen Zitronengeruch wahrgenommen hatte: während des Krieges. Aber bei wem? An welchem Tag denn?

»Sagen Sie, Doktor von Braun, glauben Sie, daß die Eroberung des Weltraums die Kriegsgefahr vergrößert oder eher vermindert? Und glauben Sie, daß der Mond für militärische Zwecke genutzt werden kann?«

»Ich kann von meiner Position aus schlecht etwas über die militärische Bedeutung des Mondes sagen: Aber alle stimmen darin überein, daß der Mond an sich von sehr beschränktem, ich möchte sagen von überhaupt keinem strategischen Nutzen ist. Ein Mann auf dem Mond kann zu nichts anderem dienen als zur wissenschaftlichen Erforschung des Mondes: Einzig der Raum in unmittelbarer Umgebung der Erde könnte für militärische Zwecke genutzt werden. Was die Frage größerer oder verminderter Kriegsgefahr betrifft, bin ich überfragt: Das ist eine schreckliche Frage, die kein Ingenieur oder Philosoph oder Wissenschaftler je wird beantworten können. Meine Hoffnung und auch meine Überzeugung gehen dahin: daß das Navigieren im Weltraum die Wahrscheinlichkeit eines Krieges insofern verringert, als ein Weltraumkrieg dem kollektiven Selbstmord, dem vollständigen Untergang gleichkäme auch für den, der ihn entfesselt. Meiner Ansicht nach sind diese Raketen, die ja entsetzliche Vernichtungswaffen sein können, zugleich auch die mächtigsten Hüter des Friedens oder können es doch sein. Ja . . . Es ist wohl wahr, daß die größten technologischen Entdeckungen durch den Krieg veranlaßt worden sind – denken Sie nur an die Atomphysik und an die Luftfahrt, an die Funknavigation und an die Medizin: In Kriegszeiten verlangt man von Wissenschaftlern und Industrie Höchstleistungen . . .«

Da. Jetzt hatte ich's. Jener Julitag. Die deutschen Soldaten. In dem verlassenen Kloster, wo wir Zuflucht gefunden hatten. Da hatte ich diesen Geruch nach Zitronen gerochen. Sie wuschen sich alle mit einer desinfizierenden Seife, die nach Zitrone roch, und wenn auf der Straße einer an dir vorüberging, spürtest du sogleich diesen scharfen, beißenden Geruch, der dir in die Nase stieg und in Herz und Hirn drang. Wir alle haßten den Zitronengeruch. Wenn einer nach Zitrone riecht, weiß man gleich, daß er ein Kollaborateur ist, sagtest du, Vater. Wenn er nach Zitrone riecht, heißt das, daß er sich mit der Seife der Deutschen gewaschen hat, und wenn er sich mit der Seife der Deutschen gewaschen hat, heißt das, daß er mit Deutschen Umgang hat. Mein Nachbar in der Schule roch nach Zitrone, und du sagtest, darum will er immer wissen, wo wir uns in Sicherheit bringen. An jenem Julitag war die Schule seit einem Monat zu Ende. Die Sonne schien warm, und wir waren im Obstgarten des Klosters, der von einer Mauer umgeben war, und niemand konnte uns dort sehen. Im Obstgarten hatten wir Bohnen gepflanzt, das geerntete Getreide lag neben dem Brunnen; bald würden wir es dreschen und dem Bäcker bringen, um Mehl dafür einzutauschen. Für einen Sack Getreide hatte uns der Bäcker einen halben Sack Mehl versprochen. Ich überlegte, wo wir bloß die Zeitungen verstecken sollten, wenn das Getreide fort sei, denn unter dem Getreide lagen die Zeitungen, in denen von Freiheit die Rede war. Die Sonne schien warm an jenem Tag, die Zikaden zirpten, und mit einemmal hörte man lauten Lastwagenlärm. Ich kletterte auf die Mauer, und die Deutschen sprangen vom Lastwagen: große, modergrün gekleidete Vögel mit Maschinenpistolen über der Schulter: »Warne du die beiden Jugoslawen«, sagtest du und liefst fort: den Feldern zu. Es vergingen viele Tage, bevor ich dich wiedersah und wußte, daß sie dich nicht erwischt hatten. Die beiden Jugoslawen hielten sich im ersten Stock des Klosters auf, und als ich zu ihnen gelangte und sagte: »Die Deutschen!«, war es schon zu spät, als daß auch sie über die Felder hätten fliehen können. Sie folgten mir über die Treppe in den Garten hinunter und stiegen in den Brunnen. Der Brunnen war trocken, und man konnte, die vorstehenden Steine als Stufen benutzend, leicht hinunter gelangen. Schnell stiegen sie hinein und riefen mir zu, ich solle den Brunnen mit dem schweren eisernen Deckel verschließen. Ich brauchte längere Zeit dazu, denn der Deckel war furchtbar schwer, und als ich endlich fertig war, betrat auch schon der erste Deutsche den Garten. Vielleicht sah er mich, und das hätte sie verraten. Vielleicht sah er mich, aber er sagte nichts und blieb stehen, auch die andern, die hereinkamen und sich mit der Maschinenpistole in der Hand bewegten: wie man es macht, wenn man jemanden sucht und einen Ort umstellt. Die Sonne schien heiß an diesem Tag, aber mit einemmal wurde mir eiskalt, und in dieser Kälte zog ich die Zeitungen unter dem Getreide hervor und stopfte sie in die riesige grüne Gießkanne. Dann trug ich die Gießkanne in die Zelle, in der wir schliefen, und Mutter machte sich daran, die Zeitungen im Ofen zu verbrennen, wo ein Feuer zum Brotbacken angemacht war. Sie half mit dem Feuerhaken nach, damit sie schneller verbrannten: Ich sah sie brennen, und mir war, als würde kostbare Nahrung weggeworfen, während man doch hungert. So viel Gefahr, so viel Mühe war damit verbunden gewesen, sie zu drucken, auszutragen, zu verstecken. Die Sonne brannte heiß an diesem Tag, die brennenden Zeitungen verbreiteten zusätzliche Glut, Mutter war in Schweiß gebadet vor Angst und Hitze, mir aber war furchtbar kalt: Hinten im Gang hörte man ihre Schritte näher kommen, drohend und schwer, es schienen Hunderte zu sein. Es dröhnte wie ein Wasserfall, ein Sturzbach, und Mutter sagte, während sie in den Zeitungen stocherte, vor sich hin: »O Gott, sie kommen, o Gott, hoffentlich brennt das bald, o Gott, sie kommen, oh, sie kommen.« Sie kamen und schlugen an die Türen, jede Zelle war verschlossen, und sie schlugen mit den MP-Kolben dagegen und befahlen mit rauher Stimme aufzumachen, niemand machte auf, weil niemand darin war außer uns und den Jugoslawen, und so schlugen sie krachend die Türen ein. Dann waren sie an unserer Tür, die Zeitungen waren inzwischen verkohlt, sie traten mit den Stiefeln gegen die Tür und brüllten: Aufmachen, und ich machte auf und sah dabei Mutter an, damit sie sich beruhige. Ich machte auf, und da wurde ich überwältigt von diesem Geruch nach Zitrone. Scharf, beißend, wie ein Gas, das dir in die Nase steigt und gleich in Herz und Hirn dringt...

»... aber es ist auch so, daß die Raumflüge den Stimulus, den in der Regel der Krieg gibt, voll kompensieren. Abgesehen davon, daß sie eine Zusammenarbeit ermöglichen: Auf dem Gebiet der meteorologischen Satelliten existiert die Zusammenarbeit mit den Russen bereits. Für die Zukunft könnten wir uns mit den Russen über die Entwicklung einer Mondstation einigen: Du fliegst mit deinen Raketen und ich mit meinen, wenn wir oben sind, bauen wir gemeinsam eine Basis. Viele fragen, wie man denn dort leben kann, wo es doch auf dem Mond weder Luft noch Wasser, noch sonst etwas von dem gibt, was wir zum Leben brauchen. Es wird wie im Flugzeug sein, antworte ich, wo wir unser Schnitzel essen, unsern Champagner trinken und uns von einer hübschen Hosteß bedienen lassen. Hat er seine atmosphärische Hülle, dann kann der Mensch überall leben. Und das wird er. Wir werden uns an den Mond gewöhnen, wie wir uns an die Flugzeuge gewöhnt haben, und der alte Spruch, der Mensch sei dafür geschaffen, auf der Erde zu leben, gilt nicht mehr. Der Mensch ist dafür geschaffen, überall zu leben, wo er leben will, und überall hinzugehen, wohin er gehen will.«

»Da ist es aber wohl angebracht zu fragen, wohin uns das noch führen wird, Doktor von Braun. Die Wissenschaft ist wie ein neugieriges Kind, entdeckt Dinge, von denen wir nichts wußten, provoziert Dinge, von denen wir nicht einmal träumen: Aber wie ein leichtsinniges Kind fragt sie sich nie, ob das, was sie tut, gut oder schlecht ist. Wohin wird uns das führen?«

»Sehr weit: Wie wir es auch mit der Entdeckung neuer Meere, neuer Kontinente, mit der Kolonisierung neuer Länder weit gebracht haben. Und ob das zum Guten oder zum Schlechten ist, vermag niemand vorauszusehen. Bis heute hat der Mensch immer nur unsägliches Leid verursacht: Aber gerade durch dieses Leid ist er vorangekommen, und anstelle der zerstörten Zivilisationen hat er immer neue errichtet. Darum glaube ich nicht, daß es schlecht ist, was wir tun. Die Menschen müssen sich immer weiter entwickeln, müssen ihre Räume und ihre Interessen erweitern: Das ist Gottes Wille. Wenn Gott es nicht wollte, hätte er uns nicht die Begabung und die Möglichkeit geschenkt, uns zu entfalten, zu verändern. Wenn Gott es nicht wollte, hätte er uns Einhalt geboten. Ja, gewiß bin ich religiös. Sehen Sie, ich habe viele Wissenschaftler kennengelernt, und ich kenne keinen einzigen ernsthaften Wissenschaftler, der imstande wäre, die Natur ohne Gottesbegriff zu erklären. Die Wissenschaft versucht, die Schöpfung zu verstehen, die Religion aber versucht, den Schöpfer zu verstehen, und niemand kann um diesen Versuch herumkommen. Wer sich einbildet, ohne Religion und ohne Gott auszukommen, ist ein recht armseliger Wissenschaftler: ein Wissenschaftler, der an der Oberfläche bleibt und nicht auf den Grund blickt. Ich versuche, auf den Grund zu blicken, und dort sehe ich Gutes ...«

Die da aber blickten auf den Grund und sahen dort die beiden Jugoslawen. Mühelos hoben sie den Deckel ab, der für mich so schwer gewesen war, dann schauten sie über den Rand hinunter und sahen die beiden Jugoslawen. Mutter und ich merkten an der Art, wie die Deutschen lachten, daß sie sie gefunden hatten. Nie, solange ich lebe, Doktor von Braun, werde ich vergessen, wie die Deutschen lachten, als sie die beiden Jugoslawen sahen. Sie lachten aus vollem Halse, toll vor Vergnügen, einer hatte seine MP fahrenlassen und hielt sich den Bauch vor Lachen. Auch die beiden Jugoslawen, Doktor von Braun, glaubten an Gott. Der ältere von ihnen hatte einmal mit Vater eine lange Diskussion gehabt und hatte ihm genau dasselbe gesagt: daß man die Natur nicht ohne Gottesbegriff erklären könne. Und sie sagten, Gott sei gut und stehe den Guten zur Seite, und wenn Gott nicht wollte, würde er uns Einhalt gebieten und so weiter. Aber Gott gebot diesen Deutschen nicht Einhalt, als sie ihre MPs in den Brunnen hielten und den beiden befahlen heraufzukommen. Gott ließ sie gewähren, diese Deutschen, und so kamen die beiden Jugoslawen herauf, die vorstehenden Steine als Stufen benützend, und flehten zu Gott, er möge sie nicht ermorden lassen. Aber Gott hörte sie nicht, und die Deutschen nahmen sie mit sich und ihrem Geruch nach Zitronen fort.

»... und auch Ethik. Zwei Antriebe braucht der Mensch, um die Ethik zu akzeptieren: Der eine ist der Glaube an das Jüngste Gericht, wenn jeder von uns vor Gott wird bekennen müssen, wie er das kostbare Geschenk des Lebens auf Erden genützt hat, der andere ist der Glaube an die Unsterblichkeit, das heißt an das Fortbestehen unserer seelischen Existenz nach dem Tode. Da wir eine Seele besitzen ...«

Außer der Seele besaßen die beiden Jugoslawen noch ein Röhrchen Sprengstoff; sie hatten vergessen, es im Brunnen liegenzulassen. Es war nicht viel größer als ein Kerzenstummel, und sie hatten es mir aus dem Loch gestohlen, wo ich es versteckt hatte. Man fand es, so erfuhren wir, in der Tasche des älteren, und tags darauf waren sie beide in dem plombierten Waggon, der sie nach Deutschland brachte, und aus Deutschland kehrten sie nie zurück, nicht wahr, Vater?

»... haben wir ein Bewußtsein und wissen, daß nichts in der Natur verschwinden kann, ohne eine Spur zu hinterlassen. Die Natur kennt kein Aussterben, sie kennt nur Verwandlung: Wenn Gott sein Grundprinzip auf das ganze Universum anwendet, und das tut er, dann ist nicht daran zu zweifeln, daß die Unsterblichkeit existiert. Und in diesem Bewußtsein der Unsterblichkeit arbeiten wir, im ewigen Zyklus von Leben und Tod, als wirkliches Bindeglied zwischen Vergangenheit und Zukunft. Die Zukunft der kommenden Generationen hängt von dem ab, was wir heute entdecken, in der Überzeugung, mit Gottes Hilfe Gutes zu tun. Ich hoffe, mich klar ausgedrückt zu haben.«

»Sehr klar, Doktor von Braun. Sehr klar.«

»Achtunddreißig Minuten, acht mehr als vorgesehen«, sagte Slattery.

»Jetzt muß ich gehen«, sagte von Braun.

»Es war interessant«, sagte ich.

»Sehr interessant«, sagte Slattery.

»Die Zukunft ist immer interessant«, sagte von Braun.

»Mehr als die Vergangenheit«, sagte ich.

»Viel mehr als die Vergangenheit«, sagte Slattery.

»Natürlich«, sagte von Braun. Und er ging in seinem Zitronengeruch und ließ das Zimmer leer zurück: eine leere Schale, ein leerer Brunnen. Wir sollten nicht an die Vergangenheit zurückdenken: Aber da ist immer wieder so ein Geruch nach Zitronen, Vater, der sie mit allem Schutt heranschwappt wie die Wellen des Meeres.

22. Kapitel

Um diesem Schutt, diesem Geruch nach Zitronen zu entfliehen, war ich nach New Orleans gegangen. Wenn die Erinnerung dich plagt, brauchst du eine Luftveränderung, und ich hatte keine Lust, noch länger in Huntsville zu bleiben, Stimmen zu hören, die wie Peitschenhiebe oder Gewehrschüsse knallten, und mich an den Alpdruck von einst zu erinnern. Rauher Kommandoton und zackiger Gang genügten bereits, mich aus der Ruhe zu bringen. Mit seinen sanften, erschrokkenen Augen sah mich Joe Jones verständnislos an, reichte mir Kaffee mit Zucker. Es war etwas geschehen im Büro von Joe Jones, gleich nach dem Interview mit Wernher von Braun. Ein Mann war eingetreten, ich stand mit dem Rücken zu ihm, und Joe hatte gesagt: »Ja, das ist sie, eine Italienerin.« Da war der Mann näher gekommen, ich stand noch immer mit dem Rücken zu ihm, und hatte in freudigem Ton ein »Puon Tschorno, Zignorina!« auf mein Genick abgeschossen. In freudigem Ton: Ich aber war erstarrt, hatte Kopf und Arme eingezogen – die Bewegung von Füsilierten in dem Augenblick, da die Kugeln ihren Rücken erreichen und sie kleiner zu werden scheinen – und es nicht über mich gebracht, mich gleich umzudrehen und »Buongiorno« zu sagen. Zuletzt hatte ich es dann doch gesagt, aber der Mann, vielleicht bloß überrascht, vielleicht seinerseits verletzt, ging bereits wieder hinaus: ein grauer Kopf auf einem blauen Anzug.

324

»Wer war das, Joe?«

»Dr. Ernst Stuhlinger, der Wissenschaftler, der das Raumschiff für den Mars baut. Aber was ist in dich gefahren, sag?«

»Ich war zerstreut, Joe. Tut mir leid.«

»Das mußt du ihm sagen, wenn du ihn siehst. Du hast morgen deinen Termin.«

»Morgen?«

»Ja, morgen. Ein feiner Kerl, weißt du. Der beste von allen. Du durftest ihn nicht so behandeln.«

»Tut mir leid, Joe. War keine Absicht.«

»Ich verstehe dich nicht. Was haben dir die Deutschen getan?!?«

»Nichts, Joe, nichts.« Und ohne auch nur die Verabredung mit Stuhlinger abzusagen, war ich am selben Abend nach New Orleans gefahren: Dort wollte ich die Tage verbringen, die mich noch von Houston und den neuen Astronauten trennten.

Es hatte mir gefallen in New Orleans. Eine schöne Stadt, Vater. Die schönste von Amerika. Die einzige, an der die Zeit vorübergegangen ist, ohne Wunden und Narben zu hinterlassen ... Die schmiedeeisernen Balkone hatten mir gefallen, die die weißen Häuser in zarte Spitzen, in durchsichtige Mantillen hüllen und dir Veranden, Lauben und Verzauberung schenken. Die spanischen Patios hatten mir gefallen, mit den efeugrünen Brunnen und den Becken voller Wasserlilien, in ihrer Kühle, die zum Müßiggang einlädt. Die gepflasterten Straßen hatten mir gefallen, mit den Laternen wie vor zweihundert Jahren und den alten französischen Namen, rue St. Anne, Vieux Carré, die Antiquitätenläden mit ihren vielen köstlichen Kleinigkeiten. Die Kutschen hatten mir gefallen, in denen man durch einen Fransenbaldachin vor der Sonne geschützt war, und ihre Pferde mit diesen Hüten. Das Viertel der Reichen hatte mir gefallen, mit seinen riesigen Villen, den raffinierten, stolzen Villen aus ›Vom Winde verweht‹, mit klassischen Säulen vor der Fassade, Mansarden auf dem Dach und ihren Gärten, voller gespenstischer Stille. Das Viertel der Armen hatte mir gefallen, in seinem Haß und Schmutz und mit all seinen vielen Schwarzen vor den Türen, ihren feindlichen und stolzen Blicken. Der Mississippi hatte mir gefallen, dieser Fluß, der bald zu einem See, bald zu einem Meer, bald wieder zu einem Fluß wird und dessen Wasser langsam und prall dahinfließen, den Schiffe durchpflügen und auf dem in der Abenddämmerung noch immer ein Showboat sanft vorübergleitet, ein großes Gespensterschiff mit Musik in seinem Innern. Die Eichen hatten mir gefallen, die im Jahre 1783 Oberst Denis de la Ronde pflanzte und die inzwischen zu Kathedralen geworden sind, an denen sich Schlingpflanzen emporwinden und als braune Schleierfetzen herabhängen, das sind Parks! Die Restaurants hatten mir gefallen, das französische und spanische Essen, die gefüllten und auf Salz angerichteten Austern, die teuflischen Getränke mit Eis und Rum, die man in der Schwüle trinkt, sich mit dem Fächer Kühlung verschaffend, während klingelnd eine Straßenbahn vorüberfährt, eine Straßenbahn, deren Endstation noch immer »Sehnsucht« heißt: Es gibt noch fünfundachtzig Straßenbahnen in New Orleans. Und dann hatte mir auch Bourbon Street gefallen, wo man den letzten echten Jazz der Welt hört, jenen, den man nie in Konzertsälen und auf Platten zu hören bekommt und der am Aussterben ist, weil die jungen Leute nicht mehr Trompete, Klavier oder Kontrabaß spielen wollen. Die NASA, die die Raumfahrtindustrie auch hierhergetragen hat, ist einträglicher als die Musik. In der Taverne, in der ich bis zum frühen Morgen blieb, spielte eine einundsiebzigjährige Frau Klavier, ein sechsundsiebzigjähriger Mann Trompete und ein Siebzigjähriger Kontrabaß. Alles Schwarze, und sie spielten, weil es ihnen Freude machte, nicht um des Geldes willen. Wer ihnen zuhören wollte, setzte sich auf einen Stuhl oder eine Holzbank und war nicht verpflichtet, etwas dafür zu zahlen. An der Wand baumelte ein Schild:

5 Dollar zahlt, wer in den Himmel kommen will
2 Dollar zahlt, wer sehr reich ist
1 Dollar zahlt, wer es kann
Nichts zahlt, wer nichts hat

Wenn sie müde waren, gingen sie hinaus, um sich mit Whisky oder mit Drogen aufzuputschen. Wenn sie dann den Teufel im Leibe spürten, kamen sie zurück und schickten uns in den siebten Himmel. Der alte Trompeter war blind, unter den Lidern hatte er zwei Löcher. Er sprach bloß französisch, und er liebte die etwas schmutzigen Lieder. Mit einemmal schmiß er die Trompete hin, sprang mit einem affenartigen Satz in die Höhe und schrie: »Le cochon, hop! Le cochon, hop!« Die alte Frau weinte von Zeit zu Zeit, wer weiß, warum. Ja, New Orleans hatte mir gefallen. Sogar der Käfer hatte mir gefallen, den ich im Badezimmer meines Luxus-Hotels fand: schwarz, dickbäuchig und sympathisch in seinem würdig-frechen Vormarsch, Obacht, ihr Hygienefetischisten, ich bin ein Käfer! Monate hätte ich in dieser schläfrigen, schwitzenden Stadt verbringen mögen: in diesem Gefühl wohliger Trägheit, das dem an kalten Wintermorgen ähnelt, wenn man sich in seinem warmen Bett einkuschelt und gar nicht aufstehen möchte. Und trotzdem fand ich mich in einem Flugzeug wieder, das mich nach Huntsville zurückbrachte.

Das war so gekommen: Kaum in New Orleans angelangt, quälte mich der Gedanke, mich Ernst Stuhlinger gegenüber nicht richtig verhalten zu haben, und ich hatte ihn angerufen und mich mit einer erfundenen Geschichte entschuldigt: Eine Freundin, die ich seit Jahren nicht gesehen hatte und die in New Orleans lebte, lag todkrank im Spital. Ich war hier, um sie zu besuchen, und gedachte bis Freitag nachmittag bei ihr zu bleiben, um dann nach Houston weiterzureisen, wo bereits die Interviews mit den neuen Astronauten geplant waren. Es täte mir sehr leid und so weiter. Mit geduldiger Höflichkeit hatte Stuhlinger mich gebeten, meiner Freundin seine besten Wünsche zu übermitteln, dann hatte er unverhofft hinzugefügt: »Ich stehe ab Freitag nachmittag zu Ihrer Verfügung. Wenn Sie Freitag abend kommen, würden meine Frau und ich uns freuen, Sie bei uns zum Essen zu erwarten. Telegrafieren Sie rechtzeitig, ob Sie kommen.« Adieu, Bourbon Street, adieu, Showboat auf dem Mississippi. Adieu, Austern auf Tellern voll Salz, adieu, Rum zum Schlürfen in der Schwüle. Adieu, rue St. Anne, Vieux Carré, schmiedeeiserne Balkone, die die Häuser in durchsichtige Mantillen hüllen. Es war Freitagabend, und das Flugzeug ging über Huntsville nieder, über seinen von den Raketen versengten Wäldern. Während ich auf dieses verbrannte, gelbliche Holz blickte, fragte ich mich, was für ein Mann das wohl sein mochte, der mich zuerst mit seinem germanischen *Puon Tschorno* erschreckte und nach New Orleans in die Flucht trieb und dann dazu brachte, wie ein reumütiges Kind zurückzukehren; der sich zuerst beleidigen ließ und mich dann zum Abendessen einlud. Im Grunde genommen wußte ich überhaupt nichts von diesem Deutschen, der das Marsschiff baut, außer zwei mir sehr angenehme Dinge: daß er Rad fuhr und daß er kein Nazi war. Ja. Und ich bedauerte, daß das Flugzeug Verspätung hatte: rund eine Stunde. Die Deutschen sind doch so pünktlich, da hatte ich also die unangenehme Pflicht, mich zu entschuldigen. Ich eilte die Gangway hinunter, suchte mit den Augen ein Telefon, als die bekannte Stimme mich traf: diesmal mitten in die Brust.

»Puona zera, Zignorina. Zignorina Fallaci?«

Von hinten, als er das Büro verließ, war er mir groß vorgekommen, vielleicht deshalb, weil er steif und gerade ging. Dabei war er klein. Von hinten war er mir auch robust erschienen: dabei war er hager. Von hinten hatte er graues Haar; von vorn aber war er kahl und hatte nur an den Schläfen ein paar Haare.

»Ja, das bin ich. Sie sind Dr. Stuhlinger, nicht wahr?«

Ein Gesicht, wie mit der Axt geschnitten, voller Falten und überraschender Kurven, nichts zuviel und nichts zuwenig, mit großer Nase, großem Mund, tiefliegenden Augen, die sich wie zwei kostbare Aquamarine unter dem Wäldchen der Augenbrauen verbargen. Aufmerksam und ironisch blinzelten sie darunter hervor: zwei kleine bläuliche Flammen. »Ja, der bin ich. Wie geht es Ihrer Freundin?«

Diese Augen konnte man nicht anlügen. Ich wußte keine Antwort. Er antwortete für mich.

»Verstanden. Sie spielte herrlich Trompete.«

Dann lachte er. Und es war, als hörte ich zum erstenmal einen Deutschen lachen. Es war, als machte man plötzlich Frieden mit einem Feind, den man seit mehr als zwanzig Jahren verfolgt, dem man nicht verzeiht, nicht verzeihen will, der dir plötzlich die Hand hinstreckt und sagt: Machen wir Pause, Waffenstillstand, und du gibst ihm die Hand, lachst mit ihm. Freilich, tief im Herzen nagt die Reue, laß deinen Groll nicht fahren, denkst du, du hast es doch geschworen, deinem Haß treu zu bleiben, Peitschenhieb mit Peitschenhieb, Gewehrschuß mit Gewehrschuß zu vergelten, nicht schwach, unachtsam, christlich zu sein: gleichzeitig aber mit dieser Reue bricht sich ein Gedanke Bahn, vielleicht hat auch er in bezug auf dich so etwas geschworen, vielleicht möchte auch er seinen Groll nicht fahrenlassen, vielleicht wurde auch einer seiner Brüder von einem deiner Brüder getötet, doch er ist dir entgegengekommen, er hat länger als eine Stunde auf dich gewartet, obwohl er so viel zu tun hat, er muß ja zum Beispiel das Raumschiff für den Mars bauen, und er hat dir ein Zimmer im Motel reserviert, er bückt sich sogar, sieh mal, nach deinem schweren Koffer, und er lacht!

»Auch den Kontrabaß, Dr. Stuhlinger.«

»Das Klavier nicht?«

»Auch das.«

»Und die Klarinette? Wie war die Klarinette?«

»Einfach himmlisch.«

Ich hörte seine falschen Konsonanten nicht mehr, ich würde sie nie mehr hören. Ich sah lediglich einen witzigen, freundlichen Mann, der meinen Koffer nahm und keinen Gepäckträger wollte, auf einen Volkswagen zuging und sich entschuldigte, weil er bloß diesen habe, der natürlich unbequem sei für jemanden, der sonst in großen Wagen fahre, wir würden jetzt den Koffer im Motel lassen, wo ich mich umziehen könne, dann würden wir nach Hause fahren, ein großartiges Mahl erwarte mich nicht, aber ich würde sicher mit dem vorliebnehmen, was da sei: aber gewiß doch, Dr. Stuhlinger. Er verbreitete wirklich kein bißchen diesen traurigen Geruch nach Zitrone.

»Und das Fahrrad, Dr. Stuhlinger?«

»Das ist zu Hause. Ich wollte eigentlich damit herfahren, aber dann dachte ich an Ihr Gepäck.«

»Also radeln Sie wirklich.«

»Und ob. Manchmal sogar ins Büro.« Eine Pause. »Als ich jung war, fuhr ich jeden Sommer mit dem Fahrrad nach Italien. Von Tübingen aus, wo ich daheim war, fuhr ich über Innsbruck nach Mailand hinunter, und von Mailand an die Riviera: Santa Margherita, Bordighera, Rapallo. Ich hatte meine Sachen in einem Rucksack bei mir, und oftmals traf ich junge Leute mit farbigen Trikots, und dann fuhren wir um die Wette, manchmal gewann sogar ich mit meinem Rucksack. Nach Rapallo fuhr ich jedesmal nach Florenz oder Venedig: Giotto und Masaccio, Tizian und Raffael. Viele Stunden habe ich vor diesen Fresken, diesen Bildern zugebracht, und es waren herrliche Sommer. Giotto und Masaccio, Tizian und Raffael ... Dann brach der Krieg aus und ... Ich fuhr nicht mehr hin.« Neue Pause. »Jahrelang habe ich sie sehr vermißt, wissen Sie. Wir haben anderes, wir haben Bach und Brahms und Beethoven, aber Giotto und Masaccio, Tizian und Raffael haben wir nicht. Sie sind aus Florenz, nicht wahr? Sind sie noch dort, Giotto und Masaccio? Ist jetzt ... wieder alles in Ordnung?«

»Ja, Dr. Stuhlinger. Jetzt ist ... wieder alles in Ordnung.«

»Ich müßte es einmal wiedersehen. Bloß habe ich keine Zeit. Diese Mondreise frißt alle Zeit auf. Nach dem Mond wird der Mars drankommen, und so weiter...«

Wir kamen am Motel an. Ich stellte den Koffer ab, zog mich eilig um, und dann fuhren wir in seinem VW weiter.

»Apropos Mond: Ich habe ein paar Schulkameraden meiner Kinder versprochen, ihnen heute abend den Mond im Teleskop zu zeigen, und konnte das nicht mehr absagen. So muß ich nach dem Essen schnell zur Sternwarte, aber es dauert höchstens eine Stunde. Haben Sie den Mond schon einmal aus der Nähe gesehen?«

»Nein.«

»Dann kommen Sie vielleicht ganz gern mit.« Es war, als redete er von einer Dame, die wir besuchen wollten und die uns eine Tasse Tee reichen würde. »Natürlich wäre es mir lieber, Sie würden den Mars sehen: Aber der ist im Teleskop eine Enttäuschung. Ein kleiner leuchtender Ball und sonst nichts. Der Mond hingegen ist interessant im Teleskop.«

»Nur im Teleskop?«

»Ich habe nie an den Mond gedacht, immer nur an den Mars. Ich hatte schon im Sinn, auf den Mars zu fliegen, als ich mich in Berlin mit dem Studium kosmischer Strahlen beschäftigte, ich hatte im Sinn, auf den Mars zu gehen, als ich in Peenemünde arbeitete, und von Braun war mit mir einig. Natürlich werden wir uns auf dem Weg zum Mars ein bißchen den Mond ansehen, sagte er, aber inzwischen hat er sich mit dem Gedanken an den Mond angefreundet, und so bin ich der einzige, der vom Mars träumt.«

»Ja, Dr. Stuhlinger, ich weiß.«

Wir fuhren eine lange Serpentine hinauf, die sich zwischen

Bäumen einen Hang emporschlängelte. Stuhlinger zeigte mit dem Finger auf einen höher gelegenen Wald.

»Das dort ist Monte Sano. Da wohnen wir alle seit 1954.« Er warf mir einen Blick zu: »Das heißt von Braun, ich und die andern Deutschen.«

»Ja, Dr. Stuhlinger, ich weiß.«

»Den Platz habe ich entdeckt, aber wir waren alle Freunde und Landsleute, und da wollten wir beisammen bleiben.«

»Ja, Dr. Stuhlinger, ich weiß.«

Ich gab ihm den Blick zurück. Mir gefiel dieses Präzisieren, dieses Betonen: Sie sehen, auch ich bin einer von ihnen, einer aus Peenemünde. Giotto, Masaccio, Raffael, Tizian, gewiß: Aber auch ich habe die V 2 gebaut.

»Kaum waren wir in Huntsville, nahm ich ein kleines Flugzeug und flog mit meiner Frau über diese Berge, suchte eine große Eiche aus und sagte: Hier, hier will ich unser Haus bauen. Vor zehn Jahren war diese Gegend unbewohnt, nur Schlangen und Eichkätzchen gab es hier. Heute ist es ein Wohnviertel. Ich zeichnete die Pläne selber und zog mit drei, vier Arbeitern die Mauern hoch. Irmgard, meine Frau, half mir beim Fällen der Bäume. Wir fällten nur wenige, gerade genug für das Haus und den Garten. Die große Eiche blieb natürlich stehen. Ich liebe Bäume. Ein Grund dafür, warum ich lieber auf den Mars als auf den Mond will, liegt darin, daß ich auf dem Mars Bäume zu finden hoffe, während ich weiß, daß es auf dem Mond keine gibt.«

Er warf mir einen weiteren Blick zu, als der VW in einen Kiesweg einbog, an dessen Ende Rasen und ein schöner Bungalow zu sehen waren. Er fuhr langsamer, weil er mir noch etwas sagen wollte, ehe wir den Bungalow erreichten.

»Von Braun glaubt nicht an Bäume auf dem Mars: komisch, daß wir uns in diesem Punkt nicht einigen können. Sonst haben wir sehr vieles gemeinsam. Die Art zum Beispiel, wie wir unser neues Leben aufgebaut haben, und die Art, wie wir geheiratet haben. Fast gleichzeitig. Als wir den Entschluß faßten, in El Paso, war er siebenunddreißig und ich sechsunddreißig Jahre alt. Er wählte seine Cousine Maria, ich eine Jugendfreundin. Irmgard lebte in Tübingen nicht weit von uns, ihre Eltern waren mit den meinen gut bekannt, ihr Vater war ein Freund meines Onkels. Sie lehrten beide Geologie, und auch Irmgard ist Geologin. Irmgards Vater kam oft zu uns auf Besuch mit diesem schüchternen, braunhaarigen Kind, und ich war damals ein junger Bursche und sagte im Spaß zu ihr: Wenn du groß bist, heirate ich dich. Von El Paso aus schrieb ich ihr, dann bat ich um eine Woche Urlaub und fuhr nach Deutschland, um sie zu besuchen. Ich erkannte sie nicht wieder: Sie war eine Frau geworden. Drei Stunden nach unserem Wiedersehen fragte ich sie, ob sie bereit sei, mit mir eine Familie zu gründen. Sie war überrascht und sagte, sie müsse sich das überlegen. Ich erwiderte, zum Überlegen bleibe keine Zeit, und da heirateten wir. Ich kehrte nach El Paso zurück, und Irmgard kam später nach. Hier ist Irmgard«, schloß er und wies auf eine Frau in geblümtem Kleid, die neben dem Rasen stand. »Und hier sind meine Kinder.«

Frau Stuhlinger kam uns entgegen und schien sehr schüchtern zu sein. Äußerst schüchtern jedenfalls hieß sie mich willkommen und erklärte, dies sei Susan, zwölf Jahre, dies Chris, acht Jahre, dies Til, viereinhalb Jahre. Nach vollzogener Zeremonie führte sie mich ins Haus, und zum ersten und einzigen Mal während der ganzen Reise war ich im Heim eines jener Männer des Großen Abenteuers. Seit Monaten hatte ich mir gewünscht, diese Neugier zu stillen. So naiv es erscheinen mag, aber ich konnte mir einfach nicht vorstellen, wie es möglich ist, den Flug zum Mars vorzubereiten und der Gattin zuzuhören, wenn sie sagt, daß Chris Bauchweh hat und Til nicht schlafen will und daß, du liebe Zeit, die Eier teurer geworden sind. Probleme dieser Art hatte ja auch Mozart, die hatte auch Marx und auch Tolstoi, wie alle Leute, die Frau und Kinder haben. Aber eine so gewaltige Aufgabe mit solchen Realitäten in Einklang zu bringen, das erschien mir immer heroisch. Es geht dabei nicht um das Zusammenleben, um das Bezahlen der Rechnungen, um den Lärm, sondern um das innere Alleinsein, den inneren Frieden: Woran dachte Stuhlinger morgens, wenn er sich die Zähne putzte? Dachte er, man muß Susan ein Paar neue Schuhe kaufen, oder dachte er, die Evaporation der ionisierten Atome müßte genügend Geschwindigkeit produzieren, um die Venus zu umkreisen und den Mars anzufliegen? Dachte er: Irmgard hat ein graues Haar an der linken Schläfe, arme Irmgard, auch sie wird älter, oder dachte er an die Kubikwurzel aus

Alpha durch Gamma mulitpliziert mit Ypsilon? Oder dachte er beides zugleich, aber dann ...

»Ernst, Lieber, ich muß dir etwas Wichtiges sagen«, begann Irmgard errötend.

»Ja, Irmgard«, sagte Stuhlinger und verschwand augenblicklich in seinem Arbeitszimmer.

»Das macht er immer so«, seufzte Irmgard und rang die Hände: »Er sagt: ja, Irmgard, und verschwindet in seinem Arbeitszimmer. Man bringt es nicht fertig, ihm etwas zu sagen, er denkt an nichts als den Mars.«

»Ja, Irmgard«, wiederholte Stuhlinger, als er mit der Fotografie eines höchst mysteriösen Objekts wieder auftauchte. Statt sich aber Irmgard zuzuwenden, kam er zu mir und schwenkte das Foto: »Da ist es, das ist mein Marsschiff!«

»Ernst, ich habe keine Kresse bekommen«, murmelte Irmgard und errötete wieder.

»Was man hier nicht sehen kann, ist die Größe des Raumschiffes«, bemerkte Stuhlinger. »Von einem Ende zum andern, die Zentrifugenstangen inbegriffen, sind es gute hundertfünfzig Meter.«

»Ernst, hörst du?« wiederholte Irmgard.

»Ja, Liebes, ich höre dich. Das Gewicht ist natürlich ungeheuer. Ganz klar, daß man ein solches Raumschiff nicht mit einem chemischen Antrieb hochbringt.«

»Die Kresse, Ernst. Die Kresse!«

»Die was?!?« fragte Stuhlinger und sah seine Frau an, als sei sie dem Nichts entsprungen.

»Die Kresse«, stammelte Irmgard. »Du hast heute gesagt, du willst Kresse haben, weil das das typische Gemüse in Huntsville ist und Miß Fallaci sicher gern das typische Gemüse aus Huntsville probieren will.«

»Oh, ah! Ah, ja«, erklärte Stuhlinger, ohne ein Wort zu begreifen.

»Es gab aber keine, Ernst.«

»Oh! Ah! Uh! Die Kresse. Ehe wir nach Huntsville kamen, wuchs hier nichts als Kresse. Baumwolle und Kresse«, ließ er mich wissen.

»Es gab aber keine, Ernst. In dieser Jahreszeit gibt's keine.«

»Ah!«

»Darum habe ich Erbsen genommen«, schloß Irmgard erschöpft. Arme Irmgard. Was nützte ihr das Geologiestudium? Wozu hatte sie gelernt, wie man den Ursprung eines Felsens bestimmt, wenn sie sich jetzt damit abplagen mußte, für mich Kresse zu suchen? Auch das ist etwas, was ich nie begriffen habe: Wozu ein Wesen seine besten Jahre damit verbringen soll, den Ursprung eines Felsens oder Flusses zu studieren, wenn es sich nachher doch mit Erbsen und Kresse befassen muß.

»Das hast du sehr gut gemacht, Irmgard«, lobte Stuhlinger in der verzweifelten Hoffnung, sie gehe hinaus. Dann wandte er sich wieder an mich: »Meiner Überzeugung nach kann man ein so schweres Raumschiff auch nicht mit Nuklearantrieb hochbringen, und darum bin ich überzeugt, daß das einzige geeignete System, für das ich schon seit Jahren eintrete, der elektrische Antrieb ist. Die Amerikaner jammern die ganze Zeit, die Russen hätten einen besseren Treibstoff, auch von Braun sagt immer wieder: Die Russen haben eben einen besseren Treibstoff. Einverstanden, sage ich, also warum befassen wir uns dann nicht mit dem elektrischen . . .«

»Papaaa!« schrie Chris. »Mama sagt, es ist fertig!«

»Was ist fertig?« fuhr Stuhlinger zusammen.

»Das Essen, Papa!«

»Oh! Ah, ja. Das Essen. Wir müssen essen.«

»Wenn es nach ihm ginge, würde er sogar das Essen vergessen«, beklagte sich Irmgard.

»Er sagt, für ihn ist eine Banane genug!« schrie Chris.

»Aber nachts, da kriegt er Hunger und holt sich die besten Sachen aus dem Kühlschrank!« verriet Susan.

»Kinder!« protestierte Frau Stuhlinger. Dann führte sie uns in den Garten, der Tisch war auf der Terrasse gedeckt. Als wir alle saßen, setzte sie sich auch. Ein Windhauch spielte mit einem grauen Haar an ihrer linken Schläfe.

»Warum nehmen wir nicht einen elektrischen Antrieb, sage ich zu von Braun, und er meint, das sei zu teuer. Klar ist es teuer: Aber andererseits können wir uns ja nicht vormachen, daß es billig ist, auf den Mars zu fliegen. Das sage ich seit der Zeit in Fort Bliss immer wieder; in Fort Bliss nämlich kam ich auf das elektrische Antriebssystem. Ich sprach darüber mit von Braun, und . . .«

»Iß doch, Ernst«, bat Irmgard.

»Eeessen, Papaaa!« schrie Chris.

»... und wir waren uns gleich einig: außer in der Kostenfrage. Schon in Peenemünde suchten von Braun und ich ein System dieser Art. Aber wir konnten uns nicht damit befassen: Wir hatten ja damals die V 2. Dann hatten wir selbst dafür keine Zeit mehr, denn die Alliierten drangen vor, und das war dann auch nicht der rechte Zeitpunkt, sich mit Marsreisen zu beschäftigen. Es war hoffnungslos, und wir ließen uns treiben wie ein führerloses Boot. Schließlich wurde ich von von Braun getrennt. Als die Alliierten eintrafen, suchte ich in Tübingen Zuflucht, wo meine Eltern waren, meine Universität...«

»Essen, Papaaa!« schrie Chris.

»Still, Chris!« flüsterte Irmgard.

»Du hast angefangen. Du hast gesagt: Iß, Ernst. Und jetzt, wo ich es sage, sagst du, ich soll still sein!« protestierte Chris folgerichtig.

»Willst du wohl still sein, Chris.«

»Also gut, dann bin ich eben still!«

Susan sagte nichts, sie hörte zu, und vielleicht hörte sie auch nicht zu: Peenemünde lag für sie weiter weg als Adam und Eva. Til dagegen blickte aus seinen himmelblauen, unschuldigen Augen unverwandt auf seinen Vater.

»Sehen Sie, Miß Fallaci, viele verstanden und verstehen nicht, warum wir eingewilligt haben, hierher zu ziehen, Amerikaner zu werden und so weiter. Ich meine die extremen Nationalisten. Andere, Nazigegner wie Sie, verstehen wiederum nicht, warum wir in Peenemünde waren, und denken deswegen schlecht von uns.

»Ja, Dr. Stuhlinger.«

»Sehen Sie: In Peenemünde waren wir aus demselben Grunde, warum wir nach Amerika gekommen sind, wo wir keine Deutschen mehr sind, sondern Amerikaner. Peenemünde und Amerika waren und sind für uns die Basis, von wo aus wir unsern Traum verwirklichen, den Mars und die andern Planeten zu erreichen. Das gilt zumindest für mich. Ich wußte nicht, daß Peenemünde existierte, ich kannte auch von Braun nicht, als sie mich von der Ostfront abzogen und dorthin brachten. Ich begriff nicht einmal, warum sie mich ausgewählt hatten, ich glaubte, sie rekrutierten einfach Physiker und wüßten über mein Studium der kosmischen Strahlen Bescheid. Aber kaum war ich dort, sagte ich mir: Ich bin an dem Platz, der meinen Plänen nützt. Wie nach dem Krieg, als dieser amerikanische Offizier nach Tübingen kam und mich fragte, ob ich in den Dienst der Vereinigten Staaten treten wolle. Ich begriff nichts von dem, was er wollte, aber etwas begriff ich: In den Vereinigten Staaten würde ich meine unterbrochene Arbeit wiederaufnehmen können. Die Amerikaner sind abenteuerlustig, neugierig. Sie würden uns nicht für verrückt halten, wenn wir sagten, wir wollten auf den Mond, auf den Mars, auf die Venus. Die Amerikaner wollten zwar die V 2 zu militärischen Zwecken benützen, aber ich wußte, daß die V 2 auch zu etwas anderem dienen kann: um dort hinaufzugelangen. Oh, Miss Fallaci! Mein Traum erwachte zu neuem Leben, während dieser Offizier sprach! Ich weiß nicht, warum die andern das Angebot annahmen, ich jedenfalls nahm . . .«

»Iß, Ernst«, mahnte Irmgard von neuem.

»Siehst du? Erst habe ich es ihm gesagt, und du hast mir gesagt, ich soll still sein und nicht stören. Und jetzt sagst du immer wieder, was ich schon gesagt habe«, stellte Chris in seiner Logik fest.

»Chris! Ruhe!«

»Er hat gar nicht so unrecht«, mischte sich Susan ein.

»Ruhe, alle beide!«

Versöhnlich schob sich Stuhlinger etwas in den Mund.

»Und so kamen wir alle in Fort Bliss in New Mexico wieder zusammen. Miss Fallaci: Man hat so viel über Fort Bliss geschrieben, aber niemand hat je das wirklich Richtige darüber geschrieben: Diese Monate in den Baracken waren die schönsten Monate unseres Lebens; wenn wir davon reden, leuchten unsere Augen wie die von Kindern, wenn der Christbaum angezündet wird. Nicht nur, weil der Krieg zu Ende war, nicht nur, weil wir so viel zu essen hatten, so viel, daß wir auch unseren Angehörigen in Deutschland Pakete schicken konnten. Nicht nur, weil wir keine Terminpläne, keine Sorgen, keine Verpflichtungen hatten und uns alle wie Kinder fühlten, wie Kinder. Sondern weil wir uns mit dem beschäftigen durften, was uns interessierte. Von Braun und ich haben in diesen Monaten mehr über den Mars gelernt als in all den Jahren nachher. Die Fundamente unserer Arbeit wurden damals gelegt. Und wenn wir auf den Mars fliegen können, ihn kolonisieren . . .«

»Ja, glauben Sie wirklich, daß wir ihn kolonisieren werden, Dr. Stuhlinger? Willy Ley sagt ...«

»Nicht so, wie Willy Ley meint. Ja, ich kenne Willy Ley gut. Das, was Willy sagt, wird tatsächlich geschehen: aber nicht so bald. Unter ›Kolonisierung des Mars‹ verstehe ich, ›auf dem Mars überleben‹, das heißt dort so leben wie am Südpol: tausend Personen im Sommer und nicht mehr als hundert im Winter. Spezialisierte, trainierte Leute ...«

»Und tut es Ihnen weh, sich vorzustellen, daß Sie nicht unter diesen tausend, unter diesen hundert Leuten sein können?«

Stuhlinger sah auf seine Frau, die eben in die Küche ging, um etwas zu holen, und vergewisserte sich, daß sie uns nicht hören konnte. Dann sah er auf die Kinder, die nun mit Ausnahme von Til ihre Aufmerksamkeit einem Eichkätzchen widmeten. Vorsichtshalber senkte er die Stimme zu einem Flüstern. Er lächelte.

»Aber ich werde dabeisein, Miss Fallaci! Jetzt kann ich's Ihnen ja sagen, wo Irmgard nicht zuhört. Sie wird sonst böse. Einmal hat sie herausbekommen, daß ich mitfahren will, und da wurde sie böse, richtiggehend böse! Jetzt kann ich's Ihnen ja sagen. Auf den Mars nicht, das schaffe ich leider nicht mehr. Ich werde dann schon über siebzig sein, und man weiß ja, wie das ist. Aber zum Mond fliege ich ganz gewiß. Entschuldigen Sie: Ich bin neunundvierzig, in zehn Jahren bin ich neunundfünfzig. Das ist nicht zu alt, wenn ich in Form bleibe, wenn ich weiterhin Rad fahre und so. In zehn Jahren wird man nicht mehr Astronaut sein müssen, um auf den Mond zu gehen, wissen Sie. In zehn Jahren können auch Sie hin.«

»Ich?!?«

»Ja, Sie. Oder wollen Sie etwa nicht?«

»Ich möchte schon, aber für jemand, der nicht Techniker ist, wird kein Platz sein, Dr. Stuhlinger, das ist die Grausamkeit unserer Zeit. Es ist kein Platz mehr da für jemand, der mit Worten umgeht statt mit Zahlen.«

»Das sagen Sie. Die Welt hat schon immer den Technikern gehört: den Politikern und den Technikern. Nie denen, die Gedichte machen oder die protestieren. Und doch hatte die Welt die, die Gedichte machen und die protestieren, immer nötig. Und wissen Sie, warum? Weil das die einzigen sind, die die Dinge erklären können. Ich, ein Mann, für den es keine Ungewißheit gibt, ich kann nicht erklären, warum es richtig ist, zum Mars zu fliegen. Oder zum Mond. Oder zu Alpha Centauri. Sie, die wahrscheinlich diesbezüglich Zweifel haben, können es hingegen erklären. In seinem Beruf hat ein Techniker...«

Irmgard kam mit einer Erdbeertorte zurück und begann, sie auszuteilen. Sogleich vergaßen Susan und Chris das Eichkätzchen und stürzten sich gierig auf die Erdbeertorte. Til aber schaute sie gar nicht an und brach, die Augen noch immer auf seinen Vater gerichtet, das Schweigen, in das er den ganzen Abend versunken gewesen war. Er hatte ein Stimmchen wie das Piepsen eines Kükens.

»Papa, was hast du für einen Beruf?«

»Langweiler!« murrte Susan mit dem Mund voller Erdbeeren. »Das hast du mich schon gestern gefragt, und ich habe dir gesagt, daß Papa das Raumschiff für den Mars baut.«

Til schaute sie an, als hätte sie gesagt, die dialektische Synthese der Hegelschen Metaphysik lasse darauf schließen, daß der historische Romantizismus eine nachgewiesene und nachweisbare Realität sei. Dann wiederholte er seine Frage.

»Papa, was hast du für einen Beruf?«

»Ich arbeite in der Transportindustrie, Til«, antwortete Stuhlinger.

»Wie der Busfahrer, der uns zur Schule fährt, Papa?« fragte Til.

»Mehr oder weniger«, sagte Stuhlinger.

»Warum mehr oder weniger, Papa?«

»Siehst du, Til: Sagen wir, ich baue den Autobus«, sagte Stuhlinger.

»Und ist das wichtig, Papa?«

»Ja, sehr«, sagte Stuhlinger.

»Wieso, Papa?«

Stuhlinger nahm Til auf seine Knie.

»Siehst du, Til, das Transportproblem war für den Menschen seit jeher sehr wichtig.«

»Für den Mann?« wollte Til wissen.

»Für Männer, für Frauen und für Kinder. Aber bevor der Autobus erfunden wurde, verging viel viel Zeit. Du mußt wissen, daß in den ersten fünfhunderttausend Jahren Männer, Frauen und Kinder bloß ihre Beine hatten, um irgendwo hinzugehen.«

»Wieviel ist das, fünf . . fünf . . . tausend Jahre, Papa?«

»Viel, Til. Sehr viel. Und erst vor zehntausend Jahren entdeckten Männer, Frauen und Kinder, daß man das Pferd benutzen kann, um irgendwo hinzugelangen. Das Pferd, den Esel, das Kamel, den Elefanten, kurz: die guten Tiere. Verstehst du, Til? Also. Ungefähr zur selben Zeit entdeckten Männer, Frauen und Kinder, daß man ein Boot benutzen kann, um auf dem Meer zu fahren. Ein Boot, ein Floß, ein Schiff: alle diese Dinge. Verstehst du, Til? Also. Dann geschah etwas: vor siebentausend Jahren. Da geschah es, daß Männer, Frauen und Kinder das Rad erfanden und auf diese Weise merkten, daß man auch in einer Kutsche fahren kann.«

Til starrte den Vater verwirrt an.

»Papa! Was ist eine Kutsche, Papa?«

»Eine Kutsche«, sagte Stuhlinger, »ist eine Art Auto, das von einem Pferd gezogen wird.«

»Das hab' ich noch nicht gesehen«, sagte Til.

»Du hast noch nie eine Kutsche gesehen, Til?« fuhr ich auf.

»Ich auch nicht«, sagte Chris.

»Ich auch nicht«, sagte Susan. »Aber Papa hat versprochen, mich einmal nach New Orleans mitzunehmen, wo es Kutschen gibt. Sag, wie sind die Kutschen in New Orleans? Mama sagt, du bist von New Orleans hergekommen.«

»Sie sind schön«, sagte ich. »Sie werden von einem Pferd gezogen und haben einen Baldachin mit Fransen, ganz weiß. Wenn das Pferd läuft, bewegen sich die Fransen wie Blätter, und die Hufe des Pferdes machen klock! klock! klock! . . .«

Mein Gott, Vater! Merkst du was? Ich erzählte ja ein Märchen. Eine Kutsche mit Pferd war bereits ein Märchen geworden. Tatsächlich, Til verstand mich nicht einmal. Er konnte sich gar nicht vorstellen, wovon ich sprach. Eines Tages, wenn er groß war, würde er in einem Museum eine Kutsche sehen und würde sie mit denselben Augen betrachten, mit denen er jetzt mich ansah, als wollte er fragen: »Was ist los? Was redest du da?!« Er wandte sich an seinen Vater.

»Papa! Mach weiter, Papa!«

Stuhlinger warf mir einen Blick zu, den ich nicht verstand.

»Dann, mit einemmal, siebentausend Jahre nach Pferd und Kutsche, entdeckten Männer, Frauen und Kinder den Motor, und da war die Eisenbahn geboren. Und nach der Eisenbahn das Auto . . .«

»Sag, Papa«, unterbrach ihn Susan, »wie konnten sie bloß früher ohne Auto leben?!?«

»Das ging sehr gut«, sagte Stuhlinger. »Genau wie noch heute in vielen Ländern, wo es nicht wie in Amerika ist. Es gibt eine ganze Menge Leute auf der Welt, die kein Auto haben.«

»Du machst Witze«, lachte Susan. »Halt mich nicht für dumm, Papa! Niemand kann ohne Auto sein. Das Auto ist doch wie die Beine!«

Von neuem warf mir Stuhlinger diesen Blick zu. Dann wandte er sich wieder an Til, der mit seiner Schwester ganz einer Meinung zu sein schien.

». . . und von da an ging alles sehr schnell. Sehr, sehr schnell. Man erfand sofort das Flugzeug, Til, und das war erst vor fünfzig Jahren. Denk nur, Til: erst vor fünfzig Jahren. Und gleich nach dem Flugzeug erfand man die Rakete. Das war erst vor zwanzig Jahren, Til. Du weißt doch, Til, was eine Rakete ist?«

»Eine Rakete ist ein Flugzeug ohne Flügel!« krähte Til.

»Und du bist ein Esel!« sagte Chris.

»Esel!« wiederholte Susan.

Til begann zu weinen.

»Mama hat mir aber gesagt, die Rakete ist ein Flugzeug ohne Flügel!«

Frau Stuhlinger rutschte schuldbewußt auf ihrem Stuhl. Susan und Chris sahen sie vernichtend an.

»Mama! Oh, Mama! Mit viereinhalb Jahren sollte er doch wissen, daß eine Rakete etwas ganz anderes ist als ein Flugzeug! Mama! Das Flugzeug fliegt in der Atmosphäre, die Rakete in der Stratosphäre!« erklärte Susan entrüstet. Dann wandte sie sich Til zu, der seine letzte Träne aufleckte. »Und überhaupt ist die Rakete Träger des Raumschiffs! Nun sag bloß nicht, du weißt nicht, was ein Raumschiff ist! Dummkopf!«

»Ein Raumschiff ist das von Glenn«, seufzte Til verzagt. »Es ist so spitz wie mein Bleistiftspitzer und so klein, daß Glenn da drin ganz gequetscht ist.«

»Das Raumschiff kann ganz verschieden aussehen, und es kann auch riesengroß sein, wie das von Papa«, sagte Chris. Dann stand er auf, nahm das Foto, das Stuhlinger mir zu erklären versucht hatte, als wir durch die Kresse unterbrochen wurden, und reichte sie dem Vater. »Zeig es ihm, Papa.«

Stuhlinger zeigte es seinem Til voll Stolz.

»Hier, Til. Das ist, was Papa so nach und nach baut. Auf dem Foto sieht man's nicht, aber es ist sehr groß, so groß wie unser Haus hier, aber mit zwei Stockwerken ...«

Til beugte sich tief über das Raumschiff von Papa. Dann strahlte er und krähte: »Das ist ein Windrädchen!«

»Nein, Til. Das ist kein Windrädchen«, erklärte Stuhlinger. »Das ist ein Raumschiff, mit dem man auf den Mars fliegt.«

»Auf was, Papa?«

»Auf den Mond«, schwindelte Stuhlinger.

»Fliegst du auf den Mond, Papa?«

Stuhlinger sah auf seine Frau, die Chris aus irgendeinem Grunde Vorwürfe machte und abgelenkt war. Dann neigte er sich schnell Til zu.

»Ja, Til. Ich werde hinfliegen.«

Til zog die Stirn kraus.

»Warum, Papa?«

»Was, warum?!« machte Stuhlinger.

»Ja, Papa. Warum willst du auf den Mond fliegen, Papa?«

Frau Stuhlinger hob den Kopf und vergaß Chris' Ungezogenheit.

»Was sagt ihr da?!«

»Och, das war so allgemein«, warf Stuhlinger hin. Er schien verlegen zu sein, ich weiß nicht recht, ob wegen der Frau oder wegen des Kindes. Eher wegen des Kindes, möchte ich behaupten. Sag mir, was antwortet man einem Kind von viereinhalb Jahren, wenn es fragt: Warum fliegst du auf den Mond?

»Oh, Til! Fang nicht auch du schon damit an, mein Kleiner!«

Aber Til blieb erbarmungslos dran.

»Warum willst du auf den Mond, Papa?«

»Ach, zum Kuckuck! Warum gehst denn du auf den Rasen, wenn du Lust hast?« regte Stuhlinger sich auf.

Der Kleine war ein Weilchen still und überlegte. Dann glänzten seine Augen.

»Weil er da ist, Papa!«

Für einen Augenblick herrschte Schweigen. Dann glänzten auch Stuhlingers Augen.

»Siehst du, Til. Aus dem gleichen Grund will ich auf den Mond so wie du auf den Rasen: weil er da ist.«

»Kapier ich nicht.« Til stieg von seines Vaters Knien herunter. Und ging zu seiner Erdbeertorte.

»Eine schöne Antwort«, bemerkte ich. »Jemand hat das, glaube ich, auch in bezug auf den Everest gesagt. Hören Sie, Dr. Stuhlinger: Wenn andere Ihnen dieselbe Frage stellen wie Til, was antworten Sie?«

»Kommt drauf an«, erwiderte er nachdenklich. »Kommt drauf an, wer mich das fragt. Es sind so viele Gründe anzuführen, und von Braun hat recht, wenn er sagt, es sei weniger aufwendig, die Raketen zu konstruieren, als die Motive für die Konstruktion dieser Raketen zu erklären. Sehen Sie, da ist einmal die Begründung der Wirtschaftsexperten: um Ihnen nur eine vorzustellen. Die also, die auch der Direktor der NASA gibt, der weder ein Techniker noch ein Träumer ist. Mein Hauptziel, sagt er, liegt darin, für die amerikanische Industrie eine wichtige ökonomische Realität zu schaffen, und die Raumfahrt eröffnet eben diese Realität. Die Weltraumtechnologie wird zum Motor aller anderen Technologien, einschließlich der medizinischen und biologischen, und führt infolgedessen zur Produktion besserer Maschinen: besserer Flugzeuge, besserer Autos, besserer Radios, besserer Transistoren ...«

»Das scheint mir aber kein guter Grund zu sein.«

»Für viele ist es ein guter Grund.«

»Ein guter, ja, aber nicht *der* Grund.«

»Okay. Dann ist da die Begründung der Politiker: jener Politiker zum mindesten, die an den Frieden glauben. Der Rüstungswettlauf, sagen sie, beschäftigt Hunderttausende von Amerikanern mit der Konstruktion von Bomben, Kanonen, Kriegsflugzeugen. Bei einem fünfzigprozentigen Rüstungsabbau läßt sich mindestens die Hälfte dieser Amerikaner in die Raumfahrtindustrie eingliedern. Wenn wir aufhörten, Raumschiffe zu bauen, müßten sie wiederum Bomben, Kanonen und Kriegsflugzeuge konstruieren: eben das, was sie gelernt haben. Und wenn sie das bauen, müßten wir es früher oder später auch benützen. Und ein Krieg würde ausbrechen. Das gilt auch für die Russen.«

»Das ist ein guter Grund. Ein ausgezeichneter Grund. Aber es ist auch nicht *der* Grund.«

»Richtig. Dann ist da das Motiv der reinen Wissenschaft, die in ihrem gewählten wissenschaftlichen Jargon betont, auf den Mond zu gehen bedeute, mehr über den Ursprung und die Struktur des Universums, über den Ursprung und die Struktur der Erde zu erfahren.«

»Auch das ist ein guter Grund. Aber es ist nicht *der* Grund.«

»Und schließlich ist da noch der Grund der Abenteurer, der Romantiker, der Verrückten, wie ich, die dahin wollen, wo andere noch nie waren oder wo andere nur mit großen Schwierigkeiten hingelangt sind: Und sie wollen das aus demselben Grund, wie sie auf den Gipfel des Everest wollen, aus demselben Grund, wie sie Berge erklettern und bei jedem Haken, den sie einschlagen, den Absturz riskieren, aus demselben Grund, wie sie sich auf den Grund des Meeres oder in die Tiefe von Höhlen begeben, auch wenn sie nicht wissen, wie es ausgeht, vielleicht mit einer Katastrophe; wir müssen trotz allem dahin, weil uns der Abenteuerdrang, die Neugier treiben, weil es das Schicksal der Menschen ist, so weit wie möglich in die Ferne zu schweifen, sich auszubreiten wie ein Gas, wenn es seine Hülle verläßt ... Dies ist der Grund. Der eigentliche Grund. Mein Grund und auch Ihr Grund, wenn Sie erst einmal jede Unsicherheit abgestreift haben. Es ist der Grund, der uns so viele Dinge, so viele Menschen ertragen läßt, die uns mißfallen, der Grund, warum Sie von Braun und mir vergeben, daß wir die V 2 gebaut haben, und warum ich Ihnen vergebe, daß Sie von Braun und mir vergeben, daß wir die V 2 gebaut haben ...«

»Es wird spät, Ernst, wenn du noch den Mond sehen willst«, sagte Irmgard.

Stuhlinger sah auf die Uhr und stand schnell auf.

»Los, gehen wir, Kinder, sonst versäumen wir den Mond. Komm, Susan.«

Susan zuckte die Achseln.

»Ich habe ihn schon so oft gesehen, den Mond, Papa. Ich kenne ihn auswendig. Chris geht mit.«

Auch Chris zuckte die Achseln.

»Ich kann ihn auch auswendig«, sagte er. »Til geht mit.«

Wir gingen mit Til. Die Nacht war mild, und Til freute sich. Auch ich freute mich, den Mond zu sehen, und auch Stuhlinger freute sich. Er fuhr eine Straße entlang, links und rechts Tannen, bis die Scheinwerfer einen Draht erfaßten, der über die Straße gespannt war, wo neun Kinder, drei oder vier Väter und Mütter und eine schwangere Frau standen. Stuhlinger stieg aus, löste den Draht und ließ die schwangere Frau einsteigen, die sehr hübsch war und sagte, sie wolle sich den Mond anschauen, weil der Mond gut sei für schwangere Frauen. Die andern gingen zu Fuß weiter, und nach einigen Minuten trafen wir wieder alle auf einem Platz, in dessen Mitte ein Betonbau stand, überwölbt von einer großen Kuppel: die Sternwarte. Er, von Braun und noch ein paar andere hatten sie selber gebaut, sagte Stuhlinger, Stück um Stück, und Irmgard hatte die Tür gestrichen. Nun öffnete er die Tür und ließ die Kinder in einen ziemlich kleinen Raum mit einer Holztreppe eintreten. Die Treppe war brüchig, und die schwangere Frau veranstaltete ein Mordsgetue, kaputte Treppen machten ihr Angst, und wenn sie Angst hatte, verlor sie ihr Kind, und wenn sie ihr Kind verlor, nützte es auch nichts, daß sie den Mond anschaute, der bei Vollmond gut für schwangere Frauen sei, und so weiter. So hofften wir alle, sie komme nicht mit hinauf, aber leider kam sie doch: während Til dem Vater behilflich war, alle zu plazieren und alles zu organisieren. Til war schon mehrmals hiergewesen und wußte, was zu tun war. Mit den Bewegungen eines Erwachsenen kletterte er auf einen Schemel, zog an einigen Schnüren, drehte einen Hebel, öffnete die Kuppel, und es machte einen ziemlichen Eindruck auf mich, diesem Kind zuzusehen, das keine Ahnung hatte, wie eine Kutsche mit Pferd aussah, und dann mit solcher Selbstverständlichkeit die Instrumente in einer Sternwarte handhabe. Als schließlich alles soweit war, stellte sich Stuhlinger vor groß und klein und hielt eine kleine Lektion über den Mond.

»Wenn ihr dreißig oder vierzig Jahre alt seid, Kinder, wird der Mensch schon seit längerer Zeit auf dem Mars gelandet sein. Es wird also schon ganz einfach sein, zum Mond zu fliegen, und wenn ihr dann an die erste Landung zurückdenkt, werdet ihr darüber lächeln. Das solltet ihr aber nicht, ihr solltet vielmehr daran denken, daß die Reise zum Mond damals sehr beschwerlich und gefährlich war und daß unsere Astronauten sich bewußt waren, daß sie dabei sterben konnten. Werdet ihr daran denken, Kinder?«

»Ich werde daran denken«, sagte Til ernst.

»Ich auch«, sagte ein anderer Bub. »Ich werde sowieso Astronaut.«

»Auch ich werde Astronaut«, sagte ein Mädchen.

»Uff, können wir jetzt vielleicht mal den Mond sehen?« sagte die schwangere Frau. »Mir ist übel, ich muß den Mond sehen.«

Stuhlinger warf mir einen seiner Blicke zu. Dann fragte er, wie mir zumute sei. Mir war zumute wie an jenem Tag, da Mutter mich zum erstenmal ans Meer mitgenommen hatte.

»Dr. Stuhlinger, was empfindet man bei seinem Anblick?«

»Ich weiß es nicht«, sagte er. »Ich habe es nie verstanden. Einmal fragte ich von Braun, was er denn bei diesem Anblick empfinde. Und auch er sagte, er wisse es nicht, er habe es nie verstanden. Immerhin kamen wir beide darin überein, daß man sich nur schwer wieder vom Teleskop trennen kann. Sehr, sehr schwer sogar.«

Dann wandte er sich an sein Publikum.

»Alles fertig? Los! Zuerst die Kinder.«

»Dann die schwangeren Frauen«, zwitscherte die schwangere Frau.

»Dann die Papis und Muttis«, äußerten die Papis und Muttis der Kinder.

»Und zum guten Ende die Verrückten, die Abenteurer und die Romantiker«, schloß Stuhlinger. Und dann erläuterte er, wir würden natürlich nicht den ganzen Mond sehen, denn wenn man durch ein Fernrohr blicke, sehe man die Dinge zwar sehr viel größer, aber man sehe sie nicht ganz, weil sie nicht ganz ins Fernrohr paßten. »Okay?«

»Okay«, sagten die Kinder im Chor.

Und sie machten sich daran, den Mond anzusehen: jedes eine kleine Nadel der Ungeduld in meinem Fleische. Hatten sie erst einmal das Auge am Teleskop, so waren sie kaum mehr wegzubringen, und Stuhlinger sagte immer wieder:

Genug, so, genug jetzt, aber dann hielten sie sich an irgendetwas fest und bewegten sich nicht vom Fleck, und man
mußte nochmals warten. Schließlich traten sie beiseite, mit
gerunzelter Stirn, auf eine erwachsene Art ratlos, und standen schweigsam in einer Ecke. Ich rief Til zu mir.

»Til, du hast ihn doch schon gesehen, nicht?«

»Ja.«

»Sag mal, Til, wie ist er denn aus der Nähe?«

»Er ist schön, sehr schön«, sagte Til.

»Ja, und sonst?«

»Was sonst?« fragte Til.

Was sonst. Das hatte auch Mutter gesagt, an jenem Tag, da
sie mich zum Meer mitgenommen hatte und wir in den Zug
nach Viareggio stiegen, Vater. »Mama, du hast es doch schon
gesehen, nicht?« fragte ich. »Ja.« – »Sag mir, Mama, wie ist
es aus der Nähe?« – »Es ist schön. Sehr schön.« – »Ja, und
sonst?« – »Was sonst?« Der Zug kam und kam nicht an.
Immer wieder hielt er an irgendeiner Station, und bevor er
wieder abfuhr, verging eine Menge Zeit, weil der eine ein Eis
kaufen mußte, der andere eine Zeitung, und ich bebte, ich
hätte den Zug am liebsten mit meinen eigenen Händen vor-
wärtsgeschoben. »Mama, wann sind wir da?« Darauf Mutter: »Du Quälgeist!« Schließlich kamen wir an, aber der
Bahnhof lag nicht am Meer, und man sah das Meer gar nicht.
Man hörte nur sein Geräusch, fast ein Gebrüll, und Mutter
rief eine Kutsche, damit es schneller ging. Die Kutsche roch
nach Heu, und die Hufe des Pferdes waren Hammerschläge
in meinen Ohren, aber das Gebrüll des Meeres wurde immer
stärker, bei jeder Umdrehung der Räder übertönte es die
Hammerschläge mehr, ich wurde immer ungeduldiger, und
in dieser meiner Ungeduld fuhren wir eine Straße entlang,
dann eine andere, dann noch eine, schließlich waren wir auf
einer breiten Allee, und jenseits der Allee war das Meer,
ganz plötzlich lag es vor uns: mit einem Schlag. Grau, endlos, ganz glatt. Ein Himmel, der auf die Erde gefallen war.

»Jetzt sind Sie an der Reihe«, sagte Stuhlinger und führte
die schwangere Frau zum Teleskop.

»Moment, Moment. Ich muß erst die Brille aufsetzen«,
zwitscherte sie. »Mein Johnny hat gesagt, ich muß die Brille
aufsetzen!«

Ich senkte den Kopf, als ich diesen Himmel auf der Erde

liegen sah. Es war so verwirrend, daß der Himmel auf die Erde gefallen war. Mutter streckte mir die Hand entgegen und sagte: »Steig aus, wir gehen es uns ganz aus der Nähe ansehen.« Wir verließen die Kutsche und gingen auf den Strand hinaus, wir zwei allein, Hand in Hand. Der Strand war weit und verlassen, denn es war Oktober, und im Oktober geht niemand ans Meer, sagte Mutter, es ist kalt, und niemand geht ans Meer. Den Strand, weißt du, hatte ich noch nie gesehen, und das Laufen fiel mir sehr schwer: Ich hatte Sand in den Schuhen, und sie wurden immer schwerer. Da zog Mama mir die Schuhe aus, und ich ging ohne Schuhe weiter, aber ohne den Kopf zu heben, ohne das Meer anzusehen, denn das Meer machte mir Angst. Statt dessen sah ich auf meine Füße, die immer weniger im Sand einsanken, weil er immer feuchter und fester wurde und dabei seine Farbe veränderte, jetzt war er grau, wurde immer dunkler, und als er tief dunkelgrau war, wurde er wieder weich, und meine Füße hinterließen kleine Wasserkuhlen, die in lautlosem Gewirbel wieder verschwanden.

»Oh!« zwitscherte die Schwangere. »Ist das der Mond?«

»Ja. Das ist der Mond«, sagte Stuhlinger sehr geduldig.

»Sieht aus wie aus Plastik!«

»Wie bitte?«

»Ich sagte, er sieht wie aus Plastik aus. Wird er mir trotzdem guttun?«

»Plastik kann nie schaden«, sagte Stuhlinger. Dann rief er mich. »Sie sind an der Reihe, Miss Fallaci.«

Plötzlich verschwand nichts mehr, denn ich stand mit den Füßen im Wasser, im Wasser des Meeres. Das Wasser war ganz sauber und kam auf meine Füße zu, als wäre es neugierig, als wollte es sie probieren, und als es sie probiert hatte, zog es sich verängstigt zurück, als hätten die Füße es verbrannt, rings um die Füße blieben kleine Kuhlen, dann waren auch die weg. Da nahm ich all meinen Mut zusammen, hob endlich die Augen und blickte auf das Meer, das Meer, das vor mir davonlief und ... Ich weiß nicht, wie lange ich darin versunken war. Es muß sehr lange gewesen sein, denn von Zeit zu Zeit berührte Mama meine Schulter und sagte mit der Stimme Stuhlingers: »So, genug, genug jetzt.« Aber ich gehorchte ihr nicht, denn das war das zweitemal, daß ich das Meer zum erstenmal sah, und ich wollte nicht, daß es

wieder vor mir davonlief. Was ich bei diesem Anblick empfand, weiß ich nicht, ich verstand es nicht, ich verstehe es
noch immer nicht, Vater. Stuhlinger hatte recht, und auch
von Braun hatte recht, ich kann dir nur sagen, was ich gesehen habe, und das war das Meer. Grau, endlos, ganz glatt,
mit Ausnahme der runden Krater, die so kreisrund waren,
wie mit dem Zirkel gezeichnet, die einen an die konzentrischen Kreise im Wasser erinnern, wenn man einen Stein
hineinwirft. Doch es hatte etwas an sich, dieses Meer, etwas
Gräßliches: Es war ein unbewegtes Meer. Ein Meer, das
nicht näher kam, nicht zurückwich, das überhaupt nichts
tat: ein Meer ohne Meer. Eher noch als dem Meer, meine
ich, glich es dem Strand, einem blanken, harten, trockenen,
lackierten Strand. Seine Farbe war grau, aber ein so graues
Grau, daß es schon gar nicht mehr grau war: sondern tot.
Und nicht einmal mehr tot: sondern nichts.

»So, genug. Genug jetzt«, wiederholte Doktor Stuhlinger
sanft. Mit Bedauern riß ich mich von dem Nichts los.

»Wie ist er?« fragte Stuhlinger.

»Grau«, antwortete ich. »Ich glaubte, er sei weiß, und
nun ist er grau.«

»Nein«, sagte Stuhlinger. »Er ist nicht grau. Dieses Grau
ist eine optische Täuschung, ein Lichteffekt.«

»Oh! Ist er also wirklich weiß?«

»Nein«, sagte Stuhlinger. »Er ist schwarz. Vom schwärzesten Schwarz, das Sie sich vorstellen können. Schwarz
wie die finsterste Finsternis, wie ... ich weiß nicht. Versuchen Sie, sich das schwärzeste Schwarz vorzustellen. Das ist
dann der Mond.«

Sag, macht es dir nichts aus, das zu wissen, Vater: für mich
war es jedenfalls schrecklich. Der weiße Mond. Weiß wie
der Mond. Bleiches Mondlicht. Und dabei war er schwarz.
Vom schwärzesten Schwarz: Versuchen Sie sich das
schwärzeste Schwarz vorzustellen. Das ist dann der Mond.
Es war schrecklich. Ich dachte – findest du das komisch? –,
ich würde nie mehr Sappho oder Leopardi lesen können,
ohne zu denken, von wegen weiß, schwarz ist er. Ich dachte, manchmal sei es besser, unwissend zu bleiben, denn auf

dem Grund der Wahrheit lauert doch immer eine Enttäuschung.

»Sie haben nicht so unrecht, Dr. Stuhlinger, sich auf den Mars statt auf den Mond zu konzentrieren.«

Stuhlinger hob resigniert die Arme, schwieg ein Weilchen, schließlich schenkte er sich Kaffee ein. Wir waren wieder bei ihm zu Hause und tranken mit Irmgard auf der Veranda Kaffee. Die Kinder schliefen.

»Selbstverständlich. Der Mars ist in jeder Hinsicht interessanter. Wenn es auf mich ankäme, würde ich mich ganz auf den Mars konzentrieren, nicht auf den Mond. Ohne zu zögern. Denn, sehen Sie: In fünfzig Jahren wird der Mond eine verlassene Station sein, die Leute werden ihn besuchen, wie man etwa das Kolosseum besucht. Wir haben sogar ausgerechnet, was es einen Privatmann im Jahre 1980 kosten wird, zum Mond zu fliegen: hin und zurück zwanzigtausend Dollar, soviel wie ein Fertighaus. Aber die anderen bestehen darauf: Man fliegt also auf den Mond, und ich zucke die Achseln. In Gottes Namen. Allerdings hebe ich den Finger und mahne: Aber Achtung! Wenn diese Sache mit dem Mond erledigt ist, müssen wir uns auf den Mars vorbereiten.«

»Und wenn auch er eine Enttäuschung wäre?«

»Die einzige Enttäuschung, die er uns bereiten konnte, liegt schon hinter uns: Die Atmosphäre auf dem Mars ist sehr dünn, ein Prozent der Erdatmosphäre. Wir hatten gehofft, zwanzig Prozent zu finden: so dünn also wie bei uns im Hochgebirge. Wir hatten gehofft, auf dem Mars ohne Raumanzug, ohne Sauerstoffreserven umhergehen zu können: Und nun müssen wir dort auf unsere Haut aufpassen, weil sonst das Blut zu sieden beginnt, wie auf dem Mond, oder fast so. Allerdings sind diese Berechnungen auf Grund von spektrographischen Untersuchungen angestellt worden, und sie können auch falsch sein.«

»Und wenn sie falsch wären?«

»In diesem Fall wären die Bedingungen auf dem Mars günstig: Wasser, wenn auch wenig, ist vorhanden. Die Pole haben eine dünne Schneedecke. Sauerstoff, wenn auch wenig, ist vorhanden. Die Temperatur am Äquator beträgt dreißig Grad unter Null in der Nacht, aber zehn oder fünfzehn über Null am Tage.«

»Aber kein Leben, keine grünen Männchen, sagt von Braun. Nur eine niedrige Vegetation, die Überreste einer uralten Zivilisation.«

»An diese Überreste einer uralten Zivilisation glaube ich auch: Der Mars ist ein sehr viel älterer Planet als die Erde. Wenn ich alt sage, meine ich damit nicht, er sei früher als die Erde entstanden: Die Planeten unseres Sonnensystems haben sich mehr oder weniger zur selben Zeit gebildet. Ich meine vielmehr, daß er schneller gealtert ist als die Erde. Nehmen Sie als Beispiel einen Hund und einen Menschen, die am selben Tage geboren werden. Der Hund lebt höchstens vierzehn Jahre, der Mensch kann hundert Jahre und länger leben: Der Hund altert schneller als der Mensch. An eine existierende Zivilisation glaube ich nicht: Alles Leben ist Energie. Alle Energie ist Bewegung. Spuren von Bewegung sind auf dem Mars nicht zu sehen, außer dem Aufgehen der Vegetation im Frühling und ihrem Verwelken im Herbst. Wenn es zum Beispiel Städte gäbe, so wären sie auf irgendeine Art erleuchtet: Also müßten wir sie sehen. Es sei denn, daß es sich um unterirdische Städte handelt. Und diese Mutmaßung ist gar nicht so abwegig. Pflanzen jedoch sind da, und nach unseren Lebensgesetzen sind überall, wo Pflanzen sind, auch Tiere, die Pflanzen fressen. Und wo Tiere sind, die Pflanzen fressen ... Miß Fallaci, man muß sehr vorsichtig sein, wenn man von gewissen Dingen spricht. Man läuft Gefahr, ins Phantasieren zu geraten und für einen Verrückten, einen Schwärmer gehalten zu werden.«

»Ich halte Sie weder für einen Verrückten noch für einen Schwärmer, Dr. Stuhlinger.«

»Sie nicht. Aber die, die das lesen.«

»Fahren Sie trotzdem fort, ich bitte Sie.«

»Nun gut. Ich wollte sagen: Leben, wie wir es begreifen, kann nur in zwei chemischen Zyklen existieren: dem unsern und dem der Pflanzen. Der unsere nährt sich von Sauerstoff und gibt Kohlendioxid ab, derjenige der Pflanzen nährt sich von Kohlendioxid und gibt Sauerstoff ab. Okay? Wenn es nun aber auf dem Mars wenig Sauerstoff und infolgedessen auch wenig Kohlendioxid gibt, wie leben dann seine Pflanzen? Bestimmt nicht von nichts: Energie kommt nicht von nichts, nichts kommt von nichts, und dieses Prinzip gilt für das gesamte Universum. Die Marspflanzen könnten also höchstens leben, indem sie in einer Umhüllung ihre eigene Atmosphäre schaffen: in einer durchsichtigen Hülle, die Licht durchläßt, also in einer Art Seifenblase, in einem gläsernen Ei. Aber ... wenn diese Hypothese für Pflanzen gültig ist, ist sie es auch für Tiere. Und wenn auf dem Mars Tiere existieren, dann existieren dort mit einiger Wahrscheinlichkeit auch ... auch intelligente Tiere.«

»Jesus! Menschen in Eiern?«

Eier, Eier, Eier! Immer wieder spricht man mit diesen Weltraummenschen von Eiern! Man könnte meinen, sie wären besessen von der Idee der Eier, von der Form der Eier, sie lebten in einem Eier-Wahn. Warum? Warum nur?

»Nicht Menschen. Oder nicht wirklich Menschen. Oder jedenfalls nicht Menschen mit unserer Haut, unserem Blutkreislauf, unserer Gestalt ... In zwanzig Jahren werden wir es ja wissen. Von Braun sagt zwar, wir werden nicht vor 1990 auf den Mars gelangen, aber ich wette, daß wir schon 1986 dort sind. Die besten Jahre, um zum Mars zu fliegen, das heißt die Jahre, in denen der Mars der Erde am nächsten kommt, sind 1971, 1986, 1990. Bis 1986 können wir es schaffen. Das einzige Problem ist, daß sich jeder, wenigstens in Amerika, nur mit dem Mond beschäftigt und den Mars vernachlässigt. Die NASA hat noch nicht einmal ein genaues Programm für den Mars: Sie beschränkt sich darauf, einige Firmen und mein System des elektrischen Antriebs unter Vertrag zu nehmen. Sie haben doch verstanden, worum es dabei geht?«

»Nein«, sagte ich treuherzig. »Überhaupt nicht.«

»Dann will ich es Ihnen erklären: Beim Evaporieren ionisierter Atome ...«

»Unwichtig, lassen Sie nur.«

»Nein, nein, ich erkläre es Ihnen.«

Da sah er meinen Gesichtsausdruck, lachte laut auf und verzichtete, gottlob. Dann fragte er Irmgard, ob die Kinder auch wirklich schliefen, und stand auf, um das Modell seines Raumschiffes zu holen; das war tagsüber immer von Tils, Chris' und Susans Neugier bedroht. Durch die Glastüren seines Arbeitszimmers sahen wir ihn einen Schrank öffnen, sich vorsichtig umschauen, ein Modell herausnehmen. Als er es in der Hand hatte, löschte er das Licht und kehrte auf Zehenspitzen, lautlos wie eine Katze, das Spielzeug ans Herz gedrückt, zu uns zurück.

»Armer Ernst, er hängt so an seinem Modell«, flüsterte Irmgard. »Er schließt es immer ein, aus lauter Angst, die Kinder könnten es nehmen. Einmal hatten sie es wirklich und machten es kaputt.«

»Hier«, sagte Stuhlinger und stellte das Raumschiff neben die Kaffeekanne. »Mit dem da werden wir auf den Mars fliegen. Bitte, sehen Sie es sich nur genau an.«

Ich sah es mir an, und vor allem muß ich sagen, daß Til recht hat: Es war nichts anderes als ein Windrädchen. Tatsächlich besteht es aus zwei sehr spitz zulaufenden Flügeln, die an einem Ende miteinander verbunden sind, wo ein Gegenstand senkrecht auf einem Rohr aufragt. Der Gegenstand ist die eigentliche Trägerrakete, die das Raumschiff zum Mars bringt: per elektrischem Antrieb. Die spitzen Flügel sind eine gigantische Zentrifuge, deren Rotation im freien Raum eine der Erdanziehungskraft ähnliche Schwerkraft hervorruft. Das Raumschiff, das wie eine Coca-Cola-Flasche aussieht, ist waagrecht an einer der Flügelspitzen befestigt: wie der Beiwagen am Ende der Zentrifugenstange in San Antonio. Rakete und Windrädchen funktionieren gleichzeitig: Das erinnert an die Fliegenden Untertassen, die es nach Ansicht von Brauns nicht gibt und auch nicht geben kann.

»Mit meinem Raumschiff kann die Reise zum Mars in 570 Tagen zurückgelegt werden: 285 Tage hin und 285 zurück«, erklärte Stuhlinger. »Der Aufenthalt auf dem Mars ist da natürlich nicht eingerechnet. Er kann ebensogut einen Monat wie zwei Jahre dauern. Zwei Jahre, sofern die Astronauten den Anschluß an die Erde verpassen: Der Anschluß ist nämlich nur alle zwei Jahre möglich, manchmal auch nur alle sechs Jahre. Und nun will ich Ihnen auch sagen, warum das Schiff so gebaut ist: Man weiß, daß der menschliche Körper es nicht aushält, 570 Tage, also mehr als anderthalb Jahre lang, sich im Zustand der Schwerelosigkeit zu befinden. Es ist notwendig, daß die Astronauten auf normale Art leben und ihr Gewicht haben, als ob sie auf der Erde wären: Was Til ›Windrädchen‹ nennt, dient eben dazu, ihnen das normale Gewicht wie auf der Erde zu liefern. Das Raumschiff ist zweistöckig: Neben der Kommandokabine, dem Laboratorium, dem Vorratsraum usw. gibt es den Wohntrakt, der ungefähr diesem Haus entspricht. Das heißt: drei Schlafzimmer mit Bad, eine Küche, ein Wohn- und ein Sportraum. Jeder Raum ist mit Fernsehen und Telefon ausgestattet, der Wohnraum außerdem mit einem Filmprojektor. Ich glaube, das genügt.«

»Ich glaube nicht«, ließ sich Irmgard vernehmen. »Wenn es so ist wie dieses Haus, dann bestimmt nicht. Ich sage dir doch immer, dieses Haus braucht ein Zimmer mehr. Du wirst sehen, auch diese armen Jungs brauchen ein Zimmer mehr.«

»Wir sind fünf. Sie sind drei«, gab Stuhlinger zurück, und man sah ihm an, daß er diese Bemerkung schon mehrmals gehört hatte. Er wandte sich an mich: »Für drei Personen ist das sogar zuviel: In den U-Booten hat man sehr viel weniger Platz. Die Zimmer sind geräumig. Ich habe sie absichtlich geräumig gehalten, damit im Falle einer Katastrophe jedes Raumschiff noch weitere Männer aufnehmen kann, zum Beispiel fünf oder zehn, notfalls sogar fünfzehn ...«

»Dann braucht man aber einen Raum mehr. Siehst du nun, daß man einen Raum mehr braucht?« wiederholte Irmgard hartnäckig.

Stuhlinger seufzte und gab keine Antwort.

»Die Flotte wird aus fünf Raumschiffen bestehen, jedes ist mit drei Mann besetzt, im ganzen sind es also fünfzehn Mann. Nach der Wahrscheinlichkeitsrechnung ist es kaum denkbar, daß alle fünf Raumschiffe einen Unfall haben oder gar zerstört werden. Mindestens eines wird unversehrt bleiben. Und dieses hätte bei einem Unglück die Überlebenden aufzunehmen. Sollten vier Raumschiffe zerstört werden, aber deren zwölf Astronauten überleben, so kann das fünfte Raumschiff sie neben seinen eigenen drei beherbergen.« Er unterbrach sich und wehrte eine Bewegung Irmgards ab. »Irmgard, fang nicht wieder an. Ein paar werden eben auf der Couch schlafen, zum Kuckuck!«

»Und Essen und Trinken?« beharrte Irmgard.

»Jedes Raumschiff hat genug bei sich für fünfzehn Personen!« brüllte Stuhlinger.

»Schon gut, Ernst, schon gut. Ich sage es ja deinetwegen: Du bist so zerstreut und so unpraktisch. Zum Schlafen können sie es sich vielleicht einrichten, aber dann werden sie verhungern. Oder verdursten.«

»Werden sie nicht«, zischte Stuhlinger.

»Sie werden vielleicht darunter leiden, daß sie immer eingeschlossen sind«, wagte ich einzuwerfen. »Zwei Jahre oder
doch fast zwei Jahre sind eine lange Zeit.«

»Sie können ja hinaus«, erklärte Stuhlinger. »In den
Raumanzügen können sie sich im freien Raum bewegen, von
einem Raumschiff zum andern. In das System hinauszuge-
langen ist dasselbe wie bei den U-Booten: Durch einen kleinen Gang gelangt man in eine Druckschleuse, durch diese in
eine zweite und dann ins Freie. Draußen benützt man die
Raketengürtel. Ich weiß nicht, ob Sie die schon gesehen haben.«

»Ja«, sagte ich. »Ich hab' sie gesehen.«

»Hübsch, nicht?«

»Ja, hübsch.«

»Ich persönlich finde die Raketengürtel bequemer als die
Raumtaxis, und auch weniger kostspielig: Wir werden aber
auf jeden Fall auch Raumtaxis haben. Sie sehen also, es ist
kein Problem, sich außerhalb des Raumschiffes zu bewegen.
Das einzige Problem bleibt die Temperatur. Im Weltraum
gibt es an sich keine Temperatur. Sie hängt von Licht und
Schatten ab. Bewegt sich jemand nun im Schatten des Raumschiffes, so läuft er Gefahr, sich in einen Eiswürfel zu verwandeln. Bewegt er sich im Sonnenlicht, kann er verbrennen
wie ein Streichholz. Man braucht also Schutzanzüge,
die ...«

»Und da willst du mit!« murmelte Irmgard. »Alle in dieser
Familie wollen dahin. Er, Chris, Til, sogar Susan. Zum Teufel mit dem Mars!«

»Sag das nicht!« sagte Stuhlinger.

»Dann eben zum Teufel mit der Venus!«

»Sag auch das nicht!« sagte Stuhlinger.

»Zum Teufel mit dem Mond«, schloß Irmgard, immer
störrischer.

»Pah!« machte Stuhlinger mit einem Achselzucken.

Wir saßen bis zwei Uhr früh auf dieser Terrasse, vor dem
Spielzeug, das Susan, Chris und Til dem Vater immer entführen wollen. Wir sprachen von den Astronauten, die Stuhlinger gut kennt, und von künftigen Dingen, wie den Reisen

in andere Sonnensysteme. Stuhlinger war nicht so zuversicht-
lich wie Willy Ley: Mit Lichtgeschwindigkeit zu fliegen,
sagte er, ist sozusagen unmöglich. Die Wissenschaftler schließen zwar nie etwas absolut aus, sie benutzen nie das Wort
unmöglich, in diesem Falle aber könnte man es sehr wohl
anwenden. Selbst das elektrische System würde zehntausend
Jahre erfordern, um Alpha Centauri zu erreichen: also nicht
weniger als dreihundert Generationen. Raumschiffe bauen,
die zehntausend Jahre halten, das kann man. Man kann sich
auch in den Raumschiffen fortpflanzen, dreihundert Generationen hindurch. Aber wer sagt uns, daß die dreihundertste
Generation eine Seele hätte wie wir? Wer sagt uns, daß sie
überhaupt noch irgendeine Seele hätte? Das war ja das Para-
doxe: Wir wußten eine Menge über den Kosmos und die
fernen Welten. Und wir wußten nichts über diese kleine, so
greifbare Welt, die man Gehirn nennt.

So standen wir schließlich auf, wir, die wir in den Kosmos
reisen wollten, aber nichts über unser Gehirn wußten, und
Stuhlinger sagte, er würde mich zum Motel begleiten. Vorher
aber wolle er mir etwas zeigen, und zu diesem Zweck führte
er mich in sein Arbeitszimmer. Ein Schreibtisch, ein Stuhl, ein
Sofa, ein paar Regale voller wissenschaftlicher Bücher und ein
kleiner niedriger Tisch mit einer braunen Samtdecke.

»Etwas sehr Schönes«, sagte Stuhlinger und schickte sich
an, die Samtdecke abzunehmen.

»Etwas, das man am Himmel gefunden hat?« fragte ich.

»Nein.«

»Etwas, das von einem anderen Planeten stammt?« fragte
ich.

»Nein.«

»Etwas, das auf der Erde wächst?«

»Nicht genau.«

»Wo also?«

»Im Meer«, sagte er und nahm mit der Geste eines Zauber-
künstlers das Tuch fort. Darunter war ein Glaskasten. Unter
der Glasscheibe lagen Muscheln. Runde, flache, spiralförmi-
ge, knopfähnliche, durchsichtige, phosphoreszierende Muscheln, Muscheln, so gelb wie die Blütenblätter einer Sonnen-
blume, so rosig wie die Fingernägel eines Babys, so blau wie
ein Stückchen Himmel, und dazu Seepferdchen, Korallen ...

»Das ist seine Manie«, sagte Irmgard. »Wenn er mit uns ans

Meer geht, ist er nie bei uns, sondern stets bei seinen Muscheln. Oder er zwingt uns, ebenfalls Muscheln zu suchen. Und er hütet sie eifersüchtig. Noch eifersüchtiger als sein Raumschiff.«

Stuhlinger streichelte sie mit den Augen.

»Wie schön sie sind! Schön wie das Meer. Der Samt ist deswegen da, damit sie im Dunkeln bleiben und die Farbe behalten, die sie in der Tiefe des Meeres hatten. Von Zeit zu Zeit aber nehme ich das Tuch weg und betrachte sie.«

Er schob den Glasdeckel zur Seite, nahm eine heraus, die wie eine Porzellanblume aussah. Er hielt sie an seine große Nase.

»Was für ein Duft. Es ist immer noch der Duft des Meeres. Und drinnen singt eine Sirene. Horchen Sie.«

Ich horchte. Die Sirene sang.

»Sie singt wirklich.«

»Ja, jede Nacht. Tagsüber schweigt sie.«

»Ernst, leg sie wieder an ihren Platz. Sie zerbricht sonst«, sagte Irmgard.

Stuhlinger tat, was seine Frau sagte. Er schloß das Glas, deckte es mit dem Samttuch zu und ging entschlossen zur Tür.

»Also, los. Es ist bald drei Uhr früh.«

Ich dankte Irmgard und stieg in den VW. Ganz langsam begann die Nacht sich in helleres Blau zu verfärben, und der Mond war weiß, weiß, weiß. Schweigend fuhren wir die Serpentine hinunter, vorbei am Hause von Brauns, einer großen Villa, bogen in den Freeway ein, der zum Motel führt, und da merkte ich, daß es mir leid tat, von diesem Deutschen Abschied zu nehmen, der auf den Mars will und Muscheln sammelt. Aus der Nacht meines tiefen Grolls trat, wie durch ein Wunder oder einen Zauber, ein Freund. Wirklich, Vater. Und ich war traurig, daß da schon das Motel war, daß der VW bremste. Ich stieg aus, Stuhlinger ebenfalls, ich reichte ihm die Hand. Und in diesem Augenblick fühlte ich zwischen unser beider Handfläche etwas Glattes: glatt wie eine Porzellanblume. Ich öffnete die Hand, und da lag die Muschel.

Eine Muschel ist bloß eine Muschel. Und Muscheln fand ich ein paar Wochen später noch viele am Strand von Cape Kennedy, bei den Astronauten. Tatsächlich besitze ich eine ganze Menge, zum Teil von ihnen selber gesammelt, einige habe ich sogar verschenkt mit den Worten: Die hier hat ein Astronaut gefunden. Die Muschel von Stuhlinger jedoch, die könnte ich nie weggeben: Denn sie ist die schönste von allen. Es ist die Muschel jenes Mannes, der mich das zweitemal das Meer zum erstenmal erleben ließ und der mich dann dadurch enttäuschte, daß er sagte, der Mond sei nicht weiß, sondern schwarz.

»Danke«, sagte ich zu ihm.

»Ein ganz kleines Souvenir«, antwortete er. »Für Sie, Zignorina Fallaci.«

Er setzte den VW in Gang und verschwand.

23. Kapitel

»Hier gibt's ja kein Licht in diesem Zimmer!«

»Nein, gibt's nicht.«

»Ist ja völlig finster, man stolpert ja!«

»Ja, man stolpert.«

»Wo sind denn die Lampen?«

»Die Lampen sind kaputt.«

»Kaputt?«

»Ja, kaputt.«

»Und warum sind sie kaputt?«

»Weil man sie reparieren muß.«

»So reparieren Sie sie!«

»Ich bin der Boy. Ein Boy trägt Koffer und repariert nicht die Lampen.«

»Tragen Sie die Koffer wieder runter!«

»Ich trage nichts runter.«

»Und warum nicht?«

»Weil der Direktor des Motels gesagt hat: Nummer 203. Und das ist Nummer 203.«

»Nehmen Sie die Koffer!!!«

Er nahm die Koffer, und das Licht von der Straße fiel in sein schwarzes, feindseliges Gesicht. Er schlurfte beim Gehen, seine Schultern waren krumm. Oh, warum ließ ich ihn die Koffer zurückschleppen, warum? Braucht man in der

357

Nacht denn Lampen? In der Nacht schläft man doch, und war das etwa nicht ein Schlafzimmer? Ich brüllte ihn ja nur so an, weil er schwarz war, jawohl, nur darum. Arrogant und aufgeblasen kommen sie herein, diese Weißen, und augenblicklich hetzen sie dich treppauf, treppab mit ihren Koffern. Mit einem heftigen Seufzer stellte er die Koffer vor dem Direktor des Motels ab: natürlich wieder eins dieser Holiday Inns of America. Der Direktor war eine Frau: etwa vierzig, häßlich, blau gekleidet. Über ein Blatt Papier gebeugt schrieb sie eifrig Zahlen.

»Hören Sie, mein Zimmer ist ohne Licht.«

Schweigen.

»Mein Zimmer ist vollkommen dunkel.«

Schweigen.

»Alle Lampen sind kaputt.«

Schweigen.

»Hören Sie mich?«

Sie bewegte die Lippen, schrieb aber weiter.

»Ja?«

»Ich sagte, daß mein Zimmer ohne Licht ist.«

»Ja.«

»Vollkommen dunkel.«

»Ja.«

»Alle Lampen kaputt.«

»Ja.«

»Was heißt ja?!?«

»Ja.«

Ich ballte die Fäuste, hielt mein unwiderstehliches Verlangen zurück, ihr ins Gesicht zu schlagen, hoffte inständig, sie sei schwerhörig, und begann noch mal von vorn.

»Vor acht Tagen habe ich in diesem Motel ein Zimmer reserviert. Es ist ein miserables Motel, das weiß ich, denn ich war schon einmal hier. Trotzdem habe ich hier ein Zimmer reserviert: und zwar telefonisch von New York aus. Und die Reservierung wurde bestätigt.«

»Ja.«

»Unter einem Zimmer verstehe ich ein Zimmer mit Lampen. Mit Licht, wenn man die Lampen anmacht. In Zimmer 203 ist kein Licht, weil die Lampen kaputt sind.«

»Ja.«

»Verstehen Sie mein Englisch?«

»Ja.«

»Verstehen Sie, daß ich ein Zimmer mit Licht wünsche, mit Lampen, die funktionieren?!«

»Ja.«

»Also wechseln Sie die Lampen aus, Himmeldonnerwetter! Oder geben Sie mir ein anderes Zimmer!«

»Es gibt kein anderes Zimmer.«

»Es muß eins da sein, ich habe eins reserviert.«

»Das ist ein Zimmer.«

»Das ist ein Zimmer ohne Licht und infolgedessen kein Zimmer.«

»Das ist ein Zimmer.«

»Ich will ein Zimmer mit Licht.«

Ein Mann kam zögernd näher: ein anderer Gast der Holiday Inns.

»Mir scheint, die junge Dame hat nicht unrecht. Was sie verlangt, scheint recht vernünftig.«

Schweigen.

»Wenn es kein anderes Zimmer gibt, so tauschen Sie doch die Lampen aus.«

Schweigen.

»Wenn man eine Reservierung aufnimmt, sind die Lampen inklusive.«

»Das geht Sie doch nichts an«, sagte die Frau und schrieb an ihren Zahlen weiter.

Der Mann entfernte sich, ganz rot im Gesicht. Ich machte weiter.

»Es ist ein Uhr früh. Ich komme vom Flugplatz und bin müde. Ich brauche ein Zimmer, und zwar ein Zimmer, in dem man Licht machen kann.«

»Nehmen Sie ein Taxi und fahren Sie in ein anderes Motel.«

»Ich denke nicht daran, mir um ein Uhr früh ein anderes Motel zu suchen. Dieses Motel ist ein Dreckloch, und Sie sind kriminell. Kriminell und dumm obendrein, das schlimmste, was mir je begegnet ist. Aber ich will trotzdem ein Zimmer, denn ich hab's bezahlt, und ich hab ein Recht darauf.«

Die Frau ließ endlich ihre Zahlen sein und hob ihr häßliches, lüsternes, pickelübersätes Gesicht. Dann kicherte sie mit einer andern Frau, die im Büro war. Sie kicherte, das war alles. Sie schien überhaupt nicht beleidigt, meine Beschimpfungen glitten an ihr ab wie Wasser an einer Glasscheibe. Verwirrt und ungläubig starrte ich sie an. Dann drehte ich mich hilfesuchend um, und in meiner Verzweiflung tauchte ein Mann auf: ein weiterer Gast der Holiday Inns of America. Er machte einen freundlichen, höflichen Eindruck. Er lächelte mich an, ich lächelte zurück. Er verbeugte sich leicht, ich tat dasselbe. »Schlafen wir miteinander?« grinste er.

Das Taxi brauchte lange, um herzukommen, denn ein Motel liegt immer außerhalb der Stadt, und als es eintraf, war es nahezu zwei Uhr. Ich erzählte dem Fahrer alles, und er sagte, das sei nicht ungewöhnlich, die Leute scherten sich heutzutage einen Dreck um alles, es sei nun mal so; schließlich fragte er mich, in welchem Teil von Houston ich zu tun hätte, damit er mir ein Motel einigermaßen in der Nähe suchen könne. Bei der NASA, sagte ich. Bei der NASA! Dann war aber das Holiday Inn of America sowieso nicht richtig, meinte er. Wieso nicht, die NASA war doch gleich hier nebenan. Hier nebenan? Wann ich denn zum letztenmal hier war? Vor vier Monaten war ich hier, erst vor vier Monaten. Ah, vier Monate waren eine lange Zeit. Lang? Ja, sehr lang sogar. Jedenfalls war die NASA inzwischen umgezogen, nach Clear Lake City. Und wo brachte er mich jetzt hin? Eben nach Clear Lake City. Weit? Nein, ganz in der Nähe: fünfundvierzig Minuten auf dem Freeway. Da war es ja drei Uhr! Ah ja, um drei werden wir dort sein. Aber das ist ja eine andere Stadt! Nein, es ist keine andere Stadt, es ist ein Vorort von Houston. Ein hübscher Vorort, übrigens, dort gibt's nur die NASA und ein Motel. Was für ein Motel? Ein feines: das King Inn, die Herberge für Könige. Teuer? O ja, teuer schon: Luxus will bezahlt sein. Wieviel? Zwanzig Dollar, fünfundzwanzig, auch noch mehr.

Auch noch mehr? Ja, aber dann war es eine Suite. Die Managerin des King Inn, eine sehr elegante junge Dame, die wie durch Zauberei direkt ›Harper's Bazaar‹ entstiegen zu sein schien, musterte mich höflich und ein bißchen kritisch. Ich fühlte mich hundeelend, nahm ein Zimmer zu achtzehn Dollar, und endlich war ich im Bett. Ein goldenes Bett in einem goldenen Zimmer ... sogleich mußte ich an das Holiday Inn of America denken, und da fiel mir ein, daß ich dort mein Beauty-Case stehengelassen hatte mit Parfum, Badesalz und all den überflüssigen Dingen, die Frauen mit sich herumschleppen. Höchst verärgert telefonierte ich ins Holiday Inn. Das Fräulein an der Rezeption antwortete, daß ich rein gar nichts liegengelassen hätte. Aber ja, Miß, hören Sie doch, er muß noch auf dem Bett stehen, es war so dunkel, ich habe ihn auf das Bett gestellt, um den Schalter zu suchen, so war es, Miß, das Parfum können Sie meinetwegen behalten, aber das Badesalz war französisches Badesalz und ... Französisches? Warum ich nicht amerikanisches Badesalz kaufte, wenn ich das französische verloren hatte? Amerikanisches Badesalz war doch das beste Badesalz der Welt, und amerikanisches Parfum war das beste Parfum der Welt, und alles, was in Amerika hergestellt wurde, war das Beste auf der Welt, jawohl, und sie war die beste Hotelangestellte der Welt, warum? Weil es viele Wege in den Himmel gibt, Miß. In Jerusalem, ich weiß nicht, ob ich es dir erzählt habe, Vater, sah ich einmal eine sehr dicke Frau, die durch einen Säulengang von nicht mehr als dreißig Zentimeter Breite hindurch in den Himmel gelangte. Ihre Religion behauptete, wer es schaffe, zwischen diesen Säulen hindurchzukommen, komme in den Himmel, und sie also, ich weiß nicht, wie, hinein. Und gleich war sie eingeklemmt. Sie konnte weder vorwärts noch zurück, zurück bedeutete überdies, sich für immer der Hölle zu verschreiben, aber die Säulen hielten sie fest, quetschten ihr Brust und Bauch zusammen, der Bauch war zweigeteilt, eine Säule schnitt ihn sozusagen mitten durch, die Frau schrie vor Schmerzen und weinte, küßte die Säulen und sagte: Liebe Säulen, ich flehe euch an, laßt mich durch, liebe Säulen, ich will in den Himmel kommen, und die Säulen schwiegen und quetschten sie immer mehr zusammen. Ringsum schwiegen alle. Ich hätte ihr am liebsten zugerufen: Gute Frau, warum wollen Sie unbedingt in den Himmel, sehen Sie denn nicht, daß der Himmel weh tut, gehen Sie zurück in die Hölle, gute Frau, die Hölle ist bequemer. Aber statt dessen schwieg ich mit den andern. Ich schwieg und schaute voller Achtung und Mitleid zu, und mit einemmal stieß die Frau einen Schrei aus, nicht vor Schmerzen, sondern vor Freude, und brachte es fertig, ihre Schultern zu befreien, nach den Schultern auch den Bauch, um ihn an der nächsten Säule vorbeizuzwängen, die ihn wieder mitten durchschnitt, und fürchterlich langsam und mühevoll, küssend, weinend, betend gelangte sie zur letzten Säule, zum Ende des Ganges, sank erschöpft zu Boden und war im Himmel. Ja, viele Wege führen in den Himmel.

Ich zum Beispiel verdiente mir jedesmal ein Stückchen davon, wenn ich nach Houston, Texas, kam. Dies war Houston Komma Texas.

Und dies war die NASA Komma Clear Lake City: eine in vier Monaten vierzig Meilen weiter weg transportierte Stadt. Einfach so: wie man ein Bündel von einem Tisch nimmt und auf einen andern Tisch legt. Wenn man es nicht wüßte, würde man es nicht einmal merken, daß sie sich woanders befand: Der einzige Unterschied war das Weiß. Wie eine Fata Morgana stand jetzt die NASA auf einer vollkommen kalkweißen Fläche.

»Das ist doch unmöglich, Paul!«

»Nein, denn wir haben es gemacht.«

»Und dieses Weiß, Paul, was ist das?«

»Muscheln. Vom Golf von Mexico, wir benützen sie als Baumaterial und Kies. Alle Mauern hier sind mit Muscheln untermischt.«

»Mit Muscheln untermischt?«

»Ja. Zuerst werden sie natürlich zermahlen. Für das Gebäude der Astronauten haben wir neun Tonnen Muscheln zermahlen.«

Ich bückte mich, um eine aufzuheben, und dachte an Stuhlinger. »Wie schön sie sind! Sieh doch, welche Form, welche Anmut!«

»Ja, Sie sind schön.«

»Und ihr zermahlt sie.«

»Und wir zermahlen sie.«

Paul Haney lachte stolz. Meine Verblüffung, meine Empörung ärgerten ihn durchaus nicht. Die Amerikaner wollen nicht mehr als das, um glücklich zu sein: verblüffen, empören. Und Paul ist Amerikaner, erinnerst du dich an das Verhör beim erstenmal, halb im Ernst, halb im Scherz? Groß und wuchtig stand er neben mir und wies mit ausgestrecktem Zeigefinger auf die monströsen Gebäude, die seinen Säulengang zum Himmel bedeuteten, und jeder Ausruf der

Bewunderung meinerseits brachte ihn ein Stückchen weiter von der Hölle weg.

»Für die Zentrifuge haben wir sogar noch mehr zermahlen: ungefähr dreizehn Tonnen. Siehst du das große runde Gebäude? Das ist die Dreier-Zentrifuge: Drei Männer haben da drin Platz. Die drei von der Apollokapsel. Und hier der Motor. Der stärkste Motor der Welt. Und der schwerste. Als er montiert war, konnten wir ihn nicht mehr von der Stelle bewegen. Wir probierten es mit LKWs: Sie zerrissen wie Seidenpapier. Wir probierten es mit Kränen: Sie zerbrachen wie Streichhölzer. War absolut nicht zu heben und zu transportieren!«

Der stärkste und schwerste Motor der Welt war ein großer Bottich aus Stahl und erinnerte so sehr an eine große Kufe, daß man Lust bekam, Trauben hineinzuschütten; er stand auf Rollen: um in das Loch in der Mitte des runden Raumes, die Zentrifuge, hinuntergelassen zu werden.

»Und dann, Paul? Wer hat ihn dann hierhergeschleppt?«

»Eine unglaubliche Geschichte. Ein Arbeiter hat uns darauf gebracht: ein Sizilianer, glaube ich. Er sagte: Warum probiert ihr es nicht mit Rollen? Nehmt doch Rollen, dann schiebt ihr sie vorwärts, der Motor geht von selber mit. Unsere Ingenieure versuchten es und sagten, es ist genial. Warum lachst du?«

»Oh, Paul! Oh ...!«

»Ich finde dabei wirklich nichts komisch.«

»Oh, Paul! Oh ...!«

»Also: Darf man vielleicht mal wissen, was da so komisch ist?«

»Aber Paul! So wurden die Pyramiden gebaut!«

»Die Pyramiden? Was haben die Pyramiden damit zu tun!«

»Die Pyramiden, Paul, und die ägyptischen Tempel, und die Chinesische Mauer, und das Kolosseum, und die gotischen Kirchen, alles! Man nahm Rollen und transportierte damit die Stein- und Marmorblöcke. Und da war ein einfacher sizilianischer Arbeiter nötig, um eure Ingenieure daran zu erinnern?«

»Ach, du mit deiner Vergangenheit!«

Und einen Augenblick lang war mir, als sähe ich ihn zwischen zwei Säulen, die ihm Brust und Bauch einklemmten.

Aber geschickt machte er sich frei: »Wenn es nach dir und deinesgleichen ginge, würden wir uns noch mit dem Fahrrad oder gar zu Fuß vorwärts bewegen«; und ich setzte zur Strafe meine Pilgerreise nach Jerusalem fort, immer wieder begrüßt wie der Verlorene Sohn, der um Vergebung flehend heimkehrt, oder wie ein Rekonvaleszent, der Genesung sucht. Verwandte und Ärzte kamen mit freudigen Gesichtern aus den verschiedenen Büros, und es sah aus, als wären *sie* die Kranken, in diesen vier Monaten waren sie um mindestens vier Jahre gealtert, vor Sorgen, vor Langeweile, wer weiß. Erinnerst du dich an Jack Riley? Ciao, Jack. Erinnerst du dich an Ben Gallespie? Ciao, Ben. Erinnerst du dich an Howard Gibbons? Ciao, Howard. Erinnerst du dich an ... Katherine? Ciao, Katherine. Katherine (oder nannte ich sie nicht Katherine?) hatte geheiratet, und das hatte sie dick werden lassen, ohne ihr die Unzufriedenheit zu nehmen: Bestimmt war ihr Mann kein Astronaut. Gibbons trug nicht mehr die Schmollmiene eines Sergeanten zur Schau, der den Helm verloren hat; wenn er sich Mühe gab, gelang es ihm sogar, die Lippen zu etwas zu verziehen, das einem Lächeln nicht unähnlich war, und mit diesem Lächeln verkündete er mir eine Überraschung: Er erklärte, Bob Hutton sei da, aus Kalifornien hierher versetzt. Die Tür hier nebenan, ja. Ich riß die Tür stürmisch auf.

»Bob! Welche Freude, dich wiederzusehen, Bob!«

»Hey«, murmelte Bob, ohne sich zu rühren.

»Bob! Wie geht's dir, Bob?!«

»Hm.«

»Bob!? Kennst du mich denn nicht mehr, Bob?«

»Doch, ja, hallo.«

»Was hallo? Ist das alles?!«

»Grüß dich.«

Auch er war verwelkt, wie ein Blatt, das vom Baum gefallen und sich in der Sonne eingerollt hatte. Apathisch gab er mir die Hand, und seine Finger hingen noch kraftloser herab als sein Schnurrbart. Die Schnurrbarthaare gingen ihm aus, als wollte sich Haar für Haar ans Sterben machen.

»Oh, Bob! Was haben sie mit dir gemacht, Bob?!«

»He?«

»Bob! Seit wann bist du hier?«

»Drei Monate.«

»Ich verstehe.«

»He?«

»Bob, du hilfst mir doch hoffentlich. Ich bin wegen meines Buches wieder hier und brauche Hilfe.«

»Hm.«

»Hörst du, Bob? Ich hab gesagt, daß ich Hilfe brauche.«

»Howard Gibbons ist hier der Boss. Über ihm steht Ben Gallespie. Und über allen steht Paul Haney.«

»Aber was hast du denn, Bob?!«

»Nichts.«

»Wenn's so ist. Ciao.«

Ich stand auf. Ging zur Tür. Da hielt seine verzagte Stimme mich zurück.

»Oriana . . .«

»Ja? . . .«

»Ich möchte, daß du verstehst . . .«

»Was soll ich verstehen?!?«

»Ich möchte, daß du verstehst, daß Houston nicht Santa Monica ist und daß es mir in Houston schwerfällt, meine Freundschaft zu dir mit der Loyalität gegenüber meinen Vorgesetzten in Einklang zu bringen.«

»Freundschaft? Loyalität? In Einklang bringen?«

»Mir liegt sehr viel an meinem neuen Posten, und die Pflicht zwingt mich . . .«

»Ach, zur Hölle mit dir, Bob!«

Ich schlug die Tür hinter mir zu, und alle beugten eilig die Köpfe über ihre Papiere und taten, als hätten sie nichts gehört und gesehen. Alle außer ihr. Daher wunderte ich mich, sie beim Hereinkommen nicht bemerkt zu haben, und ich wunderte mich auch, daß Paul uns nicht vorgestellt hatte, ehe er wegging. Auf den ersten Blick sah man, daß sie nicht war wie die andern. Vor allem wegen ihrer Augen: hintergründig, höchst intelligent, smaragdgrün. Dann wegen ihres Gesichts: schmal, hart, von karottenrotem Haar umrahmt. Schließlich wegen ihres Lächelns, das kaum merklich die dünnen Lippen verzog. Ein abschätziges, ironisches Lächeln, das alles von allein schon kommentierte und Schwäche und Anpassung an die Umwelt von sich wies. Mutter hatte so gelächelt, als sie noch jung und weniger zum Verzeihen bereit war als heute. Die Hand reichte sie so: von oben herab, wie eine Königin, die dir ihre Gunst erweist. Sie gab mir die Hand und sagte mir ihren Namen. Ein ganz gewöhnlicher Name, Sally Gates, aber für mich wird es immer der Name einer Königin sein: wirklich seltsam, was Sally, die unbekannte Angestellte bei der NASA, in diesen Memoiren für einen Platz einnimmt, Vater. Auf meiner Reise in die Zukunft traf ich nur wenige Frauen, und nie interessante: Man könnte meinen, die Zukunft braucht sie nicht oder nur zum Kinderkriegen und zum Stillen. Und doch war, abgesehen von Ray Bradbury, eine der Personen, die sie mir annehmbar machten, eine Frau, nämlich Sally. Vieles hätte ich nicht akzeptiert, wenn Sally nicht dort gewesen wäre. Vieles hätte ich nicht verstanden, wenn Sally mir nicht in diesem Augenblick die Hand gereicht und, ohne es zu wissen, Mutter imitierend, gesagt hätte, ich sähe hungrig aus, sie müsse mich zum Essen mitnehmen.

Das Restaurant war die Kantine der NASA: wo auch die Astronauten gegen Mittag essen gehen. Es funktionierte nach den Regeln der Selbstbedienung, beim Eintreten nahm man sich ein Tablett, legte Messer, Gabel, Löffel drauf, schob es vor eine Ansammlung bereits fertiger Gerichte, stellte die Teller, die man sich aussuchte, auf das Tablett, hob es fluchend hoch und trug es zu einem Tisch, wo man sich endlich ans Essen machen konnte. Die ganze Angelegenheit war widerwärtig: Das Prinzip der Gleichheit auf die Selbstbedienung bezogen war mir von jeher unverständlich, denn ich sehe nicht ein, warum mich nicht die Kellner, es ist doch ihr Beruf, bedienen sollen, wenn ich sie mit meinem Beruf ebenfalls bediene. Immerhin brachte Sally Gates mir bei, das Wichtigste ist nicht, wie man ißt, sondern mit wem man ißt. Sie war in Philadelphia geboren, erzählte sie mir, in San Francisco zur Schule gegangen: in den beiden raffiniertesten Städten Amerikas. Sie war die Frau eines Generals und hatte jahrelang in Europa gelebt, und die Selbstbedienung war ihr genauso zuwider wie mir.

»Und warum bist du hier bei diesen Leuten, Sally? In Philadelphia geboren, in San Francisco zur Schule gegangen, Frau eines Generals: Warum arbeitest du bei der NASA, warum wohnst du in Houston?«

»Um, wenn ich alt bin, sagen zu können, ich bin dabei gewesen.«

»Das sagen alle.«

»Das ist der Grund, warum alle hier sind.«

»Auch Typen wie Bob?«

»Auch Typen wie Bob.«

»Auch Typen wie Howard?«

»Auch Typen wie Howard.«

»Warum machen sie dann diesen unbefriedigten, kranken, eingeschüchterten Eindruck?«

In Sallys hintergründigen Augen blitzte es auf.

»Vor allem, weil es Amerikaner sind und weil Amerikaner mit vierzig Jahren sterben: Jugend ist hier etwas, das mit zwanzig vorbei ist. Sie fühlen sich alt, und darum sind sie auch alt und benehmen sich wie Alte. Und dann, weil sie Angst haben. Angst, sich bloßzustellen, Angst, zu viel und zu wenig zu tun, Angst, die Grenzen ihrer Aufgabe zu überschreiten. Ihre Aufgabe verlangt von ihnen nicht Engagement oder Energie, sondern Disziplin. Nichts anderes. Und sie geben auch nichts anderes. Warum sollten sie? Der Mond ist nicht das romantische Abenteuer, für das du ihn hältst: Der Mond ist ein großes Geschäft für die Industrie.«

»Ein Geschäft für die Industrie?«

»Ein Geschäft für die Industrie. Warum schockiert dich das? Es nimmt ihm nichts von seinem Reiz. Als Geschäft für die Industrie jedoch nährt er sich mehr von Disziplin als von Enthusiasmus, und überall, wo Disziplin herrscht, herrscht auch Angst. Die Angst ist hier zu Hause. Das gilt für mich, für Bob, für Howard, für die Astronauten, für alle. Fern von Houston sind wir alle mutiger und lebendiger. Wir lachen, wir werfen unsere Hüte in die Luft, wenn wir einen Freund treffen. In Houston werden wir steif wie Soldaten in der Kaserne, wie Schüler im Internat. Wir kontrollieren uns gegenseitig, bespitzeln uns gegenseitig, und die Furcht, fortgejagt zu werden, macht uns fertig. Wir kämen uns nackt wie Adam und Eva vor, wenn man uns aus diesem gräßlichen Paradies auf Erden fortjagte, weil wir dann nichts mehr mit der ›Sache‹ zu tun hätten. Natürlich gibt es Ausnahmen: Doch die Ausnahmen sind rar, und ...«

»Redest du von mir, Sally?« unterbrach sie eine fröhliche Stimme hinter uns.

Die Stimme gehörte einem eher kleinen und untersetzten Mann mit den markanten, trägen Gesichtszügen eines Süditalieners. Wulstige Wangen und fleischige Lippen, wuchtige, dichte Augenbrauen fast bis zu den Lidern, die Haut: terrakotta- oder eher rostfarben. Alles andere als abstoßend, viel eher anziehend, ein kräftiger, attraktiver Mann, muskulös: wie man bei dem kurzärmeligen Sporthemd sehen konnte. Ein kräftiger Hals, ein starkes Gebiß. Die Zähne benützte er zu einem gewinnenden Lächeln, das auch seine Augen mitriß, rabenschwarze, glitzernde Augen. In seinen auffallend gepflegten Händen trug der Mann ein Tablett mit leeren Tellern. Sally errötete vor Freude, als sie ihn sah: so sehr, daß sich nicht mehr unterscheiden ließ, wo ihr Gesicht aufhörte und der karottenrote Schopf anfing. Sie war eine einzige Karotte – mit zwei kleinen grünen Blättchen, durch die sie die Welt betrachtete: ihren Augen.

»Wally! Oh, Wally, Darling! Natürlich rede ich von dir, von wem denn sonst?« Dann stellte sie ihn mir vor: »Wally Schirra, der schönste Astronaut Amerikas.«

Der schönste Astronaut Amerikas verbeugte sich voll Dankbarkeit für dieses Kompliment, von dem er wußte, daß er es nicht ganz verdiente. Er gefiel mir wegen der Art, wie er sich verbeugte: als hätte er kein Tablett. Und dann gefiel er mir auch wegen seiner Stimme, dieser vollen, rauchigen Stimme eines Mannes, der viel trinkt, viel raucht, viel ißt und viel liebt.

»Italienerin? Ich war schon ein paarmal in Italien: Rom, Neapel, Genua, Venedig. In Sizilien allerdings nie.« Ein Funkeln in den Augen. »Ich bin nämlich ebenfalls Italiener, wenn Sie gestatten: Mein Vater wanderte aus Sizilien aus.«

»Ich gestatte.«

»Viele sagen, das sei nicht dasselbe. Wir sind, wenn mich nicht alles täuscht, in Italien nicht sehr beliebt. Wie nennt ihr uns in Florenz? Ter... Ter...?«

»Terroni.«

»Terroni. Ich bin ein Terrone.« Ein weiteres Funkeln. »Ich war auch noch nie in Florenz. Ich hatte bloß einen halben Tag Zeit und schwankte zwischen Florenz und Pisa. Dann entschied ich mich für Pisa, wegen des Turmes. War das richtig?«

»Es war grundfalsch.«

»Ach, wir Terroni ... Und dann ist der Turm von Pisa ja auch nicht aus Käse.«

»Aus was?« kreischte Sally.

»Aus Käse. Ich habe da so eine gewisse Geschichte über Käse gehört«, erklärte Schirra. »Aber die Florentiner wollen sie nicht an die große Glocke hängen. Die Florentiner sind geizig, nicht so freigebig wie wir Sizilianer.«

»Wer behauptet, wir Florentiner seien geizig?« fuhr ich hoch. Mir gefiel dieser Terrone, dessen Vater in Amerika sein Glück gesucht und in Amerika einen Sohn bekommen hatte, der in den Weltraum fliegen würde. Wie viele Schirras in Sizilien mochten wissen, daß der berühmte Astronaut mit ihnen verwandt war. Ich hätte sie gern aufgesucht, jeden einzelnen, um ihnen zu sagen: Wißt ihr, daß dieser Schirra, der auf den Mond fliegt, ein Verwandter von euch ist? »Wer hat behauptet, wir Florentiner seien geizig?« wiederholte ich.

»Stendhal«, warf dieser Techniker hin.

Er fährt zum Mond und hat Stendhal gelesen, würde ich den Schirras erzählen. Ihr könnt stolz sein, mit ihm verwandt zu sein. Die Amerikaner lesen nämlich nicht Stendhal. Und Techniker wie er schon gar nicht.

»Stendhal war ein Lügner.«

»Das sind alle Schriftsteller. Ich kann Ihnen zum Beispiel glatt beweisen, daß der Mond nicht aus Käse ist. Aber so oder so, das Projekt Käse gefällt mir. Besser als das Projekt Apollo. Wenn Sie wollen, mache ich mit.«

»Ich akzeptiere Sie.«

»Ich akzeptiere ebenfalls«, sagte wieder eine Stimme hinter unserem Rücken. Es war Shepard, auch er mit einem Tablett in den Händen. Er verbeugte sich, aber ganz anders als Schirra: als wäre ihm das Tablett zu schwer. »Hallo. Wie geht's?«

»Es geht so, daß mein Vater die Kuh will.«

»Kaufen Sie sie.«

»Meine Mutter hingegen will das Pferd.«

»Kaufen Sie es.«

»Und beide finden, Sie könnten sie uns schenken.«

»Bin doch nicht verrückt. Ist ganz schön teuer, wissen Sie.«

»Wovon redet ihr eigentlich?« beklagte sich Sally.

»Von seiner Knausrigkeit«, erklärte Schirra. »Er ist der knausrigste Knauser, dem man außerhalb der Mauern von Florenz je begegnen kann. Er verkauft, und basta. Aber er verkauft teuer: Hört nicht auf ihn, wenn er behauptet, seine Preise seien günstig. Sie sind im Gegenteil unverschämt. Ich weiß das, weil er es auch bei mir probiert hat. Aber bei mir verfängt das nicht. Wir Terroni wissen gar nicht, was wir mit seinen Pferden und Kühen anfangen sollen.«

Den Oberkörper nach hinten gedrückt, die Nase hoch, um Gott weiß was zu riechen, schien sich Shepard bei diesem vertraulichen Ton nicht ganz wohl zu fühlen. Er zeigte sich in seiner ganzen Größe und war sehr groß neben dem kleinen Schirra, der ihn aber trotzdem um mehrere Längen schlug und mir immer besser gefiel. Und es stimmt: Ich habe keinen getroffen, dem Schirra nicht gut gefallen hätte. Alle in Houston und sonstwo scheinen eine besondere Vorliebe für Schirra zu haben, der von den ersten sieben der humorvollste, ausgelassenste, sympathischste ist. Ihm machen Menschen Spaß, ihm gefällt es, wenn man ihm zuhört, und ihm gefällt es, andere zum Lachen zu bringen: Auf Reisen sammelt er Witze und hat keine Ruhe, bis er sie wieder angebracht hat, er nimmt das Leben stets von der lustigen Seite. Er spielt sich am wenigsten auf von allen, der Beruf des Astronauten hat für ihn nichts Außergewöhnliches an sich. Guglielmo Schirra, sein Vater, war im Ersten Weltkrieg ein As in der Fliegerei, und nach dem Krieg machte er weiter: trieb Akrobatik mit seinem kleinen Flugzeug. Seine Frau machte dabei mit. Als Guglielmo junior, also Wally, schon unterwegs war, kletterte Frau Schirra auf die Flügel des kleinen Flugzeuges hinaus, löste Schrauben, füllte Benzin nach, dann setzte sie sich ans Steuer und machte die tollsten Sachen. Als Wally geboren war, heilten die Schirras alle seine Krankheiten per Flugzeug: achthundert Meter Höhe für den Schnupfen, tausend für die Masern, zwölfhundert für Scharlach. Verständlich, wenn Wally sich nicht allzu ernst nimmt, bloß weil er noch ein bißchen höher fliegt. Und ebenso verständlich, daß er die nicht allzu ernst nimmt, die sich allzu ernst nehmen.

»Du hast gesagt, du akzeptierst. Was eigentlich?«

»Geschäfte. Egal, um was es sich handelt«, sagte Shepard.

»Egal, um was es sich handelt, es ist nichts für dich«, gab Schirra zurück.

Dann wandte er sich an mich: »Ich verbringe einen großen Teil meiner Zeit in Saint Louis: Wenn Sie Hilfe brauchen, sagen Sie es mir. Akzeptieren Sie aber nicht jeden für das Projekt Käse. Vor allem akzeptieren Sie den da nicht: Er würde uns den Platz und die Idee rauben, und wir würden als Cowboys auf seiner Ranch oder als Laufjungen seiner Bank enden. Und damit verabschiede ich mich: habe die Ehre!«

Er verbeugte sich wieder, so leicht wie ohne Tablett, und ging, gefolgt von Shepard, und es war, als gingen mit ihm zusammen hundert Personen. Sally sah ihm mit bewundernden Blicken nach.

»Ja: Der ist eine Ausnahme. An ihn kommt die Angst gar nicht heran. Du müßtest einmal länger mit ihm reden. Mit wem wirst du heute nachmittag sprechen?«

»Mit Slayton.«

»Ah!« Sally hatte ein eigenartiges Zucken. »Ich glaubte, du kennst ihn schon.«

»Stimmt. Darum will ich ihn nochmals sprechen.«

»Ah!«

»Hast du was dagegen?«

»Nein, gewiß nicht. Du wirst ihn etwas verändert finden.«

»Verändert?«

»Er ist heute der wichtigste Mann von Houston. Ja, sogar einer der wichtigsten Männer der NASA überhaupt. Von ihm hängen die Astronauten ab, die Programme der Astronauten, der Aufenthalt der Astronauten, alles. Niemand rührt auch nur einen Finger ohne die Erlaubnis von Deke.«

»Und das hat ihn verändert?«

»Nicht das.« Auch Sallys Stimme klang eigenartig. Es war, ich weiß nicht, als ob die Verabredung ihr mißfiele oder Angst machte und sie deshalb versuchte, mich davon abzuhalten. Aber ich begriff nicht, aus welchem Grunde. »Um welche Zeit bist du bei ihm angesagt?«

»In zehn Minuten.«

»Ah? Worauf wartest du also? Willst du ihn warten lassen? Was glaubst du denn? Er könne auf dich warten? Auf, schnell! Los!«

Sie packte mich am Arm, zog mich, als wäre ich ein Kind, das zu spät zur Schule kommt, ins Gebäude der Astronauten und übergab mich einem Begleiter namens Don Green. Korridore, Fahrstühle, weitere Korridore, weitere Fahrstühle: zum Büro des Chefs. Ach nein, nie, nie sollten wir jemanden aufsuchen, der uns einmal etwas erzählt hat. Nie, nie sollten wir etwas wiederholen, das uns sehr gefallen hat. Das ist ganz falsch, nicht wahr, Vater? Wir beide wissen es, weil ich diesen Fehler schon einmal beging: mit den Helden meiner Kindheit.

Meine Kindheit ist voller Helden, weil ich das Privileg hatte, in einer glorreichen Zeit Kind zu sein: Du weißt es ja nur zu gut. Ich bin mit Helden umgegangen, wie Jungen Briefmarken sammeln, ich habe mit ihnen gespielt wie Mädchen mit ihren Puppen. Die Helden oder jene, die ich für Helden hielt, füllten elf Monate meines Lebens bis zum Rande aus: die Zeit vom 8. September 1943 bis zum 11. August 1944, die Zeit der deutschen Besatzung in Florenz. Ich glaube, daß damals meine Verehrung des Mutes, meine Ehrfurcht vor der Opferbereitschaft, meine Angst vor der Angst herangereift sind. Du kämpftest zusammen mit ihnen, Vater, mit ihnen setztest du mich für kleine Dienste ein, für das Austragen von Zeitungen und Botschaften: So traf ich denn täglich mit meinen Helden zusammen, zu Hause, auf der Straße, auf dem Land draußen. Ich war damals ein Kind ohne Illusionen, ein hartes und bewußtes Kind, nichts wurde mir verheimlicht, nichts bagatellisiert. Jedesmal, wenn ich meine Helden traf, wußte ich, es konnte das letzte Mal sein. Ich liebte sie aus diesem Grunde so heiß, daß ich für jeden einzelnen von ihnen mein Leben hingegeben hätte, ohne die Ankunft der Alliierten, des Weißbrotes und der Schokolade abzuwarten. Ich achtete sie so sehr, daß sie, als der Krieg zu Ende war, tief in mir eingeschlossen blieben wie ein kostbares Juwel oder wie eine Droge. Eine Droge. Was immer ich zu tun, zu sehen, zu hören bekam, maß ich mit diesem Maßstab: sogar die Liebe, mein Gott. Herangewachsen, verdarb ich mir die ersten Jahre meiner Jugend damit, die Männer, die ich nach und nach kennenlernte, mit meinen Helden zu vergleichen und zurückzuweisen: weil sie meinen Helden nicht ähnlich waren. Nur wenige Menschen, fürchte ich, sind von einer Erinnerung oder einem Mißverständnis so verfolgt worden wie ich. Dann, siebzehn Jahre nach jenem fernen August, kam ich auf die Idee, ein Buch darüber zu schreiben, von meinen Helden zu erzählen. Und da machte ich den Fehler: Ich besuchte sie. Einen nach dem andern, alle, die nicht tot waren ... doch: Ich habe das Buch nicht geschrieben, Vater, du weißt es. Ich habe es noch nicht geschrieben, und ich frage mich, ob ich es je tun werde. Das Buch ist hier, klar in meinem Kopf, deutlich wie nur wenige andere Dinge, die mich betreffen: Mir aber fehlt der Mut, es in Worte zu fassen. Worte wiegen so schwer, schwerer als Steine, und die Helden verkümmern, weißt du. Wenn sie nicht verkümmern, werden sie dick. Wenn sie nicht dick werden, werden sie alt. Und das zu entdecken verwundert, Vater, verwundert doppelt und stößt ab. Und wenn es nicht verwundert, erweckt es Mitleid, und das ist noch gefährlicher, eine Wunde nämlich ist ein körperliches Leiden, Mitleid aber ist ein Gefühl. Und körperliche Leiden lassen sich heilen, Gefühle dagegen nicht. Wollen wir damit wieder zu meinem ganz neuen Helden zurückkehren?

Sally hatte recht. Der Chef war wirklich ein höchst wichtiger Mann geworden. Sein Büro befand sich im obersten Stock (alle Büros von wichtigen Persönlichkeiten in Amerika befinden sich im obersten Stock), behütet von zwei hübschen Sekretärinnen (alle Büros von wichtigen Persönlichkeiten in Amerika werden von zwei hübschen Sekretärinnen behütet), ausgestattet mit einem schönen Teppichboden, vier Telefonen, einem Konferenztisch (alle Büros von wichtigen Persönlichkeiten in Amerika haben einen schönen Teppichboden, vier Telefone und einen Konferenztisch). Da drinnen war's wie saure, dicke Milch, so, so ... Nein: Er war nicht dick geworden. Die Helden der Erwachsenen gehen nicht so kaputt: Wir sieben sie ja gut aus, bevor wir sie akzeptieren, wir legen sie unters Mikroskop, wir filtern sie höchst zynisch. Aber gleichwohl, er war nicht mehr mein strahlend neuer Held: Er war gealtert. In einer Welt, in der in vierundzwanzig Stunden mehr geschieht, als anderswo in einem Monat, hatten ihn vier Monate schlimmer zugerichtet als vier Jahre. Er sah müde aus, verfallen. Seine Schultern schienen sich unter einer Tonne Blei zu krümmen. Seine Augen, damals voller Ironie und Traurigkeit, hatten alle Ironie verloren und nur die Traurigkeit zurückbehalten. Wenig an ihm erinnerte noch an die kraftvolle, trotzige Jugendlichkeit meines neuen Helden. Sogar wie er einem die Hand gab, war anders: Statt offen und direkt gab er sie nur widerstrebend, als traute er einem nicht. Und der Händedruck war nicht mehr so fest: Es war der Händedruck eines Mannes, dem nichts mehr daran liegt, Freundschaft und Vertrauen herzustellen.

»Nett, daß Sie wieder da sind.«

»Danke...«

»Es ist heiß, nicht?«

»Ja, es ist heiß...«

»Hier allerdings weniger...«

»Hier weniger. Es ist ein schönes Büro.«

»So sagt man.«

Er ließ einen zerstreuten Blick durch das Zimmer wandern, und man merkte, daß ihm nichts am obersten Stock, am Teppichboden, an den Telefonen und, wer weiß, vielleicht nicht einmal an den hübschen Sekretärinnen gelegen war.

»Hier hat sich eine Menge verändert.«

»Nichts hat sich verändert, gar nichts.«

Er stand auf, ging zum Schreibtisch, drückte auf einen Knopf, hielt den Mund an ein Mikrophon: »Sagt Grissom, er soll in einer halben Stunde hiersein. Eine halbe Stunde bin ich beschäftigt.« Grissom, nicht Gus. Und er hatte die Sekretärinnen beauftragt, es ihm mitzuteilen. Vor vier Monaten hätte er den Freund hereingerufen: »He, Gus, ich habe für ein halbes Stündchen zu tun, laß mich mal so lang in Ruhe, ja?« Grissom würde der nächste sein, der startete, und zwar mit der Geminikapsel. Unwillkürlich dachte ich an Stig und Björn, als ich sie in Stockholm getroffen hatte: »Hast du gesehn? Ende des Jahres fangen sie mit dem Geminiprojekt an: Diesmal geht Slayton. Wir haben bereits die Titelseite. In Farbe.« Die Titelseite war schön: Slayton schaute in den Himmel, im Hintergrund weiße Wolken. Björn hatte sie übermütig vor meiner Nase herumgewedelt: »Schau ihn dir an, deinen Helden!« Er drückte wieder auf den Knopf und kam vom Schreibtisch zu mir zurück. Er sah mich an, als wollte er sagen: Schieß los. Ich schoß los.

»Grissom also startet.«

»Ja, Grissom.«

»Wir waren alle überrascht. Wir dachten, Sie würden starten. Hat uns leid getan.«

»Danke.«

»Aber sind nicht Sie es, der die Männer dafür auswählt?«

»Auch ich.«

»Konnten Sie da nicht sich selber vorschlagen?«

»Habe ich versucht. Ich habe es angeregt. Es hat nichts genützt. Die endgültige Entscheidung lag in Washington.«

Er gab sich einen Ruck, einen Ruck, den ich ihm in seiner Müdigkeit gar nicht zugetraut hätte.

»Nichts hat sich geändert, gar nichts! Am wenigsten die, die nein sagen. Man redet und redet, verhandelt, und sie sagen nein. Man geht zu anderen, fragt sie um ihre verdammte Ansicht, und sie antworten mit ihrer verdammten Vorsicht, sie antworten nein. Besser nicht. Warum etwas riskieren. Warum es drauf ankommen lassen. Es ist unbekanntes Gebiet. Man weiß alles und weiß doch nichts. Daß sie zu zweit sind, genügt uns nicht. Wenn der in der Luft stirbt. Wie stehen wir dann da. Superkonservativismus! Supervorsicht! Superidiotie! Erst waren es bloß die Ärzte der Luftwaffe, jetzt sind es auch die Politiker. Jemand ganz oben muß ihnen die Geschichte in die Ohren geflüstert haben. Besser nicht. Warum etwas riskieren. Warum es drauf ankommen lassen. Und so weiter, und so weiter, und so weiter! Zum Teufel. Mir geht's doch gut. Sehr gut sogar. Hier! Fühlen Sie den Puls!«

Er streckte mir sein Handgelenk hin. Es war ganz weiß unter den braunen Haaren. Es sah aus, als wäre es lange nicht an der Sonne gewesen, dieses Handgelenk. Es war zuviel im Büro, dieses Handgelenk. Ich legte zwei Finger auf die Arterie. Tum-tum. Tum-tum. Tum-tum. Alle Enttäuschung dieser Welt pochte in diesem Puls, in dieser Arterie. Ich ließ ihn los.

»Okay, scheint mir.«

Er hörte ihn selber ab: mit gefurchter Stirn.

»Absolut okay! Absolut okay! Aber was kümmert das die? Es ist so leicht, nein zu sagen und Experte zu bleiben. Kennen Sie diese Logik?«

»Die kenne ich.«

»Dagegen Stellung zu beziehen, etwas zu riskieren: Da könnte man ja die Stelle verlieren!«

»Ja, aber warum sind Sie hier? Warum sind Sie nicht draußen im Training mit den andern?«

»Ich trainiere. Ich mache sowohl das eine wie das andere. Allerdings . . . das andere etwas weniger. Ich habe zuwenig Zeit. Und jeden Tag wird es schlimmer. Nachdem Glenn weg ist, sind wir neunundzwanzig. Wenn sie alle hier am Tisch hocken bei den verdammten Sitzungen . . . Alle haben Vorschläge, Beschwerden, Probleme. Ich muß sie lösen. Und es wird immer schwieriger, Zeit fürs Training zu finden.«

»Dachte ich mir.« Ich dachte außerdem, du hast dich hereinlegen lassen, Major: mit diesen Telefonen, diesem schönen Teppichboden, diesen hübschen Sekretärinnen, wer holt dich jetzt hier wieder heraus?

»Auf der anderen Seite, jemand muß es schließlich doch machen, ihnen zuhören, sie leiten. Wir sind nicht mehr eine kleine Gruppe von Freunden, sondern eine Kaserne, ein Internat. Es gibt so viele Neue.«

Während er sprach, fühlte er sich noch immer den Puls und zählte die Schläge. Ich weiß nicht, wie er es fertigbrachte, gleichzeitig zu zählen und zu reden; doch er tat es. Und dabei starrte er auf seine Schuhspitzen. Ja: er, der dir früher fest in die Augen schaute, als könnte er deine Gedanken lesen. Das gleiche war mit Rio geschehen, einem meiner Helden. Rio hatte dieselbe Art, einem in die Augen zu schauen, als könnte er Gedanken lesen, aber als ich ihn wiedersah, siebzehn Jahre später, starrte er fast dauernd auf seine Schuhspitzen. Auch Rio war nicht kaputtgegangen, nein. War nicht dick geworden, hatte nicht getrogen. Aber das Alter war über ihn gekommen wie ein Platzregen, hatte ihn durchnäßt, ihn ganz aufgeweicht: Reue, Verbitterung, Groll. Und beim Reden starrte er fast immer auf seine Schuhspitzen.

»Ich muß einige von ihnen sprechen, von den neuen. Darum bin ich wieder hier.«

Ah! Jetzt ist er zusammengezuckt! Aber nur ganz wenig, fast unmerklich.

»Wie sind die neuen?«

So, jetzt ist er wieder normal. »Die neuen? Sie gefallen mir. Tüchtige Jungs. Vielleicht haben sie im Vergleich zu uns weniger Flugerfahrung – dafür aber mehr Kultur. Ihre Bildung ist besser als unsere, sie haben keine Zeit verloren im Krieg und so. Solche Leute haben wir nötig.«

»Leute, meinen Sie, die den Krieg nicht mitgemacht haben?«

376

»Junge Leute: egal, ob sie im Krieg waren oder nicht. Was nützt es schon, im Krieg gewesen zu sein? Nichts nützt es. Studiert zu haben, das nützt etwas. Von den neuen kommen zwei vom Massachusetts Institute of Technology: Schweickart und Scott. Der eine ist dreißig und hat eine Diplomarbeit über stratosphärische Strahlungen geschrieben. Der andere ist zweiunddreißig, mit einer Diplomarbeit über interplanetarische Navigation. Sie sind jung, gesund, intelligent. Das ist es, was wir brauchen. Interplanetarische Navigation studiert zu haben ist nützlicher, als Kinder bombardiert zu haben, oder nicht?«

Er sah mir in die Augen und lächelte, einen Augenblick hatte er wieder sein außergewöhnlich markantes Gesicht. Dann klopfte eine der hübschen Sekretärinnen, schaute herein, um zu melden, daß Grissom da sei: etwas zu früh.

»Einen Moment«, antwortete er kurz.

Ich stand auf. Ich wollte ihn nicht mit Grissom zusammen sehen. Grissom, der ihm alle Hoffnung genommen hatte. Grissom, der ihm das Blatt der verlorenen Hoffnung zur Unterschrift gereicht hatte.

»Ich störe. Ich gehe lieber.«

»Sie stören durchaus nicht. Nehmen Sie Platz.«

»Dann will ich Sie etwas fragen.«

»Fragen Sie.«

»Wie lange wird diese Geschichte noch dauern? Dieses Tauziehen, meine ich. Dieses Warten und jedesmal Enttäuschtsein?«

»Ich weiß es nicht. Wir wissen es nicht. Wir warten einfach. Und hoffen, daß sie kommt.«

»Was?«

»Die positive Antwort.«

»Und wenn sie nie käme?«

Er blieb lange still. Dann schaute er auf seine Schuhspitzen. Dann schaute er auf den Teppichboden, dann auf die Telefonapparate. Und dann antwortete er.

»Wenn sie nie käme, würde ich weitermachen, was ich jetzt auch mache. Hierbleiben.«

»Ich verstehe.«

»Auch das ist sehr interessant, wissen Sie. Und niemand kapituliert, niemand wechselt seinen Beruf bloß wegen einem bißchen Pech. Niemand schied aus dem Programm aus, nur weil Glenn anstelle eines andern flog.«

»Ich verstehe.«

Wieder stand ich auf, und diesmal stand er ebenfalls auf, um mich müde an die Tür zu begleiten. Oh Gott, man sollte nie jemanden wiedertreffen, der einem einmal etwas bedeutet hat, man sollte nie etwas wiederholen, das einem einmal sehr gefallen hat, dachte ich. Es tut weh. Wenn es nicht weh tut, rührt es dich. Und das ist noch schlimmer, denn was weh tut, kann heilen, aber Rührung ist ein Gefühl. Auch moralischer Mut will bezahlt sein, Vater. Teurer sogar als anderer, und an einem gewissen Punkt zahlen auch die Zuschauer. Denn letzten Endes leiden wir immer, wenn wir zuschauen.

»Also, Ciao, und danke.«

»Ciao.«

»Ich hoffe, Sie einmal wiederzusehen.«

»Gewiß.«

Er öffnete mir die Tür. Drüben war Grissom: klein, braun gebrannt und glücklich. Er scherzte mit den Sekretärinnen herum und hatte wirklich den Teufel im Leib. Augenblicklich hörte er auf, als er die Stimme des Chefs hörte: ernst, resigniert, mit einem Tropfen Vorwurf.

»Komm herein, Grissom.«

24. Kapitel

Sally hörte zu wie jemand, der schon alles weiß und sich deshalb auch nicht wundert. Mit hochgezogenen Augenbrauen schüttelte sie den Kopf, und die Ohrringe klingelten ihr Pling-pling dazu. In den Pausen zwischen einem Pling-pling und dem nächsten trank sie. Sally ist sehr trinkfest. Sie kippt innerhalb einer Stunde sechs Martini, ohne die geringste Wirkung zu zeigen: Nur die Augen werden ein wenig anders, noch grüner und glänzender. Dann aber spricht sie nicht. Tatsächlich, Sally ist überzeugt, daß Trinken ein Ritus ist und daß ein Ritus nicht durch Worte profaniert werden darf. Sie ist ferner überzeugt, daß es unmöglich ist, zwei Sachen gleichzeitig zu tun. Wenn du trinkst, kannst du nicht gut sprechen, und wenn du sprichst, kannst du nicht gut trinken. Um sprechen zu können, muß man beim dritten Martini angelangt sein. Und nach dem dritten Martini sprach sie denn auch.

»Ich hatte es dir nicht gesagt, um dich nicht zu beeinflussen. Deke haßt und verachtet die Rolle des pathetischen Menschen. Seine Würde erlaubt ihm nicht, pathetisch zu werden: Du kannst ihn deshalb nicht mit deinen Helden vergleichen. Deine Helden hatten keine Würde mehr, Deke hat sie doppelt. Deine Helden waren Ex-Helden, Deke ist jetzt erst dabei, ein Held zu werden und wirklich der Beste von allen zu werden. Ich weiß nicht, wer es fertiggebracht hätte, die Niederlage mit solchem Mut zu ertragen wie Deke. Ich weiß nicht, wer es fertiggebracht hätte, sich in ein Büro zu vergraben und die Genehmigung zu unterschreiben für die Kameraden, die ihm die Arbeit wegschnappen. Meine Güte! Seit fünfundzwanzig Jahren verdiente sich Deke sein Brot als Testpilot und riskierte, mit dem Flugzeug umzukommen. Und jetzt, wo er auf eine glorreiche Art umkommen könnte, binden sie ihn an einem Stuhl fest, damit er vor Kummer eingeht.«

»Das ist es, Sally: Er ist eingegangen.«

»Ach woher! Verletzt ist er, verwundet. Als du das erstemal mit ihm geredet hast, hoffte er noch, starten zu können; jetzt hofft er nicht mehr, und das erdrückt ihn. Er denkt einzig und allein daran, er träumt nur davon. Nichts anderes auf der Welt ist ihm wichtig; sie könnten ihn zum Präsidenten der Vereinigten Staaten machen, es käme auf dasselbe heraus. Von eingegangen keine Spur! Einsam, kannst du sagen: und entschlossen, einsam zu bleiben. Es ist unmöglich geworden, sich mit ihm zu verständigen; er hat eine Mauer um sich hochgezogen, und da kommt man nicht rüber. Auch die nicht, die ihn lange und gut kennen. Es kann vorkommen, daß einer zu ihm geht, ihm etwas sagen möchte, vielleicht: tut mir leid, Deke, aber es bleibt ihm im Halse stekken, weil diese Mauer da ist. Wer kommt da rüber? Sie ist hoch bis in den Himmel, niemand schafft das. Niemand außer ihm selber. Aber er tut's nicht: Der Groll hält ihn zurück. Erinnerst du dich, daß ich dir sagte, der Mond sei ein großes Geschäft für die Industrie? Eben. Mehr als ein romantisches Abenteuer, mehr als eine politische Spekulation ist der Mond ein großes Geschäft. Und jedes Geschäft

muß auf das Publikum Rücksicht nehmen. Wenn Deke fliegen würde und an einem Herzinfarkt einginge, würde die
NASA unpopulär, und die Lieferfirmen würden aufhören,
Bestellungen entgegenzunehmen. Welche Firma wollte es
wagen, dem Geheul eines frömmelnden und heuchlerischen
Publikums zu trotzen? Ihr Mörder, ihr baut ja Maschinen,
um die Astronauten umzubringen, hieße es. Jedes Jahr sterben Dutzende von Testpiloten in Amerika, aber das weiß
niemand, und es hält die Flugzeugherstellung nicht auf.
Stirbt hingegen ein Astronaut, so weiß es die ganze Welt,
seine Agonie wird Minute um Minute verfolgt: Und so ist
die Reise zum Mond dadurch kompromittiert. Aus Geld-
gründen. Kauft keine Fernseher der Douglas Company, der
North American Company, der Garrett Company, die Donald K. Slayton ermordet haben! Deke weiß das, und der
Abscheu davor hemmt ihn, Abscheu und Wut, Wut und
Kränkung, Kränkung und Gefühlskälte. Mein Gott! Ich gäbe alles, was ich habe, damit er fliegen könnte: auch wenn er
nicht mehr auf die Erde zurückkäme. Ich täte ihm trotzdem
einen Gefallen. Barman, gib mir noch einen Martini. Aber
einen doppelten.«

Der Barman brachte ihr den Martini. Sally trank ihn
schweigend aus. Auch ich schwieg, und das einzige Geräusch im Raum war das Pling-pling ihrer Ohrringe. Im
Restaurant war noch niemand. Das Restaurant hieß Flintlock Inn, ein hübsches Lokal voller Gewehre und Hirschge-
weihe, am Freeway 528, nicht weit von der NASA. Aber um
diese Zeit, sechs Uhr nachmittags, war außer uns nur der
Barman da; und der hielt sich ganz still, denn wenn Sallys
Ohrringe klingeln, heißt das, daß Sally wütend ist und man
still sein muß.

»Er wird dir das nicht sagen. Aber die verdammte Wahrheit ist: Er will wissen, was die anderen da oben gesehen
haben, und er ist bereit zu sterben, nur um das zu wissen.
Die haben etwas Besonderes an sich, die die oben waren,
etwas, das sie anders macht, und es ist zwecklos, sie danach
zu fragen, denn sie können es nicht erklären, auch mir haben
sie's nicht erklären können. Es ist so, ich weiß nicht, als
hätten sie sich da oben in ein Mysterium verliebt, als wären
sie noch nicht wieder mit beiden Beinen auf der Erde und als
würden sie bereuen, überhaupt zu uns auf die Erde zurück-

gekehrt zu sein. Wenn sie die Kapsel verlassen, zum Beispiel: Glaub es nicht, wenn man dir sagt, sie sähen so durchgedreht aus wegen der Spannung, der Müdigkeit und der Freude, es geschafft zu haben. Nichts von alledem: Es ist nur der Zorn, daß sie wieder unten auf der Erde sind. Es ist, als befreite man sich da oben nicht nur vom Gewicht, von der Anziehungskraft, sondern auch von dem, was damit zusammenhängt: Wünsche, Gefühle, Leidenschaften, Ehrgeiz, der ganze Körper. Als täte es ihnen leid, nachher den Körper wiederzubekommen. Weißt du, daß sowohl Gus als auch Wally ein ganzes Jahr lang beim Laufen ständig in den Himmel guckten?! Du sprachst mit ihnen, und sie hörten dich nicht, du faßtest sie an, sie fühlten dich nicht: Das einzige, was sie mit der Welt verband, war ihr Lächeln. Ein schwachsinniges, zerstreutes, glückliches Lächeln. Sie lächelten alle und alles an und stolperten dauernd. Sie stolperten, weil sie nie auf die Erde guckten.«

Sally zündete sich eine Zigarette an und zuckte die Achseln.

»Ich würde wer weiß was dafür geben, um zu wissen, was da oben los ist, woher die Nostalgie kommt, in der sie leben und altern, wenn sie dort gewesen sind. Weißt du nicht, daß sie so altern vor lauter Angst, nie mehr hinaufzukommen? Was glaubst du ist das Verhalten von Shepard? Aufgeblasenheit? O nein! Es ist Furcht. Furcht, weil er als erster gestartet ist und der Flug so kurz war: viel zu kurz, als daß er das hätte sehen können, was die anderen gesehen haben. Gus hatte dieselbe Furcht, bevor er für das Geminiprojekt ausgewählt wurde: Innerhalb von zwei Jahren war er ein kleiner alter Mann geworden. Als er erfuhr, daß er wieder hinauf könne, wurde er mit einem Schlag wieder jung, sein Blick wieder klar, seine Stimme wieder frisch. Und Deke bemerkte es. Er bemerkte es und stapelte noch mehr Steine auf seine unüberwindliche Mauer. Deke verfolgt natürlich Gus' Arbeit aus der Nähe; und so sieht er Tag für Tag der Verjüngung von diesem Gus zu, der es schon gehabt hat und nun nochmals haben darf, was er selber nie – oder vielleicht nie – haben wird. Er ist sehr gealtert, sagst du. Ergraut, kannst du ruhig sagen. Du hättest ihn damals sehen sollen, als die Sieben der Presse vorgestellt wurden. Sie kamen einer nach dem anderen herein und traten einer nach dem anderen an den

Tisch, und jedesmal war es, als bekomme man einen Schlag in den Magen, eine Frau rief laut: ›Du lieber Gott, was für eine Schau von Zuchthengsten!‹ Sie waren die Blüte des Volkes, das Beste vom Besten, und der Herrlichste von allen war er. Verglichen mit damals, sieht er heute aus wie sein eigener Vater.«

Dann verlangte Sally den fünften Martini, der, wenn man den doppelten von vorhin in Betracht zieht, eigentlich der sechste war. Sie vergaß Deke Slayton und wurde ausgelassener. Am nächsten Tag würde ich die neuen Astronauten sehen, ein paar von der zweiten und einige von der dritten Gruppe. Sally rief aus, sie möchte um nichts in der Welt mit mir tauschen, und die Bewegung ihrer Arme und Ohrringe unterstützte das. Der zuständige Begleiter sei alles andere als ein Freund, die neuen Astronauten seien auch viel gehemmter; etwas Brauchbares aus ihnen herauszuholen werde schwer fallen: es sei denn, ich träfe Schildkröten unter ihnen. Schildkröten? Nun, Schildkröten seien jene Menschen, die auf die schmutzigsten Fragen eine saubere Antwort geben können: witzige und anständige Leute. Wer also auf eine schmutzige Frage eine schmutzige Antwort gebe, sei keine Schildkröte, sondern ein Esel. Und wer ein Esel sei, sei kein Mann. Woraus folge, daß Schildkröten, im wesentlichen, Männer seien. Natürlich könne auch eine Frau Schildkröte sein, aber soviel sie wisse, sei die einzige Frau unter den Schildkröten Amerikas sie selbst: Sally Gates. Eine Königs-Schildkröte überdies, das heißt mit der Befugnis ausgestattet, Schildkröten zu erkennen, zu examinieren, ihnen die Mitgliedskarte auszustellen. Die Karte sah so aus: Sally öffnete ihre Handtasche und zog ein Kärtchen heraus, auf dem *International Association of Turtles* stand, Internationale Schildkrötenvereinigung. Und mit lauter Stimme unterzog sie mich ihrem Examen. Lieber Himmel. Nicht, daß ich mich als einen Typ für Sieges-Lorbeer betrachten würde; aber ohne unbescheiden zu sein, schwöre ich dir, daß es keine Schildkröte jemals so verdient hat, als solche anerkannt zu werden, wie ich an jenem Abend. Das Flintlock Inn war unterdessen gut besucht: brave Familienväter, wohlerzogene, junge Paare, keusche Jungfrauen. Und dieser Teufel von Sally brüllte seine Fragen heraus, die ich nur sehr zögernd und höchst verlegen wiedergebe.

»Was sind das für Dinger, von denen eine Kuh vier hat und eine Frau zwei?«

Mit einem Schlag verstummte das Geklapper der Gabeln auf den Tellern, Hustenanfälle zerrissen die plötzliche Stille, eine Coca-Cola fiel zu Boden und explodierte wie eine Bombe.

»Die Beine, Sally.«

»Was ist das, was die Frau im Sitzen, der Mann im Stehen und der Hund auf drei Beinen erledigt?«

Diesmal schien das ganze Flintlock Inn zuerst zu Südpolareis erstarrt, dann von einer Epidemie erfaßt: Bronchialkatarrh und Lungenentzündung. Zu den Hustenanfällen gesellten sich noch vielfaches Niesen, Klagelaute, Entsetzensschreie.

»Die Hand geben, Sally.«

Und hier breche ich ab, denn auch Schildkröten haben ein Schamgefühl, und die Erinnerung an das Flintlock Inn ist mir heute noch unbehaglich: Bei der dritten Frage fiel eine Jungfrau in Ohnmacht. Ich füge nur hinzu, ohne mich dessen rühmen zu wollen, daß ich auf saubere Art auf alle Provokationen Sallys antwortete, weil ich sogleich begriff, daß ihr brutales Spiel von großer Bedeutung war: Es verbarg sich dahinter eine Parteinahme gegen den heuchlerischen Konformismus, gegen die übergroße Mehrheit der Esel. In einer Gesellschaft, in der es als Todsünde gilt, sich im Guten wie im Bösen von den anderen zu unterscheiden, in der der dumpfste Puritanismus Lebensnorm ist, hatte das laute Herausschreien gewisser Dinge die gleiche Funktion wie der Ruf Viva la Libertad beim Vorbeifahren General Francos. Mit anderen Worten, das Spiel war nicht ein Ausdruck von Vulgarität oder Arroganz, sondern von Ketzerei und Mut. Es war tatsächlich eine kleine Anstrengung, nicht die Eselsantwort zu geben: die erste nämlich, die einem in den Sinn kam. Als Test war es im Grunde genommen viel genialer als jene der Psychologen von San Antonio, wenn auch der Ton simpel und kindisch war. Die Wahrheit braucht sich nicht in ein klassisches Gewand zu hüllen.

Jubelschreie drangen aus Sallys Kehle. Augenblicklich stellte sie mir eine Mitgliedskarte aus und verkündete dem Publikum, ich sei jetzt eine offizielle Schildkröte und würde es bleiben, solange ich ein Geheimnis wahrte: das Losungswort der Schildkröten. Dieses Losungswort durfte man zwar auch laut herausrufen, aber nur in Gegenwart einer anderen Schildkröte, und die Art, es zu verlangen, war einfach, man brauchte den Verdächtigen lediglich zu fragen: *Are you a turtle?* Bist du eine Schildkröte? Im übrigen, fügte Sally mit hinterhältigem Smaragdblick hinzu, sei es klar, daß ich mit dieser Mitgliedskarte offiziell in eine Welt eintrete, die ich zur Hälfte ablehnte: Die ersten sieben Astronauten seien alle Schildkröten oder Königsschildkröten, viele Wissenschaftler und Beamte der NASA seien ebenfalls Schildkröten. Ferner werde es mich trösten zu wissen, daß Schildkröten im Weltraumzeitalter nicht durchwegs gerngesehene Leute seien, in einzelnen Fällen würden sie sogar regelrecht verfolgt. »Ich sage immer, bei Deke wäre es ganz einfach, damit er hinauf könnte: Er brauchte bloß nicht Schildkröte zu sein.« Und unter den neuen Astronauten, die ich kennenlernen würde: Wer von ihnen war eine Schildkröte?

»Das wirst du selber herausfinden müssen«, erklärte Sally. »Und du wirst es nicht leicht haben.«

»Warum, Sally?«

»Weil der Bürokrat, der dich begleitet, ein Feind der Schildkröten ist und alles tun wird, damit weder du sie erkennen kannst, noch sie dich. Morgen wird es seine einzige Aufgabe sein, dich zu stören, zu irritieren, zu reizen. Die Geschichte vom Projekt Käse hat sich herumgesprochen, und du bist schon bei den Eseln unbeliebt. Ich schwöre dir bei meiner Seele: Ich möchte morgen nicht an deiner Stelle sein.«

Und meistens hatte sie recht.

Der Bürokrat, der mich begleitete, war ein solcher Bürokrat, daß ich keinen anderen Namen finde, um ihn zu bezeichnen, als Bürokrat. Das erste, was er sagte, war: »Ich verstehe nicht, wie jemand Zeit und Geld ausgibt, um hierherzukommen, wo er doch für ein paar Cents in Briefmarken seine Fragen aufschreiben und sich die Antwort schicken lassen könnte.« Das zweite, was er sagte, war: »Schreiben Sie Ihre Bücher per Diktaphon oder mit einer Sekretärin?« Das dritte, was er sagte, war: »Ich würde sterben ohne Fernsehen.«

Wie ich ihn körperlich beschreiben soll, weiß ich nicht: Er hatte runde Bürokratenaugen und einen braunen Bürokratenschnurrbart. Seine Stimme war heiser und quietschte, und er trug eine Fliege. Seine Ergebenheit der NASA gegenüber war vergleichbar derjenigen der Schwarzhemden gegenüber dem Liktorenbündel. Er führte mich unverzüglich ins Gebäude der Astronauten und ließ mich Formulare ausfüllen: Wer ich sei, wen ich vertrete, woher ich komme, weshalb ich komme, wann ich das Gebäude betrete/verlasse, wen ich sehen wolle, warum, wie lange, mit wessen Genehmigung. Wohlverstanden: Formulare auszufüllen, das war ich gewohnt, Vater. Ich glaube, es gibt kein Büro der NASA, in dem nicht irgendwo mindestens ein von mir ausgefülltes Blatt liegt, versehen mit dem ausführlichsten Geständnis über meine Vergangenheit und Zukunft. Von mir weiß die NASA wirklich alles: Wenn die NASA mir ein Formular gibt, nehme ich es und schreibe alles, aber auch alles auf. Ich bin schon so konditioniert und diszipliniert, daß ich, wo immer ich mich befinde und was immer ich auch tue, wenn ich ein Blatt Papier mit dem Aufdruck NASA finde, es automatisch ausfülle und unterschreibe. Ein Blatt freilich, nicht acht. Er aber wollte, daß ich acht Blätter ausfülle, der Himmel weiß, wieso. Nach langem Hin und Her einigten wir uns auf vier, jedes mit einem Durchschlag, was also ohnehin wieder acht ergab. Worauf, abgesehen davon, daß ich nicht begriff, warum ich acht Blätter ausfüllen sollte, eine Diskussion ausbrach über die Möglichkeit, alle Durchschläge auf einmal zu machen: was mir logisch, ihm aber illegal erschien. Als diese Diskussion beendet war, ich hatte natürlich verloren, las er die Blätter durch und entdeckte, daß ich auf die Frage »Wen vertreten Sie?« geantwortet hatte: »Mich selbst«. Und wurde wütend. Was das sein solle, sagte er, es sei doch nicht möglich, daß ich mich selbst vertrete, jeder vertrete jemanden, niemand vertrete sich selbst, wer sich selbst vertrete, sei ein Anarchist, ein Ketzer, und da ich zurückgab, ich sei eben eine Anarchistin und eine Ketzerin, wurde er noch wütender, und nicht einmal dem Polizisten gelang es, ihn mit dem Hinweis zu beruhigen, ich scherze vielleicht. Um ihn zu beschwichtigen, mußte ich die Blätter neu schreiben, diesmal ohne Kohlepapier, weil er fand, daß sie mit Kohlepapier nicht akzeptabel waren, und mußte erklären, daß ich meinen Verleger Rizzoli vertrete, der von allem nichts ahnte, der Ärmste. Danach schob er mich in einen Fahrstuhl und lud mich im Allerheiligsten der neuen Astronauten wieder aus, einem langen Korridor mit vielen Türen, deren jede ins Büro eines neuen Astronauten führt. Die Tür steht in der Regel offen, so daß man den Astronauten sehen kann, der an seinem Schreibtisch sitzt mit vielen Papieren und vielen Bleistiften: sagen wir zwanzig Bleistifte pro Astronaut. Wozu die Astronauten so viele Bleistifte haben, das konnte mir niemand erklären: Auf alle Fälle haben sie sie, und ich machte eine phantastische Entdeckung, daß nämlich sogar im Trainingsanzug, den sie bei den Sport-übungen tragen, Bleistifte stecken. Jeder Trainingsanzug hat sechs Bleistifte, paarweise in den Kanälen einer Tasche auf dem linken Unterärmel, damit sie gleich zur Hand sind. Warum das? Um sich am Rücken zu kratzen? Man braucht doch keine Bleistifte, um Purzelbäume zu schlagen, oder, Vater? Einmal habe ich das Paul Haney gesagt und hinzuge-fügt: Warum versetzt ihr die Taschen nicht vom Ärmel auf den Rücken, damit ihr sie zum Rückenkratzen gleich zur Hand habt und endlich etwas damit anfangen könnt? Aber er gab zur Antwort, die Bleistifte dienten zum Schreiben, nicht zum Rückenkratzen.

Im selben Korridor wie die Büros der neuen Astronauten befindet sich auch das Büro des Zeremonienmeisters, der die Genehmigung erteilt, mit ihnen zu sprechen. Dieser Zere-monienmeister hat einen Vor- und Nachnamen, ich nenne ihn aber bloß Zeremonienmeister, weil ich so schlecht wie möglich über ihn reden will, ohne seine Familie und seine Vorfahren in Mitleidenschaft zu ziehen. Auf den ersten Blick erscheint er harmlos, ja sogar freundlich. Er hat eine kleine, buttrige Stimme und sieht selber aus wie ein großer Haufen Butter, so dick, fettig und süßlich. Er hat buttrige Hände und macht einem buttrige Komplimente, und zu-nächst wünscht man instinktiv, ein Ei zu sein, um in ihm zu brutzeln und dann in seinen dicken Bauch zu rutschen und ihn zu sättigen. Dann möchte man ihn aber instinktiv mit Fäusten traktieren: nur zu gerecht, worauf du aber verzich-test, weil du ja die Astronauten sehen willst und weil du begreifst, daß die Fäuste wirkungslos in der Butter versinken und bloß die Hände davon fettig würden. Der Zeremonienmeister ist nämlich ein Bösewicht. Kein bewußter Bösewicht, nein: ein unbewußter, der sich für gut, großherzig, wohlerzogen hält und glaubt, der Sache der Mondfahrt bestens zu dienen. In gewisser Hinsicht gleicht er Kindern, die den Ameisen die Beine ausreißen, weil sie glauben, die Ameisen fühlten keinen Schmerz. In seiner Stumpfheit ist der Zeremonienmeister sogar rührend. Das wird dir widersinnig vorkommen, aber die Bösen, die nicht wissen, daß sie böse sind, haben in meinen Augen etwas Rührendes. Für die nicht ganz zwei Stunden, die mir eingeräumt wurden, um die Astronauten zu interviewen, hatte der Zeremonienmeister mir ganze acht Astronauten reserviert: à zehn Minuten.

»Acht?!?«

»Ja, acht.«

»Aber jemanden zu interviewen ist anstrengend, ist wie ein gegenseitiges Examen, erfordert Konzentration und Nerven: Man kann nicht acht Personen hintereinander interviewen!«

»Warum nicht?«

»Das habe ich Ihnen doch eben erklärt! Und dann, entschuldigen Sie: Was soll man jemand in zehn Minuten fragen? Wie geht es Ihnen und wie spät ist es, das ist alles.«

»In zehn Minuten kann man ein ganzes Leben erzählen.«

»Sie vielleicht: Offenbar haben Sie wenig zu erzählen. Ein normaler Mensch kann nicht in zehn Minuten sein Leben erzählen, höchstens einen Fragebogen ausfüllen.«

»Also sagen wir elf Minuten.«

»Was soll ich mit elf! Ich kenne sie doch gar nicht, diese Astronauten, es ist nichts über sie veröffentlicht, und ich muß sie eher kennenlernen als ausfragen. Verstehen Sie?!«

»Zwölf Minuten, mehr nicht.«

»Sir, ich bin von der andern Seite der Welt hierhergekommen, um diese Astronauten kennenzulernen: Europa ist weit weg von hier, Sir. Ich bin hier, um ein Buch zu schreiben, nicht eine Gallup-Umfrage, Sir . . .«

»Zwölf Minuten ist das höchste, was ich für Sie tun kann. Zwölf mal acht sind sechsundneunzig, hundertzwanzig weniger sechsundneunzig macht vierundzwanzig, vierundzwanzig geteilt durch acht macht drei: Es bleiben so bloß drei Minuten, um sich vorzustellen.«

»Was sagen Sie da?! Was soll dieses Herumrechnen, Sir?

Ich habe nicht verlangt, acht Astronauten zu sehen. Einigen wir uns: Statt acht geben Sie mir nur vier, und mit jedem dieser vier, unter Verzicht auf das Vorstellen, spreche ich eine halbe Stunde. Okay?«

»Eine halbe Stunde?!? Und nur vier?!? Vier sind nicht genug, Miss.«

»Für Sie vielleicht nicht, für mich schon.«

»Mit vier können Sie sich kein genaues Bild von der Situation machen.«

»Ich pfeife auf das genaue Bild von der Situation!«

»Acht.«

»Vier.«

»Acht.«

»Fünf.«

»Acht.«

»Sechs.«

»Acht.«

»Okay, okay, okay! Dann eben acht.«

»Es ist schön, einer so vernünftigen Frau zu begegnen: Frauen sind sonst selten vernünftig, wissen Sie. Sehen Sie, um Ihnen meine Bewunderung zu beweisen, hole ich Ihnen gleich denjenigen, der Rad fährt: Hatten Sie nicht darum gebeten, mit einem Astronauten zu sprechen, der Rad fährt?«

»Ja, Sir. Ich wollte einen Astronauten kennenlernen, der Rad fährt.«

»Also. Freeman fährt Rad. Oder nicht?« fragte er den Bürokraten.

»Ja, er fährt Rad«, grinste der Bürokrat.

»Also. Für den gebe ich Ihnen ganze fünfzehn Minuten. Zufrieden?«

»Glücklich.«

»Ich erinnere Sie jedoch daran, daß Sie ganz und gar Ihrem Begleiter unterstehen.«

»Jawohl.«

»Wenn er sagt Schluß, ist Schluß.«

»Jawohl.«

»Hier ist das Material, das Ihnen gestattet, sich ein wirklich genaues Bild von der Situation zu machen.«

»Jawohl.«

Und er gab mir zweiundzwanzig Blätter, aus denen folgendes hervorging: 1. Die neuen Astronauten waren alle Offiziere der Marine oder der Luftwaffe, außer einem Zivilisten der zweiten Gruppe und den beiden mit dem Uni-Abschluß der dritten Gruppe. – 2. Die neuen Astronauten waren alle verheiratet mit Ausnahme eines einzigen, Clifton Williams, der jedoch sehr bald heiraten würde. – 3. Die neuen Astronauten waren alle Familienväter mit einem Durchschnitt von zwei bis drei Kindern, insgesamt zweiundfünfzig Astronauten-Kinder, eine imposante Zahl. – 4. Die überwiegende Mehrzahl der neuen Astronauten hatte blaue Augen und blonde Haare. Um genau zu sein: vierzehn hatten blonde Haare und blaue Augen, vier hatten braune Haare und blaue Augen, drei hatten schwarze Haare und schwarze Augen, einer hatte rote Haare und grüne Augen. – 5. Keiner war Schwarzer. – Das aber ist ein alter Streitpunkt, über den man mit Astronauten nicht sprechen kann. Ich habe es oftmals versucht, und sie antworten mit entwaffnender Naivität, es habe eben noch nie ein Schwarzer den Test bestanden, genauso, wie noch keine Frau den Test bestanden hat, die NASA jedenfalls mache keine Rassen- oder Geschlechtsunterschiede und so weiter, Amen. Im übrigen haben ja auch die Russen keine Astronauten von gelber oder schwarzer Hautfarbe. Die Union der Sozialistischen Sowjetrepubliken hat Menschen jeder Hautfarbe, genau wie die Vereinigten Staaten von Amerika: Aber die sowjetischen Astronauten sind durchgehend weiß. Weiß zu sein ist offenbar unentbehrlich, um auf den Mond zu fliegen, der schwarz ist. Und mit diesem Gedanken im Kopf sah ich meinen acht Astronauten entgegen. Doch keineswegs gelassen. Ich war vielmehr maßlos wütend und hätte einiges darum gegeben, sie alle in die Hölle zu schicken. Aber dann lernte ich Theodor kennen, und alles änderte sich.

Denn Theodor, Theodor war ein Dichter. Wie ein Dichter Astronaut werden konnte, ist mir schleierhaft. Ebenso schleierhaft ist mir, wie die NASA ihn akzeptieren und ein bestimmtes Amerika ihn überhaupt hervorbringen konnte. Wozu braucht die Technologie einen Dichter? Wohin steckt sie ihn? Wo ein Dichter doch heutzutage in jeder Beziehung eine Gefahr darstellt. Ihr schickt ihn zum Beispiel auf den Mond, um eine Gesteinsprobe zu holen, und er bleibt verzaubert vor einem Rubin stehen und verbraucht seinen ganzen Sauerstoffvorrat. Ihr schickt ihn auf den Mars, um einen technischen Bericht zu liefern, und er kommt mit einem Sonett zurück, das lautet: »Sanfte Silberhügel/Im Gedanken mein/Beschenkt vom Himmelsgrün/Smaragden eure Kuppen./In Lüften weich/Brautschleierleicht/Azurne Wälder bebten...« O Theodor, was ist denn das für ein Kohl mit den weichen brautschleierleichten Lüften?!? Darf man vielleicht wissen, wie hoch der Prozentsatz an Wasserstoff ist? Hast du nun Wasser auf dem Mars gefunden oder nicht? Und Theodor: »Eisdiamantenglanz/zartlebend, Freudentränen/Im Strahl des Sonnenpurpurs...« Ich weiß nicht, ich weiß nicht. Es gibt zwei Möglichkeiten: Entweder wollte die NASA sich einen Spaß erlauben, oder sie hatte gar nicht gemerkt, was für einen Schatz sie da hatte. Und das zeigt wohl schon, Vater, daß mich schrankenlose Bewunderung und heiße Dankbarkeit für Theodor erfüllte, daß keiner mir soviel galt wie Theodor: nicht einmal die, die mir am meisten gefallen oder mit denen ich am engsten befreundet bin, wie der Chef beispielsweise oder der, den ich meinen Bruder nennen werde. Der Chef ist ein großer Mann, mein Bruder ist ein Typ wie ich, Theodor aber ist das, was ich hätte sein mögen und nicht bin: Reinheit, Einfachheit, Zuversicht. Wenn ich etwas sehe, lache oder weine ich darüber, gewinne ihm das Komische oder das Häßliche ab: er nur das Schöne. Darum werde ich Theodor nie vergessen, den verfehlten Astronauten, darum werde ich nie aufhören, darüber traurig zu sein, daß ich ihn gefunden und gleich wieder verloren habe, wie eine Fata Morgana. Theodor Freeman, geboren in Haverford, Pennsylvania, am 18. Februar 1930, Sohn des Landwirts John Freeman, Diplomingenieur in Aeronautik (Universität von Michigan), Hauptmann der US-Luftwaffe, verheiratet mit einem Mädchen, das er Glaube nannte, und Vater eines Kindes, das er ebenfalls Glaube nannte...

Er kam zur Tür herein, Theodor, und auf den ersten Blick gab man keinen Pfifferling für ihn: linkisch, sogar häßlich, man hätte ihn für einen Bauern halten können, der versehentlich in die Stadt geraten war, wo er schließlich Pakete austrägt oder Fenster putzt oder andere mühselige Arbeiten

verrichtet. Er war lang und hager, sein Kopf fast kahl, und so
sah er viel älter aus als vierunddreißig. Er hatte ein kleines
Gesicht mit überraschten Äuglein und einem kleinen, sehr
schüchternen Lachen. Schüchtern waren auch die Hände: Er
wußte nicht, was er damit sollte, und so kratzte er sich bald
an der Nase, zupfte sich an einem Ohr, steckte sie in die
Tasche, hielt sich am Stuhl fest, als drohte er umzukippen.
Die Stimme war schwächlich und voller Kickser, und wenn
er sie aus seiner Kehle hervorstieß, wurde er rot. Ästhetisch
ein Unglück. Phonetisch eine Katastrophe: Er sprach
schlecht, ohne Punkt und Komma – ich setze hier ein paar,
aber die waren bei ihm gar nicht da. Universität, Marine-
Akademie, ich weiß nicht wie viele Europareisen, der
Hauptmannsgrad, das alles war an ihm abgeglitten wie Wasser an einer Scheibe: ohne seiner Bauernnatur irgendetwas
anhaben zu können, die intakt paradox unglaublich da war
wie eine Mohnblume auf einer Asphaltstraße. Oft frage ich
mich, wie er sich wohl in der bürgerlichen Umgebung, die
ihn verschluckte, zurechtfand, ob sie sich über ihn lustig
machte: Ich finde keine Antwort. Was für ein sonderbares
Land ist doch Amerika! Aber all das war bei Theodor nicht
wichtig. Wichtig war nur, was er sagte, fühlte, dachte. Stört
es dich, wenn ich den Rest weglasse und nur den Ton ablau-
fen lasse?

»Ich bin wirklich glücklich, Sie kennenzulernen, Mr.
Freeman, weil...«

»Oh, nicht Mr. Freeman! Theodor! Ich heiße Theodor.«

»Ich bin wirklich glücklich, Sie kennenzulernen, Theodor,
weil man mir gesagt hat, daß Sie Rad fahren, und ein Astronaut, der Rad fährt, ist etwas recht Ungewöhnliches: Tun Sie
es tatsächlich?«

»Oh gewiß! Ich fahre sehr gern Rad mit dem Fahrrad ist
man im Freien und du spürst den Wind im Gesicht, nicht
den bösen Wind der heult den milden Wind dieses Streicheln, und dann riechst du all die Gerüche nicht den Gestank von Benzin sondern die Gerüche und dann hast du
auch Zeit genug, Bäume Wolken Eichkätzchen und alles
andere anzuschauen. Mir gefallen diese Dinge der Wind der
leise pfeift die Bäume die langsam vorbeiziehen die Vögel
die Eichkätzchen sehen Sie ich bin nicht der Typ der zu
Hause am Fernseher sitzt fernsehen tu ich bloß am Freitag

wenn Danny Kaye kommt, an den andern Abenden nehme ich das Rad und fahre spazieren. Ich fahre jeden Abend mit dem Rad spazieren ich nehme auch Glaube und Gläubchen mit die manchmal murren ich mag nicht Papa ich mag nicht Theodor aber ich sage kommt mit, Radfahren tut gut! Und dann fahre ich auch am Morgen mit dem Rad um halb sieben um sieben wenn es noch kühl ist und der Himmel noch sauber bald darauf wird er schmutzig fünf Meilen fahre ich bis Nassau Beach wo es Gänse gibt die ich sehr mag, und ich fahre ganz allein das ist als wäre ich der erste Mensch den Gott erschaffen hat, beim Radfahren pfeife ich und erzähle mir selber was, das Schlimme daran ist daß ich auf dem Freeway fahren muß weil das die einzige Straße dorthin ist und da fahren immer Autos vorbei die werden mich schließlich eines Tages wegfegen und dann ist's aus mit mir, lebwohl Mond, mit dem Rad komme ich sogar ins Büro ja ich bin der einzige der mit dem Rad kommt wie meinen Sie? Nein, sie lachen mich nicht aus im Gegenteil sie sagen sie müßten es auch so machen aber sie machen es nicht, ich weiß nicht warum die Leute in Amerika nicht mehr Rad fahren, ich war in Norwegen und dort fahren die Leute Rad ich war in Dänemark und dort fahren die Leute Rad hier nicht, wozu das gut sein soll all diese Eile und Hetze weiß ich nicht, in der Luft oben ja aber auf der Erde!«

»Hören Sie, Theodor: Wie erklären Sie sich diese Sache mit dem Fahrrad im Zusammenhang mit den Raumschiffen? Wie kommt es, daß Ihnen die Welt dort oben gefällt, wenn es Ihnen doch auf der Erde so gut gefällt?«

»Tja, das habe ich mich auch schon gefragt sogar mehr als einmal, es muß wohl daran liegen daß ich in Delaware aufgewachsen bin. Von Pennsylvanien ist meine Familie als ich noch klein war nach Delaware übergesiedelt wo es häßlich ist aber wirklich häßlich ebenso wie hier alles platt ohne Blätter ohne Schmetterlinge ohne rein gar nichts, und ich war ein Kind und sah all dieses Häßliche und sagte mir wer weiß ob es von oben nicht weniger häßlich aussieht dann eines Tages als ich sechs Jahre alt war sagte ich Papa gehst du einmal mit mir fliegen Papa? Da legte Papa Geld auf die Seite und ging mit mir fliegen und da merkte ich daß Delaware von oben nicht häßlich war sondern schön. Also sage ich die Dinge sind von der Erde aus gesehen oft sehr häßlich, von oben gesehen sind sie viel weniger häßlich und manchmal auch gar nicht und manchmal sogar schön. Ich meine die Welt ist mehr oder weniger wie Delaware eine große verdammt häßliche Welt, aber von oben aus ist sie nicht so häßlich und aus der Ferne ist sie sogar sehr schön, ich will Ihnen ein Beispiel erzählen. Ich bin einmal in Holland gewesen und kaum war ich in Amsterdam bin ich gleich hin um mir Die Nachtwache anzusehen weil Rembrandt mir so gut so wahnsinnig gut gefällt mein Leben lang wollte ich schon immer einmal die Nachtwache sehen. Ich also wie ein Blitz hin so sehr wollte ich es sehen im Eiltempo durch den Saal und wenn da kein Teppich gewesen wäre wäre ich direkt in das Bild hineingeschlittert und hätte es mit der Nase durchbohrt und ... Es war schlimm denn von so nah war das Bild gar nicht so schön wie ich dachte. Das Licht war nicht so schön wie ich dachte die Farben waren nicht so schön wie ich dachte, es war eine Enttäuschung und in dieser Enttäuschung bin ich rückwärts gegangen immer weiter zurück und da passierte es daß während ich rückwärts ging das Bild schöner und immer schöner wurde, es war die Distanz die es schöner machte, bis ich zuletzt ganz hinten im Saal ankam, mit dem Rücken an der Wand, am entferntesten Punkt, und von da aus ist das Bild wundervoll geworden, hat alles Licht und alle Farbe wiedergewonnen: eben weil es so weit weg war. Ja, die Welt ist aus der Ferne schöner, und deshalb fliege ich, um sie schöner zu sehen, und auch darum, weil die schönen Dinge auf der Erde sind, Dinge wie Die Nachtwache, und da fliege ich um schneller hinzukommen und sie zu sehen. Und so denke ich...«

»Sieben Minuten«, sagte der Bürokrat.

»Wie bitte?« sagte Theodor.

»Nichts«, sagte ich. »Nichts. Fahren Sie fort, bitte.«

»So denke ich, daß viele vielleicht deshalb fliegen bloß wissen sie es nicht weil sie nie darüber nachgedacht haben, und was den Mond anbelangt wissen Sie es ist wahr ich liebe die Erde ich liebe die Blätter und die Vögel und den Wind aber es ist nicht gesagt daß Schönheit immer grün sein muß, immer aus Bewegung und Geräusch bestehen muß, die Wüste ist gelb und trotzdem schön die Berge sind unbeweglich und trotzdem schön, und wenn man sagt der Mond ist häßlich antworte ich wieso häßlich? Weil er nur aus Wüste besteht sagen sie weil er bloß aus Stein besteht und ich sage na und? Ich war in der Mohave-Wüste und alle sagen die sei häßlich ich hingegen fand sie wunderschön. Ich gehe oft nach White Sands wegen der Raketenstarts und alle sagen White Sands sei häßlich, ich hingegen finde es sehr schön. Siehst du denn nicht daß es tot ist sagen sie da ist doch nichts Lebendiges, na und sage ich es braucht doch nur ein lebendiger Mensch hinzusehen und dann ist es nicht mehr tot, es wird selber lebendig nicht wahr? Und dann sind da ja die startenden Raketen in White Sands und die sind lebendig also kann man nicht sagen es gebe nichts Lebendiges dort. Und der Mond ist wie White Sands wie die Mohave-Wüste, und Schönheit will gesucht sein wenn man sie richtig sucht findet man sie denn Schönheit ist überall, vielleicht erscheint dir ein Mann oder eine Frau häßlich aber wenn du sie genauer anschaust merkst du daß sie sehr schön sind, und mit dem Mond ist es dasselbe. Aber der Mond ist doch traurig weil dort nur die Einsamkeit wohnt sagen sie, und da behaupte ich Einsamkeit ist schön die Stille ist schön, Traurigkeit gibt es oft in Gesellschaft und im Lärm. Mein Vater ist immer allein aber er ist zufrieden er ist immer still aber er ist zufrieden, stille und einsame Leute haben sich so viel zu sagen.«

»Erzählen Sie mir von Ihrem Vater, Theodor.«

»Mein Vater ist Schreiner im Winter Bauer im Sommer redet nie und kümmert sich nicht um andere Leute, er lebt mit meinem Bruder zusammen der ebenfalls im Winter Schreiner und im Sommer Bauer ist. Meine Familie hat einen Bauernhof und wenn ich im Sommer nach Hause fahre muß ich dort auch arbeiten woran ich natürlich gewöhnt bin denn ich habe dort gehackt und gesät bis ich fünfzehn war. Bis dahin war ich Bauer und in der Schule war ich nur sehr wenig wie mein Vater, mit fünfzehn aber kam ich drauf daß man bei der Landarbeit die Dinge nie richtig lernt und hab's meinem Vater gesagt und mein Vater hat gesagt die Dinge lernt man beim Lesen. So habe ich angefangen zu lesen viel zu lesen und mein Vater hat mich vom Feld genommen und in die Schule gesteckt wo ich ein sehr guter Schüler war. Der Senator von Delaware erfuhr daß ich ein so guter Schüler war daß ich viel las und mein Vater mich deshalb vom Feld genommen hatte, so hat er mit meinem Vater gesprochen und ihm gesagt wenn er wolle könne ich zur Marine-Akademie gehen und gratis studieren weil ich so gute Zensuren habe. Mein Vater hat ihm geantwortet mein Sohn muß wollen, nicht ich. Ich wollte...«

»Dreizehn Minuten«, sagte der Bürokrat.

»Wie bitte?« sagte Theodor.

»Nichts«, sagte ich. »Nichts. Fahren Sie fort, bitte. Erzählen Sie mir, wie Sie Astronaut geworden sind.«

»Nun, bevor ich Astronaut wurde bin ich Pilot geworden: das wollte ich nämlich sagen wie er mich unterbrochen hat. Ich wollte fliegen nichts anderes aber der Senator von Delaware hat mir erklärt die Marine-Akademie sei auch dafür da weil die Marine Flugzeugträger hat. Also bin ich zur Marine-Akademie gegangen dann an die Universität bin Aeronautik-Ingenieur geworden und gleich nachher Testpilot. Ich war als Testpilot am Stützpunkt von Edwards in Kalifornien und dort wollten sie alle Astronauten werden unglaublich wie viele Leute Astronauten werden wollen, alle meldeten sich um Astronaut zu werden. Auch ich meldete mich aus dem einfachen Grund weil die anderen es taten aber nicht daß ich daran glaubte, es war ein bißchen wie eine Lotterie, meine Frau die ein sympathisches fröhliches Mädchen ist und immer lacht auch wenn sie traurig ist ulkte herum und sagte Theodor willst du etwa auf den Mond? Ich ulkte mit, aber zu meiner großen Überraschung riefen sie mich zu den Tests von San Antonio und zu meiner großen Überraschung bestand ich sie gut, vielleicht weil es mir Spaß machte. Es macht mir immer Spaß etwas zu wissen und je weniger ich von etwas weiß desto mehr kriege ich Lust etwas davon zu wissen, zum Beispiel Malerei zum Beispiel Medizin und die Tests in Medizin waren wirklich phantastisch in San Antonio. Ich stellte Fragen über Fragen oder versuchte alles mögliche zu wissen und hatte mächtigen Spaß daran, und die Ärzte sagten wenn ich Medizin studiert hätte wäre ich ein guter Arzt geworden und das ist das einzige Mal daß ich etwas bereut habe: Leute zu heilen bedeutet das nicht das Häßliche fortzujagen und das Schöne zu suchen?«

»Achtzehn Minuten!« schrie der Bürokrat.

»Wie bitte?« sagte Theodor.

»Nichts«, sagte ich. »Nichts. Fahren Sie fort, bitte.«

»Bei den psychologischen Tests amüsierte ich mich ein

bißchen weniger. Da fragten sie mich denken Sie nur was ein Apfel für eine Form habe, und im ersten Moment mußte ich lachen denn wenn einer meinen Vater fragt welche Form ein Apfel hat dann geht der mit den Fäusten auf ihn los, eigentlich war ich einen Augenblick lang in Versuchung es auch so zu machen der macht sich lustig über mich, sagte ich mir weil ich aus Delaware komme, aber dann beruhigte ich mich und antwortete sehen Sie in meinem Dorf in Delaware ist ein Apfel rund: worauf der verschnupft war und brummte die Äpfel seien überall rund. Dann fragte er was ich in einem Blatt Papier sehe das er in den Händen hielt, das Blatt war weiß ich machte die Augen zu und antwortete ich sehe ein Kornfeld auf das Schnee gefallen sei aber der Schnee würde in der Sonne schmelzen und die Sonne würde das zarte grüne Korn erwärmen, in der Wärme würde das Korn wachsen härter und stärker werden aber er unterbrach mich und sagte das sei ein weißes Blatt Papier und sonst nichts. Ich hatte das Gefühl er sei wegen des Papiers noch ärgerlicher als wegen des Apfels und dachte jetzt lassen sie mich durchfallen aber sie ließen mich nicht durchfallen und so bin ich hier.«

»Stopp!« sagte der Bürokrat. »Stopp! Stopp! Stopp!«

»Was sagt er?« rief Theodor.

»Er sagt stopp«, flüsterte ich. »Schade.«

»Wirklich schade, ich habe mich gern mit Ihnen unterhalten, man hat hier nicht viel Gelegenheit dazu es hat mir gefallen weil Sie so zuhören Sie hören auf eine Art zu daß man sich wohl fühlt und...«

»Stopp! Stopp! Stopp!«

»... und wenn es Ihnen nichts ausmacht möchte ich Sie um etwas bitten...«

»Stopp! Stopp! Stopp!«

»... daß Sie einem Freund Grüße von mir ausrichten einem italienischen Piloten Italo Tonati heißt er, ich war sein Instrukteur in Edwards...«

»Stopp! Stopp! Stopp!«

»... daß Sie ihm sagen daß ich mich an ihn erinnere und ihm alles Gute wünsche...«

»Stopp! Stopp! Stopp!«

»Hier das ist seine Adresse.«

»Okay, Theodor.«

»Werden Sie es wirklich tun?«

»Ich werde es wirklich tun.«

»Stooooopp!«

»Dann good-bye, Theodor.«

»Good bye und danke ja? Danke von Herzen.«

Es kam ihm gar nicht in den Sinn, daß ich es war, die danken mußte, und daß es mir weh tat, ihn fortgehen zu sehen. Denn dies ist das Häßliche der Welt, Theodor: Auf einmal, im Dunkeln, findest du einen Theodor und gleich darauf verlierst du ihn. Fünf Monate später starb Theodor. Er flog und starb. Sein Flugzeug explodierte. Ein Jahr darauf, ein Jahr, verstehst Du, starb auch Tonati. Auf die gleiche Weise, in Paris. Er flog und starb. Sein Flugzeug explodierte.

25. Kapitel

Erst nach dem Weggang Theodors wurde mir klar, wie das ganze Unternehmen eigentlich ablief. So: Die Zusammenkünfte fanden in einem kleinen Raum neben dem Büro des Zeremonienmeisters statt. In dem Raum waren drei Stühle, ein Tisch, ein Plakat mit der Saturnrakete und mit der Aufschrift STÜRMEN WIR DEN HIMMEL. Sonst nichts. Ich saß unter dem STÜRMEN WIR DEN HIMMEL, der Bürokrat ein wenig weiter drüben. Plötzlich ging die Tür auf, und der Zeremonienmeister trat mit einem Astronauten ein, stellte ihn vor und listete seine Flugstunden, die Zahl seiner Kinder, seine unendlichen Eigenschaften auf. Ich hörte mit dümmlichem Gesicht zu und äußerte: »Oh! Oh! Oh!« Dann stellte der Zeremonienmeister mich dem Astronauten vor und listete all die goldigen Büchlein auf, die ich geschrieben, die glorreichen Dinge, die ich vollbracht hatte, all die vielen Vorzüge, die ich schamhaft verbarg. Der Astronaut hörte mit ebenso dümmlichem Gesicht zu und äußerte: »Oh! Oh! Oh!« Dann hob der Zeremonienmeister seinen kleinen dikken Finger, als wollte er die Trauung vollziehen, und zwitscherte drohend und süß: »Elf Minuten! Nicht mehr!«, ging hinaus mit seinem enormen Hinterteil und ließ uns in unserer Verlegenheit allein. Trotz der Anwesenheit des Bürokraten hatte der Ritus etwas Anstößiges, Zweideutiges. Also, ich saß da, der Astronaut saß da. Ich sah ihn an, er sah mich an. Ich schwieg, er schwieg. Ich bot ihm eine Zigarette an, er bot mir eine Zigarette an. Es kam vor, daß die Zigaretten zusammenstießen und zerbrachen. Manchmal gelang es uns, sie zwischen die Lippen zu stecken, aber dann wollte ich ihm Feuer geben und er mir, und bei dem Hin und Her mit den brennenden Streichhölzern verbrannten wir uns die Finger. Das half. Sie haben sich weh getan, nein, aber Sie haben sich weh getan, ja, wir haben uns beide weh getan, oh, zum Kuckuck mit den Streichhölzern, nicht wahr, Feuerzeuge sind doch besser, mhm: Und so kam man ins Gespräch. Erst schüchtern, dann vorsichtig, bis das Eis gebrochen war. Doch wenn das Eis gebrochen war, schnellte der Bürokrat hoch und schrie: »Elf Minuten! Elf Minuten!« Im selben Augenblick ging wie durch Zauberei die Tür auf, der Zeremonienmeister kam mit einem anderen Astronauten herein, und alles begann von vorn. So ging das sechsmal, Vater. Nicht siebenmal, denn beim letzten änderte sich die Sache, dank meinem Bruder. Immerhin, sechs sind eine ganze Menge, findest du nicht auch? Es muß daran liegen, daß ich dir von ihnen nicht viel zu berichten weiß, außer daß die meisten kahlköpfig waren und älter aussahen, als sie waren. Wenn sie nicht kahlköpfig waren, redeten sie doch genau so. Und wenn sie nicht so redeten, reagierten sie doch früher oder später so. Auf jeden Fall waren sie alt! So daß ich, wenn du mich fragst, wie die neuen Astronauten seien, dir antworten muß: Sie sind alt. In einem Land, in dem die Jugend heidnisch und grausam vergöttert wird, sind die Repräsentanten der Jugend alt.

Ich verstehe nicht, warum. Zuerst dachte ich, weil sie von zwanzig aufwärts schon alle verheiratet sind und Nachwuchs haben: Familie verdirbt. Aber eines Tages zeigte man mir den einzigen Junggesellen, diesen Clifton Williams, ein Gigant von zweiunddreißig Jahren, und der sah noch vertrockneter als alle anderen aus. Dann dachte ich, weil sie ehemalige Soldaten sind und das Soldatenleben selbst einen Säugling ergrauen lassen würde. Dann aber sah ich die beiden Zivilisten vom Massachusetts Institute of Technology, einunddreißig und dreiunddreißig Jahre alt, und die sahen mindestens wie vierzig aus. Zuletzt dachte ich, das käme daher, daß Disziplin und Verantwortung, die Anstrengungen in einem solchen Beruf selbst der größten Frische das Blut aussaugen. Aber auch das stimmt nicht. Der Bruder, den ich adoptiert habe, ist auch Astronaut, ist auch ein ehemaliger Offizier und hat ganze vier Kinder: Und doch wirkt er wie ein Junge. Warum dann also? Warum? Ich weiß es nicht. Weißt du's, Chaffee? Weißt du's, Gordon? Weißt du's, Bean? Weißt du's, Armstrong? Weißt du's, White? Weißt du's, Cernam? Nein, du weißt es nicht. Oder schüttelst du nicht deswegen den Kopf, weil du's nicht weißt? Ah! Du schüttelst ihn, weil du sagen willst, daß ich mich irre. Also gut, ich irre mich: Elf Minuten sind zuwenig, um die Wahrheit einzufangen. Doch Theodor schenkte sie mir auf Anhieb, die Wahrheit. Mein Bruder schenkte sie mir sogar schon, ehe ich ihn auch nur zu sehen bekam. Was sagst du? Daß ich mich trotzdem irre? Also gut: Lesen wir miteinander noch einmal durch, was ihr gesagt habt, und dann entscheiden wir, ob ich mich irre. Oder nein, entscheiden wir gar nichts. Lassen wir die Dinge, wie sie sind, lassen wir es dabei bewenden, daß ich es nun mal so betrachte. Und kommen wir zu meinem Tagebuch zurück, ja?

Der erste Alte war der jüngste der Astronauten. Er war neunundzwanzig Jahre alt und sah körperlich wie achtzehn aus. Ziemlich klein, ziemlich mager, ziemlich hübsch, ein wiederauferstandener James Dean: gleiches Gesicht, gleicher Körper, gleiches Lächeln – es brach einem das Herz, daran zu denken, daß man ihn in diesen Trichter einschließen und dort hinaufspedieren würde wie einen unschuldigen kleinen Hund. Ich betrachtete ihn und dachte, was weißt denn du von interstellaren Stürmen und radioaktiven Gürteln? Was machst denn du unter den erwachsenen Männern? Den Tambour? Den Fähnrich? Reiß aus, Dummchen, reiß aus! Seine Haut war glatt, seine Stimme kindlich. Sein Name war Roger Chaffee: Man hatte ihn für die dritte Gruppe ausgewählt. Er war in Grand Rapids in Michigan geboren und war Marineleutnant. Ich setzte mich, er setzte sich. Ich hustete, er hustete. Ich bot ihm eine Zigarette an, er bot mir eine Zigarette an. Ich gab ihm Feuer, er gab mir Feuer. O-Ton:

»Ich nehme an, Leutnant, daß der Gedanke, zum Mond zu fliegen, für Sie sehr aufregend ist.«

»Kein bißchen. Ich fliege hin, kein Zweifel. Aber Gefühle wie Ungeduld oder Neugier quälen mich nicht. Der Mond ist für mich nur eine Art, meinem Land zu dienen, und die erste Reise zum Mond bedeutet nichts anderes, als die technologischen Kapazitäten zu demonstrieren, über die die NASA und mein Land verfügen, um zum Mond zu gelangen. Alles übrige sind Phantastereien. Und Erwachsene leben nicht von Phantastereien.«

»Wie?! Sie machen sich nichts daraus, auf dem Mond zu landen?«

»Ihn zu betreten, meinen Sie?«

»Ja, ihn zu betreten!«

»Vom technischen Standpunkt aus ist die Landung sehr interessant, da sie eine Menge Probleme aufwirft, die nicht leicht zu lösen sind: Aber es würde mir auch nichts ausmachen, derjenige zu sein, der mit der Apollokapsel in der Umlaufbahn bleibt, anstatt mit dem LEM hinunterzugehen. Unsere Aufgabe ist eine kollektive Aufgabe, und ich nehme an ihr teil.«

»Leutnant, warum sind Sie eigentlich Astronaut geworden?«

»Aus demselben Grund, wie ein Autofahrer den Wunsch hat, mal mit einem Ferrari ein Rennen zu fahren: Es ist für einen Piloten selbstverständlich, Astronaut werden zu wollen, vorausgesetzt, er hat die nötigen Eigenschaften. Ich habe sie. Angefangen mit dem Alter: Für die dritte Gruppe durfte man nicht vor dem 1. Juli 1929 und nicht nach dem 1. Juli 1935 geboren sein. Ich bin im Februar 1935 geboren. Es ist wohl überflüssig hinzuzufügen, daß ich am Programm beteiligt sein wollte, um mich meinem Land nützlich zu erweisen.«

»Der Mond gehört aber nicht nur den Vereinigten Staaten, Leutnant.«

»Ich bin Patriot.«

»Das sehe ich.«

»Hm.«

»So waren Sie also sehr begeistert, als Sie von der Existenz des Weltraumprogramms erfuhren.«

»Kein bißchen. Wer immer mit der Luftfahrttechnik zu tun hatte, wußte, daß es nur eine Frage der Zeit sein konnte: Und ich studierte Luftfahrttechnik, seit ich sechzehn war. Warum ich das studierte? Gewiß nicht aus Romantik. Der Traum vom Mond und solches Zeug hat mich nie gereizt, ich sagte es schon.«

»Was halten Sie von der Phantasie, Leutnant?«

»Phantasie ist notwendig, um Erfolg zu haben und überhaupt bei jeder Arbeit. Ohne Phantasie erfindet man keine einzige Maschine: Man braucht viel Phantasie, wissen Sie, um eine Maschine zu erfinden. Die Phantasie muß jedoch in den Grenzen der Logik und des Nützlichen gehalten werden: Andernfalls wird sie ein Instrument für Kinder. Und niemand von uns ist ein Kind.«

»Wie waren die Tests in San Antonio, Leutnant?«

»Sehr gut. Die physischen waren überhaupt kein Problem: Ich habe einen ausgezeichneten Organismus. Die Zentrifuge zum Beispiel halte ich bis zu 18 g aus. Ich habe Leute gesehen, auch unter meinen Kameraden, für die die Zentrifuge schlimm ist: Leute, die sich erbrechen und so weiter. Mir drückt's ein bißchen auf den Magen, weiter nichts. Was die psychologischen Tests anbelangt, so liefen sie ebensogut, weil ich nicht nervös war. Ich werde nicht so leicht nervös.«

»Zeigte man Ihnen auch dieses völlig leere Blatt Papier?«

»Ja, warum?«

»Was antworteten Sie?«

»Nichts. Es gab ja nichts zu antworten. Man zeigte mir dieses weiße Blatt und sagte, ich solle eine Geschichte dazu erfinden. Ich antwortete, ich könne keine Geschichte erfinden, weil das nur ein weißes Blatt sei und sonst nichts. Sie waren sehr zufrieden mit dieser Antwort.«

»Ich verstehe.«

»Andere antworteten, es sei ein Schneefall, eine frisch getünchte Wand und ähnlichen Unsinn. Für mich war es ein weißes Blatt Papier und nichts weiter. Danach zeigten sie mir eine pornographische Fotografie, echt pornographisch, und verlangten, ich solle dazu eine Geschichte erfinden. Ich nehme an, sie wollten kontrollieren, ob ich krankhaft veranlagt bin und solches Zeug. Ich antwortete, ich könne keine Geschichte erfinden, weil das ein Porno-Foto sei und basta.«

»Lesen Sie gern?«

»Ziemlich. Aber ich habe keine Zeit dazu. In meinem Alter hat man keine Zeit zum Lesen, es gibt zuviel zu tun. Wenn ich lese, lese ich, was mir gerade in die Hände kommt, von Comics bis zu Geschichtsbüchern. Romane natürlich nicht.«

»Was heißt das: Romane natürlich nicht?!?«

»Das heißt: Sie interessieren mich nicht, weil sie nichts mit der Realität zu tun haben. Geschichtsbücher erzählen die Realität. Ein Buch, das ich gerade lese, ist die ›Geschichte Amerikas‹. Voller Anmerkungen, das gefällt mir. Voller Fakten, das gefällt mir.«

»Wie verbringen Sie Ihren Sonntag, Leutnant?«

»Am Sonntag gehe ich zuerst einmal in die Kirche. Ich bin Presbyterianer, und zwar praktizierend. Dann komme ich nach Hause und spiele mit den Hunden und den Kindern. Ich habe zwei Kinder: einen Jungen von sechs und ein Mädchen von drei Jahren. Manchmal fahre ich auf dem See Wasserski. Aber nicht zum Vergnügen, sondern als Training. Ich besitze auch ein Ruderboot: aber nicht zum Vergnügen, sondern für das Training. Der Sonntag ist ein Tag, der mir zum Trainieren dient. Wenn ich nicht trainiere, studiere ich. Im großen ganzen benutze ich den Sonntag für das Studium. Geologie in erster Linie. Mein Spezialgebiet ist Geologie.«

»Stopp!« sagte der Bürokrat.

»Aber die elf Minuten sind doch kaum vorbei«, protestierte ich.

»Die elf Minuten beginnen, wenn einer hereinkommt«, sagte der Bürokrat. »Was wollen Sie denn noch wissen? Hat er Ihnen nicht alles gesagt? Oder fangen wir wieder an, Zeit zu verlieren, wie bei Freeman, he?«

Leutnant Roger Chaffee erhob sich: um zu zeigen, daß er mit dem Bürokraten völlig einer Meinung war. Er reichte mir die Hand, eine schmale, zarte Hand, und lächelte mich mit James Deans Lächeln an: kleine Zähne, wie Milchzähne. Er sagte good-bye und ging hinaus: ziemlich klein, ziemlich mager, ziemlich hübsch; es brach einem das Herz, daran zu denken, daß sie ihn in diesen Trichter einschließen und dort hinaufspedieren würden wie einen unschuldigen kleinen Hund. Unschuldig? Während er aus der Tür ging, hörte ich ihn murren: »Komisch ist die, total langweilig.

Jesus, glatter Zeitverlust: elf Minuten!« Und ich hielt es für überflüssig, ihn zu fragen, ob er eine Schildkröte sei.

Der zweite Alte war fünfunddreißig und Vater von sechs Kindern. Er war klein und untersetzt, hatte schwarze Augen und Haare und eine von tausend unterdrückten Flüchen gefurchte Stirn. Er gefiel mir, und es war, als wäre ich ihm schon begegnet, denn er war ein Typ, wie ich ihn in meiner Jugend kannte: der Typ des Allround-Partisanen, schweigsam, entschlossen, nie zufrieden. Erinnerst du dich an Berto, Vater? Du sagtest immer, Berto könne alles, außer einen Drachen bauen: Er konnte ganz allein eine Brücke sprengen, sechs Telefonkabel am selben Tag durchschneiden, eine deutsche Patrouille entwaffnen und sie dann dazu bringen, auf unserer Seite zu kämpfen ... Mir erschien es unmöglich, daß Berto so schwierige Sachen machen, aber keinen Drachen bauen konnte, und so bat ich ihn eines Tages, weißt du noch: Berto, machst du mir einen Drachen? Und Berto antwortete: Kind, als die andern das Drachenbauen lernten, lernte ich das Kriegshandwerk, laß mich in Ruhe. Das war auch das einzige Mal, daß Berto sich weigerte, etwas zu machen, erinnerst du dich? Denn Berto war sehr gehorsam und sehr leicht zu beeinflussen. Man hieß ihn etwas machen, und er machte es, ohne darüber nachzudenken. Eben: genauso war dieser zweite Alte. Er hieß Richard Gordon, sie hatten ihn für die dritte Gruppe ausgewählt wie den vorhergehenden, und er war Oberstleutnant der Marine. Er sprach ruckweise, langsam, wortkarg und mit verhaltener Stimme. Sympathisch. Sehr sympathisch. Ich setzte mich, er setzte sich. Ich hustete, er hustete. Ich bot ihm eine Zigarette an, er bot mir eine Zigarette an. Ich gab ihm Feuer, er gab mir Feuer. O-Ton:

»Erzählen Sie mir, was Sie wollen, Herr Oberstleutnant, was Sie für wichtig halten oder was Ihnen am meisten Freude macht.«

»Mein Vater war Holzhacker. Die Amerikaner sind nicht immer reich, wie die Europäer glauben. Mein Vater war arm. Wir alle waren arm. Ich arbeitete im Sommer auf der Farm meines Onkels. Mein Onkel war nicht arm, nein. Er hatte eine Farm, ja. Drei Jahre lang war ich auch Ladenjunge. Pakete austragen, Boden aufwischen. Dann ging ich auf die Universität, um Chemie zu studieren. Aber ich arbeitete weiter, weil ich Geld brauchte. Für die Mädchen und so. Mein Vater konnte mir kein Geld geben für die Mädchen und so. Ich studierte Chemie an der staatlichen Universität von Washington. Dann trat ich in die Marine ein.«

»Warum haben Sie sich für die Astronautenlaufbahn entschieden?«

»Ich habe nichts entschieden. Die andern haben entschieden. Ich dachte wirklich nicht daran, Astronaut zu werden. Ich habe mich überzeugen lassen. Ich wäre gern Pilot geworden, und so ging ich zur Marine. Flugzeugträger. Bei der Marine machten sie einen Jet-Testpiloten aus mir. Unter den Testpiloten meldeten sich viele zu den Astronauten. Ich ließ mich überzeugen und meldete mich ebenfalls. Ich bin ein Typ, der sich leicht beeinflussen läßt. Ja. Man sagt mir etwas, und ich tu's. Dann, dann weiter nichts. Es kam eben so, daß ich angenommen wurde.«

»Es ist ein schöner Beruf, ein außergewöhnlicher Beruf.«

»Für Sie vielleicht. Für mich wirklich nicht. Ich finde nichts Außergewöhnliches daran.«

»Was mißfällt Ihnen daran?«

»Das: nicht mehr lesen zu können, nicht mehr Opern hören zu können. Ich las viel. Klassiker vor allem. Ich habe damit aufgehört. Ich schaffe es nicht. Die Zeit fehlt, der Wille fehlt. Es bedrückt mich. Wissen Sie, wenn ich wenigstens früher noch mehr gelesen hätte. So bleibt immer ein Loch. Ein Loch inwendig. Wie mit den Opern. Früher ging ich immer in die Oper: Verdi, Puccini. Wenn mein Schiff im Mittelmeer kreuzte, zum Beispiel. Wenn es in Neapel oder Genua anlegte. Kaum war das Schiff im Hafen, saß ich schon in einem Theater. Und jeden Abend ging ich wieder hin. Jeden Abend, bis das Schiff wieder auslief. Das war schön. Es ist lange, lange her. Ich habe es aufgegeben.«

»Warum? Warum haben Sie es aufgegeben?«

»Weil ich Chemiker bin. Entweder man ist Chemiker oder man ist es nicht.«

»Und warum sind Sie Chemiker geworden? Warum?«

»Man hat mich beeinflußt. Die Lehrer. Ich war gut in Mathematik und Chemie. Sie sagten, ich müßte Mathematik und Chemie studieren. In Amerika wird ein Kult mit diesen Dingen getrieben. Alle sagen einem, man solle Mathematik und Chemie studieren, nie Musik und Literatur. Nie. Vielleicht ist das richtig. Ja, es ist richtig. Wir bewegen uns immer schneller und brauchen Mathematik und Chemie. Wir brauchen Technik, nicht Poesie. Ich habe zwei Brüder und zwei Schwestern. Von meinen Brüdern arbeitet der eine bei der Boeing Aircraft in Seattle, der andere in einer andern Flugzeugfabrik. Von meinen Schwestern ist eine mit einem Techniker verheiratet, die andere ist Chemielehrerin. Das ist richtig. Ja. Meine älteste Tochter ist zwölf. Sie will Ingenieurin werden. Sie hat mich gefragt, Papa, ist es okay, wenn ich Ingenieurwissenschaften studiere? Ich habe ja gesagt.«

»Und die Opern? Die Klassiker?«

»In Gottes Namen.«

»Was heißt in Gottes Namen?!? Sie haben gesagt, es tut Ihnen leid.«

»Ja, aber die Würfel sind nun einmal gefallen.«

»Sie haben gesagt, man hat Sie beeinflußt!«

»Ja. Aber jetzt bin ich eben dabei. Und niemand zwingt mich, dabeizubleiben. Ich könnte schon morgen früh weggehen. Aber ich gehe nicht. Ich will hierbleiben. Die Zeiten des Herumalberns, des Amüsierens, der Zerstreuungen sind vorbei. Jetzt muß man arbeiten. Es erwarten uns große Aufgaben.«

»Sind Sie eigentlich immer so ernst?«

»Immer.«

»Lachen Sie nie?«

»Doch, hin und wieder.«

»Und langweilen Sie sich nicht?«

»Nein, ich langweile mich nicht. Ich habe keine Zeit, mich zu langweilen. Wer hat denn hier drin Zeit, sich zu langweilen? Man muß verzichten können. Man muß sich einordnen können.«

»Verzichten?! Sich einordnen?! In Ihrem Alter?«

»Es ist ein beträchtliches Alter.«

»Fünfunddreißig Jahre – ein beträchtliches Alter?!«

»Zehn Minuten!« sagte der Bürokrat. »Beeilung!«

»Also adieu, Mr. Gordon.«

»Adieu. Es war interessant. Keine weitere Frage?«

»Doch, eine. Are you a...«

»Elf Minuten!« kreischte der Bürokrat. »Elf Minuten!«

Da sprang er in Habtachtstellung auf, diszipliniert, automatisch, drehte sich auf dem Absatz um und verschwand. Ohne mir Zeit zu lassen, meine Frage zu beenden.

Der dritte Alte war vierunddreißig und sah aus wie der jüngere Bruder von John Glenn: die gleichen Sommersprossen, die gleiche Blondheit, die gleiche Ungezwungenheit, er war sogar wie John Glenn in Ohio geboren. Immerhin unterschied er sich in einigen Dingen von John Glenn: durch die fehlende Lebhaftigkeit, die Diplomatie und die bei einem so kräftigen Körper merkwürdig gebeugten Schultern. Sein Lächeln war ironisch, aber ohne Glanz. Seine Stimme war gelassen, seine Gesten sparsam. Sein Name war Neil Armstrong, und man hatte ihn für die zweite Gruppe ausgewählt. Das Interessanteste an ihm war, daß er nicht aus dem militärischen Milieu kam. Es handelte sich also um einen Zivilisten: den einzigen zivilen Astronauten, den ich gesprochen habe. Ich setzte mich, er setzte sich. Ich hustete, er hustete. Ich bot ihm eine Zigarette an, er bot mir eine Zigarette an. Ich gab ihm Feuer, er gab mir Feuer. O-Ton:

»Wie schön, Mr. Armstrong! Sie sind kein Soldat!«

»Ich komme von der NASA her, wo ich Ingenieur für Elektronik und Jet-Testpilot war. Da ist kein so großer Unterschied. Ich meine, an Disziplin habe ich soviel wie die andern, und für den Weltraum braucht es vor allem Disziplin. Im übrigen wählen sie nicht etwa Soldaten, weil diese geeigneter wären als Zivilisten: sondern weil sie bereits abgepackt und sortiert sind, so daß es leichter ist, den richtigen herauszufischen. Von den Soldaten weiß man alles, auch in welchem Maß man sich auf sie verlassen kann. Aber man wußte auch von mir alles, denn ich bin seit vielen Jahren bei der NASA.«

»Es muß so oder so eine große Freude für Sie gewesen sein, Astronaut zu werden.«

»Weiß ich nicht. Lassen Sie mich nachdenken . . .«

»Sie haben noch nie darüber nachgedacht?!«

»Für mich war es einfach eine Versetzung von einem Büro ins andere. Ich war in dem einen Büro, und man hat mich in

dieses andere gebracht. Nun ja, ich glaube, es hat mich ge-
freut. Eine Beförderung freut einen ja immer. Aber ob ein
Büro oder ein anderes, das macht keinen Unterschied, per-
sönlichen Ehrgeiz habe ich nicht. Mein einziger Ehrgeiz ist,
zum Gelingen dieses Programms beizutragen. Ich bin kein
Romantiker.«

»Also nichts von Abenteuerlust.«

»Um Himmels willen, nein. Ich hasse die Gefahr, besonders wenn sie unnötig ist, und die Gefahr ist die ärgerlichste
Seite unseres Berufes. Die dümmste. Wie kann man einen
völlig normalen technischen Vorgang in ein Abenteuer um-
dichten? Und warum soll man beim Lenken eines Raumschiffes das Leben riskieren? Das ist genauso unsinnig, wie
das Leben zu riskieren, wenn man sich mit dem Mixer ein
Frappé macht. Es darf einfach nicht gefährlich sein, sich ein
Frappé zu machen, und es darf auch nicht gefährlich sein, ein
Raumschiff zu lenken. Hat sich diese Einstellung erst einmal
durchgesetzt, so ist Schluß mit dem Gerede von Abenteuer
und von der Lust, nur zum Spaß hinaufzufliegen...«

Ich dachte an Slayton.

»Ich kenne jemanden, Mr. Armstrong, der hinaufflöge,
auch wenn er wüßte, daß er nicht mehr herunterkommt.
Nur um des Hinauffliegens willen.«

»Unter uns Astronauten?«

»Unter euch Astronauten.«

»Das halte ich für ausgeschlossen. Wenn Sie so einen kennen, so muß das ein Kind sein, nicht ein erwachsener
Mann.«

»Es ist ein erwachsener Mann, Mr. Armstrong.«

»Wer denn?«

»Das spielt keine Rolle. Reden wir von Ihnen. Abgesehen
vom Frappé, nehme ich an, es täte Ihnen leid, nicht zu starten?«

»Ja, aber ich würde mich nicht zu Tode grämen, es wäre
keine Beleidigung. Ich verstehe die nicht, wissen Sie, die so
sehr darauf aus sind, die ersten zu sein. Das sind Dummheiten, Kindereien, romantische Überbleibsel, das paßt nicht in
unsere rationale Zeit. Und ich schließe es aus, daß ich starten
würde mit der Aussicht, nicht wiederzukommen: ausgenommen, es wäre technisch unumgänglich. Ich meine: Das
Testen eines Jets ist riskant, aber technisch notwendig. Im

Weltraum oder auf dem Mond zu sterben, ist technisch durchaus nicht notwendig, und wenn ich die Wahl hätte zwischen dem Tod beim Testen eines Jets und dem Tod auf dem Mond, so würde ich das erstere wählen. Sie nicht?«

»Ich nicht. Vor einem solchen Dilemma würde ich mich sofort für das Sterben auf dem Mond entscheiden: So sehe ich ihn wenigstens noch.«

»Kindereien, Dummheiten. Auf dem Mond sterben! Um den Mond zu sehen! Wo es darum geht, ein Jahr oder zwei dort zu bleiben ... vielleicht ... ich weiß nicht. Nein, nein, es wäre trotzdem ein zu hoher Preis: weil irrational. Oh, wenn man bloß diesem Unsinn nicht mehr zuzuhören brauchte.«

»Haben Sie Ihre jungen Jahre alle in der NASA verbracht, Mr. Armstrong?«

»Auf Reisen: Europa, Asien, Südamerika. Ich habe alles gesehen, was zu sehen war, begriffen, was zu begreifen war, und so bin ich hier. Still und ruhig, endlich an einem Schreibtisch, um etwas Seriöses zu leisten.«

»Sind Sie im Krieg gewesen, Mr. Armstrong?«

»O ja. In Korea. 78 Einsätze. Ich müßte lügen, wenn ich behaupten wollte, sie hätten mich viel weitergebracht.«

»Haben Sie Kinder, Mr. Armstrong?«

»Natürlich! Einen Jungen von sieben und einen von zwei Jahren. Sollte ich denn in meinem Alter keine Kinder haben?«

»Zehn Minuten«, sagte der Bürokrat. »Beeilung!«

Er erhob sich.

»Ich verabschiede mich lieber gleich. Ich muß in die Zentrifuge.«

»Da beneide ich Sie nicht, Mr. Armstrong.«

»Ja, es ist recht ungemütlich: vielleicht das, was ich am wenigsten ausstehen kann. Aber technisch notwendig.«

»Technisch notwendig.«

»Leben Sie wohl.«

»Leben Sie wohl.«

Der vierte Alte war zweiunddreißig Jahre alt und völlig kahl: ein Schädel so glatt wie eine Billardkugel. Ich weiß nur noch, daß ich ihn verwirrt anstarrte: Ich konnte es nicht fassen, daß ein Zweiunddreißigjähriger einen Schädel wie eine Billardkugel hatte. Doch die Ohren retteten ihn: lustige, große Ohren, groß wie Kohlblätter. Man sah seinen Schädel, man sah diese Ohren und fühlte sich wohler und dachte: Wer vom lieben Gott solche Ohren bekommen hat, der kann nicht taub sein, und wer nicht taub ist, redet nicht so wie Neil Armstrong. Außer den Ohren rettete ihn ferner sein Gesicht: zum Lachen aufgelegt, sympathisch, ein großer Mund, der gute Laune versprach. Und sein Familienname: Bohne. Er heißt tatsächlich Alan Bean, und Bean heißt übersetzt Bohne – eine Realität, an die er sich noch immer nicht gewöhnt zu haben schien, denn sooft ich Mr. Bean respektive Bohne zu ihm sagte, lachte er wie verrückt. Da mein eigener Name nicht so sehr viel schöner ist als der seine, hörte ich schließlich auf, ihn Bohne zu nennen, und sagte Herr Leutnant zu ihm. Er war Leutnant der Marine, auch er, und war für die dritte Gruppe ausgewählt worden. Ich setzte mich, er setzte sich. Ich hustete, er hustete. Ich bot ihm eine Zigarette an, er bot mir eine Zigarette an. Ich gab ihm Feuer, er gab mir Feuer. O-Ton:

»Mr. Bean: Warum in aller Welt sind Sie so kahl?«

»Ja, ja! Sorgen, Sorgen! Sie würden auch kahl, wenn Sie hier drin wären, puh! Oder was glauben Sie? Ich amüsiere mich wie Sie? Ich komme überall herum wie Sie? Ich lerne einen Haufen Leute kennen wie Sie? Hier lebt man ein Angestelltenleben, genau! Immer dieselben Sachen, dieselben Gesichter, dieselben Bürostunden, keine Spur von »Wir stürmen den Himmel« – ins Büro gehen wir! Puh! Mir kommt es vor, als wäre ich ein Bankbeamter, puh! Oder was glauben Sie? Das hier ist ein bürgerliches, langweiliges Leben. Die einzige Abwechslung sind die Fahrten zum Training oder die Überstunden im Büro. So daß einen zu Hause die Suppe eiskalt erwartet und die Frau sie einem womöglich nicht einmal mehr aufwärmt. Heim und Büro, Heim und Büro. Pah! Wenn es nicht ein bißchen Kino gäbe!«

»Sie gehen ins Kino?«

»O ja. Wo soll man hier sonst hingehen? Oder was glauben Sie? Man ist hier in der Provinz. Es ist schon ein Glück, daß man ins Kino gehen kann! Die ersten sieben können nicht einmal das. Alles will Autogramme von ihnen und so. Wir hingegen, wer kennt und erkennt uns schon? Wir sind unbekannte Astronauten, Gott sei Dank.«

»Dann sind Sie also nicht zufrieden, Mr. Bean?«

»Ja, ja! Zufrieden, zufrieden bin ich schon. Astronaut zu sein, oh, Sie! Spaß jedoch, Spaß hatte ich mehr, als ich noch Marineoffizier war und reiste, pah! Neapel, Pisa, Rom! Überallhin reiste ich. Aber in Venedig bin ich nie gewesen.«

»Sie sind nie in Venedig gewesen?! Sie fliegen zum Mond und sind nie in Venedig gewesen?!«

»Oh, Sie! Was kann ich dafür? Das Schiff ist eben nie nach Venedig gekommen! Ich sagte immer: Nur Geduld, früher oder später kommt es schon noch nach Venedig. Und statt dessen haben sie einen Astronauten aus mir gemacht, und genau in dem Jahr, in dem sie einen Astronauten aus mir machten, kam das Schiff nach Venedig. Ich weiß, ich werde den Mond sehen, und Venedig habe ich nicht gesehen.«

»Hören Sie, Mr. Bean...«

»Ha, ha! Ha, ha!«

»Hören Sie, Leutnant, könnten Sie nicht auf einen Sprung nach Venedig fahren, ehe Sie auf den Mond gehen?«

»Nein, jetzt ist es zu spät. Es ist zu spät für viele Dinge: Oder sehen Sie nicht, daß ich kahl bin? Jetzt bin ich einmal hier drin und komme nicht mehr heraus, außer wenn ich dort hinauffliege.«

»Ich würde mich nicht so sehr beklagen.«

»Oh, Sie! Sie werden mich doch nicht am Ende noch beneiden?!«

»Gewiß beneide ich Sie, Leutnant. Und wie ich Sie beneide. Der Mond...der Mars...«

»Der Mars, ja. Auch mich reizt der Gedanke, auf den Mars zu gelangen. Auch wenn ich zwei, ja vier Jahre unterwegs sein müßte, würde ich gehen. Aber in zwanzig oder dreißig Jahren, wenn es soweit ist, daß man es kann, bin ich zu alt. Oder sehen Sie nicht, daß ich schon alt bin? Ich fühle mich alt, was wollen Sie machen.«

»So bleibt also der Mond. Das ist auch nicht wenig, wissen Sie. Nur schon der Gedanke, daß man vielleicht nicht zurückkommt. Scheint Ihnen das etwa eine Kleinigkeit zu sein, zu einem Ort aufzubrechen, von dem man vielleicht nicht zurückkommt?!«

»Was soll das heißen, nicht zurückkommt?«

»Eben, daß man nicht zurückkommt. Denken Sie nicht daran?«

»Ich ganz bestimmt nicht. Entschuldigen Sie: Wenn man nicht zurückkommt, dann ist es ja keine Mission mehr. Dann ist es ein Opfer, ein Martyrium. Mission heißt hin und zurück: Und die Reise zum Mond wird eine Mission sein, nicht ein Opfer oder ein Martyrium auf dem Altar der Wissenschaft.«

»Liegt Ihnen etwas daran, auf dem Mond zu landen?«

»Mir nicht. Sehen Sie: Wir sind Piloten, für uns ist die Reise wichtig, nicht die Landung. Nehmen Sie einen Piloten, der die Strecke Rom-Tokio in drei Stunden fliegt: Ihm liegt nichts daran, in Tokio zu landen, ihm liegt nur daran, die Strecke in drei Stunden zu fliegen. Mit dem Mond ist es dasselbe. Hinkommen ist wichtig, hin- und zurückkommen, nicht landen.«

»Aber was sagen Sie da, Leutnant?!«

»Genau das.«

»Aber die Neugier?!«

»Oh, Sie! Neugier worauf? Ich bin doch kein Kind, ich bin erwachsen. Und ich bin ein Handlungsreisender, ein Gesandter, einer, der auf Befehl reist; wo sie ihn hinschicken, da schicken sie ihn eben hin.«

»Aber Venedig, was Sie mir alles über das Reisen sagten, über das Schiff, das nie nach Venedig kam?...«

»Venedig, Venedig! Was soll ich in meinem Alter in Venedig? Venedig ist ein Jugendtraum: die Gassen, die Gondeln, das Mädchen, das man mit den Tauben fotografiert... Heute!«

»Was heißt heute?!«

»Oh, Sie! Wissen Sie, wie alt ich bin? Zweiunddreißig, fast dreiunddreißig!«

»Und das finden Sie alt?«

»Es ist alt. Und es ist nicht das Alter für Illusionen, für Abenteuer.«

»Ihr seid ja alle gleich, zum Kuckuck!«

»Ach ja, wir sind alle gleich, ja.«

»Leutnant! Sie werden mir doch nicht auf einmal traurig?! Ohren steif! Lächeln! Sie lächelten so gut, zum Kuckuck! Los, anderes Thema. Haben Sie Kinder?«

»Zwei. Der größere ist sieben.«

»Er wird ungeheuer stolz sein, daß sein Vater Astronaut ist!«

»Ach wo, er fragt mich die ganze Zeit, warum ich nicht Sheriff bin: Der Vater seines Freundes ist Sheriff. Er sagt, wenn er groß ist, will er Sheriff werden, Sheriff zu sein ist lustig, Astronaut nicht, und unter uns gesagt, er hat gar nicht so unrecht...«

»Zwölf Minuten!« schrie der Bürokrat.

Mein vierter Alter erhob sich.

»Also, zurück denn ins Büro. Ich Ärmster. Und danke.«

»Wofür?«

»Stopp!« schrie der Bürokrat. »Stopp!«

»Für das Gespräch, für das Lachen...«

»Stopp! Stopp!«

»Darf ich Sie noch etwas fragen, Mr. Bean?«

»Ha, ha! Gewiß doch.«

»Stopp! Stopp! Stopp!«

»Are you...«

»Stooooopp!«

Und so ging er. Und ich erfuhr es nicht.

Der fünfte Alte war vierunddreißig Jahre alt und war ein herrlicher Alter, von einer so himmlischen Schönheit, daß er gar keine profanen Gedanken aufkommen ließ. Die Engel im Paradies müssen ein solches Antlitz haben: lang, etwas hager, gerade Nase und sanfter Mund, und solche guten, geduldigen Augen. Wie die Engel war er rosig und golden, rosig die Haut, golden die Haare, die Wimpern. Wie die Engel war er hoch gewachsen, schlank und ein wenig traurig: Jetzt kennst auch du ihn, ja den, der aus der Gemini-Kapsel herauskam, im freien Raum schwamm und so ohne Gewicht schwebend sagte, das gefällt mir, worauf der andere sagte, geh wieder rein und er antwortete, nein, noch nicht, es gefällt mir so. Er hieß Edward White, dieser Engel, und war Vater zweier weiterer Engel; hierher, in diese Hölle, war er mit der zweiten Gruppe geraten, und was weiter? Stellt man Engeln vielleicht Fragen? Und wenn ja, welche? Wie geht es Sankt Johannes, Sankt Markus, Sankt Lukas und Sankt Matthäus? Was für Wetter habt ihr da oben im Paradies? Ich setzte mich, er setzte sich. Ich hustete, er hustete. Ich bot ihm eine Zigarette an, er bot mir eine Zigarette an. Ich gab ihm Feuer, er gab mir Feuer. Und dann sprach er. Und ganz von alleine.

»Ich dachte daran, Astronaut zu werden, als der erste Sputnik abgeschossen wurde, und es klar war, daß es bald ein Beruf sein würde, Astronaut zu sein. Wir sprachen dann auch in der Familie darüber. Ich stamme aus einer Fliegerfamilie: Papa ist General der Air Force, und ich bin Hauptmann der Air Force, mein Bruder hat eben an der Schule der Air Force das Diplom gemacht, und wenn er es schafft, wird er ebenfalls Astronaut. Als der erste Sputnik hinaufging, arbeitete ich mit Deke Slayton am Projekt Schwerkraft Null, einer Studie über die Schwerelosigkeit. Deke und ich waren die einzigen, die sich damit beschäftigten: Wir machten die Experimente mit Schinken, dem Schimpansen, der dann vor Alan Shepard den suborbitalen Flug machte. Deke und ich flogen, und Schinken diente als Versuchskarnickel in den wenigen Minuten der Schwerelosigkeit, im Sturzflug. Dann übernahm Deke den Platz von Schinken und machte die Experimente an sich selber, und ich lenkte das Flugzeug. Deke ist so mutig, so altruistisch: Er war dagegen, Schinken derart herumzuwirbeln, er sagte, niemand habe Schinken je um Erlaubnis gefragt und Schinken habe sich nie als Freiwilliger angeboten. Deke war auch ärgerlich, als sie Schinken in die Mercurykapsel steckten: und zwar aus den gleichen Gründen. Armer Schinken, wissen Sie, daß er gestorben ist? In Washington, an einer Lungenentzündung. Sie brachten ihn in den Zoo, in jenem Winter war es in Washington sehr kalt, und er war große Kälte nicht gewohnt.«

Ich musterte den Engel, um zu sehen, ob er lachte. Er lachte nicht im geringsten. Die Erinnerung an Schinken verdoppelte im Gegenteil seine Trauer: oder soll ich sagen Ernsthaftigkeit. Kommt denn Ernsthaftigkeit nicht von Trauer?

»Deke und ich waren schon seit Deutschland zusammen, zwischen uns sind nur sechs Jahre Altersunterschied. Als dann 1957 die ersten Gerüchte über das Mercuryprojekt auftauchten, sagte Deke: Bleib du noch hier, studier lieber weiter. Ich gehe, und wenn sie mich nehmen, sehe ich mir die Sache an. Wenn es o. k. ist, kommst du nach. Natürlich nahmen sie ihn sofort, ohne lange zu überlegen. Oh, Deke ist außerordentlich. Als er die Tests hinter sich hatte, erzählte er mir alles, auch, daß die Tests scheußlich waren, wirklich übel, daß sie einen ins Eis werfen und dann in siedende Hitze, daß sie einen in wahnsinniger Geschwindigkeit mit der Zentrifuge herumwirbeln und daß es einem sehr zusetzt: Aber es ist der Mühe wert, ich soll mich nur melden. Ich zögerte ein wenig: Ich war nicht so gut wie Deke und wollte mich nicht blamieren, schon gar nicht vor ihm. Aber er sagte: Du bist so gut wie ich, sogar noch besser; man muß nur ein guter Pilot sein, um es zu schaffen, und du bist ein verflucht guter Pilot: Sie werden dich nehmen. Schließlich meldete ich mich. Deke hatte recht: Die Tests waren schlimm. Und dabei waren die Tests der zweiten Gruppe weniger schlimm als die der ersten, diejenigen der dritten sind noch weniger schlimm gewesen: Man hat endlich gemerkt, daß gewisse Torturen gar nicht nötig sind. Es war also schlimm, wie ich sagte. Aber wenn man ein Ziel vor Augen hat, wird alles weniger schlimm, finden Sie nicht auch? Mein Ziel war der Mond: Ich war sehr glücklich, als sie mich nahmen. Und auch jetzt bin ich sehr glücklich, denn jetzt ist es bereits sicher, daß ich auf den Mond gehen werde. Obwohl ich mit den andern in bezug auf bestimmte Automatismen nicht ganz übereinstimme...«

Und hier ließ er sich auf so komplizierte Erläuterungen ein, daß ich mich nicht einmal an sie erinnern kann. Und außerdem war da etwas, das mich ablenkte: viele kleine Fältchen rund um seine Augen, genau wie bei dir, Vater. Es machte mir großen Eindruck, so viele Fältchen in all diesem Rosa und Gold zu entdecken und zu denken, daß es die gleichen sind wie bei dir, Vater: Denn du bist sechzig und er vierunddreißig. Es war, wie soll ich sagen, als entdeckte man plötzlich, daß man auch im Himmel Falten bekommt, daß auch die Engel alt werden, und das war mir unbehaglich: höchst verwirrend.

»...An unserer Epoche geht mir im Grunde nur eines gräßlich auf die Nerven: das Fernsehen. Es gab eine Zeit, in der meine Frau und die Kinder ständig am Fernseher saßen und wir überhaupt nicht mehr miteinander sprachen. Ich haßte diesen Apparat, wo ich doch sonst nichts und niemanden hasse.«

»Stopp!« rief der Bürokrat. »Elf Minuten, stopp!« Und ich wollte eben zu dem Engel sagen: Entschuldigen Sie bitte, nehmen Sie es mir nicht übel, aber sind Sie eine Schildkröte oder nicht? Aber es war zu spät. Erschrocken erhob sich der Engel, machte eine Verbeugung und entschwand in leisem Weihrauchduft.

Der sechste Alte war dreißig Jahre alt, und bei Himmel und Erde, bei allen Lebenden und Toten, es war fast unglaublich, daß dieses Geschöpf wirklich dreißig Jahre alt war. Verbraucht, von wer weiß welchem Trübsinn geschlagen, hatte er ein so verwelktes, ausgezehrtes kleines Gesicht, als sei er nie jung, nie ein Kind, ein Junge gewesen. Mag sein, daß er es vor vielen, vielen Jahren einmal war und auch einmal zwanzig war: Aber sogar die Erinnerung daran war erloschen. Traurige Falten durchzogen seine von dichten Narben bedeckten Wangen, tiefe Falten bogen seine Lippen herab, und seine tiefliegenden Augen verrieten unendliche Resignation, bleierne Melancholie. Auch ich war müde, enerviert von der Langeweile, von der unablässigen Anstrengung, vom Ärger mit dem Zeremonienmeister und dem Bürokraten. Ich hoffte nur noch, daß die groteske Posse ein Ende nehme, daß dieses Kommen und Gehen aufhöre, und ich gab mir erst gar keine Mühe, irgend etwas Interessantes an Eugene Cernam zu finden, Leutnant der Marine, Elektro-, Aeronautik- und Astronautik-Ingenieur, geboren in Chicago, verheiratet und Vater eines Kindes; ich blieb einfach sitzen, ein Opfer eines verfehlten Systems und meiner feigen Folgsamkeit. Warum stand ich nicht einfach auf und ging weg? Es lag mir ohnehin nichts daran, was er erzählen oder ob er freundlich sein würde, es lag mir nicht das geringste daran zu wissen, ob er eine Schildkröte oder ein Esel war, ich war einfach müde, gelangweilt, der Engel hatte die letzten Reste jeder Neugier, jedes Interesses mit sich fortgenommen, mechanisch fragte ich ihn aus, und mechanisch hörte ich ihm zu: Warum sind Sie Astronaut geworden, Leutnant! Warum ... Warum ... Warum ...

»Weil ich gern fliege, sehen Sie, ich dachte schon als Junge nur ans Fliegen, und dann ist es auch eine Befriedigung, sich an einer Sache zu beteiligen, die die Zukunft vorbereitet, ich stamme nicht aus einer reichen Familie, verstehen Sie, mein Vater war Mechaniker, und Geld haben wir immer nur wenig gehabt, ich habe es immer schwer gehabt vorwärtszukommen, ich bin in Chicago geboren, und Chicago ist eine harte, grausame Stadt, mein Vater hat meinetwegen so viele Opfer auf sich genommen, es war sehr mühsam, den Diplomingenieur zu machen...«

Er war nicht unsympathisch, nein. Und außerdem war er freundlich, einfach gut, breitete ein anständiges, rechtschaffenes Leben und eine mutige und saubere Vergangenheit vor mir aus, er gab sich alle Mühe, gehört und verstanden zu werden. Aber seine Worte verhallten in meinen Ohren wie das Rauschen des Meeres, an das man sich so gewöhnt, daß man es nicht mehr hört. Das Heranrollen einer Welle und noch einer Welle. Das Heranrollen einer weiteren Welle und noch einer Welle. Und eine Welle gleicht der anderen. Schaum, Algen, Korken, Muscheln. Muscheln, Korken. Glichen sich denn ihre Geschichten nicht alle? Das war ja auch nicht anders zu erwarten, ich weiß. Aber es gibt verschiedene Arten, die gleiche Geschichte zu erzählen: Was meine Augen gesehen haben, wird nie dasselbe sein wie das, was deine Augen gesehen haben, die Worte werden anders sein, die Schlußfolgerungen werden anders sein. Mein Gott, warum benutzten die dann alle dieselben Worte, dieselben Kommata, dieselben Adjektive, als hätte jeder seine Durchschrift derselben Rede auswendig gelernt?!? Warum, denn, mein Gott, warum hatte man selbst dann, wenn sie etwas einigermaßen Neues sagten, das Gefühl, es schon gehört zu haben?!?

»...Wir von der dritten Gruppe sind von allen natürlich am wenigsten vorbereitet: und zwar nicht nur, weil wir später angefangen haben. Weil die NASA am Anfang mehr verlangte und später die Zügel lockerer ließ. Die von der zweiten Gruppe sind viel besser als wir, und die von der ersten Gruppe sind die besten von allen. Aber es ist nicht nur das, was uns voneinander unterscheidet: Es ist auch die Popularität. Sie haben sie und wir nicht. Wenn wir sie je haben werden, dann nie im selben Maß, und ein populärer Mann bewegt sich ungezwungener als irgendein unbekannter. Schließlich der Krieg: Sie sind im Krieg gewesen und wir nicht. Gewiß gibt es Erfahrungen, die so viel wert sind, wie im Krieg gewesen zu sein. Die Arbeit zum Beispiel. Ich habe hart gearbeitet, so hart, daß es mir oft vorkommt, ich arbeitete schon seit hundert Jahren, und bei so harter Arbeit wird man erwachsen, lernt zu unterscheiden, was richtig und falsch ist, wie die, die das Drama mitmachten, zu töten oder getötet zu werden...«

Außerdem war er intelligent, o ja. Sehr intelligent, intelligenter als die anderen. Trotzdem fühlte ich mich, als der Bürokrat sein Stopp schrie, wie von einer Last befreit, von einem Alpdruck, und ich verabschiedete mich ohne Bedauern von dir, Leutnant Cernam. Nimm es mir nicht übel, ich bitte dich: Ich will nicht undankbar und gemein sein, ich schwöre dir, du hast meine Achtung und Sympathie, und was ich dir vorwerfe, Cernam, gilt auch für Chaffee, für Gordon, für Armstrong, für Bean, für White, für die andern, die ich nicht kennengelernt habe und die bestimmt so sind wie du. Sei also nicht allzusehr verletzt dadurch, bitte – aber als ich dich aus der Tür gehen sah, kam es mir vor, als wäre ich deine Tochter. Ja, Cernam: deine Tochter. Ja, White: deine Tochter. Ja, Bean: deine Tochter. Ja, Armstrong: deine Tochter. Ja, Gordon: deine Tochter. Ja, Chaffee: deine Tochter. Ich habe mehr gesehen als ihr, aber es kommt mir vor, als wäre ich eure Tochter. Ich bin müder als ihr, aber es kommt mir vor, als wäre ich eure Tochter. Ich bin in eurem Alter, aber es kommt mir vor, als wäre ich eure Tochter. Denn mir macht es Spaß, dreißig Jahre alt zu sein, ich genieße meine dreißig Jahre wie einen Likör, ich lasse mich nicht vorzeitig und per Durchschrift ins Greisenalter versetzen. Hört zu, Cernam, White, Bean, Armstrong, Gordon, Chaffee: Dreißig sein ist herrlich, und auch einunddreißig, zweiunddreißig, dreiunddreißig, vierunddreißig, fünfunddreißig! Herrlich, denn man ist frei, rebellisch, gesetzlos, die Furcht der Erwartung ist vorüber, und die Melancholie des Niedergangs hat noch nicht angefangen; es ist herrlich, denn mit dreißig blicken wir endlich durch! Wenn wir religiös sind, dann sind wir überzeugt religiös. Wenn wir Atheisten sind, dann sind wir überzeugte Atheisten. Wenn wir zweifeln, dann ohne jede Scham. Und wir fürchten den Spott der Jungen nicht, denn wir sind selber jung, wir fürchten die Vorwürfe der Erwachsenen nicht, denn wir sind selber erwachsen. Wir fürchten uns nicht vor der Sünde, denn wir haben begriffen, daß Sünde Ansichtssache ist, wir fürchten uns nicht vor dem Ungehorsam, denn wir haben entdeckt, daß Ungehorsam wertvoll ist. Wir fürchten uns nicht vor Strafe, denn wir sind draufgekommen, daß es nicht schlimm ist, wenn wir bei der erstbesten Gelegenheit uns verlieben oder auch auseinandergehen. Wir haben vor der Lehrerin nicht mehr Rechenschaft abzulegen und auch nicht vor dem Priester der Letzten Ölung. Wir rechnen einzig und allein mit uns selber ab, mit unserem Schmerz als Erwachsene. Wir sind ein reifes Kornfeld, mit dreißig Jahren, nicht mehr grün und noch nicht vertrocknet: Wir sind voller Saft und Kraft, das Leben pulsiert in uns. Alles Freud und Leid ist voller Leben, man lacht und weint, wie man es später nie mehr können wird, man denkt und versteht, wie man es später nie mehr können wird. Wir haben den Gipfel des Berges erreicht, und alles ist klar von hier oben auf dem Gipfel: die Straße, auf der wir heraufgekommen sind, die Straße, auf der wir hinabsteigen werden. Wir sind ein wenig außer Atem und trotzdem frisch, es wird nie mehr vorkommen, daß wir uns so in der Mitte hinsetzen und sowohl rückwärts wie vorwärts schauen und über unser Glück nachdenken: Wie kommt es bloß, daß es bei euch nicht so ist? Wie kommt es, daß ihr mir wie meine eigenen Väter vorkommt, erschlagen von Ängsten, von Langeweile, von Kahlköpfigkeit? Was hat man euch, was habt ihr euch angetan? Welchen Preis bezahlt ihr für den Mond? Der Mond ist teuer, ich weiß. Er ist für jeden von uns teuer: Aber nichts auf der Welt wiegt dieses Kornfeld, diesen Berggipfel auf. Sonst wäre es nutzlos, auf den Mond zu gehen. Man könnte ebensogut hierbleiben. Also wacht auf! Schluß mit Rationalität, Folgsamkeit und Falten! Schluß mit dem Haarausfall und der Tristesse eurer Gleichförmigkeit! Zerreißt die Durchschriften! Lacht, weint, macht Fehler. Verprügelt diesen Bürokraten, der auf die Uhr schaut. Ich sage es euch in aller Bescheidenheit und Freundschaft, denn ich achte euch, ich halte euch für besser als mich und möchte, daß ihr sehr viel besser seid als ich. Viel besser: nicht nur so ein wenig. Oder ist es schon zu spät? Oder hat euch das System schon das Rückgrat gebrochen, verschlungen? Ja, es muß wohl so sein.

Es war dabei, es auch mir schon zu brechen, nach und

nach. Anstatt aufzustehen und wegzugehen, blieb ich unter dem STÜRMEN WIR DEN HIMMEL sitzen, völlig idiotisch, wie ein Roboter.

26.Kapitel

Ich blieb also an dem Tisch dort sitzen, reglos, völlig idiotisch, wie ein Roboter, und dachte darüber nach, daß das System ein Krebsgeschwür ist, das mit der Grausamkeit des Krebses auch die Gesündesten verschlingt; rebellieren nützt nichts, du rebellierst zuerst laut, dann leise, dann stumm, dann gar nicht mehr, und in diesem Moment wird das System auch von dir akzeptiert; du weißt es ja, Vater, jede Diktatur funktioniert so. Und so wartete ich auf den letzten. Aber der letzte kam nicht. Von der halboffenen Tür her drang nur das aufgeregte Flüstern zwischen dem Zeremonienmeister und ich weiß nicht wem zu mir.

»Er sagt, er rührt sich nicht von der Stelle, Sir.«

»Er rührt sich nicht von der Stelle?!«

»Nein, Sir. Er sagt, in diesem Zimmer gehen alle ein und aus wie im Sprechzimmer eines Zahnarztes, und mit dem Zahnarzt sei er fertig.«

»Fertig?!«

»Ja, Sir. Er sagt, seine Zähne seien jetzt in Ordnung, Sir.«

»Versuchen Sie ihn zu überreden.«

»Er ist unerbittlich, Sir.«

»Also ist er übergeschnappt?«

»Nein, Sir. Er ist ruhig, Sir. Er pfeift und trällert und bastelt ein Papierluftschiffchen.«

»Ein Papierluftschiffchen?!«

»Ja, Sir.«

»Sagen Sie ihm, es ist eine Dame hier im Zimmer. Sagen Sie ihm, man ist einer Dame gegenüber nicht unhöflich!«

Man hörte das Geräusch von Schritten, die sich entfernten. Und zum erstenmal, seit ich hier war, richtete ich das Wort an den Bürokraten.

»Von wem reden sie?«

»Von Charles Conrad, genannt Pete.«

»Und wer ist Charles Conrad, genannt Pete?«

»Ein Astronaut der zweiten Gruppe.«

»Sympathisch, dieser Charles Conrad, genannt Pete.«

»Sympathisch?!?«

Die Schritte kamen zurück. Der Dialog wurde wiederaufgenommen.

»Sir! Er hat trotzdem keine große Lust, Sir.«

»Wie, er hat keine große Lust?!«

»Nein, Sir. Er sagte, es tue ihm leid, er habe nicht gewußt, daß es sich um eine Mrs. oder eine Miss handelt, man habe ihm bloß gesagt, es sei jemand, der schreibe. Aber er sagt, ihm seien die Leute, die schreiben, ganz egal, ob nun Herren oder Damen, Mädchen oder Knaben; er schreibe ja nicht, oder eben nur Zahlen und sonst nichts. Und dann sagte er...«

»Und dann?...« drängte der Zeremonienmeister hoffnungsvoll.

»Und dann sagte er, diese Mrs. oder Miss schreibe am besten nichts über ihn, da ihm nichts daran gelegen sei, und je weniger man über ihn schreibe, desto besser. Immerhin...«

»Immerhin?...«

»Immerhin legt er Wert auf die Feststellung, er habe nichts gegen diese Mrs. oder Miss, denn er sei freundlich und gut erzogen, er habe bloß etwas gegen die Zahnarztpraxis, weil man ihm da beim letzten Mal scheußlich weh getan habe.«

»Ja, und?«

»Und weiter nichts. Er pfeift und trällert. Und das Papierluftschiffchen ist fertig. Er hat es in die Tasche gesteckt, um es seinem Sohn heimzubringen.«

Allerhand. Die Sache begann interessant zu werden. Sie roch nach Schildkröten. Vorsichtig trat ich an die Tür und wandte mich an den Zeremonienmeister.

»Sir, ich hätte zwei Vorschläge.«

»Lassen Sie hören.«

»Der erste ist: Lassen Sie mich gehen. Es liegt mir wirklich am Herzen, Sir. Ohne die NASA oder den Mond beleidigen zu wollen, Sir: Acht Astronauten an einem Tag sind zu viel. Ich bin wirklich müde. Und ich habe mir ein wirklich genaues Bild der Situation machen können, Sir. Tun Sie mir den Gefallen, Sir. Und der zweite...«

»Der zweite? ...«

»Der zweite ist: Verlassen wir dieses Zimmer und gehen wir zu diesem Astronauten, der, unter uns gesagt, nicht so unrecht hat.«

»Das lehne ich ab«, kommentierte der Bürokrat. »Ich halte mich an das Reglement, und das Reglement verlangt, daß die Interviews hier in diesem Raum stattfinden.«

»Das Reglement ist bis fünf Uhr nachmittags in Kraft, das heißt, während der Bürostunden«, murmelte der Zeremonienmeister verlegen. »Und es ist fünf vorbei.«

»In diesem Fall gehe ich nach Hause«, sagte der Bürokrat.

»Fein!« sagte ich.

»Richtig«, sagte der Zeremonienmeister.

»Adieu«, sagte der Bürokrat.

»Ruft mir Jack«, sagte der Zeremonienmeister.

Der Bürokrat ging, und ich schickte ihm stumm Verwünschungen hinterher. Jack kam. Jack war Jack Riley, also derselbe, der vor vier Monaten meinen Interviews mit Glenn, Shepard und Slayton beigewohnt hatte. Mir gefällt Jack sehr, weil er ein Gesicht hat wie eine schläfrige Katze und eine wunderbare Art, Interviews zu überwachen: Er zieht sich in eine Ecke zurück und schläft. Ich begrüßte Jack begeistert. Versteh mich recht: Ich war wirklich niedergeschlagen beim Gedanken, noch einen Astronauten ertragen zu müssen, ich hätte alles darum gegeben, es zu vermeiden. Aber wenn ich schon dazu gezwungen war, wollte ich gern einen Blick auf diesen Verrückten werfen: Seine Weigerung war zu köstlich, um mich nicht zu interessieren.

»Jack, wäre es dir unangenehm, die Lady zu Conrad zu begleiten?« fragte der Zeremonienmeister.

»Nein, nein«, versicherte Jack.

»Die Bürozeit ist vorbei«, sagte der Zeremonienmeister.

»Egal!« sagte Jack.

»Danke«, sagte der Zeremonienmeister, und für einen Augenblick tat er mir leid, beinahe hätte ich diesem Fettklumpen verziehen, glaubst du das? Armer Zeremonienmeister. Was konnte er schließlich für das System? Er hatte es ja nicht erfunden. Sie bezahlten ihn dafür, daß er es respektierte, das war alles, und er war genauso sein Opfer wie ich, wie Eugene Cernam, wie die andern. Wie er schwitzte, total unglücklich. Er konnte nicht mehr, er verzichtete sogar auf den

Vorstellungsritus, so sehr erledigt war er. Deo gratias! Deo gra...Nein!! Er verzichtete keineswegs, der Gauner! Er las die Vorstellung diesmal bloß ab. Er nahm das Blatt aus Jacks Händen, und deklamierte, indem er einen kleinen, dicken Finger bewegte, als dirigiere er ein Orchester:

»Charles Conrad junior! Astronaut! Oberstleutnant der Marine der Vereinigten Staaten von Amerika! Geboren in Philadelphia am 2. Juni 1930! Diplom der Princeton-Universität! Pilot auf Flugzeugträgern seit 1954! Testpilot seit 1959! Verheiratet, Vater von vier Kindern männlichen Geschlechts! Mitglied des Instituts für Aeronautik und Astronautik! Hobby: Golf, Wasserski, Schwimmen, Papierluftschiffchen...«

Hier blieb er fassungslos stecken, röter als eine reife Tomate.

»Jack! Von wem ist dieses Blatt?«

»Von ihm, Sir«, sagte Jack und biß sich auf die Lippen, um nicht laut zu lachen.

»Wer hat Luftschiffchen geschrieben?!«

»Er, Sir«, sagte Jack und biß sich auch noch auf die Zunge.

Und endlich fand ich noch einen Bruder, Vater.

Mein Bruder saß am Schreibtisch seines kleinen Büros. Aber auch mein Bruder ist klein, also paßt dieses Büro ausgezeichnet zu ihm. Über der Hose, von der ich erraten konnte, daß sie keine Bügelfalten hatte, trug er ein echsengrünes T-Shirt. Die kurzen Ärmel machten es möglich, einen tätowierten Anker zu bewundern, den mein Bruder auf dem linken Unterarm wie ein Saphirarmband trägt. Den Anker zeichnete ihm in Kopenhagen der Spezialist, der auch den dänischen König tätowiert, und er legt Wert darauf, daß man das weiß: Zu diesem Zweck kratzt er sich dauernd oder bewegt den linken Unterarm oder fährt sich mit der linken Hand über die Haare. Seine Haare, nun: In diesen letzten Jahren hatte auch mein Bruder die Haare verloren, oder wenigstens einen guten Teil davon. Die Stirn machte sich immer breiter, sie eroberte bereits ein Drittel des Schädels und ließ nicht mehr viel Platz übrig für die Haare. Wo sie aber noch waren, waren sie blond, so wie bei allen in unserer

Familie: Jedenfalls nahm ihm die Glatze kein bißchen von seiner Jugend, die heroisch jedem System der Welt trotzt. Mit vierunddreißig sieht mein Bruder nicht einmal wie vierundzwanzig aus, und wenn er nicht diese Haare hätte, sogar wie zwanzig oder achtzehn.

Mein Bruder war ziemlich robust, gut gebaut für seine Größe und hatte ein kleines, von der Sonne braun gebranntes Gesicht mit einer großen Nase in der Mitte und zwei schönen blauen Augen und einem großen Mund, den er zum Lachen benützte und auch zum Plaudern, weiß Gott, und wie er plaudert, aber vor allem benützte er ihn zum Lachen: was ein großes Glück ist, denn wenn mein Bruder lacht, lachst du mit, sogar dann, wenn dir zum Weinen ist. Daran sind vermutlich seine Zähne schuld, die komischsten Zähne der Welt: ganz, ganz kurz, einer weit vom anderen entfernt, als lägen sie miteinander im Streit, und die größte Lücke klafft zwischen den beiden in der Mitte oben, die wohl fünf Millimeter weit auseinanderstehen. Er kann eine Zigarette dazwischenklemmen, wenn er will: Und er tut es auch, obwohl alle sagen, so etwas schicke sich nun wirklich nicht. Im übrigen macht er noch eine ganze Menge absurdes Zeug. Er faltet Papierluftschiffchen, angeblich für seinen Sohn, aber jedermann weiß, daß sie für ihn selber sind. Er trinkt ein ungenießbares Getränk, das er Rootbeer nennt und das die Ärzte den Kindern geben, die noch wachsen sollen. Er sammelt Kutscherhüte, die er im Flugzeug anstelle des Plexiglashelmes trägt. Er nimmt am Überlebenstraining im Dschungel teil, nährt sich von Boas und erklärt, gekocht und gebraten schmeckten die Boas ausgezeichnet. Und er erklärt das in einem so glücklichen Ton, denn er ist immer glücklich, und weil er immer glücklich ist, kommt es ihm vor, als schmeckten die Boas gekocht und gebraten ausgezeichnet. Schließlich trainiert er noch für die Mondlandung. Ich weiß nicht, was ich dafür gegeben hätte, daß er sie mit Theodor zusammen unternommen hätte, glaub mir. Nicht, daß etwa mein Bruder imstande wäre, den Mond so zu betrachten, wie man einen Rembrandt betrachtet, und erst recht nicht wäre er imstande, solche Gespräche zu führen über die häßlichen Dinge, die zu schönen Dingen werden, nein, dazu war nur Theodor imstande. Mein Bruder ist Mathematiker und sonst nichts, er versteht nichts von Malerei und Dichtung: Doch wenn diese beiden miteinander auf den Mond gingen, könnte alles, aber auch alles geschehen, und die ›Neue Göttliche Komödie‹ wäre fertig, Vater.

Zum Mond zu fliegen ist tatsächlich eine alte Leidenschaft meines Bruders, sie erfaßte ihn, als er noch ein Junge war, und er würde nicht darauf verzichten, auch wenn es ihn das Leben kostete. Natürlich, auch darum, weil er mein Bruder ist, kommt es vor, daß der Traum zum Alptraum wird, daß ihm klar wird, in welche Schwierigkeiten er sich da gebracht hat: Wer hat mir das bloß in den Kopf gesetzt, was bringt mich eigentlich dazu, ich bleibe nicht hier und so weiter und so fort. Aber das geht gleich wieder vorüber, er erinnert sich daran, daß er in der Marine war, wo man ihn wegen einer Nichtigkeit auf den Rost oder an den Pfahl band, um ihn singen zu lassen: *Oh! I love the Navy! Oh! I love the Navy!*, und er wird wieder gehorsam, diszipliniert bis zum Martyrium, was sage ich, bereit zu jedem Opfer, zu jedem Freiheitsentzug. Zum Beispiel raucht er gern, aber er raucht nicht. Er trinkt gern, doch er trinkt nicht. Ihm gefallen die Frauen, und er schaut keine Frau an: Um sie nicht anschauen zu müssen, schließt er die Augen, geht mit geschlossenen Augen umher, und du wirst sehen, eines Tages plumpst er in ein Loch, wenn er damit nicht aufhört. Er kann Vorträge nicht ausstehen und dennoch hält er sie: in höheren Schulen, in Universitäten, in Clubs alter Damen, wo immer die NASA ihn hinschickt, um den Mond zu verteidigen. Und dabei dürfte man ihn überhaupt nicht schicken: Er ist nicht der Typ dafür, verstehst du? Er beginnt immer, so hat man mir erzählt, mit einem Witz, der mit dem Mond nicht das geringste zu tun hat, dann dreht er dem Publikum abrupt den Rücken zu und geht zur Tafel, wo er Lehrsätze aufschreibt, die kein Mensch versteht. Das enttäuschte Publikum gähnt, murrt ein bißchen und schläft ein. Aber wenn das eintritt, lächelt er und zeigt seine Zähne, und du kannst es glauben oder nicht, aber jeder, der schläft, merkt es, erwacht mit einem Schlag, sieht diese Zähne, lächelt mit, und der Vortrag geht weiter.

Wenn er Vorträge hält, aber auch wenn er keine hält, ist mein Bruder auf Reisen: Er reist am meisten von allen; wenn es darum geht, irgendwohin zu fahren, in Amerika oder sonstwo hin, kannst du Gift darauf nehmen, daß mein Bruder hinfährt. Sind zum Beispiel die Instrumente des LEM zu kontrollieren? Mein Bruder fährt hin. Ist eine Änderung an der Saturnrakete zu prüfen? Mein Bruder fährt hin. Soll sich jemand für sieben Tage in der Apollokapsel einschließen? Mein Bruder fährt hin. Sind die Astronauten der dritten Gruppe in irgendeiner Wüste von Arizona zu trainieren? Mein Bruder fährt hin. Warum, weiß ich nicht. Er sagt, weil er der Beste sei, unübertrefflich als Trainer, unnachahmlich als Ingenieur, unerreichbar als Astrophysiker, man dürfe nicht vergessen, oha, daß er in Princeton studiert habe, und so fort. Mein Verdacht geht indessen dahin, daß Slayton ihn so viel auf Reisen schickt, um ihn nicht dauernd in der Nähe zu haben, um ihn von Houston fernzuhalten, wo er Verwirrung und Trubel stiftet und die andern ablenkt. In Houston ist mein Bruder tatsächlich nur übers Wochenende: Er verbringt es bei seiner Familie, um seiner Frau zu helfen, die auf seine vier Kinder aufpassen muß, die arme Frau, die tapfere Frau, wie er sagt. Worin seine Hilfe besteht, das weiß niemand. Es ist mir auch nicht klar, wie mein Bruder einer Frau mit vier Kindern eine Hilfe sein könnte. Allein, er sagt, er helfe ihr, und wenn er es sagt, dann glaube ich ihm: Ich glaube meinem Bruder immer alles, was er sagt, sogar die Lügen. Jedenfalls ist Montag früh jeweils die Hilfe zu Ende, und während die Gattin aufatmet: »Geh! Geh! Einer weniger! Geh, geh!« reist er von neuem ab. So daß es wahrhaftig ein Wunder war, daß ich ihn an diesem Tag überhaupt antraf, ein Glücksfall. Es wäre gräßlich gewesen, meinst du nicht auch, einen solchen Bruder zu haben und es nicht einmal zu wissen. Ich wäre ärmer gewesen, auch dieses Buch wäre ärmer gewesen, wir alle wären ärmer gewesen.

Allerdings hätte ich ihn früher oder später, irgendwo, auf irgendeine Weise trotzdem getroffen. Vor allem deshalb, weil Geschwister sich früher oder später, irgendwo, auf irgendeine Weise immer treffen: Das sagst du ja auch immer, wenn du einen Bruder triffst. Dann auch deshalb, weil überall, wo ich nach Houston hinging, auch mein Bruder war: Mein Bruder ist überall. Wenn du irgendwo ankommst, brauchst du dich nur umzusehen, und da ist auch schon mein Bruder. Besonders beim Start einer Rakete: in Las Cruces, sagen wir mal, oder in Cape Kennedy. Du brauchst nicht einmal zu fragen, ob er da ist: In neunundneunzig von hundert Fällen ist er da, lang ausgestreckt im Schwimmbad, um zu warten, bis von Braun den Schaden an der Rakete behoben hat – die am Vortag des Starts, der Himmel weiß wieso, jedesmal kaputtgeht –, mit geschlossenen Augen, glücklich, umgeben von einem Schwarm Frauen, die ihn mit den Augen verschlingen. Der Grund, warum sie ihn mit den Augen verschlingen, ist einfach: In Hose und Hemd ist mein Bruder nicht gerade eine Schönheit, in der Badehose dagegen sieht er aus wie ein Schauspieler, wie eine Reklame für Sonnenöl, und dieser Typ gefällt in Amerika. Darüber brauchst du dir jedenfalls keine Gedanken zu machen, und ebensowenig über die Tatsache, daß er Astronaut ist. Er hat sich wegen seines Berufes noch nie aufgespielt, er hat nichts mit Shepard gemein oder mit den anderen, die die Nase hoch tragen. Mein Bruder ist eine umgängliche Natur, freundet sich mit allen an, Jungen und Alten, Guten und Schlechten, Dummen und Gescheiten, und seine Art, Freundschaft zu schließen, ist phantastisch. Erst schaut er dich an, als sähe er ein Gespenst oder einen Zahnarzt, dann macht er den Mund auf und zeigt die Zähne. Bei mir jedenfalls machte er es so.

»Hier, sehen Sie, sagen Sie mir, ob ich recht oder unrecht habe. Die sind nicht krank. Sie stehen nur weit auseinander, na und? Das ist keine Krankheit!«

»Nein, nein.«

»Das kann man in Ordnung bringen lassen, wissen Sie. Mit einer Klammer, die drückt und rückt sie brav zusammen, als frören sie. Dann nimmt man die Klammer wieder raus und hoppla! sie bleiben wie erfroren stehen. Ich will mir das machen lassen: So sind sie häßlich, nicht wahr?«

»Nein, nein, sie sind weiß und sauber. Höchstens etwas sonderbar in der Form. Ein wenig kurz.«

»Das ist noch gar nichts. Früher war es viel schlimmer: Da sah man sie überhaupt nicht. Das Zahnfleisch und sonst nichts. Aus dem Zahnfleisch guckte ein Reiskörnchen heraus, und das war der Zahn. So habe ich es eben weggeschnitten.«

»Weggeschnitten?!«

»Weggeschnitten. Nicht um der Schönheit willen, verstehen Sie mich recht. Sondern um der Freundlichkeit willen. Ich konnte nie lachen: Die Leute erschraken sonst. Oder wenn sie nicht erschraken, sagten sie: Ach,-der-Ärmste!-

Sieh-mal,-so-jung-und-schon-ohne-Zähne! Ich mußte immer ernst sein, und alle dachten, ich sei ein ernster Mensch. Zuletzt wurde es mir zu dumm, ernst zu bleiben und als ernst zu gelten. Und ich ging zum Arzt. Und der – zack! zack! zack! schnitt das Zahnfleisch weg. Einzeln. Zweiunddreißigmal.«

»Mein Gott!«

»Ich heiße Conrad. Pete Conrad. Nicht mein Gott.«

»Ich weiß. Ich weiß alles. Also: Wollen wir uns diesen Zahn ziehen, Pete Conrad?«

»O. k.«

Er sperrte ergeben den Mund auf.

»Nein, nein. Ich meinte reden.«

»O. k. Reden wir. Worüber?«

»Hören Sie, Sie können reden, worüber Sie wollen, nur sagen Sie eines nicht: daß Sie schon als Kind davon geträumt haben, Pilot zu werden. Das haben sie mir jetzt schon zu sechst oder siebt gesagt. Wenn Sie es auch noch sagen, öffne ich das Fenster und springe raus.«

Er sprang wie eine Katze zum Fenster und riß es auf.

»Springen Sie.«

»O nein! Also Sie auch!«

»Nur Mut! Springen Sie, springen Sie!«

Jack, der sich gleich nach unserem Eintreten zum Schlafen in einen Winkel zurückgezogen hatte, machte ein Auge auf.

»Pete, wenn du sie aus dem Fenster wirfst, wird dir ein ganzer Haufen Leute dafür danken. Aber dann hast du die ganze Presse gegen dich, und die Botschaft ihres Landes macht dir 'ne Menge Scherereien.«

Worauf er das Auge wieder schloß und weiterschlief. Oder so tat, als schliefe er: Denn ich glaube kaum, daß selbst Jack schlafen kann, wenn mein Bruder spricht. Pete ist so komisch, Vater. Er gibt dir die Zuversicht zurück, verstehst du? Er beweist, daß man die Kontaminierung des Weltraums auch überleben kann, daß es Hoffnung gibt, daß man in einer solchen Gesellschaft nicht unbedingt ein Roboter werden muß. Wenn du einem begegnest, der jahrelang in der Marine *Oh! I love the Navy! Oh, I love the Navy!* gesungen hat und anschließend jahrelang unter Elektronenrechnern und mit dem LEM gelebt hat, erwartest du nicht mehr viel. Du sagst zum Beispiel »Einstein« zu ihm, und gleich über-

fällt dich die Angst, er fange an, dir die verfluchte Relativitätstheorie zu erklären, die ich ohnehin nie verstehe oder,
wenn ich sie verstehe, innerhalb einer Stunde wieder vergesse, und jedesmal ist es dasselbe: Sie hören mir nicht einmal
zu, wenn ich protestiere, es sei zwecklos, weil ich es sowieso
wieder alles vergesse. Nun, bei meinem Bruder, und Gott
weiß, daß er zu einer Welt gehört, die du verachtest und
ablehnst, passiert das alles nicht. Du sagst »Einstein«, und
statt der Relativitätstheorie erzählt er dir die Geschichte mit
Einsteins Eis: Du wirst sehen. Mir erscheint das sehr wichtig, und du solltest es auch in Betracht ziehen, Vater. Und
damit komme ich auf meinen Bruder zurück, der sich vor
Jack aufgepflanzt hatte.

»Wer wirft denn hier? Sie selber, nicht? Und warum eigentlich?«

»Weil ihr Langweiler seid. Weil man meinen könnte, man
interviewe Schneider und nicht Astronauten. Die sagen einem auch immer: Oh, ich habe schon als Kind immer Pup-
penkleider gemacht.«

Er sprang nochmals wie eine Katze.

»Schneider? Ich kenne einen. Er heißt Pierre Balmain, aus
Paris. Ich erzähle Ihnen die Geschichte gleich. Sie müssen
wissen, daß ich in Princeton studiert habe ...«

Er blickte mich unter seinen Wimpern hervor an, ob mich
das beeindruckt hatte. Ich heuchelte tiefste Bewunderung.

»Princeton! Donnerwetter!«

»Viele Leute wissen nämlich nicht mal, was Princeton ist«,
fügte er mißtrauisch hinzu.

»Unglaublich. Wo es doch eine der glorreichsten amerikanischen Universitäten ist. Einstein hat dort gelehrt, und jetzt
Oppenheimer«, rezitierte Jack, ohne die Augen aufzumachen.

Mein Bruder kratzte sich glücklich den Anker.

»Ich ging nicht in die Vorlesungen Einsteins, weil er für
die älteren Semester las. Aber ich kannte ihn natürlich. Kinder, was für ein Typ! Vor allem diese Haare: eine Mähne,
daß man einen Zopf hätte machen können. Und dann diese
Augen: gut böse schön häßlich traurig fröhlich, alles. Und
dann dieses T-Shirt!«

»T-Shirt?«

»Ja. Weiß, mit kurzen Ärmeln und mit dem Bild von Popeye auf dem Bauch. Popeye. Kennen Sie den? Der, der Spinat ißt, um Kraft zu haben. Einstein zog dieses T-Shirt zum Eisessen an.«

»Zum Eisessen?«

»Ja, weil er sich sonst das gute Hemd verschmierte. Er hatte Erdbeereis am liebsten. Wissen Sie, das mit den großen schönen Erdbeeren drin. Nun wollte er aber das Eis nicht im Becher, sondern in der Tüte. Und dann aß er es im Gehen. Und zwar ging er nicht normal, sondern hüpfend. So.« Er hüpfte auf einem Bein um den Schreibtisch.

»Weil er mit einem Fuß auf dem Bürgersteig, mit dem anderen auf der Straße ging. Kinder, was für ein Mann! Ich liebte diesen Mann. Nicht wegen seiner Relativitätstheorie, sondern wegen der Art, wie er Eis aß. Einmal ist es ihm dann heruntergefallen.«

Von neuem blickte er mich unter seinen Wimpern hervor an, um zu sehen, ob mir das Eindruck machte.

»Donnerwetter!« sagte ich wieder. »Donnerwetter!«

Von neuem kratzte er sich glücklich den Anker.

»Das Eis ist ihm heruntergefallen, ja, ja. Kinder, was für ein Schauspiel! Er fluchte wie ein Verrückter, während er sein Eis auf dem Boden ansah: Mittendrin war eine Erdbeere, sooo groß. Von den ganz großen, wissen Sie. Dann beruhigte er sich und holte sich ein anderes Eis. Aber eine derartige Erdbeere, die fand er nicht mehr.«

»Und wer hat Ihnen das alles erzählt?«

»Meine eigenen Augen. Ich folgte ihm. Ich habe ihn monatelang verfolgt, Einstein. Zur Mittagszeit rannte ich schon los, um zu sehen, ob er sich Eis kaufte oder nicht. Kinder! Das war Einstein!«

Er schwieg eine Zeitlang, um einen Schluß für seine Geschichte zu suchen. Und auf seine Weise fand er ihn.

»Und dann ... dann starb er, und ich weinte.«

»Jetzt will ich aber mal sehen, wie er von da wieder auf den Schneider kommt«, bemerkte Jack und öffnete sogar ein Auge, um seine Bosheit zu genießen.

»So: daß ich also in Princeton war. Nun, ich weiß nicht, warum dieser Balmain, ein wahrer Modeschöpfer, nach Princeton kam. Jedenfalls kam er, und ich lernte ihn kennen, mit ein paar andern Jungs, und er sagte uns, wir sollten ihn anrufen, wenn wir nach Paris kämen. Zwei Jahre darauf kam ich nach Paris, weil ich inzwischen Marineoffizier war. Und rief ihn an.«

»Was hat das mit dem Mond zu tun?« brummte Jack. »Sie ist wegen des Mondes da.«

Mein Bruder ließ sich nicht beirren.

»Kinder, das war ein Fest! Als erstes zeigte er uns die Kleider, die mir rein gar nichts sagten: Aber in den Kleidern drin steckten die Modelle, und die sagten mir sehr viel. Als zweites gab er jedem ein Model mit, das mit uns in der Stadt herumzukutschieren hatte. Kinder!«

Einen Augenblick lang war er in Gedanken versunken.

»Meine war ein bißchen lang. Ich versuchte sie umzutauschen, aber sie war allen zu lang: So blieb sie bei mir. Kinder, war die lang! Sagen Sie mir: Warum sind die immer so lang? Ich bin fünf Fuß sechs Zoll, macht eins sechzig. Und Sie?«

»Noch weniger.«

Er warf mir einen nachsichtigen Blick zu.

»Spielt keine Rolle. Man muß die eigene Statur mit Würde tragen.«

»Pete! Der Mond!« brummte Jack.

»O. k. Der Mond! Der Mond! Zuerst sagt sie, ich soll sagen, was ich will. Dann verdirbst du das Spiel mit deinem Mond. Also gut: Der Mond! Mein Vater flog Ballons.«

»Ballons?«

»Ballons, ja. Auch heute noch sagt er, es geht nichts über Ballons, und er ist überzeugt, daß man im Fesselballon auf den Mond fliegen kann. Als Kind glaubte ich das auch. Dann erklärte man mir, dazu brauche man ein Flugzeug, und ich verliebte mich ins Flugzeug. Ob Sie nun aus dem Fenster springen oder nicht.«

»Okay, okay. Ich springe nicht.«

»Kinder! Was soll ich machen, wenn mir das Fliegen nun mal gefällt? Ah! Mein Lebtag habe ich von nichts anderem geträumt als vom Fliegen. Schon immer habe ich gewußt, was ich will: Fliegen. Ich war in Princeton und dachte ans Fliegen. Ich war bei der Marine und dachte ans Fliegen. Jeder hat so seine Träume, nicht? Und so kam es zur ersten Bewerbung für die Mercurykapsel: Das machte ich zusammen mit Jim und Wally Schirra. Wir waren zusammen in der Marine. Wir machten alle drei die Testpilotenschule. Kinder, was für scheußliche Tests! Jim . . .«

»Welcher Jim?«

»Jim Lovell. Freund von mir. Was für ein Jim denn sonst?«

»Lovell ist ein Astronaut der zweiten Gruppe«, erklärte Jack großherzig.

»Und da passierte es, daß Wally genommen wurde, Jim und ich dagegen nicht. Kinder, wie uns das zusetzte! Es war nämlich so, daß es ausgesehen hatte, als wollten sie neun, nicht sieben. Und wir waren unter den ersten neun. Pah! Wie man sieht, waren wir eben nicht so gut wie die anderen.«

»Vielleicht wollten sie von Anfang an bloß sieben«, ermunterte ich ihn.

»Ja, wirklich? Pah! Auf jeden Fall riefen sie uns sofort, als sie dann weitere Leute brauchten für die zweite Gruppe.« Er kratzte sich den Anker, um mich daran zu erinnern, daß der noch da war. »Natürlich sagten sie uns rein gar nichts vom Mond und so. Vom Mond war erst viel später die Rede, als ich bereits mit hängenden Ohren auf meinen Flugzeugträger zurückgekehrt war. Nicht, daß es mir etwa auf meinem Flugzeugträger nicht gefallen hätte: Man reiste viel, und man sah eine Menge Orte, die uns damals fern erschienen. Jetzt hingegen gibt's nur noch den Mond, und der scheint kaum noch ein paar Schritte entfernt. Kinder! Aber wissen Sie, daß es richtig komisch ist, wie man bei uns vom Mond spricht? Der Felsen hier, der Felsen dort. Du nimmst einen Felsen hier, ich nehme einen Felsen dort. Dann nimmst du eine Handvoll Staub hier, ich nehme eine Handvoll Staub dort: Als ginge man auf den Markt, um Trauben oder Äpfel zu kaufen. Und zuletzt kommt er uns so nahe vor wie New York. Auch mir kommt er bereits so nahe vor wie New York. Und dabei ist er weit weg, Kinder! Man fährt ja nicht zum Picknick!«

»Von Braun sagt das aber.«

»Quatsch! Dann soll er doch selber hinfahren, wenn das ein Picknick ist! Quatsch!«

»Warum? Haben Sie Angst?«

»Ich habe Angst, na klar! Was für eine Frage! Ich habe Angst, jawohl. Auch im Flugzeug habe ich manchmal Angst. Wenn man auf einem Flugzeugträger landen muß, zum Beispiel. Ich sage Ihnen, es ist keine Kleinigkeit, auf einem

Flugzeugträger zu landen. Sie sehen groß aus, aber wenn du drauf landen mußt, werden sie klein wie eine Erbse. Eine Erbse mitten im Meer. Und du mußt auf diese Erbse runter. Ha! Picknick! Sollen sie doch selber zum Picknick gehen, anstatt uns zu schicken!«

»Hören Sie doch bloß auf mit diesem *uns*!«

»Aha! Man hatte es mir ja gesagt, als ich fragte: Was ist das für eine Type, die da über die Astronauten schreibt? Eine Type zum Einsperren, sagte Dick Gordon, die wird wütend, wenn man im Plural redet. Kinder! Wissen Sie, daß Sie aber wirklich so eine Type sind, die man einsperren sollte? Entschuldigen Sie, aber wie soll ich's denn sagen? Ich bin ja nur eine Maus in diesem Ding hier, und für dieses Ding sind praktisch Tausende von Personen verantwortlich, und Tausende stehen hinter mir. Meine Verantwortung ist identisch mit ihrer Verantwortung: Wie kann man da *ich* sagen statt *wir*? Auf dem Mond ist es dasselbe. Man geht zu dritt, nicht einer allein. Sie werden doch keine von denen sein, die uns als Helden behandeln?«

Du weißt, wie ich darüber denke, Vater: Meiner Ansicht nach sind sie Helden. Aber am Abend vorher hatte ich in meinem Zimmer im Kings Inn zufällig einen Fernsehvortrag von Professor John Dodds von der Standford University gehört. Und dieser blasse alte Herr mit dem Gesicht eines Engländers hatte etwas gesagt, das zum Nachdenken zwang. Heutzutage, hatte er gesagt, herrscht eine große Begriffsverwirrung, was Größe und Heldentum betrifft: Berühmtheit wird oft mit Größe verwechselt und Kühnheit mit Heldentum. Tatsache ist, daß Größe immer schwieriger wird, weil es immer schwieriger wird, aus eigener Kraft etwas hervorzubringen und den Dingen entgegenzutreten. Gandhi brachte sich aus eigener Kraft hervor und trat allein den Dingen gegenüber. Lincoln brachte sich aus eigener Kraft hervor und trat allein den Dingen gegenüber. Churchill brachte sich aus eigener Kraft hervor und trat allein den Dingen gegenüber. Kennedy nicht: Hinter ihm standen der Apparat der Partei, des Kongresses, die Milliarden. Nur dem Tod trat er allein gegenüber, und das gab ihm wieder Größe. Dasselbe ließe sich vom Heldentum sagen. Viele Leute, hatte Professor Dodds ausgeführt, nähmen die Astronauten als Symbol modernen Heldentums. Räumen wir ein, das wäre richtig:

Was ließe sich daraus schließen? Daß der Held heute nicht mehr allein ist. Der Held ist heute eine Gruppe von Helden. Der Begriff des Helden schließt aber eigentlich den Begriff der Einsamkeit ein: Der Held ist gerade darum ein Held, weil er einsam ist. Eine Gruppe ist heroisch, aber kein Held. Und wer ist heute einsam? Niemand, außer dem Rebellen. Schlußfolgerung: Es gibt in der Welt von heute nur noch einen Heldentyp, und das ist der Rebell.

»Haben Sie gestern Professor Dodds im Fernsehen gesehen?« fragte ich. »Kanal sieben, 23 Uhr 30.«

»Nachts schlafe ich«, antwortete er. »Ich gehe um neun Uhr zu Bett und höre nicht Professor Dodds zu. Warum?«

»Nur so. Er hat einen Vortrag über den Begriff des Heldentums gehalten. Wer ist heutzutage Ihrer Meinung nach ein Held?«

Mein Bruder kratzte sich den Anker: aber diesmal nicht, um ihn mir in Erinnerung zu rufen. Sondern einfach, um sich zu kratzen. Manchmal hilft ihm das beim Denken. Dann zuckte er unschlüssig die Achseln.

»Pah!« sagte er. »Warten Sie ... Pah! Ein Held ist zum Beispiel einer, der sich umbringen läßt, um nicht einen andern umbringen zu müssen. Verstehen Sie, was ich meine?«

»Ich verstehe.«

»Und dann ... nun ... also ... Wenn Sie es wirklich wissen wollen, meiner Meinung nach ist ein Held nicht einmal der, der sich umbringen läßt, um nicht einen andern umbringen zu müssen: Denn vielleicht läßt der sich nur umbringen, weil er den andern gern hat und weil er hofft, in den Himmel zu kommen, und dann zählt es nicht. Kurz, er ist dann kein Held mehr. Nun ... also ... Wenn Sie es wirklich wissen wollen, meiner Meinung nach ist der ein Held, der in der Unterhose auf die Straße geht, weil er für etwas demonstrieren will, an das er glaubt.«

Was sagst du dazu, Vater? Es war nicht einmal notwendig, ihn zu fragen, ob er eine Schildkröte sei. Wirklich überflüssig. Ich kannte die Antwort bereits, während ich mich zu seinem Ohr beugte.

»Are you a turtle?«

»Darauf kannst du schwören, bei ...«, schrie er überglücklich.

Die Eidesformel, das Losungswort von uns Schildkröten.

27. Kapitel

Am folgenden Tag war in Amerika Muttertag, und das Restaurant der Kings Inn wimmelte von amerikanischen Müttern, die hier ihr Fest begingen. Die amerikanischen Mütter
trugen hochgeschlossene Organzakleider mit sehr weitem
Rock und in ganz verschämten Farben: bonbonrosa, giftgrün, kanariengelb. Überdies trugen sie Hütchen, die mit
Blumen und Obst, Fähnchen und Gemüse geschmückt waren, und in ihrer Begleitung befand sich jeweils ein Ehegatte
mit gehorsamer Larve: Er paßte auf die Kinder auf. Einige
der Frauen waren alt und andere jung, einige häßlich und
andere schön, alle aber hatten etwas Falsches, etwas Böses an
sich, und der Gedanke, daß aus ihrem Schoß die Kinder der
Zukunft kamen, war unerfreulich. Aus ihrem Schoß: Es ist
fast nie von Frauen die Rede in diesem Buch, Vater, die
Frauen sind vom Weltraumabenteuer so gut wie ausgeschlossen oder auf den Posten der Sekretärin verbannt, wie
Sally Gates. Aber wenn du sie dir anschaust, sie befragst,
dann verstehst du auch, warum: Weil es ihnen völlig egal ist,
was uns erwartet. Sie sind weder dafür noch dagegen, sie
sind eben dabei, passiv, wie die Arbeiter von Garrett: Der
Vormarsch des Menschen im Kosmos reduziert sich für sie
auf die Eroberung neuer Haushaltsmaschinen, automatischer
Kochtöpfe, vollautomatischer Waschmaschinen, Volau-vents
haltbar bis 1995, Komfort. Sonst nichts. Aus solchem Schoß
wird der Sohn kommen, der auf dem Mars, auf Alpha Centauri, wer weiß wo, sterben wird: Und ihr ganzer Beitrag
sind gut funktionierende Eierstöcke. Ja, ich weiß, im gegebe-
nen Moment werden sie ihren Männern nachfolgen, werden
sie mit ihnen gehen, um diese fernen Welten zu besiedeln,
werden ihre Sache sogar sehr gut machen: Ich weiß. Sie
haben das in Amerika schon einmal gemacht, als sie mit
ihren Männern auf die Indianer schossen. Aber wenn der
Moment kommt, werden wir gewahr werden, daß sie mit
wenigen Ausnahmen, einer Astronomin hier, einer Geologin
dort, einen Dreck geleistet haben, um dieses Privileg zu verdienen. Wie die andern großen Unternehmungen, die Entdeckung neuer Kontinente und die Kriege, bleibt auch der
Mond reine Männersache.

In einem schwarzen, ziemlich ausgeschnittenen Kleid dachte ich an meinem Tisch also über diese Dinge nach, und die amerikanische Mutter antwortete mit Blicken voller Feindseligkeit, näherte dann ihren Hut dem Hut einer andern amerikanischen Mutter und kommentierte meine Existenz mit indignierten Handbewegungen. Warum war ich allein? Warum entweihte ich mit meinem skandalösen Kleid diesen Festtag? Wen suchte ich? Wen erwartete ich? Wen stahl ich? Und dann, sieh doch nur: Sie raucht! Ein Typ wie ich, der ein Lokal mit einer Zigarette betritt, wird von der amerikanischen Mutter als unanständig, als Gefahr betrachtet.

»Es muß eine Schwedin sein. Die Schwedinnen laufen so allein herum.«

»Aber nein: Siehst du denn nicht, wie klein sie ist? Eher eine Französin.«

»Nicht schlecht, diese Französinnen. Erinnerst du dich an die Frau von George? Nun, diese Französin ...«

»Was du nicht sagst!«

»Ja – Ehrenwort!«

Und inzwischen ertränkten sie mich im Niagara ihrer Milch, peitschten mich aus mit ihrer überschäumenden Fruchtbarkeit, steinigten mich in ihrem Getuschel mit dem Vorwurf Tausender nie geborener Kinder. Wenn einer ihrer Gatten versehentlich oder zufällig den Blick auf mich richtete, fühlte ich mich verloren.

»Wohin guckst du, Darling? Wen suchst du?«

»Ich? Nichts, niemanden.«

»Papa! Was hat denn die da gemacht, Papa?«

»Nichts hat sie gemacht, sei ruhig!«

»Mammy! Was hat die da gemacht, Mammy?«

»Geht dich nichts an, sei ruhig!«

»So daß die Frau von George ...«

»Ich würde zu gern wissen, was sie denkt ...«

Ich dachte an Mutter. An Mutter, die noch nie ein Organzakleid getragen hat, weder bonbonrosa noch giftgrün oder kanariengelb, und die dich noch nie gezwungen hat, ihre Kinder im Arm zu halten, und die noch nie in den Genuß von automatischen Kochtöpfen gekommen ist, von vollautomatischen Waschmaschinen, Vol-au-vents haltbar bis 1995 und anderem Komfort, sondern nur immer gearbeitet hat, ohne einen Hut zu tragen, ohne je zu dir zu sagen, geh mit mir ins Restaurant, ohne etwas von Mars und Alpha Centauri zu wissen, und die mir trotzdem damals vorwarf, daß ich keine Taube heilen konnte und also meine Träume von Mars und Alpha Centauri nicht verdiente. Was machte wohl Mutter um diese Zeit? Rechnen wir nach: Sie schlief. In Italien war es Nacht, und sie schlief. Beim Abendessen hatte wohl euer übliches Gespräch stattgefunden: »Wo mag wohl unsere Tochter sein, mit all diesen Flugzeugen?« Und du: »Wo soll sie schon sein? Irgendwo in der Gegend und wieder was anstellen.« – »Ach, das arme Ding. Warum redest du so! Ach, wenn sie mich doch wenigstens anrufen würde!« – »Telefonieren aus Amerika kostet einen Haufen Geld, was glaubst du denn?« – »Ich weiß, ich weiß. Aber sie hatte es mir doch versprochen. Ob sie richtig ißt?« – »Die ißt und trinkt und überhaupt. Keine Sorge.« – »Ich mach mir aber Sorgen. Ich bin schließlich ihre Mutter!« – »Sie ist aber kein Kind mehr: Sie ist eine Frau.« – »Für mich bleibt sie immer ein Kind.«

Ich stand auf, setzte mich tausend Blicken aus, die mich durchbohrten, und rief Sally an. Ich bat sie zu kommen, mich der Mißbilligung dieser fruchtbaren Gebärmütter zu entreißen. Sally kam sofort, auch sie in Schwarz, auch sie dekolletiert, und ihre furchtbaren grünen Augen signalisierten Krieg.

»Ciao, alte Sünderin.«

»Ciao, Sally«.

»Machen sie dir Angst, eh?«

»Ja, Sally.«

»Du findest sie heute überall mit ihren Hüten: diese wandelnden Beleidigungen der Mutterschaft. Mütter künftiger Sklaven, künftiger Trottel, bestenfalls Roboter. Sie sind die grausamsten Hüterinnen des Systems, die erbarmungslosesten Feinde von uns Schildkröten. Übrigens: Wie ist es gestern gelaufen?«

»So einigermaßen. Aber ich habe zwei Brüder gefunden. Und ich habe sie adoptiert. Einen haben sie mir gleich wieder weggenommen, der andere ist mir geblieben, Schildkröten.«

»Pete und Theodor!«

»Genau.«

»Und Edward nicht? Er gehört zu meinen Lieblingen. Bei der zweiten Auswahl spielte ich für diese neun das Kindermädchen, und ich kann dir versichern, daß mir Edward das Herz brach. Er gleicht meinem ältesten Sohn. Ich schwöre dir, er ist auch eine Schildkröte.«

Ich erklärte ihr, der Engel sei nach einer Erscheinung von knapp acht Minuten in Weihrauch entschwunden. Ich hatte ihn eben fragen wollen, ob er eine Schildkröte sei, aber der Bürokrat hatte es vereitelt.

»Er ist eine. Und Dick Gordon?«

Ich erklärte ihr, daß ich auch bei Dick Gordon, weißt du, dem Typ, der Berto ähnlich ist und alles kann außer Drachenbauen, auch bei ihm nicht dazu kam zu fragen.

»Er ist eine Schildkröte. Und noch andere sind es.«

»Immerhin, zwei Brüder sind viel. Nicht, Sally? Man kann nicht sagen, von der zweiten Etappe in Houston, Texas, hätte ich nichts gehabt. Und dann bist da ja auch du.«

»Mhm.« Sally schnitt ein Gesicht, um mich nicht merken zu lassen, daß sie gerührt war.

»Zwei Brüder und eine Schwester.«

»Mhm. Wann fährst du nach Las Cruces?«

»Morgen. Und mit Freuden. Ich hasse diese Stadt, Sally. Ich hasse sie.«

»Ich auch. Vergiß nicht, daß ich in Philadelphia geboren und in San Francisco erzogen worden bin.«

Von den Hüten mit Blumen und Obst, Fähnchen und Gemüse kamen die ersten Kommentare.

»Die ältere ist in Philadelphia geboren und in San Francisco erzogen worden.«

»Es wird ihre Tante sein.«

»Gott bewahre. Siehst du nicht, daß sie sich nicht ähneln?«

»Aber ja. Ist die gleiche Sippschaft.«

»Wie ich dir sagte, es kam schließlich so weit, daß George ...«

»Neeein!«

»Und sie war steril, denk nur! Steril! Steril!«

»Komm, raus aus diesem Schweinestall«, sagte Sally laut.

Von den Hüten purzelten, wie von einem Sturm entwurzelt, Samtmargeriten und Papiererdbeeren, Seidenfähnchen und Plastikzwetschgen. Ein Kind schrie. Ein Ehemann fiel in Ohnmacht.

Die Kinder von Houston, Vater. Die Ehemänner der Zukunft. Kurz bevor Sally wegging, kam Bob, um mir guten Tag zu sagen, zusammen mit einem sehr dicken Buben, der Bobby hieß und sein Sohn war: zwölf Jahre alt. Ich hatte mich mit Bob ausgesöhnt, und obwohl ich meine Ansicht über ihn beibehielt (zu verängstigt und unterwürfig gegenüber dem System) und er seine Ansicht über mich ebenfalls (eine anspruchsvolle, undankbare, grobe Person), verkehrten wir wieder miteinander. Darum also der Besuch von Bob und Bobby: der eine seltsam niedergeschlagen, der andere sichtlich gelangweilt.

»Ich habe ihn mit Neil Armstrong, dem Astronauten, im Flugzeug mitgenommen«, fing Bob an zu erklären.

»Puuh!« kommentierte Bobby.

»Er war noch nie geflogen und hatte noch nie einen Astronauten gesehen«, fuhr Bob fort. »Neil hat einen phantastischen Flug mit uns gemacht. Er ist sogar im Sturzflug runter.«

»Puuh!« kommentierte Bobby.

»Ich war ganz aufgeregt und hatte großen Spaß. Er hat nicht mit der Wimper gezuckt. Hat sich nicht gewundert, war weder erschüttert noch eingeschüchtert, nichts. Nach der Landung fragte ihn Neil: ›Hat es dir gefallen, Bobby?‹ Weißt du, was er geantwortet hat? ›Nicht übel.‹ Das war seine ganze Antwort. ›Nicht übel.‹ Was ist bloß mit diesen Kindern los?«

Er wandte sich zu Bobby, der meine Streichhölzer anzündete und fortwarf, bis sie alle aufgebraucht waren.

»He? Was ist bloß los mit dir? Hast du was?«

»Ich will ein Eis«, brabbelte Bobby. »Vanille.«

Ich ließ das Eis kommen. Eine riesige Portion Eis mit einer Kirsche obendrauf. Er nahm die Kirsche und warf sie in die Blumenvase. Im Eis löschte er die Streichhölzer aus, und Bob sagte nichts, überhaupt nichts. Vielleicht dachte er an seine Frau. Auch ich dachte übrigens an seine Frau. Ich hatte sie nie gesehen, aber ich kannte ihre Stimme, ich konnte mir den Streit vorstellen, den es gegeben hatte, bevor Bob das Haus verlassen hatte. »Morgen fährt sie ab, vielleicht sollten wir sie einladen.« – »Ah, so? Soll-ich-mich-etwa-so-zeigen-siehst-du-nicht-daß-ich-nichts-anzuziehen-habe?« – »Soll ich lieber mit ihr irgendwo hingehen?« – »Ah, so?!?

Du-willst-mich-also-am-Muttertag-allein-lassen-und-mit-ihr-ausgehen?!« – »Aber es ist doch, zum Kuckuck, eine Bekannte! Nur eine Bekannte!« – »Bekannte! Ich-kenne-deine-Bekannten!« – »Also gut. Ich gehe mit Bobby ein biß-chen raus. Bis nachher.«

Bobby nahm das Eis, das zu einem großen Aschenbecher geworden war und in dessen gelblicher Flüssigkeit Zigaret-tenkippen schwammen, schüttete es in die Blumenvase: der Kirsche hinterher. Bob stand auf, um zu gehen.

»Also leb wohl, auf Wiedersehen.«

»Ciao, Bob.«

»Es tut mir leid, daß du heute abend allein essen mußt. Ich hätte dich gern eingeladen, aber...«

»Macht nichts, Bob, macht nichts.«

»Also habe ich einen Freund gebeten, an meiner Stelle mit dir essen zu gehen.«

»Aber Bob! Hör doch auf!«

»Sieh, er weiß alles, wirklich alles über den Mars. Er leitet das Büro des Marsprojekts.«

»Bob, ich habe genug vom Mars. Stuhlinger hat mir alles über den Mars erzählt. Ich will ihn nicht sehen, deinen Freund.«

»Aber er ist schon hier an der Bar und wartet auf dich!«

Der Freund von Bob, der das Büro des Marsprojekts lei-tet, hieß Bill. Er war fünfunddreißig, sah aus wie fünfzig und war frei und disponibel, weil kürzlich geschieden. Er be-trachtete sich als einen Intellektuellen, und um mir das zu beweisen, führte er mich geradewegs in die Universität, wo eine Debatte über die Beziehungen zwischen Kommunismus und Religion stattfand. Die Debatte fand in einer Aula statt, und es nahmen daran teil: ein rotgekleideter alter Mann, eine Frau, die strickte, eine weitere Frau, die nichts tat, zwei Männer, die häkelten, weiß der Himmel wieso. Ihre Beiträge waren genauso wie die, die ich als Mädchen in der Ober-schule gehört hatte: Sie wiederholten, daß die Kommunisten eine religiöse Sekte sind, daß die kommunistische Organisa-tion nur die katholische kopiert, und andere Gemeinplätze. Ihnen kamen sie neu vor. Unglaublich, daß man in dieser Weltraumkultur noch nicht weiß, was man bei uns schon in der Oberschule weiß! Und sie hantierten mit diesen neuer-worbenen Begriffen in geradezu obszöner Wollust: reine

Onaniererei. Nur selten hatte ich an solch einem Spektakel kultureller Masturbation teilgenommen. Als alles vorbei war, entschloß sich unser Bill, mir Bobs Essen zu spendieren, und traktierte mich währenddessen mit seinen Ansichten über Technologie. Er sagte, der Weg zur Freiheit führe einzig und allein über die Technik: das einzige Übel daran sei, daß sie nicht genügend angewendet würde. Freiheit sei vor allen Dingen Befreiung von Arbeit, und die Maschinen arbeiteten noch nicht genug für uns. Das Wochenende dauerte ja bloß zwei Tage, sagte er, und es müßte mindestens vier Tage dauern: von Freitag bis Dienstag. Der wahre Sozialismus, sagte er, lasse sich nur durch die Technik entwickeln: Wir müßten lernen, reich zu sein. Reichtum sei Freiheit. Freiheit war für ihn etwas zum Essen: Es gibt viele Leute, für die die Freiheit etwas zum Essen ist, nicht wahr, Vater? Jetzt wußte ich es: Er erinnerte mich furchtbar an HR. Es fehlte nicht viel, und er hätte zu schreien angefangen, man müsse New York, San Francisco, London, Paris und Florenz ausradieren, um sie bequemer, zweckmäßiger, sauberer wiederaufzubauen. Genauer gesagt, er schrie es tatsächlich. Er war, wie mir scheint, sauer auf London, weil er dort einmal einen Floh erwischt hatte. London sei alt, im Alten gediehen die Flöhe, um die Flöhe auszurotten, müsse man London zerstören, aber ich hörte ihm nicht zu. Ich dachte an eine Geschichte, die du mir erzähltest, als ich ein Kind war: die Geschichte vom Sünder, der in den Himmel kommt. Der Himmel ist bequem, zweckmäßig, sauber und der Sünder tut nichts anderes als essen und schlafen, bedient von emsigen Robotern. Allmählich aber wird ihm das Essen und Schlafen und Bedientwerden verleidet: Er will arbeiten, will etwas tun. »Das geht nicht«, sagt der Engel. – »Ich bitte dich, Engel! Laß mich doch!« – »Das geht nicht!« sagt der Engel. – »Nur zum Beispiel: diesen Apfel selber pflücken!« – »Das geht nicht«, sagt der Engel. – »Aber ich habe doch zwei Hände, zwei Arme! Laß sie mich doch benutzen!« – »Das geht nicht«, sagt der Engel. – »Wo bin ich denn eigentlich? In der Hölle?« – »Natürlich bist du in der Hölle«, sagt der Engel. »Wo denn sonst?«

Ich erzählte ihm die Geschichte, und er sagte, ich sei eine Reaktionärin. Wir gerieten darüber in Streit, und er brachte mich schließlich ins Hotel zurück. Wütend kam ich dort an und vergaß, Mutter wie versprochen anzurufen. Ich rief am Morgen an, und die Verbindung kam lange nicht zustande. Ich bat, man möge sie mir zum Flugplatz umleiten, und dann war irgendwas falsch verbunden. Als Mutter in der Leitung war und rief: »Hallo, bambina mia, wie geht's dir, hallo«, antwortete eine gelangweilte Stimme: »Was will denn die? Was sagt sie?«, und mein Flugzeug startete bereits nach El Paso. Mutter weinte.

28. Kapitel

Kakteen und Mesquitebäume, endlose Weiten weißen Sandes und eine einzige Einöde weit und breit: kein Haus, keine Baracke, nicht eine Pfütze – nur Stille und Trostlosigkeit, Trostlosigkeit und Stille. Das war also New Mexico: das Laboratorium der Raumfahrt, die Wiege der neuen Zivilisation. Hatten sich wirklich hier die Schlachten zwischen den Pionieren und den Indianern abgespielt, die tollen Fahrten der Planwagen, die wütenden Attacken der Apatschen? Hatten sich wirklich hier Sheriffs und Banditen Kämpfe geliefert und Billy the Kid auf den Sheriff Pat Garrett geschossen? Ja, gewiß. Aber das war Vorgeschichte. Die Geschichte begann dort unten in den Dünen von Alamagordo, wo das Große Loch vom 16. Juli 1945 klafft: dem Tag der Bombe, weißt du noch? Sie hängten sie an der Spitze eines dreiunddreißig Meter hohen Turmes auf, zogen sich in den Bunker aus Stahlbeton zurück, betätigten einen kleinen Hebel, und: eine teuflische Explosion, ein Pilz, aus dem ein weiterer Pilz aufstieg und dann noch einer. Auf dem Boden blieb eine runde, vibrierende radioaktive Narbe zurück. Da unten, in den Dünen von Alamagordo. Irgendein Idiot wollte dort ein Denkmal errichten. Irgendein Heiliger wohl hat es verhindert. Das Große Loch, von Unkraut überwachsen, überall TNT-Splitter, war jetzt ein Stacheldrahtkreis, der das Nichts inmitten des Nichts umschloß. Das Nichts. Ich sah es nicht, und ich war froh darüber: Es gab Besseres, Vater. Es gab die Stadt Juarez, das richtige Mexico. Sombreros, Stiefel mit Sporen, Tequila, der Schmutz, der uns, die wir uns ja waschen, so gefällt, die Trägheit, die uns, die wir alle immer hetzen, so gefällt. Die Grenze zwischen El Paso und Juarez ist ein offenes Tor: Die amerikanischen Bürger passieren es, indem sie USA sagen, ich zeigte meinen Paß, und man sagte mir, das sei hier nicht nötig.

»¡ Hage como le gusta a usted, no se incómode, guapa!«

»¡ Muchas gracias, señor!«

»¡ De nada, de nada!«

»¿ Se va por aquí a la Plaza Grande?«

»Todo derecho, guapa.«

Das gefiel mir von Herzen: spanisch zu sprechen. Das war eine Wonne: Bürgersteige entlangzuschlendern, die wie Bürgersteige aussahen, zwischen rotznasigen Kindern und Frauen in roten und knallgrünen Kleidern; irgendwo singt eine Stimme *Hay luna y mi corazón te llama:* der Mond scheint, und mein Herz ruft nach dir. Das war ein Trost: dieser Geruch von Schweiß und Knoblauch. Zum Teufel mit der Hygiene, den Desodorants, dem Kaugummi. Ohne diese Dinge fragt dich niemand, wer du bist, wo du hingehst, was du machst, ob du eine Diät befolgst oder nicht, ob du an Gott glaubst oder nicht, niemand hält dich an, weil du die Beine gebrauchst statt der Räder, niemand macht dich an: »Panne? Hilfe nötig?« Du erzählst ihnen: Ich bin gekommen, um Little Joe zu sehen, und sie glauben, du wolltest deinen kleinen Neffen namens Joe, Joselito, besuchen. Du erklärst ihnen, daß Little Joe nicht dein kleiner Neffe, sondern eine Rakete ist, und sie lachen: »Le doy a usted el pésame«, mein Beileid. Ein offenes Tor, eine freundliche Sprache, und innerhalb weniger Minuten läßt der Alptraum nach: Du bist ein anderer Mensch, Vater.

Ich weiß nicht mehr, wie lange ich auf der Plaza Grande saß, Tequila trank, diesem klagenden Lied *Hay luna y mi corazón te llama* lauschte, einer Taube zusah, wie sie auf die Schulter eines alten Mannes machte und er sie nicht wegscheuchte. Vielleicht eine Stunde, vielleicht zwei: Die Zeit hatte hier eine andere Länge, sie war kürzer. Sie war kurz wie die glücklichen Nachmittage, wenn du mit einem Menschen zusammen bist, den du liebst, und wo alles gut geht. Du glaubst, das müsse ewig dauern, aber da, plötzlich wird es schon dunkel: durch einen Satz, durch einen Blick. Bevor ich nach Las Cruces fuhr, wollte ich noch Fort Bliss sehen, die Baracken von Brauns und Stuhlingers. Ich stand ungern auf, und vielleicht war es darum, daß sie mir, als ich davorstand, nichts sagten: vermoderte Holzbaracken, eine Kaserne in der weiten Ebene. Ich brummte dem Taxifahrer zu, danke, in Ordnung, fahren wir weiter, und ich verließ El Paso schnell: eine weder neue noch alte, weder saubere noch schmutzige Stadt, die zum Verschwinden verurteilt ist wie ihr Fluß. Seit Jahren wachsen im Rio Grande nur noch Brennesseln, teils weil er umgeleitet wurde und teils weil er ausgetrocknet ist, und das Leben strömt nach Las Cruces: vierundvierzig Meilen von El Paso entfernt, 44 000 Einwohner, zusammengepfercht an der Kreuzung der Nationalstraße 70 mit den Nationalstraßen 80 und 85. Und von Las Cruces erreicht man White Sands, die Sandwüste für die Raketen. In Las Cruces trifft man sich, wenn die NASA für den Abschuß einer Rakete White Sands wählt. Früher war Las Cruces ein Touristenzentrum, ein Dorf rund um die Kreuze eines Massakers von 1848. Die Leute kamen her, um den Fiestas von Juli und Mitte September beizuwohnen, um die Höhlen von Carlsbad zu besichtigen, die noch Spuren aus der Zeit der Troglodyten aufweisen, um die Sonne zu genießen, die hier in einem ewigen Sommer strahlt und eine wohltuende, trockene, für kranke Menschen köstliche Sonne ist. Sie kamen her wegen der Pueblo-Indianer, die hirschlederne Kleider trugen, einen geheimnisvollen Dialekt sprachen, in dem *no* ja bedeutet und ein richtiges Nein gar nicht existiert, die die Toten und die Feen anriefen und sie um Regen baten und Geld als etwas Unsauberes betrachteten. Sie kamen her, um die roten, spitzen Orgelberge zu sehen, die noch nie ein Mensch betreten hatte, sie kamen her, um die Blumen zu pflücken, die mitten in der Wüste wachsen und nur eine Nacht lang blühen, sie kamen her, um sich in diesem Sande zu wälzen, der weiß wie Schnee und leicht wie Puder ist und wie Staub an einem hängenbleibt. Aber dann die teuflische Explosion und die runde Narbe, und alles wurde anders. Die Pueblos vergaßen die Toten und die Feen, zogen Hemden und Blue Jeans an, verlegten sich auf den Verkauf von TNT-Splittern im Plastikbeutel. Die Höhlen von Carlsbad wurden mit Fahrstühlen und mit Snackbars bereichert, wo man Würstchen ißt und Brause trinkt; das Militär besetzte White Sands vollständig, Las Cruces wurde, was ich jetzt vom Taxi aus sah, als ich von El Paso kam: eine häßliche Kopie von Florida und von Texas, Schilder mit der Aufschrift Off-limits, Asphalt, Motels. Mein Motel hieß »The Palms«, obwohl auch nicht eine Palme zu sehen war. Und es war absolut identisch mit dem Cape Colony Inn oder dem Kings Inn: ein Viereck von Zimmern rund um einen Hof mit Swimmingpool in der Mitte, viele automatische Zellen, in denen man verrückt werden konnte.

Jack, der Publicity-Mann, war schon da: mit anderen jungen Männern zusammen, die aus Houston, Los Angeles, Washington gekommen waren und den Auftrag hatten, der Presse zu erklären, wie wichtig der Abschuß von Little Joe war. Jack kam mir entgegen mit seinem müden Gang, seinem schläfrigen Gesicht, und belud mich unverzüglich mit Papieren, auf denen stand, daß Little Joe fünfzig Tonnen wog, daß er Little Joe hieß, weil er im Vergleich zu den anderen klein war, daß das Gebiet, das die Armee der NASA in White Sands überlassen hatte, neunzig Quadratmeilen groß war und daß die NASA mir für alles, was ich zu sehen wünschte, zur Verfügung stand.

»Und was gibt's denn zu sehen außer den Forschungslaboratorien und den Raketen, Jack?«

»Pah!« sagte Jack.

»Sie könnten eine Ranch sehen«, bemerkte ein baumlanger, stämmiger Bursche, von dem sich herausstellte, daß er ein Kollege Jacks war, Ben James. »New Mexico ist doch ein Rancherland.«

»Wo sind denn hier Ranches?« fragte Jack.

»Vor sechs Monaten war da eine, wenige Meilen von hier«, meinte Ben James.

»Vor sechs Monaten! Kann doch nicht wahr sein!« sagte Jack.

»Das ist schließlich nicht so arg lang«, murmelte Ben James verlegen.

»Ich würde sagen, es ist sehr lang«, schloß Jack. »So oder so: Willst du sie zur Ranch begleiten? Nur Mut, geh mit ihr zur Ranch. Los, geht doch!«

Und wir gingen, Vater.

Auf den ersten Blick war es eine schöne Ranch. Mit einem schönen Haus, einem schönen Garten, einem schönen Swimmingpool im Garten und einer Einzäunung für die

Kühe. Nur merkwürdig, daß bloß eine einzige Kuh da war: furchtbar mager, nur Haut und Knochen. Merkwürdig auch, daß der Swimmingpool ohne Wasser, dafür voller welker Blätter war.

»Es ist kein Wasser im Swimmingpool. Hast du gesehen, Ben?«

»Nein, er ist leer.«

»Und kein Vieh hier.«

»Nein.«

»Wo ist es denn?«

»Was weiß denn ich.«

»Und der Farmer, Ben, wo ist denn der?«

»Nirgends, offenbar.«

»Vielleicht im Hause. Probieren wir's?«

»Hm«, sagte Ben. Dann folgte er mir mit beschämtem, reuigem Gesicht, als dächte er, lieber Himmel, warum habe ich ihr bloß eingeredet, eine Ranch zu besuchen?

Das Haus war intakt. Die Küchentür war angelehnt, als wären die Bewohner eben hinaus aufs Feld gegangen. Auf dem Tisch lag ein kariertes Tischtuch, und darauf standen ein schmutziger Kochtopf, ein paar Teller und zwei, drei Gläser. Teller und Gläser standen auch auf dem Speiseschrank. Im Zimmer nebenan war das Bett aufgedeckt. An einem Haken hing ein Kleid.

»Ist da jemand?« rief ich.

Die Antwort war ein leises Klingeln von Gläsern. Ein Windstoß hatte die Tür zugeschlagen, so daß die Gläser klingelten.

»Ist da jemand?« wiederholte ich.

»Wer soll schon da sein«, brummte Ben ärgerlich. »Offensichtlich verlassen. Alle fort. Abgereist.«

»Fort? Abgereist?«

»Klar. Haben das Land an die Regierung verkauft und sind in die Stadt gezogen.«

»Und lassen alles so liegen?!«

»Warum nicht? Den Haushalt transportieren kostet mehr, als alles neu kaufen. Also drei, vier Koffer, und ab.«

»Aber Ben! Man hängt doch an den Sachen!«

»Unsinn. Romantiker wie du vielleicht. Praktische Leute nicht.«

Ich ließ meinen Blick auf dem Kleid ruhen, dann auf einem Paar Schuhe, die auch im Zimmer standen. Ich lauschte dieser unmöglichen Stille: Oder scheint die Stille nicht unmöglich, wenn da ein aufgedecktes Bett mit Laken – verstehst du, mit Laken – und Schuhe und ein Kleid sind? Ich wollte mich überzeugen, daß Ben sich irrte.

»Ben, wir ließen alles so stehen und liegen, wenn Bombenalarm war und wir weg mußten: während des Krieges. Wir hofften aber zurückzukehren. Vielleicht hoffen sie auch zurückzukehren.«

»Wo denkst du hin! Das ganze Gelände gehört der Armee, und früher oder später wird hier alles abgerissen. Zwei oder drei Bulldozer und weg damit.«

»Vielleicht kommen sie übers Wochenende, und wir sehen sie gleich.«

»Wo denkst du hin! Das ist hier eine Flugschneise, und man darf überhaupt nur untertags herkommen, die Raketen werden im Morgengrauen abgeschossen. Himmel noch mal, Jack hatte recht. Sechs Monate sind eine lange Zeit. Sehr lang sogar.«

Draußen leckte die Kuh in einer Schlammpfütze.

»Hau ab!« schrie Ben sie an, trat nach ihr und scheuchte sie aufgeregt mit der Hand fort.

»Warum? Laß sie doch! Warum?«

»Sie ist sicher radioaktiv oder so etwas. Faß sie nicht an. Hau ab!«

Die Kuh sah uns melancholisch und vorwurfsvoll an. Dann trollte sie sich dem Gatter zu mit ihrer ganzen ausgemergelten Haut. Wir kehrten zum The Palms zurück.

Im übrigen war das der richtige Tag, um im Palms zu sein. Was am Vortag eines Starts geschieht, konzentriert sich auf zwei Orte: die Abschußbasis und das Motel. Praktisch von der Raketengemeinde requiriert, verwandelt sich das Motel in eine Art Weltraumzitadelle, wo es spannend ist herumzuschlendern und die provisorischen Bewohner zu beschnüffeln. Die Typen der NASA beispielsweise, die, wenn sie dem Gefängnis von Houston entrinnen, ungezwungener und fröhlicher werden, fast wie auf einer Klassenreise, kurz: Sie haben diesen Helm nicht mehr auf. Dann die Vertreter der

Lieferfirmen, von North American, von Garrett, von Douglas, von den Firmen also, die an der Konstruktion der Rakete beteiligt sind. Die sind noch komischer, denn sie sehen dich an, als wollten sie sagen: Das ist *mein* Werk, was denkst denn du? Sie gleichen Ehemännern, deren Frau ein Kind bekommt: Wird es ein Junge, mein Gott, oder ein Mädchen, mit Kaiserschnitt oder ohne? Und erst die Journalisten. Die kannst du dir vorstellen, denn du kennst ja einige, nicht wahr? Journalisten sind immer eine Katastrophe, wenn sie auf einem Haufen sind. Nichts paßt ihnen, machen alles schlecht, wegen jeder Kleinigkeit machen sie ein Theater und benehmen sich, als hielte die Welt in Erwartung ihres erlauchten Urteils den Atem an; die Weltraumjournalisten aber sind die allerschlimmsten. Das erste, was dir klar wird, wenn du sie siehst beziehungsweise hörst, ist, daß natürlich sie die Raketen erfunden haben: Wie dumm von den Wissenschaftlern, sie nicht um Rat zu fragen. Ah, hätte von Braun sie bloß angerufen und gefragt: Entschuldigen Sie vielmals, entschuldigen Sie, wenn ich Sie störe, aber würden Sie dieses Schräubchen nehmen? Und wenn es gar Journalistinnen sind: Es lohnt sich, sie zu sehen. Aus irgendwelchen mysteriösen Gründen wurden sie in diese Affäre verwickelt, erfuhren, daß man aus flüssigem Wasserstoff Treibstoff gewinnen kann, und das war, wie wenn man den Muselmaninnen den Schleier abnimmt: Es entfesselte sie. Sie sind nicht einen Moment still, sie erinnern dich dauernd daran, daß sie etwas wissen, auf den Pressekonferenzen stehen sie empört auf und fragen die Astronauten: »Aus welchem Grunde habt ihr einen Treibstoff verwendet, der durch den Rehabilitationsquotienten 95 nur einen Schub von 750000 statt 751000 Tonnen entwickelt?« Die Astronauten schauen einander an und stottern: »Tja. Warum?« Die Astronauten sind die Lieblingsopfer dieser Neunmalklugen: Wäre Einstein persönlich anwesend, die Weltraumjournalistinnen würden sich trotzdem an Slayton Cooper Schirra halten. Nur um aufzufallen, verstehst du? Und nun zu den Astronauten.

Überflüssig zu sagen, daß sie die Stars der ganzen Angelegenheit sind, der Grund, warum Männer Frauen Kinder aus den anderen Motels am Tag vor dem Start ins Motel der NASA strömen, getrieben vom jähen Verlangen, in diesem Swimmingpool zu baden, in diesem Restaurant zu essen, in dieser Bar etwas zu trinken. Die Astronauten wissen das, und obwohl sie die Rakete nicht unbedingt braucht, kommt es selten vor, daß sie dabei fehlen. Es gibt aber, wie du weißt, viele Astronauten, damals waren es neunundzwanzig. Wenn sie bei jedem Start alle dabei wären, kämen sie überhaupt nicht mehr zum Trainieren und Studieren, und auf den Mond müßten wir zwei gehen. Es kommen immer nur fünf oder sechs, höchstens sieben oder acht. Und das ist das Beste daran. Und zwar deshalb, weil man nie weiß, wen es trifft und wen nicht, und so sehen die Zuschauer aus wie Kinder zu Weihnachten: Mutti, was krieg ich diesmal? Wann ist Bescherung? Bescherung ist hier erst wenige Stunden vor dem Start der Rakete, wenn sie mit ihren Jets landen und alle miteinander ins Motel kommen: ein aufsehenerregender Auftritt. Aufsehenerregend schon deshalb, weil sie durchweg alle ihren blauen Raumanzug tragen. Sehr wirkungsvoll, dieser blaue Fleck, der sich vorwärts bewegt. Wenn er nicht blau ist, ist er orange und ebenso wirkungsvoll. Dann auch deshalb aufsehenerregend, weil sich in der Gruppe dieser fünf oder sechs oder sieben oder acht Astronauten fast immer mein Bruder befindet. Und mein Bruder ist nun mal ein Spektakel für sich. Und schließlich noch deshalb, weil der Hintergrund, vor dem sich dieser Auftritt abspielt, oftmals eine Cocktailparty ist: Am Vorabend eines Starts gibt es unweigerlich einen schicken Empfang im Motel, und zwar, sofern es nicht regnet, im Freien.

Diesmal also im Freien: direkt gegenüber dem Swimmingpool. Und das Publikum war schon sehr nervös, wie zu Weihnachten vor der Bescherung, als jemand darauf hinwies, daß es schon dunkel wurde: seltsam, daß die Astronauten noch nicht da seien. Von Houston zum Militärflugplatz von Las Cruces brauchte man doch nur drei Stunden und von dort ins Palms nicht einmal zwanzig Minuten. Jeder flog sein eigenes Flugzeug, und deshalb ...

»Was sagt denn der Kontrollturm?«

»Der Kontrollturm behauptet, er habe sie landen sehen.«

»Warum kommen sie dann nicht?«

»Das fragen wir uns alle.«

»Sie werden doch nicht in Juarez sein, bei Irma?«

»Wer ist Irma?«

»Ein ... ein Lokal, nicht? Ein Lokal.«

»Mit Slayton auf den Fersen? Wo denkst du hin!«

»Ist er auch dabei?«

»Er war es wenigstens.«

»Vielleicht hat man sie entführt?«

»Könnte schon sein.«

»Ich meine: wo Mexiko so nah ist.«

»Ich habe noch nie an die Friedensbereitschaft der Russen geglaubt.«

»Was sollen die Russen mit unseren Leuten anfangen, die können ja nicht einmal russisch.«

»Man bringt es ihnen eben bei, nicht?«

»Sie sind Patrioten: Sie lernen es einfach nicht.«

»Auch Powers war ein Patriot: Er hat es trotzdem gelernt.«

»Erzählt keinen Unsinn.«

»Sagt lieber, wie sollten sie zum Palms kommen?«

»Im Auto natürlich – was für eine Frage.«

»Und wer fährt?«

»Einer von ihnen, oder? Wer denn sonst?«

Jeder sagte das Seine, viele Gesichter wurden blaß: Der Gedanke, die Russen könnten sie geschnappt haben, um sie nach Mexico City und von dort nach Havanna und dann nach Moskau zu verschleppen, war für die meisten genauso schlimm wie der Gedanke, sie könnten sich bei Irma vergnügen, in dem Lokal also, in dem ein braver Familienvater nicht einmal Kaffee trinken dürfte. Und vergeblich suchte ich sie zu trösten: Na na, was ist schon dabei, wenn sie zu Irma gegangen sind? Immer noch besser Irma als Kuba. Oder nicht? Sie antworteten mir mit einem Blick, daß ich mir selber wie Irma vorkam. Es gibt Leute, glaub mir, die die Astronauten lieber an die Wand gestellt wüßten als in einem Bordell. Da kam einer angerannt.

»Man hat sie gefunden! Man hat sie gefunden!«

»Wo? O Gott, wo?«

»Im Straßengraben. Umgekippt!«

»Ist es schlimm? Sag, ist es schlimm?«

»Der Wagen ist vollkommen hin!«

»Sind sie tot?«

»Weiß man nicht, weiß man nicht!«

»Die Polizei! Ruft die Polizei!«

»Ein Arzt! Ruft einen Arzt!«

»Schnell! Los! Schnell!«

»Ich will auch mit! Ich auch!«

Sie fuhren los. Ich hätte mich angeschlossen, aber mir fehlte der Mut, Vater. Obwohl ich sie erst seit kurzem kannte, war es, als hätte ich sie schon immer gekannt, als gehörten sie zur Familie, Vater. Langsam, unaufhaltsam schlichen sie sich in meine Familie, in meine Zuneigung ein, und einige Minuten lang fühlte ich dieselbe Angst, wie wenn euch etwas zustößt: ein Unfall, eine Krankheit. Meine Gedanken flogen sogleich zu Theodor, das weiß ich noch. Auch zu Pete natürlich und zu Slayton, zu Schirra, sogar zu Shepard: vor allem aber zu Theodor. Theodor hatte ich am liebsten, schon damals, es hatte nichts zu sagen, daß unsere Begegnung kurz, ja sehr kurz gewesen war. Die Zeit nach der Uhr zählt nicht: Du kannst zwanzig Jahre mit einem Menschen zusammen leben, und er bleibt ein Fremder, du kannst mit einem andern zwanzig Minuten verbringen und ihn für immer in dir tragen. O Gott, der Satz von Wernher von Braun! »Mit fünfzigprozentiger Wahrscheinlichkeit sterben sie dort oben auf dem Mond. Mit ebenso großer Wahrscheinlichkeit kommen sie hier auf der Erde um, so wie die fahren.« Was war geschehen? Dann explodierte eine Stimme. Eine Stimme, die mir sehr vertraut war.

»Dieser Trottel! Dieser Idiot! Ich seh ihn, er sieht mich! Ich blinke, er blinkt! Ich nach rechts, er nach links. Der rast voll in uns rein, sag ich. Und dann rast der wirklich, dieser Hundesohn, dieses Arsch...«

Es war Pete. Völlig verdreckt. So verdreckt, wie ich es wohl nie mehr erleben werde. Erde, Öl, Dreck aller Art bedeckten Gesicht, Hände, den blauen Raumanzug, die spärlichen Haare: nun nicht mehr blond, sondern schwarz. Und hinter ihm die andern: Shepard, mit einem unvorstellbar beleidigten Gesicht, Gordon Cooper, Jim Lovell, also der Freund von Pete, und schließlich Slayton. Dann Schluß.

»He, Pete!«

»Dieser Trottel! Dieser Idiot! Ich seh ihn, er sieht mich! Ich blinke, er blinkt. Ich nach rechts, er nach links...«

»He, Pete!«

»Der rast voll in uns rein, sag ich, dieser Hundesohn, dieses Arsch...«

»Pete!«

»Oh! Hallo.«

»Pete! Und Theodor?«

»Was ist mit Theodor?«

»Ist er verwundet?«

»Ach was, niemand ist verwundet. Ich habe den Wagen herumgerissen, in den Graben, entweder der Wagen oder wir, habe ich mir gesagt, ich habe schnelle Reflexe. Was willst du von Theodor?«

»Nichts. Nur so. Ich fragte, ob er da sei.«

»Theodor, Theodor! Alle wollen Theodor! Ich bin doch da! Reicht das nicht? Jim ist auch da: Reicht das nicht?«

»Doch, natürlich. Ich meine nur, weil ...«

»Jim! He, Jim! Das hier ist Oriano vom Projekt Käse!«

»Oriana, nicht Oriano.«

»Oriano, oder bist du nicht mein Bruder?«

Jim machte eine Verbeugung. Er war groß, blond und wohlerzogen. Er hatte etwas Aristokratisches an sich, und man konnte gar nicht recht begreifen, weshalb er sich so gut mit Pete verstand. Vielleicht wurde er von ihm ein bißchen dominiert. Seltsam, wie sich große Männer oft von kleinen dominieren lassen. Ich würde mich auch von ihm dominieren lassen, das siehst du an der folgenden Geschichte. Ich erzähle sie nicht so sehr, um dir zu zeigen, in welcher Atmosphäre die hochberühmten Raketenstarts stattfinden, sondern vielmehr, um dir die Veränderung zu erklären, die in mir vorging. Korruption, bemerkst du. O. k., Korruption. Sagen wir Korruption dazu, wenn du willst, und das ist ein schleichender Vorgang. Wie beim Schnupfen. Du weißt nie, wie oder weswegen ein Schnupfen beginnt. Plötzlich mußt du niesen und merkst, du hast ihn. Dann versuchst du zu ergründen, wo habe ich ihn mir geholt, warum, diese Zugluft vielleicht, jener rauhe Wind, aber das führt zu nichts, du weißt nur, daß du dich nicht in acht genommen hast, leicht den Bazillen zur Beute gefallen bist und daß du es nicht verhindern konntest.

Slayton war mit Shepard und Cooper ins Restaurant gegangen, Pete, Jim und ich in ein Drive-in. Mein Bruder hat einen Tick mit Drive-ins, weißt du: diese Schuppen an der Straße, wo du eine Coca-Cola, einen Hamburger, eine komplette Mahlzeit haben kannst, ohne auszusteigen. Er behauptet, das Essen sei gut dort, er schätzt es genauso wie du die Gaststätten der LKW-Fahrer. Wir saßen also im Wagen und aßen und sprachen vom Projekt Käse: Jeder bei der NASA kannte es. Pete war davon richtig begeistert: Je mehr ich darüber nachdenke, sagte er lachend, desto überzeugter bin ich, daß unsere Geologen verdammte Lügner sind und daß der Mond nicht aus Felsen besteht, sondern unerschöpfliche Reserven von Käse mit Löchern hat. Doch, rief er plötzlich aus, der Plan hat einen Fehler.

»Habt ihr's gemerkt?«

»Ich nicht«, sagte Jim umgänglich.

»Weil du eine lange Leitung hast. Und sie auch. Aber es ist doch sonnenklar, hört mal! Das letzte Viertel des Mondes können wir nicht plündern.«

»Und warum nicht?« fragte Jim umgänglich.

»Weil wir Platz zum Landen und für den Start brauchen, ihr Dilettanten! Um zu klauen und wieder abzuhauen, müssen wir doch irgendwo aufsetzen.«

»Ach so. Verzichten wir eben auf das letzte Viertel«, sagte Jim umgänglich.

»Das ist auch ästhetisch besser. Mir gefällt das letzte Mondviertel besser als der ganze Mond«, bemerkte ich.

»Trottel! Und die Leute? Ein Viertel Mond, das immer da ist, erweckt doch mehr Verdacht als eine Mondfinsternis, oder nicht? Wenn der Mond völlig verschwindet, kann man immer noch behaupten, er hat genug davon, für unsern Planeten den Trabanten zu machen, und macht das jetzt woanders. Aber wenn das Viertel Mond dableibt, merkt jeder, daß wir die restlichen drei Viertel gestohlen haben.«

»Tja«, sagte Jim umgänglich.

»Und wem schiebt man die Schuld in die Schuhe? Mir natürlich. An allem, was passiert, bin immer ich schuld. Ich und niemand anders.«

»Wir müssen etwas anderes machen«, beschlossen Jim und ich im Chor.

Und wir machten uns auf die Suche nach etwas anderem. Es war ein schöner Maiabend, einer, wie du ihn gern hast, mit einer sanften Brise, die in den Haaren spielt. Die Enttäuschung darüber, daß Theodor nicht gekommen war, war schon fast vergangen, Pete und Jim ersetzten ihn mir mit ihrer Sympathie und Fröhlichkeit. Das einzige, was mir nicht gefiel, war das Getränk, das Pete uns aufzwang: dieses

Rootbeer, das ich schon erwähnt habe. Dieses Rootbeer ist eine schwarze Flüssigkeit, die von weitem wie Kaffee aussieht und mit Eis getrunken wird. Aber wenn du es trinkst, schmeckt es nicht nach Kaffee, sondern nach Medizin, Hustensirup oder so etwas. Nun, du weißt ja: Ich kann alles trinken, sogar Whisky, obwohl ich finde, er stinkt. In Persien habe ich einmal Granatäpfelwein getrunken: es ging. In Brasilien habe ich einmal Mate getrunken: es ging. In Japan habe ich einmal Reisschnaps getrunken: es ging. In Dakar habe ich einmal Kohltee getrunken: es ging. Beim Rootbeer aber ging es einfach nicht. Und doch war es gerade das, was unser Spiel in Gang brachte. War es überhaupt ein Spiel?

»Ich hab's«, verkündete Pete und leckte sich die rootbeer-feuchten Lippen. »Wir gründen die »Oriano-Pietro-Giacomo-Rootbeer-Corporation Limited« und vertreiben das Rootbeer auf andern Planeten. So werden wir reicher, als wenn wir den Mond klauen.«

»Und wie das?« fragte Jim umgänglich.

»Über eine Drive-in-Kette natürlich!«

»Eine Drive-in-Kette?!«

»Klar. Drive-ins ziehen in verlassenen Gegenden immer, du wirst mir nicht abstreiten, daß der Mond eine verlassene Gegend ist. Vielleicht sind auch die andern Planeten verlassen, dadurch...«

»Tatsächlich quält einen nichts so sehr wie der Durst, wenn man auf Reisen ist, geschweige denn in verlassenen Gegenden«, sagte Jim umgänglich.

»Diese Drive-in-Kette wird alle vom Durst erretten. Vom Durst, vom Hunger, von allem. Selbstverständlich verkaufen wir neben dem Rootbeer auch Würstchen, Gebäck, heiße Pfannkuchen. Ganz ungezwungen, versteht sich, ohne Messer und Gabel, ganz ungezwungen.«

»Messer und Gabel brauchen Pioniere nicht«, sagte Jim umgänglich.

»Der eine oder andere wird die Nase rümpfen, das ist vorauszusehen. Im richtigen Moment aber werden uns auch die Ästheten äußerst dankbar sein. Eines ist sicher: In einem Auto oder etwas Ähnlichem wird man ja auch auf den andern Planeten herumfahren. Und eine Gaststätte ab und zu sollte doch da sein.«

»O ja«, sagte Jim umgänglich.

»Und dann, wißt ihr was? Wenn wir es nicht machen, machen es andere. Warum also nicht wir?!«

»Das ist wahr!« stimmte ich zu.

Oder muß ich sagen, es rutschte mir heraus, Vater? Es entfuhr mir wie ein Niesen? Ein Niesen, ja. Denn, Gefühlsduselei beiseite: Was baust du, wo nichts ist, um zu überleben? Den Palazzo Pitti? Die Kathedrale von Reims? Du baust Stützpunkte, Vater, Gaststätten. Und die Gaststätten von heute sind die Drive-ins. Häßlich, gewiß, eine Beleidigung der Landschaft, einverstanden. Aber wenn du Durst hast, wenn du Hunger hast, suchst du nicht das Schöne, sondern das Nützliche, und fertig. Kein Palazzo Pitti, keine Kathedrale von Reims vermögen deinen Durst zu löschen, deinen Hunger zu stillen, die Drive-ins aber können es, die Drive-ins und basta. Nein? Sieh, Vater: In seiner ›Mars-Chronik‹ hat Ray Bradbury eine große Persönlichkeit geschildert, nämlich Parkhill, den Astronauten, der mit der vierten Expedition auf dem Mars landet. Sam Parkhill ist ungebildet, im Gegensatz zu Jeff Spender: dem Archäologen, der in die Silber- und Kristalltürme, in die Überreste einer großartigen antiken Zivilisation verliebt ist. Sam Parkhill macht sich nichts aus den Silber- und Kristalltürmen, aus den Ruinen der großartigen antiken Zivilisation. Er ist ein Tier, all das gilt ihm nichts, er zerstört es, wie HR oder dieser Bill in Houston. Wie aber Spender verzweifelt ausruft: »Wir Erdenmenschen haben das Talent, alles Schöne zu zerstören, wir werden diesen Kanal nach Rockefeller, dieses Meer nach Dupont benennen und Würstchenbuden bei den Goldsarkophagen aufstellen!«, da kommt aus dem Munde Parkhills ein schrecklicher, aber wahrer Satz: »Zum Teufel! Wir werden doch irgendwo bleiben müssen!« Und es ist Spender, der stirbt, und Parkhill, der überlebt. Mit dem Bösen? Mit dem Bösen. Mit dem Häßlichen? Mit dem Häßlichen. Ich habe jedenfalls nicht das Gefühl, daß er unrecht hat, wenn er seinen Stand mit Würstchen, Gebäck und Pfannkuchen aufstellt und dann zu seiner Frau sagt, die mit den Bierfässern nachgekommen ist: »Wir werden hart arbeiten müssen, Elma. Die Leute werden hierherströmen und essen wollen, Elma, und trinken wollen.«

»Es ist wahr, Pete«, wiederholte ich.

»Keine dumme Idee, oder?«

»Nein, gar nicht dumm.«

»Es werden keine Kunstwerke sein, aber praktisch, nicht?«

»Ja, Pete. Sehr praktisch.«

»Wir könnten ja auch ein Bild aufhängen«, schlug Jim umgänglich vor.

»Etwa eine Reproduktion eines schönen Gemäldes.«

»›Mona Lisa‹ oder die ›Drei Grazien‹.«

»Mona Lisa mit einem Glas Rootbeer in der Hand.«

»Die Drei Grazien, die um ein Faß Rootbeer tanzen.«

»Die schönen Dinge werden die Leute machen, die danach kommen.«

»Nachdem sie gegessen und getrunken haben.«

»Keiner von uns ist Sam Parkhill.«

»Sam wer?«

»Irgendeiner. Spielt keine Rolle.«

»Also, abgemacht?«

»Abgemacht.«

Und wir kehrten zum Palms zurück, alle drei übermütig wie Kinder. Im Grunde aber wußten wir, daß das Spiel eigentlich gar kein Scherz war oder daß doch der Scherz eine tiefe Wahrheit in sich barg. Über diese tiefe Wahrheit waren wir uns einig, und darum fühlte ich mich bei diesen beiden so wohl: Als wir in die Bar kamen, konnte ich sogar den Blick Slaytons aushalten, diesen Blick, der wie ein Vorwurf an die ganze Welt war, eine Anklage aus Stahl. Du blicktest auf diesen Stahl und entdecktest, daß er alles wußte: daß wir die Drive-ins auf den Mond bringen, daß wir den Weltraum mit unseren Würstchen und Törtchen verseuchen würden. Resigniert wartete er also. Und verlangte nur eins: hinzukommen, bevor wir kamen. Ich ging zu ihm wie Sam Parkhill zu Jeff Spender.

»Hallo, Baby.«

»Hallo, Deke. Was machst du?«

»Ich trinke Whisky.«

»Kommst du zu uns an den Tisch?«

Langsam erhob er sich von dem Hocker, auf dem er saß, schweigend folgte er uns zum Tisch mit seinem Whiskyglas:

Während er durch die Leute ging, starrten ihn die Frauen begehrend an, die Männer sahen aus, als schrumpften sie ein bißchen ein. Nur Pete schien ihm gewachsen zu sein, Pete, der so klein war neben ihm und doch so stark: Denn im Grunde genommen waren sie aus demselben Holz geschnitzt, es unterschied sie höchstens die Art ihrer Weisheit und Opferbereitschaft.

»Weißt du, Chef, wir haben die ›Oriano-Pietro-Giacomo-Rootbeer-Corporation‹ gegründet, um eine Drive-in-Kette auf dem Mond, dem Mars und den anderen Planeten zu eröffnen.«

»So?«

Aus weiter Ferne kam der Blick des Chefs zurück und richtete sich auf Pete wie ein Gewehr. Pete hielt ihm stand.

»Ja. Und damit's allen gefällt, hängen wir auch ein paar Bilder auf: die ›Mona Lisa‹ mit einem Glas Rootbeer in der Hand und die ›Drei Grazien‹, die um ein Faß Rootbeer herumtanzen.«

»So?«

»Mir scheint, er ist dagegen«, äußerte Pete zu Jim.

Jim hielt sich vorsichtig zurück. Ich wußte nicht, was ich sagen sollte. Ich hatte plötzlich all das Draufgängertum von Parkhill verloren.

»Er hat eben keinen Geschäftssinn, weil er graue Haare hat«, wiederholte Pete, immer noch von gleich zu gleich.

»Das ist nicht wahr«, sagte ich. »Sie sind braun.«

»Grau.«

»Braun.«

»Grau.«

»Sie sind grau«, brummte der Chef. Und beugte seinen Kopf, damit ich sie mir ansah. Der Kopf fühlte sich wie ein Plüschteppich an, weil die Haare ganz kurz geschnitten waren. Aber sie waren grau.

»Überzeugt? Zufrieden?« grinste Pete, nunmehr gerächt.

»Sie sind, wie sie sind, und sie stehen ihm ausgezeichnet so.«

Der Chef deutete eine Verbeugung an, um sich zu bedanken. Dann trank er wieder schweigend seinen Whisky. Hinten in der Bar spielte die Musikbox etwas Trauriges, zwei oder drei Paare tanzten. Aber es war, als ginge ihn das alles nichts an, als sähe und hörte er nichts. Tatsächlich schien er auf etwas zu lauschen, das nur er allein hörte, und bewegte die Lippen wie im Selbstgespräch.

»Heute nacht kommt Wind auf.«

Pete kramte in meiner Handtasche, nahm Kamm, Lippenstift, Identitätskarten, Haarnadeln heraus und legte alles rund um sein Pepsi-Cola-Glas herum auf. Er ließ sich nicht beirren.

»Ich habe nichts davon bemerkt.«

»Ich auch nicht«, sagte Jim umgänglich.

»Es kommt Wind. Hat schon angefangen«, wiederholte er lakonisch.

»Wie einer das macht, hier drin, in diesem Qualm, in diesem Krach zu sagen, daß Wind aufkommt, das weiß meine Großmutter«, brummte Pete und schnupperte an einem Fläschchen Parfum, ebenfalls aus meiner Tasche.

»Wind kommt auf, und es gibt einen Sandsturm.«

»Auch das noch! Gott behüte! Dann müssen wir nochmals sechsunddreißig Stunden hierbleiben!« kreischte Pete und räumte alles wieder in meine Handtasche.

»Warum? Startet die Rakete nicht?« fragte ich.

»Sie startet, sie startet«, trällerte Pete.

»Sie startet nicht. Aber um drei Uhr früh müssen wir trotzdem auf sein. Es wäre gut, ihr würdet alle schlafen gehen: Es ist schon Mitternacht.«

Er hatte den unmißverständlichen Ton eines Mannes, der es gewohnt ist, daß man ihm gehorcht, und auch ich hätte ihm gehorcht, wenn Pete nicht gewesen wäre.

»Twist! Sie spielen Twist!« rief Pete.

Ich ließ mich zu diesem Twist mitreißen, und als wir zum Tisch zurückkamen, war der Chef nicht mehr da. Draußen kam Wind auf. Dem Wind lauschend, schlief ich ein und träumte, ich sei Elma Parkhill, Inhaberin eines Drive-ins am Dupontmeer, das Drive-in sah genauso aus wie das, in dem ich mit Pete und Jim gewesen war: ein paar Holzlatten zu einer Baracke zusammengezimmert, und verschandelte die ganze Landschaft: blaue Wiesen unter einem weiten grünen Himmel, kristallene Städte mit goldenen Sarkophagen. Ich aber briet und briet, Würstchen und Pfannkuchen, zusammen mit Pete und Jim, und war glücklich. »Elma, wir werden dieses Jahr einen Haufen Geld verdienen«, sagte Sam Parkhill, und dann pinkelte er in einen goldenen Sarkophag.

»Viel Geld, Sam, viel Geld. Aber du darfst nicht in den Sarkophag pinkeln«, gab ich zurück und hob ein Faß Rootbeer hoch. Plötzlich kam Jeff Spender, der Archäologe der Expedition. Seine Haare waren grau, ganz kurz geschnitten, fühlten sich wie ein Plüschteppich an. Er richtete die Augen auf uns wie ein Gewehr, und sein Blick war ein Vorwurf an die ganze Welt, eine Anklage aus Stahl. »Ein Glas Rootbeer, Mr. Spender? Einen Pfannkuchen, Chef?« fragte ich. Aber er wies alles mit einer knappen Handbewegung zurück und antwortete mit einer Stimme, die auf einmal deine Stimme war: »Wir Erdenmenschen haben das Talent, alles zu zerstören. Ich hatte es dir ja gesagt, Oriana, daß die Menschen immer dieselben sein werden: auf der Erde, auf dem Mond, auf dem Mars. Du hast mich enttäuscht, Oriana. Du bist nicht mehr meine Tochter.« Dann lauschte Jeff Spender auf ein Geräusch, das nur er allein hörte, und sagte wie im Selbstgespräch: »Heute nacht kommt Wind auf und fegt eure verdammten Drive-ins weg.«

29. Kapitel

Um drei Uhr früh kam dann auch der Sandsturm. Und es war mein Bruder, der mir's ins Telefon schrie.

»Aufstehen! 'raus aus dem Bett, aufstehen! Es ist drei, und dieser Dämon hatte recht! Himmel! Der hat immer recht.«

»Wer denn, Pete?«

»Der Chef. Deke. Wer sonst? Wind, Sand, alles. Wenn du rausguckst, wirst du blind.«

»Dann schlafe ich weiter. Der Start fällt sowieso aus.«

»Die Meteorologen sagen, der Wind wird sich legen. Wenn er sich legt, startet man. Los, 'raus aus dem Bett! 'raus aus dem Bett!«

Es ist grauenhaft, mitten in der Nacht geweckt zu werden: Ich weiß nicht, wie diese Weltraumfahrer das machen. Sie wachen um halb drei, um drei Uhr auf, manchmal gehen sie erst gar nicht schlafen: Sie haben wirklich eine eiserne Gesundheit.

»Mein Gott, was 'ne Schinderei. Wo bist du, Pete?«

»Im verdammten Foyer. Abmarschbereit. Mit Jim. Wir werden die ganze Nacht in der Kälte stehen müssen, verdammt nochmal!«

»Und was macht ihr die ganze Nacht in der Kälte, verdammt nochmal?«

»Die Kapsel bergen. Ich warte mit Jim, bis sie runterkommt. Wenn sie runterkommt, berge ich sie. Wenn sie mir nicht auf den Kopf fällt.«

»Wer?«

»Die Kapsel. Vielleicht saust sie am richtigen Punkt runter, und da stehe auch ich, dann zerquetscht sie mich wie ne Fliege.«

»So weich doch aus.«

»Richtig. Daran hab' ich gar nicht gedacht, richtig. Du bist ein Prachtkerl, Bruder! Also, Ciao, he? Ciao. Hu, was für eine Kälte! Was für eine Kälte! Ich bin so klein, mir tut die Kälte weh.«

Es war wirklich kalt: diese stechende Kälte der Wüste. Schlotternd verließ ich mein Zimmer und ging ins Restaurant, um einen Kaffee zu trinken.

Das Restaurant war voll und die Tische gedeckt wie am Tag. Am Buffet gab es hartgekochte Eier, Braten, Pommes frites, ebenfalls wie am Tag, und die Leute standen mit dem Teller in der Hand Schlange, um sich zu bedienen. Ich war müde. Aber mich weckte etwas.

»Hallo, Baby.«

»Hallo, Deke.«

»Hast du geschlafen?«

»Nicht mal zwei Stunden.«

»Vor dem Start geht man ins Bett, nicht Twist tanzen. Iß.«

»Ich habe keinen Hunger.«

»Du wirst noch mehr als hungrig werden in der Kälte. Iß.« Er füllte mir den Teller wie einem störrischen Rekruten.

»Wird man starten, Deke?«

»Nein, wird man nicht.«

»Die Meteorologen sagen, der Wind würde sich legen.«

»Die Meteorologen deines Brüderleins. Die Meteorologen irren sich. Morgen früh sehen wir uns wieder und essen Frikadellen. Mach's gut, Baby.«

Bald danach fuhr er mit zwei Senatoren los, die als Vertreter des Kongresses nach Las Cruces gekommen waren, um dem Start beizuwohnen. Shepard und Cooper folgten in einem anderen Wagen. Jack erklärte mir, nur Pete und Jim seien mit dem Bergen der Kapsel betraut, die anderen Astronauten blieben mit Wissenschaftlern und Technikern in der Kasematte. Um das Motel herum herrschte ein Hin und Her von Autos und Bussen, eine allgemeine Aufregung wie vor einem großen Fußballspiel. Verhaltene, abgerissene Sätze im Dunkel, eilige Schatten, die auftauchten und wieder verschwanden. Als niemand mehr da war, nahm ich mit Jack im letzten Bus Platz. Es war niemand drin als wir und der Fahrer, ein junger Schwarzer. Widerwillig ließ er den Motor an und fuhr los. Jack saß hinten, um ungestört sein Schläfchen zu halten, ich vorn.

Vielleicht, weil es das erstemal war, daß ich dem Start einer Rakete zusehen sollte, vielleicht, weil ich in diesem Bus so gut wie allein und nicht von Gesichtern oder Geräuschen abgelenkt war, vielleicht weil mir wieder in den Sinn kam, was Theodor gesagt hatte: »... Es ist nicht gesagt daß Schönheit immer grün und laut sein muß, die Wüste ist gelb und ist trotzdem schön die Berge schweigen und sind trotzdem schön ich fahre oft nach White Sands, und es ist nicht wahr daß es dort häßlich ist. Schönheit will gesucht sein wenn du sie richtig suchst findest du sie, denn Schönheit ist überall auch dort wo nur Stille ist nur Einsamkeit Stille ist schön und Einsamkeit ist schön ...« – vielleicht war es auch all das zusammen, ich weiß nicht: Auf jeden Fall ist mir nie ein Tagesanbruch herrlicher vorgekommen als dieser, Vater. Was ich in Erinnerung hatte, war der Tagesanbruch in der Stadt: Schritte auf dem Pflaster, quietschende Bremsen eines Autos, eine Stimme. Oder das Morgengrauen im Wald: ein Vogel, der zu singen beginnt, ein raschelnder Zweig, ein tausendfaches Murmeln von unsichtbar wiedererwachendem Leben. Oder es war der Tagesanbruch am Meer: das Plätschern der Wellen, Liebkosungen des meerfeuchten Windes, eine fliegende Möwe. Der Tagesanbruch in der Wüste ist anders. Schweigend, unbeweglich, versteinert, ohne Leben, ohne Töne. Morgendämmerung war hier Morgendämmerung und sonst nichts. Hier sangen keine Vögel. Hier raschelten keine Zweige. Hier plätscherten keine Wasser. Hier hörte man keine Schritte. Es herrschte nur Stille, nicht einmal vom Bus gestört, der lautlos über den Asphalt glitt; es herrschte nur dieses Dunkel, das sogar den Sand, sein kalkiges Weiß und seine Kakteen dunkel färbte. Ein Dunkel, das auf uns zukam, uns den Weg versperrte wie eine Hecke, aber plötzlich durchbrachen wir es, und da war sie: die Morgendämmerung, ausschließlich aus Licht, aus nie gesehenen Farben, Gold Rosa Violett, goldene Blitze im Rosa und Violett, schrecklich und großartig, beklemmend und erhaben zugleich. Ein Tagesanbruch ohne Zärtlichkeit, ein Tagesanbruch wie in der Schöpfungsgeschichte. Was machte es da, daß an einem bestimmten Punkt der Zauber vorbei war und plötzlich Raketen auftauchten, Soldaten mit Pistolen, Gewehren, »Missile Range Center«, mißtrauische, peitschende Stimmen? »Dokumente, Passierscheine, Auftrag.« – »Bitte.« – »Passieren.« – »Dokumente, Passierscheine, Auftrag.« – »Bitte.« – »Passieren.« – »Dokumente, Passierscheine, Auftrag ...« Drüben, hinter der Bergkette, die die verbotene Zone umschließt wie eine Muschel, begann das Wunder von neuem, und da war die Rakete, Vater. Silbern, schlank, mit dem weißen Rauch, der ihrem Bauch entstieg, und dem leisen Zischen, das aus ihrem Munde drang. Eine Rakete hat keinen Bauch, sagst du, und keinen Mund. Eine Rakete ist bloß eine Rakete, sagst du, sie ist eine Maschine und kein Lebewesen. Aber ich sage dir, eine Rakete ist keine Maschine, sondern ein Wesen, das lebt und atmet, und dieser Dampf ist ihr Atem, dieses Zischen ihre Klage. Weißt du, warum sie klagt? Weil es ihr weh tut, daß sie brennt, und weil sie begriffen hat, daß sie sterben muß. Wie ein Mensch, Vater. Wie ein Mensch hat sie eine Lunge, Nerven, ein Gehirn: Findest du das lächerlich, Vater? Ja, sicher findest du das lächerlich. Du verstehst nur die Pflanzen, die Tiere, die Geschöpfe, die aus Grün oder aus Blut geschaffen sind. Du willst nichts davon wissen, daß außer dem Grün und dem Blut etwas lebendig sein kann. Man muß die Rakete gesehen haben, um das zu verstehen, Vater. Und wenn du sie gesehen hast, dann bist du ergriffen, dann tut es dir leid, daß sie sterben muß. Es tut dir leid, daß sie da ganz allein in der Wüste steht wie ein zum Tode Verurteilter in der Erwartung seiner letzten Stunde. Werden Hinrichtungen nicht auch im Morgengrauen vorgenommen?

Ich war froh, als ich hörte, daß die Meteorologen sich, wie der Chef vorausgesagt hatte, geirrt hatten: daß der Wind nicht aufhören, der Sandsturm sich bis in die späte Nacht hinein nicht legen würde. Ich sah der Rakete in die Augen und sagte stumm zu ihr: Mut, Little Joe, die Hinrichtung ist um einen Tag verschoben.

30. Kapitel

Das kommt oft vor: ein Lüftchen, und die Rakete startet nicht. Ist es kein Lüftchen, so ist es ein Sandkorn. Und ist es kein Sandkorn, so ist es ein Regentropfen: Als mache sich der liebe Gott einen Spaß daraus, uns zu demütigen, die Kreaturen zu necken, die wir erfinden, nur um sie wieder umzubringen. Die Astronauten freuen sich darüber, denn für sie bedeutet das verlängerte Ferien: keine Geologiestunden, keine Torturen in der Zentrifuge, sondern süßes Nichtstun am Swimmingpool, wo sie sich einfinden wie Schüler, die einer Klassenarbeit entronnen sind. Shepard mit seiner Rühr-mich-nicht-an-Miene, Jim mit seiner Grazie eines englischen Aristokraten, Cooper mit seiner mürrischen Schweigsamkeit, Slayton mit seiner gewohnten Unnahbarkeit, und schließlich Pete: in der unmöglichsten Badehose, die man nur tragen kann, rot und braun gestreift und knielang. Eine Riesenversuchung für die Frauen, die im Palms wohnen. Wie ein Fliegenschwarm, der sich aufgeregt auf ein Butterbrot stürzt, schwirrten sie von allen Seiten herbei und versuchten alles, um auf sich aufmerksam zu machen. Stießen schrille Schreie aus, sprangen vom höchsten Sprungbrett, Träger verrutschten, und Pete machte entsetzt die Augen zu und schrie: »Was ist denn hier los? Was machen denn die?«

»Tu nicht so scheinheilig, Pete. Die wollen was von euch. Ihr seid Astronauten.«

»Du aber nicht. Aber klar: Du siehst nur Theodor.«

»Theodor ist Theodor.«

»Und was bin ich?«

»Du bist mein Bruder.«

»Wie viele solcher Brüder hast du eigentlich?«

»Zwei. Theodor und dich.«

»Der Chef nicht? Gib doch zu, daß der Chef dir gefällt.«

»Sicher gefällt er mir. Aber er ist nicht mein Bruder.«

»Was bedeutet es also, dein Bruder zu sein?«

»Daß einer so ist wie ich.«

»Theodor ist nicht wie du.«

»Nein, aber als ich noch ein Kind war und unschuldig, war ich wie Theodor.«

»Und Gordon? Gefällt er dir? Er sieht gut aus, am besten von allen.«

»Ja, aber er schweigt sich immer aus.«

»Auch Jim.«

»Das ist mir aufgefallen. Warum eigentlich?«

»Weil er schüchtern ist. Wir alle sind schüchtern: besonders Frauen gegenüber. Man meint vielleicht: unglaublich, diese Astronauten, weißt du, mit ihren Abenteuern, Frauen und so weiter, aber reine Illusion, meine Liebe, reine Illusion! Zugegeben, manchmal ist es nur eine Frage der mangelnden Zeit, aber in den meisten Fällen ist es Angst.«

»Angst wovor?«

»Uff! Vor den Journalisten, die dir nachspionieren, vor der NASA, die dir Vorhaltungen macht, vor der Frau, die schmollt, vor diesen Weibern, die geheiratet sein wollen. Uff! Die wollen nichts als geheiratet werden: Auch wenn du schon verheiratet bist. Ich sage dir! Da bist du verheiratet, Donnerwetter noch mal, sehr verheiratet sogar, der Zahn ist gezogen, und du fühlst dich wohl: Und die wollen trotzdem geheiratet werden. Sie haben nichts als den Trauschein im Kopf. Noch'n Papier! Und unterschrieben auch noch. Hast du noch nie an all das Papier gedacht, das man im Zeitalter der Raumfahrt unterschreibt? Um mit irgendeinem Hohlkopf zu sprechen, mußt du unterschreiben, um zu irgendeinem Büro vorgelassen zu werden, mußt du unterschreiben, um mit einer Frau ins Bett zu gehen, mußt du unterschreiben. Und es ist nicht nur ein Blatt: gleich zwei, drei, vier, sechs Blätter wegen all dem Kohlepapier. Du ertrinkst im Papier, du stirbst im Papier. Und wenn du tot bist, verwandeln sie dich in Papier, das besagt, daß du vom Papier umgebracht worden bist. Und du, bist du verheiratet? Mit Trauschein und so?«

»Ich, nein. Und ich habe auch nicht die Absicht.«

»Und hast du es nicht manchmal satt, allein zu sein?«

»Ich bin immer allein: auch mit Leuten zusammen.«

»Was für Leute?«

»Einem Mann oder anderen Leuten.«

»Ich nicht. Ich kann nicht allein sein. Und das einzige, was mir bei diesem verfluchten Mond den Appetit verdirbt, ist, daß man allein ist, wenn du da herumläufst: Keine Menschenseele ist da, zu der du mal sagen kannst, guck mal, verstehst du? Ich fühl mich wohl, wenn ich mit andern zusammen bin, mit ihnen rede, wenn ich, wie soll ich sagen, nach Hause komme und meine vier Kinder mir entgegenstürmen und meine Frau schimpft, weißt du, was sie wieder angestellt haben? Großvaters Bild haben sie kaputt gemacht und die Vorhänge im Salon zerrissen – verstehst du? Weil nämlich die Leute sagen: Was machen wohl diese Astronauten, was machen sie bloß? Nichts machen sie. Nichts, was andere Leute nicht auch machen. Sie haben Kinder, die ihnen entgegenstürmen, eine Frau, die schimpft, hast du gesehen, sie haben Großvaters Bild kaputt gemacht und die Vorhänge im Salon zerrissen! Dann haben sie Rechnungen zu bezahlen, die Miete, die Raten, wie schaffen wir's diesen Monat, und so weiter und so weiter. Und dann haben sie es manchmal satt, diese Astronauten, und verfluchen Mars und Mond und möchten lieber, was weiß ich, Diktator von Portugal sein.«

»Diktator von Portugal?«

»Ich, ja. Wenn es nicht wegen der Kinder wäre, die es mir eines Tages vorhalten könnten, Papa, warum warst du Diktator von Portugal?, dann würde ich einen Coup landen. Ich habe einen Freund dort, Minister oder so was: Der würde mir gern zur Hand gehen, um sich für die Coca-Cola zu revanchieren.«

»Für die Coca-Cola revanchieren?«

»Aber sicher. Du mußt nämlich wissen, daß ich sehr gern Wein trinke, und dieser Minister schenkte mir mal eine Flasche Wein. Ich freute mich so über den Wein, daß ich der Marine ich weiß nicht wie viele Gallonen Coca-Cola klaute: hoch konzentriert, weißt du. Dann brachte ich die Coca-Cola dem Minister, verdünnte sie mit Wasser, war ja konzentriert, und machte es wie unser Herr Jesus bei der Hochzeit von Kana. Er war mir so dankbar dafür, daß er sagte: Hör mal, wenn du willst, mache ich dich zum Diktator von

Portugal. Kinder! Wenn ein Diktator schon sein muß, warum nicht ich? Ich würde niemanden belästigen, ich wäre den ganzen Tag auf dem Meer und äße Erdnüsse, ich hätte keine Probleme mit Miete und Raten und so weiter und so fort. Und der ganze verdammte Mond, auf dem ich mutterseelenallein herumlaufen soll, könnte mir gestohlen bleiben.«

Pete war ganz groß in Form an diesem Tag. Und an diesem Tag war es auch, daß ich ihm eine große Korbflasche Wein versprach: Du erinnerst dich doch an die Geschichte mit dem Wein, Vater? In der Korbflasche verdirbt er auf dem Transport, sagtest du. Dann füllen wir ihn in Flaschen ab, sagte ich. Ich habe keine Flaschen, was soll ich für diese Mondmenschen, die ich nicht leiden kann, auch noch Flaschen kaufen? Die kaufe ich, was soll's. Kauf sie nur, kauf sie, doch Romeo, der Bauer, füllt sie dir nicht ab. Wieso nicht? Weil ich es ihm verbiete. Aber was haben sie dir denn getan, protestierte Mutter, warum bist du so böse auf die armen Jungs? So gib ihnen doch ein wenig Wein, sei doch nicht so, das tut ihnen gut! Nichts gebe ich denen, gar nichts. Und Mutter: Das ist nicht recht, und überhaupt könntest du dann auf die Flaschen schreiben: *Das ist der Wein, den man im Himmel trinkt,* was glaubst du, was das für ein Erfolg wäre! Was sagst du, Frau, solche Sachen mache ich nicht, was glaubst du eigentlich, ich bin ein anständiger Mensch, was erlaubst du dir! Schließlich kam es so, daß ich den Wein kaufen mußte, achtundvierzig Flaschen Chianti, ausgewählt vom Ethnologen Stefano Zaccone aus Aqui und abgefüllt beim Marchese Alberto Pizzorni aus Alessandria, vierundzwanzig Flaschen für Pete und vierundzwanzig für Jim, der sich sonst zurückgesetzt gefühlt hätte, und weißt du, was dann passierte? Ich habe es dir nie erzählt, denn jedesmal, wenn ich dieses Thema berührte, drehtest du mir den Rücken zu. Aber jetzt erzähle ich's dir. Als alles für den Versand fertig war, stellte sich heraus, daß es verboten war, nach Amerika Wein zu importieren, es sei denn, mit einer Spezialbewilligung des Weißen Hauses. Ich schrieb an Pete und Jim, sie sollten sich diese Bewilligung verschaffen, aber Pete und Jim lehnten ab, mit der Begründung: Johnson würde sie womöglich für Trinker halten, und sie würden ihre Stelle verlieren. Ich berichtete Marchese Pizzorni, daß Pete und Jim Angst hatten, ihre Stelle zu verlieren, und er schlug vor, das Rote Kreuz um Hilfe zu bitten. Ich schrieb an Pete und Jim, sie sollten sich an das Rote Kreuz wenden, und sie antworteten, aber Oriana, wir sind doch nicht krank. Ich mußte also das Außenministerium, das State Departement, die Einwanderungsbehörde, das Weinhändlersyndikat bemühen, und erst drei Monate später gingen die Flaschen ab, per Schiff, das die Azoren, Neufundland, Kanada anlief und dann den Sankt-Lorenz-Strom hinunter nach Toronto fuhr, in Toronto wurden die Flaschen auf einen Zug verladen, der Indiana, Illinois, Missouri, Oklahoma durchquerte und schließlich nach Houston, Texas, gelangte, und als sie in Houston, Texas, eintrafen, nun, da waren alle achtundvierzig Flaschen kaputt. Zufrieden?

»Pete, wenn ich dir eine Korbflasche Wein schicke, was machst du dann?«

»Kinder! Eine Korbflasche? Eine ganze?«

»Ja, eine ganze.«

»Dafür bringe ich dir Theodor nach Cape Kennedy mit.«

»Nach Cape Kennedy?«

»Gewiß. In vierzehn Tagen ist der Start der Saturn.«

»Und du kommst?«

»Natürlich: Wer würde die Rakete starten, wenn ich nicht dabei bin? Ich komme und bringe dir Theodor mit.«

»Abgemacht.«

»Also ciao, ich geh schlafen. Ich muß um zwei aufstehen, was glaubst du denn? Ich rufe dich an, ja? Ich wecke dich, bevor es losgeht.«

Um den Swimmingpool schlenderte eine Gruppe Teenager: hübsch, hübsch. Eine trug Hosen und Bluse aus blaßrosa Jersey, und in diesem Aufzug sprang sie ins Wasser, kletterte heraus und sprang nochmal. Der nasse Jerseystoff wurde noch durchsichtiger als Zellophan, kurz, du verstehst schon. Die Augen Coopers und Shepards schienen mit ihr ins Wasser zu springen, Jim wurde von einem äußerst heftigen Hustenanfall geschüttelt, nur der Chef blieb ruhig, aber beim dritten Sprung lockerte er den Schlips. Es fiel mir auf, denn es war, als machte diese Geste Lärm, als wäre alles um uns herum auf einmal still geworden, der Wind, der Sand, ja selbst unser Atem. Darin kam sein ganzes mühseliges Widerstehen gegen jede Art der Verlockung zum Ausdruck, das Bedürfnis, über seine Mauer zu springen und uns zuzurufen: »Hallo, Kinder! Da bin ich!« Er ballte die Fäuste, und ich beschwor ihn stumm: Spring über die Mauer, komm, du bist jung, du bist stark, du bist lebendig, laß deinen Groll, um Gottes willen, denk' nicht mehr an Mond und Sterne! Er aber rückte den Schlips wieder zurecht, stand auf, knöpfte sich die Jacke bis zum letzten Knopfloch zu und ging mit schweren Schritten weg.

»Ciao, Baby.«
»Ciao, Deke.«
»Früh ins Bett heute, ja?«
»Ja, Deke.«

Zur Cocktailparty an diesem Abend erschien er nicht und Pete ebensowenig. Jim, Shepard und Cooper kamen, und sie interessierten sich ausschließlich für die lokalen Schönheits-königinnen, die eine Kokarde mit der Aufschrift »Miss« am Busen trugen. Die Party war von der dortigen Handelskam-mer organisiert und diente mir für einen letzten Versuch zum Gehorsam dir gegenüber. In Houston hatte mich näm-lich ein Brief von dir erreicht, der, in dem du von den India-nern schreibst, weißt du noch? »Ich höre, daß du demnächst nach New Mexico gehst, und vielleicht weißt du nicht, daß es dort Indianerreservate gibt: vor allem von den Mescalero-Apatschen. Es wäre viel klüger, dahin zu fahren, anstatt mit den Raketen Zeit zu vertrödeln, und würde dich vielleicht auch wieder auf den rechten Weg bringen. Fahr mal hin!« Ich fragte den Vertreter der Handelskammer, ob ich die In-dianer besuchen könne, und er sagte hocherfreut, es sei ei-gens jemand dafür da, eine Dame namens Jeannette: Wann ich denn Las Cruces verlassen würde? Gleich nach dem Start von Little Joe. O. k., Jeannette würde mich gleich nach dem Start von Little Joe hinbringen. O. k., und dann ging ich schlafen, bis mich um drei Uhr Petes Anruf weckte.

»Raus aus dem Bett! Es ist drei Uhr!«
»Ach Gott, Pete. Hat der Wind aufgehört?«
»Keine Spur, keine Spur! Die Meteorologen sagen, er wird nicht aufhören.«
»Dann komme ich nicht. Man startet ja sowieso nicht.«
»Man startet nicht, man startet nicht! Aber wir müssen

trotzdem hin. Denn auf einmal entscheidet dieser Teufel, daß sie starten muß, und dann startet sie. Jesus! Der hat immer recht.«

»Wer denn?«

»Was wer? Der Chef. Deke. Wer sonst. Der steht dort mit erhobenem Finger und sieht aus wie Moses. Also Ciao, ja? Ciao.«

»Ciao. Wir sehen uns heute nachmittag am Swimmingpool.«

»Am Swimmingpool, am Swimmingpool!«

Das Restaurant war voll wie in der Nacht zuvor. Gedeckte Tische, Buffet mit Braten und Kartoffeln, schlangestehende Menschen mit dem Teller in der Hand, und hinter mir dieses lakonische: »Hallo, Baby.«

»Hallo, Deke.«

»Hast du geschlafen?«

»Fünf oder sechs Stunden.«

»Mehr als genug. Los, iß.«

»Wird man starten, Deke?«

»Ja. Man wird.«

»Die Meteorologen sagen nein.«

»Die Meteorologen deines Brüderleins. Die Meteorologen irren sich.«

»Aber der Wind geht immer noch, Deke. Und der Sandsturm auch.«

»In zwei Stunden läßt der Wind nach. Und der Sandsturm auch.«

Zwei Stunden später ließ er tatsächlich nach: der Wind, und auch der Sandsturm. Jack und ich trafen um fünf Uhr im Bereich der Abschußrampe ein, und der Countdown war schon bei »60 Minuten«. Auf dem Hinrichtungsplatz, nunmehr allein in der Wüste, wartete Little Joe: ein Todgeweihter, der nicht mehr auf Begnadigung hofft. Er atmete ganz mühsam, dichter Rauch drang aus seinem Bauch, sein Zischen griff ans Herz wie ein Hilferuf. »Wie du weißt, explodiert die Rakete in 8000 Meter Höhe«, sagte Jack. »Die Explosion entzündet die Rakete des Rettungsturmes, der Turm löst sich und trägt die Apollokapsel mit sich. Siehst du die Apollokapsel, dort ganz oben?« Natürlich sah ich sie: Sie wirkte wie die Kapuze, die man einst den Gefangenen beim Gang zum Schafott aufsetzte, und die beiden Sichtluken waren die Löcher, die man für die Augen in diese Kapuze geschnitten hatte. »Und den Rettungsturm, siehst du ihn? Oben auf der Apollokapsel.« Natürlich sah ich ihn: Er wirkte wie ein Zylinder, den man der Rakete zum Spaß auf den Kopf gesetzt hatte – ein grausamer Scherz.

»Warum zitterst du denn?«

»Ich, Jack? Ich soll zittern?«

»Ja, du. Frierst du? Willst du meine Jacke?«

»Nein, nein, Jack. Unwichtig.«

»Ich habe dir ja gesagt, du sollst den Mantel mitnehmen. Sergeant, haben Sie einen Lumberjack für die Dame hier?«

»Bitte. Hier ist meiner: Mir ist nicht kalt.«

»Danke, Sergeant.«

Es war voller Soldaten hier: Generäle, Unteroffiziere, Mannschaften. Es war mehr Militärpersonal da als Journalisten, NASA–Beamte und Vertreter von Lieferfirmen. Und ihnen war nicht kalt. Ich dagegen zitterte auch im Lumberjack: fast als müßte nicht Little Joe, sondern ich selber sterben. Ob wohl auch der Chef und Cooper und Shepard ein wenig zitterten, dort unten in der Kasematte? Ob wohl Pete und Jim ein wenig aufgeregt waren, dort hinten in den Mesquitebäumen und Kakteen?

»Achtung! Vierzig Minuten . . .«

»Achtung! Dreißig Minuten . . .«

»Achtung! Zwanzig Minuten . . .«

»Achtung! Zehn Minuten . . .«

Wie lange doch diese Agonie dauerte, wie abscheulich das war. Und wie eisig die Stimme des Lautsprechers. Wie die des Offiziers, der das Exekutionskommando befehligt. »Links, rechts, links, rechts, links, rechts, Abteilung halt!«

»Achtung! Neun Minuten . . .«

»Achtung! Acht Minuten . . .«

»Achtung! Sieben Minuten . . .«

»Achtung! Sechs Minuten . . .«

»Achtung! Fünf Minuten . . .«

Wie tief diese Stille war, wie verschlossen die Muschel. Der Himmel war von metallischem Blau. Es ist soweit, Little Joe. Es ist zu Ende, Little Joe. Noch ein paar Sekunden, und sie bringen dich um.

»Abteilung stillgestanden!«

»Fünfzig Sekunden . . .«

»Vierzig Sekunden ...«
»Dreißig Sekunden ...«
»Zwanzig Sekunden ...«
»Zehn Sekunden ...«
»Das Gewehr geladen!«
Leb wohl, Little Joe.
»Legt an das Gewehr!«
»Neun ... acht ... sieben ... sechs ... fünf ... vier ...
drei ... zwei ...«
»Feuer!«
Eine apokalyptische Flamme. Ein Getöse wie der Urknall.
Und Little Joe, der unsicher wankt, dann erbebt, aufsteigt,
langsam, weniger langsam, noch weniger langsam, jetzt
schnell, schneller, sehr schnell, ein Pfeil, der hinaufsaust und
hinter sich einen orangefarbenen, schönen, eleganten Kome-
ten voller Anmut und Würde zurückläßt, stirb gut, Little
Joe, stirb weiter oben, ein wenig weiter oben, da oben, oben,
oben ... Er barst unversehens. Er brach unversehens auseinander, mit einem Lärm wie ein gellender Schrei, wie ein
Schmerzensschrei: Und der Himmel war voller Funken,
Stahlsplitter, die lange als ein Regen aus Silber und Tränen,
glitzernd wie Geschmeide, niedergingen. Ich betrachtete
dieses Silber, dieses Geschmeide, und sah deshalb den Turm
nicht, der wegsauste und die drei Männer in Sicherheit
brachte, die noch gar nicht drin waren. Ich sah ihn erst, als er
schon aufstieg, wieder ein Pfeil, wieder ein Komet, und dann
sah ich die Kapsel, die sich löste und senkrecht herabstürzte,
kilometerschnell, ein weißer Stein, der zur Erde zurückkehr-
te und auf einmal eine große rote Blume war, die rote Blume
öffnete sich, da waren es zwei rote Blumen, die beiden öffneten sich, und es waren drei rote Blumen, drei Fallschirme,
die nunmehr ohne Hast herunterschwebten, sich leise in der
Luft wiegten, und dann dort drüben hinter einem Berg nie-
dertauchten, um die Kapsel Pete zu schenken, dessen Her-
umflucherei und Herumgespringe ich mir gut vorstellen
konnte. »Sauerei ...«
»Hat's dir gefallen?« fragte Jack.
»Ja, Jack.«
»Sehr?«
»Sehr, Jack.«
»He! Du wirst doch nicht weinen?«

»Doch.«

»Um Little Joe?«

»Nein. Nicht um Little Joe.«

»Warum denn? Warum?«

»Weil...«

Ich konnte es nicht erklären, Vater. Ich konnte nicht sagen, daß ich mich eine Minute, eine herrliche Minute lang mit den Menschen ausgesöhnt hatte: Ich hatte gespürt, daß die Menschen wirklich großartig sind, Vater. Sie sind großartig, auch wenn sie das Gras durch Plastikgras ersetzen, sie sind großartig, auch wenn sie Urin in Trinkwasser verwandeln, sie sind großartig, auch wenn sie Räder statt der Beine benützen, sie sind großartig, auch wenn sie das Grün und das Blau vergessen, sie sind großartig, auch wenn sie das Paradies in eine Hölle verwandeln, sie sind großartig, auch wenn sie die Geschöpfe umbringen, die sie selber erschaffen haben. Und ich war stolz, daß ich unter den Menschen geboren war und nicht unter Bäumen oder Fischen. Ich war stolz, denn...

»... denn siehst du, Jack, eine Minute, eine herrliche Minute lang war mir, als sähe ich die Menschen mit dem lieben Gott Karten spielen.«

31. Kapitel

Und so war das wohl nicht der richtige Tag, um mich zu den Meskalero-Apatschen zu begeben, Vater. Aber die Fahrt war nun einmal verabredet, und diese freundliche kleine Frau namens Jeannette wartete nur darauf, mich dorthin zu begleiten, so früh wie möglich loszufahren. Denn bis zum Reservat brauchte man fast zwei Stunden. Wir fuhren um elf Uhr los: Slayton, Shepard und Cooper waren noch in der Kasematte, um die Ergebnisse des Starts zu prüfen, und Jim und Pete noch mitten in der Wüste, um die Kapsel zu untersuchen: also adieu, Swimmingpool. Der Vormittag war warm und Jeannette sehr sympathisch: ein kleines Gesicht voller Runzeln, ein weißer Lockenkopf, und Halsketten Armbänder Ohrringe aus Türkisen und aus Silber, alles Geschenke ihrer ehemaligen Schüler, denn sie hatte die Apatschen in Musik und Englisch unterrichtet. Fünfzehn Jahre lang hatte sie sie unterrichtet und hing mit großer Zärtlichkeit an ihnen.

»Ich führe so gern Leute dahin. Aber niemand will sie mehr besuchen. Wollen Sie eine Reportage machen?«

»Nein, nein.«

»Warum dann? Ist doch komisch, daß Sie dorthin wollen. Wo Sie sich doch so sehr für andere Dinge interessieren, für den Mond...«

»Übrigens, mich interessiert, wie die Meskalero-Apatschen über die Mondfahrt denken.«

»So schlecht wie nur irgend möglich, das sage ich Ihnen. Ich habe sie nie danach gefragt, aber ich bin ganz sicher: Ich war im Reservat, als Teller, Fermi und Oppenheimer die Bombe explodieren ließen. Um fünf Uhr früh. Niemand hatte diesen armen Indianern ein Wort gesagt, natürlich nicht. Niemand von ihnen wußte also auch nur das geringste davon, und als die Bombe losging...« Jeannette atmete tief durch: »Sie kamen aus ihren Hütten gerannt und schrien, schrien, sie wurden halb verrückt beim Anblick dieses Pilzes. Sie versammelten sich vor der Kirche, auf dem Hügel, und konnten nicht einmal beten. Sie schrien und heulten nur, wie Koyoten. Schreit nicht, sagte ich, schreit nicht. Hört auf eure Lehrerin und betet. Aber sie schrien und heulten nur: wie Kojoten. Wie sollen sie da über die Mondfahrt denken? Schlecht. So schlecht wie nur irgend möglich.«

»Jeannette, haben Sie den Start von Little Joe gesehen?«

»Ja, das habe ich.«

»Hat es Ihnen gefallen?«

»Es hat mich kaltgelassen. Das heißt, eigentlich hat es mich geärgert. Diese verdammten Weltraummenschen. Sie nehmen dir das Land weg für diese dummen Raketen und fragen nicht einmal um Erlaubnis. Sie fragen bloß: Wollen Sie mit uns zusammenarbeiten? Sagst du ja, so jagen sie dich von einem Tag auf den andern weg und bezahlen für den Boden ein Fünftel von dem, was er kostet. Sagst du nein, jagen sie dich trotzdem weg. Eine Freundin besaß ein Haus und eine Ranch, dort, wo wir heute früh waren. Sie haben ihr das Haus abgerissen, die Ranch planiert, und jetzt hat sie nichts als ein paar Dollars. Die Regierung besitzt heute drei

Viertel von New Mexico: Bauer oder Viehzüchter ist hier niemand mehr. Die Raketen haben auch damit aufgeräumt: schließlich, wozu gibt es die industrielle Landwirtschaft? Produziert man heute nicht in einem Monat, wozu früher ein Jahr, auf einem Quadratkilometer, wozu früher hundert nötig waren? Der Mond, der Mond: Was haben wir schon vom Mond? Die Basis von White Sands und von Holloman werden vom Verteidigungsministerium unterhalten, die Familien der Weltraummmenschen kaufen alles im Konsum der Armee: Was haben wir vom Mond?«

»Eben.«

Sie warf mir einen argwöhnischen Blick zu.

»Was heißt ›eben‹?«

»Nun ... daß ich das verstehe.«

»Hm. Den Viehzüchtern war es gelungen, die Wüste zu bewässern: Hunderte von Ranches gab es hier in New Mexico. Tausende und Abertausende von Pferden und Kühen weideten hier. Jetzt sind die Rohre der Bewässerungsanlagen völlig verrostet und die Holzzäune verrottet. Nichts ist mehr da, nichts, absolut nichts! Nur Raketen und wieder Raketen! Sie machen nichts anderes, als Raketen abzufeuern. Was sind wir wütend.«

»Eben.«

Sie warf mir einen weiteren argwöhnischen Blick zu.

»An jeder Straße steht *Danger, Peligro,* Lebensgefahr. Aber wo hört die Gefahr auf? Am Straßenrand? Die Bahnlinie führt über Meilen an White Sands vorbei: Eine Abweichung von nur einem Millimeter, und das Geschoß fällt auf den Zug. Straßen durchqueren White Sands allerorten: Eine Abweichung von nur einem Millimeter, und das Geschoß fällt auf ein Auto. Wir haben ihre Raumversuche satt. Wir haben ihren Mond satt. Sie nicht auch?«

Diesmal war der Blick inquisitorisch.

»Sehen Sie, Jeannette ...«

Sie ließ mich nicht ausreden.

»Es war eine Offenbarung für Sie, nicht wahr? Die Gnade Gottes.«

»Wer sagt Ihnen das, Jeannette?«

»Ihre Augen. Ich habe von den Indianern gelernt, die Menschen zu verstehen, indem ich ihre Augen beobachte. Und etwas in Ihren Augen sagt mir, daß Sie seit gestern sehr verändert sind. Ich habe Sie gestern nicht gesehen: Aber ich bin sicher, Sie waren gestern nicht so wie heute. Wahrscheinlich waren Sie auch heute früh noch nicht so: um vier, und fünf, um halb sechs. Dann, um sechs, als dieses Ding in die Luft ging, wurde alles anders.«

»Ich weiß es nicht, Jeannette, ich weiß es nicht.«

Und doch wußte ich es, Vater. Und ich zögerte nur, es zuzugeben, weil ich ganz sicher sein wollte. Und sicher wollte ich sein, weil es zu wichtig war. Es war genauso, als wenn man dabei ist, den letzten Zweifel zu überwinden: jenen Zweifel, der dich noch davon zurückhält, die Religion zu wechseln. Ein Rest existierte noch: Jeannette hielt ihn wach mit ihrer Stimme, die eigentlich deine Stimme war, mit ihren Worten, die eigentlich deine Worte waren. Und da dieser Rest noch da war, bremste ich mich: aus Furcht, nicht genügend gekämpft, mich nicht genügend verteidigt zu haben. Bald aber würde das vorbei sein, denn ich hatte die Menschen mit dem lieben Gott Karten spielen sehen, und der neue Glaube hatte schon angefangen, mich zu verhexen: Ich war heiter und vielleicht sogar glücklich.

»Ich weiß es nicht, Jeannette. Ich weiß es nicht.«

»Schwindlerin. Ihre Augen...«

»Was ist denn in meinen Augen?«

»Die Sterne, meine Liebe. Die Sterne sind drin.«

Ich schloß sie auf der Stelle, mit einem falschen Lachen sagte ich, das sei nur Müdigkeit, ich würde gleich einschlafen. Und ich schlief tatsächlich ein.

Ich erwachte in einem lang vergessenen Duft nach frischem Grün. Die Wüste lag hinter uns, wir fuhren einen Berg hinauf, und hier war die ganze Welt aus frischem Grün: Tannen- und Pinienwälder, Weiden mit Klee, Frische. Sogar Zypressen gab es in diesem Wald, seit wie langer Zeit hatte ich keine Zypressen mehr gesehen! Die Zypressen von zu Hause. Auch Vögel, Schmetterlinge und Kaninchen hatte ich lange nicht mehr gesehen. Da stand es still am Straßenrand, das Kaninchen, und betrachtete uns ohne Angst, bloß ärgerlich. Ein schöner Ort, herrlich. Nur die Einfamilienhäuser störten ein bißchen, die Fernsehantennen, die Autos, aber sonst war der Ort fast vollkommen. Übrigens würden wir ja bald bei den Meskalero-Apatschen ankommen, dort würde es dann absolut vollkommen sein.

»Wunderschön hier, Jeannette.«

»Sie werden sehen.«

»Wann sind wir dort?«

»Wir sind schon da!«

»Schon da? Wir sind doch erst etwas mehr als eine Stunde unterwegs, Jeannette.«

»Ich bin schnell gefahren. Sie schliefen ja ohnehin.«

»Ich verstehe. Und was sind das für Häuser?«

»Die Häuser der Indianer. Was sonst?«

Ein terrakottafarbener Bursche in kariertem Hemd und Blue jeans stand an einer Hecke und lauschte einem Transistorradio.

»Und wer ist das?«

»Ein Indianer! Was sonst?«

Ein Mädchen in enganliegender Hose und mit blondgefärbtem Haar trippelte auf hohen Absätzen über die Straße.

»Und das?«

»Eine Indianerin! Was sonst?«

Und diese elegante Frau, die mich in ihrem Büro von oben herab empfing, mir von oben herab kiloweise Papiere übergab, die ich nicht lesen würde, nämlich Wissenswertes über die Meskalero-Apatschen: Was sollte sie sein? Und die alte Frau, die ich um ein Glas Wasser bat und die mir sagte, Wasser nicht, das ist nicht keimfrei, nehmen Sie lieber eine Seven-Up: Was sollte sie sein? Und der verflixte Halbstarke, der mir seinen Kaugummi vor die Füße spuckte: Was sollte er sein? Und der katholische Priester, der mir die Fortschritte des Meskaleros im Katechismus darlegte: Was sollte er sein? Glaubtest du wirklich, Vater, ich fände Indianer in hirschlederner Kleidung und in Zelten? Glaubtest du wirklich, ihre primitive Weisheit sei immun gegen den Zauber, der mich behext hatte? Glaubtest du wirklich, das Aufblitzen einer Bombe genüge, um sie einzuschüchtern und sie unverdorben bleiben zu lassen? Du kennst sie ganz gut, die Meskalero-Apatschen, Vater: Es sind die Bauern, mit denen du jeden Tag sprichst, dort im Chianti, die nicht mehr ohne Fernsehen leben können und in die Stadt auswandern, denen die Lambretta nicht mehr genügt und die sich einen Fiat 600 kaufen, um fünf Kilometer weit zu fahren, es sind Gianni, Romeo, die Tochter von Romeo, der Straßenkehrer, der Schäfer, der uns die Ricotta im Volkswagen bringt. Gianni, der sich weigert, den Reben Kupfervitriol zu geben, weil das unbequem ist und er lieber moderne Pflanzenschutzmittel nimmt, was ihm sein Sohn erklärt hat, der nicht Bauer sein will und als Arbeiter in Florenz lebt. Romeo, der nicht mehr die Kastanien herunterholt, weil das zu mühsam ist und die Mühe nicht lohnt, wer soll auf diese Bäume klettern? Geben Sie mir einen Helikopter, dann fliege ich hinauf, wir sind im Jahr 1964, was glauben Sie denn. Die Tochter von Romeo, die nicht auf dem Feld arbeiten will und sich lieber als Sklavin in der Stadt verdingt, weil das besser für ihre Fingernägel ist, die sind nämlich lackiert, sie hält auf ihre Fingernägel, und sie folgt der Mode und zieht am Sonntag nicht das gute Kleid an, sondern Blue jeans, wie man es in Amerika macht. Der Straßenkehrer, der während der Arbeit ein Transistorradio am Gürtel trägt und mehr über die Glasgow Rangers und Real Madrid weiß als über Juventus und A. C. Mailand. Der Schäfer, der sich ohne VW wie »ohne Beine« vorkommt, dem ein Moped zu wenig ist und der über ein Fahrrad in Hohngelächter ausbricht. Du kennst die Meskalero-Apatschen, Vater.

»Vor fünfundzwanzig Jahren, als ich als Lehrerin hierherkam, war es ganz anders«, sagte Jeannette, »aber die Alten sind tot, und die Jungen sind genauso wie die in Las Cruces und El Paso. Sie sprechen nicht einmal mehr die Sprache der Meskaleros, sondern nur noch englisch.«

»Hm.«

»Übrigens ist das auch richtig. Sind sie nicht amerikanische Bürger? Und schließlich waren wir es ja, die ihre Sprache, ihre Kleider, ihre Gesetze, ihre Gewohnheiten veränderten. Sollen wir sie deswegen vielleicht verurteilen oder verachten?«

»Nein, nein.«

»Sie kommen mir etwas enttäuscht vor.«

»Gar nicht, Jeannette. Doch . . .«

»Doch?«

»Doch hätte ich zu gern noch einen von früher getroffen: einen alten Indianer. Nicht meinetwegen, sondern meinem Vater zuliebe. Ihm gefallen die Indianer von früher. Und wenn ich einen treffen könnte . . . nur einen . . .«

»Okay!« sagte Jeannette froh. »Der Sohn von Hieronymus.«

476

»Und wer war Hieronymus?«

»Der schreckliche Apatsche, der jeden Weißen skalpierte, den er traf! Der dort auf der Anhöhe ganze sechsunddreißig Mann skalpierte, da, wo jetzt die Kirche steht.«

»Ausgezeichnet. Und wie alt ist er?«

»Fünfundachtzig, sechsundachtzig.«

»Ein echter Indianer?«

»Ein echter Indianer.«

»Mit platter Nase und terrakottafarbener Haut?«

»Mit platter Nase und terrakottafarbener Haut.«

»Mit Federschmuck?«

»Mit Federschmuck.«

»Und der *howgh* sagt?«

»Und der *howgh* sagt.«

Die gute Jeannette ließ den Motor an und fuhr zum Apache-Summit: der höchsten Erhebung in der Sierra Blanca, wo der Sohn des Hieronymus zu Hause war. Die Asphaltstraße war bequem und breit: In einer halben Stunde waren wir dort. Ein zauberhafter Flecken.

Gott, diese Tannen, so groß wie Kathedralen, diese Gewölbe aus Ästen und Zweigen, dieser Veilchenduft! Diese unverseuchte, reine, milde Luft! Inmitten der grünen Kathedralen stand eine moderne Snackbar mit Neonreklame.

»Und das da?!? Der Sohn von Hieronymus sollte das nicht zulassen, Jeannette.«

»Was glauben Sie! Das gehört ihm! Er ist mit dieser Snackbar reich geworden!«

»Jeannette ...«

»Nein, nein. Nur keine Angst. Das ist wirklich der Indianer, den Sie suchen: Wenn Sie nicht aufpassen, skalpiert er Sie.«

Er skalpierte mich wirklich, dieser Gauner. Für eine Postkarte, auf der er als Sechsjähriger auf dem Arm seines Vaters abgebildet war, verlangte er ganze fünfeinhalb Dollar. Für eine Broschüre, die die Geschichte von Hieronymus erzählte, wollte er gar zehn Dollar haben. Für ein Amulett mit einer Hühnerfeder verlangte er zwanzig Dollar. Er saß an einem Tisch, der mit diesen Köstlichkeiten beladen war, in seinem Federschmuck, mit seiner terrakottafarbenen Haut, seiner platten Nase, und bei jedem *howgh* wurde meine Börse noch schmaler.

»Hören Sie, Sohn des Hieronymus: Finden Sie diese Post-karte nicht etwas teuer?«

»Das ist der Preis, und gehandelt wird nicht. *Howgh!*« antwortete er mir in bestem Englisch.

»Aber der Preis dieser Broschüre ist nicht der Preis, den Sie nennen. Sehen Sie, hier steht er gedruckt. Der Preis ist ein Dollar und zehn Cent.«

»In diesem Dollar und zehn Cent ist die Unterschrift nicht inbegriffen, und diese Broschüre ist von mir signiert, dem Sohn des Schrecklichen Hieronymus. Die Unterschrift des Sohnes des Schrecklichen Hieronymus ist acht Dollar neun-zig Cent wert. *Howgh!*«

»Sohn des Hieronymus, wissen Sie, daß Sie ein ausgespro-chen moderner Mann sind?«

»Ich bin modern, ja. *Howgh!*«

»Wenn ich Ihnen auch noch den Glücksbringer mit der Hühnerfeder abkaufe, schenken Sie mir dann ein Bild von Ihnen?«

»Nein. *Howgh!*«

Jeannette mischte sich ein. Arme Jeannette: Sie hatte Trä-nen in den Augen. Wie seltsam, flüsterte sie, wie seltsam: Vor zwei Jahren war er nicht so. Offenbar haben die Rake-ten auch ihn verändert.

»Sohn des Hieronymus, dies ist eine Freundin. Und weißt du, was sie macht? Sie schreibt über die, die auf den Mond fliegen wollen.«

»Den Mond? Den Mond?«

Der Sohn des Hieronymus richtete sich hoch auf.

»Sohn des Hieronymus, ich weiß, Sie wollen nicht auf den Mond. Aber wenn Sie mir die Fotografie trotzdem schen-ken ... Wenn Sie mir die Fotografie schenken, schenke ich Ihnen zwei Dollar.«

Er hörte dieses Angebot nicht einmal.

»Wer hat gesagt, ich will nicht auf den Mond? *Howgh!* Und ob ich auf den Mond will! *Howgh!* Man muß auf den Mond, auf den Mars, überallhin muß man! *Howgh!*«

»*Howgh!*«

»Und im übrigen sollen Sie wissen: Mein Sohn arbeitet bei den Raketen. Verstanden? *Howgh!* Und auch mein Enkel arbeitet bei den Raketen. Verstanden? *Howgh!* Und auch mein Schwiegersohn!«

»*Howgh!*«

Draußen lohte der Sonnenuntergang in goldenen und roten Flammen. Bald würde es Abend sein, und wenn ich El Paso nicht vor Anbruch der Nacht erreichte, verpaßte ich mein Flugzeug. Ich berührte die beschämte Jeannette an der Schulter und bat sie, mich zurückzufahren. Im Flugzeug verglich ich dann die Fotografie des Sohnes von Hieronymus mit der Fotografie von Little Joe. Es gab keinen Zweifel mehr, Vater. Auch vom ästhetischen Standpunkt aus war Little Joe besser.

32. Kapitel

Ich frage mich, wie weit du dir vorstellen kannst, was ich dir nun sagen muß, Vater, ob es dir weh tun wird. Anderen Leuten mag nämlich unsere Auseinandersetzung als ein Spiel unter Intellektuellen erscheinen, wir aber wissen, daß es nicht so ist: Sophismen haben uns noch nie gefallen. Du wirst dich also erinnern, Vater, daß ich euch auf dieser zweiten Reise sehr selten schrieb und noch seltener telefonierte: In der Woche in Las Cruces und den beiden danach schwieg ich mich derart hartnäckig aus, daß Mutter erschrak und befürchtete, man hätte mich verschleppt. Ich rechtfertigte mich damit, daß ich viel zu tun gehabt hätte, ein Brief liegengeblieben sei: alles Lügen. Die Wahrheit ist, daß ich mich einer schriftlichen oder mündlichen Aussprache nicht gewachsen fühlte. Das hätte Diskutieren bedeutet, und ich wollte nicht diskutieren: Ich schickte mich an, euch zu verlassen. Nein, versteh mich nicht falsch: nicht auf dem Gebiet der Gefühle. In dieser Hinsicht: niemals, nicht einmal, wenn ich auf Alpha Centauri wäre: Ihr seid das Beste, was ich habe, ihr seid die einzigen, von denen ich nie verletzt, verraten und verkauft worden bin. Sondern auf dem Gebiet der Vernunft, Vater. Auf dem Gebiet der Ethik. In einfacheren – oder grausameren – Worten ausgedrückt, die Welt, die ihr mich zu lieben gelehrt hattet, paßte mir nicht mehr, erschien mir nicht mehr richtig. Wegen eines Raketenstarts? Wegen Little Joe? Du lächelst. Nein, deshalb natürlich nicht: Blitzschläge kündigen nie die große Liebe oder schwerwiegende Veränderungen an. Die Wandlung, die mich dazu gebracht hatte, um Little Joe zu weinen, hatte sehr viel früher begonnen: frag mich nicht, wann. Oder kannst du mir sagen, wann du anfingst, nicht mehr an Himmel und Hölle zu glauben? Besinnst du dich auf das Jahr, das Ereignis, gerade diese Stunde? Ich erinnere mich nur, daß ich eines Tages, als ich noch ein Kind war, begriff, daß der liebe Gott keinen Bart hatte und nicht auf einer Wolke saß, daß seine Engel mich ganz und gar nicht beschützten. Und daraus entstand allmählich das Denken, das mich später aus der Messe und von den angezündeten Kerzen wegholte, von der simplen Ethik, die die Priester uns vorsetzen: daß die Guten in den Himmel und die Bösen in die Hölle kommen. Nein, Little Joe hatte mich nur etwas verstehen und dafür entscheiden lassen: daß ich mich wohl fühlte: hier unten, in der Zukunft.

Nicht daß ich deren grausame Fehler, deren fürchterliche Schuld nun einfach übersähe. Zu entdecken, daß es Himmel und Hölle nicht gibt, daß alles mit uns geboren wird und stirbt, bedeutet keineswegs, daß man den Unterschied zwischen Gut und Böse vergißt, mit andern Worten: Ich war nicht etwa blind geworden, Vater. Ich dachte immer noch an HR, der Pyramiden niederreißen will, um Supermärkte zu bauen, ich dachte immer noch an die Bulldozer, die Wälder zerstören, um sie mit Zement zuzuschütten; ich dachte immer noch an mein Kind, das aufwachsen sollte, ohne das Grün und das Blau zu kennen, ich dachte immer noch an die kahlen Köpfe der Astronauten, die mit dreißig alte Männer waren, ich dachte immer noch an das Gesicht des Bürokraten, das Gesicht derer, die dem System gehorchen und auf das Recht pochen, alle Menschen gleich und glücklich zu machen. Ich pochte nicht auf dieses Recht. Im Gegenteil, ich schrie meinen Anspruch laut heraus, anders zu sein, ärmer zwar, aber anders, dümmer zwar, aber anders, unglücklicher zwar, aber anders: Ich konnte und kann nichts anfangen und werde nichts anfangen können mit dem Glück, das wie Eßwaren auf Lebensmittelkarte ausgeteilt wird. Kurz, ich verschloß meine Augen vor dem Unrichtigen nicht, für mich war es der Preis, den ich für die Zukunft zu zahlen hatte. Alles hat seinen Preis, Vater: Das hast du selber mich damals gelehrt, als sie dich mißhandelten und blutüberströmt wieder ins Gefängnis warfen. Die Freiheit hat ihren Preis, die Gerechtigkeit hat ihren Preis, die Zukunft hat ihren Preis. Und so, wie du deinen Preis bezahlt hattest, bezahlte ich nun meinen: unter Schmerzen und Mühsal. Es war mühselig, weißt du, eine Position zu beziehen. Mühseliger als damals, als junges Mädchen, als ich das Problem mit Himmel und Hölle gelöst hatte, denn das war die Krise einer Heranwachsenden gewesen, diesmal war es eine Krise der reifen Jahre. Und Krisen, das weißt du ja, sind wie Krankheiten: Als Jugendlicher gehst du stark daraus hervor, als Erwachsener angeschlagen. Mit diesen Gedanken also kehrte ich nach Florida zurück, nach Cape Kennedy. Und ich freute mich, Vater. Ich freute mich, meine Freunde zu sehen, ich freute mich, den Start der Saturnrakete zu sehen, ich freute mich, nach Hause zu kommen. Dieses Florida, das ich dir lang und breit in meinem Brief geschildert hatte, bevor Mutter krank wurde, gefiel mir jetzt: Es war mein Zuhause.

Am Sonntagabend kam ich zurück: Der Start war auf Dienstagmorgen angesetzt. Anstatt im Cape Colony stieg ich im Holiday Inn ab, wo die NASA ihr Hauptquartier hatte, und dort wurde ich von Gotha Cottee empfangen: mit einem Texanerhut, der so groß war wie seine Unkenntnis über Jules Verne. Anbetungswürdiger Gotha: Ich sprang diesem Fleischberg an den Hals und blieb dort kleben wie eine kleine Fliege auf der Wimper eines Elefanten.

»Gotha, are you a turtle?«

»Darauf kannst du schwören, du . . .«

»Kannst du auch für einen andern antworten, Gotha?«

»Wenn ich dazu ermächtigt bin. Laß hören.«

»Dr. Bill Douglas.«

»Dazu bin ich ermächtigt. Er ist eine Königsschildkröte.«

»Oh, danke, Gotha! Danke.«

»Was macht das Projekt Käse?«

»Ist eingegangen. Wir haben gemerkt, daß es undurchführbar ist. Jetzt sind wir in der Drive-in-Branche. Wir werden eine große Kette von Drive-ins auf dem Mond, auf dem Mars und den andern Planeten gründen. Und wir werden dort Rootbeer vertreiben.«

»Wer wir?«

»Pietro, Giacomo und ich. Auf englisch Pete, Jim und ich.«

»Donnerwetter! Das nenne ich eine Idee! Darf ich mitmachen?«

»Du bist als Chefkoch engagiert.«

»Donnerwetter! Darf auch Dr. Douglas sich beteiligen?«

»Er ist als Bordarzt engagiert.«

»Ich will ihm gleich die Nachricht bringen. Es wird dir diesmal sowieso nicht an Gesellschaft fehlen. Es sind alle da.«

Und es waren tatsächlich alle da: Das Holiday Inn wimmelte von bekannten Gesichtern, vertrauten Stimmen. Stan Miller, HR, Bob Button, Jack Riley, Paul Haney, Joe Jones, Bart Slattery, Ben Gallespie, Ben James, und freudiges Geschrei, Schulterklopfen, herzliche Umarmungen, Cocktails unter jedem Vorwand. »Du weißt ja, das ist ein wichtiger Start, nicht wie bei Little Joe.« »Sie haben Jahre gebraucht, um dieses Monstrum zu bauen: Jetzt endlich geht's los.« »Eine ganz große Premiere, Kinder: Da muß man anstoßen.« »He, ist von Braun da?« »Natürlich. Auch drei Senatoren aus Washington.« »Und die Astronauten?« »Die werden nach und nach eintrudeln, und zwar viele.« »Wie viele?« »Mindestens ein Dutzend.« Elektrisiert, aufgeregt, alle hatten etwas zu sagen, zu fragen, stärker noch als in Las Cruces hatte man den Eindruck, ein Internat habe seine Pforten geöffnet. Und in diesem Internat schwamm ich munter wie ein Fisch im Wasser: Als ich am Abend vor dem Start Pete traf, war das so selbstverständlich, wie im Büro einen Kollegen zu treffen. Ich saß mit Ben James an der Bar. Sein wie immer dramatischer Auftritt überraschte mich nicht einmal.

»Es sind jetzt drei Stunden, zum Kuckuck! Ich frage: Wo ist sie? Es heißt: Sie ißt. Ich sage: Essen tut sie nicht. Es heißt: Sie schläft. Ich sage: Schlafen tut sie nicht. Es heißt: Sie trinkt etwas. Und Trinken tut sie. Was trinkst du eigentlich? Was denn? Es sind drei Stunden, zum Kuckuck! Und ich hab mich auch noch vornehm in Schale geworfen.«

Er war in der Tat angezogen, als wollte er um die Hand einer Frau anhalten: mit Hemd, Krawatte, Manschettenknöpfen. Eine Katastrophe. Und um die Katastrophe vollständig zu machen, hatte er sich auch noch einen Scheitel gezogen: bei den paar Haaren.

»O, Gott, Pete! Wie hast du dich denn zugerichtet?«

»Ich habe mich fein gemacht.«

»Jesus! Und warum hast du dich fein gemacht?«

»Weil ich dir ein Geschenk überreiche.«

»Du hast mir ein Geschenk mitgebracht?«

»Jaaa! Deinen Theeeodooor!«

Theodor. Da stand er: linkisch, hoch aufgeschossen, ausgemergelt, mit seinen kleinen verdutzten Augen, dem kleinen Lachen in der Mitte, seinen schüchternen Händen, mit denen er nie wußte wohin, mal kratzte er sich damit an der Nase, mal am Ohr, mal steckte er sie in die Tasche, mal hielt er sich an einem Stuhl fest, als drohte er umzukippen ...

»Theodor!«

»Guten Abend hallo wie geht's wie geht's? Ich freue mich Sie zu sehen denn Pete hat gesagt Sie wollten mich sehen, ich wollte Sie auch sehen ich habe es auch zu Glaube gesagt weißt du wen ich heute abend sehe, ich sehe diese Italienerin die Tonati suchen will, weißt du daß sie mir immer Grüße schickt daß sie immer gut von mir spricht wie geht's wie geht's?«

Diese heisere, sich überschlagende Stimme, die ganz hinten in der Kehle saß und ihn, wenn er sie ihr gewaltsam entriß, erröten ließ.

»Mir geht's gut, Theodor.«

»Glaube hat gesagt: Hast du ihr erzählt wie Tonati uns die schöne Pflanze geschenkt hat, ich habe es ihr nicht erzählt sage ich aber sobald ich sie sehe erzähl' ich es ihr, er wollte uns nämlich eine Pflanze schenken er wußte daß ich Pflanzen liebe und da ging er in einen Laden wo sie nur Plastikpflanzen hatten. Nein nein sagte Tonati ich will eine Pflanze. Ja ist das keine Pflanze sagte der Verkäufer. Aber keine richtige Pflanze sagte Tonati. Was soll denn das heißen: eine richtige Pflanze sagte der Verkäufer. Eine richtige Pflanze mit richtigen Blättern sagte Tonati. Ja hat denn diese keine richtigen Blätter sagte der Verkäufer. Nein. Ich meine eine richtige Pflanze mit Wurzeln sagte Tonati. Aha jetzt verstehe ich sagte der Verkäufer. Sie wollen eine die eingeht, so nannte das der Verkäufer eine Pflanze die eingeht, und da ließ er eine aus einem andern Geschäft kommen und dann sagte er zu Tonati aber die geht ein. Sie ist jedoch nicht eingegangen sie hat sogar eine schöne Blüte gekriegt: ich möchte daß Tonati das weiß.«

»Oh, Theodor! Oh, Pete!«

Pete frohlockte.

»Ich hab ihn dir mitgebracht, he? Ich hab ihn mitgebracht. Sie wollten natürlich nicht, was glaubst du? Sie murrten, es seien sowieso schon zu viele. Ich mußte einen Tausch machen.«

»Einen Tausch?«

»Einen Tausch. Entweder Jim oder er, hieß es. Oder glaubst du, du gehst zum Karneval in Rio? Du nimmst sie alle zum Tanzen mit? Ich habe ihn genommen. Jim ist dageblieben. Kinder, hat der geflucht! Jetzt mußt du aber auch Jim Wein schicken.«

»Darauf kannst du dich verlassen.«

»Genauso viel wie mir.«

»Genauso viel wie dir.«

»Nun, gehen wir essen?«

»O. k. Gehen wir essen.«

Wir gingen also essen und – verstehst du mich? Es war schön, daß wir alle drei beisammen waren, meine beiden Adoptivbrüder und ich. Wir hatten uns nichts Aufregendes zu sagen, wir suchten kein Abenteuer, und doch war es schön: Jeder Satz wurde wichtig, jede Geste hatte ihre Bedeutung, jeder Blick brachte uns einander näher. Ich glaube, du empfindest das gleiche, wenn du mit zwei Freunden zusammen bist, mit denen du dich sehr verbunden fühlst. Und sag mir nicht, das sei nicht wahr, weil ich eine Frau bin und du ein Mann: Daß ich eine Frau war, hatte hier nichts zu sagen, nichts war peinlich oder zweideutig. Verstehst du, Vater? Unsere Unterhaltung zum Beispiel.

»... Wie gesagt, in der Kasematte, wo wir beim Start eingeschlossen sind ist ein Maler der von der NASA dafür bezahlt wird daß er die startende Rakete zeichnet ...«

»Das hast du dir ausgedacht, Theodor! Man hat ja kaum Zeit, eine startende Rakete zu fotografieren!«

»Ich erfinde nichts ganz bestimmt nicht ich weiß daß die Rakete schnell abgeht aber er dieser Maler kann sie zeichnen ich hab's mit meinen eigenen Augen gesehen verstehst du? Er sitzt da an der Luke mit einem Bleistift in der Hand und den Blättern in der andern versteht ihr und wenn sie dann Feuer spuckt, fängt er an so Kritzeleien also Zeichnungen zu machen ich hab's gesehen!«

»Aber was für Zeichnungen? Schöne?«

»Nun, da ist die Rakete drauf die aussieht wie der Stempel
einer Blume und dann die Wolken die so ähnlich sind wie
Blütenblätter, wie eine Lilie möchte ich sagen etwas abstrakt, ich bin noch nicht sicher ob sie schön sind aber was
macht das ob sie schön sind auch wenn sie häßlich sind sind
sie schön denn er macht sie versteht ihr? Es ist schön daß er
zeichnet meine ich daß jemand ihn zum Zeichnen bestellt,
ich meine wir sind da drin eingepfercht wie in einem Autobus der Platz ist kostbar es gibt nur wenige Luken und nicht
alle haben eine versteht ihr? Nicht allen geben sie eine mir
zum Beispiel haben sie noch nie eine gegeben. Ihm aber
geben sie eine und das scheint mir gut so ja auch wenn die
Zeichnungen häßlich sind.«

»Richtig, Theodor.«

»Warum es gut ist weiß ich nicht vielleicht kann ich es
auch bloß nicht sagen: aber ich weiß daß es gut ist nicht
wahr, Pete?«

»Nun, ja. Es bedeutet, daß wir doch nicht ganz so unkulti-
viert sind: Wir achten die Kunst und so weiter und so fort
und Amen. Mich stört es, daß der an der Luke sein darf und
ich nicht, aber ich verstehe, daß auch er für was gut ist,
Kinder. Auch er.«

»Warum, Pete?«

Pete dachte eine Weile nach, dann nahm er einen Bleistift
und zeichnete einen Halbkreis auf die Hand.

»Hier. Das Cockpit meines Flugzeuges sieht so aus. Uff:
ungefähr so, ich kann nicht zeichnen. Also. Heute abend, als
ich von Houston herflog, ganz allein in meinem Jet, ist der
Mond hier hereingekommen, verstehst du? Er ist hier hereingekommen und dageblieben, eingerahmt wie in einem
Bilderrahmen. Weiß, rund, sauber. Kinder! War das schön.
Wirklich schön. Wäre ich ein Maler, ich hätte ihn gemalt.
Aber ich bin kein Maler, ich kann nur meinen Jet lenken und
rechnen, und dieser Maler in der Kasematte ... und so weiter
und so fort und Amen. Kinder! Es war schön, es war wirklich schön. Theodor, du hättest ein Gedicht darauf gemacht.«

»Ich schreibe keine Gedichte.«

»Sie sagt, ja. Sie sagt, du bist ein Dichter. Die Geschichte
mit dem Rembrandt und warum dir das Fliegen gefällt und
so weiter und so fort und Amen.«

»Und dir, Pete? Warum gefällt dir das Fliegen?«

»Uff. Warum, warum. Immer fragst du mich, warum. Du bist wie mein ältester Sohn, der fragt auch immer, warum. Was weiß denn ich, warum.«

»Warum, Pete?« fragte Theodor.

»Uff, Theodor. Weil mir der Himmel gefällt.«

»Warum gefällt er dir, Pete?«

»Uff. Jetzt fängst du auch an. Was weiß denn ich, warum? Weil er groß ist. Das ist's. Größer als das Meer. Er ist groß, groß, und ich bin so klein.«

Das war unsere Unterhaltung, Vater. Und dann, wie soll ich sagen, dann gingen wir. Einfach so, alle drei, am Strand, mit den Schuhen in der Hand, am Wasser. Das Wasser streichelte unsere Füße, unsere Beine, und wir lachten. Wir lachten über nichts, wie Kinder; wir waren Kinder. Aber halt: Etwas geschah an diesem Abend. Etwas, das ich nicht vergessen kann, das ich nicht vergessen werde, solange ich lebe. Es geschah, als Theodor auf einmal stehenblieb, die verdutzten Äuglein zum Mond hob und ihn lange betrachtete.

»Das ist er! Das ist er!«

Da blieb auch Pete stehen, und ich auch. Und auch Pete betrachtete ihn und ich auch. Und es war seltsam, ihn anzuschauen, zusammen mit diesen beiden, die zu ihm hinfliegen würden. Und eine alte Frage kam mir in den Sinn.

»Wißt ihr, ich frage mich oft, woran ihr wohl denkt, wenn ihr losfliegen werdet.«

»Ich weiß es«, sagte Pete und setzte zu einem seiner komischen Sketche an. »Ich werde daliegen, in dem Ding, und schwitzen und denken: Ach, warum habe ich mir das bloß auf den Hals geladen? Wem zuliebe denn? Kommandant, bist du bereit?, werden sie vom Boden fragen. Und ich: Neeeiiin!«

»Hör auf, Pete.«

»Wieso nicht?! Kommandant! Neeeiiin! Ich habe gesagt neeeiiin! Kommandant! Wie geht's Ihnen, Kommandant? Schlecht! Kommandant, können wir etwas für Sie tun, Kommandant? Jaaaa! Was wollen Sie, Kommandant, was wollen Sie? Ich will ruuunter!«

»Hör auf, Pete.«

»Natürlich werden sie glauben, ich mache Spaß. Der

macht immer Spaß, werden sie sagen, denn er hat Mut. Von wegen Mut, Kinder! Das ist ein Mißverständnis, und sie zünden die verfluchten Triebwerke, das Ding wird wie verrückt zu schwanken anfangen, und ich werde mich heulend an diesem Stühlchen anklammern, ich will runter, o Gott, ich will runter, aber sie werden wiederum glauben, ich mache Spaß, und so werden sie mich hinaufschießen wie den Mann aus der Kanone auf dem Rummelplatz, und ich werde weinen, weinen, weinen ...«

»Hör auf, Pete.«

»Ich werde weinen. Drei Tage und drei Nächte lang werde ich weinen: Und die unten werden denken, die Verbindung sei gestört, und nicht glauben, daß ich weine. Und so werde ich auf dem Mond ankommen.«

»Hör auf, Pete.«

Ich krümmte mich vor Lachen. Theodor dagegen hörte mit seltsamem Lächeln zu.

»Du wirst auf dem Mond ankommen und nicht mehr derselbe sein, Pete«, murmelte er. »Du wirst nicht mehr derselbe sein weil du dich mächtig aufspielen wirst und aufspielen wirst du dich darum weil du auf dem Mond bist und wenn du zurückkommst wirst du deine alten Freunde nicht mehr grüßen.«

»Das ist nicht wahr!«

»Du wirst sie nicht mehr zu einem Glas einladen und mit ihnen am Strand spazierengehen.«

»Du wirst behaupten, keine Angst gehabt zu haben, und wirst ein ganz ekliger Held sein.«

»Du wirst dir alle möglichen Medaillen anstecken und nicht mehr mein Bruder sein.«

»Das ist nicht wahr! Das ist nicht wahr!«

»Es ist wahr.«

»Es ist wahr.«

»Dann sage ich euch jetzt auch nicht, was ich auf dem Mond mache.«

»Doch, sag's!«

»Sag's doch!«

»Ich sag's. Ich werde auf dem Mond ankommen und aussteigen. Ich werde mit dem Finger in die Fernsehkamera zeigen und rufen: Orianaaa! Theodooor! Ich bin nicht verändert, und ich werde mich nicht verändern! Orianaaa!

Theodoor! Heute bin ich wie gestern, und morgen werde ich sein wie heute!«

»Ach geh!«

»Und dann wird auf der Erde ein Rummel losgehen: Was hat er gesagt? Was will er? Kinder, Pete ist übergeschnappt! Er ist auf dem Mond übergeschnappt! Und so werden sie ins Weiße Haus telefonieren und sagen, Pete ist übergeschnappt, auf dem Mond übergeschnappt, im Weißen Haus werden sie einen großen Krawall veranstalten, Verräter, dieser Verräter ist auf dem Mond übergeschnappt, und so werden sie den Kongreß anrufen, und der Kongreß wird einen großen Krawall veranstalten, sie werden sagen, dieser Verräter ist übergeschnappt, auf dem Mond übergeschnappt, und ...«

»Hör auf, Pete!«

»Und es wird einen regelrechten Skandal geben. Im Kreml werden sie sagen: Feine Leute habt ihr da, feine Leute, die auf dem Mond überschnappen. Und der Botschafter wird es dem Kongreß mitteilen. Der Kongreß wird es dem Weißen Haus berichten. Das Weiße Haus wird es der NASA weitersagen. Die NASA wird es dem Chef weitersagen, der mich über Funk anschreien wird: Kanaille, Feigling, Kanaille, und so weiter und so fort und Amen. Kurz, Vorwürfe. Vorwürfe über Vorwürfe, die mit Lichtgeschwindigkeit über viele tausend Meilen reisen: Mir machen sie ja sowieso immer Vorwürfe, ich kann sagen, was ich will, ich kann machen, was ich will, und ich werde mich halbtot ärgern, und wenn ...«

»Hör auf, Pete!«

»... Und wenn ich mich genug geärgert habe, werde ich mit dem Finger in die Fernsehkamera zeigen und sagen: Wißt ihr was? Ihr habt mich genug geärgert. Dann schalte ich ab und gehe auf dem Mond spazieren wie Schneewittchen im Wald. So: pfeifend und singend. Ein wenig traurig, weil ich allein bin und das Alleinsein mir nicht gefällt, aber trotzdem pfeifend und singend. Und pfeifend und singend werde ich hier eine Handvoll Staub und dort ein Stückchen Lava aufheben, weißt du, wie es Schneewittchen mit den Blumen und Pilzen gemacht hat, dann werde ich mit meinem Körbchen voll Blumen und Pilzen wieder in das LEM steigen und auf die Erde zurückkehren, und hier werden sie mich in ein Irrenhaus einsperren wie den Piloten von Hiroshima, und so weiter und so fort und Amen.«

488

»Pete, du bist grandios!« prustete ich. Verflixt, so hatte ich noch nie gelacht. Und ich wandte mich zu Theodor um. Aber Theodor lachte überhaupt nicht. Er lächelte nicht einmal.

»Theodor, und was wirst du denken, wenn du zum Mond fliegst?«

»Ich weiß es nicht«, sagte Theodor.

»Was heißt, du weißt es nicht?« kreischte Pete.

»Ich weiß es nicht«, wiederholte Theodor. »Ich habe auch jetzt wieder darüber nachgedacht aber mir ist nichts eingefallen.«

»Was heißt nichts?«

»Nichts. Ich kann mir das einfach nicht vorstellen den Start. Ich sehe mich nicht das ist es ich sehe mich nicht.«

»Siehst dich nicht, siehst dich nicht!« empörte sich Pete. »Du bist ein Astronaut und siehst dich nicht zum Mond starten. Was für ein Astronaut bist du eigentlich?«

»Ich sehe mich nicht was ich dir sonst sagen? Ich sage es auch immer zu Glaube: Weißt du es ist fast komisch aber ich sehe mich nicht auf den Mond fliegen wenn ich daran denke dann ist es immer schwarz. Vielleicht weil der Himmel schwarz ist dort oben aber ich kann mir auch das nicht recht vorstellen denn wenn ich an den Himmel denke ist er nicht schwarz sondern blau richtig blau. Und mit Vögeln die herumfliegen.«

»Ach sei still!« brummte Pete.

»Was soll ich machen? Ist eben so. Vielleicht fahre ich nie zum Mond.«

Das Meer brauste und spülte kleine blaue Quallen an den Strand: Die waren ganz anders, weißt du, als die bei uns am Strand. Unsere sind groß, weiß und rund, diese hingegen waren klein, blau, und auf dem Rücken hatten sie etwas wie einen Kamm, einen Hahnenkamm, und ich erschauerte. Die Quallen? Ich hörte auf, die Quallen anzusehen, und sah Theodor an, und ich erschauerte nochmal: Schweigend betrachtete Theodor den Mond. Aber er betrachtete ihn nicht so wie Pete; er betrachtete ihn, wie soll ich sagen, voller Traurigkeit, und sein kleines Gesicht war weiß, so weiß wie das Weiß unserer Quallen. Als wüßte er, als fühlte er ... Zum Teufel, warum sagte Pete nicht etwas?

»Also, gehen wir?« brummte Pete. »Es wird langsam kalt.«

»Ja, es wird kalt.«

»Und morgen müssen wir um drei Uhr raus.«

»Ja, um drei. Aber wird man morgen starten?«

»Was weiß ich?« sagte Pete ungewöhnlich mürrisch. »Frag doch deinen geliebten Chef. Ist nicht er es, der die Karten gibt und immer alles weiß?«

»Hm. Hat sich nicht sehen lassen heute abend. Wo mag er bloß stecken?«

»In seinem Zimmer. Um über das Schicksal des Kosmos zu brüten.«

»Hm. Über das Schicksal des Kosmos.«

»Was sagt ihr?« fuhr Theodor hoch. Während unseres Wortwechsels hatte er immer noch den Mond angestarrt, ohne etwas zu sagen. »Meint ihr, daß man startet?«

Pete schnupperte in der Luft, wie der Chef. Dann setzte er eine gewichtige Kennermiene auf.

»Ich sage: Ja.«

»Also nein«, lächelte Theodor und errötete.

Und kein Start. Das Wetter war gut, der Countdown war bei »fünfzehn« angelangt, im Quartier für die Journalisten stand alles mit dem Telefon in der Hand, die Augen auf dem gro-ßen Wolkenkratzer, der sich auf der Rampe am Meeresufer erhob: Aber eine Sicherung brannte durch, und so wurde der Start verschoben. Das Auswechseln würde zwei Tage beanspruchen. Zwei Feiertage, Tage des Nichtstuns am Swimmingpool. Unter einem großen Sonnenschirm sah ich den Astronauten zu, die vergnügt ins Wasser sprangen, und hörte dem zu, was John Finney von der ›New York Times‹ über sie sagte. Über sie hat jeder seine eigene Ansicht, und die Ansicht Johns, eines scharfsinnigen, etwas zynischen Ty-pen mit Uni-Abschluß in Literatur und Philosophie, war bemerkenswert: Die bezeichnendste Seite der ganzen Ange-legenheit, sagte er, sei die Korruption der ersten Sieben, die Art, wie die Popularität sie aus der Bahn geworfen habe.

»Die Jüngeren der zweiten und dritten Gruppe gehören bereits einer andern Generation an, die sich mit dem Gedan-ken an den Mond schon vertraut gemacht hat, die interes-santeren bleiben aber die ersten Sieben. Man muß sie gese-hen haben, wie sie damals in diesem Saal in Washington der

Presse vorgestellt wurden: Es war, als kehrten die Zeiten des Old Frontier zurück, die Heldensage von den einfachen Männern, die Amerika schufen, mehr mit Revolver und Spaten als mit der Zahnbürste. Sie sprühten vor reinstem Idealismus, von grenzenloser Naivität, du konntest sie beispielsweise fragen, warum sie einen so riskanten Beruf ergriffen hätten, und sie stammelten: ›Da ist dieses neue Ding, mit dem man hinauffliegen kann, und das will ich ausprobieren.‹ Sie hatten keinerlei intellektuellen Motive, sie waren lediglich vom Abenteuergeist der alten Pioniere erfüllt. Und es tat gut, ihnen zuzuhören, sie anzusehen: In einer Zeit voller Zynismus, in der man diskutiert, was Moral ist, war ihre Reinheit geradezu eine Medizin. Doch: Sie veränderten sich sehr schnell. Sie veränderten sich schon am Tag nach der Pressekonferenz in Washington. Unter dem Eindruck der ungeheuren Propaganda und all der Ehrungen und Privilegien vergaßen sie, daß man ein Held ist, erst nachdem man etwas Heldenhaftes vollbracht hat, nicht vorher. Sie waren Helden der PR, nicht der Tat geworden, und so verloren sie ihre ursprüngliche Reinheit, wurden immer anspruchsvoller, beweihräucherten sich selbst. In Rußland nennt man das Personenkult. Um diesen Personenkult zu bekämpfen, mit seinem ganzen Weihrauch, erhöhte die NASA die Zahl der Astronauten auf dreißig. Dreißig sind eigentlich zu viele, aber die Individuen verlieren sich leichter in einer Gruppe von dreißig.«

»John, meinst du auch Slayton?«

John zögerte einen Augenblick, dann nickte er.

»Eine Zeitlang und in gewissem Sinne erfaßte der Rausch auch ihn. Wenn du deinen Kopf in ein Faß steckst, in dem der Wein gärt, wirst du berauscht, ohne etwas zu trinken. Doch er hatte Glück: nämlich das Unglück, nicht zu fliegen. Dieses Drama half ihm, zu sich selbst zurückzufinden, zu seiner Integrität. Man kann Slayton wie den Sheriff eines Dorfes betrachten, der am Wochenende den Kopf verloren hat, am Montagmorgen das aber bemerkt und strenger wird als vorher.«

»Eine starke Persönlichkeit, nicht wahr, John?«

»Die stärkste von allen. Er ist kein Mann, er ist ein Fels. Und er ist der einzige, der begriffen hat, durch welches Unwetter sie allesamt hindurch mußten: der einzige, der jede

Bosheit zu entwaffnen vermag. Er hat nicht den Charme Glenns, nicht den Humor Schirras, nicht die Bildung Shepards, nicht die Schönheit Coopers: Aber er hat etwas, was keiner hat, er hat das Zeug zum Boss. Man gab ihm diesen Posten, um ihn zu entschädigen, und das war richtig.«

»Du meinst, sie wählten ihn zum Chef, nur um ihn zu trösten?«

»Genau. Wir alle merkten es, und er selbst zuerst. Aber aus diesem Bluff heraus entstand das, was niemand erwartete. Er nahm all sein Soldatentum, seine Disziplin, seine Strenge zusammen, machte einen Teig daraus, ließ ihn aufgehen, buk ihn und stopfte ihn den Kameraden in den Mund. Sie konnten es nicht fassen, sie waren überzeugt, er scherze. He, hör auf, Deke! lachten sie. Er aber sah ihnen mit diesem stählernen Blick in die Augen, und das Gelächter erstarb. Wer aufmuckte, wurde von ihm wie ein Stück Eisen auf dem Amboß eines Schmiedes zurechtgeklopft: Und heute machen sie nichts mehr ohne seine Einwilligung. Er weiß alles, versteht alles, manchmal scheint er etwas nicht zu sehen, aber er sieht es: Wenn er etwas durchgehen läßt, dann darum, weil er sich dazu entschlossen hat, und weil er gut ist. Er ist schrecklich, aber herzensgut. Und du kannst dir gar nicht vorstellen, wie sehr heute selbst seine Opfer ihn lieben. Seit Glenn weg ist, haben wir noch neunundzwanzig Astronauten: Wenn diese neunundzwanzig den populärsten und beliebtesten unter ihnen wählen sollten, so gingen achtundzwanzig Stimmen an Deke. Die neunundzwanzigste, die Gegenstimme, wäre seine eigene.«

»Und du? Wen würdest du wählen? Ihn ausgenommen, meine ich.«

»Ihn ausgenommen, weiß nicht. Wart mal: Schirra vielleicht. Er gefällt mir. Die Art, wie er das Leben liebt, wie er alles akzeptiert, was ihm zustößt, von den Frauen bis zur Lebensgefahr, das gefällt mir. Und die Art, wie er den Tod akzeptiert: mit derselben Selbstverständlichkeit wie das Leben, das gefällt mir. Die andern denken mehr oder weniger daran zu sterben, Witwen und Waisen zu hinterlassen: wie es übrigens die NASA auch will. Schirra nicht: Er ist Fatalist. Hast du mit ihm gesprochen?«

»Nur kurz. Und wer gefällt dir dann noch?«

»Wart mal: vielleicht Grissom. Ja, Gus ist nicht übel.

Nach Slayton ist er derjenige, der sich am wenigsten durch die Berühmtheit korrumpieren ließ. Zurückhaltend, auch er. Man holt beim Gespräch nicht viel aus ihm heraus, es sei denn, es dreht sich um technische Fragen. Er ist eben der, auf den am wenigsten geachtet wird; auch sein Flug wurde kaum beachtet, es klappte ja alles so tadellos. Er ist ein Techniker und sonst nichts, er geht gern fischen und wird rot, wenn man ihn um ein Autogramm bittet. Hast du ihn gesehen?«

»Ja, heute früh.« Er frühstückte mit den drei Senatoren. Ein kleiner Mann mit grauen Haaren und dunkler Brille. Ein geistreiches und nachdenkliches Gesicht. Ich hatte ihn gebeten, seine Unterschrift auf meinen Schildkrötenausweis zu setzen, und er hatte es errötend getan. So war mir nichts eingefallen, was ich ihn hätte fragen, was ich ihm hätte sagen können. Ungefähr dasselbe war mir bei Carpenter passiert, als ich ihn in einem Korridor bei der NASA in Houston hatte vorbeigehen sehen: ein lächelnder, lebhafter, eher kleiner Mann mit zerknitterter Jacke und hagerem Gesicht. Ich hatte ihn gebeten, seine Unterschrift auf die Schildkrötenkarte zu setzen: Und er hatte errötend unterschrieben. So war mir nichts eingefallen, was ich ihn hätte fragen, was ich ihm hätte sagen können. Ich erzählte es John.

»In diesem Falle hast du dich geirrt. Das wäre dein Mann gewesen. Er spielt wahnsinnig gern Gitarre, tanzt ausgezeichnet und spricht über alles außer über Technik. Bevor er Pilot wurde, träumte er davon, Viehzüchter auf einer Ranch zu werden.«

»Magst du ihn?«

»Ich weiß nicht. Er wirkt, als wäre er aus Versehen in die Gruppe geraten. Ich finde ihn nicht so faszinierend, wie das die andern tun. Das liegt wohl daran, daß man nie weiß, ob die Geschichten, die meine Kollegen von den Astronauten erzählen, wahr sind oder erfunden. Der Brief zum Beispiel, den Carpenter seiner Frau geschrieben haben soll, bevor er in den Weltraum flog: ›Wenn ich nicht zurückkommen sollte, würde ich drei Dinge bedauern: die Gelegenheit verpaßt zu haben, meine Kinder zu lehren, auf diesem Planeten zu leben; das Vergnügen verpaßt zu haben, mit dir auch als Großmutter zu schlafen, und nicht gelernt zu haben, gut Gitarre zu spielen.‹ Hm. Ist das nun auf seinem Mist gewachsen oder auf dem der Redakteure von ›Life‹? Man hält übrigens nicht soviel von ihm, nach seinem Flug hat man ihn kaltgestellt, denn der Flug war miserabel. Er machte eine Menge Fehler, verbrauchte die Treibstoffreserven zu schnell und kam nur durch ein Wunder zurück.«

»Sympathisch.«

»Dir sind alle sympathisch. Das macht der Beruf, den sie haben.«

»Das bestreite ich nicht. Ich möchte ihn auch haben.«

»Eine ziemlich verbreitete Krankheit. Eine Kinderkrankheit.«

Eine Kinderkrankheit. Warum nicht? Da siehst du, wie viele Leute so denken wie du, selbst in Amerika. Wenn ich es fertiggebracht hätte, auf sie zu hören, so hätte ich tausendmal Gelegenheit gehabt, dich nicht zu verraten, mich anders zu besinnen. Aber ich brachte das jetzt nicht mehr fertig, und ich löste mich von John Finney und ging, wie ein Kind zu andern Kindern, zu meinen Freunden hinüber, die aufgehört hatten, ins Wasser zu springen, und sich jetzt in der Sonne bräunen ließen. Hallo, Theodor. Hallo, Pete. Hallo, Gordon. Hallo, Al. Es fehlten nur Grissom und der Chef. Dafür waren zwei dabei, die ich noch nie gesehen hatte: der eine breit, gutmütig, so kahl, daß sein Kopf glänzte, der andere steif und hager und mit dichtem Igelschnitt. Er zog die Blicke auf sich, dieser zweite, wegen seiner Frisur, dann wegen seiner fiebrigen und eindringlichen Augen und schließlich wegen der Narben, die seinen Körper verunstalteten. Die unauffälligste, in Form eines Löffels, trug er auf dem Herzen: so daß man sich unwillkürlich fragte, wie er mit einer solchen Narbe auf dem Herzen leben konnte. Die auffälligste hingegen war mitten auf seiner Brust: leuchtend rot, rechteckig, wie ein Flicken aus Fleisch, den man aufgenäht hatte, um einen Riß zu verdecken. Was am meisten überraschte, war nicht die ungewöhnliche Narbe an sich, sondern die Unbefangenheit, mit der er sie trug, die Würde. Er benahm sich mit diesem Flicken aus Fleisch, als wäre er ein Namensschild, und zeigte ihn der erschrockenen Neugier seiner Umwelt, als wollte er sagen: Nur Mut, du gewöhnst dich bald daran.

»Die hab’ ich mir in Korea geholt, beim Tornistertragen. Es gab einen Bergmarsch, der Tornister war schwer. Die

Riemen scheuerten hier, auf dem Brustbein. Ich kriegte eine Blase. Die wollte nicht heilen, und da schnitten sie sie heraus. Und nachher blieb das zurück.«

»Entschuldigen Sie.«

»Warum? Es ist nicht schlimm, die Narbe anzugucken, man kann auch gar nicht anders. Ich dachte nur, Sie würden gern wissen, wie das gekommen ist, und darum habe ich es Ihnen erzählt.«

»Danke.«

»Ich heiße Frank Borman. Ich gehöre zur zweiten Gruppe.«

»Ciao, Frank.«

»Ich heiße Tom Stafford«, sagte der gutmütige Glatzkopf.

»Ciao, Tom.«

»Wally hat mir vom Projekt Käse erzählt, aber Pete behauptet, das sei nicht mehr aktuell, ihr hättet euch auf Drive-ins verlegt. Kann ich mitmachen?« fragte Tom.

»Kommt drauf an. Are you a turtle?«

»Darauf kannst du schwören, du . . .«

»Ja, dann ja.«

»Dann ich auch«, sagte Frank.

»Ich auch«, sagte Gordon Cooper.

Es war das erste Mal, daß ich seine Stimme hörte, und vor Überraschung erstarrte ich einen Augenblick. Er hatte nämlich eine ganz kleine, hohe Stimme: mehr ein Stimmchen als eine Stimme. Es berührte seltsam, es schien unmöglich, daß ein so schöner, männlicher Mann so ein Stimmchen haben sollte.

»Ja, natürlich. Jede Schildkröte kann sich am Unternehmen Drive-in beteiligen.«

»Was ist das für eine Geschichte mit den Drive-ins die ich nicht kenne nur die andern und die ich auch kennenlernen will?« unterbrach Theodor.

Pete und ich tauschten einen schuldbewußten Blick. Dann räusperte sich Pete.

»Es ist nichts für dich.«

»Was warum ist es nichts für mich wenn es für Schildkröten ist, ich bin auch eine Schildkröte, fangt nicht so an.«

Pete sprang auf wie eine Katze und stürzte sich feige ins Wasser. Gordon kam mir mit seinem Stimmchen zu Hilfe.

»Es ist nämlich, daß sie, Jim und Pete eine Gesellschaft

gegründet haben für eine Drive-in-Kette auf dem Mond und auf dem Mars: um Rootbeer zu vertreiben.«

»O nein«, stöhnte Theodor entsetzt.

»O, doch!« gab Gordon zurück. Und schloß die Augen, um zu zeigen, daß für ihn, der sowieso schon zuviel geredet hatte, die Diskussion beendet sei.

»Theodor, versuch doch zu begreifen. Gehst du nicht in ein Drive-in, wenn du Hunger und Durst hast?« wagte ich mich vor.

»Doch schon aber sie sind häßlich sie verschandeln immer die Landschaft und ich frage euch müssen wir auch auf dem Mond und auf dem Mars die Landschaft verschandeln?«

Pete stieg kampflustig aus dem Wasser.

»Wir werden nichts verschandeln, denn unsere Drive-ins werden wunderschön sein. Wir werden Bilder aufhängen und die ›Drei Grazien‹, die um ein Faß Rootbeer tanzen und so weiter und so fort und Amen.«

»Ach nein!« stöhnte Theodor, noch entsetzter.

Pete machte einen Purzelbaum ins Wasser.

»Wenn dir die ›Drei Grazien‹ nicht gefallen, hängen wir eben ›Die Nachtwache‹ auf.«

»›Die Nachtwache‹ nicht! Nein nein!«

»Du bist ein Spielverderber, Theodor.«

»Ich bin kein Spielverderber ich habe recht wer weiß vielleicht gibt es auf dem Mars wirklich Paläste und Türme und die Reste von irgendwas Schönem und ihr macht da Drive-ins auf! Ich verstehe euch nicht ich werde einfach wütend bei solchen Sachen weil es aussieht wie ein Spiel aber es ist kein Spiel, und dann weiß ich schon wie das geht alles beginnt wie ein Spiel und dann passiert es wirklich.«

Pete stieg aus dem Wasser und schüttelte sich.

»Spielverderber, jawohl. Ein verfluchter Spielverderber. Wenn ich daran denke, daß ich dich für Jim eingetauscht habe! Dich tausche ich nie mehr ein: nicht einmal, wenn die hier mich auf Knien darum bittet. Wir machen unsere verfluchten Drive-ins, ob es dir nun paßt oder nicht. Wir werden essen müssen, ja oder nein? Wir werden trinken müssen, ja oder nein? Halt den Schnabel.«

»Ich halte ihn aber ich verstehe euch nicht«, sagte Theodor und sah mich dermaßen enttäuscht an, daß ich nicht wußte, was tun. Ich starrte ihm bloß voller schlechtem Gewissen in die Augen. Er war ganz weiß in der Badehose, als hätte ihn nie ein Sonnenstrahl berührt, und seine Schultern waren gebeugt, so als laste sein ganzer Kummer darauf: Inmitten all dieser robusten Körper, dieser braunen Rücken wirkte er wie ein Kranker unter lauter Gesunden, und das schüchterte mich ein. Hast du schon einmal Jungs beim Spielen auf der Straße beobachtet? Es ist immer einer dabei, der weißer und trauriger ist, und der ist es dann, der von den Größeren herumkommandiert wird: bleib da, sei still, stör nicht. Das flößt dir Rührung und Achtung ein, du bringst es aber nicht fertig, ihm das zu sagen, mit ihm zu sprechen, oder wenigstens nicht so, wie du mit ihm sprechen würdest, wenn er allein wäre; er schüchtert dich ein. So war es auch in Cape Kennedy mit Theodor: Seltsam, wie wenig wir miteinander sprachen in diesen Tagen, wie sehr er mich einschüchterte. Oder vielleicht wurde ich von den andern abgelenkt: von Tom, von Gordon, von Pete, von Frank, von meiner Neugier, sie alle zu verstehen, zu entdecken.

Tom lenkte mich ab, weil er sehr gesprächig war, ein Typ, der schnell Freundschaft schließt, und er sprach über Dinge, die kein schlechtes Gewissen verursachten. Zum Beispiel über die Arbeit mit Wally Schirra in Saint Louis, wo die beiden sich auf den ersten Geminiflug vorbereiteten, als Reserve für Gus Grissom und John Young. Die erste Wahl waren Grissom und Young: Er und Schirra mußten aber trotzdem startbereit sein. Genauso also wie bei einem Schauspieler, der das ganze Stück kennt und in jedem beliebigen Augenblick für den einspringen kann, dessen Name auf dem Plakat steht. Der Unterschied ist, daß der Text eines Stücks sich nicht verändert; wenn du ihn auswendig kannst, wirst du ihn bestimmt irgendwann auch spielen, sei es in diesem oder in jenem Theater. Die Raumflüge hingegen ändern sich jedesmal total, und wenn du nicht startest, war deine Mühe umsonst. Für den nächsten Flug mußt du von vorn beginnen, denn der nächste Flug ist immer anders.

»Und vielleicht bist du für den nächsten Flug schon zu alt.«

»Wie alt bist du, Tom?«

»Vierunddreißig.«

»Und das findest du alt?«

»Ah ja. Ich bin alt.«

»Du bist nicht alt, du bist bloß kahl. Warum hast du eine Glatze?«

»Auch du bekämest eine Glatze vom Warten.«

»Warten worauf?«

»Auf die Chance. Auf den Mond.«

»Liegt dir so viel daran?«

»Seitdem mir was daran liegt, werde ich immer schneller älter. Für einige, ich weiß, ist diese Reise eine geologische Expedition: Für mich ist sie ein Kindheitstraum. Ich kann's vor Ungeduld gar nicht mehr abwarten, da hinaufzugelangen.«

»Und was denkst du, Tom, wenn du ihn anschaust?«

»Ich schaue ihn jeden Abend an, weißt du, jeden Abend. In Saint Louis haben wir ein Appartement, Wally und ich, und das Appartement hat eine Terrasse. Manchmal setzen wir uns abends auf die Terrasse, Wally und ich, und betrachten den Mond. Es ist ein bißchen komisch, ich weiß.«

»Nein, es ist gar nicht komisch.«

Gordon wiederum lenkte mich durch sein Schweigen ab, die Heiterkeit, mit der er einschlafen konnte. Wie machte er das bloß, so zu schlafen? Auch in den sechs Stunden vor seinem Flug, als er in der Mercurykapsel eingeschlossen war, hatte er geschlafen: das sagte Ben James. Kein Start war je so dramatisch gewesen wie Coopers, ständig von Verschiebungen unterbrochen. In der Kasematte, in den Kontrollzentren, im Journalistenquartier schwitzte alles vor Spannung: Er aber schlief. Er schlief und wachte in dem Moment auf, als sie den Countdown wieder aufnahmen. »Gordon, diesmal sind wir soweit.« »O.k., ich bin bereit.« »Zwanzig, neunzehn, achtzehn, stop! Wieder verschoben.« »O.k., dann schlafe ich.« Eine Stunde, zwei Stunden. »Aufwachen, Gordon – diesmal sind wir wirklich soweit.« »O.k., ich bin bereit.« »Zwanzig, neunzehn, achtzehn, siebzehn, stopp! Wieder ein Aufschub.« »O.k., dann schlafe ich.« Zwei, drei Stunden. »Aufwachen, Gordon. Wir starten.« »O.k., ich bin bereit.« »Zwanzig, neunzehn, achtzehn, siebzehn, sechzehn, stopp! Wieder verschoben.« »O.k., dann schlafe ich.«

So ging das viermal in sechs Stunden. Sechs Stunden in diesem eisernen Sarg eingesperrt, auf der Spitze der Rakete, die zittert und bebt: Wie brachte er es da fertig, so zu schlafen?

»Gordon, kannst du schlafen, wann du willst?«

»Sicher.«

»Das heißt, du kannst in jedem beliebigen Augenblick die Augen schließen und sagen: Jetzt schlafe ich?«

»Sicher.«

»Auch wenn du gar nicht müde bist?«

»Auch wenn ich nicht müde bin.«

»Aber als du dort oben warst, auf der Spitze der Rakete, wie konntest du da schlafen?«

»Wie meinst du das?«

»Ich meine, wie du das gemacht hast.«

»Ich hatte ja sonst nichts zu tun.«

»Nichts zu tun?!«

»Was hätte ich tun sollen? Zeitung lesen?«

»Machten dich denn all diese Verschiebungen nicht nervös?«

»Nein. Warum?«

»Du fühltest dich also wohl?«

»Es war warm, aber ich fühlte mich wohl.«

»Und darum hast du seelenruhig geschlafen.«

»Darum hat er seelenruhig geschlafen: Laß ihn doch in Ruhe!« kreischte Pete.

Pete lenkte mich aus dem einfachen Grunde ab, weil er Pete ist: Der würde selbst einen Priester bei der Messe ablenken. Und Frank, nun, Frank lenkte mich durch seine Narben ab. Er hatte eine Anmut an sich, eine Eleganz, die mit solchen Narben nicht in Übereinstimmung zu bringen war. Sie waren wie Male eines Gladiators, um einen Lieblingsausdruck von Dr. Celentano zu gebrauchen: Aber er war kein Gladiator. Das sagten diese eindringlichen, fiebrigen Augen, die alles verfolgten, was vor sich ging, in einem aufmerksamen Schweigen, das ganz anders war als das Schweigen Gordons. Nach der Geschichte von seinem Tornister in Korea hatte Frank nichts mehr gesagt. Doch ich spürte, daß ihm keine Einzelheit entgangen war: weder meine ungewohnte Scheu vor Theodor, noch meine Neugier gegenüber den anderen, noch die Fragen, die ich mir in bezug auf ihn stellte. Ich musterte ihn tatsächlich von Zeit zu Zeit, als gälte es, ihm ein Geheimnis zu entreißen, aber ich gewann nichts dabei als das Bild einer hohen Stirn, einer schmalen Nase, feiner Lippen. Dann fing Pete an, einen seiner üblichen Sketche aufzuführen: Diesmal war es eine Szene der Verzweiflung über eine Rede, die er in seiner Geburtsstadt Philadelphia halten sollte. Und da passierte folgendes:

»Kinder, wie soll ich bloß anfangen? Ich habe alle Anekdoten aufgebraucht, Kinder! Und meine Mutter wird da sein, meine Schwester wird da sein, meine ehemaligen Schulkameraden werden da sein und so weiter und so fort und Amen: Ich kann mich doch nicht blamieren! Ich muß die Aufmerksamkeit des Publikums gewinnen! Ich muß einen Anfang finden!«

Die andern lachten belustigt.

»Einen Anfang, einen Anfang für Pete!«

»Wer hat einen Anfang für Pete?«

»Spendet, o spendet einen Anfang für Pete!«

Da stand Frank Borman auf: mit einem todernsten Lächeln. Er mimte Mark Anton, der sich die Toga um die Brust drapierte, wobei er mit den Fingern den scheußlichen rechteckigen Fleischflicken zudeckte, und begann zu deklamieren:

Mitbürger! Freunde! Römer! Hört mich an:
Begraben will ich Cäsar, nicht ihn preisen.
Was Menschen Übles tun, das überlebt sie,
Das Gute wird mit ihnen oft begraben.
So sei es auch mit Cäsar! Der edle Brutus
Hat euch gesagt, daß er voll Herrschsucht war;
Und war er das, so war's ein schwer Vergehen,
Und schwer hat Cäsar auch dafür gebüßt.
Hier, mit des Brutus' Willen und der andern
– Denn Brutus ist ein ehrenwerter Mann,
Das sind sie alle, alle ehrenwert –,
Komm' ich, bei Cäsars Leichenzug zu reden.
Er war mein Freund, war mir gerecht und treu:
Doch Brutus sagt, daß er voll Herrschsucht war.
Und Brutus ist ein ehrenwerter Mann.
Er brachte viel Gefangene heim nach Rom,
Wofür das Lösegeld den Schatz gefüllt.
Sah das der Herrschsucht wohl an Cäsar gleich?
Wenn Arme zu ihm schrien, so weinte Cäsar:
Die Herrschsucht soll aus härterm Stoff bestehn.
Doch Brutus sagt, daß er voll Herrschsucht war,
Und Brutus ist ein ehrenwerter Mann.

Hier hielt er inne, dieser Mark Anton in der Badehose, mit dem Igel und den Narben aus Korea.

Und ohne die Finger von dem Flicken zu nehmen, ohne sein todernstes Lächeln abzulegen, sah er schweigend Theodor an, der verschämt aufstand und sich räusperte.

»Hm, also wart mal ... Wie sagt er, Frank, wie sagt er?«

»*Ihr alle saht ...*«

»Hm, ja. *Ihr alle saht, wie am Lupercusfest*
Ich dreimal ihm die Königskrone bot,
Die dreimal er geweigert. War das Herrschsucht?«

»Gordon!«

Gordon blieb träge auf seiner Luftmatratze liegen und bewegte kaum die Lippen.

»*Doch Brutus sagt, daß er voll Herrschsucht war,*
Und Brutus ist ein ehrenwerter Mann.«

»Tom!«

Tom hob besorgt die Achseln.

»He! Jetzt kommt's dicke. Hilf mir, ja?«

»*Ich will, was Brutus sprach, nicht widerlegen,*
Ich spreche hier von dem nur, was ich weiß.
... Los, Tom! ...
Ihr liebtet all ihn einst nicht ohne Grund;
Was für ein Grund wehrt euch, um ihn zu trauern?
O Urteil, du entflohst zum blöden Vieh, ...
Nur Mut, Tom!«

»*Der Mensch ward unvernünftig!*« vollendete Tom froh.

»*Habt Geduld!*
Mein Herz ist in dem Sarge hier bei Cäsar, ...«

»*Und ich muß schweigen, bis es mir zurückkommt*«, kreischte Pete in wilder Freude, daß er seinen Vers gefunden hatte. »Und du findest, so sollte ich in Philadelphia anfangen?«

»Du würdest fabelhaft dastehen«, bemerkte Frank. Dann nahm er die Toga ab, das heißt die Finger von der Narbe und setzte sich wieder: samt seinem todernsten Lächeln.

»Danke, Frank!« rief ich.

»Bitte.« Und im gleichen Augenblick sprang er auf, sprangen sie alle auf: wie von der Peitsche getroffen. Am Swimmingpool wurde es still.

»Morgen, Baby«, sagte jemand lakonisch ...

Verschlossener als eine zugeklappte Auster, bereits im blauen Raumanzug, blieb der Chef inmitten der in einer Art Habtachthaltung erstarrten Gruppe stehen. Pete hingegen hielt die Arme auf dem Rücken und kreuzte beschwörend zwei Finger.

»Der Start ist um zwei Tage verschoben. Also auf übermorgen früh. Ich fliege ab. Ich bin morgen abend zurück. Drei bleiben hier, die andern kommen mit mir. Wir sind hier nicht im Urlaub. O. k.?«

»O. k., Boss.«

Der Boss zeigte auf den ersten.

»Du, Frank, kehrst nach Houston zurück.«

»Gut«, sagte Frank. Und warf mir einen betrübten Blick zu.

»Du, Tom, kehrst nach Saint Louis zurück.«

»Gut«, sagte Tom. Und warf mir ebenfalls einen betrübten Blick zu.

»Dito für Al und Gus, die sind schon informiert.«

»Du ...«, er wandte sich zu Pete, der inbrünstig die beiden Finger kreuzte. »Du ... bleibst.«

Petes Finger lösten sich, erschöpft von der Aufregung.

»Du ...«, wandte er sich an Theodor, der resigniert abwartete. »Du bleibst ebenfalls.«

Theodor zog eine erfreute Grimasse.

»Auch du bleibst hier, Gordon. Gut so?«

»Gut.«

»Gut, sehr gut! Dann gehen Ted und ich ein bißchen schwimmen, he?« kreischte mein Bruder.

»Dann begleiten mich Ted und du zum Flugplatz«, sagte der Chef trocken.

»Soll ich auch mitkommen?« piepste Gordons Stimmchen.

»Nein. Schlaf du nur, Gordon, schlaf.« Und er ging, verschlossener als eine zugeklappte Auster, und warf mir ein unmerkliches Lächeln zu.

»Bye, Baby.«

»Bye, Deke.«

Die Sonne brannte, und Gordon rieb sich mit Sonnenöl ein. Dann reichte er mir die Flasche herüber und forderte mich auf, es ebenso zu machen. Mechanisch gehorchte ich. Und dabei schaute ich dem Boss nach, der sich entfernte wie ein König, von seinen Knappen gefolgt. Und ich freute mich, daß die Knappen meine beiden Brüder waren. Ich freute mich auch, hierzubleiben und über all das Gesehene und Gehörte nachzudenken: über diese Gladiatoren in Shorts, die Shakespeare rezitierten. Hier am Swimming-pool von Cape Kennedy, am Vortag eines Raketenstarts. Schade, daß du sie nicht auch sehen und hören konntest. Es war ein schönes Schauspiel, glaub mir, Vater. Ein wirklich schönes Schauspiel. Ich war ganz voller Vertrauen und Stolz, ja, ich war regelrecht stolz auf sie. Und ich verstand nun endlich auch den Brief, den ich am Abend vorher aus Stockholm von Stig bekommen hatte: »Hier, im alten Europa, das Übliche. Prinzessin Desirée hat geheiratet, Prinzessin Margaretha wird demnächst heiraten, Chruschtschow kommt nach Schweden. Der Rest ist Schweigen.«

33. Kapitel

»Und du, wann reist du ab?« fragte Gordon, als er aus seinem Schlummer erwachte. Dann drehte er sich auf den Bauch, legte das Gesicht auf die verschränkten Hände und starrte mich an: zum erstenmal bereit, ein bißchen länger zu plaudern. Am Swimmingpool waren nur wir beide noch.

»Nach dem Start der Saturn.«

»Und fährst gleich nach Italien zurück?«

»Mehr oder weniger.«

»Und bist froh, wieder nach Hause zu kommen?«

»Nein, es tut mir eher leid. Weißt du, wie wenn die Sommerferien vorbei sind und du wieder in die Schule mußt. So etwa ist es, mehr oder weniger.«

»Ho, wenn das für dich Ferien waren!«

»Es war fast so.«

»Wo du doch nichts als gemeckert hast. Die andern sagen, du hast dauernd gemeckert.«

»Ich meckerte, weil ich Fieber hatte, ein Riesenfieber. Bradbury sagt, nach einem schweren Fieber wird man entweder gesund oder man stirbt: Aber ewig krank bleiben kann man nicht. Nachdem ich nicht gestorben bin, bin ich also wieder gesund.«

»Ganz oder nur halb?«

»Das kommt auf den Standpunkt an. Mein Vater würde sagen, nur halb. Ich sage, ganz.«

»Und was machst du jetzt, wo du ganz gesund bist?«

»Ich schreibe das Buch.«

Gordon kratzte sich etwas argwöhnisch am Kinn. Dann schloß er die Augen und öffnete sie wieder.

»Jesus! Wer weiß, was du alles schreibst. Was denn?«

»Alles. Was ich gesehen habe, was ich gehört habe, was ich gedacht habe, was ich gelitten habe. Mehr oder weniger alles.«

»Das muß eine ordentliche Plackerei sein.«

»Manchmal. Vor allem aber fühlt man sich mies. Richtig mies. Wie wenn man sich selbst verprügelt. Und dann, wenn man sich selbst genug verprügelt hat, kommen die anderen und prügeln einen.«

»Warum machst du es dann?«

»Und du? Warum hast du deinen Beruf?«

»Weil ich daran glaube.«

»Nun gut, auch ich glaube daran.«

»Ja, aber manchmal möchte ich, ohne etwas zu tun, da oben in Carbondale sein.«

»Und was ist Carbondale?«

»Das ist ein Ort in den Bergen von Colorado: Meine Mutter lebt dort. Wir haben eine Ranch in Carbondale, meine Mutter und ich. Schön, weißt du. Es gibt eine Menge Weinberge da, man macht Wein: wie bei dir zu Hause. Und zwar in Holzfässern wie früher: wie bei dir zu Hause. Außerdem macht man auch Brandy. Und dann gibt es in Carbondale eine Menge Fische. Und Fischen gefällt mir. Ich bin in Shawnee geboren, in Oklahoma, und dort gehen alle fischen, an den Seen und Flüssen. Am Anfang bin ich hier auch fischen gegangen, mit Grissom, es gab nämlich Fische in den Gruben bei der Abschußrampe, jetzt aber nicht mehr. Sie werden wohl von all diesem Feuer verkocht sein. Nur Haifische gibt's noch. In Carbondale dagegen gibt es ganz kleine Fische, die die Bäche hinaufschwimmen wie Forellen. Ja, manchmal möchte ich einfach dort oben in Carbondale sein und nichts tun.«

»Ich möchte auch manchmal einfach im Chianti sein und nichts tun. Auch dort gibt es ganz kleine Fische, die die Bäche hinaufschwimmen wie Forellen. Aber man kann das Leben nicht mit Fischen verbringen.«

»Nein, kann man nicht. Darf man nicht. Sonst bleibst du nämlich in Shawnee, Oklahoma, stecken und merkst nicht einmal, daß es Carbondale gibt. Und dann, wer weiß, wie viele Carbondales es im Weltall gibt? Man muß sie suchen, nicht?«

»Ja, muß man.«

»Darum, siehst du, darum gefällt mir mein Beruf. Und ich fühle mich nicht mies dabei, wie du. Es ist nicht mal anstrengend. Es ist für mich wie ... wie ...« Er lächelte sein weißblitzendes Lächeln: kräftige, gesunde Zähne. »... wie beten.«

»Bist du religiös, Gordon?«

»Ja, sehr. Ich gehe auch zur Messe.«

»Ah, ja. Du hast ja auch ein Gebet geschrieben, während du in der Mercurykapsel flogst, nicht?«

»Nicht geschrieben. Auf Band gesprochen.«

»Wie ging es, Gordon?«

»Ich weiß es nicht mehr.«

»Doch, du weißt es. Du hast es sogar im Kongreß vorgetragen.«

»Ach, der Kongreß. All dieses Getue mit In-die-Geschichte-eingehen und so. Man erzählt uns immer: Seid ihr euch auch bewußt, daß ihr in die Geschichte eingeht. Und ich sage: Was hat Carbondale mit der Geschichte zu tun. Komme ich dir vor wie jemand, der in die Geschichte eingeht?«

»Wie ging das Gebet, Gordon?«

Er errötete unter der von der Sonne geröteten Haut. Er lachte über sich selber und zog die Schultern hoch.

»Es ging so: Vater, ich danke dir ganz besonders dafür, daß du mich hast diesen Flug unternehmen lassen. Und daß ich hier an diesem berauschenden Ort sein und all diese Dinge sehen darf, die mich überwältigen. Diese wunderbaren Dinge, die du geschaffen hast ... und so weiter. Etwa in diesem Sinn. Nichts Besonderes. Aber es ist mir durch den Kopf gegangen, und da habe ich es aufgenommen. Und dann mußte ich es im Kongreß aufsagen, und das brachte mich so in Verlegenheit, daß ich am liebsten weggelaufen wäre.«

»Wer ist weggelaufen? Wer ist weggelaufen?« kreischte Pete hinter uns. Er hatte nicht einmal eine Stunde gebraucht, um den Chef zum Flugplatz zu begleiten und zurückzukommen.

»Du bist weggelaufen«, lächelte Gordon.

»Ich bin nicht weggelaufen. Ich habe ihn in sein verdamm-
tes Flugzeug gesetzt und habe mich beeilt, hierherzukommen, um es dir gleich zu sagen: Gordon, wir sind ange-
schmiert. Dieser Teufel hat uns zum Arbeiten hiergelassen.
Alle drei. Heute nachmittag und morgen den ganzen Tag.
Abschußrampe und dann Merritt Island. Kinder, bin ich
nicht ein Pechvogel? Nie kann ich in Ruhe eine schöne Rede
schreiben. Ich habe ihm gesagt: Gordon und Ted müssen
keine Rede halten, aber ich. Er hat mir nicht mal geantwortet. Also noch mal: Wer hat einen Anfang für meine Rede?«
    Sein Hilferuf stieß auf Schweigen.
    »Uff! Was soll dieses Stillschweigen? Komme ich, ver-
stummt alles. Gehe ich weg, redet alles.«
    »Wir reden nicht, wir beten«, ließ Gordon sich verneh-
men. »Und dann schlafen wir.«
    Er schloß verdrossen die Augen und schlief ein. Sogleich.
Pete vergewisserte sich, ob er nicht simulierte (er simulierte
nicht, o nein, er simulierte nicht), dann tippte er mir auf die
Schulter.
    »He! Habt ihr wirklich gebetet?«
    »Uff! Wo ist Theodor?«
    »Bei der Abschußrampe. Ich habe ihn hingeschickt.«
    »Schuft.«
    »Antworte! Habt ihr wirklich gebetet?«
    »Ich nicht, aber er. Er hat mir ein Stück seines Gebetes
vorgetragen.«
    Pete schien betroffen, sehr betroffen. Er näherte sich dem
schnarchenden Gordon, betrachtete ihn eingehend mit gefurchter Stirn, dann kam er zurück und schien noch betrof-
fener.
    »Kinder! Wer hätte das gedacht.«
    »Wieso? Betest du nicht?«
    Er kratzte sich den Anker, entblößte seine kümmerlichen
Zähne.
    »Nun, nicht am Swimmingpool. Und in Kirchen auch
nicht. Ich meine, ich gehe nicht in die Kirche und dergleichen. Aber glauben, glauben tu ich schon, wir alle glauben,
weißt du. Auch Wally, der so tut, als gäbe es für ihn überhaupt nichts, weder Himmel noch Hölle noch sonst was.
Möchte ihn aber sehen, wenn er Angst hat. Man schafft es in
diesem Beruf gar nicht, ohne den Vater im Himmel, ohne

daran zu denken, daß es ihn gibt. Kinder! Mindestens dreimal hab ich riskiert abzustürzen. Und jedesmal habe ich
Gott um Hilfe angerufen wie ein Verrückter. Diese verdammte Steuerung funktionierte einen Dreck, und ich flehte
zu Gott, mach, daß sie funktioniert, lieber Gott! Und willst
du's wissen? Ich bin überzeugt, daß Gott mir geholfen hat,
daß er diese verdammte Steuerung, die nicht funktionierte,
doch noch zum Funktionieren gebracht hat: Denn ich war
wirklich drauf und dran abzustürzen. Mit dem Mond, siehst
du, ist es dasselbe. Einer kann darüber lachen und sich lustig
machen, aber wenn er daran denkt, daß er auf den Mond
geht, so ist das erste, was er macht, daß er Gott um Hilfe
bittet. Und das zweite, daß er ihm dankt.«
    »Und wenn die Hilfe nicht kommt?«
    »Unke! Dann dankt man trotzdem. Das ist eine Sache des
Anstands. Wenn ich dich um ein Streichholz bitte und du
gibst mir keins, danke ich dir trotzdem, oder nicht? Eine
Sache der Höflichkeit. Nun also: Warum soll ich zu dir
höflich sein und zu Gott nicht?«

Merkwürdige Tage, diese letzten beiden. Eine große Ruhe
kam auf einmal über uns, wir sprachen über Dinge, an die
wir uns sonst gar nicht herangewagt hätten, weil wir uns
lächerlich vorgekommen wären. Oder vielleicht war ich es
nur, die in ruhiger Ungezwungenheit dazu anregte. Du be-
urteilst die anderen ja immer nach der eigenen Gemütsver-
fassung, und ich war so vollkommen ruhig, nur leise ange-
haucht von Wehmut wegen des nahen Endes meiner Reise.
Wenn wir nicht in solche metaphysischen Vertraulichkeiten
hineingerieten, war ich einfach still und ließ die anderen über
ihre Angelegenheiten diskutieren: Fast immer ging es um
Sicherungen, Treibstoff und Automatik. Beim Abendessen,
bei dem wir uns alle vier mit Ben James trafen, sprachen sie
überhaupt nur davon. Da ich nun dazugehörte, kümmerten
sie sich nicht mehr darum, mich mit brillanten Einfällen zu
unterhalten.
    »Ich hab's ihnen gesagt, ich hab's ihnen immer wieder
gesagt: Du sitzt auf einer Bombe, denn die Rakete ist prak-

tisch eine Bombe, und in der Kapsel bist du wie in einer Falle. Wie kannst du dich da wehren? Was willst du tun? Gar nichts kannst du tun, du fühlst dich nicht mal mehr wie ein Mensch mit zwei Händen und einem Gehirn, sondern nur als Versuchskaninchen: Laßt uns doch die Freiheit, das Ding selber zu lenken! Als redete man gegen eine Wand. Sie hören dir nicht mal zu.«

»Andererseits, wenn dir schlecht wird oder wenn du einen Fehler machst, hat die automatische Steuerung einen Vorteil: Sie kann dich korrigieren und somit retten.«

»Von wegen Fehler und schlecht werden! Zu Lindberghs Zeiten war's schön: Da stieg einer in ein Gerät, das nicht mehr als ein besserer Papierdrachen war, und war an allem selber schuld, hatte die Verantwortung für alles allein. Von Hand gesteuert! Ach, mein alter Jet mit zwei Flügeln!«

Wenn Lachen aufkam, steigerte es nur ihre Traurigkeit.

»Du mußt wissen, daß die Sicherung dieses Steuerungssystems. ...«

»Kinder, seid ihr blöd, zum Kuckuck? Die da hört uns zu, vielleicht ist sie eine dreckige Spionin und hat die Geschichte mit dem Buch nur erfunden, um uns die Sicherung zu klauen, und statt nach Mailand fliegt sie direkt nach Moskau. Und wir verlieren die Stelle!« kreischte Pete.

»Wenn sie aber eine dreckige Spionin ist muß sie immerhin ein bißchen was finden sonst kommt sie mit nichts nach Moskau und Sedow erschießt sie weil sie nichts weiß ich will nicht daß sie erschossen wird also geben wir ihr was oder?« antwortete Theodor.

Dann zerriß Theodor die Papierserviette, schrieb auf die Fetzen 1, 2, 3, 4, 5, 6, 7, 8, 9, 10 und überreichte sie mir liebenswürdig. »Nimm bring das Sedow und wenn es ihm nicht gefällt sagst du: Aber ich kann doch nichts dafür, wenn diese englisch sprechenden Astronauten nichts taugen das sind Tiere, ich schwör's.«

Die Trauer des Abschieds von ihnen, Vater. Denn in diesen zwei Tagen, siehst du, hatte ich sie nicht nur achten und beneiden gelernt, sondern sie waren mir ans Herz gewachsen. Und das kam, weil mir etwas Wichtiges klargeworden war: daß sie nicht anders waren und sind als wir. Das sind wir. Das sind wir, die vor hundert, zweihundert, dreihundert Jahren das alte Europa verließen und dorthin übersiedelten: zu neuen Ufern, neuen Hoffnungen. Das sind wir, die diese Ufer besetzten, uns von diesen Hoffnungen nährten, jünger wurden und uns dabei nicht arg veränderten. So daß ihre Fehler unsere Fehler, ihre Tugenden unsere Tugenden sind: umgezogen, mit einer neuen Adresse. Die von Gordon, Pete, Theodor, Frank, Tom, Deke, Wally, Al, Jack, Ben, Sally, Howard, HR, Slattery, die Adresse von uns Bösen und Guten, uns Dummen und Klugen, uns Besten und Schlechtesten, von uns immer Gleichen. Die Wahl, die zu treffen war, hieß also nicht entweder wir oder sie: sondern entweder wir hier oder wir dort, entweder wir heute oder wir morgen, entweder wir in meiner Zeit oder wir in deiner Zeit. Und wenn wir uns für uns in meiner Zeit entscheiden, müssen wir dorthin gehen: Es hat keinen Sinn, hier in Schweigen zu verharren. Am Abend vor dem Saturn-Start verabschiedete ich mich von ihnen, wie ich mich von dir verabschiede, wenn ich weiß, daß ich früher oder später zurückkehre. »Ciao, Pa'. Auf Wiedersehn.« »Ciao, Deke. Auf Wiedersehn.« »Ciao, Frank. Auf Wiedersehn.« »Ciao, Gordon. Auf Wiedersehn.« »Ciao, Tom. Auf Wiedersehn.« »Ciao, Gus. Auf Wiedersehn.« Sie waren alle wieder da. Und mit ihnen die Aufregung des Vorabends. Offensichtlich konnte nicht einmal von Braun schwören, daß die Saturn es wirklich schaffen würde, aber Pete sagte, sie schaffe es nicht, und infolgedessen schwand jeder Zweifel dahin. Pete und Theodor waren die letzten, die ich grüßte: und zwar genau am Swimmingpool.

»Also Ciao, Pete. Auf Wiedersehn.«

»Ciao. Wann kommst du wieder? Wann?«

»Weiß ich nicht. Aber ich komme wieder.«

»Schick mir inzwischen den Wein, ja?«

»Wenn du mir versprichst, ihn zu trinken, wenn du auf den Mond gehst.«

»Versprochen: aber nur, wenn du herkommst, um mich starten zu sehen.«

»Werde ich, Pete. Aber ich glaube, ich werde weinen, wenn ich zusehe, wie du zum Mond fliegst.«

»Weinen? Nicht die Bohne! Freuen wirst du dich, und wie! Weil nämlich nichts auf der Welt wichtiger ist, als auf den Mond zu fliegen. Verstanden?«

»Verstanden.«

»Und morgen früh, wenn dieses Ding in den Himmel saust, mußt du denken, daß auch ich eines Tages drin sein werde. Verstanden?«

»Verstanden.«

»Und mußt sagen: Dort drin wird mein Bruder sein, dort drin ist mein Bruder. Und mußt stolz sein. Verstanden?«

»Verstanden.«

»Und ich werde daran denken, daß du daran denkst, und so wird alles ein einziges großes Denken sein, und dieses Denken wird ein toller Gruß sein.«

»Ein toller Gruß.«

Dann ging er, so klein und blond, mit seinen komischen Zähnen und seiner komischen Glatze, seinem komischen Anker und seinem komischen Mut, und da kam er mir hochgewachsen vor, und da kam er mir groß vor, groß und gar nicht mehr komisch.

»Ciao, Theodor. Auf Wiedersehen.«

»Ciao. Und falls wir uns nicht mehr sehen ...«

»Wieso sollten wir uns nicht mehr sehen?!«

»Nun ich meine nur so ich will sagen: Auch wenn wir uns nicht wiedersehen einer hier und einer da paß auf mit diesen scheußlichen Drive-ins ja?«

»Ich werde aufpassen, Theodor.«

»Denn weißt du ich verstehe ja essen muß man und trinken muß man aber zum Essen und Trinken muß man ja die Sachen nicht kaputt machen oder?«

»Wir werden versuchen, sie nicht kaputtzumachen, Theodor.«

»Auch wenn es keine Blätter gibt und Blumen und Vögel und du weißt wie gern ich Blätter Blumen Vögel habe muß man die Dinge respektieren verstehst du mich?«

»Wir werden versuchen, sie zu respektieren, Theodor.«

»Also, ich glaube dann ist nichts mehr zu sagen Ciao ja?«

Und er reichte mir die Hand.

Er reichte mir die Hand, und mit ihm konnte ich nicht vom Mond reden, ihm konnte ich nicht sagen, ich werde weinen, wenn du zum Mond fliegst, Theodor: Ich wunderte mich, warum. Zu ihm hätte ich etwas ganz Besonderes sagen wollen, etwas Schönes, etwas, das ihm erklärte, was er mir gegeben hatte, Anmut, Güte, Reinheit, ja, die Geschichte vom alten Moses etwa, eine Geschichte von Sidmak, die mir so sehr gefällt, ich weiß nicht, wie oft ich sie schon gelesen habe, ich kann sie fast auswendig: Aber auf einmal war sie wie verschwommen, und ich brachte sie nicht mehr zusammen. Wart mal, wiederholte ich mir selber, wart mal: Da ist der alte Moses, der allein auf einem Berg wohnt, und da ist das grüne Wesen, ein außerirdisches Wesen, das beschaffen ist wie eine Pflanze, und von dem man nicht weiß, was es ist: ein Mensch, ein Engel oder ein Baum. Da kommt dieses Wesen und klagt, weil der silberne Käfig, in dem es reist, kaputt ist, aber die Leute verstehen nichts, hören nicht zu und lachen einfach. Der alte Moses hingegen hört dem grünen Wesen zu und hebt den Käfig auf und ... und weiter? Weiter konnte ich mich nicht erinnern. Da ist das grüne Wesen, das sich nicht verständlich machen kann, seltsame Laute ausstößt und sonst nichts, aber zuletzt macht es sich doch verständlich und bittet den alten Moses, ihm den Käfig mit seinen Silbermünzen zu reparieren. Da nimmt der alte Moses seine Silbermünzen, seinen einzigen Schatz, und schmilzt sie im Feuer ein und repariert den Käfig und ... und weiter? Weiter konnte ich mich nicht erinnern. Da ist das grüne Wesen, das in seiner Brust einen grünen Kristall birgt, seinen Reisegefährten, seinen Samen, der ihm dazu dient, wiedergeboren zu werden, falls er sterben sollte, und bevor es fortgeht, begeht es die Tollheit und überreicht den Kristall, seinen Gefährten, dem alten Moses, und ... und weiter? Weiter konnte ich mich nicht erinnern. Ich konnte mich nur erinnern, daß der alte Moses sich entfernt und den Kristall in der Hand hält, der für ihn nur ein Kristall ist und von dem er nicht weiß, wozu er dient, er spürt nur diese große Freude, dieses große Glück. Es war merkwürdig, daß er glücklich war, denn er hatte überhaupt keinen Grund, glücklich zu sein: Er war alt, und das grüne Wesen hatte ihn für immer verlassen, und auch seine Silbermünzen hatte er nicht mehr. Vielleicht war er glücklich, sagte er sich, weil das grüne Wesen bei ihm gewesen war und ihm ein Geschenk gemacht hatte. Es war ein Geschenk, so unnütz es auch sein mochte. Und seit vielen Jahren hatte niemand mehr daran gedacht, ihm ein Geschenk zu machen.

»Eines möchte ich dir sagen, Theodor: Dich kennenzulernen war ein Geschenk.«

»Oh!« sagte Theodor erfreut.

»Ein großes Geschenk.«

»Oh!« sagte Theodor erfreut.

»Ich werde morgen früh auch an dich denken, wenn dieses Ding hochgeht.

»Oh!« sagte Theodor erfreut.

»Ich werde daran denken, daß auch du eines Tages in diesem Ding sein wirst ...«

»So darfst du es nicht sehen«, sagte er, »es spielt keine Rolle ob ich hinaufgehe oder nicht. Du mußt es sehen wie ein Gebet denn wenn wir dieses Ding abschießen ist das wie beten.«

»Beten?!«

»Ja, wie beten.«

Das war das letzte, was er sagte, und ich würde ihn nie wieder sehen, diesen Bruder namens Theodor: nie mehr nach diesem Juniabend am Rande eines Swimmingpools in Cape Kennedy. Um uns herum lachten und plauderten die Leute und fragten, ob die Saturn starten würde.

Sie startete mit vier Stunden Verspätung. Das ewige Lüftchen, Gottes Hohn, ließ auf irgendeinem Bildschirm eine Rauchfahne erscheinen, und der Countdown blieb immer bei »fünfzehn Minuten« stecken. Vom Pressequartier aus, drei Meilen von der Abschußrampe entfernt, sah man diese Rauchfahne nicht: wohl aber die Rakete, schneeweiß gegen den blauen Himmel, und diesmal war sie nicht ein zum Tode Verurteilter, sondern eine riesige Kerze, die darauf wartete, zu unserem und Gottes Ruhm angezündet zu werden. Was machte es, wenn Gott sich damit vergnügte, uns ein bißchen zu demütigen, uns zu necken: Früher oder später würde er uns diese Feier zelebrieren lassen, größer als alle Messen, Abendmahle und Choräle zusammen. Die Kirche waren diese drei Quadratmeilen unter dem Gewölbe des Himmels. Der Altar war die Kasematte, wo sich der Hohepriester mit den Priestern befand, von Braun mit den Astronauten und Technikern. Der Betstuhl für die Gläubigen, das war das Areal, wo ich mich mit zweihundert Journalisten befand: eine runde, von einem hölzernen Geländer umgebene Wiese mit vielen Nischen, ihren Beichtstühlen. In jeder Nische befand sich ein Telefon, von dem aus man jede Stadt der Welt anrufen konnte, und einen Augenblick lang war ich in Versuchung, dich anzurufen, Vater, dir zu sagen, ich bin in Cape Kennedy, und da drüben ist die Saturn, eine riesige Kerze, die darauf wartet, zu unserem und Gottes Ruhm angezündet zu werden. Wir sind hier seit drei, vier Stunden, und wir haben Verspätung, weil Gott ein Lüftchen bewegt und eine Rauchfahne über einen Bildschirm schickt, doch wir fühlen uns nicht gedemütigt: Es ist ein schöner Morgen, die Sonne wärmt uns wie ein Versprechen, und wenn es zwölf schlägt, werden wir diese Kerze anzünden, du wirst sehen. Ich rief dich nicht an, alle telefonierten, um den Radiostationen und Fernsehzentren und den Zeitungen Meldungen durchzugeben: Es herrschte ein solcher Lärm, und du hättest nichts verstanden. Ich blieb dort und dachte, daß du nichts verstehen würdest, und so wurde es Mittag, und Gott hörte auf, uns zu necken: Er befahl dem Lüftchen, sich zu verziehen, der Countdown wurde wieder aufgenommen, und unser Gebet begann. Der Priester ließ seine Anrufung aus der Kasematte aufsteigen, »fünfzehn ... vierzehn ...«, ein Lautsprecher übermittelte sie zum Journalistenareal, und die Journalisten am Telefon übernahmen sie und wiederholten im Chor: »fünfzehn ... vierzehn ...« Im Chor, mit gewichtigen und ernsten Stimmen. So daß diese Ziffern nicht mehr Ziffern waren, sondern Worte wurden.

»Fünf Minuten ...«
Te rogamus, Deus, audi nos ...
»Vier Minuten ...«
Te rogamus, Deus, audi nos ...
»Drei Minuten ...«
Te rogamus, Deus, audi nos ...
»Zwei Minuten ...«
Te rogamus, Deus, audi nos ...
»Eine Minute ...«
Te rogamus, Deus, audi nos ...
»Neun Sekunden ...«
Te rogamus, Deus, audi nos ...
»Acht Sekunden ...«
Te rogamus, Deus, audi nos ...
»Sieben Sekunden ...«
Te rogamus, Deus, audi nos ...

»Sechs Sekunden . . .«

Te rogamus, Deus, audi nos . . .

»Fünf Sekunden . . .«

Te rogamus, Deus, audi nos . . . Te rogamus, Deus, audi nos . . . Te rogamus, Deus, audi nos . . . Wir bitten dich, Gott, erhöre uns . . . Wir bitten dich, Gott, erhöre uns . . . erhöre uns . . . erhöre uns . . . erhöre uns . . . erhöre uns, Feuer, Halleluja!

Halleluja!

Ein weißer Vulkan öffnete sich, raubte dem Himmel jedes Blütenblatt seiner Wolken, machte einen großen Kranz daraus und legte ihn um die Saturn, eine weiße Kerze, weiß umkränzt, und ein Weilchen blieb sie noch stehen, schwankend, als wagte sie die Herausforderung, die Blasphemie des Aufstiegs nicht, dann erhob sie sich, aufreizend langsam, löste sich aus dem Kranz und ließ ihn ganz auf der Erde zurück, stieg auf, himmelwärts, flog fort in den Raum, und selbst ihr Dröhnen war glorreich, es war kein Dröhnen mehr, es waren Osterglocken, jener Osterzeit, in der wir glücklich, frei und gut sind, jener Osterzeit, die wir miteinander verbrachten, als der Krieg zu Ende war, und du lebtest, und ich lebte, und Mutter lebte, und alle um uns herum lebten, und die Sonne schien warm, das Brot war weiß, weiß, weiß wie unsere Kerze hier, die senkrecht und sicher aufstieg, ihren orangefarbenen Kometen hinter sich zurückließ und jetzt keine Kerze mehr war, sondern eine Rakete, und die Rakete war für mich nicht mehr leer, darin waren alle, meine Brüder, meine Freunde; Pete, der lachte, lachte und vor Freude allen auf die Schultern schlug: Frank, Tom, Gordon, Wally, Jim, Gus, John, Deke – dem endlich die Augen blitzten –, Theodor, der oh! oh! oh! machte, und wie froh er war, wie froh sie alle waren, so froh, daß sie mich vergaßen, mich hier auf der Erde zurückließen. Laßt mich nicht hier, hätte ich am liebsten gerufen, ich mag nicht allein hierbleiben, die Menschen sind unglücklich hier, unterwürfig, böse, sie zerstören, verderben, beschmutzen alles, nehmt mich weg von hier, bitte, nehmt mich mit euch hinauf! Aber sie waren zu weit, sie konnten mich nicht hören und konnten nicht umkehren, denn man kehrt nicht um, Vater; wenn man einmal abgereist ist, muß man weiter, vorwärts und vorwärts, und so verschwanden sie mit ihrem Kometen, wurden

ein kleines Feuer, dann der Kopf eines brennenden Streich-
holzes, ein silbernschimmerndes Stäubchen, das in die Stratosphäre drang, sich im unendlichen Dunkel verlor, und ließen mich hier auf der Erde zurück. Trübselig ging ich zu
einem Telefon. Ich wählte die Nummer meines Büros in
New York. Ich teilte mit, daß ich am Abend dort sein würde. Ja, reserviert mir ein Hotelzimmer. Ja, danke.

Natürlich hätte ich sie wiedersehen können, hätte mich
überzeugen können, daß sie mich nicht allein gelassen hatten
hier unten. Ich hätte lediglich zu einem der Busse zu gehen
brauchen, die zum Holiday Inn zurückfuhren. Aber ich zog
es vor, sie nicht wiederzusehen, sie mir dort oben vorzustellen, und darum trödelte ich noch ein wenig, um den Leuten
zuzusehen, die sich entfernten wie nach einem Fest auf dem
Lande. Ich trödelte ungefähr zwei Stunden herum in der
nunmehr leeren Kirche, bis von Braun kam. Von Braun hatte etwas zugenommen, er wirkte sehr zufrieden mit seinem
geschwellten Brustkorb und warf mir von Zeit zu Zeit einen
Blick zu: Ich war die einzige, die ihn nichts fragte. Schließlich hob er die Stirn, lächelte und schien zu sagen: Was
machst du denn da, was willst du? Ich mache nichts, gab ich
stumm zurück, ich will nichts, vertreib mir nur die Zeit.
Und ich stand auf und ging auf den letzten Bus zu. Im Bus
war niemand als der Soldat, der mich schon nach White
Sands gefahren hatte. Er fragte mich, ob ich gern allein im
Bus sei, und ich antwortete, sogar außerordentlich gern, weil
ich mir dann einbilde, die Herrin des Busses zu sein und
über alles mögliche nachdenken könne. »Hier das Übliche,
Prinzessin Desirée hat geheiratet, Prinzessin Margaretha
wird demnächst heiraten. Chruschtschow kommt nach
Schweden. Der Rest ist Schweigen.« In solche Gedanken
versunken kam ich im Holiday Inn an und hoffte, alle wären
schon weg. Es waren alle weg außer Gordon Cooper, der
seine Rechnung bezahlte und seine Fliegermontur trug.
Gordon sagte, die andern hätten mich gesucht, Theodor habe mir einen Zettel hinterlassen und Pete ein Geschenk,
dann seien sie weggegangen und hätten gerufen: Wo ist diese
dreckige Spionin, wo ist sie?

»Wo warst du?«

»Ich bin noch dageblieben«, sagte ich, »und habe nachgedacht.«

»Ah!« sagte Gordon. »Worüber?«

»Über verschiedenes; über das, was hier geschieht und dort nicht geschieht. Über unser Leben dort, unser Schweigen.«

»Ah!« sagte Gordon verständnislos.

»Also Ciao, Gordon.«

»Hier: der Zettel und das Geschenk.«

Er lachte sein schönes strahlendes Lachen. Das Geschenk Petes war ein häßliches Rootbeerglas mit einem Henkel und dem Aufdruck Rootbeer. Auf dem Zettel von Theodor stand: »Dreckige Spionin, denk dran, Tonati von mir zu grüßen. Hier die Formel für die Russen: fünf... vier... drei... zwei... eins...«

»Danke, Gordon.«

»Na, dann gehe ich.«

»Geh nur, geh. Sonst kommst du zu spät.«

Zum Kuckuck, warum hatte er mir die Illusion genommen? Aber vielleicht war das nicht Gordon, sondern nur jemand, der ihm ähnlich sah. Gordon flog mit den andern dort oben: ein silbern schimmerndes Stäubchen, das um die Erde kreiste, kreiste und kreiste, während ich ein häßliches Rootbeerglas und einen Zettel, der ein Gebet war, in der Hand hielt. Fünf... vier... drei... zwei... eins... Im Zimmer fand ich einen Brief: den, in dem du mir erzählst, daß du einem Baum das Leben gerettet, mir einen Baum gekauft hattest. »Ich habe dir einen Baum gekauft, weißt du. Erinnerst du dich an die Eiche oberhalb der Quelle? Jene große mit den freiliegenden Wurzeln, auf denen du als Kind herumgeklettert bist. Nun, der Besitzer wollte sie fällen und Brennholz daraus machen. Da habe ich sie gekauft, damit sie dort stehen bleibt. Mutter war nicht einverstanden. So viel Geld, hat sie gesagt, für einen Baum auf dem Feld eines anderen. Aber ich wußte, daß es dir leid täte, wenn ich ihn hätte abholzen lassen, und so habe ich ihn eben gekauft und mache ihn dir zum Geschenk. Du wirst ihn finden, wenn du zurückkommst, er wartet da auf dich. Immer noch an derselben, oberhalb der Quelle. Ich drücke dir die Hand. Dein Vater.«

Ich las das und schüttelte den Kopf und dachte, wie verrückt mein Vater ist, wie verrückt. Kauft mir einen Baum. Rettet einem Baum das Leben. Wie verrückt mein Vater ist, wie verrückt: Ich verstehe ihn nicht mehr.

34. Kapitel

Wie ich es erfuhr, an jenem letzten Oktobertag, und die endgültige Lektion erhielt: an diesem letzten Oktobertag und in den darauffolgenden Tagen. Ich habe es dir nie erzählt. In einem Artikel schrieb ich, ich hätte es auf der Straße gehört, als ich zum Madison Square Garden ging, um Lyndon Johnson und Bob Kennedy zu hören: Der Präsidentschaftswahlkampf in Amerika ging seinem Ende zu. Nun, das stimmte nicht. Es war sehr viel grausamer.

Ich war wieder in New York, natürlich. Du weißt ja, daß ich bereits mehr dort bin als hier: Ich habe meine Wahl getroffen. Gleich nach meiner Ankunft hatte ich Robert Smyth angerufen, einen Piloten, der seit Jahren am LEM arbeitet und für die Grumman Aircraft Kontakt zu den Astronauten hält.

Das LEM, weißt du, wird bei der Grumman Aircraft hergestellt, der Flugzeugfabrik in Long Island, kaum eine Stunde von New York entfernt. Während der zweiten Reise war mir Smyth eine Hilfe gewesen und hatte mich oft eingeladen, mir das Raumschiff, das auf dem Mond landen soll, aus der Nähe anzusehen. Ich aber hatte es mit der einen oder anderen Ausrede immer hinausgeschoben: Ich war es langsam müde, immer Maschinen kennenzulernen, ich wollte die Begegnung lieber noch hinauszögern. Und schließlich fand sie doch statt, an diesem letzten Oktobertag, an einem Nachmittag und dazu noch Samstag. Samstag! Samstags wird in Amerika nicht gearbeitet. Samstag ist Ruhetag. Und ich glaubte, Smyth sei deswegen nervös. Er ist es sonst nie. Teils wegen seines Berufes, der Kaltblütigkeit und Selbstbeherrschung verlangt, teils wegen seines britischen Phlegmas ist er stets gleichmütig und eiskalt: ein Typ, der ohne Wimperzucken jeden Zwischenfall, jedes Unglück hinnimmt. Einschließlich des Unglücks einer sich unmöglich benehmenden Frau, die den Samstag, ja sogar den Samstagnachmittag nicht ehrt, freundlich gegenüberzutreten. An jenem Tag jedoch hielt er sich ganz steif wegen einer seltsamen Unruhe, einer Beklommenheit, die sich von Zeit zu Zeit in nervösen Ausbrüchen äußerte, was neu an ihm war: daß er einem Blatt Papier auf dem Boden einen Fußtritt versetzte, einen Bleistift auf den Tisch schmetterte oder hustete. In seinem sonst matten, zerstreuten Gesicht stand ein brennender, harter Ausdruck. Seine überaus klaren, schläfrigen Augen waren wie von plötzlicher, verhaltener Wut hellwach. Ohne ersichtlichen Grund ließ er sich immer wieder zu einer Geste hinreißen, die ihm sonst nur in jenen seltenen Momenten eigen ist, wenn etwas schiefgeht: wenn er wegen einer verrutschten Strähne seines blonden Haares unversehens den Kopf nach hinten warf.

»Ist es denn so schlimm, daß ich dich gebeten habe, mir das LEM am Samstag zu zeigen?!«

»Aber nein.«

»Ist was Schlimmes passiert?«

»Nein.«

»Hast du Zahnweh?«

»Nein.«

»Versteh doch, daß ich nicht vor heute nach Long Island kommen konnte.«

»Hier ist das LEM.«

Er riß brüsk die Tür zur Halle auf. Und das war also das LEM: ein Geschöpf aus glänzendem Aluminium, auf vier Beinen; und es wirkte in der Tat wie ein Insekt oder besser wie eine Spinne. Mit Kopf, Bauch und Beinen. Der Bauch, das war der auf den Beinen festgeschraubte Treibstoffbehälter. Der Kopf, das war das Gehäuse für die Astronauten. Und im Kopf hatte es Augen, nämlich die beiden Sichtluken, einen Mund, nämlich die runde Einstiegsöffnung unter den Luken, und Ohren, nämlich die Antennen rechts und links. Mit den Augen betrachtete es uns, mit den Ohren hörte es uns zu, mit dem Mund würde es uns gleich etwas sagen: Die Roboter in den Science Fiction-Geschichten sahen fast genauso aus. Ich hätte schreien können.

»Robert, du hast recht! Es lebt, es ist wunderschön! Und wie groß! Macht mehr Eindruck als die Kapsel, als die Rakete, als alles! Wenn ich denke, daß es auf dem Mond landen wird, um Leute wie Pete und Theodor hinzubringen ...«

Lakonisch unterbrach er mich.

»Neun Meter hoch, vier Meter breit. Wiegt fünfzehn Tonnen. Wir arbeiten seit vier Jahren daran. Das Projekt existiert seit sechs Jahren. Kostenpunkt: zwanzig Milliarden Dollar.«

»Ich kann sie direkt da drin sehen, unglaublich! Pete, der argwöhnisch alles beäugt und sagt: Kinder, zum Kuckuck, Kinder! Und Theodor, der verzaubert alles anschaut und sagt: Schön, oh! wie schön die schöne Lava der schöne Sand die schönen Felsen ...«

»Das Aluminium soll die Sonnenstrahlen abweisen. Die Luken sind aus demselben Grunde so klein. Im All wird es glänzen.«

»Dann Pete, der ruft: Wer steigt zuerst aus, du, Ted, oder ich? Aber alle wissen, daß er aussteigen möchte, und Theodor sagt zu ihm, geh nur geh ...«

»Die vier Beine sollen das Gewicht so verteilen, daß das Raumschiff den Boden nur mit etwa einem halben Pfund pro Quadratzoll belastet und nicht einsinkt, falls es auf einer dicken Staubschicht landet.«

»Gehen wir rein, he? Gehen wir rein? Gott, wie ich mich freue! Im LEM zu sein, wie sie! Es ist ein wenig so, wie mit ihnen zu starten. Gehen wir rein, komm!«

»O. k.«

Wir stiegen eine Leiter hinauf und schlüpften durch den runden Einstieg ins Innere. Der Innenraum war ungefähr so groß wie das Cockpit eines Transportflugzeuges. In der Decke sah man die Öffnung, durch die die beiden aus- und später auch wieder in die Apollokapsel einsteigen würden. Unter den Luken waren die Bordinstrumente und das Elektronenhirn. Sitzgelegenheiten gab es keine.

»Mir ist, als sähe ich Theodor, der ...«

»Es wird dir auffallen, daß es keine Sitze gibt. Man braucht keine. Im Zustand der Schwerelosigkeit wird man beim Stehen nicht müde, und dasselbe gilt auf dem Mond, wo die Gravitation auf ein Sechstel reduziert ist. Die Sitze hätten nur unnötig das Gewicht vergrößert und wertvollen Platz weggenommen. Diese Glasfaser auf dem Boden heißt

Velcro und haftet an den Schuhen, wodurch das Schweben verhindert wird.«

»Großartig, Robert! Großartig! Ich hätte Lust, gleich Theodor anzurufen. Weißt du, das ist komisch: Theodor geht mir heute einfach nicht aus dem Sinn. Habe ich dir schon erzählt, was in Cape Kennedy passierte, als Pete zu ihm sagte ...«

»Das hier ist das Alarmsystem.«

Er drückte sachlich auf einen Knopf, und ein ganz leichtes und trotzdem quälendes Bip-bip zerriß mir Herz und Ohren. Bip-bip. Bip-bip. Gott, was für ein Ton! Bip-bip. Nie gehört, unerklärbar, außerirdisch. Ein Ton, der aus dem Nichts kam und ins Nichts führte. Ein Ton ...

»Stell's ab, Robert!«

Er stellte es ab. Und warf wieder die blonde Strähne zurück.

»Hör mal ...«

»Entschuldige bitte. Aber dieser Ton. Dieser hohle, gräßliche Ton. Wie etwas Unheilvolles, weiß nicht.«

»Hör mal ...«

»Wenn ich nur denke, das könnte der Alarm sein für die Jungs, für Theodor, für Pete, für Frank, für Gordon, für die andern ...«

Wieder warf er die blonde Strähne zurück. Dann sah er mir ins Gesicht, mit einem von unterdrückter Wut dunklen Blick.

»Pete hat angerufen, bevor du kamst.«

»So?«

»Ich habe ihm gesagt, daß du kommst.«

»So?«

»Ich habe eine schlimme Nachricht für dich: Theodor ist heute früh gestorben.«

Er sagte es geradeheraus. Mit einem Schlag, erbarmungslos. Wie die Ärzte, wenn sie dir einen kranken Nagel ausreißen. Sie nehmen die Zange und reißen, ruckzuck, den ganzen Nagel auf einmal aus. Und du sitzt da mit deiner Überraschung und deinem Schmerz und schaust den Ruckzuck-Doktor an, es hat dir die Stimme und den Atem verschlagen, du kannst nicht einmal schreien, nicht einmal sagen, Herr Doktor, was ist denn das für eine Art, Sie hätten mich doch etwas darauf vorbereiten können, vielleicht auch eine örtliche Betäubung, mit etwas Gefühl, o Gott, wie das weh tut, Herr Doktor, wie das weh tut, wie das brennt, o Gott, wie das brennt.

»Von einer Wildgans getötet, während er mit seiner T 38 über Houston war.«

»...«

»Er wollte gerade auf der Piste von Ellington landen.«

»...«

»Am Samstagmorgen, sehr seltsam.«

Am Samstagmorgen, das war es, Vater, am Samstagmorgen flog er nie. Er nahm sein Fahrrad und fuhr mit Glaube und Gläubchen bis zur Nassaubucht hinaus: um die Gänse zu sehen, wenn sie zum Trinken herunterkommen. Alle wußten das und neckten ihn deswegen: Gehst du am Samstagmorgen zu den Gänsen, Theodor? Auch gestern abend hatte jemand ihn gefragt: Gehst du morgen früh zu den Gänsen, Theodor? Und er hatte gesagt, nein morgen gehe ich nicht ich bin mit den Flugstunden ein wenig im Rückstand ich fliege ein bißchen mit meiner T 38. Er hob um zehn Uhr eins von der Piste in Ellington ab. Der Himmel war dunstig wegen der Hitze. Im Oktober ist es in Texas noch heiß. In sechshundert Meter Höhe: vereinzelt Wolken, die kleinen, die wie Schneeflocken oder wie Vögel aussehen. Er flog siebenunddreißig Minuten, dann fragte er beim Kontrollturm an, ob er landen könne, der Kontrollturm antwortete, warte noch, die Piste ist nicht frei. Er ging wieder höher. Um zehn Uhr sechsundvierzig kam er erneut runter und fragte, ob er jetzt landen könne. Der Kontrollturm bejahte, und er ging auf siebenhundert Meter herunter, dann auf sechshundert. Er kam aus Südwest. Auf einmal wendete er und sagte, er wolle von Südost kommen. Sonst nichts, und kam von Südost. Die Gans kam ihm aus Südwesten entgegen. Sie kam ihm aus Südwesten entgegen, und sie kam ihm in einer Höhe von sechshundert Metern entgegen: in seinem Korridor. Es war eine sehr große Gans. Als sie später die einzelnen Teile maßen, stellten sie fest, daß sie mindestens zwölf Kilo gewogen und eine Flügelspannweite von nicht weniger als einem Meter gehabt haben müsse. Von weitem sah sie wie ein einzelnes Wölkchen aus. Theodor flog in das Wölkchen hinein, das jedoch eine Gans war, und die Gans schlug gegen das Cockpit, auf der linken Seite. Die Düsenöffnungen der T 38 befinden sich unter dem Cockpit: Ein Flügel der Gans geriet in die Öffnung des linken Motors. Man hörte eine zweifache Explosion, dann geriet das Flugzeug in Brand. Es flammte auf wie ein Streichholz, aber Theodor hielt es unter Kontrolle und versuchte, gleichwohl auf der Piste von Ellington zu landen. Er war Fluginstrukteur gewesen, Theodor, und Testpilot: Schon manches Mal war er mit brennenden Motoren gelandet. Theodor wendete, fuhr das Fahrgestell aus und kam zur Piste nieder. Aber die Flammen schlugen hoch. Sie hüllten das Cockpit bereits von allen Seiten ein. Sie nahmen ihm die Sicht. Theodor begriff, daß er nicht landen konnte. Er konnte nur noch das Flugzeug aufgeben und mit dem Fallschirm abspringen. Theodor wendete von neuem, entfernte sich von der Piste, um einen Platz zu suchen, wo er das Flugzeug verlassen und abspringen konnte. Unten auf dem Boden warteten alle auf seinen Absprung. Sie hofften nur, er werde nicht ausgerechnet über den Häusern springen. In diesem Augenblick war er über den Häusern. Den Häusern der Astronauten. Theodor sprang nicht über den Häusern ab. Er konnte sie zwar nicht sehen, aber er wußte, daß sie dort waren. Er nahm Richtung auf ein Kleefeld etwa drei Meilen von seinem Haus entfernt. Und so verlor er kostbare Sekunden. Sehr kostbare. Das Flugzeug kam nämlich tiefer und tiefer. Als das Cockpit aufging und Theodors Körper hinausflog, war es nur noch dreihundert Meter über dem Erdboden: Allen war sogleich klar, daß der Fallschirm sich nicht mehr rechtzeitig öffnen konnte. Hinzu kam, daß Theodor schlecht weggeschleudert wurde, nach unten statt nach oben. Der Fallschirm öffnete sich nicht, Theodor stürzte senkrecht auf das Kleefeld ab. Und hier fand ihn Pete: in tausend Stückchen.

»Pete war als erster da und sah ihn.«

»Raus hier«, sagte ich. »Nur raus.«

»In tausend Stückchen.«

»Raus hier«, sagte ich. »Nur raus.«

»Pete fiel die Aufgabe zu, den Unfall zu rekonstruieren. Ihm und Deke Slayton. Sie sind beide noch dort auf dem Feld.«

»Raus hier«, sagte ich. »Nur raus.«

Wir gingen hinaus, und das Geschöpf aus Aluminium, in dem Theodor sich selbst nie vorstellen konnte, starrte uns aus seinen großen Glasaugen an. Smyth dagegen blickte vor sich hin und wirkte wie von einer schweren Last befreit. Die Steifheit war gewichen, er ging wieder mit seinem gewohnten lässigen Schritt und ließ die blonde Strähne sein Auge kitzeln. Auch sein Gesicht war wieder glatt, gleichgültig. Die Stimme ruhig. Eiskalt. Mit ruhiger, eiskalter Stimme fragte er mich, um welche Zeit wir im Madison Square Garden sein müßten. Er schien sich zu wundern, als ich sagte, ich wollte nicht mehr hingehen.

»Ich dachte, du mußt dorthin.«

»Ich mußte.«

»Es hat sich nichts geändert. Du mußt immer noch.«

»Es hat sich nichts geändert?!?«

»Es hat sich nichts geändert, denn du mußt immer noch dorthin.«

»Immer noch dorthin?!? Aber Theodor ist gestorben, zum Herrgott nochmal!«

»Theodor ist gestorben, und du mußt trotzdem zum Madison Square Garden.«

»Tut es dir denn nicht leid, daß er tot ist, zum Herrgott nochmal?«

Er sah mich wie aus weiter Ferne an, mit der blonden Strähne in einem der schläfrigen Augen.

»Es hätte mir auch passieren können. Es hätte jedem von uns passieren können.«

Und er brachte mich zum Madison Square Garden. Um Lyndon Johnson und Bob Kennedy zu hören. Im Madison Square Garden waren Tausende von Menschen. Sie schwenkten Fähnchen und bewarfen sich mit Konfetti. Johnson stand vor der Menge und breitete die Arme aus, und die Menge antwortete jubelnd: »Lyndon! Lyn-don!« Bob Kennedy begrüßte sie zusammen mit seiner Frau. Seine Frau trug einen braunen Mantel und war im achten Monat schwanger. Ich sah alles verschleiert und dachte an Theodor, an sein Gebet »fünf.. vier... drei... zwei... eins«, und plötzlich fiel mir ein, daß ich Tonati noch nicht seine Grüße ausgerichtet hatte. Die Adresse, die Theodor auf den Zettel geschrieben hatte, stimmte nicht mehr, es hatte viel Zeit gebraucht, die richtige zu finden, und als ich sie gefunden hatte, war Tonati auf der Hochzeitsreise.

Ich sagte es Smyth, und dieser gab zurück, ich solle nicht dran denken, ich solle um Himmels willen nicht dran denken.

Die Beerdigung fand vier Tage später auf dem Arlington-Nationalfriedhof in Washington statt. Ich kam am Abend vorher in Washington an, und wie bei einem Raketenstart fanden sich alle am selben Ort ein: diesmal war es das George Town Inn Hotel. Die Gruppe der Astronauten war vollzählig: die achtundzwanzig Hinterbliebenen und dazu John Glenn, nunmehr Präsident der Royal Crown Cola. Sie kamen und gingen ins Restaurant und in die Bar, begrüßten sich freudig, nahmen Glückwünsche entgegen: In den nächsten Monaten würden White und McDivitt, Gordon und Pete, Armstrong und See starten, und auch sie würden sehen, wie großartig die Sonne war über dem blassen Himmelsschleier, auch sie würden zurückkommen und mit Ehrungen und Medaillen überhäuft werden, mit Konfetti und Luftschlangen auf den Paraden am Broadway, oder auch sie würden es riskieren, grausam umzukommen, in tausend Stückchen zerfetzt, trotz ihrer Jugend, ihrer Kraft, ihres Formats. Und als wüßten sie das, als wäre es ihnen gegenwärtig, als wäre es normal, nicht zu ändern, reagierten sie auf all das ganz ruhig. »Bravo, Eddie. Bravo, Jimmy.« »Danke, ja, danke«. »Hals- und Beinbruch, Pete«. »Danke, ja, danke.« »Ich freue mich für dich, Neil, und für dich, Elliot.« »Danke, ja, danke.« Und jeder von ihnen hatte den gleichen Ausdruck wie Smyth, als er mir gesagt hatte »ja, er ist tot, und du mußt trotzdem zum Madison Square Garden«. Ruhig, normal. Als wäre nichts geschehen. Nichts. Man hätte glauben können, sie seien hier zu einer Geburtstagsfeier oder, was weiß ich, zu irgendeiner Versammlung. Der erste, der auf mich zukam, war der Chef. Er lächelte. Er hatte ein Glas in der Hand. Whisky, glaube ich.

»Hallo, Baby. Wie geht's?«

»Hallo, Deke.«

»In Kürze werden wir die Wahlergebnisse haben. Es scheint, daß Johnson in fast jedem Staat das Rennen gemacht hat.«

»Ja.«

»Vielleicht sogar in Arizona.«

»Ja.«

»Du bist wegen der Wahlen in Washington, oder?«

»Nein. Ich bin wegen Teds Beerdigung in Washington.«

»Ich verstehe.«

»Es ist grauenhaft, Deke.«

»Der Fallschirm ist schlecht weggekommen. Sonst hätte er sich retten können. Siehst du: Er ist so geflogen statt so.«

Er sprach mit seinem verschlossenen Gesicht, dem Gesicht wie immer.

»Es ist grauenhaft, Deke.«

»Es hätte mir passieren können. Es hätte jedem von uns passieren können.«

Der zweite, der auf mich zukam, war Frank. Im dunkelblauen Anzug, gut rasiert, wirkte er wie ein Student, der glücklich sein Examen bestanden hat. Niemand hätte ihm angesehen, daß ihm ein Kamerad gestorben war.

»Wen sieht man da! Hallo! Ich gratuliere!«

»Gratuliere? Wozu?«

»Ich habe ein Buch von dir auf englisch gesehen. Meine Frau liest es gerade. Sie sagt, du sprichst schlecht von den Amerikanerinnen. Wann kommst du nach Houston?«

»Ich komme nicht nach Houston.«

»Du mußt kommen. Unbedingt. Meine Frau will dich zum Essen einladen und dir beweisen, daß die Amerikanerinnen nicht solche Ungeheuer sind, wie du sagst.«

»O. k., Frank.«

»Wir erwarten dich bestimmt. Meine Nummer steht im Telefonbuch. Du brauchst bloß anzurufen und dich in ein Taxi zu setzen.«

»O. k., Frank.«

»Und dein neues Buch über den Mond, hast du das geschrieben?«

»Ich arbeite daran. Seit ein paar Tagen allerdings nicht mehr. Der Tod von Ted ...«

»Es hätte mir passieren können. Es hätte jedem von uns passieren können.«

Der dritte, den ich sah, war Tom. Er grüßte mich noch geräuschvoller als die andern. Selbst sein kahler Kopf lachte.

»Das ist mir aber eine feine Überraschung! Du bist also hier! Pete hat es gesagt: Es scheint, daß diese dreckige Spionin irgendwo hier steckt, aber wo, aber wo? Und ich sagte, ich hab' sie nicht gesehen. Aber er sagte, sie ist da, sie ist da. Wie geht's dir?«

»Wie geht's denn dir, Tom?«

»Gut! Sehr gut!«

»Mir nicht.«

»Warum? Was ist passiert? Was hast du angestellt?«

»Ich bin so traurig, Tom.«

»Es hätte mir passieren können. Es hätte jedem von uns passieren können.«

Einer nach dem andern. Alle. Alle sagten das. Wie eine Parole, wie einen verabredeten Kommentar. Und nicht eine einzige Geste des Schmerzes, nicht ein halbes Wort der Trauer. Ich verstand sie nicht: so wenig wie ich Smyth verstanden hatte. Ich verstand sie nicht, und ich war empört: genau so, wie ich über Smyth empört gewesen war. Mein Gott! Was hatten sie denn anstelle des Herzens? War ihnen denn nicht klar, daß ihr Kamerad tot war und im Sarg lag, tausend kleine Stückchen. War denn nicht einer unter ihnen, der ihm eine Träne nachweinte? Waren das die Männer, die ich so sehr geachtet, bewundert, beneidet hatte? Waren das meine Helden, die Helden für die Ruhmesträume meiner Kindheit, die Helden, die sogar dich ersetzt hatten, Vater? Und Pete? Würde auch Pete so antworten? Pete betrat die Bar, mit seinem unzertrennlichen Jim zusammen. Er sprang wie eine Katze auf mich zu und lächelte sein gewohntes unwiderstehliches Lächeln.

»Dreckige Spionin! Wie geht's dir, dreckige Spionin? Übrigens: Der Wein ist nicht gekommen! Du Biest, du verlogenes! Sag's ihr, Jim, daß er nicht gekommen ist!«

»Er ist nicht gekommen«, bestätigte Jim folgsam.

»Pete . . .«

»Kinder, trinken wir einen Martini?«

»Pete . . .«

»Was ist, magst du keinen Martini?«

»Aber Pete . . .«

»Aber ich. Und außerdem brauche ich das. Vier Tage, vier verdammte Tage bin ich auf diesem Kleefeld gewesen. Ohne zu trinken, ohne zu essen. Ich will einen Martini.«

Vielleicht war es die Anspannung, unter der sie in diesen vier Tagen gelebt hatten, die sich jetzt so Luft machte. Vielleicht war es die Art, wie sie erzogen waren: Schmerz zu zeigen, gilt bei vielen Leuten als Unhöflichkeit, als Taktlosigkeit. Vielleicht hatten sie auch nur alle getrunken. Und doch...

»Pete, du bist es gewesen, der ihn fand, nicht?«

»Ja, ich.«

»Du hast ihn gern gehabt, nicht?«

»Was heißt, ich habe ihn gern gehabt? Wir alle hatten ihn gern. Mußte man einen Menschen wie ihn nicht einfach gern haben?«

»Ja.«

»Was hast du denn? Was willst du denn?«

»Ich... nichts, Pete. Ich finde nur...«

»Was?«

»O Gott, Pete! Wie schrecklich, wie ungerecht!«

»Es hätte mir passieren können. Es hätte jedem von uns passieren können.«

»Aber es ist ihm passiert, Pete! Ihm! Sag mir, Pete, sag mir: Was empfindest du beim Gedanken daran, daß er tot ist?«

Er wurde weiß, ganz weiß. Lieber Gott, Vater: Ich habe noch nie ein so sonnenbraunes Gesicht so weiß gesehen. Es schien aus Marmor zu sein. Und seine Stimme wie eine Ohrfeige. »Wenn dein Vater stirbt, frage ich dich vielleicht, was du empfindest?«

»Nein, aber...«

»Für dich war er die Figur eines Buches, für uns war er mehr. Glaubst du wirklich, es lasse uns kalt, ihn für immer im Sarg zu wissen? Und morgen früh in diesem Grab? Das könnte auch ich sein. Wenn ein Tausch möglich wäre, würde ich vielleicht tauschen. Ich habe es mir nicht überlegt, aber vielleicht täte ich es. Da man aber mit dem Tod nicht feilschen kann, lebe ich. Und da ich lebe, mache ich nicht auf griechische Tragödie. Und deshalb trinke ich jetzt einen Martini: einen doppelten. Trink du auch einen und lach, um Gottes willen! Lach, weil du Glück gehabt hast und am Leben bist!«

Eine schöne Frau in Weiß mit schwarzem Hut und schwarzem Schleier und sorgfältig geschminktem Gesicht, ohne eine Träne in den Augen, ging an uns vorbei. Sie blieb vor jemandem stehen, lächelte liebenswürdig und streckte die Hand aus. Dann ging sie in ihrem lockeren Gang weiter und setzte sich zu zwei schweigsamen alten Leuten zum Essen an einen Tisch. Es war Glaube, Theodors Frau, und die beiden alten Leute waren seine Eltern.

»Also, willst du nun einen Martini oder nicht?« wiederholte Pete.

»Ja, ich will.«

»O.k.! Auf dein Wohl, nein auf meins: Hat man dir gesagt, daß ich mit Gordon starte? Wir starten! Eine Woche da oben herumsegeln, und ihr seid so winzig, noch winziger als ich Winzling! Haben sie's dir gesagt?«

»Haben sie, Pete.«

»Sie haben's dir gesagt, und du sagst noch nicht mal krepier, Pete?! Flieg und krepier, Pete?!«

»Krepier, Pete. Flieg und krepier!«

»So gefällst du mir! Genau so! Noch einen Martini, zum Teufel!«

Im Fernsehen brachten sie die Wahlresultate. Bei Whisky und Martini schauten die neunundzwanzig zu und diskutierten, von Zeit zu Zeit stieg ein übermäßiges Lachen auf. Sie blieben bis drei Uhr früh, es war, als wollten sie wach bleiben, als strengten sie sich an, wach zu bleiben, wie soll ich sagen, als gäbe das Wachbleiben ihnen das Gefühl, lebendiger zu sein: Und nicht einmal fiel der Name Theodors. Keine Anspielung, keine Bemerkung. Nur Jim sagte einmal, ekelhaft, morgen in Uniform. Und Pete darauf, Uniform geht ja noch, aber die Mütze. Hast du uns schon mal mit Mütze gesehen, Oriana? Ich setze nachher die Mütze auf und bringe dich zum Lachen. Und da begriff ich, daß es bei ihnen nicht Gleichgültigkeit war, nicht Gefühllosigkeit. Es war auch nicht Scham: Es war ein Annehmen des Lebens. Denn nur, wenn man das Leben annimmt, nimmt man den Tod an, und den Tod muß man annehmen, wie er auch kommt, wann er auch kommt, der Tod ist ein Teil des Lebens, der Tod ist der Preis, den wir für das Leben bezahlen, und darüber zu weinen ist Kinderei. Ist Schwachheit. Ist Unvernunft. Ist für die Alten. Für die Guten, wenn du das lieber hast, aber die Zukunft braucht die Guten nicht, die einen Baum kaufen, damit er nicht gefällt wird: »Erinnerst du dich an die Eiche oberhalb der Quelle, die große mit den freiliegenden Wurzeln, auf denen du als Kind herumgeklettert bist?« Die Zukunft hat starke, vernünftige, junge Menschen nötig, böse, wenn du das lieber hast: Denn die Welt ist voll von Eichen, und für jede gefällte Eiche gibt es eine andere, die geboren wird oder schon geboren ist oder noch geboren werden wird. Ein Baum allein zählt nicht. Merk dir das, daß ein Baum allein nicht zählt, und dann wirst du verstehen, daß der Tod nicht existiert, Vater. Das ist die Lehre, die ich von diesen starken, zukunfsträchtigen Männern erhielt. Und solange ich diese Lehre nicht annahm, war es nutzlos, daß ich Gebete für eine startende Rakete sprach. Morgen, wenn der Trauerzug sich in Bewegung setzte, würde es keine Tränen geben.

Der Trauerzug setzte sich um zehn Uhr in Bewegung: eine Reihe langsamer Autos, die die Wege Arlingtons durchfuhren und nie anzukommen schienen. Zuletzt kamen sie dann doch an, und hier war Theodor: eingeschlossen in seinem Sarg. Über dem Sarg lag die Fahne der Vereinigten Staaten. Der Sarg stand auf dem Rasen neben einem Baum: Und auf dem Baum war ein Eichkätzchen, Glaube, Gläubchen, die Eltern und Geschwister standen zuvorderst; Glaube war gekleidet wie am Abend vorher, in Weiß. Die achtundzwanzig Astronauten standen dahinter, samt John Glenn, der ebenfalls Uniform trug: die Uniform eines Marineobersten. Schaulustige waren nicht da: Die Wahlen waren zu Ende, die Stadt jubelte über den Sieg Johnsons, und niemand hatte Zeit oder Lust, auf einen Friedhof zu gehen. Fotografen waren nur wenige da, Journalisten noch weniger. Die Zeremonie war kurz. Der presbyterianische Pfarrer betete, und die Ehrenkompanie schoß einen letzten Salut. Beim Salut bekam das Eichkätzchen Angst. Es rutschte den Stamm herab, sprang auf den Sarg und beobachtete mit erstaunten Äuglein ein kleines Mädchen im himmelblauen Mantel und mit roten Schleifen an den blonden Zöpfen. Es ähnelte so sehr seinem Vater und weinte: Gläubchen. Weinte, bis jemand zu ihr sagte, sie solle aufhören: Das waren die einzigen Tränen, die über Theodor Freeman vergossen wurden, den Astronauten, der vierunddreißigjährig gestorben war, ohne auf den Mond gelangt zu sein, getötet von einer Wildgans, während er am Himmel von Houston flog, nicht einmal drei Meilen von seinem Haus entfernt. Tom, Frank, Edward und Bean traten vor und hoben die Fahne auf, die den Sarg bedeckte, falteten sie fünfmal und überreichten sie Glaube. Die Gruppe löste sich auf, die Autos fuhren eilig wieder weg, Theodor blieb allein zurück, in diesem Sarg, der glänzte wie das LEM. Ich schlich mich weg und fuhr zum Flugplatz, um nach New York zurückzukehren. Adieu, Theodor. Wir werden uns wiedersehen, ich weiß nicht wo, ich weiß nicht wann, aber ich weiß, daß wir uns wiedersehen werden, an einem Tag voller Sonnenschein? Ja, einer Sonne unter vielen: Der Kosmos hat Millionen, Milliarden von Sonnen, Theodor. Den Himmel gibt es nicht, die Hölle gibt es nicht, die Güte gibt es nicht, aber das Leben existiert, und es wird weiter existieren, auch wenn ein Baum stirbt, wenn ein Mensch stirbt, wenn eine Sonne stirbt. Glaub auch du daran, ich bitte dich, glaub mit mir daran, Vater. Laß mich nicht allein, ich will nicht allein mit ihnen daran glauben. Sie haben mich überzeugt, sie haben mich gebeugt, sie haben mich bekehrt, sie haben mich in ihrer Gruppe aufgenommen: und sie machen mir so Angst, Vater. Denn die Vernunft ist auf ihrer Seite. Und die Vernunft macht immer Angst.

»Alles klar jetzt?« fragte die eisige Stimme.

»Ja«, sagte ich. »Jetzt ist alles klar.«

»Verstehst du jetzt, warum du zum Madison Square Garden gehen mußtest?«

»Ja«, sagte ich. »Jetzt verstehe ich es.«

»Wenn es einem andern passiert wäre, hätte er sich genauso verhalten wie alle. Verstehst du das jetzt?«

»Ja«, sagte ich. »Jetzt verstehe ich es.«

»Das Leben hört nicht auf, weil einer geht.«

»Ja«, sagte ich. »Aber es tut mir trotzdem weh.«

»Mir auch. Aber ich kann mich nicht damit aufhalten, darüber nachzudenken, daß es mir weh tut. Ich darf nicht. Ich habe keine Zeit. Und die andern werden keine Zeit haben, darüber nachzudenken, daß es weh tut, wenn ich einmal sterbe.«

»Aber das ist doch grausam«, sagte ich. »Das ist unmenschlich.«

»Das ist Krieg«, sagte er. »Man hält sich im Krieg nicht damit auf, die gefallenen Kameraden zu beweinen. Man marschiert vorwärts, man versucht, den Kugeln auszuweichen und für die Gefallenen mitzuschießen.«

»Wir sind aber nicht im Krieg«, sagte ich.
»Doch«, sagte die eisige Stimme. »Alle Tage ist Krieg.«

»Genau das sagte er, Mr. Bradbury.«
»Perfekt«, lächelte Bradbury. »Banal und perfekt.«
»Große Wahrheiten sind immer banal und perfekt.«
»Nicht immer«, lächelte Bradbury.
Wir hatten uns zufällig bei der Eröffnung einer Buchhand-
lung in New York getroffen, Bradbury und ich, und jetzt
gingen wir die Sixth Avenue entlang, und ich erzählte ihm
die Geschichte.
»Eine wichtige Lektion auf jeden Fall, Mr. Bradbury.«
»Das war nicht zu verhindern«, lächelte Bradbury.
»Das wollte ich auch nicht. Ich versuchte es erst gar
nicht.«
»Und was machen Sie jetzt in New York?«
»Ich bin im Krieg.«
»Und werden Sie es nicht müde, im Krieg zu sein?«
»Wir, die wir von der anderen Seite der Welt kommen,
sind ja so an den Krieg gewöhnt, Mr. Bradbury. Und wenn
wir in den Krieg ziehen, sind wir besser als die andern. Auch
wenn wir dann verlieren.«
»Glauben Sie, daß Sie ihn verlieren werden?«
»Ich weiß nicht, es spielt keine Rolle. Wichtig ist, daran zu
glauben.«
»Woran?«
»An das, woran auch Sie glauben. An das Leben, an das
Morgen. An die Drive-ins, die wir auf dem Mond, auf dem
Mars, auf Alpha Centauri eröffnen werden: um das Leben,
das Morgen fortzusetzen.«
»Sie haben sich sehr verändert.«
»Ja.«
»Verbitterter geworden.«
»Ja.«
»Dafür keine Zweifel mehr.«
»Keine mehr.«
»Und Ihr Vater?«
»Er hofft noch immer, daß ich wieder so wie früher wer-
de.«

»Und werden Sie so werden?«

»Nein, ich glaube nicht.«

»Das wird Sie teuer zu stehen kommen. Sie werden sehr darunter leiden. Sie werden sich selber verfluchen. Drive-ins sind häßlich. Sie verschandeln immer die Landschaft, das, was schön ist.«

»Ich weiß.«

»Aber wir werden sie brauchen. Dringend sogar.«

»Ich weiß. Und da wir sie brauchen werden, brauchen wir uns auch nicht sinnlos den Kopf zu zerbrechen, nicht, Mr. Bradbury? Wir werden versuchen, so wenig wie möglich zu verschandeln und nicht in die goldenen Sarkophage zu pinkeln.«

»In was?«

»Ach, nichts. Überhaupt ist ja doch immer einer da, der in die goldenen Sarkophage pinkelt. Und schließlich ist das nicht viel schlimmer als an die Bäume.«

Und wir gingen weiter, die Sixth Avenue entlang.

An der Ecke der 51. Straße grub ein Bagger ein tiefes Loch, und die Leute betrachteten voller Neugier einen seltsamen, torpedoförmigen Gegenstand, der an einem Kran hing, um in das Loch hinabgelassen zu werden. Ich fragte Ray Bradbury, was das sei, und er erklärte, das sei eine Zeit-Kapsel, so konstruiert, daß sie bis zum Jahre 6965 halten würde. Ich fragte, was eine Zeit-Kapsel sei, und er erklärte, das sei etwas für die Nachwelt: etwas, das wir der Nachwelt übermittelten, damit sie wisse, daß wir gelebt und wie wir gelebt hätten. Ich fragte ihn, woraus sie bestehe, was sie enthalte, und er erklärte, sie bestehe aus einer Kupfer-, Chrom- und Silberlegierung, die härter sei als Stahl und jeder Erosion, jedem Brand, jeder Atomexplosion standzuhalten vermöge. Sie enthalte, durch ein Elektronensystem geschützt, Zeugnisse unserer Zivilisation: der Zivilisation an der Schwelle des Jahres 1965 nach Christus, am Vorabend des Mondfluges, in einer Gesellschaft, in der Schmerz und Tod Leben heißen. Ich fragte ihn, was das für Zeugnisse seien, und er antwortete, ein wenig von allem: 35 allgemeine Gebrauchsartikel, ein Damenhut und ein Wecker, eine Sicherheitsnadel und ein Fotoapparat, eine Puppe und ein Skalpell. Und dann 75 Proben von Metallen, Geweben, Plastik, synthetischen Materialien. Weiter 12 Arten von Samen, von Getreide bis zu Rosen, von Zypressenzapfen bis zu Kaffeebohnen. Weiter 1000 Mikrofotos von Autos, Flugzeugen, Raketen, Städten, Fahrrädern, Mädchen im Badeanzug, Müttern mit Kindern auf dem Arm, Astronauten im Raumanzug, Märtyrern vor dem Exekutionskommando. Weiter die Encyclopaedia Britannica auf Mikrofilm. Dann die Bibel, die Bücher des Konfuzius und von Mohammed. Dann Texte über Medizin, Pharmazeutik, Mathematik, Physik, Astronautik, Biologie: alles auf Mikrofilm. Weiter Shakespeare und Homer und Dante und Sappho auf Mikrofilm. Weiter 50 Zeitungen und Zeitschriften, administrative Rundschreiben, Kataloge auf Mikrofilm. Weiter feuerfeste Fotos der Meisterwerke von Giotto, Leonardo, Raffael, Michelangelo. Und dann Münzen, Zigaretten, Kaugummi. Und dann die Geschichte der letzten fünfzig Jahre unseres Planeten, bis zum Apolloprojekt. Und schließlich das ›Buch der Erinnerung‹, der Code zur Dechiffrierung, mit dessen Hilfe diese geschriebenen Dinge in die künftigen Sprachen übersetzt und also gelesen und gerettet werden konnten. Da fragte ich verwirrt, wer denn dieses Dechiffriersystem erfunden habe, wer sich das ausgedacht und diese unglaubliche Arbeit geleistet habe, und er antwortete, das Dechiffriersystem habe ein gewisser John P. Harrington erfunden, die Idee stamme von einer Gruppe von Ingenieuren der Westinghouse Electric and Manufacturing Company, und die unglaubliche Arbeit habe die Smithsonian Institution in Washington geleistet.

»Und was geschieht jetzt?«

»Etwas Schönes.«

»Was?«

»Sie brauchen nur stehenzubleiben, zuzusehen und zuzuhören.«

So blieb ich stehen, sah und hörte zu. Und ich sah einen Herrn in dunkelblauem Anzug, der mit anderen Herren in dunkelblauen Anzügen an der Grube stand, ich hörte ein nachdenkliches Schweigen, kaum gestört vom Gerumpel der U-Bahn. Der Verkehr war ziemlich entfernt und leise, denn Polizisten leiteten ihn um und legten dabei einen Finger an die Lippen. Dann bewegte sich der Kran, neigte sich, als machte er eine Verbeugung, und führte die Zeit-Kapsel zur Grube. Langsam, feierlich wurde die Kapsel versenkt, und als sie unten war, trat der Herr im dunkelblauen Anzug vor und sprach diese Worte:

»Mögest du, Kapsel der Zeit, in Frieden schlafen. Mögest du in fünftausend Jahren wieder erwachen. Möge dein Inhalt gefunden werden und unseren fernen Nachfahren eine gute Gabe sein.«

Er sprach diese Worte, und gleich darauf wurde massenhaft Beton der Kapsel nachgeschüttet und lastete auf ihr, so schwer wie die Zeit, in der wir leben, alles zudeckend wie die Zukunft, in die wir eintreten. Es war ein schöner Abend in New York, ein klarer und kühler Abend, Vater. Wir hatten uns getrennt, vielleicht auf immer, aber ich war voller Hoffnung, voller verzweifeltem Optimismus. Ein Mensch, ein Bruder war gestorben, andere Menschen, andere Brüder würden sterben, plötzlich, wie Bäume von der Axt gefällt, auch ich würde irgendwann, irgendwo sterben, von der Axt gefällt, ich, die ich leben, nichts als leben will: Doch die Welt blieb ein großes Versprechen, und der Himmel schenkte tausend erleuchtete Wohnungen, Vater. Und wenn die Erde stirbt, und wenn die Sonne stirbt, dann werden wir dort oben leben. Koste es, was es wolle: Einen Baum, tausend Bäume, alle Bäume, die das Leben uns gegeben hat.